FILHO NATIVO

RICHARD WRIGHT

Filho nativo

Tradução
Fernanda Silva e Sousa

Posfácio
Mário Augusto Medeiros da Silva

Companhia Das Letras

Copyright © 2024 by Julia Wright e Rachel Wright
Publicado mediante acordo com John Hawkins & Associates, Inc., Nova York, com a permissão de Julia Wright e Malcolm Wright.

Grafia atualizada segundo o Acordo Ortográfico da Língua Portuguesa de 1990, que entrou em vigor no Brasil em 2009.

Título original
Native Son

Capa
Julia Custódio

Imagem de capa
Oracle, de Elladj Lincy Deloumeaux, 2019. Marcador, óleo e pastel sobre papel.
© Deloumeaux, Elladj Lincy/ AUTVIS, Brasil, 2023.

Preparação
Laura Chagas

Revisão
Paula Queiroz
Ana Álvares

Dados Internacionais de Catalogação na Publicação (CIP)
(Câmara Brasileira do Livro, SP, Brasil)

Wright, Richard, 1908-1960.
 Filho nativo / Richard Wright ; tradução Fernanda Silva e Sousa ; posfácio Mário Augusto Medeiros da Silva. — 1ª ed. — São Paulo : Companhia das Letras, 2024.

 Título original: Native Son
 ISBN 978-85-359-3673-5

 1. Ficção norte-americana I. Silva, Mário Augusto Medeiros da. II. Título.

24-196518   CDD-813

Índice para catálogo sistemático:
1. Ficção : Literatura norte-americana   813

Cibele Maria Dias – Bibliotecária – CRB-8/9427

Todos os direitos desta edição reservados à
EDITORA SCHWARCZ S.A.
Rua Bandeira Paulista, 702, cj. 32
04532-002 — São Paulo — SP
Telefone: (11) 3707-3500
www.companhiadasletras.com.br
www.blogdacompanhia.com.br
facebook.com/companhiadasletras
instagram.com/companhiadasletras
twitter.com/cialetras

Para
MINHA MÃE,
*que, quando eu era criança de colo,
me ensinou a reverenciar
a fantasia e a imaginação*

Também hoje minha queixa é uma revolta, porque sua mão agrava meus gemidos.

Jó 23,2

Sumário

FILHO NATIVO, 11

Posfácio — Notas sobre um filho nativo, prisioneiro do absurdo racista, Mário Augusto Medeiros da Silva, 483

LIVRO UM
Medo

Trrrrrrriiiiiiiiiiiiiiiiiiimmm!

Um despertador tocou no quarto escuro e silencioso. Uma mola de cama rangeu. Uma voz de mulher bradou impaciente:

"Bigger, desliga esse negócio!"

Um grunhido mal-humorado soou por cima do tinido metálico. Pés descalços se arrastaram asperamente pelas tábuas de madeira do assoalho, e o toque do despertador cessou de repente.

"Acende a luz, Bigger."

"Já vai", veio em resposta um murmúrio sonolento.

A luz inundou o cômodo e revelou um rapaz negro em pé no estreito espaço entre duas camas de ferro, esfregando os olhos com as costas das mãos. De uma cama à direita dele, a mulher falou de novo:

"Buddy, levanta daí! Tô cheia de roupa pra lavar hoje e quero todo mundo fora daqui."

Outro menino negro rolou da cama e se levantou. A mulher também se levantou, ainda de camisola.

"Virem pra lá pra eu poder me trocar", ela disse.

Os dois meninos desviaram os olhos e se viraram para um canto distante do quarto. A mulher tirou a camisola às pressas e vestiu uma calcinha. Voltou-se para a cama de onde se levantou e chamou:

"Vera! Levanta daí!"

"Que horas são, mãe?", uma voz adolescente, abafada debaixo de uma colcha, perguntou.

"Levanta daí, eu falei!"

"Tá bom, mãe."

Uma menina negra com um vestidinho de algodão se pôs de pé, estirou os braços acima da cabeça e bocejou. Sonolenta, sentou-se numa cadeira e se atrapalhou para calçar as meias. Os dois meninos continuaram olhando para o lado enquanto a mãe e a irmã se vestiam o suficiente para não sentirem vergonha; e a mãe e a irmã fizeram o mesmo enquanto os meninos se trocavam. De repente, todos ficaram imóveis, com as roupas nas mãos, a atenção atraída por batidinhas leves nas paredes cobertas por uma camada fina de gesso. Eles esqueceram sua conspiração contra a vergonha e correram apreensivos os olhos pelo chão.

"Olha ele aqui de novo, Bigger!", a mulher gritou, e o apartamento minúsculo de um só cômodo foi tomado por um grande rebuliço. Uma cadeira tombou quando a mulher, semivestida e de meias, pulou ofegante em cima da cama. Seus dois filhos, descalços, ficaram parados onde estavam, tensos, os olhos procurando ansiosamente embaixo da cama e das cadeiras. A menina correu para um canto, curvou-se, pegou a bainha do vestido com ambas as mãos e a segurou firme acima dos joelhos.

"Ui! Ui!", ela gemeu.

"Olha ele ali!"

A mulher apontou um dedo trêmulo. Seus olhos estavam arregalados de fascínio e horror.

"Onde?"

"Não tô vendo!"

"Bigger, ele tá atrás do baú!", a menina choramingou.

"Vera!", a mulher gritou. "Sobe aqui na cama! Não deixa aquele troço te *morder*!"

Com frenesi, Vera subiu na cama e a mulher agarrou-se a ela. Com os braços entrelaçados uma na outra, a mãe preta e a filha negra olhavam boquiabertas para o baú no canto.

Bigger vasculhou o cômodo com agitação, depois correu em direção a uma cortina, puxou-a para o lado e pegou duas frigideiras pesadas de ferro, penduradas numa parede acima de um fogão. Virou-se e chamou baixinho o irmão, sem tirar os olhos do baú.

"Buddy!"

"Oi?"

"Toma; pega essa frigideira."

"Tá."

"Agora fica na porta!"

"Tá."

Buddy se agachou perto da porta e segurou a frigideira de ferro pelo cabo, com o braço erguido e pronto para agir. Afora a respiração rápida e pesada das quatro pessoas, o cômodo estava em silêncio. Na ponta dos pés, Bigger foi em direção ao baú com a frigideira firme na mão, os olhos dançando e esquadrinhando cada centímetro do chão de madeira. Ele parou e, sem mover sequer um olho ou músculo, chamou:

"Buddy!"

"Hã?"

"Põe aquela caixa na frente do buraco pra ele não conseguir sair!"

"Tá bom."

Buddy correu até uma caixa de madeira, empurrou-a rápido para a frente do buraco no rodapé e depois voltou para a porta, com a frigideira a postos. Devagar, Bigger se aproximou do baú e espiou com cautela atrás dele. Não viu nada. Esticou o pé descalço e, com cuidado, empurrou o baú alguns centímetros.

"Olha ele aí!", a mãe gritou de novo.

Um enorme rato preto guinchou e pulou na perna da calça de Bigger, cravou-lhe os dentes e lá ficou, pendurado.

"Maldito!", Bigger sussurrou furioso, rodopiando e chutando com toda a sua força. O tranco do movimento desalojou o rato, que voou pelos ares e se chocou contra uma parede. Imediatamente, ele se virou e saltou de novo. Bigger se esquivou, e o rato aterrissou no pé da mesa. Com os dentes cerrados, Bigger segurava a frigideira; tinha medo de atirá-la, receoso de que pudesse errar. O rato guinchava, virando-se e correndo em círculos à procura de um lugar onde se esconder; escapou de Bigger num pulo e disparou fazendo um ruído áspero com as unhas de um lado e de outro da caixa, procurando pelo buraco. Depois se virou e se ergueu nas patas traseiras.

"Acerta ele, Bigger!", Buddy berrou.

"Mata ele!", a mulher gritou.

A barriga do rato pulsava de medo. Bigger deu um passo adiante e o rato emitiu um canto longo e agudo de desafio, os pequeninos olhos negros cintilando, as patinhas da frente arranhando o ar, nervosas. Bigger arremessou a frigideira; ela deslizou pelo assoalho, errou o rato e foi bater com estrondo na parede.

"Maldito!"

O rato deu um pulo. Bigger saltou para o lado. O rato parou embaixo de uma cadeira e deixou escapar um guincho furioso. Bigger recuou lentamente em direção à porta.

"Me dá a frigideira, Buddy", ele pediu com calma, sem desgrudar os olhos do rato.

Buddy estendeu a mão. Bigger pegou a frigideira e a ergueu bem no alto. O rato escapuliu e parou de novo junto à caixa, procurando o buraco; depois tornou a se empinar nas patas traseiras e arreganhou as compridas presas amarelas, fazendo um chiado agudo, a barriga tremendo.

Bigger mirou e arremessou a frigideira com um grunhido alto. Ouviu-se o som de madeira sendo destroçada quando a caixa cedeu.

A mulher gritou e escondeu o rosto nas mãos. Bigger avançou na ponta dos pés e espiou.

"Peguei ele", murmurou, os dentes cerrados à mostra num sorriso. "Deus do céu, eu peguei ele."

Com um chute, afastou do caminho a caixa despedaçada, e o corpo negro e achatado do rato ficou exposto, as compridas presas amarelas bem à vista. Bigger pegou um sapato e esmigalhou a cabeça do rato, xingando histérico:

"Seu filho da *puta*!"

A mulher em cima da cama se ajoelhou e afundou o rosto na colcha, soluçando:

"Senhor, Senhor, tenha misericórdia…"

"Ah, mamãe", Vera choramingou, debruçando-se sobre ela. "Não chora. Agora ele morreu."

Os dois irmãos ficaram observando o rato morto e falaram em tom de admiração reverente:

"Nossa, como o desgraçado é grande."

"O filho da puta era capaz de te cortar a garganta."

"Deve ter quase meio metro."

"Como é que esses putos ficam tão grandes?"

"Comendo lixo e qualquer coisa que encontram por aí."

"Olha, Bigger, tem um rasgo enorme na perna da tua calça."

"É; ele queria mesmo me pegar."

"Por favor, Bigger, tira ele daqui", Vera implorou.

"Ah, não seja medrosa desse jeito", Buddy disse.

A mulher em cima da cama continuava a soluçar. Bigger pegou uma folha de jornal, levantou o rato com cuidado pelo rabo e o segurou com o braço esticado.

"Bigger, tira ele daqui", Vera implorou de novo.

Bigger riu e se aproximou da cama com o rato dependurado, balançando-o de um lado para o outro como um pêndulo, divertindo-se com o medo da irmã.

"Bigger!" Vera ofegou, abalada; ela gritou, se debateu, fechou os olhos, caiu de cabeça em cima da mãe e rolou desfalecida da cama para o chão.

"Bigger, pelo amor de Deus!" Ainda soluçando, a mãe se levantou para se debruçar sobre Vera. "Não faz isso! Joga esse rato fora!"

Ele largou o rato no chão e começou a se vestir.

"Bigger, me ajuda a colocar a Vera na cama", a mãe disse.

Ele parou e se virou.

"O que foi?", perguntou, dando uma de desentendido.

"Faz o que eu te pedi, viu, moleque?"

Ele foi até a cama e ajudou a mãe a levantar Vera. Os olhos da menina estavam fechados. Ele se virou e terminou de se vestir. Enrolou o rato num jornal, saiu do quarto, desceu as escadas e o jogou na lata de lixo da esquina de uma viela. Quando voltou, a mãe ainda estava debruçada sobre Vera, colocando uma toalha molhada na sua cabeça. Ela se endireitou e o encarou, as bochechas e os olhos cheios de lágrimas, os lábios apertados de raiva.

"Moleque, às vezes eu não consigo entender o que passa na tua cabeça."

"O que foi que eu fiz agora?", ele questionou beligerante.

"Às vezes você age como um perfeito idiota."

"Do que é que a senhora tá falando?"

"Você assustou sua irmã com aquele rato e ela *desmaiou*! Será que você não tem nada nessa tua cabeça *oca*?"

"Ah, eu não sabia que ela tinha tanto medo."

"Buddy!", a mãe chamou.

"Senhora."

"Pega um jornal e tapa essa mancha aí."

"Sim, senhora."

Buddy abriu um jornal e cobriu a nódoa de sangue no lugar onde o rato tinha sido esmagado. Bigger foi até a janela e ficou olhando distraído para a rua. A mãe olhou irritada para suas costas.

"Bigger, às vezes eu penso por que te botei no mundo", ela disse com amargura.

Bigger olhou para ela e se virou.

"Vai ver era melhor não ter me botado no mundo e ter me deixado onde eu tava."

"Não seja respondão!"

"Ah, pelo amor de Deus!", Bigger disse, acendendo um cigarro.

"Buddy, pega as frigideiras e coloca na pia", a mãe disse.

"Sim, senhora."

Bigger atravessou o quarto e se sentou na cama. Os olhos da mãe o acompanharam.

"A gente não ia ter que morar nessa espelunca se você honrasse as calças que veste", ela disse.

"Ah, não começa."

"Cê tá bem, Vera?", a mãe perguntou.

Vera ergueu a cabeça e olhou ao redor do quarto como se esperasse ver outro rato.

"Ai, mamãe!"

"Tadinha!"

"Não consegui evitar. O Bigger me assustou."

"Você se machucou?"

"Bati a cabeça."

"Vem cá; sossega. Você vai ficar bem."

"Por que o Bigger faz essas coisas?", Vera perguntou, chorando de novo.

"Ele é louco, ponto-final", a mãe disse. "Um preto estúpido e louco."

"Eu vou chegar atrasada na aula de costura na ACM", Vera disse.

"Vem; deita um pouco. Logo, logo vai se sentir melhor", a mãe disse.

Ela deixou Vera na cama e cravou os olhos gelados em Bigger.

"Imagina se você acorda um dia e encontra sua irmã morta? O que é que você ia achar disso?", ela perguntou. "Imagina essa ratarada cortando nossas veias enquanto a gente tá dormindo? Não! Essas coisas nem passam pela tua cabeça! Você só quer saber de se divertir!

Nem quando a assistente social te oferece um emprego você vai atrás, a não ser que eles ameacem cortar tua comida e te deixar morrer de fome! Bigger, sério, você é o homem mais imprestável que eu já vi na vida!"

"A senhora já me falou isso umas mil vezes", ele disse, sem olhar em volta.

"Pois tô te falando de novo! E guarde minhas palavras, um dia você ainda vai cair em si e *chorar*. Um dia você ainda vai pensar que queria ser alguém na vida, e não esse vagabundo que você é. Mas aí vai ser tarde demais."

"Para de ficar me agourando", ele respondeu.

"Eu agouro o quanto eu quiser! E se você não gosta, pode ir embora. A gente consegue se virar sem você. Dá pra gente morar num quarto igualzinho a esse, mesmo sem você", ela disse.

"Ah, pelo amor de Deus!", ele disse, a voz cheia de irritação.

"Um dia você vai se arrepender de como você tá vivendo", ela continuou. "Se não parar de andar com aquela cambada sua e não tomar jeito, vai acabar onde nem imagina. Acha que eu não sei o que vocês andam fazendo, seus moleques, mas eu sei, sim. E esse seu caminho vai dar é na forca. Pode apostar." Ela se virou e olhou para Buddy. "Joga fora aquela caixa, Buddy."

"Sim, senhora."

Fez-se silêncio. Buddy levou a caixa para fora. A mãe foi para detrás da cortina do fogão. Vera sentou-se na cama e pôs os pés no chão.

"Deita, Vera", a mãe disse.

"Eu tô bem agora, mãe. Tenho que ir pra minha aula de costura."

"Bom, se você já tá melhor, então põe a mesa", a mãe disse, indo de novo para detrás da cortina. "Deus, eu tô tão cansada disso que não sei o que fazer", sua voz pairava, queixosa, detrás da cortina. "Eu passo a vida tentando cuidar dessa casa pra vocês, crianças, e vocês nem ligam."

"Ah, mãe", Vera protestou. "Não fala assim."

"Vera, às vezes só quero me deitar e largar mão de tudo."

"Mãe, por favor, não fala isso."

"Não vou aguentar essa vida por muito mais tempo."

"Logo eu já vou ter idade pra trabalhar, mãe."

"Acho que até lá eu não estarei mais aqui. Acho que Deus vai me chamar."

Vera foi para detrás da cortina e Bigger a escutou tentando consolar a mãe. Ele expulsou a voz delas da mente. Odiava a família porque sabia que eles estavam sofrendo e que não tinha como ajudá-los. Sabia que no momento em que se permitisse ter plena compreensão da maneira como viviam, da vergonha e da miséria da vida deles, ficaria transtornado de medo e desespero. Por isso, mantinha em relação à família uma atitude de férrea reserva; morava com eles, mas atrás de uma parede, uma cortina. E com relação a si próprio era ainda mais exigente. Sabia que no momento em que deixasse o significado da sua vida entrar plenamente na consciência, ele se mataria ou mataria alguém. Então negava a si mesmo e se fazia de durão.

Ele se levantou e amassou o cigarro no parapeito da janela. Vera apareceu e pôs facas e garfos na mesa.

"Se aprontem pra comer", a mãe gritou.

Ele se sentou à mesa. De trás da cortina vinha o aroma de bacon frito e de café quente. A voz da mãe flutuou até ele numa canção.

> *Life is like a mountain railroad*
> *With an engineer that's brave*
> *We must make the run successful*
> *From the cradle to the grave...**

A canção o aborreceu, e ele ficou contente quando ela se calou e apareceu com um bule de café e um prato de bacon crocante. Vera

---

* "A vida é como uma ferrovia na montanha/ Com um maquinista corajoso/ Devemos ter sucesso na jornada/ Do berço ao túmulo..." (N. T.)

trouxe o pão e eles se sentaram. A mãe fechou os olhos, baixou a cabeça e murmurou:

"Senhor, nós Te agradecemos pela comida que puseste na nossa mesa pra alimentar nossos corpos. Amém." Ela ergueu os olhos e, sem mudar o tom de voz, disse: "Você vai ter que aprender a acordar mais cedo que isso, Bigger, pra manter um emprego".

Ele não respondeu nem levantou a cabeça.

"Quer um pouco de café?", Vera perguntou.

"Quero."

"Você vai aceitar aquele emprego, não vai, Bigger?", a mãe perguntou.

Ele abaixou o garfo e a encarou.

"Eu falei ontem à noite que vou. Quantas vezes a senhora ainda vai perguntar?"

"Não precisa ficar tão bravo", Vera disse. "A mãe só fez uma pergunta."

"Passa o pão e para de bancar a espertinha."

"Você sabe que tem que ir falar com o seu Dalton às cinco e meia", a mãe disse.

"A senhora já disse isso umas dez vezes."

"É só pra você não esquecer, filho."

"E você sabe que corre o risco de esquecer", Vera disse.

"Ah, deixa o Bigger em paz", Buddy disse. "Ele já falou que vai aceitar o emprego."

"Não fala com elas", Bigger disse.

"Cala a boca, Buddy, ou sai da mesa", a mãe disse. "Eu não vou aceitar nenhuma malcriação sua. Basta um idiota na família."

"Para, mãe", Buddy falou.

"Bigger tá aí como se estivesse achando ruim ter arranjado um emprego", ela disse.

"Quer que eu faça o quê? Saia gritando?", Bigger perguntou.

"Ah, Bigger!", a irmã falou.

"Eu preferia que você não metesse o nariz nesse assunto!", ele disse à irmã.

"Se você conseguir esse emprego", a mãe disse num tom de voz baixo e gentil, enquanto fatiava um pedaço de pão, "eu posso arrumar um bom lugar pra vocês, filhos. Vocês iam ter conforto e não iam mais ter que viver que nem porcos."

"Bigger não tem consideração suficiente pra pensar nessas coisas", Vera disse.

"Meu Deus, eu só queria que vocês me deixassem comer em paz", Bigger disse.

A mãe continuou falando como se não tivesse ouvido, e ele parou de escutar.

"A mãe tá falando com você, Bigger", Vera disse.

"E *daí*?"

"Não faz assim, Bigger!"

Ele abaixou o garfo, e seus fortes dedos negros apertaram a borda da mesa; fez-se silêncio, salvo pelo tilintar do garfo de seu irmão no prato. Ele continuou encarando a irmã até ela baixar os olhos.

"Queria que vocês me deixassem comer em paz", ele disse novamente.

Enquanto comia, sentia que todos estavam pensando no emprego que ele ia conseguir naquela tarde e isso o enfureceu; sentia que tinham criado uma armadilha para que ele se rendesse por pouco.

"Preciso de dinheiro pra passagem", disse.

"Isso aqui é tudo que tenho", respondeu a mãe, empurrando uma moeda de vinte e cinco centavos para perto do prato dele.

Ele pôs a moeda no bolso e bebeu sua xícara de café num longo gole. Pegou o casaco e o boné e se dirigiu à porta.

"Sabe, Bigger", a mãe disse, "se você não aceitar esse emprego, a assistente social vai cortar os benefícios da gente. A gente não vai mais ter o que comer."

"Eu já disse que vou aceitar!", ele gritou e bateu a porta.

Desceu as escadas para o vestíbulo e ficou olhando para a rua através da vidraça da porta da frente. De vez em quando um bonde passava chacoalhando pelos trilhos de aço. Ele estava farto de sua vida em casa. Dia após dia, só havia gritos e bate-boca. Mas o que podia fazer? Cada vez que se perguntava isso, lhe dava um branco e parava de pensar. Do outro lado da rua, bem à sua frente, viu um caminhão parar no meio-fio e dois homens brancos de macacão saírem do veículo com baldes e pincéis. Sim, ele podia aceitar o emprego na casa dos Dalton e ser infeliz, ou podia recusá-lo e passar fome. O que o enlouquecia era pensar que não tinha mais opções. Bem, ele não podia ficar parado ali o dia todo. O que fazer da vida? Tentou decidir se queria comprar uma revista barata, ir ao cinema, ao salão de bilhar bater papo com os amigos, ou vadiar por aí. Com as mãos enfiadas nos bolsos, um cigarro no canto da boca, ele matutava e observava os homens trabalhando do outro lado da rua. Estavam colando um imenso cartaz colorido num painel. O cartaz mostrava um rosto branco.

"Esse aí é o Buckley!", ele falou baixinho consigo mesmo. "Tá disputando de novo a eleição pra procurador do Estado." Os homens afixavam o cartaz com pincéis molhados. Ele olhou para o rosto redondo e rosado e balançou a cabeça. "Aposto que esse filho da puta lucra um milhão de dólares por ano com roubalheira. Rapaz, se eu pudesse ficar no lugar dele só por um dia, *nunca* mais ia precisar me preocupar com nada."

Terminada a tarefa, os homens recolheram os baldes e pincéis, entraram no caminhão e se foram. Ele olhou para o cartaz: o rosto branco era rechonchudo mas sério; uma das mãos estava erguida e o dedo indicador apontava para cada transeunte. Era um daqueles rostos que te encaram diretamente quando você olha para ele e, enquanto você anda, a qualquer momento que virar sua cabeça para olhá-lo, ele continua te olhando de volta sem piscar, até que você se distancie tanto que precisa desviar os olhos de vez, então tudo para, como no fim de um filme. No topo do cartaz, em letras vermelhas garrafais, lia-se: VOCÊ NÃO PODE VENCER!

Ele deu uma tragada no cigarro e riu em silêncio. "Ladrão!", murmurou, balançando a cabeça. "Deixa ganhar qualquer um que *te* compre!" Abriu a porta e sentiu o ar da manhã. Seguiu pela calçada de cabeça baixa, brincando com a moeda no bolso. Parou e examinou todos os bolsos; encontrou outra moeda solitária no bolso do colete. Isso perfazia o total de vinte e seis centavos, dos quais era preciso guardar catorze para a passagem até a casa do sr. Dalton; isto é, se ele decidisse aceitar o emprego. Para comprar uma revista e ir ao cinema, precisaria ter pelo menos vinte centavos a mais. "Puta merda, tô sempre quebrado!", murmurou.

Ele parou na esquina sob a luz do sol, vendo os carros e as pessoas passarem. Precisava de mais dinheiro; se não conseguisse mais do que tinha agora, não saberia o que fazer no resto do dia. Queria ver um filme; seus sentidos estavam sedentos por isso. Num filme ele podia sonhar sem esforço; tudo que tinha de fazer era reclinar-se na poltrona e manter os olhos abertos.

Pensou em Gus, G.H. e Jack. Deveria ir ao salão de bilhar e conversar com eles? Mas não fazia muito sentido ir até lá, a menos que estivessem prontos para fazer o que vinham planejando há um bom tempo. Se conseguissem, isso significaria um dinheiro certo e fácil. Das três às quatro da tarde não havia policiais patrulhando o quarteirão onde ficava a doceria de Blum, e por isso seria seguro. Um deles podia apontar uma arma para Blum e impedi-lo de gritar; outro podia vigiar a porta da frente; outro vigiaria a porta de trás; e outro se encarregaria de pegar o dinheiro da caixa embaixo do balcão. Depois era só trancar Blum na loja e escapar pelos fundos, agachados, esgueirando-se pela viela. Uma hora mais tarde os quatro se encontrariam no salão de bilhar do Doc ou no South Side Boys' Club para dividir o dinheiro.

Assaltar Blum não deveria levar mais que dois minutos, no máximo. E seria o último trabalho deles. Mas seria o mais difícil de todos que já haviam tramado. Nas outras vezes, tinham assaltado apartamentos, bancas de jornal e barracas de frutas. E, além disso, nunca tinham assaltado um homem branco. Sempre roubavam negros. Sentiam que era muito mais fácil e seguro roubar seu próprio povo, pois sabiam que os policiais brancos nunca eram muito rigorosos ao procurar por negros que cometiam crimes contra outros negros. Fazia meses que conversavam sobre roubar a loja de Blum, mas não haviam conseguido tomar coragem para isso. Tinham a sensação de que assaltar Blum seria a violação de um tabu definitivo; seria invadir um território no qual se lançaria sobre eles toda a ira de um mundo estranho e branco; em resumo, seria um desafio simbólico ao domínio que o mundo branco exerce sobre eles; um desafio que ansiavam executar, mas tinham medo. Sim; se conseguissem roubar a loja de Blum, seria um verdadeiro assalto, em mais de um sentido. Comparado a esse, todos os seus outros trabalhos tinham sido brincadeira.

"Tchau, Bigger."

Ele ergueu os olhos e viu Vera passar carregando uma caixa de costura. Ela parou na esquina e voltou.

"O que você quer?"

"Bigger, por favor... Você vai conseguir um bom emprego agora. Por que não se afasta do Jack, do Gus e do G.H. e fica longe de confusão?"

"Não meta o nariz nas minhas coisas!"

"Mas, Bigger!"

"Vai pra escola, vai!"

Ela se virou abruptamente e seguiu seu caminho. Bigger sabia que a mãe tinha conversado com Vera e Buddy sobre ele e falado que, se o irmão deles se envolvesse em mais uma confusão, ele iria para a prisão e não apenas para o reformatório, para onde o mandaram na última vez. Bigger não se importava com o que a mãe dizia sobre ele para Buddy. Com Buddy estava tudo certo. Ele era bem durão. Mas Vera era uma menina boba; não tinha noção de nada e acreditava em tudo que lhe diziam.

Ele caminhou até o salão de bilhar. Quando chegou à porta, viu Gus a meio quarteirão de distância, vindo em sua direção. Parou e esperou. Foi Gus que teve a ideia de roubar a loja de Blum.

"Oi, Bigger!"

"Fala, Gus, o que você conta?"

"Nada. Viu G.H. ou Jack?"

"Não. E você?"

"Também não. Fala aí, tem um cigarro?"

"Tenho."

Bigger pegou o maço e deu um cigarro para Gus; acendeu o seu e segurou o fósforo para Gus. Encostaram-se na parede de tijolos vermelhos de um edifício e fumaram, os cigarros brancos inclinados sobre os queixos negros. Bigger viu o sol ardendo num amarelo deslumbrante. Acima dele, algumas grandes nuvens brancas flutuavam. Baforou em silêncio, relaxado, a mente prazerosamente vazia de propósito. Qualquer pequeno movimento na rua evocava nele uma curiosidade casual. Automaticamente, seus olhos seguiam cada carro que roncava no asfalto plano e negro. Uma mulher passou e ele observou o balanço suave de seu corpo até ela desaparecer numa porta. Suspirou, coçou o queixo e balbuciou:

"Tá meio quente hoje."

"Tá mesmo", Gus disse.

"Cê consegue mais calor desse sol que dos aquecedores velhos em casa."

"É; esses proprietários velhos e brancos com certeza não oferecem muito calor."

"E eles tão sempre batendo na sua porta atrás de dinheiro."

"Vou ficar feliz quando o verão chegar."

"Eu também", Bigger disse.

Espreguiçou-se e bocejou; seus olhos lacrimejaram. A precisão afiada do mundo de aço e pedra se dissolveu em ondas turvas. Ele piscou e o mundo ficou duro de novo, mecânico, nítido. Um movimento de tecelagem no céu o fez olhar para cima; viu uma listra fina, de um branco ondulante, que florescia contra o azul profundo. Um avião estava escrevendo no ar.

"Olha!", Bigger disse.

"O quê?"

"Aquele avião escrevendo lá em cima", Bigger disse, apontando.

"Ah!"

Apertaram os olhos para ver uma minúscula faixa de vapor que se revelava e escrevia letra por letra: USE... O avião estava tão longe que às vezes o brilho intenso do sol o ofuscava.

"Nem dá pra ver direito", Gus disse.

"Parece um passarinho", Bigger suspirou, admirado como uma criança.

"Esses brancos com certeza conseguem voar", Gus disse.

"É", Bigger disse, melancólico. "Eles têm oportunidade de fazer tudo."

Sem fazer barulho, o pequeno avião fez um loop e se afastou, desaparecendo e tornando a aparecer, deixando um longo rastro de plumagem branca, como espirais de uma pasta macia sendo espremidas do tubo; uma espiral de pluma que crescia, inchava e começava lentamente a desvanecer no ar, nas bordas. O avião escreveu outra palavra: GASOLINA...

"Qual altura cê acha que ele tá?", Bigger perguntou.

"Não sei. Uns cento e cinquenta quilômetros? Mil e quinhentos?"

"Eu ia conseguir pilotar um troço desses se tivesse oportunidade", Bigger balbuciou, pensativo, como se falasse consigo mesmo.

Gus torceu os lábios, desencostou-se da parede, endireitou os ombros, tirou o boné, curvou-se e disse com deferência fingida:

"Sim, senhor."

"Vai pro inferno", Bigger respondeu, sorrindo.

"Sim, senhor", Gus falou de novo.

"Eu *conseguiria* pilotar um avião se tivesse oportunidade", Bigger disse.

"Se você não fosse preto, se tivesse algum dinheiro e se eles te deixassem entrar na escola de aviação, você *conseguiria* pilotar um avião", Gus falou.

Por um momento, Bigger contemplou todos os "se" que Gus havia mencionado. Depois, ambos os rapazes caíram na gargalhada, olhando um para o outro com os olhos semicerrados. Quando as risadas diminuíram, Bigger disse numa voz que era meio pergunta, meio afirmação:

"É engraçado como os brancos tratam a gente, né?"

"É melhor que seja engraçado", Gus disse.

"Pode ser que eles têm razão em não querer que a gente voe", Bigger disse. "Porque, se eu voasse, eu ia levar umas bombas e ia jogar neles sem dó..."

Riram de novo, ainda olhando para cima. O avião partiu, mergulhou e apresentou outra palavra contra o céu: SPEED...

"Use Gasolina Speed", Bigger devaneou, as palavras rolando lentamente de seus lábios. "Meu Deus, eu queria voar lá no alto nesse céu."

"Deus vai te deixar voar quando Ele te der tuas asas no paraíso", Gus falou.

Riram de novo, encostando-se na parede, fumando, as pálpebras se fechando suavemente diante do sol. Carros passavam cantando pneu. Sob o sol forte, o rosto de Bigger era de um negro metálico. Havia em seus olhos um divertimento pensativo e taciturno, como o de um homem que por muito tempo fora confrontado e atormentado por um enigma cuja resposta sempre parecia prestes a escapar-lhe mas que o instigava irresistivelmente a buscar a solução. O silêncio irritou Bigger; ele estava ansioso por fazer alguma coisa para se esquivar de encarar aquele problema.

"Vamos brincar de 'branco'", Bigger disse, referindo-se a um jogo de encenação em que ele e os amigos imitavam os modos e costumes dos brancos.

"Não tô a fim", Gus disse.

"General!", Bigger pronunciou num tom eloquente, olhando para Gus, esperando.

"Ah, inferno! Não quero brincar", Gus reclamou.

"Você será levado ao tribunal", Bigger falou, disparando as palavras com precisão militar.

"Nego, cê é louco!" Gus riu.

"General!", Bigger tentou de novo, determinado.

Gus olhou cansado para Bigger e então se endireitou, cumprimentou-o e respondeu:

"Sim, senhor."

"Mande seus homens para o rio no alvorecer e ataque o flanco esquerdo do inimigo", Bigger ordenou.

"Sim, senhor."

"Mande o Quinto, o Sexto e o Sétimo Regimento", Bigger disse, franzindo as sobrancelhas. "E ataque com tanques, gás, aviões e infantaria."

"Sim, senhor!", Gus disse de novo, fazendo continência e batendo os calcanhares.

Por um momento ficaram em silêncio, encarando um ao outro, ombros retraídos, lábios comprimidos para segurar o impulso crescente de rir. Então caíram na gargalhada, em parte de si mesmos e em parte do vasto mundo branco que se espalhava e se elevava ao sol diante deles.

"Fala aí, o que é um 'flanco esquerdo'?", Gus perguntou.

"Sei lá", Bigger disse. "Ouvi isso nos filmes."

Riram de novo. Depois de um tempo, relaxaram e se encostaram na parede, fumando. Bigger viu Gus levar a mão esquerda em concha à altura da orelha, como se segurasse um telefone; e a mão direita à boca, como se estivesse falando no telefone.

"Alô", Gus disse.

"Alô", Bigger falou. "Quem é?"

"Aqui fala o sr. J. P. Morgan", Gus disse.

"Sim, sr. Morgan", Bigger falou; os olhos cheios de falsa adulação e respeito.

"Eu quero que você venda vinte mil ações da U.S. Steel na bolsa esta manhã", Gus disse.

"A que preço, senhor?", Bigger perguntou.

"Ah, bote qualquer preço", Gus disse, com uma irritação casual. "Nós estamos segurando demais."

"Sim, senhor", Bigger disse.

"E ligue no meu clube às duas da tarde e me diga se o presidente telefonou", Gus falou.

"Sim, sr. Morgan", Bigger disse.

Ambos fizeram gestos de quem desliga o telefone; depois se curvaram, rindo.

"Aposto que é *bem* assim que eles conversam", Gus disse.

"Não ia me surpreender", Bigger respondeu.

Ficaram em silêncio novamente. Era a vez de Bigger levar a mão à boca e falar num telefone imaginário.

"Alô."

"Alô", Gus respondeu. "Quem é?"

"É o presidente dos Estados Unidos", Bigger disse.

"Ah, pois não, sr. presidente", Gus falou.

"Estou convocando uma reunião de gabinete para esta tarde, às quatro horas, e você, como secretário de Estado, *precisa* estar lá."

"Bem, agora, sr. presidente", Gus disse, "eu estou muito ocupado. Eles estão fazendo arruaça lá na Alemanha e eu tenho que lhes enviar uma nota..."

"Mas a reunião é importante", Bigger disse.

"O que o senhor vai discutir nessa reunião de gabinete?", Gus perguntou.

"Bem, veja, os pretos estão fazendo arruaça pelo país todo", Bigger respondeu, esforçando-se para conter o riso. "Temos que fazer alguma coisa com eles..."

"Ah, se é sobre os pretos, conte comigo, sr. presidente", Gus disse.

Desligaram os telefones imaginários, encostaram-se na parede e deram risada. Um bonde passou sacolejando. Bigger suspirou e praguejou.

"Que desgraça!"

"Qual o problema?"

"Eles não deixam a gente fazer *nada*."

"Quem?"

"Os *brancos*."

"Cê fala como quem tá descobrindo isso só agora", Gus disse.

"Que nada. É que não consigo me acostumar", Bigger disse. "Juro por Deus que não consigo. Sei que eu não devia pensar nisso, mas não consigo evitar. Toda vez que penso nisso parece que alguém tá me enfiando um ferro em brasa goela abaixo. Porra, olha! A gente mora aqui e eles moram lá. A gente é preto e eles são brancos. Eles têm as coisas e a gente não tem. Eles fazem coisas e a gente não pode. É igual a viver na cadeia. Quase sempre eu me sinto como se estivesse fora do mundo, espiando lá dentro através de um buraco na cerca…"

"Ah, não adianta se sentir assim. Não ajuda em nada", Gus disse.

"Sabe de uma coisa?", Bigger disse.

"O quê?"

"Às vezes sinto que alguma coisa horrível vai acontecer comigo", Bigger falou com um toque de orgulho amargo na voz.

"O que cê quer dizer?", Gus perguntou, olhando rápido para ele. Havia medo no olhar de Gus.

"Sei lá. É só uma coisa que eu sinto. Toda vez que começo a pensar sobre eu ser preto e eles brancos, eu aqui e eles lá, sinto que alguma coisa horrível vai acontecer comigo…"

"Ah, pelo amor de Deus! Não tem nada que cê possa fazer. Pra que se preocupar? Você é preto e eles é que fazem as leis…"

"Por que eles obrigam a gente a viver num canto da cidade? Por que não deixam a gente pilotar aviões e comandar navios…?"

Gus cutucou Bigger com o cotovelo e murmurou carinhosamente: "Ah, nego, para de pensar nisso. Cê vai ficar louco".

O avião havia sumido do céu, e as plumas brancas de fumaça já haviam se espalhado e quase desaparecido. Bigger bocejou mais uma vez e se espreguiçou, espichando os braços bem acima da cabeça.

"Nunca acontece nada", reclamou.

"O que cê quer que aconteça?"

"Qualquer coisa", Bigger disse, fazendo um amplo movimento circular com a palma da mão, um círculo que incluía todas as atividades possíveis do mundo.

Então os olhos dos rapazes ficaram vidrados: um pombo cor de ardósia tinha descido até os trilhos do bonde e começou a desfilar de um lado para o outro, as penas eriçadas e o pescoço gordo balançando com um ar majestoso. Um bonde se aproximou, e o pombo de pronto levantou voo, com as asas esticadas, tão completamente tensas que Bigger podia ver o dourado do sol através de suas extremidades translúcidas. Ele inclinou a cabeça e observou o pássaro cor de ardósia bater as asas e sumir de vista ao voar por cima de um telhado alto.

"Ah, se eu pudesse fazer isso", Bigger disse.

Gus riu.

"Nego, cê é doido."

"Eu acho que a gente é a única coisa nesta cidade que não pode ir pra onde quer e fazer o que quer."

"Não pensa nisso", Gus disse.

"Não consigo evitar."

"É por isso que cê sente que algo horrível vai acontecer contigo", Gus falou. "Cê pensa demais."

"Que diabos um homem pode fazer?", Bigger perguntou, virando-se para Gus.

"Ficar bêbado e dormir pra parar de pensar."

"Não posso. Tô sem grana."

Bigger esmagou o cigarro, puxou outro e ofereceu o maço para Gus. Continuaram a fumar. Um caminhão enorme passou, levantando pedaços de papel branco contra a luz do sol, que caíram lentamente no chão.

"Gus?"

"Hã?"

"Sabe onde os brancos moram?"

"Sei", Gus disse, apontando para o leste. "Do outro lado da 'linha'; ali na Cottage Grove Avenue."

"Não; eles não moram ali", Bigger disse.

"Como assim?", Gus perguntou, confuso. "Onde é que eles moram então?"

Bigger fechou o punho e bateu em seu próprio plexo solar.

"Bem aqui no meu estômago", respondeu.

Gus olhou intrigado para Bigger, depois para longe, como se estivesse envergonhado.

"É; eu sei o que cê quer dizer", sussurrou.

"Toda vez que penso neles, eu *sinto* eles", Bigger disse.

"É; e no peito e na garganta também", Gus falou.

"É como fogo."

"E às vezes cê mal consegue respirar..."

Os olhos de Bigger estavam arregalados e plácidos, olhando para o nada.

"É quando eu sinto que alguma coisa horrível vai acontecer comigo..." Bigger parou de falar, estreitando os olhos. "Não, não é como se alguma coisa fosse acontecer comigo... É... é como se eu fosse fazer alguma coisa que não consigo evitar..."

"É isso!", Gus disse, com uma avidez desconfortável. Seus olhos estavam cheios de um misto de medo e admiração em relação a Bigger. "É; eu sei o que cê quer dizer. É como se você fosse cair sem saber onde vai aterrissar..."

A voz de Gus cessou. O sol se escondeu atrás de uma grande nuvem branca, e a rua mergulhou em sombras frescas; o sol apareceu de novo rapidamente e estava claro e quente mais uma vez. Um carro preto, comprido e elegante, com seu para-choque brilhando como vidro sob o sol, passou por eles em alta velocidade e virou a esquina alguns quarteirões adiante. Bigger franziu os lábios e cantou:

"Zuuuuuuuummmmmm!"

"Eles têm tudo", Gus disse.

"São os donos do mundo", Bigger falou.

"Ah, que merda", Gus disse. "Vamos pro salão de bilhar."

"Tá bom."

Caminharam em direção à entrada do salão.

"Fala aí, cê vai pegar aquele emprego que contou pra gente?", Gus perguntou.

"Não sei."

"Parece que cê não tá a fim."

"Ah, claro que tô! Eu quero o emprego", Bigger disse.

Eles se entreolharam, riram e entraram. O salão de bilhar estava vazio, exceto por um homem negro gordo segurando um charuto apagado e já pela metade, encostado na frente do balcão. No fundo, uma lâmpada de luz verde brilhava.

"Oi, Doc", Bigger disse.

"Vocês dois chegaram meio cedo hoje", Doc respondeu.

"Jack ou G.H. já estão por aqui?", Bigger perguntou.

"Não", Doc disse.

"Vamos jogar uma partida", Gus propôs.

"Tô quebrado", Bigger falou.

"Eu tenho um dinheiro."

"Acendam a luz. As bolas estão agrupadas", Doc avisou.

Bigger acendeu a luz. Eles deram a primeira tacada para ver quem começava. Bigger venceu. Começaram a jogar. As tacadas de Bigger eram ruins; ele estava com a cabeça na loja de Blum, fascinado com a ideia do roubo e um pouco temeroso.

"Lembra daquilo que a gente conversou bastante?", Bigger perguntou num tom desinteressado, neutro.

"Não."

"Do velho Blum."

"Ah", Gus disse. "Faz um mês que a gente não toca no assunto. Por que cê tá pensando nisso do nada?"

"Vamos fazer a limpa."

"Não sei."

"Foi ideia sua desde o início", Bigger disse.

Gus se endireitou e encarou Bigger, depois Doc, que estava olhando para fora pela janela da frente.

"Vai contar pro Doc? Nunca vai aprender a falar baixo?"

"Ah, eu só perguntei. Quer tentar?"

"Não."

"Qual é? Tá com medo porque ele é um homem branco?"

"Nada disso. É que Blum tem uma arma. Já imaginou se ele é mais rápido que a gente?"

"Ah, cê tá com medo; entendi. Ele é um homem branco e cê tá com medo."

"Medo porra nenhuma", Gus, ferido e chateado, defendeu-se.

Bigger se aproximou de Gus e apoiou um braço em seu ombro.

"Escuta, cê não precisa entrar. Fica na porta e vigia a rua, entendeu? Eu, Jack e G.H. entramos. Se alguém aparecer, você assobia e a gente sai pelos fundos. É só isso."

A porta da frente se abriu; eles pararam de conversar e viraram a cabeça.

"Aí vêm Jack e G.H.", Bigger disse.

Jack e G.H. caminharam até o fundo do salão.

"O que cês tão fazendo?", Jack perguntou.

"Jogando. Querem jogar?", Bigger convidou.

"Cê tá perguntando se eles querem jogar, mas sou eu que tô bancando o jogo", Gus disse.

Todos gargalharam, e Bigger também riu, mas logo parou. Sentiu que estavam rindo dele e foi se sentar numa cadeira junto à parede, apoiando os pés em outra, como se não tivesse ouvido. Gus e G.H. continuaram gargalhando.

"Caras, cês são doidos", Bigger disse. "Dão risada igual idiotas e não têm coragem pra tomar uma atitude, só falam."

"Como assim?", G.H. perguntou.

"Eu tenho um roubo todo planejado na minha cabeça", Bigger disse.

"Que roubo?"

"O da loja do velho Blum."

Houve um silêncio. Jack acendeu um cigarro. Gus desviou o olhar, evitando a conversa.

"Se o velho Blum fosse um homem preto, cês todos iam estar loucos pra ir. Mas como ele é branco, todo mundo tá com medo."

"Eu num tô com medo", Jack disse. "Tô com você."

"Cê disse que já tem tudo planejado?", G.H. perguntou.

Bigger respirou fundo e olhou para o rosto de cada um. Parecia-lhe que não deveria ter que explicar nada.

"Olha, vai ser fácil. Não tem motivo pra ter medo. Entre as três e as quatro não tem ninguém na loja além do velho. O policial fica lá do outro lado do quarteirão. Um de nós fica do lado de fora vigiando. Os outros três entram, entenderam? Um aponta a arma pro velho Blum; outro vai pro caixa atrás do balcão; e outro vai pra porta dos fundos, deixando ela aberta pra gente poder dar o fora bem rápido pela viela de trás… É isso. Não vai levar nem três minutos."

"Eu achei que a gente tinha combinado que nunca ia usar arma", G.H. disse. "E a gente nunca perturbou os brancos antes."

"Não tá vendo? Isso é algo *grande*", Bigger respondeu.

Esperou mais objeções. Como não houve nenhuma, voltou a falar.

"A gente pode fazer isso se vocês num tiverem medo, caras."

Exceto pelo som do assobio de Doc lá na frente, fez-se silêncio. Bigger observou Jack de perto; sabia que a situação era daquelas em que a palavra de Jack seria decisiva. Bigger estava com medo de Gus, porque sabia que Gus não iria resistir se Jack dissesse sim. Gus estava ao lado da mesa, brincando com o taco, os olhos vagando preguiçosamente pelas bolas de bilhar ali espalhadas, que revelavam um jogo inacabado. Bigger se levantou e com um golpe fez as bolas rolarem, depois encarou Gus enquanto as bolas brilhantes se chocavam e ricocheteavam, ziguezagueando pelo feltro verde. Apesar de Bigger ter pedido a Gus que estivesse com ele no roubo, o medo de que Gus realmente fosse fazia os músculos do abdome de Bigger se contraírem; ele estava pegando fogo. Sentia-se como se quisesse espirrar e não conseguisse; com a diferença de que era um estado mais nervoso do que querer espirrar. O corpo de Bigger ficou mais quente, mais retesado; os nervos estavam tensos e os dentes, cerrados. Tinha a sensação de que logo alguma coisa explodiria dentro dele.

"Desgraça! Alguém fala alguma coisa!"

"Tô dentro", Jack disse mais uma vez.

"Eu vou se o resto for", G.H. disse.

Gus permaneceu quieto, e Bigger teve uma sensação curiosa — meio sensível, meio pensativa. Ele estava dividido e voltado contra si próprio. Tinha feito tudo certo até ali; todos, exceto Gus, consentiram. Agora eram três contra Gus, e era exatamente assim que ele queria que fosse. Bigger estava com medo de roubar um homem branco e sabia que Gus também estava. A loja de Blum era pequena, e Blum ficava sozinho, porém Bigger não conseguia pensar em roubá-lo sem o apoio dos três parceiros. Mas, mesmo com seus parceiros, ele estava amedrontado. Convencera todos eles a participarem do roubo menos um, e em relação ao único homem que resistia, Bigger sentiu o corpo ferver de ódio e medo; havia transferido para Gus seu medo dos brancos. Odiava Gus porque sabia que Gus estava com medo, assim como ele; e temia Gus porque achava que Gus iria concordar em participar, e assim ele seria compelido a levar o roubo adiante. Como um homem prestes a atirar contra si mesmo e com medo de atirar mas sabendo que é o que precisa fazer e sentindo todas essas emoções intensamente de uma só vez, ele observou Gus e o esperou dizer sim. Mas Gus não disse nada. Os dentes de Bigger cerraram-se com tanta força que seus maxilares doeram. Ele se aproximou de Gus, sem olhar para ele mas sentindo sua presença no corpo todo, através dele, dentro e fora dele, e odiando a si mesmo e a Gus por estar sentindo isso. E então não conseguia mais aguentar. A tensão histérica de seus nervos o impeliram a falar, a libertar-se. Encarou Gus, os olhos vermelhos de raiva e medo, os punhos cerrados e mantidos rígidos ao longo do corpo.

"Seu preto filho da puta", disse, numa voz cujo tom não variava. "Cê tá com medo porque ele é um homem branco."

"Não me xinga, Bigger", Gus disse, baixinho.

"*Xingo*, sim!"

"Cê não tem que me xingar", Gus disse.

"Então por que é que cê não abre essa tua boca preta?", Bigger perguntou. "Por que não diz o que vai fazer?"

"Eu não tenho que abrir a boca se eu não *quiser*!"

"Seu desgraçado! Seu medroso desgraçado!"

"Cê não manda em mim", Gus disse.

"Cê é um bundão!", Bigger falou. "Tá com medo de roubar um homem branco."

"Ah, Bigger, não fala isso", G.H. disse. "Deixa ele em paz."

"Ele é um bundão", Bigger disse. "Ele não vai com a gente."

"Eu não falei que não ia", Gus respondeu.

"Então, pelo amor de Deus, fala o que cê vai fazer", Bigger insistiu.

Gus se apoiou no taco e olhou para Bigger, e o estômago de Bigger se contraiu, como se esperasse um golpe e estivesse se preparando para isso. Os punhos cerraram-se com mais força. Numa fração de segundo sentiu como seu punho, seu braço e seu corpo se sentiriam se ele acertasse um murro de arrancar sangue bem na boca de Gus; Gus cairia, iria embora, tudo aquilo acabaria e o roubo não aconteceria. E esses pensamentos e sentimentos fizeram com que a tensão asfixiante e crescente que ia da boca do estômago até a garganta abrandasse um pouco.

"Olha, Bigger", Gus começou, num tom que era um meio-termo entre gentileza e orgulho. "Olha, Bigger, cê é a causa de todas as encrencas em que a gente já se meteu. É a sua cabeça quente. Agora, por que cê resolveu me xingar? Eu não tenho o direito de decidir? Não; com você é assim. Cê começa a xingar. Cê diz que eu tô com medo.

É você que tá com medo. Cê tá com medo de eu dizer sim e cê ter que levar esse negócio adiante..."

"Repete o que disse! Repete, que eu enfio uma dessas bolas dentro da sua boca maldita", Bigger disse, com o orgulho ferido de imediato.

"Ah, pelo amor de Deus", Jack disse.

"Cês tão *vendo* como ele é", Gus disse.

"Por que cê num diz o que vai fazer?", Bigger exigiu.

"Ah, eu vou com vocês", Gus falou, num tom um pouco nervoso que buscava se esconder; um tom que se apressava em dizer outras coisas. "Eu vou, mas Bigger num tem que me tratar assim. Não tem que me xingar."

"Por que cê num disse isso logo no começo?", Bigger perguntou, sua raiva chegando quase a um frenesi. "Dá vontade de te socar!"

"... Eu vou ajudar no roubo", Gus continuou, como se Bigger não tivesse dito nada. "Vou ajudar como sempre ajudo. Mas nem fodendo eu vou receber ordens de *você*, Bigger! Cê não passa de um covarde medroso! Me chamando de medroso pra ninguém ver que o medroso é *você*!"

Bigger pulou sobre ele, mas Jack correu para apartá-los. G.H. agarrou o braço de Gus e o puxou para o lado.

"Quem tá pedindo pra você receber ordens?", Bigger disse. "Nunca que eu vou querer dar ordens pra um cagão inútil igual você!"

"Ei, garotos, parem com essa bagunça!", Doc gritou.

Ficaram em silêncio em volta da mesa de bilhar. Os olhos de Bigger seguiram Gus enquanto Gus punha o taco no suporte, batia o pó de giz das calças e tomava um pouco de distância. O estômago de Bigger queimava e uma nuvem negra difusa pairou por um momento diante de seus olhos e então sumiu. Imagens confusas de violência corriam como areia ao vento em sua mente; secas e rápidas, depois desapareciam. Ele podia esfaquear Gus; podia dar-lhe uns tapas; podia chutá-lo; podia dar-lhe uma rasteira e jogá-lo de cara no chão. Podia fazer um monte de coisas contra Gus por tê-lo feito se sentir assim.

"Vamos, G.H.", Gus disse.

"Pra onde?"

"Vamos andar."

"Tá bom."

"O que é que a gente vai fazer?", Jack perguntou. "Se encontrar aqui às três?"

"Claro", Bigger disse. "Não foi isso que acabamos de decidir?"

"Estarei aqui", Gus disse, sem se virar.

Depois que Gus e G.H. saíram, Bigger se sentou e sentiu o suor frio na pele. Agora tudo estava planejado e ele teria que levar adiante. Seus dentes rangiam, e a última imagem que ele vira de Gus passando pela porta permaneceu na sua cabeça. Poderia ter pegado um dos tacos, agarrado com força e acertado na nuca de Gus, sentindo o impacto da madeira dura rachando a parte inferior do crânio. Ele ainda sentia um aperto e sabia que a sensação persistiria até que eles efetivamente realizassem o trabalho, até que estivessem na loja roubando o dinheiro.

"Você e Gus não se dão bem mesmo", Jack comentou, balançando a cabeça.

Bigger se virou e olhou para Jack; tinha esquecido que Jack ainda estava ali.

"Ah, aquele preto bundão desgraçado", Bigger disse.

"Ele tá tranquilo", Jack falou.

"Ele tá com medo", Bigger retrucou. "Pra deixar ele pronto prum trabalho, cê tem que fazer ele ficar com medo de dois jeitos. Tem que deixar ele com mais medo do que vai acontecer com ele se ele não topar do que se ele topar."

"Se a gente for roubar a loja do Blum hoje, a gente não devia criar um alvoroço desses", Jack disse. "A gente tem um trabalho na mão, um trabalho de verdade."

"Com certeza. Com certeza. Eu sei", Bigger respondeu.

Bigger sentiu uma necessidade urgente de esconder seu crescente e profundo sentimento de histeria; tinha que se livrar daquilo ou iria sucumbir. Ansiava por um estímulo poderoso o suficiente para deixá-lo mais concentrado e drenar suas energias. Queria correr. Ou ouvir alguma música animada. Ou rir ou se divertir. Ou ler a *Real Detective Story Magazine*. Ou ir ao cinema. Ou visitar Bessie. A manhã toda ele se escondeu atrás da sua cortina de indiferença e ficou olhando para as coisas, desdenhando e irritando-se com tudo que tentava tirá-lo de seu esconderijo. Mas agora estava fora dele; pensar no assalto à loja de Blum e se indispor com Gus o haviam capturado, e sua autoconfiança foi embora. A confiança só poderia voltar agora por meio de uma ação violenta que o fizesse esquecer. Estes eram os ritmos de sua vida: indiferença e violência; períodos de ruminação abstrata e períodos de intenso desejo; momentos de silêncio e momentos de raiva — como água vazando e fluindo sob uma força invisível e distante. Sentia uma necessidade tão profunda de ser assim quanto de comer. Ele era como uma planta estranha que floresce de dia e murcha à noite; mas o sol que a fazia florescer e a escuridão fria que a fazia murchar nunca eram vistos. Eram seus próprios sol e escuridão, pessoais e privados. Ele tinha um orgulho amargo de suas oscilações rápidas de humor e se gabava quando sofria as consequências delas. Era o jeito dele, ele diria; não tinha como evitar, ele diria, balançando a cabeça. E era seu olhar taciturno e a ação violenta que o acompanhava que levavam Gus, Jack e G.H. a odiá-lo e temê-lo tanto quanto ele temia e odiava a si próprio.

"Onde cê quer ir?", Jack perguntou. "Tô cansado de ficar parado."

"Vamos andar", Bigger disse.

Eles foram até a porta da frente. Bigger parou ali e olhou ao redor do salão de bilhar com uma expressão selvagem e exasperada, os lábios contraídos com resolução.

"Estão indo?", Doc perguntou, sem mover a cabeça.

"Estamos", Bigger disse.

"Até mais", Jack falou.

Caminharam pela rua sob o sol da manhã. Esperaram, com calma, nas esquinas, os carros passarem; não que temessem carros, mas tinham muito tempo ainda. Chegaram à South Parkway fumando cigarros recém-acesos.

"Eu queria assistir um filme", Bigger disse.

"*Mercador das selvas* tá passando de novo no Regal. Eles estão trazendo um monte de filmes antigos de volta."

"Quanto tá?"

"Vinte centavos."

"Certo. Vamos ver."

Andaram seis quarteirões em silêncio. Eram onze e meia quando chegaram à rua 47 e à South Parkway, e o Regal tinha acabado de abrir. Compraram ingressos, foram até a sala escura e se sentaram. O filme ainda não tinha começado, e eles ficaram ouvindo o som suave e lento do órgão de tubos. Bigger não parava de se mexer e sua respiração ficou acelerada; ele olhou ao redor nas sombras para ver se havia algum funcionário por perto, então afundou em seu assento. Olhou para Jack e viu que ele o observava de canto de olho. Ambos riram.

"De novo, isso?", Jack perguntou.

"Estou polindo meu cassetete", Bigger disse.

Eles deram uma risadinha.

"Vamos apostar", Jack disse.

"Vai pro inferno."

O órgão tocou numa única nota por um longo momento, até parar.

"Aposto que cê ainda nem tá duro", Jack sussurrou.

"Tô ficando."

"O meu é igual uma vara", Jack disse, com orgulho intenso.

"Queria que a Bessie estivesse aqui agora", Bigger disse.

"Eu podia fazer a velha Clara gemer agora."

Eles suspiraram.

"Acho que aquela mulher que passou viu a gente."

"E daí?"

"Se ela voltar, vou tacar isso nela."

"Cê é um matador."
"Se ela visse isso, ia desmaiar."
"Ou pegar, talvez."
"É."
Bigger viu Jack se inclinar para a frente e esticar as pernas rígidas.
"Foi?"
"Siiiimmm…"
"Cê é rápido…"
Ficaram em silêncio de novo. Então Bigger se inclinou para a frente, respirando com dificuldade.
"Pronto… Caralho…"
Ficaram imóveis por cinco minutos, afundados em seus assentos. Por fim, endireitaram-se.
"Eu não sei onde colocar meu pé agora", Bigger disse, rindo. "Vamos para outro lugar."
"Certo."
Mudaram para outros assentos. O órgão ainda tocava. De vez em quando eles olhavam para a sala de projeção na parte de trás do local. Não viam a hora de o filme começar. Quando voltaram a falar, a voz deles era gutural, arrastada, tingida de desconforto.
"Cê acha que vai dar tudo certo?", Bigger perguntou.
"Pode ser."
"Prefiro ir logo pra prisão do que pegar aquele emprego da assistente social."
"Não fala isso."
"Não tô nem aí."
"Vamos pensar em como vamos fazer o trabalho, não em como a gente vai ser pego."
"Tá com medo?"
"Nem ferrando."
Ouviram o órgão de tubos. Soava tão baixo que mal podia ser ouvido. Em alguns momentos, parecia parar por completo; e então voltava repentinamente, suave, nostálgico, doce.

"É melhor a gente estar armado dessa vez", Bigger disse.

"Tá. Mas a gente tem que ter cuidado. Não queremos matar ninguém."

"É, mas eu vou me sentir mais seguro com uma arma dessa vez."

"Caramba, queria que já fossem três horas. Queria que já tivesse acabado."

"Eu também."

O órgão parou e a tela brilhou com o ritmo de sombras em movimento. Bigger ficou olhando para o primeiro filme; era um cinejornal. Conforme as cenas se desenrolavam, seu interesse foi capturado e ele se inclinou para a frente. Viu imagens de garotas brancas de cabelo escuro, sorrindo e relaxando nas areias reluzentes de uma praia. O fundo era uma extensão de água respingando. Havia palmeiras perto e longe. A voz do comentarista acompanhava o movimento do filme: *Aqui estão as filhas das famílias ricas tomando banho de sol nas areias da Flórida! Esta pequena coleção de debutantes representa mais de quatro bilhões de dólares da riqueza da América e mais de cinquenta das famílias proeminentes da América...*

"Umas gatinhas!", Jack disse.

"É mesmo!"

"Eu queria estar lá."

"Cê pode", Bigger disse. "Mas ia estar pendurado numa árvore como um cacho de bananas..."

Eles riram fácil e suavemente, ouvindo a voz do comentarista. A cena passava de um lado para outro pela areia brilhante. Então Bigger viu, em primeiro plano, a imagem de uma garota branca esguia e sorridente, cuja cintura estava envolta pelos braços de um homem. Ouviu a voz do comentarista: *Mary Dalton, a filha de Henry Dalton, de Chicago, Drexel Boulevard, 4605, choca a sociedade ao desdenhar dos garotos da La Salle Street e da Gold Coast e aceitar as atenções de um radical bastante conhecido nas suas recentes férias de inverno na Flórida...* O close mostrou a garota sorridente beijando o homem, que a ergueu e a afastou da câmera.

"Ei, Jack?"
"Hã?"
"Essa garota... essa garota nos braços desse cara... é a filha do cara pra quem eu vou trabalhar. Eles moram na Drexel, 4605... é aonde eu vou à noite pra saber do emprego..."
"Sério?"
"Com certeza!"

O close se esvaeceu, e a cena seguinte mostrava apenas as pernas da garota correndo sobre a areia cintilante; elas eram acompanhadas pelas pernas do homem que corria atrás dela. As palavras se arrastavam: *Rá! Ele está atrás dela! Ali! Ele a pegou! Ah, garoto, você não gostaria de estar aqui na Flórida?* O close se esvaeceu e surgiu outro, mostrando dois pares de pernas em pé, bem próximos. Ah, garoto!, disse a voz. Lentamente, as pernas da garota se esticaram até que apenas as pontas dos pés tocassem a areia. *Ah, a rica safada!* A imagem desapareceu devagar enquanto a voz do comentarista continuava: *Pouco depois de uma cena como essa, os chocados papai e mamãe Dalton ordenaram, por meio de um telégrafo, que Mary voltasse para casa de suas férias de inverno e denunciaram seu amigo comunista.*

"Ei, Jack?"
"Quê?"
"O que é um comunista?"
"Eu sei lá. É uma raça de pessoas que vivem na Rússia, não é?"
"Aquele cara que tava beijando a filha do velho Dalton era um comunista e os pais dela não gostaram."
"Gente rica não gosta de comunista."
"Ela era uma bela duma gatinha, isso sim."
"Com certeza", Jack disse. "Quando começar a trabalhar lá, cê tem que aprender a ficar com ela. Então cê pode conseguir tudo que quiser, sabe? Esses ricos fazem merda escondido. Aposto que o velho tava bravo assim com o comunista porque a filha estava com ele pra todo mundo ver..."
"É, pode ser", Bigger disse.

"É foda, minha mãe trabalhava pra gente branca rica e cê tinha que ouvir as histórias que ela contava..."

"Que tipo de histórias?", Bigger perguntou com avidez.

"Ah, essas branquelas ricas vão pra cama com qualquer um, até com um poodle. Elas têm até os próprios motoristas. Ei", Jack disse, dando um soquinho nas costelas de Bigger, "se você encontrar alguma coisa que seja muito difícil pra você naquele lugar, me avisa."

Eles riram. Bigger voltou os olhos para a tela, mas não estava assistindo. Estava cheio de um sentimento de excitação com seu novo trabalho. O que ele tinha ouvido sobre gente branca rica era mesmo verdade? Ele estava indo trabalhar para pessoas como as que via nos filmes? Se sim, então ele ia ver um monte de coisas por dentro; ele descobriria a verdade nua e crua, os podres. Ele olhou para *Mercador das selvas*, que começava, e viu imagens de mulheres e homens negros nus, girando em danças selvagens, ouviu a batida de tambores, e então gradualmente a cena africana mudou e foi substituída por sua própria imaginação de mulheres e homens brancos vestidos com roupas pretas e brancas, rindo, conversando, bebendo e dançando. Aquelas eram pessoas inteligentes; sabiam como se apossar de dinheiro, de milhões. Talvez, se ele trabalhasse para elas, algo aconteceria e ele poderia ganhar alguma parte disso. Ele iria ver exatamente como agiam. Claro, era tudo um jogo e os brancos sabiam como jogá-lo. E gente branca rica não era tão dura com os negros; eram os brancos pobres que odiavam os negros. Eles odiavam os negros porque eles não recebiam a parte deles do dinheiro. Sua mãe sempre lhe dissera que os brancos ricos gostavam mais de negros que dos brancos pobres. Ele sentia que se ele fosse um branco pobre e não recebesse sua parte em dinheiro, então mereceria ser chutado. Gente branca pobre era estúpida. Os brancos ricos é que eram inteligentes e sabiam como tratar as pessoas. Ele lembrou de ter ouvido alguém contar uma história de um chofer negro que se casou com uma garota branca rica e a família dela despachou o casal para fora do país e forneceu dinheiro para eles.

Sim, trabalhar para os Dalton era algo grande. O sr. Dalton era um milionário. Talvez Mary Dalton fosse uma garota fogosa; talvez ela gastasse muito dinheiro; talvez ela fosse gostar de ir para o South Side e ver as paisagens. Ou talvez ela tivesse um namorado secreto e só ele saberia porque teria que levá-la de carro aos lugares; talvez ela lhe desse dinheiro para não contar nada.

Ele era um tolo por querer roubar a loja de Blum justo quando estava prestes a conseguir um bom trabalho. Por que não havia pensado nisso antes? Por que correr um risco idiota quando outras coisas, grandes coisas, poderiam acontecer? Qualquer deslize que acontecesse hoje o deixaria desempregado e talvez na cadeia. E ele não estava tão excitado com a ideia de roubar a loja de Blum, de qualquer forma. Franziu a testa na sala escura, ouvindo o rufar dos tambores e os gritos de mulheres e homens negros dançando livre e selvagemente, homens e mulheres que estavam adaptados ao solo e em casa em seu próprio mundo, protegidos do medo e da histeria.

"Vamos, Bigger", Jack disse. "Temos que ir."

"Hã?"

"São vinte pras três."

Ele se levantou e caminhou pelo carpete suave e invisível do corredor escuro. Não tinha visto quase nada do filme, mas não se importava. Enquanto andava no saguão, suas entranhas se tensionaram de novo ao pensar em Gus e na loja de Blum.

"Louco, né?"

"É, muito", Bigger disse.

Seguiu ao lado de Jack rapidamente até chegarem à rua 39.

"Melhor a gente pegar nossas armas", Bigger disse.

"É."

"A gente tem mais ou menos quinze minutos."

"Tá bom."

"Até logo."

Ele foi para casa com uma sensação crescente de medo. Quando chegou à porta, hesitou em subir. Não queria roubar a loja de Blum;

estava com medo. Mas agora tinha que levar aquilo adiante. Sem fazer barulho, subiu os degraus e enfiou a chave na fechadura; a porta se abriu silenciosamente e ele ouviu sua mãe cantando atrás da cortina.

Lord, I want to be a Christian,
In my heart, in my heart,
Lord, I want to be a Christian,
In my heart, in my heart... *

Entrou no quarto na ponta dos pés e levantou o colchão da sua cama, puxou a arma e a enfiou embaixo da camisa. Quando estava prestes a abrir a porta, a mãe parou de cantar.
"É você, Bigger?"
Ele caminhou rapidamente para o corredor externo, bateu a porta e desceu a escada aos saltos. Foi para o vestíbulo e voou para a rua, sentindo aquela tensão quente se tornar maior e mais pesada no estômago e no peito. Abriu a boca para respirar. Dirigiu-se para o salão do Doc, foi até a porta e olhou lá dentro. Jack e G.H. estavam jogando bilhar numa mesa do fundo. Gus não estava lá. Ele sentiu uma ligeira diminuição da tensão nervosa e engoliu em seco. Olhou nas duas direções da rua; havia pouquíssimas pessoas lá fora e o policial não estava à vista. Um relógio numa janela do outro lado da rua lhe dizia que faltavam doze minutos para as três. Bem, era isso; ele tinha que entrar. Levantou a mão esquerda e limpou o suor da testa num gesto longo e lento. Hesitou por mais uns instantes na porta e então entrou, andando com passos firmes até a mesa do fundo. Não falou com Jack ou G.H., nem eles falaram com Bigger. Acendeu um cigarro com dedos trêmulos e observou as bolas de bilhar rolarem, brilharem e estalarem sobre o tecido verde, caindo em buracos depois de ricochetearem nas bordas de borracha de um lado para outro. Sentiu-se impelido a dizer

---

* "Senhor, eu quero ser cristã/ No meu coração, no meu coração,/ Senhor, eu quero ser cristã/ No meu coração, no meu coração..." (N. T.)

alguma coisa para aliviar o inchaço em seu peito. Depressa, jogou o cigarro na escarradeira e, com dois redemoinhos de fumaça azul saindo das narinas negras, gritou com voz rouca:

"Jack, eu aposto uns trocados que cê não vai conseguir!"

Jack não respondeu; a bola rolou direto para o outro lado da mesa e desapareceu num dos buracos.

"Cê teria perdido", Jack disse.

"Tarde demais agora", Bigger disse. "Cê não apostou, então *você* perdeu."

Ele falou sem olhar. Todo o seu corpo estava faminto por uma sensação aguda, alguma coisa excitante e violenta para aliviar a tensão. Agora faltavam dez minutos para as três e Gus não tinha chegado. Se ele ainda demorasse, seria tarde demais. E Gus sabia. Se eles fossem fazer qualquer coisa, com certeza precisavam fazê-la antes de as pessoas irem para as ruas comprar comida para o jantar, e enquanto o policial estava no outro lado do quarteirão.

"Aquele desgraçado!", Bigger disse. "Eu sabia!"

"Ah, ele vai aparecer", Jack disse.

"Às vezes eu queria arrancar o coração cagão dele", Bigger falou, apalpando o canivete no bolso.

"Talvez ele esteja andando por aí com alguma gostosa", G.H. disse.

"Ele só tá com medo", Bigger disse. "Com medo de roubar um homem branco."

As bolas de bilhar estalaram. Jack riscou seu taco e o ruído metálico fez Bigger cerrar os dentes até doerem. Não gostava daquele barulho; era como se estivesse cortando algo com seu canivete.

"Se ele fizer a gente perder esse trabalho, eu vou acabar com ele, então me segurem", Bigger disse. "Ele não devia se atrasar. Toda vez que alguém se atrasa, as coisas dão errado. Olha os caras grandes. Cê nunca ouve falar que eles chegam atrasados, sabe? De jeito nenhum! Eles trabalham igual relógio!"

"Nenhum de nós tem mais culhão do que o Gus", G.H. disse. "Ele sempre teve com a gente."

"Ah, cala a boca", Bigger disse.

"Lá vem você de novo, Bigger", G.H. disse. "Gus tava falando justamente sobre como você agiu essa manhã. Cê fica nervoso demais quando alguma coisa tá para acontecer..."

"Não vem falar que eu tô nervoso", Bigger disse.

"Se a gente não fizer hoje, podemos fazer amanhã", Jack falou.

"Amanhã é domingo, idiota!"

"Bigger, pelo amor de Deus! Não grita!", Jack disse, tenso.

Bigger olhou duramente para Jack por um longo tempo, e então virou as costas com uma careta.

"Não anuncia pro mundo o que a gente tá tentando fazer", Jack murmurou, num tom apaziguador.

Bigger caminhou até a entrada do salão e ficou olhando para fora pela vidraça. Então, de repente, ele se sentiu mal. Viu Gus vindo pela rua. E seus músculos se enrijeceram. Ele ia fazer alguma coisa com Gus; o que, exatamente, ele não sabia. Enquanto Gus se aproximava, ele o ouvia assobiar "The Merry-Go-Round Broke Down...". A porta se abriu.

"Oi, Bigger", Gus disse.

Bigger não respondeu. Gus passou por ele e se dirigiu às mesas do fundo. Bigger girou e o chutou com força. Gus caiu de cara no chão com um único movimento de seu corpo. Com um olhar que mostrava que ele estava olhando para Gus no chão, para Jack e G.H. na mesa dos fundos e para Doc — olhando para todos eles ao mesmo tempo com um olhar meio sorridente, errante e demorado —, Bigger deu uma risada, no início suave e, depois, mais alta, histérica; sentindo algo como água quente borbulhando dentro dele e tentando sair. Gus se levantou e ficou ali parado, quieto, a boca aberta e os olhos negros faiscando de ódio.

"Calma, meninos", Doc disse, olhando por cima do balcão e, em seguida, curvando-se de novo.

"Por que você me chutou?", Gus perguntou.

"Porque eu quis", Bigger disse.

Gus olhou para Bigger com os olhos baixos. G.H. e Jack se apoiavam nos tacos e observavam em silêncio.

"Eu vou acabar com você qualquer dia desses", Gus ameaçou.

"Repete", Bigger disse.

Doc riu, endireitando-se e olhando para Bigger.

"Deixa o garoto, Bigger."

Gus virou-se e caminhou em direção às mesas do fundo. Bigger, com um salto incrível, agarrou-o pela gola da camisa.

"Eu mandei você repetir!"

"Para, Bigger!", Gus gaguejou, sentindo-se sufocado e caindo de joelhos.

"Não me manda parar!"

Os músculos de seu corpo deram uma investida tensa, e Bigger viu seu punho acertar a lateral da cabeça de Gus; ele o atingiu bem antes de ter consciência de fazê-lo.

"Não machuca ele", Jack disse.

"Eu vou matar ele", Bigger disse, com os dentes cerrados, puxando Gus com força pela gola da camisa, sufocando-o mais.

"Me s-s-soooolta", Gus gorgolejou, lutando.

"Faz eu soltar!", Bigger disse, apertando os dedos com mais força.

Gus estava totalmente imóvel, apoiado nos joelhos. Então, como um arco retesado que se solta, ele se pôs de pé num salto, sacudindo-se para se soltar de Bigger e fugir. Bigger cambaleou para trás contra a parede, sem fôlego por um momento. A mão de Bigger se moveu tão rápido que ninguém viu; uma lâmina reluzente brilhou. Ele deu um passo largo, tão gracioso quanto um animal saltando, esticou a perna esquerda e deu uma rasteira em Gus, que caiu. Gus se virou para se levantar, mas Bigger estava em cima dele, com o canivete aberto e preparado.

"Levanta! Levanta que eu vou fatiar suas amídalas!"

Gus continuou imóvel.

"Tudo bem, Bigger", Gus disse, em sinal de rendição. "Me deixa levantar."

"Cê tá tentando me fazer de idiota, né?"

"Não", Gus respondeu, os lábios mal se movendo.

"Cê tá certo pra caralho de não tentar", Bigger disse.

O rosto dele suavizou um pouco e o brilho duro de seus olhos injetados de sangue se extinguiu. Mas ele continuava ajoelhado com o canivete aberto. Então se levantou.

"Levanta!", disse.

"Por favor, Bigger!"

"Quer que eu te corte em pedacinhos?"

Ele tornou a se abaixar e colocou o canivete na garganta de Gus. Gus não se moveu e seus grandes olhos negros pareciam suplicantes. Bigger não estava satisfeito; ele sentiu seus músculos se contraírem de novo.

"Levanta! Eu não vou pedir outra vez!"

Lentamente, Gus se levantou. Bigger segurou a lâmina aberta a alguns centímetros dos lábios de Gus.

"Lambe", Bigger disse, o corpo formigando de euforia.

Os olhos de Gus se encheram de lágrimas.

"Lambe, eu disse! Cê acha que eu tô brincando?"

Gus olhou ao redor do salão sem mover a cabeça, apenas revirando os olhos num apelo mudo por ajuda. Mas ninguém se mexeu. O punho esquerdo de Bigger estava se erguendo devagar em posição de ataque. Os lábios de Gus se moveram em direção ao canivete; ele esticou a língua para fora e tocou a lâmina. Seus lábios tremeram e lágrimas escorreram pelas faces.

"Hahahaha!" Doc riu.

"Ah, deixa ele em paz", Jack berrou.

Bigger, com os lábios torcidos num sorriso torto, observou Gus.

"E aí, Bigger, cê já não assustou ele o suficiente?", Doc perguntou.

Bigger não respondeu. Seus olhos duros cintilaram mais uma vez, grávidos de outra ideia.

53

"Põe as mãos pro alto, bem pro alto!", ele disse.

Gus engoliu em seco e esticou as mãos para cima na parede.

"Deixa ele em paz, Bigger", G.H. pediu debilmente.

"Tô deixando", Bigger disse.

Ele encostou a ponta da lâmina na camisa de Gus e então fez um arco com o braço, como se estivesse cortando um círculo.

"O que acha de eu cortar seu umbigo fora?"

Gus não respondeu. Suor escorria por suas têmporas. Os lábios estavam caídos, frouxos.

"Fecha essa sua boca mole!"

Gus não mexeu um músculo. Bigger pressionou o canivete com mais força contra a barriga de Gus.

"Bigger!", Gus disse, num sussurro tenso.

"Cala a boca!"

Gus calou a boca. Doc riu. Jack e G.H. riram. Então Bigger recuou e olhou para Gus com um sorriso.

"Seu palhaço", ele disse. "Abaixa as mãos e senta naquela cadeira." Ficou olhando enquanto Gus se sentava. "Isso é pra te ensinar a não chegar atrasado na próxima vez, entendeu?"

"A gente não tá atrasado, Bigger. Ainda dá tempo..."

"Cala a boca! Tá tarde, sim!", Bigger insistiu, autoritário.

Bigger se virou de lado; em seguida, ao ouvir um arranhão agudo no chão, ficou tenso. Gus pulou da cadeira e agarrou uma bola de bilhar da mesa e a atirou meio chorando, meio xingando. Bigger jogou as mãos para o alto para proteger o rosto e o impacto da bola atingiu seu pulso. Ele tinha fechado os olhos quando vislumbrou a bola voando em sua direção, e quando os abriu, viu Gus correndo para a porta dos fundos e, ao mesmo tempo, ouviu a bola bater no chão e rolar para longe. Uma dor intensa fazia sua mão latejar. Ele saltou para a frente, xingando.

"Seu filhada*puta*!"

Escorregou num taco que estava caído no chão e tombou para a frente.

"Agora já chega, Bigger", Doc disse, rindo.

Jack e G.H. também riram. Bigger se levantou e os encarou, segurando a mão ferida. Seus olhos estavam vermelhos e ele fitou a todos com um ódio mudo.

"Continuem dando risada", disse.

"Se comporta, menino", Doc falou.

"Continuem dando risada", Bigger repetiu, empunhando o canivete.

"Presta atenção no que cê tá fazendo", Doc alertou.

"Ah, Bigger", Jack disse, recuando em direção à porta dos fundos.

"Agora cê estragou tudo", G.H. disse. "Acho que era isso que você queria…"

"Vai pro inferno!", Bigger gritou, abafando a voz de G.H.

Doc se abaixou atrás do balcão e quando se levantou havia alguma coisa em sua mão que ele não mostrou. Ficou lá parado, rindo. Saliva branca se juntou nos cantos dos lábios de Bigger. Ele caminhou até a mesa de bilhar, os olhos em Doc. Então começou a cortar o tecido verde da mesa com golpes longos e curvos. Ele nunca tirava os olhos do rosto de Doc.

"Por quê, seu filho da puta!", Doc disse. "Eu devia era atirar em você, que Deus me ajude! Sai daqui antes que eu chame a polícia!"

Bigger passou devagar por Doc, olhando para ele, sem se apressar, com o canivete aberto na mão. Parou na porta e olhou para trás. Jack e G.H. tinham ido embora.

"Sai daqui!", Doc disse, mostrando uma arma.

"Não gostou?", Bigger perguntou.

"Sai daqui antes que eu atire em você!", Doc disse. "E nunca mais ponha seus pés pretos aqui de novo!"

Doc estava furioso e Bigger estava com medo. Ele fechou o canivete, guardou-o no bolso e saiu para a rua. Piscou por causa da luz brilhante do sol; seus nervos estavam tão tensos que ele tinha dificuldade para respirar. No meio do quarteirão, passou pela loja de Blum; olhou de canto de olho pela vidraça e viu que Blum estava sozinho, não havia clientes na loja. Sim; eles teriam tido tempo de roubar a loja; na verdade, ainda tinham tempo. Ele havia mentido para Gus, G.H. e Jack. Continuou andando; não se via nenhum policial. Sim; eles poderiam ter roubado a loja e teriam se safado. Ele esperava que a briga que teve com Gus encobrisse o que ele estava tentando esconder. Pelo menos a briga o fez se sentir igual a eles. E ele se sentiu igual a Doc também; não retalhara sua mesa e o desafiara a usar a arma?

Sentiu um desejo esmagador de ficar sozinho; andou até a metade do quarteirão seguinte e entrou num beco. Começou a rir, tensa e suavemente; parou de caminhar e sentiu alguma coisa quente rolar na face e a removeu. "Jesus", suspirou. "Eu ri tanto que chorei." Com cuidado, secou o rosto na manga do casaco e então ficou parado por dois minutos inteiros encarando a sombra de um telefone público projetada no chão do beco. De súbito, endireitou-se e voltou a andar num fôlego só. "Inferno!" Tropeçou violentamente numa fissura do calçamento. "Desgraça!", disse. Quando chegou ao final do beco, entrou numa rua, caminhando devagar sob a luz do sol, as mãos afundadas nos bolsos, a cabeça baixa, deprimido.

Foi para casa, sentou-se numa cadeira junto à janela e ficou olhando, sonhador, lá para fora.

"É você, Bigger?", a mãe chamou de trás da cortina.

"Sim", ele disse.

"Por que você entrou e saiu correndo mais cedo?"

"Por nada."

"Não vá se meter em confusão agora, menino."

"Ah, mãe! Me deixa em paz!"

Ele escutou por um tempo o barulho da mãe esfregando roupas na tábua de lavar de metal, então olhou, absorto, para a rua, pensando em como se sentira quando brigou com Gus no salão de bilhar de Doc. Estava aliviado e feliz porque dali a uma hora iria saber daquele emprego na casa dos Dalton. Estava indignado com a gangue; sabia que o que tinha acontecido pôs fim à possibilidade de acompanhá-los em qualquer outro trabalho. Como um homem olhando com pesar mas sem esperança para o coto de uma perna ou de um braço amputados, ele sabia que o medo de roubar um homem branco se apossara dele quando começou a briga com Gus; mas sabia disso de um jeito que evitava que esse entendimento viesse à mente na forma de uma ideia concreta e direta. Suas emoções confusas o fizeram sentir instintivamente que seria melhor lutar com Gus e estragar o plano do assalto do que confrontar um homem branco com uma arma. Mas ele manteve esse conhecimento de seu impulso medroso enfiado bem lá no fundo de si; sua coragem de viver dependia de quão bem ele seria capaz de esconder o medo de sua consciência. Ele havia brigado com Gus porque Gus estava atrasado; esse era o motivo que suas emoções aceitavam, e ele não tentou se justificar nem para si mesmo nem para os amigos. Não tinha consideração suficiente por eles para achar que precisava; não se julgava responsável por eles pelo que fez, apesar de terem estado tão profundamente envolvidos quanto ele no planejamento do roubo. Sentia-se da mesma maneira em relação a todas as pessoas. Até onde conseguia se lembrar, nunca fora responsável por ninguém. A partir do momento em que uma situação passava a exigir algo dele, ele se rebelava. Era assim que vivia; passava os dias tentando derrotar ou gratificar impulsos poderosos num mundo que ele temia.

Do lado de fora da janela, ele viu o sol se pondo sobre os telhados a oeste e assistiu à primeira sombra do crepúsculo cair. De vez em quando, um bonde passava correndo. O aquecedor enferrujado assobiou do outro lado do quarto. O dia todo fora primaveril, mas agora nuvens escuras estavam lentamente engolindo o sol. De repente, todas as luzes da rua se acenderam ao mesmo tempo e o céu ficou negro e próximo do topo das casas.

Dentro da camisa, Bigger sentiu o metal frio da arma descansando contra sua pele nua; devia colocá-la de volta entre os colchões. Não! Ele continuaria com ela. Levaria a arma consigo para a casa dos Dalton. Sentia que estaria mais seguro se a levasse. Não planejava usá-la e não sentia medo de nada em particular, mas havia nele uma inquietação e desconfiança que o faziam sentir que deveria mantê-la consigo. Ele estaria entre pessoas brancas, então levaria sua faca e sua arma; isso o faria se sentir igual a eles, lhe daria um senso de completude. Pensou então num bom motivo para levar a faca e a arma; para chegar à casa dos Dalton, ele tinha que passar por um bairro branco. Não havia ouvido nada sobre algum negro ter sido molestado recentemente, mas sentia que sempre era algo possível.

À distância, um relógio tocou cinco vezes. Ele suspirou, se levantou, bocejou e se espreguiçou com os braços no alto da cabeça para relaxar os músculos de seu corpo. Pegou o sobretudo, pois estava esfriando lá fora, e depois o boné. Ele foi na ponta dos pés até a porta, desejando escapar sem que a mãe percebesse. Bem quando estava prestes a abrir a porta, ela chamou.

"Bigger!"

Ele parou e franziu as sobrancelhas.

"Sim, mãe."

"Tá indo ver aquele emprego?"

"Tô."

"Não vai comer nada?"

"Não tenho tempo agora."

Ela veio até a porta, enxugando as mãos ensaboadas num avental.

"Aqui; toma essa moeda e compra alguma coisa."

"Tá bom."

"E cuidado, filho."

Ele saiu e caminhou para o sul, para a rua 46, depois para o leste. Bem, em alguns instantes ele descobriria se os Dalton para quem ele trabalharia eram os mesmos que ele tinha visto e ouvido a respeito no cinema. Mas, enquanto caminhava pelo quieto e espaçoso bairro branco, ele não sentiu a atração e o mistério da coisa com tanta força quanto no cinema. As casas pelas quais ele passou eram enormes; luzes brilhavam suavemente nas janelas. As ruas estavam vazias, com exceção de um carro ou outro que passava zunindo com pneus velozes.

Este era um mundo frio e distante; um mundo de segredos brancos cuidadosamente guardados. Ele conseguia sentir um orgulho, uma certeza e uma confiança nessas ruas e casas. Chegou ao Drexel Boulevard e começou a procurar o número 4605. Quando encontrou, parou e viu-se diante de uma cerca alta de estacas de ferro, sentindo-se constrito por dentro. Tudo que ele tinha sentido no cinema havia desaparecido; apenas medo e vazio o preenchiam agora.

Esperariam que ele entrasse pela porta da frente ou dos fundos? Era estranho que não tivesse pensado nisso. Desgraça! Ele caminhou ao longo de toda a cerca de ferro na frente da casa, procurando uma passagem para os fundos. Mas não havia nenhuma. Além do portão da frente, havia apenas uma entrada para carros, que estava bem trancada. Imagine se a polícia o visse vagando assim por um bairro branco? Pensariam que ele estava tentando roubar ou estuprar alguém. Ficou com raiva. Por que tinha vindo ver esse maldito emprego? Podia ter ficado entre os seus e se livrado de sentir esse medo e ódio. Este não era o seu mundo; havia sido tolo em pensar que teria gostado dele. Ficou no meio da calçada com os maxilares bem cerrados; queria golpear alguma coisa com os punhos. Bem... Desgraça! Não havia nada a fazer a não ser ir para a porta da frente. Se ele fizesse algo errado, pelo menos não podiam matá-lo; tudo que podiam fazer era dizer que ele não conseguiria aquele emprego.

Timidamente, levantou a trava do portão e foi até os degraus. Parou, esperando que alguém o desafiasse. Nada aconteceu. Será que não tinha ninguém em casa? Foi até a porta e viu uma luz fraca queimando num nicho sombreado acima de uma campainha. Apertou-a e ficou surpreso ao ouvir um gongo suave vindo de dentro. Será que tinha apertado com muita força? Ah, que inferno! Ele tinha que se sair melhor; relaxou seus músculos rígidos e ficou à vontade, esperando. A maçaneta girou. A porta se abriu. Ele viu um rosto branco. Era uma mulher.

"Olá!"

"Sim, senhora", ele disse.

"Quer ver alguém?"

"Er... er... eu quero ver o seu Dalton."

"Você é o menino Thomas?"

"Sim, senhora."

"Entra."

Ele se esgueirou pela porta devagar, então parou no meio do caminho. A mulher estava tão perto que ele podia ver uma fina verruga no canto de sua boca. Prendeu a respiração. Parecia que não havia espaço suficiente para passar sem de fato tocá-la.

"Entra", a mulher disse.

"Sim, senhora", ele sussurrou.

Ele se espremeu e parou indeciso num corredor com iluminação suave.

"Me acompanhe", ela falou.

Com o boné nas mãos e os ombros caídos, acompanhou-a, caminhando sobre um tapete tão macio e profundo que parecia que ele ia cair a cada passo que dava. Entrou numa sala mal iluminada.

"Sente-se", ela disse. "Vou avisar o seu Dalton que você está aqui e ele já vem."

"Sim, senhora."

Bigger se sentou e olhou para a mulher; ela o encarava e ele desviou o olhar, confuso. Ficou feliz quando ela saiu. Essa velha desgraçada! O que tem de tão engraçado em mim, porra? Eu sou como ela... Sentiu que a posição em que tinha se sentado era muito estranha e viu que estava bem na beirada da cadeira. Levantou-se um pouco para sentar-se mais para trás; mas, quando se sentou, afundou tanto e tão de repente no assento que pensou que a cadeira havia quebrado. Deu um salto de medo; em seguida, ao perceber o que acontecera, afundou de novo no assento, desconfiado. Olhou em volta da sala; estava iluminada por luzes fracas que brilhavam de uma fonte oculta. Passeou os olhos tentando encontrá-las, mas não conseguiu. Ele não tinha esperado nada assim; não havia pensado que esse mundo seria tão completamente diferente do seu que o deixaria intimidado. Nas paredes lisas viam-se várias pinturas cuja natureza ele tentou decifrar, mas não conseguiu. Ele teria gostado de examiná-las, mas não ousou fazê-lo. Então ouviu; um som tênue de piano flutuava até ele vindo de algum lugar. Estava numa residência branca; luzes fracas queimavam ao seu redor; objetos estranhos o desafiavam; e ele se sentia irritado e desconfortável.

"Certo. Venha por aqui."

Sobressaltou-se com o som de uma voz masculina.

"Senhor?"

"Venha por aqui."

Julgando mal o quão fundo estava na cadeira, sua primeira tentativa de se levantar falhou e ele escorregou para trás, caindo de lado. Agarrando os braços da cadeira, ele se endireitou e encontrou um homem alto, magro e de cabelos brancos que segurava uma folha de papel. O homem olhava para ele com um sorriso divertido que deixou Bigger consciente de cada centímetro de pele de seu corpo negro.

"Thomas?", o homem perguntou. "Bigger Thomas?"

"Sim, senhor", murmurou; sem falar, na verdade; mas ouvindo as palavras rolarem involuntariamente de seus lábios.

"Venha por aqui."

"Sim, senhor."

Ele seguiu o homem para fora da sala num corredor. O homem parou abruptamente. Bigger também parou, desnorteado; então viu uma mulher alta, magra e branca vindo em sua direção, caminhando em silêncio com as mãos delicadas levantadas no ar e tocando as paredes de ambos os lados. Bigger recuou para deixá-la passar. O rosto e o cabelo dela eram completamente brancos; a seu ver, parecia um fantasma. O homem pegou o braço dela com delicadeza e a segurou por um momento. Bigger viu que ela era velha e que seus olhos cinzentos pareciam de pedra.

"Tudo bem com você?", o homem perguntou.

"Sim", ela respondeu.

"Onde a Peggy está?"

"Ela está preparando o jantar. Estou muito bem, Henry."

O homem soltou a mulher e ela caminhou devagar, os longos dedos brancos de suas mãos mal tocando as paredes. Atrás da mulher, seguindo a bainha de seu vestido, um grande gato branco andava sem fazer barulho. Ela é cega!, Bigger pensou com assombro.

"Vamos; por aqui", o homem disse.

"Sim, senhor."

Ele se perguntou se o homem o tinha visto observar a mulher. Teria que ser cuidadoso nesse lugar. Havia tantas coisas estranhas. Acompanhou o homem até uma sala.

"Sente-se."

"Sim, senhor", disse, sentando-se.

"Aquela era a sra. Dalton", o homem falou. "Ela é cega."

"Sim, senhor."

"Ela tem um profundo interesse em pessoas de cor."

"Sim, senhor", Bigger sussurrou. Estava consciente do esforço que fazia para respirar; lambia os lábios e revirava, nervoso, o boné nas mãos.

"Bem, eu sou o sr. Dalton."

"Sim, senhor."

"Você acha que ia gostar de dirigir um carro?"

"Ah, sim, senhor."

"Você trouxe o papel?"

"Senhor?"

"A assistente social não deixou um papel para mim com você?"

"Ah, sim, senhor!"

Ele havia esquecido completamente do papel. Levantou-se para enfiar a mão no bolso do colete e, ao fazê-lo, derrubou o boné. Por um momento seus impulsos ficaram paralisados; não sabia se deveria pegar o boné e depois achar o papel, ou achar o papel e depois pegar o boné. Decidiu pegar o boné.

"Coloque seu boné aqui", o sr. Dalton disse, indicando um lugar na mesa.

"Sim, senhor."

Então Bigger ficou imóvel como uma pedra; o gato branco passou por ele e saltou sobre a mesa; ficou ali mirando-o com grandes olhos plácidos e miando queixosamente.

"Qual o problema, Kate?", o sr. Dalton perguntou, acariciando o pelo do gato e sorrindo. Virou-se para Bigger. "Achou?"

"Não, senhor. Mas eu estou com ele aqui, em algum lugar."

Ele se odiou naquele momento. Por que estava agindo e se sentindo desse jeito? Ele queria, com apenas um gesto, obliterar o homem que o fazia se sentir assim. Ou então, obliterar a si mesmo. Ele não tinha levantado os olhos até a altura do rosto do sr. Dalton nem uma vez desde quando entrara na casa. Mantinha os joelhos um pouco dobrados, os lábios parcialmente abertos, os ombros caídos; e seus olhos mantinham um olhar que apenas passava pela superfície das coisas. Havia uma convicção orgânica nele de que era assim que os brancos queriam que ele agisse na presença deles; ninguém jamais lhe dissera isso com tantas palavras, mas suas maneiras o fizeram sentir como se tivessem dito. Colocou o boné na mesa, notando que o sr. Dalton o observava com atenção. Será que não estava agindo direito? Desgraça! Desajeitado, procurou o papel. Não conseguiu encontrá-lo de primeira e sentiu-se obrigado a dizer algo por demorar tanto.

"Eu tenho ele bem aqui no bolso do colete", balbuciou.

"Não tem pressa."

"Ah, aqui está."

Ele puxou o papel. Estava amassado e sujo. Nervoso, desamassou o papel e o entregou ao sr. Dalton, segurando-o pela beirada.

"Certo, agora", o sr. Dalton disse. "Vamos ver o que você tem aqui. Você mora no número 3721, na Indiana Avenue?"

"Sim, senhor."

O sr. Dalton fez uma pausa, franziu a testa e olhou para o teto.

"Que tipo de edifício é esse?"

"O senhor quer dizer onde eu moro?"

"Sim."

"Ah, é só um prédio velho."
"Onde você paga aluguel?"
"Lá na rua 31."
"Na direção da South Side Real Estate Company?"
"Sim, senhor."
Bigger se perguntou quais seriam os possíveis significados daquelas perguntas; ele tinha ouvido que o sr. Dalton era o proprietário da South Side Real Estate Company, mas não tinha certeza.
"Quanto você paga de aluguel?"
"Oito dólares por semana."
"Por quantos quartos?"
"Só temos um, senhor."
"Entendo... Então, Bigger, quantos anos você tem?"
"Tenho vinte, senhor."
"Casado?"
"Não, senhor."
"Sente-se. Não precisa ficar em pé. E eu não vou demorar."
"Sim, senhor."
Ele se sentou. O gato branco ainda o contemplava com olhos grandes e úmidos.
"Então, você tem uma mãe, um irmão e uma irmã?"
"Sim, senhor."
"Vocês são quatro?"
"Sim, senhor, somos quatro", ele gaguejou, tentando mostrar que não era tão estúpido quanto podia parecer. Sentiu necessidade de falar mais, pois tinha a sensação de que talvez o sr. Dalton esperasse por isso. E de repente lembrou das muitas vezes que sua mãe lhe dissera para não olhar para o chão quando estivesse falando com brancos ou pedindo um emprego. Ergueu os olhos e viu o sr. Dalton observando-o com atenção. Baixou os olhos novamente.
"Eles te chamam de Bigger?"
"Sim, senhor."
"Então, Bigger, eu gostaria de conversar um pouco com você..."

Sim, desgraça! Ele sabia sobre o que era. Ele seria questionado sobre a época em que fora acusado de roubar pneus e enviado para o reformatório. Ele se sentiu culpado, condenado. Não deveria ter vindo.

"O pessoal da assistência social disse umas coisas curiosas sobre você. Eu gostaria de conversar sobre elas. Então, você não precisa ter vergonha comigo", o sr. Dalton disse, sorrindo. "Também já fui um menino e acho que sei como as coisas são. Apenas seja você mesmo..." O sr. Dalton apanhou um maço de cigarros. "Aqui; pegue um."

"Não, senhor; obrigado, senhor."

"Não fuma?"

"Sim, senhor. Só não quero um agora."

"Então, Bigger, o pessoal da assistência social disse que você era um trabalhador muito bom quando se interessava pelo que estava fazendo. É verdade?"

"Bom, eu faço meu trabalho, senhor."

"Mas eles disseram que você estava sempre metido em confusão. Como você explica isso?"

"Não sei, senhor."

"Por que te mandaram para o reformatório?"

Seus olhos se voltaram ferozmente para o chão.

"Eles disseram que eu estava roubando!", exclamou abruptamente, defensivo. "Mas eu não estava."

"Tem certeza?"

"Sim, senhor."

"Bom, como você foi envolvido nisso?"

"Eu estava com uns caras e a polícia pegou a gente."

O sr. Dalton não disse nada. Bigger escutou o tique-taque do relógio em algum lugar atrás de si e teve o impulso bobo de olhá-lo. Mas se conteve.

"Bom, Bigger, como você se sente sobre isso agora?"

"Senhor? Sobre o quê?"

"Se você tivesse um emprego agora, você roubaria?"

"Ah, não, senhor. Eu não roubo."

"Bem", o sr. Dalton falou, "disseram que você sabe dirigir e vou te oferecer um emprego."

Ele não disse nada.

"Acha que dá conta disso?"

"Ah, sim, senhor."

"O pagamento é de vinte dólares por semana, mas vou te dar vinte e cinco. Os cinco dólares extras são para você mesmo, para gastar como quiser. Você vai receber as roupas que precisar e as refeições. Vai dormir no quarto dos fundos, acima da cozinha. Você pode dar os vinte dólares para sua mãe para ela manter seus irmãos na escola. O que te parece?"

"Parece bom. Sim, senhor."

"Acho que vamos nos dar bem."

"Sim, senhor."

"Eu não acho que vamos ter qualquer problema."

"Não, senhor."

"Então, Bigger", o sr. Dalton disse, "já que estamos combinados, vamos ver o que você terá que fazer todos os dias. Eu saio às nove todas as manhãs para o meu escritório. É um trajeto de vinte minutos. Você deve estar de volta às dez e levar a srta. Dalton para a faculdade. Ao meio-dia, você vai buscá-la. Daí até a noite você está mais ou menos livre. Se a srta. Dalton ou eu formos sair à noite, você, é claro, vai nos levar. Você vai trabalhar todos os dias, mas nós só nos levantamos ao meio-dia aos domingos. Portanto você terá as manhãs de domingo livres, a menos que alguma coisa inesperada aconteça. Você terá um dia inteiro de folga a cada duas semanas."

"Sim, senhor."

"Acha que dá conta disso?"

"Ah, sim, senhor."

"E sempre que estiver incomodado com alguma coisa, venha falar comigo. Vamos conversar."

"Sim, senhor."

"Ah, pai!", a voz de uma garota ressoou.

"Sim, Mary", o sr. Dalton disse.

Bigger se virou e viu uma garota branca entrar no escritório. Era muito esbelta.

"Ah, eu não sabia que você estava ocupado."

"Está tudo bem, Mary. O que foi?"

Bigger viu que a garota estava olhando para ele. Sim; era a mesma garota que ele tinha visto no filme.

"Esse é o nosso novo motorista, pai?"

"O que você quer, Mary?"

"Você vai comprar os ingressos para o concerto de quinta-feira?"

"No Orchestra Hall?"

"É."

"Sim. Vou comprar."

"É esse o novo motorista?"

"Sim", o sr. Dalton disse. "Esse é o Bigger Thomas."

"Olá, Bigger", a garota falou.

Bigger engoliu em seco. Olhou para o sr. Dalton, depois sentiu que não deveria ter olhado.

"Boa noite, senhora."

A garota se aproximou e parou de frente para ele.

"Bigger, você faz parte de um sindicato?", perguntou.

"Agora isso, Mary!", o sr. Dalton disse, franzindo a testa.

"Bom, pai, ele deveria", a garota falou, virando-se para ele e depois de volta para Bigger. "Você faz?"

"Mary...", o sr. Dalton disse.

"Eu só estou perguntando, pai!"

Bigger hesitou. Odiou a garota. Por que ela tinha que fazer isso quando ele estava tentando conseguir um emprego?

"Não", balbuciou, com a cabeça baixa e olhar carrancudo.

"E por que não?", a garota perguntou.

Bigger ouviu o sr. Dalton resmungar alguma coisa. Queria que o sr. Dalton falasse algo que acabasse com isso. Olhou para cima e viu o sr. Dalton encarando a garota. Ela vai me fazer perder o emprego!, pensou. Desgraça! Ele não sabia nada sobre sindicatos, a não ser que eram considerados coisas ruins. E o que ela estava querendo ao falar com ele desse jeito na frente do sr. Dalton, que, sem dúvida, não gostava de sindicatos?

"Nós podemos nos acertar sobre o sindicato mais tarde, Mary", o sr. Dalton falou.

"Mas você não ia se importar em fazer parte de um sindicato, né?", a garota indagou.

"Eu não sei, senhora", Bigger disse.

"Então, Mary, você está vendo que o garoto é novo", o sr. Dalton respondeu. "Deixa ele em paz."

A garota se virou para o pai e mostrou a língua para ele.

"Tá certo, sr. Capitalista!" Voltou-se de novo para Bigger. "Ele não é um capitalista, Bigger?"

Bigger olhou para o chão e não respondeu. Ele não sabia o que era um capitalista.

A garota começou a ir embora, mas parou.

"Ah, pai, se ele não tiver outra coisa pra fazer, deixa ele me levar pra minha aula na universidade hoje à noite."

"Estou falando com ele agora, Mary. Daqui a pouco terminamos."

A garota pegou o gato e saiu do escritório. Houve um breve intervalo de silêncio. Bigger queria que a garota não tivesse falado nada sobre sindicatos. Será que ele seria contratado agora? Se fosse, talvez acabasse sendo demitido logo se ela continuasse agindo daquele jeito. Ele nunca tinha visto alguém como ela antes. Ela não era nem um pouco como ele havia imaginado.

"Ah, Mary!", o sr. Dalton chamou.

"Sim, pai", Bigger a ouviu responder do corredor.

O sr. Dalton se levantou e saiu do escritório. Bigger permaneceu imóvel, ouvindo. Uma ou duas vezes ele achou que tinha ouvido a garota rir, mas não tinha certeza. O melhor que podia fazer era não mexer com essa garota louca. Não era à toa que a chamaram de comunista no filme. Ela era louca mesmo. Ele tinha ouvido falar sobre sindicatos; na sua cabeça, sindicatos e comunistas estavam ligados. Ele relaxou um pouco, depois ficou tenso quando ouviu o sr. Dalton voltar para a sala. Sem dizer nada, o homem branco se sentou atrás da escrivaninha, pegou o papel e ficou olhando para ele em silêncio por um longo tempo. Bigger o observou com os olhos baixos; sabia que o sr. Dalton estava pensando em alguma outra coisa que não no papel. No seu coração, ele xingou aquela garota louca. Será que o sr. Dalton estava decidindo que não ia mais contratá-lo? Desgraça! Será que agora ele não daria os cinco dólares extras por semana? *Que desgraça aquela mulher!* Ela estragou tudo. Talvez o sr. Dalton sentisse que não podia confiar nele.

"Ah, Bigger", o sr. Dalton disse.

"Sim, senhor."

"Quero que você saiba porque estou te contratando."

"Sim, senhor."

"Sabe, Bigger, eu apoio a Associação Nacional para o Progresso de Pessoas de Cor.* Já ouviu falar dessa organização?"

"Não, senhor."

"Bom, não importa", o sr. Dalton falou. "Você já jantou?"

"Não, senhor."

"Bom, acho que agora você vai."

O sr. Dalton apertou um botão. Silêncio. A mulher que atendera a porta da frente entrou.

"Sim, sr. Dalton."

"Peggy, esse é o Bigger. Ele vai dirigir para a gente. Dê a ele alguma coisa para comer e mostre onde ele vai dormir e onde está o carro."

"Sim, sr. Dalton."

"E, Bigger, às oito e meia, leve a srta. Dalton para a universidade e espere por ela", o sr. Dalton disse.

"Sim, senhor."

---

* Também conhecida pela sigla NAACP, que significa National Association for the Advancement of Colored People. (N. T.)

"Por enquanto, é só isso."

"Sim, senhor."

"Venha comigo", Peggy falou.

Bigger se levantou, pegou o boné e acompanhou a mulher pela casa até chegarem à cozinha. O ar estava repleto do cheiro de comida cozinhando, e panelas borbulhavam no fogão.

"Senta aqui", Peggy disse, abrindo espaço para ele numa mesa com tampo branco. Bigger se sentou e deixou o boné nos joelhos. Ele se sentia um pouco melhor agora que estava fora da parte da frente da casa, mas ainda não muito confortável.

"O jantar ainda não está pronto", Peggy disse. "Você gosta de bacon e ovos?"

"Sim, senhora."

"Café?"

"Sim, senhora."

Ele estava sentado olhando para as paredes brancas da cozinha e ouvia a mulher mexer em utensílios atrás dele.

"O sr. Dalton falou com você sobre a fornalha?"

"Não, senhora."

"Bem, ele deve ter esquecido. Você deve cuidar dela também. Vou te mostrar onde fica antes de você sair."

"A senhora quer dizer que eu tenho que manter o fogo aceso?"

"Sim, mas é fácil. Já acendeu o fogo antes?"

"Não."

"Você pode aprender. Não é nada de mais."

"Sim, senhora."

Peggy parecia até que gentil, mas talvez ela estivesse sendo gentil para empurrar sua parte do trabalho para ele. Bom, iria esperar e ver. Se ela se tornasse desagradável, conversaria com o sr. Dalton a respeito. Sentiu o cheiro do bacon fritando e percebeu que estava com muita fome. Tinha esquecido de comprar um sanduíche com o dinheiro que sua mãe dera e não havia comido nada desde cedo.

Peggy pôs prato, faca, garfo, colher, açúcar, creme e pão diante dele; então serviu o bacon e os ovos.

"Você pode comer mais se quiser."

A comida estava boa. Não ia ser um emprego ruim. A única coisa ruim até agora era aquela garota louca. Ele mastigava o bacon e os ovos enquanto alguma parte remota de sua cabeça considerava, espantada, o quão diferente a garota parecera no cinema. Na tela não era perigosa e, em sua mente, ele poderia fazer com ela o que quisesse. Mas aqui, na casa dela, ela passou por cima de tudo e se pôs no caminho. Ele tinha esquecido completamente que Peggy estava na cozinha e, quando seu prato ficou vazio, pegou um pedaço de pão macio e começou a limpar o prato com ele, levando o pão à boca em enormes bocados.

"Quer mais?"

Ele parou de mastigar e pôs o pão de lado. Não queria que ela o visse fazendo isso: era algo que só fazia em casa.

"Não", disse. "Eu comi bastante."

"Você acha que vai gostar daqui?", Peggy perguntou.

"Sim, senhora. Espero que sim."

"Aqui é excelente", Peggy falou. "Não tem lugar melhor. O último homem de cor que trabalhou para nós ficou aqui por dez anos."

Bigger se perguntou por que ela disse "nós". Ela deve ser muito próxima do velho e da velha, pensou.

"Dez anos?", disse.

"Sim; dez anos. O nome dele era Green. Ele também era um homem bom."

"Por que ele foi embora?"

"Ah, era inteligente, aquele Green. Conseguiu um emprego com o governo. A sra. Dalton o fez frequentar a escola noturna. A sra. Dalton está sempre tentando ajudar alguém."

Sim; Bigger sabia disso. Mas ele não iria para nenhuma escola noturna. Olhou para Peggy; ela estava curvada sobre a pia, lavando a louça. Suas palavras o desafiaram, e ele sentiu que devia dizer alguma coisa.

"Sim, senhora, ele era inteligente", disse. "E dez anos é bastante tempo."

"Ah, não foi tanto tempo assim", Peggy respondeu. "Eu mesma estou aqui há vinte anos. Sempre fui do tipo que fica no mesmo emprego. Eu sempre digo: quando você conseguir um bom lugar, fique nele. Pedra que rola não cria musgo, e é verdade."

Bigger não falou nada.

"Tudo é simples e agradável por aqui", Peggy disse. "Eles têm milhões, mas vivem como seres humanos. Não gritam aos quatro ventos e agem como pavões. A sra. Dalton acredita que as pessoas deveriam ser assim."

"Sim, senhora."

"Eles são cristãos e acreditam em todo mundo trabalhando duro. E vivendo uma vida limpa. Algumas pessoas pensam que nós devíamos ter mais serviçais, mas nós nos damos bem. É como uma grande família."

"Sim, senhora."

"O sr. Dalton é um homem bom", Peggy disse.

"Ah, sim, senhora. Ele é."

"Você sabe, ele faz muito pelo seu povo."

"Meu povo?", Bigger perguntou, confuso.

"Sim, as pessoas de cor. Ele doou mais de cinco milhões de dólares para escolas de vocês."

"Ah!"

"Mas a sra. Dalton é quem é realmente boa. Se não fosse por ela, ele não estaria fazendo o que faz. Ela o deixou rico. Ela tinha milhões quando se casou com ele. É claro, ele mesmo ganhou muito dinheiro depois com o mercado imobiliário. Mas a maior parte do dinheiro é dela. Ela é cega, pobrezinha. Perdeu a visão há dez anos. Você já a viu?"

"Sim, senhora."

"Ela estava sozinha?"

"Sim, senhora."

"Pobrezinha! A sra. Patterson, que cuida dela, está fora neste fim de semana, e ela está sozinha. É muito ruim pra ela, não é?"

"Ah, sim, senhora", disse, tentando imprimir em sua voz um pouco da pena pela sra. Dalton que achava que Peggy esperava que ele sentisse.

"É realmente mais do que um emprego que você tem aqui", Peggy continuou. "É como um lar. Estou sempre dizendo para a sra. Dalton que este é o único lar que vou conhecer. Não fazia nem dois anos que eu estava neste país antes de começar a trabalhar aqui…"

"Ah", Bigger disse, olhando para ela.

"Eu sou irlandesa, sabe", ela falou. "Meu povo no velho país se sente em relação à Inglaterra como as pessoas de cor se sentem em relação a este país. Então eu sei alguma coisa sobre a gente de cor. Ah, eles são pessoas boas, finas como seda. Até a garota. Você já a conheceu?"

"Sim, senhora."

"Esta noite?"

"Sim, senhora."

Peggy se virou e olhou para ele com atenção.

"Ela é um doce", disse. "Eu a conheço desde que tinha dois anos. Mas que ela é meio incontrolável, é. Está sempre metida em confusão. Deixa os pais preocupados. Só Deus sabe de quem ela herdou esse gênio. Mas que ela tem, tem. Se você ficar aqui por algum tempo, vai conhecê-la melhor."

Bigger queria perguntar sobre a garota, mas achou melhor não fazer isso agora.

"Se você tiver terminado, vou te mostrar a fornalha e o carro e onde fica o seu quarto", ela disse, diminuindo o fogo das panelas no fogão.

"Sim, senhora."

Ele se levantou e a acompanhou para fora da cozinha, por uma escada estreita que dava acesso ao porão. Estava escuro; Bigger ouviu um clique agudo e a luz acendeu.

"Por aqui... Qual o seu nome mesmo?"

"Bigger, senhora."

"O quê?"

"Bigger."

Ele sentiu o cheiro do carvão e das cinzas e ouviu o fogo rugindo. Viu uma camada vermelha de brasas brilhando na fornalha.

"Esta é a fornalha", ela disse.

"Sim, senhora."

"Todo dia de manhã você vai encontrar o lixo aqui; você vai colocar para queimar e pôr o balde no elevador de carga."

"Sim, senhora."

"Não precisa nunca usar uma pá pro carvão. Ele se autoalimenta. Olha só, viu?"

Peggy puxou uma alavanca e houve um chacoalhar alto de pedaços de carvão deslizando por uma rampa de metal. Bigger se curvou e viu, através das rachaduras da fornalha, o carvão se espalhando em leque sobre a camada vermelha de fogo.

"Tá bom", ele balbuciou, admirado.

"E você também não precisa se preocupar com a água. Ela enche sozinha."

Bigger gostou disso; era fácil; seria divertido, quase.

"Seu maior problema vai ser tirar as cinzas e varrer. E fique atento à duração do carvão; quando estiver acabando, me avise ou avise o sr. Dalton e nós encomendamos mais."

"Sim, senhora. Eu dou conta disso."

"Agora, para ir até o seu quarto você só precisa subir essa escada dos fundos. Vamos lá."

Ele a seguiu por um lance de escadas. Ela abriu uma porta, acendeu a luz, e Bigger viu um quarto grande cujas paredes estavam cobertas de fotos de rostos de garotas e lutadores premiados.

"Era o quarto do Green. Ele sempre gostou de fotos. Mas mantinha as coisas organizadas e agradáveis. Está bem quente aqui. Ah, sim, antes que eu esqueça. Aqui estão as chaves do quarto, e as da garagem e do carro. Você tem que acessá-la por fora."

Ele a seguiu pela escada, para o lado de fora, até chegarem à entrada da garagem. Estava muito mais quente.

"Parece neve", Peggy disse.

"Sim, senhora."

"Esta é a garagem", ela disse, destrancando e puxando uma porta que, ao ser aberta, fez luzes se acenderem automaticamente. "Sempre tire o carro e espere as pessoas na porta lateral. Você disse que vai levar a srta. Dalton esta noite?"

"Sim, senhora."

"Bem, ela sai às oito e meia. Então você está livre até lá. Pode dar uma olhada no seu quarto, se quiser."

"Sim, senhora. Acho que vou."

Bigger desceu as escadas atrás de Peggy e voltou ao porão. Ela foi para a cozinha e ele para o quarto. Parou no meio do cômodo, olhando para as paredes. Havia fotos de Jack Johnson, Joe Louis, Jack Dempsey e Henry Armstrong; havia outras de Ginger Rogers, Jean Harlow e Janet Gaynor. O quarto era grande e tinha dois aquecedores. Ele experimentou a cama; era macia. Caramba! Ele traria Bessie aqui uma noite dessas. Não tão cedo; ia esperar até ter aprendido como era o esquema do lugar. Um quarto só para ele! Poderia trazer uma bebida aqui e beber em paz. Não teria que escapulir mais. Não teria que dormir com Buddy e aguentá-lo chutando-o a noite inteira. Acendeu um cigarro e se esticou na cama. Ahhhh... Não ia ser nem um pouco ruim. Olhou para o seu relógio barato; sete horas. Daqui a pouco ele desceria e examinaria o carro. E compraria outro relógio também. Um relógio de um dólar não era bom o suficiente para um serviço como esse; compraria um de ouro. Havia um monte de coisas novas que ele compraria. Ah, moleque! Ia ser uma vida fácil. Tudo estava bem, exceto aquela garota. Ela o preocupava. Ela poderia fazer com que ele perdesse o emprego se continuasse falando de sindicatos. Era mesmo uma garota engraçada. Ele nunca conhecera alguém assim na vida. Ela o deixava confuso. Era rica, mas não agia como se fosse. Agia como... Bem, ele não sabia direito como ela agia. Em todas as mulheres brancas que ele conhecera, principalmente no trabalho e nos postos de serviço social, havia sempre uma certa frieza e reserva; elas mantinham a distância e falavam com ele de longe. Mas essa garota se meteu de uma vez e o acertou bem no meio da fuça com suas palavras e modos. Ah, inferno! De que adiantava pensar nela assim? Talvez ela fosse legal. Talvez só precisasse se acostumar com ela; mais nada. Aposto que ela gasta um monte de dinheiro, pensou. E o velho tinha doado cinco milhões para os negros. Se um homem podia doar cinco milhões, então milhões deviam ser tão comuns para ele quanto moedas. Ele se levantou e se sentou na beirada da cama.

Que tipo de carro ia dirigir? Não havia pensado em olhar quando Peggy abrira a porta da garagem. Esperava que fosse um Packard, ou um Lincoln, ou um Rolls-Royce. Rapaz! E como ia dirigir! Espera só! É claro que seria cuidadoso ao levar a senhorita ou o sr. Dalton. Mas quando estivesse sozinho ia cantar os pneus no asfalto; ia fazê-los virar fumaça!

Lambeu os lábios; estava com sede. Olhou para o relógio; eram oito e dez. Iria até a cozinha pegar um copo d'água e depois tiraria o carro da garagem. Desceu os degraus, passou pelo porão até as escadas que conduziam à porta da cozinha. Embora não percebesse, andava na ponta dos pés. Abriu a porta e espiou. O que viu o fez prender a respiração; a sra. Dalton, numa roupa branca esvoaçante, estava imóvel como uma pedra no meio da cozinha. Tudo estava em silêncio, exceto pelo lento tique-taque de um grande relógio na parede branca. Por um momento ele não sabia se devia entrar ou voltar pela escada; sua sede foi embora. O rosto da sra. Dalton se erguia numa postura de escuta intensa e suas mãos pendiam, frouxas, ao lado do corpo. Para Bigger, seu rosto parecia capaz de ouvir em cada poro da pele e de escutar sempre alguma voz baixa falando. Sentado quieto ao lado dela estava o gato branco, com seus grandes olhos negros fixos nele. Sentia-se desconfortável só de olhar para ela e para aquele gato branco; estava prestes a fechar a porta e a descer a escada de mansinho na ponta dos pés quando ela falou.

"Você é o garoto novo?"

"Sim, senhora."

"Você quer alguma coisa?"

"Eu não queria incomodar a senhora. Eu... eu só queria tomar um copo d'água."

"Bom, entre. Acho que você vai achar um copo em algum lugar."

Ele foi até a pia, observando-a enquanto caminhava, sentindo que ela conseguia vê-lo mesmo sabendo que ela era cega. Sua pele formigou. Ele pegou um copo de uma prateleira estreita e o encheu na torneira. Enquanto bebia, lançou um olhar rápido sobre ela por cima da borda do vidro. O rosto dela estava imóvel, inclinado, à espera. Lembrou-o do rosto de um homem morto que ele vira uma vez. Então ele se deu conta de que a sra. Dalton tinha se virado e ouvido o som de seus pés conforme ele caminhara. Ela sabe exatamente onde eu estou, pensou.

"Gostou do seu quarto?", perguntou; e, enquanto falava, ele notou que ela tinha esperado ouvir o som do copo tinindo na pia.

"Ah, sim, senhora."

"Espero que você seja um motorista cuidadoso."

"Ah, sim, senhora. Vou ser cuidadoso."

"Você já dirigiu antes?"

"Sim, senhora. Mas era um caminhão de mercado."

Ele teve a sensação de que falar com uma pessoa cega era como falar com alguém que ele mesmo mal conseguia ver.

"Você estudou até qual série, Bigger?"

"Até a oitava, senhora."

"Já pensou em voltar?"

"Bom, preciso trabalhar agora, senhora."

"E se você tivesse a oportunidade de voltar?"

"Bom, eu não sei, senhora."

"O último homem que trabalhou aqui frequentou a escola noturna e se formou."

"Sim, senhora."

"O que você gostaria de ser se tivesse se formado?"

"Eu não sei, senhora."

"Já pensou nisso?"

"Não, senhora."

"Você prefere trabalhar?"

"Acho que sim, senhora."

"Bom, vamos falar sobre isso em outro momento. Acho melhor você pegar o carro para levar a srta. Dalton agora."

"Sim, senhora."

Bigger a deixou no meio da cozinha, exatamente como a havia encontrado. Não sabia o que pensar dela; ela lhe dera a impressão de que julgaria com severidade mas também com generosidade tudo que ele fez. Sentiu-se em relação a ela de um jeito similar a como se sentia em relação à mãe. A diferença dos sentimentos voltados à sra. Dalton e à mãe era que sentia que a mãe queria que ele fizesse as coisas que *ela* queria que ele fizesse, e sentia que a sra. Dalton queria que ele fizesse as coisas que achava que *ele* deveria ter desejado fazer. Tudo bem estudar à noite; mas ele tinha outros planos. Bom, não sabia muito bem quais eram agora, mas estava pensando a respeito.

O ar da noite tinha ficado mais quente. O vento tinha se intensificado. Ele acendeu um cigarro e destrancou a garagem; a porta se abriu e mais uma vez ficou surpreso e satisfeito ao ver as luzes se acenderem automaticamente. Esse povo tem tudo, ponderou. Examinou o carro; era um modelo recente do Buick, azul-escuro e com calotas de aço. Deu alguns passos para trás e o observou; depois abriu a porta e olhou o painel. Ficou um pouco decepcionado pelo fato de o carro não ser tão caro quanto esperava, mas o que faltava no preço era compensado em cor e estilo. "Tudo bem", disse meio em voz alta. Entrou e deu ré na entrada, virando-o e estacionando-o na porta lateral.

"É você, Bigger?"

A garota estava parada na escada.

"Sim, senhora."

Ele saiu e abriu a porta traseira para ela.

"Obrigada."

Ele tocou o boné e se perguntou se era a coisa certa a fazer.

"É aquela faculdade lá no Midway, senhora?"

Pelo retrovisor, ele a viu hesitar antes de responder.

"É, lá mesmo."

Bigger saiu com o carro e dirigiu na direção sul mais ou menos a cinquenta quilômetros por hora. Conduziu o carro com habilidade, acelerando no início de cada quarteirão e freando ligeiramente ao se aproximar de cada cruzamento.

"Você dirige bem", ela disse.

"Sim, senhora", respondeu, orgulhoso.

Ele a observou pelo retrovisor enquanto dirigia; até que ela era bonita, mas muito pequena. Parecia uma boneca numa vitrine: olhos negros, cara branca, lábios vermelhos. E agora ela não estava agindo de modo algum como agira quando ele a viu pela primeira vez. Na verdade, ela tinha um olhar distante. Ele parou no farol vermelho da rua 47; não precisou parar de novo até chegar à rua 51, onde havia uma longa fila de carros na frente e outra longa fila atrás. Segurava o volante suavemente, esperando a fila andar. Tinha um senso aguçado de poder quando dirigia; sentir um carro lhe acrescentava algo. Amava pressionar o pedal com o pé e seguir adiante, observando os demais permanecerem parados e vendo o asfalto se desenrolar à sua frente. As luzes piscaram de vermelho para verde e Bigger arrancou com o carro.

"Bigger!"

"Sim, senhora."

"Vire nessa esquina e pare numa travessa."

"Aqui, senhora?"

"Sim, aqui."

Agora, o que isso significava? Ele saiu da Cottage Grove Avenue e estacionou no meio-fio. Virou-se para olhar para ela e ficou surpreso ao ver que estava sentada na beirada do banco de trás, com o rosto a uns quinze centímetros do dele.

"Te assustei?", ela perguntou suavemente, sorrindo.

"Ah, não", murmurou, aturdido.

Observou-a pelo espelho. Suas pequeninas mãos brancas estavam penduradas no encosto do banco da frente e ela olhava para fora com um ar vago.

"Não sei como falar o que eu vou falar", ela disse.

Ele não disse nada. Houve um longo silêncio. Que diabos essa garota queria? Um bonde passou roncando. Atrás dele, refletido no retrovisor, ele viu o semáforo piscando de verde para vermelho e vice-versa. Bom, o que quer que ela fosse dizer, ele queria que dissesse logo e acabasse com isso. Essa garota era estranha. Fazia coisas inesperadas a cada minuto. Esperou que ela falasse. Ela tirou as mãos do banco da frente e remexeu na bolsa.

"Tem fósforo?"

"Sim, senhora."

Ele tirou um palito do bolso do colete.

"Acende", ela disse.

Ele piscou. Riscou o fósforo e segurou a chama para ela. Ela fumou em silêncio por um tempo.

"Você não é dedo-duro, né?", ela perguntou com um sorriso.

Ele abriu a boca para responder, mas nenhuma palavra saiu. O que ela tinha perguntado e o tom de voz o fizeram sentir que ele deveria responder de algum jeito; mas o quê?

"Eu não vou para a universidade", ela disse, enfim. "Mas você pode esquecer isso. Quero que você me leve ao Loop. Mas se alguém te perguntar, eu fui para a universidade, tá certo, Bigger?"

"Sim, senhora; por mim tudo bem", murmurou.

"Acho que posso confiar em você."

"Sim, senhora."

"Afinal, estou do seu lado."

Agora, o que *isso* queria dizer? Ela estava do lado *dele*. Em que lado ele estava? Será que ela quis dizer que gostava de pessoas negras? Bom, ele tinha ouvido isso em relação a toda a família. Ela era mesmo louca? Quanto os pais dela sabiam sobre como ela agia? Mas se ela fosse mesmo louca, por que o seu Dalton o deixou dirigir para ela?

"Vou encontrar um amigo meu que também é um amigo seu", ela disse.

"Um amigo meu!", ele não pôde deixar de exclamar.

"Ah, você não o conhece ainda", ela disse, rindo.

"Ah."

"Vá para a Outer Drive e depois para a Lake Street, número 16."

"Sim, senhora."

Será que ela estava falando dos vermelhos? Era *isso*! Mas nenhum dos seus amigos era vermelho. O que tudo isso significava? Caso o sr. Dalton perguntasse se ele a levara para a universidade, teria que dizer que sim e dependeria da palavra dela. Mas imagina se o sr. Dalton tivesse alguém de olho, alguém que contaria para onde ele realmente a levara? Ouviu falar que muita gente branca rica tinha detetives trabalhando para eles. Se pelo menos soubesse de que tudo isso se tratava, ele se sentiria muito melhor. E ela disse que estava indo encontrar alguém que era amigo dele. Não queria encontrar nenhum comunista. Eles não tinham dinheiro. Sentia que tudo bem um homem ir para a cadeia por roubo, mas ir para a cadeia por fazer baderna com vermelhos era falta de noção. Bom, ia levá-la; era para isso que tinha sido contratado. Mas ia ter cuidado nesse negócio. A única coisa que esperava era que ela não o fizesse perder o emprego. Saiu da Outer Drive e pegou a rua 7, dirigiu para o norte pelo Michigan Boulevard para a Lake Street, depois foi em direção oeste por dois quarteirões, procurando pelo número 16.

"É aqui, Bigger."

"Sim, senhora."

Estacionou em frente a um prédio escuro.

"Espera", ela disse, saindo do carro.

Ele a viu dar um sorriso largo para ele, quase rindo. Sentiu que ela sabia cada sentimento e cada pensamento que ele teve naquele momento e virou a cabeça, confuso. Que desgraça essa mulher!

"Não vou demorar", disse.

Ela começou a andar, então voltou.

"Não se preocupa, Bigger. Você vai entender melhor pouco a pouco."

"Sim, senhora", ele disse, tentando sorrir; mas não conseguiu.

"Não tem uma música assim que seu povo canta?"

"Assim como, senhora?"

"Vamos entender melhor pouco a pouco."

"Ah, sim, senhora."

Era mesmo uma garota estranha. Sentia alguma coisa nela que ia além do medo que ela lhe inspirava. Ela respondeu como se ele fosse humano, como se vivesse no mesmo mundo que ela. E ele nunca havia sentido algo assim em uma pessoa branca. Mas por quê? Era algum tipo de jogo? A sensação comedida de liberdade que teve enquanto a ouvia estava emaranhada com o fato concreto de que ela era branca e rica, parte do mundo das pessoas que lhe diziam o que ele podia ou não fazer.

Olhou para o prédio onde ela entrara; era velho e sem pintura; não havia luzes nas janelas ou na porta. Será que ela tinha ido encontrar o namorado? Se fosse só isso, então as coisas se endireitariam. Mas e se ela tivesse ido lá encontrar os tais comunistas? E como eram os comunistas, afinal? *Ela* era uma? O que tornava as pessoas comunistas? Lembrou-se de ter visto muitas charges sobre comunistas nos jornais e eles sempre tinham tochas nas mãos, usavam barba e tentavam cometer assassinato ou botar fogo nas coisas. Gente que agia assim era maluca. Tudo que ele conseguia se lembrar de ter ouvido sobre comunistas estava associado, na sua cabeça, a escuridão, casas velhas, pessoas sussurrando e greves de sindicatos. E aquela situação parecia com isso.

Ele ficou tenso; a porta por onde ela entrara se abriu. Ela saiu acompanhada por um jovem homem branco. Eles caminharam até o carro; mas, em vez de se sentarem no banco de trás, pararam ao lado do carro e ficaram de frente para ele. De imediato, Bigger reconheceu o homem como aquele que tinha visto no cinejornal.

"Ah, Bigger, esse é o Jan. E Jan, esse é o Bigger Thomas."

Jan deu um sorriso largo e em seguida estendeu a mão em sua direção. O corpo inteiro de Bigger se contraiu com suspense e pavor.

"Como você está, Bigger?"

A mão direita de Bigger agarrou o volante e ele se perguntou se deveria apertar a mão desse homem branco.

"Estou bem", murmurou.

A mão de Jan ainda estava estendida. Bigger ergueu a mão direita uns sete centímetros e então parou no ar.

"Vamos, aperte", Jan disse.

Bigger estendeu a mão frouxa, boquiaberto e espantado. Sentiu os dedos de Jan apertarem os seus. Tentou tirar a mão, com muita delicadeza, mas Jan a segurou com firmeza, sorrindo.

"A gente também pode se conhecer", Jan disse. "Sou amigo da Mary."

"Sim, senhor", ele balbuciou.

"Antes de mais nada", Jan continuou, pondo o pé no estribo do carro, "não me chame de *senhor*. Vou te chamar de Bigger e você vai me chamar de Jan. É assim que vai ser entre nós. Que tal?"

Bigger não respondeu. Mary estava sorrindo. Jan ainda estava apertando sua mão e Bigger manteve a cabeça inclinada, de modo que poderia, apenas ao virar os olhos, olhar para Jan e então para a rua sempre que não quisesse cruzar com o olhar de Jan. Ele ouviu Mary rir baixinho.

"Está tudo bem, Bigger", ela disse. "Jan está falando *sério.*"

Ele ficou vermelho de raiva. Que a alma dela queimasse no inferno! Ela estava rindo dele? Estavam tirando sarro dele? O que é que eles queriam? Por que não o deixavam em paz? Ele não os incomodava. Sim, qualquer coisa poderia acontecer com gente assim. Toda a sua mente e seu corpo estavam dolorosamente concentrados num único ponto agudo de atenção. Ele tentava desesperadamente entender. Sentiu-se um tolo por estar sentado atrás do volante assim, deixando um branco apertar a mão dele. O que as pessoas que passavam na rua iam pensar? Estava muito consciente da sua pele preta e havia nele uma convicção insistente de que Jan e homens como ele criavam situações assim para que ele ficasse consciente dessa pele preta. Os brancos não desprezavam a pele preta? Então por que Jan estava fazendo isso? Por que Mary estava ali parada, ansiosa, com os olhos brilhando? O que eles poderiam tirar disso? Será que eles não o desprezavam? Mas eles fizeram com que ele sentisse sua pele preta apenas ao estarem ali em pé olhando para ele, Jan segurando sua mão e Mary sorrindo. Sentiu então que não tinha nenhuma existência física; ele era algo que odiava, o símbolo da vergonha que sabia que estava atado à pele preta. Era uma região sombria, uma Terra de Ninguém, o chão que separava o mundo branco do mundo negro em que ele estava. Sentiu-se nu, transparente; sentiu que esse homem branco, que ajudou a derrubá-lo, que ajudou a deformá-lo, agora o levantava para olhar para ele e se divertir. Naquele momento, Bigger sentiu por Mary e Jan um ódio mudo, frio e inarticulado.

"Me deixa dirigir um pouco", Jan disse, soltando sua mão e abrindo a porta.

Bigger olhou para Mary. Ela veio para a frente e tocou seu braço.

"Está tudo bem, Bigger", ela disse.

Ele se virou para sair, mas Jan o deteve.

"Não; fique aí e vá mais pra lá."

Ele deslizou para o lado e Jan tomou seu lugar ao volante. Ele ainda sentia uma sensação estranha na mão; parecia que a pressão dos dedos de Jan havia deixado uma marca indelével. Mary também se sentou no banco da frente.

"Vai mais pra lá, Bigger", ela disse.

Ele se moveu para mais perto de Jan. Mary se empurrou para

dentro, ajeitando-se firmemente entre ele e a porta do carro. Havia uma pessoa branca de cada lado; ele estava sentado entre duas vastas e avultantes paredes brancas. Nunca em sua vida ele tinha ficado tão perto de uma mulher branca. Sentiu o odor de seu cabelo e a pressão suave de sua coxa contra a dele. Jan dirigiu de volta à Outer Drive, costurando a fila de carros. Logo eles estavam andando em alta velocidade ao longo do lago, passando por um enorme plano de água monótona e reluzente. O céu estava pesado de nuvens que pareciam trazer neve, e o vento soprava forte.

"Não está uma noite gloriosa?", ela perguntou.

"Meu Deus, sim!", Jan disse.

Bigger ouviu o tom de suas vozes, seus sotaques estranhos, as frases exuberantes que fluíam tão livres de seus lábios.

"Que céu!"

"E que água!"

"É tão linda que dói só de olhar", Mary disse.

"Que mundo lindo, Bigger", Jan falou, virando-se para ele. "Olha aquele horizonte!"

Bigger olhou sem virar a cabeça; apenas rolou os olhos. A um de seus lados estendia-se uma ampla vista de edifícios salpicados de minúsculos quadrados de luz amarela.

"Nós vamos ser donos de tudo isso um dia, Bigger", Jan disse, com um gesto da mão. "Depois da revolução será tudo nosso. Mas vamos ter que lutar por isso. Que mundo para vencer, Bigger! E quando esse dia chegar, as coisas serão diferentes. Não vai ter brancos e negros; não vai ter ricos e pobres."

Bigger não falou nada. O carro zuniu.

"Nós parecemos estranhos pra você, né, Bigger?", Mary perguntou.

"Ah, não", ele falou num sussurro, sabendo que ela não acreditava nele, mas achando impossível responder de qualquer outra forma.

Seus braços e pernas doíam por estar espremido num espaço tão pequeno, mas não ousou se mexer. Sabia que não teriam se importado se ele tivesse se acomodado mais confortavelmente, mas seu movimento teria chamado atenção para si e para o seu corpo negro. E ele não queria isso. Essa gente o fazia sentir coisas que ele não queria sentir. Se fosse branco, se fosse como eles, seria diferente. Mas ele era preto. Então ficou sentado imóvel, com os braços e as pernas doendo.

"Diz aí, Bigger", Jan indagou, "onde podemos conseguir uma boa refeição no South Side?"

"Bom", Bigger disse, reflexivo.

"Queremos ir num lugar de *verdade*", Mary disse, virando-se para ele animada.

"Vocês querem ir numa boate?", Bigger perguntou num tom que indicava que ele só estava mencionando nomes e não recomendando lugares para ir.

"Não; nós queremos comer."

"Olha, Bigger. Nós queremos um daqueles lugares onde pessoas de cor comem, não lugares de pompa."

O que essas pessoas queriam? Quando respondeu, sua voz era neutra e inexpressiva.

"Bem, tem o Ernie Kitchen Shack..."

"Parece ótimo!"

"Vamos lá, Jan", Mary disse.

"Tá bom", Jan disse. "Onde fica?"

"É na rua 47 com a Indiana", Bigger respondeu.

Jan saiu da Outer Drive na rua 31 e dirigiu rumo ao oeste, para a Indiana Avenue. Bigger queria que Jan dirigisse mais rápido, para que pudessem chegar ao Ernie Kitchen Shack no menor tempo possível. Isso lhe daria a chance de ficar no carro e esticar as pernas doloridas e com cãibras enquanto eles comiam. Jan virou na Indiana Avenue e seguiu na direção sul. Bigger se perguntou o que Jack, Gus e G.H. diriam se o vissem assim sentado entre duas pessoas brancas num carro. Iam tirar sarro dele por isso sempre que se lembrassem. Sentiu Mary virar-se no assento. Ela pousou a mão em seu braço.

"Sabe, Bigger, há muito tempo quero entrar nessas casas", ela disse, apontando para os prédios altos e escuros que se erguiam dos dois lados, "e só *ver* como seu povo vive. Sabe o que quero dizer? Eu já estive na Inglaterra, na França e no México, mas não sei como as pessoas vivem a dez quarteirões da minha casa. Nós sabemos tão *pouco* um do outro. Eu só quero *ver*. Quero *conhecer* essas pessoas. Nunca entrei na casa de um negro na minha vida. Mas eles *devem* viver como nós vivemos. São *humanos*... Há doze milhões deles... Eles vivem no nosso país... na mesma cidade que nós...", sua voz se esvaiu melancolicamente.

Silêncio. O carro acelerou pelo Cinturão Negro, passando por prédios altos que continham a vida negra. Bigger sabia que eles estavam pensando na sua vida e na vida de sua gente. De repente, ele quis agarrar algum objeto pesado com a mão e apertá-lo com toda a força do seu corpo e, de algum jeito estranho, levantar-se e ficar no espaço vazio acima do carro em alta velocidade e com um golpe final fazê-lo desaparecer — com ele mesmo e os outros dois dentro. Seu coração estava acelerado, e ele lutava para controlar a respiração. Essa coisa estava levando a melhor sobre ele; ele sentia que não deveria ceder aos sentimentos assim. Mas não conseguia evitar. Por que eles não o deixavam em paz? O que ele tinha feito para eles? O que eles podiam conseguir de bom sentados aqui, fazendo ele se sentir tão infeliz?

"Me diz onde é, Bigger", Jan disse.

"Sim, senhor."

Bigger olhou para fora e viu que estavam na rua 46.

"É no final do próximo quarteirão, senhor."

"Posso estacionar em algum lugar por aqui?"

"Ah; sim, senhor."

"Bigger, *por favor*! Não me chame de *senhor*... eu não *gosto*. Você é um homem como eu; eu não sou melhor do que você. Talvez outros homens brancos gostem, mas eu não. Olha, Bigger..."

"Sim...", Bigger parou, engoliu em seco e olhou para baixo, para suas mãos negras. "Tá bom", balbuciou, esperando que não ouvissem o engasgo na sua voz.

"Veja, Bigger...", Jan começou.

Mary estendeu a mão por trás das costas de Bigger e tocou o ombro de Jan.

"Vamos sair", ela disse com pressa.

Jan parou o carro no meio-fio, abriu a porta e saiu. Bigger deslizou de volta para trás do volante, feliz por finalmente ter espaço para seus braços e pernas. Mary saiu pela outra porta. Agora ele poderia descansar um pouco. Estava tão intensamente tomado pelas próprias sensações imediatas que não olhou para cima até sentir alguma coisa estranha no longo silêncio. Quando olhou, viu, numa fração de segundo, Mary desviar os olhos do rosto dele. Ela olhava para Jan e Jan olhava para ela. Não havia qualquer dúvida em relação ao significado do olhar deles. Para Bigger, era claramente um olhar perplexo e intrigado, um olhar que perguntava: o que tem de errado com ele? Bigger cerrou os dentes com força e olhou fixo para a frente.

"Você não vai com a gente, Bigger?", Mary perguntou num tom doce que o fez querer pular sobre ela.

O pessoal do Ernie Kitchen Shack o conhecia e ele não queria que o vissem junto desses brancos. Sabia que, se entrasse ali, as pessoas iam se perguntar: *Quem são esses branquelos com quem o Bigger tá saindo?*

"Eu... eu não quero ir", sussurrou, sem ar.

"Você não está com fome?", Jan indagou.

"Não; tô sem fome."

Jan e Mary se aproximaram do carro.

"Vem e senta com a gente mesmo assim", Jan disse.

"Eu... eu...", Bigger gaguejou.

"Vai ficar tudo bem", Mary falou.

"Eu posso ficar aqui. Alguém tem que olhar o carro", disse.

"Ah, dane-se o carro!", Mary exclamou. "Vem, entra."

"Eu não quero comer", Bigger respondeu com teimosia.

"Bom", Jan suspirou. "Se é assim que você se sente, nós não vamos entrar."

Bigger se sentiu encurralado. Ah, que desgraça! Ele viu num flash que poderia ter tornado tudo isso muito mais fácil se tivesse simplesmente agido desde o início como se eles não estivessem fazendo nada fora do normal. Mas não compreendia os dois; não confiava neles e realmente os odiava. Estava confuso com o porquê de o tratarem dessa maneira. Mas, afinal, esse era o seu trabalho, e era tão agoniante ficar sentado aqui enquanto eles o encaravam quanto entrar na lanchonete.

"Tá bom", balbuciou com raiva.

Saiu do carro e bateu a porta. Mary se aproximou e pegou seu braço. Ele a encarou num longo silêncio; era a primeira vez que olhava diretamente para ela, e só foi capaz de fazer isso porque estava com raiva.

"Bigger", ela disse, "você não precisa entrar, a menos que realmente queira. Por favor, não ache... Ah, Bigger... não estamos tentando fazer você se sentir mal..."

Sua voz parou. Sob a iluminação fraca da rua, Bigger viu os olhos dela ficarem turvos e os lábios trêmulos. Ela oscilou contra o carro. Ele deu um passo para trás, como se ela estivesse contaminada com uma moléstia invisível. Jan passou o braço em volta de sua cintura para apoiá-la. Bigger ouviu-a soluçar baixinho. Meu Deus! Ele teve um impulso selvagem de virar as costas e ir embora. Sentia-se enredado num emaranhado de sombras profundas, sombras negras como a noite que se estendia acima de sua cabeça. O jeito como agira a fizera chorar, e entretanto o jeito como ela agira o fizera sentir que ele tinha que agir com ela como fizera. Com ela, Bigger tinha a sensação de estar numa gangorra; eles nunca estavam na mesma altura, um dos dois estava no ar. Mary secou as lágrimas e Jan sussurrou alguma coisa para ela. Bigger ficou imaginando o que poderia dizer à mãe, ou à assistente social, ou ao sr. Dalton, se os deixasse. Eles com certeza iam perguntar por que ele tinha largado o emprego, e ele não seria capaz de responder.

"Estou bem agora, Jan", ele ouviu Mary dizer. "Desculpe. Eu sou só uma tonta, acho... Agi como uma pateta." Ela ergueu os olhos para Bigger. "Não se preocupe comigo, Bigger. Sou só boba, imagino."

Ele não disse nada.

"Vamos lá, Bigger", Jan falou com uma voz que procurava abafar tudo. "Vamos comer."

Jan agarrou seu braço e tentou puxá-lo para a frente, mas Bigger relutou. Jan e Mary caminharam até a entrada do café, e Bigger os acompanhou, confuso e ressentido. Jan sentou-se a uma pequena mesa, próxima a uma parede.

"Senta, Bigger."

Bigger se sentou. Jan e Mary se sentaram na frente dele.

"Você gosta de frango frito?", Jan perguntou.

"Sim, senhor", sussurrou.

Ele coçou a cabeça. Em que mundo ia conseguir aprender numa noite a não dizer *sim, senhor* e *sim, senhora* para pessoas brancas quando havia passado a vida inteira dizendo isso? Olhava para a frente de tal jeito que seus olhos não encontrariam os deles. A garçonete apareceu, e Jan pediu três cervejas e três porções de frango frito.

"Oi, Bigger!"

Ele se virou e viu Jack acenando para ele, mas olhando fixo para Jan e Mary. Acenou de volta com a palma da mão rígida. Desgraça! Jack foi embora às pressas. Com cautela, Bigger olhou ao redor; as garçonetes e várias pessoas em outras mesas o encaravam. Todos o conheciam, e ele sabia que estavam se perguntando o que ele teria se perguntado se estivesse no lugar deles. Mary tocou seu braço.

"Já esteve aqui antes, Bigger?"

Ele tateou em busca de palavras neutras, palavras que transmitissem informações mas não dessem qualquer pista sobre seus próprios sentimentos.

"Algumas vezes."

"É muito simpático", Mary disse.

Alguém pôs uma moeda num fonógrafo automático e eles ouviram a música. Então Bigger sentiu uma mão agarrar seu ombro.

"Oi, Bigger! Por onde cê anda?"

Ele olhou para cima e viu Bessie rindo da cara dele.

"Oi", respondeu, ríspido.

"Ah, desculpa. Não sabia que cê tava acompanhado", ela disse, afastando-se com os olhos em Jan e Mary.

"Fala pra ela vir pra cá, Bigger", Mary falou.

Bessie tinha ido para uma mesa distante e se sentou com outra garota.

"Ela tá lá agora", Bigger disse.

A garçonete trouxe a cerveja e o frango.

"Isso é demais!", Mary exclamou.

"É muito maneiro mesmo", Jan disse, olhando para Bigger. "Falei certo, Bigger?"

Bigger hesitou.

"É assim que eles falam", disse com indiferença.

Jan e Mary estavam comendo. Bigger pegou um pedaço de frango e mordeu. Quando tentou mastigar, sentiu a boca seca. Parecia que até as funções orgânicas de seu corpo haviam se alterado; e quando ele entendeu o porquê, quando entendeu a razão, não conseguiu mastigar a comida. Depois de duas ou três mordidas, parou e tomou um gole de cerveja.

"Come seu frango", Mary disse. "Tá gostoso!"

"Tô sem fome", balbuciou.

"Quer mais cerveja?", Jan perguntou após um longo silêncio.

Talvez ficar um pouco bêbado ajudasse.

"Pode ser", disse.

Jan pediu mais uma rodada.

"Eles têm algo mais forte do que cerveja aqui?", Jan perguntou.

"Eles têm qualquer coisa que você quiser", Bigger respondeu.

Jan pediu uma garrafa de rum e serviu uma rodada. Bigger sentiu a bebida esquentá-lo. Depois do segundo copo, Jan começou a falar.

"Onde você nasceu, Bigger?"

"No Sul."

"Onde?"

"Mississippi."

"Você estudou até que ano?"
"Até o oitavo."
"Por que você parou?"
"Não tinha dinheiro."
"Você estudou no Norte ou no Sul?"
"Mais no Sul. Fiz dois anos aqui."
"Há quanto tempo você está em Chicago?"
"Ah, uns cinco anos."
"Você gosta daqui?"
"Dá pro gasto."
"Você mora com sua família?"
"Minha mãe, meu irmão e minha irmã."
"Onde está o seu pai?"
"Morto."
"Quando foi isso?"
"Ele foi assassinado num levante quando eu era criança — no Sul."
Silêncio. O rum estava ajudando Bigger.
"E o que foi feito sobre isso?", Jan indagou.
"Nada, até onde eu sei."
"Como você se sente sobre isso?"
"Não sei."
"Escuta, Bigger, é com isso que queremos *acabar*. É por isso que nós, comunistas, estamos lutando. Nós queremos impedir que as pessoas tratem os outros dessa maneira. Eu sou membro do partido. Mary é simpatizante. Não acha que, se a gente se unir, poderíamos acabar com essas coisas?"

"Eu não sei", Bigger disse, sentindo o rum subir à cabeça. "Tem muita gente branca no mundo."

"Você já leu sobre os meninos de Scottsboro?"*

---

* O caso dos meninos de Scottsboro refere-se a nove jovens negros, com idades entre doze e dezenove anos, que foram falsamente acusados de estuprar duas mulheres brancas em um trem no Alabama, em 1931. Apesar da falta de provas e das contradições nos

"Ouvi falar sobre eles."

"Não acha que fizemos um bom trabalho ajudando a impedir que matassem esses meninos?"

"Acho."

"Sabe, Bigger", Mary disse, "a gente queria ser seu amigo."

Ele não falou nada. Esvaziou o copo e Jan serviu outra rodada. Estava ficando bêbado o suficiente para olhar diretamente para eles agora. Mary sorria para ele.

"Você vai se acostumar com a gente", ela disse.

Jan fechou a garrafa de rum.

"Melhor a gente ir", falou.

"Sim", Mary disse. "Ah, Bigger, eu vou para Detroit às nove da manhã e quero que você leve minha pequena mala até a estação. Fale com meu pai e ele vai te dar horas extras. É melhor você buscar a mala às oito e meia."

"Eu levo."

Jan pagou a conta e eles voltaram para o carro. Bigger se sentou atrás do volante. Sentia-se bem. Jan e Mary se sentaram no banco de trás. Enquanto Bigger dirigia, viu-a descansar nos braços de Jan.

"Dirija um pouco ao redor do parque, Bigger."

"Tá bom."

Ele virou no Washington Park e conduziu o carro devagar, contornando-o em longas curvas graduais. De vez em quando via Jan beijar Mary no reflexo do retrovisor acima de sua cabeça.

"Você tem uma garota, Bigger?", Mary perguntou.

"Tenho", disse.

"Gostaria de conhecê-la em algum momento."

---

depoimentos das supostas vítimas, os jovens foram rapidamente julgados e, com exceção do garoto de doze anos, condenados à morte em um julgamento marcado por racismo e preconceito. O caso teve grande repercussão, o que levou a várias reviravoltas legais, e finalmente nenhum dos acusados foi executado, embora todos tenham cumprido pena de prisão. (N. E.)

Ele não respondeu. Os olhos de Mary ficaram fixos e sonhadores, como se ela estivesse planejando coisas futuras para fazer. Então se virou para Jan e, com ternura, pôs a mão no braço dele.

"Como foi a manifestação?"

"Bem boa. Mas os policiais prenderam três companheiros."

"Quem?"

"Um membro da liga juvenil comunista e duas mulheres negras. Ah, a propósito, Mary. Precisamos muito de dinheiro pra fiança."

"Quanto?"

"Três mil."

"Vou mandar um cheque pra você."

"Perfeito."

"Trabalhou muito hoje?"

"Sim. Fiquei numa reunião até as três da manhã. Max e eu passamos o dia inteiro hoje tentando levantar dinheiro para a fiança."

"Max é um querido, né?"

"É um dos melhores advogados que temos."

Bigger ouvia; sabia que estavam falando sobre comunismo e tentou entender. Mas não conseguiu.

"Jan."

"Diga, querida."

"Vou sair da faculdade nessa primavera e entrar no partido."

"*Puxa*, você é osso duro de roer!"

"Mas vou ter que ser cuidadosa."

"Diga, que tal trabalhar comigo no escritório?"

"Não, eu quero trabalhar entre os negros. É onde mais precisam de pessoas. Parece que eles foram expulsos de tudo."

"Isso é verdade."

"Quando vejo o que eles fizeram com essas pessoas, me deixa *tão* brava…"

"Sim, é horrível."

"E eu me sinto tão impotente e inútil. Quero *fazer* alguma coisa."

"Eu sabia o tempo todo que você faria."

"Diga, Jan, você conhece muitos negros? Quero conhecer alguns."

"Não conheço nenhum muito bem. Mas você vai conhecê-los quando estiver no partido."

"Eles têm tanta *emoção*! Que povo! Se a gente conseguisse fazê-los participar..."

"Não podemos ter uma revolução sem eles", Jan disse. "Eles têm de se organizar. Eles têm força. Vão dar ao partido algo que ele precisa."

"E as músicas deles — os louvores! Não são maravilhosas?"

Bigger a viu virar-se para ele.

"Fala aí, Bigger, você pode cantar?"

"Não sei cantar", ele disse.

"Ah, Bigger", ela falou, fazendo bico. Inclinou a cabeça, fechou os olhos e abriu a boca.

Swing low, sweet chariot,
Coming fer to carry me home...*

Jan cantou junto, e Bigger deu um sorriso desdenhoso. Inferno, a melodia não é essa, pensou.

"Vai, Bigger, ajuda a gente a cantar", Jan disse.

"Não sei cantar", repetiu.

Ficaram em silêncio. O carro ronronou. Então ouviu Jan falando em voz baixa.

"Cadê a garrafa?"

"Aqui."

"Quero um gole."

"Também vou tomar um, querido."

"Pegando pesado hoje, hein?"

"Tão pesado quanto você."

Eles riram. Bigger dirigiu em silêncio. Ouviu o gorgolejo fraco e musical da bebida.

---

* "Balance baixo, doce carruagem,/ Que vem para me levar para casa..." (N. T.)

"Jan!"
"O quê?"
"Esse foi um *golão*!"
"Aqui; toma um igual."
Pelo retrovisor, ele a viu entornar a garrafa e beber.
"Talvez Bigger queira mais um, Jan. Ofereça."
"Ah, fala, Bigger! Aqui; toma um gole."
Ele desacelerou o carro e estendeu a mão para pegar a garrafa; virou-a duas vezes, tomando dois goles enormes.
"Uooooou!" Mary riu.
"Você tomou um *golão* mesmo!", disse Jan.
Bigger limpou a boca com as costas da mão e continuou dirigindo devagar pelo parque escuro. De vez em quando ouvia a garrafa meio vazia de rum sendo entornada. Eles estão tomando um porre, pensou, sentindo o efeito do rum subir pelos dedos e chegar até os lábios. Naquele momento, ouviu Mary dar risadinhas. Inferno, ela já tá de porre! O carro rodava devagar, dando voltas e mais voltas nas curvas inclinadas. O calor suave do rum se espalhava como um leque aberto a partir do seu estômago, envolvendo todo o seu corpo. Ele não estava dirigindo; estava apenas sentado e flutuando suavemente na escuridão. Suas mãos repousavam com leveza no volante e seu corpo estava preguiçosamente relaxado no banco. Olhou pelo retrovisor; Mary estava deitada de costas no banco de trás e Jan estava curvado sobre ela. Viu um leve movimento de uma coxa branca. Eles estão de porre mesmo, pensou. Conduziu o carro suavemente pelas curvas, olhando para a estrada à sua frente por um segundo e em seguida para cima, para o espelho retrovisor. Ouviu Jan sussurrar; então ouviu os dois suspirarem. Preenchido com a percepção deles, seus músculos aos poucos se tensionaram. Ele soltou um suspiro e se endireitou no banco, lutando contra a sensação de enrijecimento nos genitais. Mas logo estava esparramado de novo. Os lábios estavam dormentes. Eu tô quase bêbado, pensou. Seu senso da cidade e do parque desapareceu; estava flutuando no carro e Jan e Mary estavam atrás, aos beijos,

trocando carícias. Passou-se um bom tempo. Jan sentou-se e puxou Mary consigo.

"É uma da manhã, querido", Mary disse. "É melhor eu ir."

"Tá bom. Mas vamos andar mais um pouco. Aqui é ótimo."

"Meu pai fala que sou uma garota má."

"Sinto muito, querida."

"Ligo pra você de manhã antes de ir."

"Claro. Que horas?"

"Por volta das oito e meia."

"Puxa, odeio te ver indo pra Detroit."

"Eu também odeio. Mas tenho que ir. Veja, querido, preciso andar na linha depois de aprontar com você na Flórida. Preciso fazer o que meu pai e minha mãe querem por algum tempo."

"Odeio que você vá pra lá mesmo assim."

"Estarei de volta em alguns dias."

"Alguns dias é muito tempo."

"Você é bobo, mas é doce", ela disse, rindo e beijando-o.

"Melhor continuar dirigindo, Bigger", Jan pediu.

Ele saiu do parque e se dirigiu para a rua 46.

"Vou descer aqui, Bigger!"

Ele parou o carro. Bigger ouviu-os conversar em sussurros. "Tchau, Jan."

"Tchau, querida."

"Te ligo amanhã?"

"Claro."

Jan parou junto à porta da frente do carro e estendeu a mão. Bigger a apertou timidamente.

"Foi ótimo te conhecer, Bigger", Jan disse.

"Sim", Bigger balbuciou.

"Eu tô feliz pra porra por te conhecer. Toma outro gole."

Bigger tomou um grande gole.

"Melhor você me dar um também, Jan. Vai me fazer dormir", Mary falou.

"Tem certeza de que não bebeu o suficiente?"

"Ah, qual é, querido."

Ela saiu do carro e ficou no meio-fio. Jan lhe deu a garrafa e ela a entornou.

"Eita!", Jan disse.

"Qual o problema?"

"Não quero que você desmaie."

"Eu aguento."

Jan entornou a garrafa e a esvaziou, depois a deixou na sarjeta. Remexeu os bolsos desajeitadamente, procurando por algo. Oscilou; estava bêbado.

"Perdeu alguma coisa, querido?", Mary balbuciou; ela também estava bêbada.

"Não. Tenho um negócio aqui que eu quero que o Bigger leia. Escuta, Bigger, tenho uns panfletos aqui. Quero que você leia, tá?"

Bigger estendeu a mão e recebeu um punhado de panfletos.

"Tá bom."

"Eu quero mesmo que você leia isso. Vamos falar sobre eles daqui uns dias..." Sua voz estava abafada.

"Vou ler", Bigger disse, segurando um bocejo e enfiando os panfletos no bolso.

"Vou cuidar para que ele leia", Mary falou.

Jan a beijou de novo. Bigger ouviu um bonde bem longe roncando na avenida.

"Bom, tchau", ele disse.

"Tchau, querido", Mary disse. "Vou sentar na frente com o Bigger."

Ela se sentou no banco da frente. O bonde parou com um barulho estridente. Jan entrou rápido nele, que partiu para o norte. Bigger dirigiu em direção ao Drexel Boulevard. Mary afundou no assento e suspirou. Suas pernas se estenderam bem afastadas uma da outra. O carro seguiu. A cabeça de Bigger estava girando.

"Você é muito legal, Bigger", ela disse.

Ele olhou para ela. Seu rosto estava pálido. Seus olhos estavam brilhantes. Ela estava muito bêbada.

"Não sei", ele respondeu.

"Mas, nossa, você fala as coisas *mais engraçadas*", ela disse, com uma risadinha.

"Pode ser", ele respondeu.

Ela deitou a cabeça no ombro dele.

"Você não se importa, né?"

"Não."

"Sabe, por três horas você não disse *sim* ou *não*."

Ela se curvou de tanto rir. Ele ficou tenso de ódio. De novo, ela estava olhando dentro dele e ele não gostava disso. Ela se ajeitou no banco e enxugou os olhos com um lenço. Ele manteve os olhos fixos à frente, virou na entrada da garagem e estacionou. Saiu e abriu a porta. Ela não se mexeu. Seus olhos estavam fechados.

"Chegamos", ele disse.

Ela tentou se levantar e caiu para trás no banco.

"Ah, merda!"

Ela tá bêbada, bêbada *mesmo*, Bigger pensou. Ela estendeu a mão.

"Aqui; me dá uma mão. Eu tô zonza…"

Ela estava apoiada na parte inferior das costas e seu vestido estava tão erguido que ele podia ver onde a meia-calça terminava nas coxas. Ele a encarou por um momento; ela ergueu os olhos e olhou para ele. E riu.

"Me ajuda, Bigger. Tô presa."

Ele a ajudou, e suas mãos sentiram a suavidade de seu corpo quando ela pisou no chão. Seus olhos negros, das órbitas profundas, o miravam febris. O cabelo encostava no rosto dele, enchendo-o com seu perfume. Ele cerrou os dentes, sentindo-se um pouco tonto.

"Onde está meu chapéu? Deixei cair em algum lugar…"

Ela cambaleava enquanto falava e ele a segurava em seus braços, mantendo-a de pé. Olhou em volta; o chapéu estava no estribo do carro.

"Aqui", ele disse.

Ao pegar o chapéu, ele se perguntou o que um homem branco pensaria ao vê-lo com ela ali daquele jeito. Imagine se o velho Dalton o visse agora? Apreensivo, ele olhou para a mansão. Estava escura e silenciosa.

"Bom", Mary suspirou. "Acho que é melhor eu ir pra cama..."

Ele a soltou, mas teve que segurá-la novamente para que não caísse na calçada. Ele a conduziu até a escada.

"A senhora consegue?"

Ela olhou para ele como se tivesse sido desafiada.

"Claro. Me solta..."

Ele tirou o braço e ela subiu os degraus com firmeza, até que tropeçou, fazendo barulho no alpendre de madeira. Bigger fez um movimento em direção a ela, mas parou, com as mãos estendidas no ar, congeladas de medo. Meu Deus do céu, ela vai acordar todo mundo! Ela estava meio curvada, apoiada num joelho e numa mão, olhando para ele com um espanto divertido. Essa garota é doida! Ela levantou e desceu lentamente os degraus, segurando-se no corrimão. Ela cambaleou diante dele, sorrindo.

"Eu tô mesmo bêbada..."

Ele a observou com um sentimento misto de impotência, admiração e ódio. Se o pai dela o visse com ela agora, seu emprego já era. Mas ela era linda, esbelta, com um ar que o fazia sentir que ela não o odiava com o ódio de outras pessoas brancas. Mas, apesar de tudo, ela era branca e ele a odiava. Ela fechou os olhos devagar, depois abriu; estava tentando desesperadamente ter controle de si mesma. Já que ela não era capaz de ir para o quarto sozinha, ele deveria chamar o seu Dalton ou a Peggy? Nem... Isso seria traí-la. E, ainda, apesar do ódio que sentia por ela, estava excitado por ficar ali olhando-a assim. Os olhos dela se fecharam de novo, e ela cambaleou em sua direção. Ele a pegou.

"Melhor eu te ajudar", disse.

"Vamos entrar por trás, Bigger. Eu com certeza vou tropeçar e acordar todo mundo... se entrarmos pela frente..."

Os pés dela se arrastavam no concreto enquanto ele a conduzia para o porão. Ele acendeu a luz, segurando-a com a outra mão.

"Não sabia que eu tava tão bêbada", ela murmurou.

Ele a levou lentamente pela escada estreita da porta da cozinha, a mão em volta da cintura dela e a ponta dos dedos sentindo o volume suave dos seios. A cada segundo ela se apoiava mais nele.

"Tenta ficar de pé", ele sussurrou, agressivo, quando alcançaram a porta da cozinha.

Ele estava pensando que talvez a sra. Dalton estivesse de pé numa roupa branca esvoaçante e encarando com olhos cegos e pedregosos no meio da cozinha, como estivera quando ele fora pegar um copo d'água. Ele abriu a porta e olhou. A cozinha estava vazia e escura, com exceção de uma luz azul fraca e difusa que vazava pela janela e vinha do céu de inverno.

"Vamos."

Ela fazia peso puxando-o para baixo, com o braço em volta do pescoço dele. Ele empurrou a porta, deu um passo para dentro e parou, esperando, tentando ouvir alguma coisa. Sentiu o cabelo dela roçar seus lábios. A pele dele ardia e seus músculos se tensionavam; olhou para o rosto dela na penumbra, seus sentidos embriagados com o cheiro do cabelo e da pele dela. Ele parou por um momento, depois suspirou com entusiasmo e medo:

"Vamos; você tem que ir pro seu quarto."

Ele a levou da cozinha para o corredor; tinha que fazê-la dar um passo de cada vez. O corredor estava vazio e escuro; devagar, ele em parte andou e em parte a arrastou para a escada dos fundos. Odiou-a de novo; sacudiu-a.

"Vamos; acorda!"

Ela não se mexeu ou abriu os olhos; por fim, murmurou alguma coisa e cambaleou mais. Os dedos dele sentiam as curvas suaves do corpo dela e ele estava imóvel, olhando-a, envolvido numa sensação de euforia física. Essa vadiazinha!, pensou. O rosto dela tocava o dele. Ele a virou e começou a subir os degraus, um por um. Ouviu um leve rangido e parou. Olhou, forçando a vista na escuridão. Mas não tinha ninguém. Quando chegou ao topo da escada, ela estava completamente mole e ainda tentando murmurar alguma coisa. Desgraça! Ele só conseguiria movê-la erguendo seu corpo. Ele a levantou nos braços e a carregou pelo corredor, então parou. Qual era a porta do quarto dela? Desgraça!

"Onde fica o seu quarto?", sussurrou.

Ela não respondeu. Tinha apagado de vez? Ele não podia deixá-la ali; se a soltasse, ela ia se estatelar no chão e ficar lá a noite inteira. Ele a sacudiu com força, falando o mais alto que ousava.

"Onde fica o seu quarto?"

Por um momento, ela se levantou e o olhou com um olhar vazio.

"Onde fica o seu quarto?", ele perguntou de novo.

Ela revirou os olhos na direção de uma das portas. Ele a levou até a porta e parou. Era esse mesmo o quarto dela? Será que estava bêbada demais para saber? Imagine se ele abrisse a porta do quarto do casal Dalton? Bom, tudo que podiam fazer era mandá-lo embora. Não era culpa dele se ela estava bêbada. Ele se sentia estranho, possuído, ou como se estivesse atuando diante de uma multidão de pessoas. Com cuidado, soltou uma das mãos e girou a maçaneta da porta. Esperou; nada aconteceu. Empurrou a porta silenciosamente; o quarto estava escuro e quieto. Deslizou os dedos pela parede em busca do interruptor e não achou. Ficou parado, segurando-a nos braços, temeroso, em dúvida. Seus olhos estavam se acostumando com a escuridão e um pouco da luz do céu de inverno vazava para o quarto através da janela. No fundo do cômodo, ele distinguiu a sombra de uma cama branca. Levantou-a e a levou para dentro do quarto, fechando a porta com suavidade.

"Aqui; agora acorda."

Ele tentou deixá-la de pé e a achou fraca como geleia. Segurou-a nos braços de novo, com os ouvidos atentos na escuridão. Seus sentidos vacilavam com o cheiro do cabelo e da pele dela. Era muito menor que Bessie, sua namorada, mas muito mais delicada. O rosto dela estava enterrado em seu ombro; os braços dele se estreitaram em volta dela. Ela virou o rosto devagar e ele ficou imóvel, esperando que o rosto dela ficasse de frente para o seu. Então, a cabeça dela se inclinou para trás, lenta e delicadamente; era como se ela tivesse desistido. Seus lábios, um pouco úmidos na luz difusa azul, abriram-se e ele viu o brilho furtivo de seus dentes brancos. Os olhos dela estavam fechados. Ele olhou para o seu rosto mal iluminado, a testa coberta de cabelo preto ondulado. Relaxou a mão, abriu os dedos no centro das costas dela, o rosto dela foi em direção a ele e seus lábios tocaram os dele, como algo que ele havia imaginado. Ele a manteve de pé e ela cambaleou contra ele. Bigger apertou os braços enquanto seus lábios pressionavam os dela com firmeza e ele sentia o corpo de Mary se mover com força. O pensamento e a convicção de que Jan a tivera muitas vezes passaram rapidamente por sua cabeça. Ele a beijou de novo e sentiu os ossos afiados de seus quadris se mexerem num balanço duro e real. A boca dela estava aberta e sua respiração era lenta e profunda.

Ele a ergueu e a deitou na cama. Alguma coisa o impelia a sair dali de imediato, mas ele se inclinou sobre ela, excitado, olhando para seu rosto na penumbra, sem querer tirar as mãos de seus seios. Ela se sacudiu e resmungou, sonolenta. Ele apertou os dedos sobre seus seios, beijando-a de novo, sentindo-a mexer-se em sua direção. Estava consciente apenas do corpo dela agora; seus lábios tremiam. Então congelou. A porta atrás dele tinha rangido.

Virou-se e um terror histérico se apoderou dele, como se estivesse caindo de uma grande altura num sonho. Um borrão branco, silencioso e fantasmagórico, estava parado na porta. A imagem tomou sua vista e agarrou seu corpo. Era a sra. Dalton. Ele quis dar uma pancada nela para tirá-la do caminho e sair correndo do quarto.

"Mary!", ela falou baixo, em tom de dúvida.

Bigger prendeu a respiração. Mary resmungou de novo; ele se inclinou sobre ela, os punhos cerrados de medo. Sabia que a sra. Dalton não conseguia vê-lo; mas sabia que se Mary falasse ela viria para a beirada da cama e o descobriria, encostaria nele. Esperou, tenso, com medo de se mexer por causa do receio de esbarrar em alguma coisa no escuro e entregar sua presença.

"Mary!"

Sentiu Mary tentando se levantar e rapidamente empurrou sua cabeça de volta para o travesseiro.

"Ela deve estar dormindo", a sra. Dalton murmurou.

Ele queria sair da cama, mas tinha medo de tropeçar em alguma coisa, a sra. Dalton ouvir e perceber que alguém além de Mary estava no quarto. O frenesi o dominou. Tapou a boca dela com a mão e inclinou a cabeça num ângulo que o permitia ver Mary e a sra. Dalton apenas ao virar os olhos. Mary resmungou e tentou se levantar de novo. Desesperado, ele agarrou a extremidade de um dos travesseiros e tampou os lábios dela. Tinha que fazê-la parar de resmungar, ou seria pego. A sra. Dalton se movia devagar em sua direção e ele foi ficando tenso e cheio, como se prestes a explodir. As unhas de Mary cravaram-se em suas mãos e ele pegou o travesseiro e cobriu todo o rosto dela com firmeza. O corpo de Mary se elevou num rompante e ele empurrou o travesseiro para baixo com todo seu peso, determinado a impedir que ela se mexesse ou emitisse qualquer som que pudesse traí-lo. Seus olhos estavam tomados pelo borrão branco andando em sua direção nas sombras do quarto. O corpo de Mary se ergueu de novo e ele segurou o travesseiro num aperto que tirou toda a sua força. Por um longo tempo sentiu a dor aguda das unhas dela cravando-se em seus pulsos. O borrão branco estava parado.

"Mary! É *você*?"

Ele cerrou os dentes e prendeu a respiração, intimidado até o último fio de cabelo pelo extraordinário borrão branco que flutuava em sua direção. Seus músculos se tensionaram, rígidos como aço, e ele pressionou o travesseiro, sentindo a cama ceder devagar, uniformemente, mas em silêncio. Então de repente as unhas dela não estavam mais cravadas em seus pulsos. Os dedos de Mary se afrouxaram. Ele não a sentiu mais tentando levantar-se e fazer força contra ele. O corpo dela estava imóvel.

"Mary! É *você*?"

Ele conseguia ver a sra. Dalton com clareza agora. Quando tirou as mãos do travesseiro, ouviu um longo e lento suspiro se elevar da cama para o ar do quarto escuro, um suspiro que, depois, ao se lembrar dele, parecia derradeiro, irrevogável.

"Mary! Você está doente?"

Ele se levantou. A cada movimento da sra. Dalton em direção à cama, o corpo dele fazia um movimento semelhante, distanciando-se, sem levantar os pés do chão, mas deslizando com suavidade e em silêncio sobre o tapete macio e grosso, os músculos tão tensos que doíam. Agora a sra. Dalton estava ao lado da cama. Suas mãos se estenderam e tocaram Mary.

"Mary! Você está dormindo? Escutei você se mexer..."

A sra. Dalton se ergueu de repente e deu um rápido passo para trás.

"Você está completamente bêbada! Está *fedendo* a uísque!"

Ela ficou em silêncio na luz azul difusa, então se ajoelhou ao lado da cama. Bigger a ouviu sussurrar. Ela está rezando, pensou com espanto, e as palavras ecoaram em sua cabeça como se alguém as tivesse falado em voz alta. Por fim, a sra. Dalton se levantou e seu rosto se inclinou para cima, num ângulo em que ela sempre deixava a cabeça. Ele esperou, com dentes cerrados e punhos fechados. Ela foi devagar até a porta; mal conseguia vê-la agora. A porta rangeu; depois silêncio.

Ele relaxou e seu corpo afundou no chão, respirando numa longa arfada. Estava fraco e pingando suor. Continuou agachado e curvado, ouvindo o som de sua respiração preencher a escuridão. Gradualmente, a intensidade de suas sensações arrefeceu e ele voltou a perceber o quarto. Sentiu que tinha estado sob as garras de um feitiço estranho e agora estava livre. As pontas dos dedos de sua mão direita estavam afundadas nas fibras macias do tapete e seu corpo inteiro vibrava com as batidas selvagens de seu coração. Ele tinha que sair do quarto, e rápido. Imagina se tivesse sido o *sr.* Dalton? Sua fuga já tinha sido por pouco, como foi.

Ficou em pé e prestou atenção. A sra. Dalton poderia estar lá fora, no corredor. Como ele sairia do quarto? Quase tremeu com a intensidade do seu asco por aquela casa e tudo que o fizera sentir desde que entrara nela pela primeira vez. Esticou o braço para trás e tocou a parede; estava feliz por ter alguma coisa sólida atrás de si. Olhou para a cama sombria e lembrou-se de Mary como de uma pessoa que não vira por muito tempo. Ela continuava lá. Será que a tinha machucado? Foi até a cama e ficou ao seu lado; o rosto dela estava de lado no travesseiro. Sua mão se mexeu em direção a ela, mas parou no ar. Ele piscou e olhou o rosto de Mary; estava mais escuro agora do que quando ele ficara em cima dela. A boca estava aberta e os olhos esbugalhados, vidrados. Seu peito, seu peito — seu peito não fazia movimento nenhum! Ele não conseguia ouvir a respiração entrando e saindo como conseguira quando a trouxera para o quarto. Inclinou-se sobre ela, mexeu sua cabeça com a mão e percebeu que estava relaxada e mole. Puxou a mão de volta. Pensamento e sentimento ficaram obstruídos dentro dele; havia algo que ele tentava desesperadamente dizer para si mesmo, mas não conseguia. Então, num espasmo, sugou o ar e palavras imensas se formaram devagar, zumbindo em seus ouvidos: *Ela tá morta...*

A realidade do quarto sumiu diante dele; a vasta cidade de gente branca que se espalhava do lado de fora a substituiu. Ela estava morta e ele a tinha matado. Ele era um assassino, um negro assassino, um preto assassino. Ele tinha matado uma mulher branca. Tinha que dar o fora dali. A sra. Dalton tinha estado no quarto enquanto ele estava lá, mas ela não sabia. Ou *sabia*? Não! Sim! Será que foi buscar ajuda? Não. Se ela tivesse percebido, teria gritado. Ela não sabia. Ele tinha que escapar dali. Sim. Ele podia ir para casa dormir e amanhã diria a eles que tinha levado Mary para casa e a deixado na porta lateral da mansão.

Na escuridão, seu medo fez viver nele um elemento que considerou como "eles". Precisava construir uma justificativa para "eles". Mas o *Jan*! Ah... o Jan ia entregá-lo. Quando descobrissem que ela morreu, Jan ia dizer que tinha deixado os dois juntos no carro na rua 46 com a Cottage Grove Avenue. Mas Bigger falaria que não era verdade. E, afinal, o Jan não era um *vermelho*? Sua palavra não valia tanto quanto a do Jan? Ele ia dizer que o Jan tinha vindo com eles. Ninguém podia saber que ele foi a última pessoa que estivera com ela.

As digitais! Ele tinha lido a respeito nas revistas. Suas digitais o entregariam, com certeza! Elas poderiam provar que ele esteve dentro do quarto dela! Mas e se ele dissesse que entrou para pegar a mala? Era isso! A *mala*! Suas digitais tinham que estar lá. Olhou em volta e viu a mala do outro lado da cama, aberta, a parte de cima levantada. Ele podia levar a mala para o porão, estacionar o carro na garagem e então ir para casa. *Não*! Havia uma saída melhor. Ele não estacionaria o carro na garagem! Ia dizer que Jan tinha vindo para a casa e que ele deixara Jan do lado de fora, no carro. Mas havia uma saída *melhor ainda*! Fazer com que pensassem que tinha sido Jan. Os vermelhos são capazes de tudo. Não é isso que os jornais dizem? Ele ia falar que tinha trazido Jan e Mary para casa e que Mary tinha lhe pedido que a acompanhasse até o quarto para pegar a mala — e Jan estava *com eles*! — e ele tinha pegado a mala e a levado para o porão, e quando fora embora deixara Mary e Jan — que tinham descido de novo — sentados no carro, se beijando... *Era isso*!

Ouviu o tique-taque de um relógio e o procurou com os olhos; estava na cabeceira da cama de Mary, o mostrador branco brilhando na escuridão azul. Eram três horas e cinco minutos. Jan tinha descido na rua 46 com a Cottage Grove. *Jan não desceu na rua 46; ele veio com a gente...*

Foi até a mala, abaixou a parte de cima e a arrastou pelo tapete até o meio do quarto. Abriu-a novamente e tateou por dentro; estava meio vazia.

Então, ficou imóvel, quase sem respirar, tomado por outra ideia. Seu Dalton não tinha dito que eles não se levantavam cedo nas manhãs de domingo? Mary não tinha dito que ia para Detroit? Se Mary não estivesse lá quando eles acordassem, não iam pensar que ela já tinha ido para Detroit? Ele... *sim*! Ele podia, ele podia colocá-la *den-*

tro da mala. Ela era pequena. Sim, ele a colocaria dentro da mala. Ela tinha dito que ficaria fora por três dias. Por três dias, então, talvez ninguém soubesse. Ele teria três dias. Ela era uma garota doida mesmo. Estava sempre metida com os vermelhos, não? Qualquer coisa podia acontecer com ela. As pessoas iam pensar que estava fazendo alguma das suas maluquices quando percebessem seu sumiço. Sim, os vermelhos são capazes de tudo. Não era o que os jornais diziam?

Bigger foi até a cama; teria que colocá-la dentro da mala. Não queria tocá-la, mas sabia que precisava. Ele se inclinou, estendeu as mãos, tremendo no ar. Tinha que tocá-la, levantá-la e colocá-la na mala. Tentou mexer as mãos e não conseguiu. Era como se esperasse que ela gritasse quando a tocasse. Desgraça! Tudo parecia uma bobagem! Queria rir. Era irreal. Como um pesadelo. Tinha que levantar uma mulher morta e estava com medo. Sentiu que tinha sonhado com algo assim por muito tempo e, então, de repente, era real. Ouviu o tique-taque do relógio. O tempo estava passando. Logo seria de manhã. Ele tinha que agir. Não podia ficar ali a noite toda daquele jeito; podia ir para a cadeira elétrica. Ele estremeceu e sentiu um frio na espinha. Desgraça!

Colocou com cuidado as mãos por baixo dela e a levantou. Ficou em pé com Mary nos braços; ela estava mole. Levou-a até a mala, sua cabeça deu uma virada involuntária, ele viu um borrão branco parado na porta e seu corpo foi instantaneamente coberto de terror intenso e uma forte dor tomou sua cabeça, e então o borrão branco desapareceu. *Pensei que era ela...* Seu coração disparou.

Bigger segurou-a nos braços no quarto silencioso e a frieza dos fatos o golpeou como ondas que arrastam para o mar: ela estava morta; ela era branca; ela era uma mulher; ele a tinha matado; ele era preto; ele podia ser pego; ele não queria ser pego; se fosse pego, eles o matariam.

Ele se abaixou para colocá-la dentro da mala. Ela ia caber? Olhou de novo para a porta, esperando ver o borrão branco; mas não havia nada lá. Virou-a de lado nos braços; estava respirando com dificuldade e seu corpo tremia. Ele a abaixou, ouvindo o farfalhar suave das roupas dela. Empurrou a cabeça em um canto, mas as pernas eram longas demais e não iam caber.

Pensou ter ouvido um barulho e se endireitou; para ele, parecia que sua respiração era tão alta quanto o vento numa tempestade. Aguçou os ouvidos e não escutou nada. Precisava pôr as pernas dela para dentro! Dobrar as pernas nos joelhos, pensou. Sim, quase. Um pouco mais... Ele as dobrou um pouco mais. O suor escorria do queixo para suas mãos. Ele dobrou os joelhos dela e a empurrou por completo para dentro da mala. Isso estava feito. Abaixou a parte de cima e tateou na escuridão à procura do trinco e o ouviu fechar ruidosamente.

Levantou-se, pegou uma das alças da mala e a puxou. A mala não saía do lugar. Ele estava fraco e suas mãos, escorregadias de suor. Cerrou os dentes, agarrou a mala com as mãos e a puxou até a porta. Abriu a porta e olhou o corredor; estava vazio e silencioso. Levantou a mala pela extremidade, passou a mão direita pelo ombro esquerdo, inclinou-se, apanhou a alça e ergueu a mala nas costas. Agora, tinha que conseguir ficar de pé. Fez muita força; os músculos de seus ombros e pernas estremeceram com o esforço. Levantou-se, oscilando, mordendo os lábios.

Dando um passo atrás do outro com cuidado, passou pelo corredor, desceu as escadas, depois o corredor da cozinha, e parou. As costas doíam, e a alça cortou a palma de sua mão como fogo. A mala parecia pesar uma tonelada. Ele esperava que o borrão branco aparecesse diante dele a qualquer momento, estendesse a mão, tocasse a mala e exigisse saber o que tinha dentro. Ele queria pôr a mala no chão e descansar, mas tinha medo de não conseguir levantá-la de novo. Atravessou a cozinha, desceu as escadas, deixando a porta da cozinha aberta atrás de si. Parou no porão escuro com a mala nas costas, ouviu o rugir da corrente de ar da fornalha e viu o carvão queimando em brasas vermelhas através das rachaduras. Abaixou-se, esperando ouvir o fundo da mala tocar o concreto do chão. Abaixou-se mais e se apoiou num dos joelhos. Desgraça! Sua mão, queimada pela alça, escorregou e a mala bateu no chão com um estrondo. Ele se inclinou para a frente e apertou a mão direita com a esquerda para aplacar a dor ardente.

Ele olhou para a fornalha. Sentiu um tremor ao ter outra ideia. Ele — ele podia, ele — podia colocar, podia colocá-la na fornalha. Ele ia *queimá-la*! De todas, essa era a coisa mais segura a fazer. Foi até a fornalha e abriu a porta. Uma enorme cama vermelha de carvão queimava e tremia com fúria derretida.

Abriu a mala. Ela estava lá como a tinha deixado: a cabeça enterrada num canto e os joelhos dobrados e empurrados em direção ao estômago. Ele teria que erguê-la de novo. Abaixou-se, segurou-a pelos ombros e a pegou nos braços. Foi até a porta da fornalha e parou. O fogo fervilhava. Devia colocar a cabeça ou os pés primeiro? Porque estava cansado e assustado, e porque os pés dela estavam mais próximos, empurrou-a para dentro, colocando primeiro os pés. O calor rajou as mãos dele.

Conseguira colocar quase o corpo todo, até chegar nos ombros. Olhou para dentro da fornalha; as roupas dela estavam em chamas e a fumaça preenchia o interior de modo que ele mal conseguia enxergar. As chamas se ergueram rugindo, zumbindo em seus ouvidos. Ele agarrou os ombros dela e empurrou com força, mas o corpo não avançava de jeito nenhum. Tentou de novo, mas a cabeça continuava para fora. Agora… Desgraça! Queria acertar algo com os punhos. O que poderia fazer? Ele recuou e olhou.

Um barulho o fez girar; duas piscinas verdes ardentes — piscinas de acusação e culpa — olhavam para ele de um borrão branco que se empoleirou na beirada da mala. A boca dele se abriu num grito silencioso e seu corpo ficou intensamente paralisado. Era o gato branco, e seus olhos verdes redondos olharam além dele, para o rosto branco que pendia frouxo da porta da fornalha ardente. *Meu Deus!*

Ele fechou a boca e engoliu em seco. Devia pegar o gato, matá-lo e colocá-lo na fornalha também? Fez um movimento. O gato se levantou; sua pelagem branca se eriçou; as costas se arquearam. Bigger tentou agarrá-lo, e o gato passou por ele com um longo miado de medo e num galope subiu os degraus, atravessou a porta da cozinha e sumiu de vista. Ah! Tinha deixado a porta da cozinha aberta. Foi *isso*! Fechou a porta e parou de novo diante da fornalha, pensando. Gatos não podem falar...

Tirou o canivete do bolso, abriu-o e ficou em frente à fornalha, olhando para a garganta branca de Mary. Ia conseguir fazer isso? Ele precisava. Ia ter sangue? Ah, meu Deus! Olhou em volta com um olhar desesperado e suplicante. Viu uma pilha de jornais velhos empilhados com cuidado num canto. Pegou um grosso maço deles e colocou debaixo da cabeça. Encostou a lâmina afiada na garganta, apenas encostou, como se esperasse que o canivete cortasse sozinho a carne branca, como se ele não tivesse que colocar pressão nele. Melancólico, olhou para o fio da lâmina apoiada na pele branca; o metal brilhante refletia a fúria trêmula das brasas. Sim; ele *precisava*. Com suavidade, serrou a carne com a lâmina e atingiu um osso. Rangeu os dentes e cortou com mais força. Até então não havia sangue em nenhum lugar além da faca. Mas o osso tornava a operação mais difícil. O suor escorria pelas suas costas. Então o sangue jorrou para fora formando círculos crescentes de rosa nos jornais, espalhando-se rapidamente. Ele golpeou o osso com o canivete. A cabeça pendia, frouxa, sobre os jornais, o cabelo preto encaracolado envolto em sangue. Bateu com mais força, mas a cabeça não soltava.

Ele parou, histérico. Queria sair correndo do porão e ir o mais rápido possível para longe daquela garganta ensanguentada. Mas não podia. Não devia. Ele *tinha* que queimar essa garota. Com olhos vidrados, nervos à flor da pele, olhou ao redor do porão. Viu uma machadinha. *Sim!* Aquilo ia funcionar. Estendeu uma camada arrumada de jornais embaixo da cabeça para o sangue não pingar no chão. Pegou a machadinha, segurou a cabeça num ângulo oblíquo com a mão esquerda e, depois de parar um instante num gesto de oração, cravou a lâmina da machadinha no osso da garganta com toda a força de seu corpo. A cabeça rolou.

Ele não estava chorando, mas os lábios tremiam e o peito arfava.

Queria se deitar no chão e apagar com o sono o horror dessa situação. Mas precisava sair dali. Enrolou depressa a cabeça nos jornais e usou o maço para empurrar o tronco sangrento do corpo mais fundo na fornalha. Depois enfiou a cabeça. A machadinha foi em seguida.

Ia ter carvão suficiente para queimar o corpo? Ninguém desceria até lá antes das dez da manhã, talvez. Olhou o relógio. Eram quatro da manhã. Pegou outro pedaço de papel e limpou o canivete. Pôs o papel na fornalha e o canivete no bolso. Puxou a alavanca e o carvão chacoalhou contra os lados da calha de lata, e ele viu a fornalha encher-se de chamas e a corrente de ar rugir ainda mais alto. Quando o corpo estava coberto de carvão, empurrou a alavanca de volta para trás. Agora!

Fechou a mala e a empurrou para um canto. De manhã a levaria para a estação. Olhou em volta para se ver tinha deixado alguma coisa que o entregaria; não viu nada.

Saiu pela porta dos fundos; alguns flocos finos de neve estavam caindo. Tinha esfriado. O carro ainda estava na entrada da garagem. Sim; ele ia deixar o carro lá.

Jan e Mary estavam sentados no carro, se beijando. Eles disseram, Boa noite, Bigger... E ele disse, Boa noite... E ele fez uma saudação com o chapéu...

Ao passar pelo carro, viu que a porta ainda estava aberta. A bolsa de Mary estava no chão. Ele a pegou e fechou a porta. Não! Deixa aberta; ele a abriu e seguiu pela calçada.

As ruas estavam vazias e silenciosas. O vento esfriou seu corpo molhado. Ele enfiou a bolsa debaixo do braço e andou. O que ia acontecer agora? Devia fugir? Parou numa esquina e olhou dentro da bolsa. Havia um grosso maço de notas de dez e vinte... Que bom! Ia esperar até de manhã para decidir o que fazer. Estava cansado e com sono.

Correu para casa, subiu os degraus e entrou no quarto na ponta dos pés. A mãe, a irmã e o irmão tinham a respiração regular do sono. Ele começou a se despir, pensando: *Vou falar pra eles que deixei ela* com o Jan no carro depois que levei a mala pro porão. De manhã vou levar a mala até a estação, como ela pediu...

Sentiu algo pesado puxando sua camisa; era a arma. Ele a tirou; estava quente e úmida. Enfiou-a embaixo do travesseiro. *Eles não podem dizer que fui eu. Se disserem, não podem provar.*

Ele puxou as cobertas, deslizou para debaixo delas e se esticou ao lado de Buddy; em cinco minutos, estava dormindo profundamente.

LIVRO DOIS
Voo

Para Bigger, pareceu que mal fechara os olhos e já estava acordado de novo, de repente e violentamente, como se alguém tivesse agarrado seus ombros e o chacoalhado. Deitou-se de costas na cama, sem ouvir nem ver nada. Então, como se um interruptor elétrico tivesse sido acionado, percebeu que o quarto estava tomado da luz pálida do dia. Em algum lugar profundo dele, um pensamento se formou: é de manhã. Domingo de manhã. Ele se apoiou nos cotovelos e inclinou a cabeça num gesto de escuta. Ouviu a mãe, o irmão e a irmã respirando suavemente, num sono profundo. Olhou o quarto e viu a neve caindo do outro lado da janela; mas sua mente não formava nenhuma imagem dessas coisas. Elas apenas existiam, sem relação uma com a outra; a neve, a luz do dia e o som suave da respiração lançavam um estranho feitiço sobre ele, um feitiço que esperava que a varinha do medo o tocasse para dotá-lo de realidade e significado. Ele se deitou na cama, só a alguns segundos do sono profundo, preso num impasse de impulsos, incapaz de voltar para a terra dos vivos.

Então, em resposta a um chamado agourento de uma parte sombria de sua mente, pulou da cama e se pôs de pé, descalço no meio do quarto. Seu coração disparou; os lábios se abriram; as pernas tremiam. Lutou para acordar completamente. Relaxou os músculos tensos, sentindo medo, lembrando que tinha matado Mary, a tinha sufocado, cortado sua cabeça fora e posto seu corpo na fornalha ardente.

Era domingo de manhã, e ele tinha que levar a mala para a estação. Olhou em volta e viu a bolsa preta e brilhante de Mary em cima de sua calça numa cadeira. Deus do céu! Embora o quarto estivesse frio, gotas de suor escorriam de sua testa e sua respiração estava suspensa. Olhou rápido ao redor; a mãe e a irmã ainda estavam dormindo. Buddy dormia na cama de onde ele tinha acabado de se levantar. Joga essa bolsa fora! Será que ele esqueceu outras coisas? Vasculhou os bolsos da calça com os dedos trêmulos e encontrou o canivete. Abriu-o e foi até a janela na ponta dos pés. Havia manchas secas de sangue negro na lâmina! Tinha que se livrar daquilo de uma vez. Guardou o canivete na bolsa e se vestiu às pressas em silêncio. Jogar o canivete e a bolsa numa lata de lixo. Era isso! Vestiu o casaco e encontrou enfiados no bolso os panfletos que Jan tinha lhe dado. Joga isso fora também! Ah, mas... Não! Parou um instante e apertou os panfletos em seus dedos negros enquanto sua mente era tomada por uma ideia ardilosa. Jan lhe dera esses panfletos e ele ia guardá-los e mostrar para a polícia se fosse interrogado. Era isso! Ia levar os panfletos para o seu quarto na casa dos Dalton e deixá-los numa gaveta da cômoda. Ia dizer que nunca os lera e nem queria. Ia dizer que só os aceitara porque Jan havia insistido. Folheou os panfletos suavemente para que o papel não farfalhasse e leu os títulos: *Preconceito Racial no Tribunal. A Questão do Negro nos Estados Unidos. Brancos e Negros Unidos na Luta.* Mas isso não parecia tão perigoso assim. Olhou a parte inferior de um panfleto e viu uma ilustração em preto e branco de um martelo e uma foice. Embaixo da imagem estava escrito: *Emitido pelo Partido Comunista dos Estados Unidos.* Agora, *isso* parecia perigoso. Olhou mais e viu um desenho a tinta de uma mão branca apertando uma mão negra em solidariedade e se lembrou do momento em que Jan parou no estribo do carro e apertou a mão dele. Tinha sido um momento horrível de ódio e vergonha. Sim, ia falar para eles que estava com medo dos vermelhos, que não quisera se sentar no carro com Jan e Mary, que não quisera comer com eles. Ia falar que só havia feito essas coisas porque era seu trabalho. Ia falar para eles que essa foi a primeira vez que ele já tinha se sentado numa mesa com gente branca.

Enfiou os panfletos no bolso do casaco e olhou o relógio. Faltavam dez minutos para as sete. Precisava se apressar e arrumar suas roupas. Precisava levar a mala para a estação às oito e meia.

Então o medo deixou suas pernas bambas. E se Mary não tiver sido queimada? Imagina se ela ainda estiver lá, à vista? Ele queria largar tudo e sair correndo para ver. Mas talvez algo ainda pior tivesse acontecido; talvez tenham descoberto que ela morreu e a polícia estivesse procurando por ele? Não devia sair da cidade agora? Preso pela mesma excitação impetuosa que o tinha dominado quando estava carregando Mary pela escada, ficou parado no meio do quarto. *Não*; ele ficaria. As coisas estavam sob controle; ninguém suspeitava que ela estava morta. Ele ia levar o plano adiante e pôr a culpa em Jan. Pegou a arma que estava embaixo do travesseiro e a pôs embaixo da camisa.

Saiu na ponta dos pés, olhando por cima do ombro para a mãe, a irmã e o irmão, que dormiam. Desceu as escadas até o vestíbulo e foi para a rua. O dia estava branco e frio. A neve caía e um vento gélido soprava. As ruas estavam vazias. Enfiou a bolsa debaixo do braço e caminhou até um beco onde havia uma lata de lixo coberta de neve. Era seguro deixá-la ali? Os homens dos caminhões de lixo esvaziariam a lata de manhã cedo, e ninguém ia bisbilhotar por aí num dia como esse, com toda aquela neve e em pleno domingo. Ele levantou a tampa da lata e enfiou a bolsa bem fundo numa pilha congelada de cascas de laranja e pão mofado. Tampou de volta e olhou em redor; ninguém à vista.

Voltou para o quarto e pegou a mala ao lado da cama. Sua família ainda dormia. Para arrumar suas roupas, ele tinha que ir até a cômoda do outro lado do quarto. Mas como ia chegar até lá, com a cama onde a mãe e a irmã dormiam no meio do caminho? Desgraça! Queria fazê-las sumir apenas com um gesto. Estavam sempre perto demais dele, tão perto que nunca conseguia ter um caminho próprio. Movimentou-se com cuidado e passou por cima da cama. A mãe se mexeu um pouco e depois ficou quieta. Abriu uma gaveta da cômoda, tirou as roupas e as empilhou na mala. Enquanto trabalhava nisso, pairava diante de seus olhos uma imagem da cabeça de Mary sobre os jornais molhados, os cachos pretos e anelados encharcados de sangue.

"Bigger!"

Ele prendeu o ar e se virou, os olhos brilhando. A mãe estava na cama, apoiada no cotovelo. Ele percebeu de imediato que não deveria ter se assustado.

"Qual o problema, menino?", ela perguntou num sussurro.

"Nada", respondeu, sussurrando também.

"Você pulou como se um bicho tivesse te mordido."

"Ah, me deixa em paz. Tenho que fazer a mala."

Sabia que a mãe esperava que ele lhe desse alguma satisfação, e a odiava por isso. Por que não podia esperar que ele contasse por vontade própria? E, ainda assim, sabia que se ela ficasse esperando, ele nunca contaria nada.

"Conseguiu o emprego?"

"Consegui."

"Quanto vão te pagar?"

"Vinte."

"Já começou?"

"Já."

"Quando?"

"Ontem à noite."

"Queria entender o que fez você chegar tão tarde."

"Eu tava trabalhando", falou devagar, com impaciência.

"Você só chegou depois das quatro."

Ele se virou e olhou para ela.

"Eu cheguei às *duas*."

"Foi depois das *quatro*, Bigger", ela disse, virando-se e levantando a cabeça para olhar o despertador acima dela. "Eu tentei ficar acordada te esperando, mas não consegui. Quando ouvi você entrar, olhei pro despertador e vi que era depois das quatro."

"*Eu* sei que horas eu cheguei, mãe."

"Mas, Bigger, era depois das *quatro*."

"Era um pouco depois das *duas*."

"Ah, Deus! Se você *quer* que seja duas, então que seja duas, eu não me importo. Você tá agindo como quem tá com medo de alguma coisa."

"Por que a senhora quer dar um piti agora?"

"Um piti? *Moleque!*"

"Antes de eu levantar, a senhora já vem me aporrinhar."

"Bigger, eu não tô te aporrinhando, meu filho. Tô feliz que você conseguiu o emprego."

"Não parece."

Sentiu que agir assim era um erro. Se continuasse falando do horário em que chegara na noite anterior, deixaria uma impressão tão forte que ela se lembraria disso e talvez depois dissesse algo que o prejudicasse. Virou as costas e continuou arrumando a mala. Tinha que conseguir lidar melhor; tinha que se controlar.

"Quer comer?"

"Quero."

"Vou preparar alguma coisa pra você."

"Tá bom."

"Você vai ficar por lá?"

"Vou."

Ele a ouviu sair da cama; não se atreveu a olhar em volta agora. Tinha que manter a cabeça virada enquanto ela se vestia.

"Você gostou das pessoas, Bigger?"

"Eles são de boa."

"Não parece que você tá feliz."

"Ah, mãe! Pelo amor de Deus! A senhora quer que eu *chore*?"

"Bigger, às vezes queria entender porque é que você age desse jeito."

Tinha dado uma resposta malcriada; precisava ser cuidadoso. Lutou contra a raiva que crescia dentro dele. Já estava em apuros o bastante sem se meter em confusão com a mãe.

"Você tem um bom emprego agora", a mãe disse. "Você tem que trabalhar duro, manter esse emprego e tentar virar um homem responsável. Um dia você vai querer casar e ter sua própria casa. Você tem uma oportunidade agora. Você sempre dizia que nunca teve uma. Agora você tem."

Bigger a ouviu andar pelo cômodo e soube que ela estava suficientemente vestida para que ele pudesse se virar. Fechou a mala e a deixou perto da porta; então parou na janela, olhando melancólico para os flocos de neve parecidos com plumas que caíam.

"Bigger, o que tem de errado com você?"

Ele se virou.

"Nada", disse, imaginando que mudança ela percebeu nele. "Nada. A senhora só me atormenta, é isso", concluiu, sentindo que mesmo que tenha dito algo errado, agora tinha que se defender dela. Perguntou-se como suas palavras *realmente* soaram. O tom da sua voz esta manhã estava diferente das outras manhãs? Havia algo fora do comum em sua voz desde que ele havia matado Mary? As pessoas poderiam perceber que ele tinha feito algo errado pelo jeito como agia? Viu a mãe balançar a cabeça e ir para detrás da cortina preparar o café da manhã. Ouviu um bocejo; olhou e viu que Vera estava apoiada no cotovelo, sorrindo para ele.

"Conseguiu o emprego?"

"Consegui."

"Quanto cê vai ganhar?"

"Ah, Vera. Pergunta pra mãe. Já falei tudo pra ela."

"Que legal! O Bigger tem um emprego!", Vera cantou.

"Ah, cala a boca", ele disse.

"Deixa ele em paz, Vera", a mãe falou.

"Qual o problema?"

"Qual o problema dele o tempo *todo*?", a mãe perguntou.

"Ah, Bigger", Vera falou, terna e queixosa.

"Esse moleque não tem noção de nada, é isso", a mãe disse. "Ele não vai falar nada decente pra você."

"Vira pra eu me trocar", Vera pediu.

Bigger olhou pela janela. Ouviu alguém dizer "Ai!", e soube que Buddy tinha acordado.

"Vira a cabeça, Buddy", Vera disse.

"Tá bom."

Bigger ouviu a irmã colocar rápido as roupas.

"Pode olhar agora", Vera avisou.

Viu Buddy sentado na cama, esfregando os olhos. Vera estava sentada na beirada de uma cadeira, com o pé direito apoiado em outra, afivelando os sapatos. Bigger olhou vagamente na direção dela. Desejou ter o poder de atravessar o teto e flutuar para longe desse quarto, para sempre.

"Prefiro que você não fique me olhando", Vera disse.

"Hum?", Bigger respondeu, olhando, surpreso, para os lábios dela fazendo bico. Então percebeu o que ela quis dizer e fez uma careta para provocar. Rápida, ela ficou de pé num pulo e jogou um dos sapatos nele. O calçado passou por sua cabeça e bateu contra a janela, sacudindo as vidraças.

"Falei pra você não olhar pra mim!", Vera gritou.

Bigger se levantou, os olhos vermelhos de raiva.

"Queria que você tivesse me acertado", disse.

"Vera!", a mãe chamou.

"Mãe, faz ele parar de olhar pra mim", Vera reclamou.

"Ninguém tava olhando pra ela", Bigger disse.

"Cê olhou embaixo do meu vestido quando eu tava fechando os sapatos!"

"*Queria* que você tivesse me acertado", Bigger falou de novo.

"Eu não sou cachorro!", Vera falou.

"Vem pra cozinha se arrumar, Vera", a mãe disse.

"Ele faz eu me sentir um cachorro", Vera soluçou com o rosto enterrado nas mãos, indo para detrás da cortina.

"Mano", Buddy disse. "Eu tentei ficar acordado até cê chegar ontem à noite, mas não consegui. Tive que ir deitar às três. Tava com tanto sono que mal conseguia ficar de olho aberto."

"Eu tava aqui antes disso", Bigger respondeu.

"Ah, nem! Eu tava acordado..."

"*Eu* sei que horas eu cheguei!"

Eles se entreolharam em silêncio.

"Tá bom", Buddy disse.

Bigger estava inquieto. Sentia que não estava se comportando direito.

"Conseguiu o emprego?", Buddy perguntou.

"Consegui."

"Dirigindo?"

"É."

"Que carro é?"

"Um Buick."

"Posso andar com você qualquer hora?"

"Claro; assim que eu me acostumar lá."

As perguntas do Buddy o deixaram um pouco mais à vontade; sempre gostou da adoração que o Buddy mostrava por ele.

"Nossa! Esse é o tipo de emprego que eu quero", Buddy disse.

"É fácil."

"Cê vai ver se consegue um assim pra mim?"

"Claro. Me dá um pouco de tempo."

"Tem cigarro?"

"Tenho."

Ficaram em silêncio, fumando. Bigger pensava na fornalha. Mary tinha queimado? Olhou para o relógio; eram sete horas. Devia sair agora, sem esperar o café da manhã? Talvez ele tenha deixado algo por lá que entregaria que Mary estava morta. Mas se eles dormiam até tarde nas manhãs de domingo, como o sr. Dalton tinha dito, não teriam razão alguma para vasculhar lá embaixo.

"Bessie passou por aqui ontem à noite", Buddy disse.

"É?"

"Ela disse que te viu no Ernie's Kitchen Shack com uns brancos."

"É. Eu tava dirigindo pra eles ontem à noite."

"Ela falou sobre você e ela se casarem."

"Humpf!"

"Por que as garotas são assim, Bigger? Assim que o cara consegue um bom emprego elas já querem casar?"

"Sei lá."

"Cê tem um bom trabalho agora. Cê pode conseguir uma garota melhor que a Bessie", Buddy falou.

Apesar de concordar com Buddy, ele não disse nada.

"Vou falar pra Bessie", Vera gritou.

"Se você falar, eu quebro seu pescoço", Bigger falou.

"Chega desse tipo de conversa aqui", a mãe disse.

"Ah, é", Buddy disse. "Eu encontrei o Jack ontem à noite. Ele disse que cê quase matou o velho Gus."

"Eu não tenho mais nada a ver com esse bando", Bigger respondeu enfático.

"Mas o Jack é legal", Buddy disse.

"Bom, o Jack é, mas o resto não."

Gus, G.H. e Jack pareciam tão distantes para Bigger agora, em outra vida, e tudo porque ele tinha estado na casa dos Dalton por algumas horas e matado uma garota branca. Olhou em volta do quarto, enxergando-o pela primeira vez. Não havia tapete no chão e o gesso da parede e do teto estava soltando em vários lugares. Havia duas camas de ferro gastas, quatro cadeiras, uma cômoda velha e uma mesa dobrável de madeira onde comiam. Era muito diferente da casa dos Dalton. Aqui todos dormiam num cômodo; lá ele teria um quarto só para si. Sentiu o cheiro da comida no fogo e lembrou que não era possível sentir cheiro de comida na casa dos Dalton; não se ouvia barulho de panelas batendo por toda a casa. Cada pessoa vivia num quarto e tinha seu pequeno mundo particular. Odiava este cômodo e todas as pessoas nele, inclusive ele próprio. Por que ele e sua família tinham que viver assim? O que tinham feito? Talvez não tivessem feito nada. Talvez tivessem que viver desse jeito precisamente porque nenhum deles, em toda a vida, tinha feito qualquer coisa, certa ou errada, que importasse muito.

"Põe a mesa, Vera. O café tá pronto", a mãe gritou.

"Sim, senhora."

Bigger sentou-se à mesa e esperou pela comida. Talvez esta fosse a última vez que comeria aqui. Teve essa sensação intensamente e ela o ajudou a ter paciência. Talvez um dia ele esteja comendo dentro da cadeia. Aqui estava sentado com eles, e eles não sabiam que tinha matado uma garota branca, cortado sua cabeça e queimado o corpo. A ideia do que havia feito, o horror terrível daquilo, a ousadia associada a essas ações, formaram nele, pela primeira vez em sua vida saturada de medo, uma barreira de proteção entre ele e um mundo que temia. Havia matado e criado uma vida nova para si. Era algo todo dele; e era a primeira vez em sua vida que tivera qualquer coisa que os outros não poderiam tirar dele. Sim; poderia sentar-se aqui com calma e comer sem se preocupar com o que sua família pensava ou fazia. Possuía uma parede natural, atrás da qual podia olhar para eles. Seu crime era uma âncora que lhe dava um lastro seguro no tempo; conferia a ele uma certa confiança que a arma e o canivete não lhe davam. Estava fora da sua família agora, acima e além deles; não eram capazes sequer de pensar que ele fizera o que fez. E havia feito algo que nem mesmo ele julgara possível.

Apesar de ter matado sem querer, não sentiu necessidade, nem uma vez, de dizer a si mesmo que havia sido um acidente. Ele era preto e tinha estado sozinho num quarto onde uma garota branca havia sido assassinada; portanto, ele a tinha assassinado. Era o que todo mundo diria de qualquer forma, não importa o que ele dissesse. E, em certo sentido, ele sabia que a morte da garota não havia sido acidental. Ele tinha matado muitas vezes antes, só que nessas outras vezes não houve vítima palpável ou circunstância que tornasse visível ou dramática a sua vontade de matar. Seu crime parecia natural; sentiu que toda a sua vida o havia levado para algo assim. Não era mais uma questão de imaginação inarticulada quanto ao que ia acontecer com ele e sua pele preta; ele sabia agora. O sentido oculto de sua vida — um sentido que outros não viam e que ele sempre tentara esconder — havia transbordado. Não; não foi acidente, e ele nunca ia falar que foi. Havia nele um tipo de orgulho aterrorizante em sentir e pensar que algum dia seria capaz de falar publicamente o que tinha feito. Era como se ele tivesse uma dívida obscura mas profunda a cumprir consigo mesmo em aceitar o ato.

Agora que havia quebrado o gelo, não poderia fazer outras coisas? O que havia ali para impedi-lo? Enquanto estava sentado à mesa, esperando o café da manhã, sentiu que chegava a algo que há muito escapava dele. As coisas ficavam mais claras; ele saberia como agir de agora em diante. O que tinha que fazer era simplesmente agir como os outros agiam, viver como eles viviam e, quando não estivessem olhando, fazer o que quisesse. Eles nunca saberiam. Ele sentiu, na presença silenciosa da mãe, do irmão e da irmã, uma força inarticulada e inconsciente, que levava a viver sem pensar, levava à paz e ao hábito, levava a uma esperança que cegava. Sentia que eles queriam e ansiavam ver a vida de uma certa maneira; eles precisavam de uma certa imagem do mundo; havia uma maneira de viver que eles preferiam em relação a todas as demais; e eles eram cegos para o que não se encaixava. Eles não queriam ver o que os outros faziam se aquilo não alimentasse seus próprios desejos. Tudo que se tinha que fazer era ser ousado, fazer algo que ninguém pensou. A coisa toda chegou até ele na forma de um sentimento poderoso e simples; havia em todos uma grande fome de acreditar que o deixava cego, e ele se pudesse enxergar enquanto os outros estavam cegos, então ele poderia conseguir o que queria e nunca ser pego. Agora, quem neste mundo ia pensar que ele, um menino negro tímido de pele preta, seria capaz de matar e queimar uma garota branca rica e se sentar à espera do seu café da manhã assim? A euforia o preencheu.

Sentou-se à mesa vendo a neve cair do lado de fora e muitas coisas ficaram evidentes. Não, ele não tinha que se esconder por trás de uma parede ou de uma cortina agora; ele tinha um jeito mais seguro de estar seguro, um jeito mais fácil. O que ele fizera na noite anterior era a prova disso. Jan era cego. Mary tinha sido cega. O sr. Dalton era cego. E a sra. Dalton era cega; sim, cegos de muitas maneiras. Bigger sorriu um pouco. A sra. Dalton não sabia que Mary estava morta quando parou diante da cama naquele quarto na noite anterior. Achara que Mary estava bêbada, pois estava acostumada a vê-la chegar bêbada. E a sra. Dalton não percebera que ele estava no quarto com ela; esta seria a última coisa que ela teria pensado. Ele era preto e não teria feito parte de seus pensamentos numa ocasião como aquela. Bigger achava que muitas pessoas eram como a sra. Dalton, cegas...

"Aqui está, Bigger", a mãe disse, pondo um prato de aveia na mesa.

Ele começou a comer, sentindo-se muito melhor depois de ter ponderado sobre o que acontecera com ele na véspera. Sentia que podia se controlar agora.

"Cês não vão comer?", perguntou, olhando em volta.

"Pode comer. Você precisa sair. A gente vai comer depois", a mãe respondeu.

Ele não precisava de dinheiro, pois tinha o que pegara da bolsa de Mary; mas queria cobrir seus rastros com cuidado.

"Tem algum dinheiro, mãe?"

"Só um pouco, Bigger."

"Eu tô precisando."

"Toma cinquenta centavos. Agora tenho exatamente só um dólar até quarta-feira."

Ele pôs os cinquenta centavos no bolso. Buddy havia terminado de se vestir e estava sentado na beirada da cama. De repente, ele viu Buddy, viu-o tendo Jan em mente. Buddy era mole e vago; seus olhos eram indefesos e seu olhar só ia até a superfície das coisas. Era estranho ele não ter notado isso antes. Buddy também era cego. Buddy estava sentado ali ansiando por um trabalho como o dele. Buddy também andava em círculos numa rotina e não via as coisas. As roupas de Buddy ficavam folgadas no corpo se comparadas com como as de Jan ficavam. Buddy parecia sem rumo, perdido, sem garras afiadas ou duras, como um cachorrinho gordo. Ao olhar para Buddy e pensar em Jan e no sr. Dalton, ele enxergou no irmão uma certa imobilidade, um isolamento, uma insignificância.

"Por que cê tá me olhando assim, Bigger?"

"Hum?"

"Cê tá me olhando de um jeito engraçado."

"Não percebi. Tava pensando."

"No quê?"

"Nada."

A mãe entrou na sala com mais pratos de comida e ele viu quão macia e disforme ela era. Seus olhos eram cansados e fundos, com olheiras escuras de uma longa falta de descanso. Ela se movimentava devagar, tocando objetos com os dedos enquanto passava por eles, usando-os como apoio. Seus pés se arrastavam pelo piso de madeira e seu rosto mantinha uma expressão tensa de esforço. Sempre que ela queria olhar para alguma coisa, mesmo que estivesse perto dela, virava toda a cabeça e o corpo para ver e não desviava os olhos. Parecia haver em seu coração um fardo pesado e delicadamente equilibrado cujo peso ela não queria assumir ao causar nele um mínimo de perturbação. Viu que ele olhava para ela.

"Come sua comida, Bigger."

"Tô comendo."

Vera trouxe seu prato e sentou-se à sua frente. Bigger percebeu que mesmo o rosto dela sendo menor e mais delicado que o da mãe, o início do mesmo cansaço já estava ali. Como Vera era diferente de Mary! Ele podia notar no próprio jeito como Vera mexia a mão quando levava o garfo até a boca; parecia estar se encolhendo da vida em cada gesto que fazia. A própria maneira como se sentava mostrava um medo tão profundo, como se fosse uma parte orgânica dela; levava a comida à boca em pedacinhos, como se temesse se asfixiar com ela, ou tivesse medo de que acabasse rápido demais.

"Bigger!", Vera choramingou.

"Hum?"

"Para agora", Vera disse, deixando o garfo de lado e dando um tapa no ar na direção dele.

"Que foi?"

"Para de olhar pra mim, Bigger!"

"Ah, cala a boca e toma seu café!"

"Mãe, faz ele parar de olhar pra mim!"

"Eu não tô olhando pra ela, mãe!"

"Tá *sim*!", Vera disse.

"Toma seu café, Vera, e sossega", a mãe falou.

"Ele continua me olhando, mãe!"

"Menina, cê é doida!", Bigger disse.

"Eu não sou doida que nem você!"

"Vocês *dois* sosseguem!", a mãe disse.

"Eu não vou comer com ele me olhando", Vera respondeu, levantando-se da mesa e sentando-se na beirada da cama.

"Vai, come tua comida", Bigger disse, pondo-se de pé num pulo e pegando seu chapéu. "Tô vazando daqui."

"Qual o seu problema, Vera?", Buddy perguntou.

"Cuida da sua vida!", Vera disse, lágrimas rolando dos olhos.

"Crianças, sosseguem, *por favor*", a mãe gritou.

"Mãe, a senhora não devia deixar ele me tratar desse jeito", Vera disse.

Bigger pegou a mala. Vera voltou para a mesa, secando os olhos.

"Quando vou te ver de novo, Bigger?", a mãe perguntou.

"Não sei", respondeu, batendo a porta.

Quando estava na metade da escada, ouviu seu nome sendo chamado.

"Ei, Bigger!"

Parou e olhou para trás. Buddy estava descendo os degraus correndo. Esperou, imaginando o que havia de errado.

"O que cê quer?"

Buddy ficou diante dele, hesitante, sorrindo.

"Eu... eu..."

"Que foi?"

"Puxa, eu pensei..."

Bigger endureceu de medo.

"Fala, por que cê tá tão agitado?"

"Ah, acho que não é nada. Só achei que cê talvez estivesse encrencado..."

Bigger subiu os degraus e parou perto de Buddy.

"Encrencado? O que cê quer dizer?", perguntou, num sussurro assustado.

"Eu... eu só achei que cê tava meio nervoso. Queria te ajudar, só isso. Eu... eu só achei..."

"Por que cê achou isso?"

Buddy lhe estendeu o bolo de notas.

"Cê deixou cair no chão", disse.

Bigger deu um passo para trás, atônito. Procurou o dinheiro no bolso; não estava lá. Pegou o dinheiro de Buddy e enfiou com pressa no bolso.

"A mãe viu?"

"Não."

Ele olhou para Buddy num longo silêncio. Sabia que Buddy ansiava por estar com ele, desejando sua confiança; mas isso não podia acontecer agora. Agarrou o braço de Buddy e o apertou.

"Escuta, não conta pra ninguém, entendeu? Toma", disse, abrindo o maço e tirando uma nota. "Aqui; pega e compra alguma coisa. Mas não conta pra *ninguém*."

"Nossa! Obrigado. Eu... eu não vou contar. Mas posso te ajudar?"
"Nem; nem..."
Buddy começou a subir os degraus.
"Espera", Bigger disse.
Buddy voltou e parou na frente dele, os olhos ansiosos, brilhando. Bigger olhou para ele, o corpo tão tenso quanto de um animal prestes a saltar. Mas seu irmão não o trairia. Podia confiar em Buddy. Agarrou Buddy pelo braço de novo e apertou até ele se encolher de dor.
"Não conta pra *ninguém*, ouviu?"
"Nem; nem... Eu *não* vou..."
"Pode voltar agora."
Buddy subiu correndo os degraus, desaparecendo de vista. Bigger ficou parado, pensativo, sob as sombras da escadaria. Empurrou o sentimento para longe, não com vergonha, mas com impaciência. Por um instante, sentira-se em relação a Buddy como havia se sentido em relação a Mary quando ela estava deitada na cama com o borrão branco se mexendo em sua direção sob a luz azul difusa do quarto. Mas ele não vai contar, pensou.

Desceu a escada e foi para a rua. O ar estava frio e a neve havia cessado. No alto, o céu clareava um pouco. Ao se aproximar da drogaria na esquina, que ficava aberta a noite toda, ele se perguntou se alguém do bando estava por perto. Talvez Jack ou G.H. estivessem por aí e ainda não tivessem ido para casa, como às vezes faziam. Embora sentisse que havia rachado com o grupo para sempre, sentia um estranho e ardente desejo pela presença deles. Queria saber como se sentiria se os visse de novo. Como um homem renascido, queria testar e provar cada coisa agora para ver como seria; como um homem convalescido de uma longa doença, sentia caprichos profundos e rebeldes.

Espiou pelo vidro fosco; sim, G.H. estava lá. Abriu a porta e entrou. G.H. estava sentado perto de uma máquina de refrigerante, conversando com o atendente. Bigger sentou-se perto dele. Eles não falaram nada. Bigger comprou dois maços de cigarro e empurrou um para G.H., que olhou, surpreso, para ele.

"Pra *mim*?", G.H. perguntou.

Bigger fez um gesto com a mão e sorriu de canto.

"Claro."

G.H. abriu o maço.

"Jesus, eu precisava mesmo de um. Diz aí, tá trabalhando agora?"

"Tô."

"Como tá sendo?"

"De boa."

"Jack tava dizendo que a garota pra quem cê tá trabalhando é a mesma que cês viram no filme. É verdade?"

"Claro."

"Como ela é?"

"Ah, a gente gosta", Bigger disse, cruzando os dedos. Ele tremia de empolgação; o suor escorria na testa. Estava empolgado e algo o impelia a ficar mais empolgado. Era como uma sede brotando do seu sangue. A porta abriu e Jack entrou.

"Fala, como cê tá, Bigger?"

Bigger balançou a cabeça.

"Tranquilo", disse. "Aqui, me dá outro maço de cigarro", pediu ao atendente. "Esse é pra você, Jack."

"Jesus, cê tá com a bola toda, certeza", Jack falou, ao vislumbrar o grosso maço de notas.

"Onde o Gus tá?", Bigger perguntou.

"Daqui a pouco tá por aqui. A gente ficou a noite toda na casa da Clara."

A porta abriu de novo; Bigger virou-se e viu Gus entrar. Gus parou.

"Não vão brigar agora", Jack disse.

Bigger comprou outro maço de cigarros e o jogou na direção de Gus, que pegou e ficou parado, perplexo.

"Ah, vai, Gus. Esquece isso", Bigger falou.

Gus se aproximou devagar; abriu o maço e acendeu um cigarro.

"Bigger, cê com certeza é doido", Gus disse com um sorriso tímido.

Bigger sabia que Gus estava contente pela briga ter acabado. Bigger não tinha medo deles agora; estava sentado com os pés apoiados na mala, olhando para cada um com um sorriso calmo.

"Me dá um dólar", Jack falou.

Bigger deu uma nota de um dólar para cada um deles.

"Não digam que eu nunca dou nada pra vocês", disse, rindo.

"Bigger, cê com certeza é mais um preto maluco das ideias", Gus disse de novo, rindo com alegria.

Mas ele precisava ir; não podia ficar ali conversando com eles. Pediu três garrafas de cerveja e pegou a mala.

"Cê não vai beber uma com a gente?", G.H. perguntou.

"Não; tenho que ir."

"A gente se vê!"

"Até!"

Ele acenou para eles e saiu. Andou pela neve, sentindo-se tonto e exultante. Sua boca estava aberta e os olhos brilhavam. Foi a primeira vez que esteve na presença deles sem se sentir amedrontado. Estava seguindo um caminho estranho numa terra estranha e seus nervos estavam famintos para ver aonde ia levar. Arrastou sua mala até o fim do quarteirão e ficou esperando o bonde. Enfiou os dedos no bolso do casaco e sentiu o grosso maço de notas. Em vez de ir para a casa dos Dalton, poderia pegar um bonde até uma estação de trem e deixar a cidade. Mas o que aconteceria se fosse embora? Se fugisse agora, pensariam de imediato que ele sabia alguma coisa sobre Mary, assim que dessem pela falta dela. Não; seria muito melhor ficar por lá e ver o que ia acontecer. Podia demorar um bom tempo até que alguém pensasse que Mary foi assassinada e um tempo ainda maior até pensarem que tinha sido ele. E quando dessem por falta de Mary, não iam pensar nos vermelhos primeiro?

O bonde chegou com estrondo, ele embarcou e foi até a rua 47, onde fez a baldeação para um bonde que ia para o leste. Olhou ansioso para o reflexo turvo de seu rosto negro na vidraça suada. Será que alguma dessas caras brancas à sua volta pensaria que ele tinha matado uma garota branca rica? Não! Talvez pensassem que ele roubaria umas moedas, estupraria uma mulher, ficaria bêbado ou esfaquearia alguém; mas matar a filha de um milionário e queimar o corpo dela? Ele sorriu um pouco, sentindo um formigamento envolver todo seu corpo. Viu tudo com muita clareza e simplicidade: aja como as outras pessoas pensam que você deve agir, mas faça o que quiser. Em certo sentido, ele esteve fazendo exatamente isso de um jeito barulhento e grosseiro durante toda a sua vida, mas foi apenas na noite anterior, quando sufocou Mary no quarto enquanto sua mãe cega tinha ficado com os braços estendidos, que ele vira com clareza que isso podia ser feito. Apesar de um pouco trêmulo, ele não estava com medo de verdade. Estava ansioso, tremendamente empolgado. Posso cuidar deles, pensou, com a cabeça no sr. Dalton e na sra. Dalton.

Havia apenas uma única coisa que o preocupava; ele tinha que tirar dos seus olhos a imagem persistente da cabeça ensanguentada de Mary sobre os jornais. Se conseguisse, então ficaria bem. Puxa, que idiota ela era, pensou, lembrando-se das atitudes de Mary. Agindo daquele jeito! Que inferno, ela me *forçou* a fazer isso! Não deu pra evitar! Ela devia ter mais noção! Devia ter me deixado em paz, desgraça! Ele não sentia pena de Mary; ela não era real para ele; não era um ser humano; ele não a conhecera por muito tempo ou bem o suficiente para tanto. Sentia que tê-la assassinado era mais do que justificado pelo medo e pela vergonha que ela o fizera sentir. Parecia que as ações dela evocaram temor e vergonha nele. Mas, quando pensava melhor a respeito, parecia impossível que pudessem ter esse efeito. Ele realmente não sabia muito bem de onde esse medo e vergonha tinham vindo; só estiveram ali, e isso era tudo. Cada vez que tivera contato com ela, eles surgiram intensos e duros.

Não era a Mary que ele estava reagindo quando sentiu medo e vergonha. Mary servira para disparar suas emoções, emoções condicionadas por muitas Marys. E agora que tinha matado Mary, ele sentia um relaxamento da tensão muscular; tinha se livrado de um fardo invisível que carregara por muito tempo.

Enquanto o bonde balançava na neve, ele ergueu os olhos e viu pessoas negras nas calçadas cobertas de neve. Essas pessoas tinham sentimentos de medo e vergonha como ele. Muitas vezes ficara na esquina com elas e conversara sobre os brancos enquanto longos carros polidos passavam cantando pneu. Para Bigger e os seus, os brancos não eram realmente pessoas; eles eram uma espécie de grande força da natureza, como um céu tempestuoso assomando-se no alto ou como um rio profundo e sinuoso que se estende de repente sob os pés na escuridão. Desde que ele e sua gente preta não fossem além de certos limites, não havia necessidade alguma de temer essa força branca. Mas, temendo ou não, eles conviviam com ela todo e qualquer dia de suas vidas; mesmo quando as palavras não diziam seu nome, eles reconheciam sua realidade. Enquanto vivessem ali, nessa esquina prescrita da cidade, prestariam a ela um tributo mudo.

Havia raros momentos em que um sentimento e um desejo de solidariedade em relação a outras pessoas negras se apossavam dele. Ele sonhava em se posicionar contra a força branca, mas o sonho desvanecia quando olhava para as pessoas negras perto dele. Mesmo sendo negro como elas, sentia que havia muita diferença entre ele e os demais para que pudesse haver uma ligação comum e uma vida comum. Apenas quando ameaçados com a morte isso podia acontecer; apenas com medo e vergonha, com as costas contra a parede, isso podia acontecer. Mas nunca poderiam afundar suas diferenças em esperança.

Enquanto estava no bonde, olhando para as pessoas negras nas calçadas, sentiu que uma maneira de acabar com o medo e a vergonha era fazer todo esse povo negro agir junto, governá-los, dizer-lhes o que fazer e obrigá-los a fazer. Imprecisamente, sentiu que deveria haver uma direção na qual ele e outros negros poderiam ir de peito aberto; que deveria existir um jeito em que a fome corrosiva e a aspiração inquieta poderiam fundir-se; que deveria haver uma maneira de agir que capturasse a mente e o corpo em certeza e fé. Mas sentiu que essas coisas nunca aconteceriam com ele e com seu povo negro, e ele os odiou e desejou poder fazê-los sumir da sua frente apenas com um gesto. Porém, ainda tinha uma vaga esperança. Nos últimos tempos, vinha gostando de ouvir histórias de homens que podiam mandar nos outros, pois em ações como essas ele achava que havia um jeito de escapar do pântano estreito de medo e vergonha que minou a base de sua vida. Gostava de ouvir como o Japão estava conquistando a China; como Hitler estava caçando os judeus; como Mussolini estava invadindo a Espanha. Não estava preocupado se esses atos eram certos ou errados; eles simplesmente o atraíam como possíveis rotas de fuga. Sentia que um dia haveria um homem negro que reuniria as pessoas negras em grupo e, juntas, tomariam uma atitude e poriam fim no medo e na vergonha. Ele nunca pensou a respeito em imagens mentais precisas; ele sentiu; sentia por um tempo e depois esquecia. Mas a esperança estava sempre à espera em algum lugar bem fundo dentro dele.

Foi o medo que o fizera brigar com Gus no salão de bilhar. Se estivesse seguro de si mesmo e de Gus, não teria brigado. Mas ele conhecia Gus, como conhecia a si mesmo, e sabia que um deles poderia falhar no instante decisivo devido ao medo. Como podia pensar em roubar a loja do Blum desse jeito? Ele desconfiava de Gus e tinha medo dele e sabia que Gus desconfiava dele e tinha medo dele; e, no momento em que tentou se aliar a Gus para fazerem algo juntos, odiou Gus e a si mesmo. No fim, porém, seu ódio e esperança se voltavam para fora dele mesmo e de Gus: a esperança ia em direção a algo vago e benevolente que o ajudaria e o guiaria, e o ódio ia em direção aos brancos; pois sentia que eles o governavam, mesmo quando estavam longe e não pensavam nele, controlavam-no ao condicioná-lo em suas relações com seu próprio povo.

O bonde rastejava pela neve; Drexel Boulevard era a parada seguinte. Ele pegou a mala e ficou na porta. Em poucos minutos saberia se Mary havia sido queimada. O bonde parou; ele saltou e caminhou, com os tornozelos afundando na neve, em direção à casa dos Dalton.

Quando chegou à entrada, viu que o carro estava estacionado onde o deixara, mas coberto por uma suave camada de neve. A casa se agigantava, branca e silenciosa. Ele destravou o portão e passou pelo carro, vendo diante dos olhos a imagem de Mary, seu pescoço ensanguentado dentro da fornalha e sua cabeça com os cabelos negros e ondulados estendida sobre jornais empapados. Ele parou. Podia virar as costas e voltar. Podia entrar no carro e estar a quilômetros de distância antes de alguém perceber. Mas por que fugir sem um bom motivo? Ele tinha algum dinheiro para poder dar no pé quando fosse a hora. E tinha a arma. Os dedos tremiam a ponto de ele ter dificuldade de destrancar a porta; mas não estavam tremendo de medo. Era um tipo de ânsia que ele sentia, uma confiança, uma plenitude, uma liberdade; toda a sua vida capturada num ato supremo e significativo. Empurrou a porta e então ficou imóvel como uma pedra, inspirando o ar suavemente. No clarão vermelho da fornalha havia uma figura sombria. Seria a sra. Dalton? Mas era mais alta e mais corpulenta que ela! Ah, era Peggy! Estava de costas para ele, um pouco curvada. Parecia estar espiando a fornalha com atenção. *Ela não me ouviu entrar,* ele pensou. *Talvez seja melhor eu ir!* Mas, antes de conseguir se mexer, Peggy virou-se.

"Ah, bom dia, Bigger."

Ele não respondeu.

"Que bom que você chegou. Eu estava prestes a pôr mais carvão no fogo."

"Eu cuido disso, senhora."

Ele se aproximou, forçando os olhos para ver se havia vestígios de Mary na fornalha. Quando chegou ao lado de Peggy, viu que ela olhava pelas frestas da porta para a cama vermelha de brasas furiosas.

"O fogo estava muito alto ontem à noite", Peggy disse. "Mas esta manhã deu uma abaixada."

"Eu cuido disso", Bigger respondeu, de pé e sem se atrever a abrir a porta da fornalha enquanto ela estava ao seu lado na escuridão vermelha.

Ouviu o rugido abafado da corrente de ar subindo e se perguntou se ela suspeitava de alguma coisa. Sabia que deveria ter acendido a luz; mas e se ele acendesse e a luz revelasse partes de Mary na fornalha?

"Eu cuido disso, senhora", repetiu.

Rapidamente, ele se perguntou se teria que matá-la para impedi-la de contar caso ela acendesse a luz e visse algo que a levasse a pensar que Mary estava morta. Sem virar a cabeça, viu uma pá de ferro apoiada num canto próximo. Cerrou as mãos. Peggy saiu do seu lado e foi em direção a uma luz que pendia do teto na extremidade do cômodo, perto da escada.

"Vou iluminar pra você", ela disse.

Ele se moveu rápido e em silêncio até a pá e esperou para ver o que ia acontecer. A luz se acendeu, ofuscante de tão forte; ele piscou. Peggy ficou perto dos degraus, mantendo a mão direita firme sobre o seio. Vestia um quimono e tentava mantê-lo fechado. Bigger entendeu na hora. Ela nem estava pensando na fornalha; estava era um pouco envergonhada por ser vista de quimono no porão.

"A sra. Dalton já desceu?", ela perguntou por cima do ombro enquanto subia a escada.

"Não, senhora. Eu não a vi."

"Você acabou de chegar?"

"Sim, senhora."

Ela parou e olhou de novo para ele.

"Mas o carro está na entrada da garagem."

"Sim, senhora", respondeu simplesmente, sem oferecer qualquer informação.

"Então ficou lá a noite toda?"

"Não sei, senhora."

"Você não pôs na garagem?"

"Não, senhora. A srta. Dalton me pediu pra deixar do lado de fora."

"Ah! Então ficou *mesmo* lá a noite toda. Por isso está coberto de neve."

"Acho que sim, senhora."

Peggy balançou a cabeça e suspirou.

"Bom, eu imagino que daqui a pouco ela vai estar pronta pra você levá-la até a estação."

"Sim, senhora."

"Vi que você trouxe a mala para baixo."

"Sim, senhora. Ela me pediu pra trazer ontem à noite."

"Não esqueça dela", disse, passando para a cozinha.

Por um bom tempo depois que ela se fora, ele não se mexeu nem um centímetro. Depois, devagar, olhou ao redor do porão, virando a cabeça como um animal com olhos e orelhas em alerta, procurando ver se algo estava errado. O lugar estava exatamente como ele o havia deixado na noite anterior. Andou pelo cômodo, examinando-o. De repente parou, com os olhos arregalados. Bem na sua frente, viu um pequeno pedaço de jornal ensanguentado no reflexo projetado pela brasa através das rachaduras na porta da fornalha. Será que Peggy vira? Ele correu até a luz e a apagou, depois correu de volta para olhar o pedaço de papel. Mal conseguia enxergar. Isso queria dizer que Peggy não vira. E Mary? Será que seu corpo tinha sido queimado? Acendeu a luz de novo e pegou o papel. Olhou para a direita e para a esquerda para ver se alguém estava olhando, então abriu a porta da fornalha e espiou, os olhos preenchidos com a visão de Mary e sua garganta ensanguentada. O interior da fornalha respirava e estremecia com o aperto das brasas ardentes. Mas não havia qualquer sinal do corpo, ainda que a imagem dele pairasse diante dos seus olhos, entre seus olhos e o leito de brasas ardentes. Como o monte retangular de barro fresco de uma cova recém-feita, as brasas vermelhas revelavam o contorno angular do corpo de Mary. Ele teve a sensação de que se apenas tocasse o monte retangular vermelho com o dedo, aquilo desmoronaria e o corpo de Mary ficaria completamente à vista, sem ter queimado. Os carvões davam a impressão de terem queimado o corpo por baixo, deixando as brasas incandescentes formarem uma concha de quentura vermelha com um espaço oco no centro, mantendo o corpo de Mary ainda envolto nos carvões que crepitavam sob o formato de um monte. Bigger piscou e se deu conta de que ainda tinha o pedaço de jornal nas mãos. Ergueu-o até a altura da porta e a corrente de ar o sugou de seus dedos; observou o papel voar no calor trêmulo e vermelho e na fumaça, escurecer, queimar e então desaparecer.

Ele fechou a porta e puxou a alavanca para cair mais carvão. O chacoalhar dos pequenos carvões contra a calha de lata ressoou alto em seus ouvidos à medida que o monte retangular de fogo vermelho escurecia gradualmente e queimava com o carvão que se espalhava na fornalha. Colocou a alavanca de volta no lugar e ficou de pé; estava tudo bem até agora. Enquanto ninguém mexesse naquele fogo, tudo ficaria bem. Ele mesmo não queria mexer, com medo de que alguma parte de Mary ainda estivesse ali. Se as coisas pudessem continuar assim até a tarde, o corpo de Mary teria queimado o suficiente para que ele se sentisse seguro. Virou-se e olhou a mala de novo. Ah! Não podia esquecer! Tinha que pôr os panfletos comunistas no seu quarto o quanto antes. Correu para a escada, foi para o quarto e arrumou os panfletos com cuidado num canto da gaveta da cômoda. Sim, eles tinham que ser organizados numa pilha bem arrumada. Ninguém devia pensar que ele tinha lido.

Voltou ao porão, arrastou a mala até a porta, colocou-a nas costas, carregou-a até o carro e prendeu-a no estribo. Olhou as horas; eram oito e vinte. Agora, teria que esperar Mary aparecer. Sentou-se ao volante e esperou por cinco minutos. Tocaria a campainha para chamá-la. Olhou para os degraus que levavam à porta lateral, lembrando-se de como Mary havia tropeçado na véspera e ele a tinha segurado. Então tomou um susto involuntário quando uma rajada intensa de sol caiu do céu, fazendo a neve saltar, cintilar e brilhar sobre ele num mundo de brancura mágica sem som. Tá ficando tarde! Ele teria que entrar e perguntar pela srta. Dalton. Se ficasse muito tempo ali, pareceria que não esperava que ela descesse. Desceu do carro e subiu os degraus até a porta lateral. Olhou pelo vidro; ninguém à vista. Tentou abrir a porta e encontrou-a trancada. Apertou a campainha, ouvindo o gongo soar suave no interior da casa. Aguardou um momento, então viu Peggy apressar os passos no corredor. Ela abriu a porta.

"Ela ainda não desceu?"

"Não, senhora. E tá ficando tarde."

"Espera. Vou chamá-la."

Peggy, ainda vestindo o quimono, subiu correndo a escada, a mesma escada onde ele meio que tinha arrastado Mary, a mesma escada onde havia tropeçado com a mala na véspera. Então viu Peggy descer os degraus muito mais devagar do que havia subido. Ela veio até a porta.

"Ela não tá aqui. Talvez tenha saído. O que ela te disse?"

"Disse pra eu levar ela até a estação e pegar a mala, senhora."

"Bom, ela não tá no quarto dela e não tá no quarto da sra. Dalton. E o sr. Dalton tá dormindo. Ela disse pra você que ia hoje de manhã?"

"Foi isso que ela disse ontem à noite, senhora."

"Ela pediu pra você trazer a mala aqui pra baixo ontem à noite?"

"Sim, senhora."

Peggy pensou por um momento, olhando além dele, para o carro coberto de neve.

"Bom, melhor você levar a mala. Pode ser que ela não tenha ficado aqui ontem à noite."

"Sim, senhora."

Ele se virou e começou a descer os degraus.

"Bigger!"

"Senhora?"

"Você disse que ela falou pra você deixar o carro aí fora a noite *toda*?"

"Sim, senhora."

"Ela disse que ia usar de novo?"

"Não, senhora. Veja", Bigger disse, tateando, "ele estava no carro…"

"*Quem?*"

"O cavalheiro."

"Ah; sim. Leve a mala. Eu acho que a Mary aprontou uma de suas escapadas."

Ele entrou no carro, manobrou na rua sobre a neve e seguiu em direção ao norte. Queria olhar para trás e ver se Peggy ainda estava observando-o, mas não se atreveu. Faria com que ela achasse que ele pensou que alguma coisa estava errada e não queria passar essa impressão agora. Bom, pelo menos tinha uma pessoa pensando como ele queria que pensasse.

Chegou à estação La Salle Street, estacionou o carro junto a uma plataforma, espremido entre outros carros, levantou a mala e esperou que um homem lhe desse um bilhete por ela. Perguntou-se o que aconteceria se ninguém requisitasse a mala. Talvez notificassem o sr. Dalton. Bom, ele ia esperar e ver. Havia feito sua parte. A srta. Dalton pediu para levar a mala até a estação e foi isso que fez.

Dirigiu para a casa dos Dalton tão rápido quanto as ruas cobertas de neve permitiam. Queria estar de volta no local para ver o que aconteceria, para acompanhar de perto os desdobramentos. Chegou à entrada da garagem e embicou o carro nela, trancou-a, e então ficou se perguntando se deveria ir para o quarto ou para a cozinha. Seria melhor ir direto para a cozinha como se nada tivesse acontecido. Ainda não havia tomado café da manhã, até onde Peggy sabia, e ir à cozinha seria considerado algo natural. Atravessou o porão, parou para observar a fornalha estrondosa, e então foi até a porta da cozinha e entrou com cuidado. Peggy estava junto ao fogão, de costas para ele. Ela se virou e deu-lhe uma olhava breve.

"Tudo certo?"

"Sim, senhora."

"Você a viu por lá?"

"Não, senhora."

"Tá com fome?"

"Um pouco, senhora."

"Um pouco?", Peggy riu. "Você vai se acostumar com esta casa aos domingos. Ninguém levanta cedo, e quando levantam eles estão quase mortos de fome."

"Tô bem, senhora."

"Essa era a única queixa do Green quando ele trabalhava aqui", Peggy disse. "Jurava que a gente o deixava morrer de fome aos domingos."

Bigger forçou um sorriso e olhou para o linóleo preto e branco do chão. O que ela pensaria se soubesse? Ele teve muita simpatia por Peggy naquele momento; sentia que ele tinha algo de valor que ela nunca poderia tirar dele, mesmo que o desprezasse. Ouviu o telefone tocar no corredor. Peggy se endireitou e olhou para ele enquanto enxugava as mãos no avental.

"Quem é que liga cedo assim numa manhã de domingo?", resmungou.

Ela saiu e ele se sentou, à espera. Talvez fosse Jan perguntando sobre Mary. Lembrou que Mary tinha prometido ligar para ele. Perguntou-se quanto tempo levava até Detroit. Cinco ou seis horas? Não era longe. O trem de Mary já havia saído. Por volta das quatro horas ela chegaria a Detroit. Será que alguém planejou encontrá-la? Se ela não estivesse no trem, ligariam ou enviariam um telegrama para avisar? Peggy voltou, foi até o fogão e continuou cozinhando.

"Vai estar pronto num minuto", disse.

"Sim, senhora."

Então virou-se para ele.

"Quem era o cavalheiro que estava com a srta. Dalton ontem à noite?"

"Não sei, senhora. Acho que ele se chama Jan, algo assim."

"Jan? Ele acabou de ligar", Peggy disse. Ela balançou a cabeça e apertou os lábios. "Ele é dos que não prestam, se é que tem algum que preste. Um daqueles anarquistas que é contra o governo."

Bigger ouviu e não disse nada.

"Por que neste mundo uma menina boa como a Mary quer vagar por aí com esse bando de malucos, só Deus sabe. Nada de bom vai sair disso, ouve o que eu tô falando. Se não fosse a Mary e suas rebeldias, esta casa funcionaria como um relógio. É uma pena também. A mãe é a própria alma da bondade. E não tem homem mais agradável que o sr. Dalton... Mas depois a Mary vai sossegar. Elas sempre sossegam. Acham que estão perdendo alguma coisa se não fazem farra por aí quando são jovens e tolas..."

Ela lhe trouxe uma tigela de mingau de aveia e leite, e ele começou a comer. Teve dificuldade para engolir por estar sem apetite. Mas empurrou a comida para dentro. Peggy continuou falando, e ele se perguntou o que deveria dizer a ela; descobriu que não conseguia dizer nada. Talvez ela não esperasse que ele falasse algo. Talvez estivesse conversando com ele porque não tinha mais com quem conversar, como a mãe dele fazia às vezes. Sim; ele ia checar o fogo de novo quando fosse ao porão. Ia abastecer a fornalha com o máximo de carvão possível e se certificar de que Mary queimasse rápido. O cereal quente foi deixando-o sonolento e ele conteve um bocejo.

"O que eu tenho que fazer hoje, senhora?"

"Apenas espere ser chamado. Domingo é um dia chato. Talvez o sr. ou a sra. Dalton saiam."

"Sim, senhora."

Ele terminou o mingau de aveia.

"Quer que eu faça alguma coisa agora?"

"Não. Mas você não terminou de comer. Quer um pouco de presunto e ovos?"

"Não, senhora. Tô satisfeito."

"Bem, tá aqui pra você. Não tenha medo de pedir."

"Acho que vou checar o fogo agora."

"Tá bom, Bigger. Fique atento à campainha por volta das duas horas. Até lá acho que não vai ter nada."

Ele foi para o porão. O fogo ardia. As brasas brilhavam, vermelhas, e a corrente de ar zunia. Não precisava de mais carvão. Ele examinou o porão de novo, cada canto e fresta, para ver se tinha deixado algum vestígio do que acontecera na noite anterior. Não havia nenhum.

Ele foi até o quarto e se deitou na cama. Bem; aqui estava ele agora.

O que iria acontecer? O quarto estava silencioso. Não! Ele ouviu alguma coisa! Inclinou a cabeça, prestando atenção. Pegou no ar sons fracos de panelas e frigideiras batendo na cozinha abaixo. Levantou-se e andou até o outro lado do quarto; os sons ficaram mais altos. Ouviu o passo suave, mas firme de Peggy enquanto ela andava na cozinha. Ela está bem embaixo de mim, pensou. Ficou imóvel, ouvindo. Escutou a voz da sra. Dalton e depois a de Peggy. Abaixou-se e colou o ouvido no chão. Estavam falando de Mary? Não conseguia entender o que elas falavam. Levantou-se e olhou em volta. Perto dele estava a porta do guarda-roupa. Ele o abriu; as vozes ficaram mais nítidas. Entrou no closet e as tábuas rangeram; ele parou. Será que elas ouviram? Será que iam achar que estava bisbilhotando? Ah! Ele teve uma ideia! Pegou a mala, abriu e tirou um punhado de roupas. Se alguém entrasse no quarto ia pensar que ele estava guardando suas roupas. Entrou no closet e prestou atenção.

"... quer dizer que o carro ficou a noite *toda* do lado de fora?"
"Sim, ele disse que ela pediu pra deixar lá."
"Que horas foi isso?"
"Não sei, sra. Dalton. Não perguntei pra ele."
"Eu não entendo isso de jeito nenhum."
"Ah, ela está bem. Não acho que a senhora deve se preocupar."
"Mas ela nem deixou um bilhete, Peggy. A Mary não é assim. Até naquela vez que fugiu para Nova York ela pelo menos deixou um bilhete."
"Talvez ela não tenha ido embora. Vai ver alguma coisa surgiu e ela ficou fora a noite toda, sra. Dalton."
"Mas por que ela deixaria o carro do lado de fora?"
"Não sei."
"E ele falou que um homem estava com ela?"
"Era aquele Jan, eu acho, sra. Dalton."
"Jan?"
"Sim; o que estava com ela na Flórida."
"Ela *não* vai mesmo deixar de ir atrás dessas pessoas horríveis."

"Ele ligou aqui hoje cedo, perguntando por ela."

"Ligou *aqui*?"

"Sim."

"E o que ele disse?"

"Ele parecia meio irritado quando eu disse que ela não estava."

"O que a coitada pode estar fazendo? Ela me disse que não estava mais saindo com ele."

"Pode ser que *ela* tenha feito ele ligar, sra. Dalton…"

"Como assim?"

"Bom, senhora. Eu estava meio que achando que talvez ela estivesse com ele de novo, como naquela vez na Flórida. E pode ser que ela tenha feito ele ligar para ver se a gente sabia que ela não estava…"

"Ah, Peggy!"

"Ah, me desculpe, senhora… Será que ela não ficou com alguns amigos?"

"Mas ela estava no *quarto* dela às duas da madrugada, Peggy. Para a casa de quem ela iria a essa hora?"

"Sra. Dalton, eu percebi uma coisa quando fui no quarto dela hoje de manhã."

"O quê?"

"Bom, senhora, parece que ela não dormiu na cama, não, de jeito nenhum. A colcha não estava nem puxada. Parece que alguém apenas deitou um pouco e depois levantou…"

"Ah!"

Bigger ouvia com atenção, mas fez-se silêncio. Agora sabiam que alguma coisa estava errada. Ouviu a voz da sra. Dalton de novo, trêmula de dúvida e medo.

"Então ela *não* dormiu aqui ontem à noite?"

"Parece que não."

"Aquele garoto disse que o Jan estava no carro?"

"Sim. Achei estranho o carro ter ficado do lado de fora na neve a noite toda, então perguntei. Ele disse que ela pediu pra deixar o carro fora e que o Jan estava lá."

"Escuta, Peggy..."

"Sim, sra. Dalton."

"A Mary estava bêbada ontem à noite. Espero que não tenha acontecido nada com ela."

"Ah, que pena!"

"Fui até o quarto dela assim que ela entrou... Ela estava bêbada demais para falar. Ela estava *bêbada*, sabe. Nunca achei que ela voltaria para casa naquelas condições."

"Ela vai ficar bem, sra. Dalton. Eu *sei* que vai."

Houve outro longo silêncio. Bigger se perguntou se a sra. Dalton estava a caminho de seu quarto. Voltou para a cama e deitou-se, prestando atenção. Não houve som algum. Ficou deitado por um bom tempo, sem ouvir nada; depois ouviu passos na cozinha de novo. Correu para dentro do closet.

"Peggy!"

"Sim, sra. Dalton."

"Escuta, eu tateei o quarto de Mary. Tem alguma coisa errada. Ela não terminou de arrumar a mala. Pelo menos metade das coisas dela ainda está lá. Ela disse que planejava ir a alguns bailes em Detroit e não levou nenhuma das coisas novas que comprou."

"Vai ver ela não foi para Detroit."

"Mas *onde* ela está?"

Bigger parou de ouvir, sentindo medo pela primeira vez. Não havia pensado que a mala não estava completamente feita. Como ia explicar que ela dissera para ele levar uma mala feita pela metade para a estação? Ah, merda! A garota estava bêbada. Era isso. Mary estava tão bêbada que não sabia o que estava fazendo. Ele ia dizer que ela havia pedido para ele levar e ele só havia levado; era isso. Se alguém perguntasse por que levara uma mala meio vazia para a estação, ele diria que não tinha diferença das outras bobagens que Mary tinha dito para fazer naquela noite. As pessoas não o tinham visto comendo com ela e Jan no Ernie's Kitchen Shack? Ele falaria que os dois estavam bêbados e que ele tinha feito o que eles disseram porque era o seu trabalho. Ele ouviu de novo as vozes.

"... e daqui a pouco mande esse garoto me procurar. Quero falar com ele."

"Sim, sra. Dalton."

Ele se deitou de novo na cama. Teria que repassar sua versão e torná-la infalível. Será que havia errado ao pegar a mala? Teria sido melhor carregar a Mary nos braços e queimá-la? Mas tivera que colocá-la na mala por medo de que alguém a visse em seus braços. Era o único jeito como ele conseguiria tirá-la do quarto. Ah, que inferno, o que tinha acontecido tinha acontecido e ele ia sustentar sua versão. Ele repassou a história de novo, prendendo firmemente cada detalhe na mente. Falaria que ela estava bêbada, chapada de álcool. Ele deitou na cama macia no quarto quente e ficou ouvindo o silvo do vapor no aquecedor e pensando, lânguido e sonolento, em como ela estivera bêbada e como ele a arrastara pelas escadas e em como pressionara o travesseiro sobre o rosto dela e como ele a colocara na mala e em como se esforçara com a mala pelas escadas escuras e em como seus dedos queimaram enquanto descera aos trancos e barrancos com a mala pesada fazendo *bump-bump-bump* tão alto que com certeza o mundo todo deve ter escutado...

Acordou num salto ao ouvir uma batida na porta. Seu coração acelerou. Sentou-se e olhou, sonolento, em volta do quarto. Alguém tinha batido na porta? Olhou o relógio; eram três da tarde. Puxa! Devia ter dormido sem ouvir a campainha que ia tocar às duas. Bateram de novo.

"Já vai!", resmungou.

"Aqui é a sra. Dalton!"

"Sim, senhora. Um minuto."

Alcançou a porta em dois longos passos, então parou um momento, tentando se recompor. Piscou e molhou os lábios. Abriu a porta e viu a sra. Dalton sorrindo diante dele, vestida de branco, a face pálida erguida como estava quando de pé na escuridão enquanto ele sufocava Mary na cama.

"S-s-sim, senhora", gaguejou. "Eu... eu tava dormindo..."

"Você não dormiu muito ontem à noite, não é?"

"Não, senhora", ele falou devagar, com medo do que ela poderia querer dizer.

"Peggy tocou a campainha três vezes e você não atendeu."

"Me desculpe, senhora..."

"Tudo bem. Eu gostaria de te perguntar sobre ontem à noite... Ah, você levou a mala para a estação, não levou?", ela perguntou.

"Sim, senhora. Hoje de manhã", ele disse, detectando hesitação e confusão na voz dela.

"Sei", a sra. Dalton disse. Ela ficou com o rosto inclinado para cima na semiescuridão do corredor. Ele estava com a mão na maçaneta, esperando, os músculos tensos. Precisava ser cuidadoso com suas respostas agora. Mas sabia que tinha uma certa proteção; sabia que um certo grau de vergonha impediria a sra. Dalton de perguntar demais e deixá-lo saber que estava preocupada. Ele era um garoto e ela era uma mulher velha. Ele era o empregado e ela a patroa. E havia uma certa distância a ser mantida entre eles.

"Você deixou o carro na entrada da garagem ontem à noite, não é?"

"Sim, senhora. Eu tava prestes a botar ele na garagem", ele disse, indicando que sua única preocupação era manter seu emprego e cumprir seus deveres. "Mas ela disse pra deixar lá."

"E ela estava com alguém?"

"Sim, senhora. Um cavalheiro."

"Devia ser muito tarde, não?"

"Sim, senhora. Um pouco antes das duas, senhora."

"E você desceu a mala um pouco antes das duas?"

"Sim, senhora. Ela me pediu."

"Ela te levou para o quarto?"

Ele não queria que ela pensasse que estivera sozinho com Mary no quarto. Rapidamente, reformulou a história na cabeça.

"Sim, senhora. Eles subiram..."
"Ah, *ele* estava com ela?"
"Sim, senhora."
"Entendi..."
"Algo errado, senhora?"
"Ah, não! Eu... eu... eu... Não; não tem nada de errado."

Ela ficou na porta e ele olhou para os olhos cegos cinza-claros, olhos quase brancos como seu rosto, seu cabelo e seu vestido. Ele sabia que ela estava realmente preocupada e queria fazer mais perguntas. Mas sabia que não ia querer ouvi-lo contar que sua filha estava muito bêbada. Afinal, ele era preto e ela era branca. Ele era pobre e ela era rica. Ela sentiria vergonha de deixá-lo pensar que algo estava tão errado na sua família que ela tinha que questioná-lo, um serviçal negro. Ele se sentiu confiante.

"Tem alguma coisa que eu precise fazer agora, senhora?"

"Não. Na verdade, você pode tirar o resto do dia de folga, se quiser. O sr. Dalton não está se sentindo bem e nós não vamos sair."

"Obrigado, senhora."

Ela se virou e Bigger fechou a porta; ficou ouvindo o suave sussurro dos sapatos dela se dissiparem no corredor e depois pela escada. Imaginou-a tateando o caminho, as mãos tocando as paredes. Ela deve conhecer esta casa como um livro, pensou. Estremeceu de empolgação. Ela era branca e ele era preto; ela era rica e ele era pobre; ela era velha e ele era jovem; ela era a chefe e ele era o empregado. Ele estava a salvo; sim. Quando ouviu a porta da cozinha abrir e depois fechar, entrou no guarda-roupa e tentou escutar de novo. Mas não houve som algum.

Bom, ele ia sair. Sair agora seria a solução para o sentimento de tensão que se apoderara dele enquanto falava com a sra. Dalton. Ele ia sair e ver Bessie. Isso! Pegou o chapéu e o casaco e foi para o porão. A sucção do ar da fornalha gemia, e o fogo estava muito quente; havia carvão suficiente até ele voltar.

Ele foi até a rua 47 e parou na esquina para esperar um bonde.

Sim, Bessie era a única pessoa que ele queria ver agora. Engraçado, não tinha pensado muito nela no dia anterior. Muitas coisas emocionantes estavam acontecendo. Ele não sentira necessidade de pensar nela. Mas agora tinha que esquecer e relaxar e queria vê-la. Ela sempre estava em casa domingo à tarde. Ele queria muito vê-la; sentia que estaria mais forte para enfrentar o dia seguinte se a encontrasse.

O bonde chegou e ele entrou, pensando em como as coisas tinham se saído naquele dia. Não; ele não achava que iam suspeitar que ele tivesse feito alguma coisa. Ele era preto. Sentiu de novo o maço grosso de notas no bolso; se as coisas dessem errado ele poderia muito bem fugir. Perguntou-se quanto dinheiro tinha no maço; sequer havia contado. Veria quando chegasse à casa de Bessie. Não; não precisava ter medo. Sentiu a arma aninhada junto à sua pele. Aquela arma poderia muito bem afastar as pessoas e fazê-las pensar duas vezes antes de perturbá-lo.

Mas no negócio todo havia um lado que o incomodava; ele deveria ter conseguido mais dinheiro; ele deveria ter *planejado*. Tinha agido de forma muito precipitada e acidental. Na próxima vez as coisas seriam muito diferentes; ele planejaria e organizaria tudo de modo que teria dinheiro suficiente para se manter por um bom tempo. Olhou pela janela do bonde e depois para as caras brancas à sua volta. Quis de repente se levantar e gritar, contar a eles que tinha matado uma garota branca rica, uma garota cuja família era conhecida por todos. Sim; se fizesse isso, um olhar de horror e assombro tomaria o rosto deles. Mas, não. Não faria isso, mesmo que a satisfação fosse ser intensa. Estava em tanta desvantagem numérica que seria preso, julgado e executado. Queria a emoção intensa de assustá-los, mas sabia que o preço era alto demais. Desejava ter o poder de dizer o que havia feito sem medo de ser preso; desejava ser uma ideia na mente dessas pessoas; que sua cara preta e a imagem dele sufocando Mary, depois a decepando e queimando pudesse pairar diante dos olhos dessas pessoas como um terrível retrato da realidade que conseguiam ver e sentir mas não destruir. Não estava satisfeito com o modo como as coisas estavam agora; ele era um homem que tinha vislumbrado uma meta, então a conquistara e, ao conquistá-la, tinha visto ao seu alcance outra meta, mais elevada, maior. Ele tinha aprendido a gritar e tinha gritado e nenhum ouvido tinha escutado; ele apenas aprendeu a caminhar e estava caminhando, mas não conseguia ver o chão sob seus pés; havia muito ele ansiava por armas para empunhar e, de repente, descobriu que suas mãos empunhavam armas que eram invisíveis.

O bonde parou a um quarteirão da casa de Bessie e ele desceu. Quando chegou ao prédio em que ela morava, olhou para o segundo andar e viu uma luz acesa na janela dela. As lâmpadas da rua se acenderam de repente, iluminando as calçadas cobertas de neve com um brilho amarelo. As lâmpadas eram bolas difusas de luz congelada em imobilidade, ancorada no espaço e impedida de ser soprada para longe pelo vento gelado por postes pretos de aço. Ele entrou, tocou a campainha e, em resposta ao som, subiu as escadas e encontrou Bessie sorrindo para ele na porta.

"Oi, sumido!"

"Oi, Bessie."

Ele ficou cara a cara com ela e então tentou pegar suas mãos. Ela se esquivou.

"Que foi?"

"Você sabe o que foi."

"Não, não sei."

"Por que você veio atrás de mim?"

"Eu quero te beijar, amor."

"Você não quer me beijar, não."

"Por quê?"

"Eu que devia *te* perguntar por quê."

"Qual o problema?"

"Eu te vi com seus amigos brancos ontem à noite."

"Ah, eles não são meus amigos."

"Quem eram eles?"
"Eu trabalho pra eles."
"E você come com eles."
"Ah, Bessie..."
"Você nem *falou* comigo."
"Eu *falei!*"
"Você só resmungou e acenou."
"Ah, amor. Eu tava trabalhando. Você entende."
"Pensei que você podia tá com vergonha de mim, sentado lá com aquela garota branca toda vestida de seda e cetim."
"Ah, que inferno, Bessie. Qual é. Não faz assim."
"Você quer mesmo me beijar?"
"Claro. Você acha que eu vim aqui pra quê?"
"Por que você demorou tanto tempo pra me ver então?"
"Eu te falei que eu tava trabalhando, amor. Você me viu ontem à noite. Qual é. Não faz assim."
"Eu não sei", ela disse, balançando a cabeça.

Sabia que ela estava tentando ver o quanto ele a queria, tentando ver quanto poder ainda tinha sobre ele. Ele agarrou seu braço e a puxou para perto de si, dando-lhe um beijo longo e intenso, sentindo que ela não estava respondendo. Quando afastou os lábios, fitou-a com os olhos cheios de reprovação e, ao mesmo tempo, sentiu os dentes cerrarem e os lábios formigarem levemente com paixão crescente.

"Vamos entrar", ele disse.
"Se você quiser."
"Claro que eu quero."
"Você sumiu por muito tempo."
"Ah, não faz assim."
Entraram.
"Por que você tá sendo tão fria hoje?", perguntou.
"Você podia ter me mandado um cartão-postal", ela disse.
"Ah, esqueci."
"Ou podia ter ligado."

"Amor, eu tava ocupado."
"Olhando para aquela branquela velha, imagino."
"Ah, inferno!"
"Você não me ama mais."
"Nem ferrando."
"Você podia ter vindo por cinco minutos."
"Amor, eu tava ocupado."
 Quando a beijou dessa vez, ela respondeu um pouco. Para que ela soubesse que a desejava, deixou que ela levasse a língua dele para sua boca.
"Tô cansada hoje", ela suspirou.
"Quem *você* anda vendo?"
"Ninguém."
"Por que você tá cansada então?"
"Se quiser conversar desse jeito, pode ir embora. Eu não perguntei quem você anda vendo pra sumir esse tempo todo, perguntei?"
"Você tá esquentada hoje."
"Você poderia ter dito 'Oi, cadela!'."
"Sério, amor. Eu tava ocupado."
"Você tava acomodado naquela mesa com aqueles branquelos como se fosse um advogado ou coisa assim. Você nem olhou pra mim quando falei com você."
"Ah, esquece isso. Vamos falar sobre outra coisa."
 Tentou beijá-la de novo e ela se esquivou.
"Qual é, amor."
"Com quem *você* tava?"
"Ninguém. Eu juro. Tava trabalhando. E eu tava pensando muito em você. Tava sentindo sua falta. Escuta, eu tenho um quarto todo meu onde eu tô trabalhando. Você pode ficar comigo lá algumas noites, viu? Puxa, eu tava sentindo demais a sua falta, amor. Assim que eu tive tempo eu vim aqui."
 Ficou olhando para ela na penumbra do cômodo. Ela estava provocando e ele gostava disso. Pelo menos tirava dele a imagem terrível

da cabeça de Mary ensanguentada sobre o jornal. Queria beijá-la de novo, mas no fundo não ligava que ela se afastasse; só o deixava faminto por ela com mais intensidade. Ela olhava para ele melancólica, meio encostada na parede, as mãos nos quadris. Então de repente ele soube como acalmá-la, como afastar da mente dela toda a intenção de provocá-lo. Enfiou a mão no bolso e tirou o maço de notas. Sorrindo, segurou o dinheiro na palma da mão e falou como se para si mesmo:

"Bom, acho que alguma outra pessoa pode gostar disso se você não gostar."

Ela deu um passo à frente.

"Bigger! Nossa! Onde você conseguiu esse dinheiro todo?"

"Bem que você queria saber, né?"

"Quanto tem aí?"

"E você se importa?"

Ela veio para o lado dele.

"Quanto tem aí, sério?"

"Pra que você quer saber?"

"Deixa eu ver. Eu te devolvo."

"Eu deixo, mas vai ter que ficar na *minha* mão, viu?"

Ele observou a expressão de acanhamento em seu rosto mudar para uma expressão de admiração conforme ela contava as notas.

"Meu Deus, Bigger! De onde você tirou esse dinheiro?"

"Bem que você queria saber, né?", ele disse, deslizando o braço em volta da cintura dela.

"É seu?"

"O que é que você acha que eu tô fazendo com ele?"

"Me conta onde você conseguiu isso, amor."

"Você vai ser boazinha comigo?"

Sentiu o corpo dela ficar cada vez menos rígido; mas seus olhos estavam examinando o rosto dele.

"Você não se meteu em nada, né?"

"Você vai ser boazinha comigo?"

"Ah, Bigger!"

"Me beija, amor."

Sentiu-a relaxar por completo; beijou-a e ela o levou para a cama. Eles se sentaram. Com cuidado, ela pegou o dinheiro da mão dele.

"Quanto tem aí?", ele perguntou.

"Você não sabe?"

"Não."

"Você não *contou*?"

"Não."

"Bigger, onde você conseguiu esse dinheiro?"

"Talvez um dia eu te conte", ele disse, inclinando-se para trás e descansando a cabeça no travesseiro.

"Você tá metido em alguma coisa."

"Quanto tem aí?"

"Cento e vinte e cinco dólares."

"Você vai ser boazinha comigo?"

"Mas, Bigger, *onde* você conseguiu esse dinheiro?"

"Por que isso importa?"

"Você vai me comprar alguma coisa?"

"Claro."

"O quê?"

"O que você quiser."

Ficaram em silêncio por um momento. Por fim, o braço em volta da cintura sentiu o corpo de Bessie relaxar com uma delicadeza que ele queria e conhecia. Ela descansou a cabeça no travesseiro; ele pôs o dinheiro no bolso e se inclinou sobre ela.

"Puxa, amor. Eu tava te querendo tanto."

"De verdade?"

"Juro por Deus."

Colocou as mãos nos seios dela bem como as havia colocado nos seios de Mary na noite anterior e estava pensando nisso enquanto a beijava. Afastou os lábios para respirar e ouviu Bessie dizer:

"Não fica tanto tempo longe de mim, ouviu, amor?"

"Não fico."

"Você me ama?"

"Claro."

Beijou-a de novo e sentiu o braço dela se erguendo acima da cabeça e ouviu o clique da luz sendo apagada. Beijou-a de novo, com intensidade.

"Bessie?"

"Hum?"

"Vem, amor."

Ficaram parados por mais um tempo; então ela se levantou. Ele esperou. Ouviu as roupas dela farfalharem na escuridão; ela estava se despindo. Levantou-se e começou a tirar a roupa. Pouco a pouco, começou a enxergar na escuridão; ela estava do outro lado da cama, seu corpo negro como uma sombra na escuridão mais densa que a cercava. Ouviu a cama ranger quando ela se deitou. Foi até ela, envolvendo-a nos braços, sussurrando.

"Nossa, garota."

Sentiu duas palmas macias segurando seu rosto com ternura, e o pensamento e a imagem do mundo inteiramente cego que o havia envergonhado e amedrontado se esvaíram enquanto ele a sentia como um campo não cultivado abaixo dele, estendendo-se sob um céu nublado à espera da chuva, e ele dormiu no corpo dela, subindo e descendo com o fluxo e refluxo do sangue dela, sendo voluntariamente arrastado para um mar quente à noite para subir renovado à superfície para enfrentar um mundo que ele odiava e queria extinguir, agarrando-se a uma fonte cujas águas mornas lavavam e limpavam seus sentidos, os esfriavam, os tornavam fortes e afiados de novo para ver e sentir e tocar e provar e ouvir, os clareavam para pôr fim ao cansaço e reforjar nele um novo senso de tempo e espaço; — depois de ter sido jogado para secar sobre uma rocha quente e ensolarada sob um céu branco, ele levantou sua mão devagar e pesadamente e tocou os lábios de Bessie com os dedos, sussurrando.

"Nossa, garota."

"Bigger."

Ele tirou a mão e relaxou. Não sentiu que queria seguir adiante e retomar a vida de onde havia parado; não ainda. Estava deitado no fundo de um poço profundo e escuro sobre um pálete de palha quente e úmida e, no topo do poço, conseguia ver o azul frio do céu distante. Alguma mão tinha alcançado dentro dele e colocado um dedo quieto de paz sobre a agitação impaciente de seu espírito e o fizera sentir que não precisava ansiar por um lar agora. Então, como o longo som de recuo de uma onda, a sensação de noite e mar e calor o deixou e ele ficou olhando a escuridão do contorno sombreado do corpo de Bessie, ouvindo a respiração dele e a dela.

"Bigger?"
"Hum?"
"Você tá gostando do seu emprego?"
"Tô. Por quê?"
"Só perguntei."
"É ótimo."
"É mesmo?"
"Claro."
"Onde você tá trabalhando?"
"No Drexel."
"Onde?"
"No quarteirão 4600."
"Ah!"
"Que foi?"
"Nada."
"Mas o que foi?"
"Ah, eu só pensei numa coisa."
"Me fala. O que é?"
"Não é nada, Bigger, amor."

O que ela queria com todas aquelas perguntas? Perguntou-se se ela tinha detectado alguma coisa nele. Depois imaginou se não estava deixando o medo tomar conta dele ao pensar sempre em função de

Mary e de ela ter sido asfixiada e queimada. Mas queria saber por que ela perguntara onde ele trabalhava.
"Qual é, amor. Me fala o que você tá pensando."
"Não é nada de mais, Bigger. Eu costumava trabalhar por lá, nessa parte, não muito longe de onde os Loeb moravam."
"Loeb?"
"É. Uma das famílias de um dos garotos que matou aquele menino dos Frank. Lembra?"
"Não lembro; o que você quer dizer?"
"Você lembra de ouvir as pessoas falando sobre o Loeb e o Leopold."
"Ah!"
"Os que mataram o menino e depois tentaram arrancar dinheiro da família dele..."
... *enviando bilhetes para eles.* Bigger não estava ouvindo. O mundo sonoro foi abruptamente para longe dele e uma imagem vasta apareceu diante de seus olhos, uma imagem repleta de tanto significado que não podia reagir a tudo de uma vez só. Estava deitado, sem piscar os olhos, o coração batendo forte, os lábios ligeiramente abertos, a respiração subindo e descendo com tamanha suavidade que ele parecia nem estar respirando. *você lembra que eles ah você não tá nem ouvindo* Ele não disse nada. *por que você não me ouve quando tô falando com você* Por que ele não poderia, por que ele não poderia, enviar uma carta para os Dalton, pedindo dinheiro? *Bigger* Ele se sentou na cama, encarando a escuridão. *qual o problema amor* Ele poderia pedir dez mil dólares, ou talvez vinte. *Bigger qual é o problema eu tô falando com você* Ele não respondeu; seus nervos estavam tensos com o esforço de lembrar alguma coisa. Agora! Sim, Loeb e Leopold tinham planejado que o pai do menino assassinado pegasse um trem e jogasse o dinheiro pela janela quando passasse por algum ponto. Ele saltou da cama e ficou em pé no meio do quarto. *Bigger* Ele poderia, sim, ele poderia fazer com que empacotassem o dinheiro numa caixa de sapato e a arremessassem para fora de um carro em algum lugar do

South Side. Olhou ao redor na escuridão, sentindo os dedos de Bessie no seu braço. Voltou a si e suspirou.

"Que foi, amor?", ela perguntou.

"Hum?"

"O que tá passando pela sua cabeça?"

"Nada."

"Vai, me conta. Tá preocupado?"

"Não; não…"

"Agora, eu *te* disse o que tava na minha cabeça, mas você não vai me dizer o que tá na *sua*. Não é justo."

"Eu só esqueci um negócio. Só isso."

"Não é o que você tava pensando", ela disse.

Ele se sentou de volta na cama, sentindo o couro cabeludo formigar de entusiasmo. Ele conseguiria fazer isso? Era o que estava faltando e era o que tornaria a coisa completa. Mas essa coisa era tão grande que ele teria que levar um tempo e pensar com cuidado.

"Amor, me conta, onde você conseguiu esse dinheiro?"

"Que dinheiro?", ele perguntou, num tom fingido de surpresa.

"Ah, Bigger. Eu sei que alguma coisa tá errada. Você tá preocupado. Você tá com alguma coisa na cabeça. Eu percebi."

"Quer que eu invente alguma coisa pra contar pra você?"

"Tá bom; se é assim que você quer fazer."

"Ah, Bessie…"

"Você não tinha que vir aqui hoje à noite."

"Vai ver eu não devia ter vindo mesmo."

"Não precisa vir mais."

"Você não me ama?"

"Tanto quanto você me ama."

"Quanto é isso?"

"Você devia saber."

"Ah, vamos parar com essa confusão", ele disse.

Sentiu a cama afundar suavemente e ouviu as cobertas farfalharem quando ela as puxou para si. Virou a cabeça e olhou para o branco tênue dos olhos dela na escuridão. Talvez, sim, talvez ele pudesse, talvez pudesse usá-la. Inclinou-se e se esticou ao lado dela na cama; ela não se mexeu. Pôs a mão em seu ombro, pressionando com delicadeza, o suficiente para que ela soubesse que estava pensando nela. Sua mente tentava agarrar e envolver a vida de Bessie o máximo que conseguia, tentava entendê-la e pesá-la em relação à própria vida, enquanto sua mão repousava no ombro dela. Poderia confiar nela? O quanto poderia contar para ela? Ela agiria junto com ele, cegamente, acreditando na palavra dele?

"Vamos. Bora se arrumar e sair pra tomar alguma coisa", ela disse.
"Tá bom."
"Hoje você não tá agindo como de costume."
"Tô com uma coisa na cabeça."
"Não pode me contar?"
"Não sei."
"Você não confia em mim?"
"Claro que confio."
"Então por que não me conta?"

Ele não respondeu. A voz dela saiu num sussurro, um sussurro que ele já tinha ouvido muitas vezes quando ela queria muito alguma coisa. Isso lhe trouxe um senso completo da vida dela, o que estivera pensando e sentindo quando pousou a mão em seu ombro. A mesma percepção profunda que tivera de manhã à mesa do café enquanto observava Vera, Buddy e a mãe voltou; a diferença é que agora era para Bessie que ele olhava e via como ela era cega. Sentiu a órbita estreita de sua vida: do quarto até a cozinha de gente branca era o mais longe que ela já tinha ido. Ela trabalhava por muitas horas, horas duras e quentes, sete dias na semana, tendo folga apenas nas tardes de domingo; e quando estava livre ela queria diversão, diversão rápida e pesada, algo que lhe fizesse ter a sensação de que estava compensando a vida faminta que levava. Era da sua ânsia por sensações que ele gostava. Na maioria das noites ela estava cansada demais para sair; só queria ficar bêbada. Ela queria bebidas fortes e ele a queria. Então ele dava uma bebida forte para ela e ela se entregava para ele. Tinha ouvido ela reclamar sobre como os brancos a obrigavam a trabalhar duro; havia dito repetidas vezes que vivia a vida deles quando trabalhava em suas casas, não a dela própria. Era por isso, ela lhe disse, que ficava bêbada. Ele sabia por que ela gostava dele; ele lhe dava dinheiro para beber. Sabia que se ele não desse, outra pessoa daria; ela cuidaria disso. Bessie também era muito cega. O que ele deveria lhe dizer? Ela podia acabar sendo útil. Então percebeu que o que quer que escolhesse lhe contar, não podia ser algo que a fizesse achar que estava de fora; deveria fazê-la sentir que estava por dentro de tudo. Desgraça! Ele simplesmente não conseguia se acostumar a agir como deveria. Não devia fazê-la pensar que estava acontecendo algo que ele não queria que ela soubesse.

"Me dá um tempo, amor, e eu te conto", disse, tentando endireitar as coisas.

"Não precisa se não quiser."

"Não faz assim."

"Você não pode me tratar igual antes, Bigger."

"Eu não tô tentando fazer isso, amor."

"Você não pode brincar comigo assim."

"Calma. Eu sei o que tô fazendo."

"Espero que sim."

"Pelo amor de Deus!"

"Ah, vamos. Eu quero beber."

"Não; escuta..."

"Guarda pra você. Não precisa me contar. Mas depois não vem atrás de mim quando precisar de uma amiga, tá?"

"Depois que a gente tomar umas, eu te conto."

"Faz o que você quiser."

Bigger a viu esperá-lo na porta; vestiu o casaco, o chapéu e eles desceram as escadas devagar, sem falar nada. Parecia mais quente lá fora, como se fosse nevar de novo. O céu estava baixo e escuro. O vento soprava. Enquanto andava ao lado de Bessie, seus pés afundavam na neve fofa. As ruas estavam vazias e silenciosas, estendendo-se diante dele, brancas e limpas, sob o brilho evanescente de uma longa fileira de lâmpadas. Enquanto caminhava, olhava com o canto do olho Bessie andando ao seu lado, e parecia que sua mente podia sentir o balanço suave do corpo dela conforme seguia. De repente, ansiou estar de novo com ela na cama, sentindo o corpo quente e flexível junto ao seu. Mas o olhar dela era distante e duro; separava seus corpos por uma grande sugestão de distância. Ele na verdade não queria sair com ela essa noite; mas suas perguntas e suspeitas o fizeram dizer sim quando ela quis sair para beber. Enquanto andava ao lado dela, sentiu que havia duas Bessies: uma era o corpo que ele havia acabado de possuir e queria possuir de novo; a outra estava no rosto de Bessie; a que fazia perguntas, barganhava e vendia a outra Bessie em proveito próprio. Ele desejava poder fechar o punho, balançar o braço e apagar, matar, varrer a Bessie do rosto de Bessie e deixar a outra versão, a indefesa e rendida, diante dele. Então a pegaria e a traria junto ao seu peito, ao seu estômago, algum lugar no fundo dele, e a manteria sempre lá mesmo quando estivesse dormindo, comendo, conversando; ele a manteria lá apenas para sentir e saber que ela era dele, para tê-la e segurá-la quando quisesse.

"Aonde a gente vai?"

"Onde você quiser."

"Vamos pro Paris Grill."

"Tá bom."

Viraram uma esquina e caminharam até o meio do quarteirão, rumo à churrascaria, e entraram. Uma vitrola automática estava tocando. Foram até uma mesa nos fundos. Bigger pediu dois gins espumantes de abrunho. Sentaram-se em silêncio, olhando um para o outro, aguardando. Ele viu os ombros de Bessie balançando no ritmo da música. Ela o ajudaria? Bom, ele perguntaria; colocaria a história de maneira que ela não precisasse saber de tudo. Sabia que devia tê-la chamado para dançar, mas o entusiasmo que tinha tomado conta dele não o deixava. Sentia-se diferente esta noite, diferente de todas as outras noites; não precisava dançar e cantar e fazer palhaçadas no chão para apagar um dia e uma noite sem fazer nada. Estava cheio de empolgação. A garçonete trouxe os drinques e Bessie levantou o dela.

"Um brinde pra você, mesmo que não queira conversar e esteja estranho."

"Bessie, eu tô preocupado."

"Ah, deixa disso e bebe", ela disse.

"Tá bom."

Tomaram um pequeno gole.

"Bigger?"

"Hum?"

"Não posso te ajudar no que você tá fazendo?"

"Talvez."

"Eu quero."

"Você confia em mim?"

"Confiei até agora."

"E agora?"

"Confio; se contar no que eu tenho que confiar em você."

"Talvez eu não consiga fazer isso."

"Então você não confia em mim."

"Tem que ser assim, Bessie."

"Se eu confiar em você, você me conta?"

"Talvez."

"Não fala 'talvez', Bigger."

"Escuta, amor", disse, sem gostar do jeito como falava com ela, mas com medo de falar abertamente. "Eu tô assim porque tô envolvido em algo grande."

"No quê?"

"Vai dar um monte de dinheiro."

"Queria que você ou me contasse ou parasse de falar sobre isso."

Ficaram em silêncio; ele viu Bessie esvaziar o copo.

"Tô pronta pra ir", ela disse.

"Ah…"

"Eu quero dormir um pouco."
"Tá brava?"
"Talvez."
Não queria que ela agisse assim. Como poderia fazê-la ficar? O quanto poderia contar para ela? Poderia fazer Bessie confiar nele sem lhe contar tudo? De repente, sentiu que ela se aproximaria mais dele se a fizesse sentir que ele estava em perigo. Era isso! Deixá-la preocupada com ele.
"Talvez eu tenha que dar o fora da cidade em breve", disse.
"Polícia?"
"Talvez."
"O que você fez?"
"Tô planejando fazer agora."
"Mas onde você conseguiu aquele dinheiro?"
"Olha, Bessie, se eu tiver que ir embora da cidade e quiser grana, você me ajudaria se eu dividir com você?"
"Se você me levar junto, não vai ter que dividir."
Ele ficou em silêncio; não tinha pensado em Bessie ao seu lado. Uma mulher era um fardo perigoso quando um homem estava fugindo. Tinha lido sobre como homens foram pegos por causa de mulheres e não queria que isso acontecesse com ele. Mas, se, sim, mas se contasse a ela apenas o suficiente para que o ajudasse?
"Tá bom", disse. "Posso dizer isso. Eu te levo junto se você me ajudar."
"Pra valer?"
"Claro."
"Então você vai me contar?"
Sim, ele podia enfeitar a história. Por que mencionar Jan? Por que não contar de um jeito que, se fosse questionada, ela responderia as coisas que ele queria, coisas que o ajudariam? Ergueu o copo e esvaziou, colocou-o na mesa e se inclinou para a frente, brincando com o cigarro nos dedos. Falou com a respiração suspensa.
"Escuta, o negócio é o seguinte, entendeu? A garota do lugar onde

eu tô trabalhando, a filha do velho rico, um milionário, se mandou com um vermelho, sabe?"

"Fugiu pra casar?"

"Huhn? Hã… é; fugiu pra casar."

"Com um *vermelho*?"

"Sim, um daqueles comunistas."

"Ah! Qual o problema dela?"

"Ah; ela é maluca. Ninguém sabe que ela sumiu, então ontem à noite eu peguei dinheiro do quarto dela, sabe?"

"Ah!"

"Eles não sabem onde ela tá."

"Mas o que você vai fazer?"

"Eles não sabem onde ela tá", ele disse de novo.

"O que você quer dizer?"

Ele tragou o cigarro; viu-a olhando para ele, os olhos negros arregalados de interesse e ansiedade. Gostava daquele olhar. De certo modo, odiava contar para ela, porque queria que ela continuasse tentando adivinhar. Queria se alongar o máximo possível para ver aquele olhar completamente absorto no rosto dela. Fazia com que se sentisse vivo e lhe dava um senso elevado do próprio valor.

"Eu tenho uma ideia", disse.

"Ah, Bigger, me *conta*!"

"Não fala tão alto!"

"Bom, me *conta*!"

"Eles não sabem onde a garota tá. Podem achar que ela foi sequestrada, entendeu?" Todo seu corpo estava tenso e seus lábios tremiam conforme falava.

"Ah, por isso que você ficou tão empolgado quando eu falei do Loeb e do Leopold…"

"Bom, o que você acha?"

"Eles vão *mesmo* achar que ela foi sequestrada?"

"A gente pode *fazer* eles acharem que sim."

Ela olhou para o copo vazio. Bigger acenou para a garçonete e pediu mais dois drinques. Tomou um grande gole e disse:

"A garota sumiu, entendeu? Eles não sabem onde ela tá. Ninguém sabe. Mas eles podem achar que alguém sequestrou se forem avisados, entendeu?"

"Quer dizer... quer dizer que a gente podia dizer que *a gente* fez isso? Quer dizer, escrever pra eles..."

"... e pedir dinheiro, claro", ele disse. "E conseguir também. Olha, a gente tira uma grana, porque ninguém mais tá tentando."

"Mas e se ela aparecer?"

"Ela não vai."

"Como você sabe?"

"Eu só sei que ela não vai."

"Bigger, você *sabe* alguma coisa sobre essa garota. Você sabe onde ela tá?"

"Tá tudo certo com onde ela tá. Eu sei que a gente não precisa se preocupar com ela aparecer, entendeu?"

"Ah, Bigger, isso é *loucura*!"

"Então, inferno, a gente não fala mais disso!"

"Ah, não foi o que eu quis dizer."

"Então o que você *quis* dizer?"

"Quis dizer que a gente tem que ter cuidado."

"A gente pode conseguir dez mil dólares."

"Como?"

"A gente pode fazer eles deixarem a grana em algum lugar. Vão pensar que podem ter a garota de volta..."

"Bigger, você sabe onde essa garota tá?", ela disse, imprimindo na voz um tom meio de pergunta, meio de afirmação.

"Nem."

"Então vai sair nos jornais. Ela vai aparecer."

"Não vai."

"Como você sabe?"

"Ela só não vai."

Ele viu os lábios dela se mexerem, então a ouviu dizer baixinho, inclinando-se para ele.

"Bigger, você não fez nada com essa garota, né?"

Ele endureceu de medo. Sentiu, de repente, que queria ter alguma coisa na mão, algo sólido e pesado: sua arma, uma faca, um tijolo.

"Se você falar isso de novo, vou te dar um tapa pra longe dessa mesa!"

"Ah!"

"Ah, qual é. Não seja idiota."

"Bigger, você não devia ter feito isso…"

"Você vai me ajudar? Fala sim ou não."

"Nossa, Bigger…"

"Tá com medo? Você tá com medo depois de me deixar pegar aquela prata da casa da dona Heard? Depois de me deixar pegar o rádio da dona Macy? Tá com medo agora?"

"Não sei."

"Você queria que eu contasse; bom, eu contei. É assim que mulher faz, sempre. Quer saber as coisas, depois foge como um coelho."

"Mas a gente vai ser *pego*."

"Não se a gente agir direitinho."

"Mas como a gente pode fazer isso, Bigger?"

"Eu vou encontrar um jeito."

"Mas eu quero saber."

"Vai ser fácil."

"Mas como?"

"Eu posso dar um jeito, daí cê pega o dinheiro e ninguém vai te incomodar."

"Eles pegam as pessoas que fazem essas coisas."

"Se você tiver medo aí eles *vão* te pegar."

"Como eu poderia pegar o dinheiro?"

"A gente vai falar onde eles têm que deixar."

"Mas aí eles vão ter a polícia vigiando."

"Não se quiserem a garota de volta. A gente tem uma carta na mão, entendeu? E eu também vou tá de olho. Eu trabalho na casa deles. Se tentarem passar a perna na gente, eu te aviso."

"Você acha que a gente consegue fazer isso?"

"A gente pode fazer eles jogarem o dinheiro da janela de um carro. Você pode ficar em algum lugar pra ver se eles mandaram alguém vigiar. Se você encontrar alguém por perto, daí você não toca no dinheiro. Mas eles querem a garota; não vão vigiar."

Houve um longo silêncio.

"Bigger, eu não sei", ela disse.

"A gente pode ir pra Nova York, pro Harlem, se a gente tiver dinheiro. Nova York é uma cidade de verdade. A gente pode ficar na nossa por um tempo."

"Mas e se eles marcarem o dinheiro?"

"Não vão. E se marcarem, eu te aviso. Entende, eu tô lá na casa deles."

"Mas se a gente der no pé, vão pensar que foi a gente. Vão nos procurar por anos, Bigger…"

"A gente não vai fugir logo em seguida. A gente fica na nossa por um tempo."

"Não sei, Bigger."

Ele se sentia satisfeito; sabia, pela cara dela, que se a pressionasse o suficiente ela entraria nessa com ele. Ela estava com medo, e ele poderia manipulá-la através do medo. Olhou para o relógio; estava ficando tarde. Precisava voltar e dar uma olhada na fornalha.

"Escuta, eu tenho que ir."

Ele pagou a garçonete e eles saíram. Havia outro jeito de prender Bessie a ele. Sacou o maço de notas, pegou uma para ele e estendeu o resto do dinheiro para ela.

"Aqui", disse. "Compra alguma coisa pra você e guarda o restante pra mim."

"Ah!"

Ela olhou para o dinheiro e hesitou.

"Você não quer?"

"Quero", ela disse, pegando o maço.

"Se você entrar nessa comigo, vai ter muito mais."

Pararam na frente da porta dela; ele ficou olhando-a.

"Bom", disse. "O que acha?"

"Bigger, amor. Eu... eu não sei", respondeu, tristonha.

"Você queria que eu contasse."

"Tenho medo."

"Você não confia em mim?"

"Mas a gente nunca fez algo assim antes. Vão procurar pela gente em todo lugar por uma coisa dessas. Não é como você chegar no lugar onde eu trabalho à noite, quando os brancos tão fora da cidade, e roubar alguma coisa. Não é..."

"Você que sabe."

"Eu tenho medo, Bigger."

"Quem é que vai pensar que foi *a gente*?"

"Não sei. Você acha mesmo que eles não sabem onde a garota tá?"

"Eu sei que não."

"*Você* sabe?"

"Não."

"Ela vai aparecer."

"Não vai. E, de qualquer forma, ela é doida. Podem até pensar que foi ela mesma que fez isso só pra tirar dinheiro da família. Podem achar que foram os vermelhos que fizeram isso. Não vão achar que foi *a gente*. Não acham que a gente tem culhão suficiente pra isso. Acham que os pretos são medrosos demais..."

"Não sei."

"Eu já errei alguma vez?"

"Não, mas a gente nunca fez algo assim antes."

"Bom, eu não tô errado agora."

"Quando você quer fazer isso?"

"Assim que começarem a se preocupar com a garota."

"Você acha mesmo que a gente ia conseguir?"

"Já disse o que eu acho."

"Não; Bigger! Não vou fazer isso. Eu acho que você..."
Ele se virou abruptamente e se afastou.
"Bigger!"
Ela correu pela neve e o puxou pela manga do casaco. Ele parou, mas não se virou. Ela o segurou pelo casaco e o puxou. Sob o brilho amarelo de uma lâmpada de rua, eles se confrontaram em silêncio. À volta deles só havia a neve branca e a noite; foram cortados do mundo e estavam conscientes apenas um do outro. Ele olhou para ela sem expressão alguma, à espera. Os olhos dela estavam presos com medo e desconfiança ao rosto dele. Ele mantinha o próprio corpo numa postura que sugeria que estava delicadamente equilibrado em um fio de cabelo, esperando para ver se ela o empurraria para a frente ou o puxaria para trás. Os lábios dela esboçaram um sorriso, e ela ergueu a mão e tocou o rosto dele com os dedos. Ele sabia que ela lutava em seus sentimentos a questão do quão importante ele era para ela. Ela agarrou a mão dele e a apertou, contando-lhe, pela pressão dos dedos, que o desejava.

"Mas, Bigger, amor... vamos deixar isso pra lá. A gente tá indo bem do jeito que tá."
Ele afastou a mão.
"Tô indo", disse.
"Quando vou te ver, amor?"
"Não sei."
Ele voltou a andar e ela o ultrapassou, cercando-o com os braços.
"Bigger, amor..."
"Qual é, Bessie. O que você vai fazer?"
Ela olhou para ele com olhos redondos, indefesos e negros. Ele ainda estava se equilibrando, imaginando se ela o puxaria para si ou o deixaria cair sozinho. Estava desfrutando da agonia dela, vendo e sentindo o próprio valor no desespero perplexo dela. Os lábios dela tremiam e ela começou a chorar.

"O que você vai fazer?", ele perguntou de novo.
"Se eu topar, é porque você quer que eu tope", ela soluçou.

Ele envolveu seus ombros.

"Qual é, Bessie", disse. "Não chora."

Ela parou de chorar e secou as lágrimas; ele a olhou com atenção. Ela vai topar, pensou.

"Eu tenho que ir", ele disse.

"Eu não vou entrar agora."

"Aonde você vai?"

Percebeu que estava com medo do que ela fazia, agora que ela estava trabalhando com ele. Sua paz de espírito dependia de saber o que ela fazia e por quê.

"Vou pegar uma cerveja."

Estava tudo certo; ela se sentia como ele sabia que ela sempre se sentia.

"Bom, te vejo amanhã à noite, hein?"

"Tá bom, amor. Mas toma cuidado."

"Olha, Bessie, não se preocupa. Só confia em mim. Não importa o que acontecer, não vão pegar a gente. E não vão nem saber que você teve alguma coisa a ver com isso."

"Se vierem atrás da gente, onde a gente pode se esconder, Bigger? Você sabe que a gente é preto. A gente não pode simplesmente ir pra *qualquer* lugar."

Ele olhou ao redor, para a rua iluminada por lampiões e coberta de neve.

"Tem um monte de lugares", disse. "Eu conheço o South Side de cabo a rabo. A gente pode até se esconder num daqueles prédios velhos, sabe? Como eu fiz da última vez. Ninguém olha neles."

Apontou para um prédio no outro lado da rua, preto, agigantado e vazio.

"Bom", ela suspirou.

"Tô indo", ele disse.

"Até mais, amor."

Ele caminhou em direção à linha do bonde; quando olhou para

trás, a viu ainda parada na neve; não havia se mexido. Ela vai ficar bem, pensou. Ela vai topar.

A neve caía de novo; as ruas eram longas trilhas que atravessavam uma selva densa, iluminada aqui e ali por tochas erguidas por mãos invisíveis. Esperou dez minutos por um bonde e nenhum veio. Virou a esquina e caminhou, a cabeça baixa, as mãos enfiadas nos bolsos, rumo à casa dos Dalton.

Estava confiante. Durante os últimos dia e noite novos medos apareceram, mas novos sentimentos ajudaram a acalmar aqueles medos. No momento em que estivera em cima da cama de Mary e descobrira que ela estava morta, o medo de ser eletrocutado penetrara sua carne e seu sangue. Mas em casa, à mesa do café da manhã com a mãe, a irmã e o irmão, ao ver como eles eram cegos; e ao ouvir escondido Peggy e a sra. Dalton conversando na cozinha, um novo sentimento havia nascido nele, um sentimento que quase apagou o medo da morte. Desde que se movimentasse com cuidado e soubesse o que estava fazendo, ele poderia lidar com a situação, pensou. Desde que pudesse tomar as rédeas da própria vida e dispor dela como quisesse, desde que pudesse decidir quando e para onde fugiria, não precisaria ter medo.

Sentia que tinha o destino ao seu alcance. Estava mais vivo do que se lembrava de já ter estado algum dia; sua mente e atenção estavam afiadas, focadas num objetivo. Pela primeira vez em sua vida, movia-se conscientemente entre dois polos agudos e definidos: estava se afastando da ameaçadora pena de morte, dos tempos mórbidos que lhe traziam aquele aperto e calor no peito; e estava indo em direção a um senso de completude que com tanta frequência havia sentido, ainda que inadequadamente, nas revistas e filmes.

A vergonha, o medo e o ódio que Mary, Jan, o sr. Dalton e aquela rica mansão enorme tinham feito emergir nele com tanta intensidade agora tinham arrefecido e suavizado. Não tinha feito o que achavam que ele nunca conseguiria fazer? O fato de ele ser preto e estar à margem do mundo era algo que podia tomar com uma força recém-nascida. O que seu canivete e sua arma uma vez significaram para ele, o conhecimento de ter assassinado Mary em segredo significava agora. Não importa o quanto dessem risada dele por ser preto e palhaço, ele podia olhá-los nos olhos e não sentir raiva. A sensação de estar sempre enclausurado no abraço sufocante de uma força invisível tinha desaparecido dele.

Enquanto virava no Drexel Boulevard e se dirigia à casa dos Dalton, pensou em como tinha estado inquieto, em como tinha sido sempre consumido por uma fome do corpo. Bom, de certa forma tinha resolvido isso esta noite; conforme o tempo passasse, tornaria mais definido. Seu corpo parecia livre e leve depois de ter deitado com Bessie. Que ela faria o que ele quisesse era o que havia selado ao lhe pedir que trabalhasse com ele nesse negócio. Ela estaria ligada a ele por laços mais profundos do que o casamento. Ela seria dele; o medo de ser capturada ou morta a prenderia a ele com toda a força de sua vida; como o que ele havia feito na noite anterior o tinha ligado a esse novo caminho com toda a força de sua própria vida.

Saiu da calçada e subiu pela entrada da garagem dos Dalton, entrou no porão e olhou pelas rachaduras brilhantes da porta da fornalha. Viu uma pilha vermelha de carvões fervendo e ouviu o zumbido da corrente de ar subindo. Puxou a alavanca, ouvindo o chacoalhar do carvão contra a calha de lata e observando as brasas trêmulas ficarem pretas. Fechou o abastecimento de carvão, abaixou-se e abriu a porta inferior da fornalha. As cinzas estavam se acumulando. Teria que pegar a pá e limpar ali pela manhã, assegurando-se de que não restaram ossos não queimados. Ele havia fechado a porta e ido para a parte de trás de fornalha, rumo ao seu quarto, quando ouviu a voz de Peggy.

"Bigger!"

Parou e, antes de responder, teve uma sensação aguda de agitação percorrer toda a sua pele. Ela estava parada no topo da escada, na porta que dava para a cozinha.

"Sim, senhora."

Ele foi até a base da escada e olhou para cima.

"A sra. Dalton quer que você pegue a mala na estação…"

"A *mala*?"

Esperou que Peggy respondesse sua pergunta surpresa. Será que não devia ter perguntado daquele jeito?

"Ligaram aqui e disseram que ninguém tinha solicitado a mala. E o sr. Dalton recebeu um telegrama de Detroit. A Mary não foi pra lá."

"Sim, senhora."

Ela desceu as escadas e olhou em volta do porão, como se procurasse algum detalhe faltando. Ele congelou; se ela visse alguma coisa que a fizesse perguntar sobre Mary, ele pegaria a pá de ferro, bateria direto na cabeça dela, depois pegaria o carro para uma fuga rápida.

"O sr. Dalton está preocupado", Peggy disse. "Você sabe, Mary não colocou na mala as roupas novas que comprou pra viajar. E a pobre da sra. Dalton passou o dia inteiro andando de um lado para outro e ligando para os amigos da Mary."

"Ninguém sabe onde ela tá?", Bigger perguntou.

"*Ninguém*. A Mary pediu para você levar a mala do jeito que *estava*?"

"Sim, senhora", ele disse, sabendo que este era o primeiro obstáculo sério. "Estava trancada num canto. Eu trouxe pra baixo e deixei onde a senhora viu hoje de manhã."

"Ah, Peggy!", era a voz da sra. Dalton chamando.

"Sim!", Peggy respondeu.

Bigger olhou para cima e viu a sra. Dalton no topo da escada, em pé, de branco como de costume e com o rosto inclinado para o alto, confiante.

"O garoto já voltou?"

"Ele tá aqui embaixo agora, sra. Dalton."

"Venha para a cozinha um momento, sim, Bigger?", ela pediu.

"Sim, senhora."

Ele seguiu Peggy até a cozinha. A sra. Dalton apertava as mãos com firmeza diante de si e seu rosto ainda estava inclinado, mais alto agora, os lábios pálidos entreabertos.

"A Peggy falou com você sobre pegar a mala?"

"Sim, senhora. Tô indo agora."

"Que horas você saiu daqui ontem à noite?"

"Um pouco antes das duas, senhora."

"E ela pediu para você descer a mala?"

"Sim, senhora."

"E ela pediu para você não guardar o carro?"

"Sim, senhora."

"E o carro estava bem onde você deixou quando veio para cá hoje de manhã?"

"Sim, senhora."

A sra. Dalton virou a cabeça ao ouvir a porta interna da cozinha ser aberta; o sr. Dalton estava na porta.

"Oi, Bigger."

"Bom dia, senhor."

"Como estão as coisas?"

"Bem, senhor."

"A estação ligou para avisar sobre a mala há pouco. Você vai ter que ir buscar."

"Sim, senhor. Estou indo agora, senhor."

"Escuta, Bigger. O que aconteceu ontem à noite?"

"Bom, nada, senhor. A srta. Dalton pediu pra eu descer a mala, daí eu poderia levar até a estação hoje de manhã; e eu levei."

"O Jan estava *com* vocês?"

"Sim, senhor. Nós três subimos quando eu trouxe eles de carro. A gente foi até o quarto pegar a mala. Então eu trouxe ela pra baixo e deixei no porão."

"O Jan estava bêbado?"

"Bom, eu não sei, senhor. Eles tavam bebendo..."

"E o que aconteceu?"

"Nada, senhor. Eu só trouxe a mala pro porão e fui embora. A srta. Dalton falou pra deixar o carro do lado de fora. Ela disse que o sr. Jan ia cuidar disso."

"Sobre o que eles estavam conversando?"

Bigger abaixou a cabeça.

"Não sei, senhor."

Viu a sra. Dalton levantar a mão direita e entendeu que ela queria que o sr. Dalton parasse de questioná-lo tanto. Sentiu a vergonha dela.

"Tudo bem, Bigger", a sra. Dalton disse. Ela se virou para o sr. Dalton. "Onde você acha que esse Jan está agora?"

"Talvez ele esteja no escritório de Defesa dos Trabalhadores."

"Você pode entrar em contato com ele?"

"Bom", o sr. Dalton disse, parado perto de Bigger e olhando fixo para o chão. "Eu poderia. Mas prefiro esperar. Ainda acho que a Mary está aprontando uma das suas brincadeiras bobas. Bigger, é melhor você ir buscar a mala."

"Sim, senhor."

Ele entrou no carro e dirigiu pela neve que caía em direção ao Loop. Ao responder as perguntas deles, sentiu que tinha tido êxito em voltar definitivamente as atenções para Jan. Se as coisas seguissem nesse ritmo, teria que enviar o bilhete de resgate imediatamente. Encontraria Bessie no dia seguinte e arranjaria as coisas. Sim; pediria dez mil dólares. Faria Bessie ficar na janela de um prédio antigo em alguma esquina bem iluminada com uma lanterna. No bilhete, falaria para o sr. Dalton pôr o dinheiro numa caixa de sapato e jogá-la na neve, no meio-fio; falaria para ele manter o carro em movimento e os faróis piscando e para não jogar o dinheiro até que visse a lanterna piscar três vezes na janela... Sim; é assim que ia ser. Bessie ia ver as luzes do carro do sr. Dalton piscando e depois que o carro fosse embora ela pegaria a caixa de dinheiro. Seria fácil.

Estacionou o carro na estação, apresentou o bilhete, pegou a mala, prendeu-a no estribo e dirigiu de volta para a casa dos Dalton. Quando chegou na entrada da garagem, a neve caía tão densa que ele não conseguia enxergar três metros à frente. Colocou o carro na garagem, pôs a mala na neve, trancou a porta da garagem, levantou a mala nas costas e a carregou até a entrada do porão. Sim; a mala estava leve; estava só pela metade. Sem dúvida, iam questioná-lo de novo a respeito disso. Na próxima vez teria que entrar em detalhes e tentaria gravar na mente com força as palavras que falaria, de modo que poderia repeti-las mil vezes se necessário. Ele podia, é claro, pôr a mala na neve agora mesmo, entrar num bonde, pegar o dinheiro que estava com a Bessie e ir embora da cidade. Mas por que fazer isso? Podia lidar com as coisas. Elas estavam indo a seu favor. Não suspeitavam dele, e ele conseguiria perceber o momento em que as atenções se voltariam para ele. E, também, estava feliz por ter deixado Bessie ficar com aquele dinheiro. Imagina se ele fosse revistado aqui no trabalho? Achar dinheiro nas suas coisas seria o suficiente para as suspeitas recaírem definitivamente sobre ele. Destrancou a porta e levou a mala para dentro; suas costas estavam curvadas por causa do peso e ele andou devagar, com os olhos nas sombras vermelhas ondulantes no chão. Ouviu o fogo cantando na fornalha. Levou a mala para o mesmo canto onde a tinha deixado na noite anterior. Colocou-a no chão e ficou olhando para ela. Teve um impulso de abri-la e olhar o que havia dentro. Inclinou-se para mexer no trinco de metal, depois levou um susto violento, erguendo-se de supetão.

"Bigger!"

Sem responder e antes de perceber o que estava fazendo, ele girou, os olhos arregalados de medo e a mão direita meio erguida, como se quisesse se defender de um golpe. O momento em que girou o colocou cara a cara com o que parecia, aos seus sentidos agitados, um exército de homens brancos. Sua respiração parou e ele piscou na escuridão vermelha, pensando que deveria agir com mais calma. Então viu o sr. Dalton e outro homem branco parados na extremidade do porão; nas sombras vermelhas, os rostos eram discos brancos de perigo que flutuavam parados no ar.

"Ah!", disse baixinho.

O homem branco ao lado do sr. Dalton olhava para ele estreitando os olhos; ele sentiu retornar aquele medo apertado, quente e sufocante. O homem branco acendeu a luz. Ele tinha uma postura fria e impessoal que dizia a Bigger para ficar alerta. No olhar do homem,

Bigger viu sua própria personalidade refletida em termos estreitos e restritos.

"Qual o problema, garoto?", o homem perguntou.

Bigger não disse nada; engoliu em seco, se recompôs e se aproximou devagar. Os olhos do homem branco o miravam com firmeza. O pânico tomou conta de Bigger ao ver o homem branco abaixar a cabeça, cerrar ainda mais os olhos, abrir o casaco e enfiar as mãos nos bolsos da calça, revelando, assim, um distintivo brilhante no peito. Palavras badalaram na cabeça de Bigger: ele é um polícia! Não conseguia tirar os olhos do pedaço brilhante de metal. Abruptamente, o homem mudou de postura e expressão, tirou as mãos dos bolsos e sorriu um sorriso no qual Bigger não acreditava.

"Eu não sou a polícia, garoto. Então não se assuste."

Bigger apertou os dentes; tinha que se controlar. Não deveria ter deixado aquele homem vê-lo encarar o distintivo.

"Sim, senhor", disse.

"Bigger, este é o sr. Britten", o sr. Dalton falou. "Ele é um investigador particular ligado à equipe do meu escritório..."

"Sim, senhor", Bigger respondeu de novo, com a tensão abrandando.

"Ele quer te fazer algumas perguntas. Então fique calmo e tente contar para ele o que ele quiser saber."

"Sim, senhor."

"Primeiro, eu quero dar uma olhada nessa mala", Britten disse.

Bigger pôs-se de lado enquanto passavam por ele. Lançou um olhar rápido para a fornalha. Ainda estava muito quente, zunindo. Depois também foi até a mala, ficou discretamente em pé de um lado, distante dos dois homens brancos, olhando com olhos superficiais o que eles estavam fazendo. Enfiou as mãos nos bolsos; adotou uma atitude peculiar que lhe permitia responder de imediato a qualquer coisa que dissessem ou fizessem e ao mesmo tempo estar apartado e longe deles. Observou Britten virar a mala, curvar-se e tentar abrir o trinco. Preciso tomar cuidado, Bigger pensou. Um pequeno deslize e vou estragar o negócio todo. Suor escorria pelo seu pescoço e rosto. Britten não conseguiu destrancar a mala e olhou para cima, para Bigger.

"Tá trancada. Você tem a chave, garoto?"

"Não, senhor."

Bigger se perguntou se era uma armadilha; decidiu não se arriscar e falar apenas quando falassem com ele.

"O senhor se importa se eu quebrar?"

"Vá em frente", o sr. Dalton disse. "Vai, Bigger, pega a machadinha para o sr. Britten."

"Sim, senhor", ele respondeu mecanicamente.

Pensava rápido, seu corpo inteiro rígido. Deveria falar para eles que a machadinha estava em algum lugar da casa, oferecer-se para buscá-la e aproveitar a oportunidade para fugir? O quanto realmente suspeitavam dele? Será que tudo isso era um ardil para confundi-lo, uma arapuca armada para ele? Deu uma olhada aguda e atenta no rosto deles; pareciam esperar apenas pela machadinha. Sim; ele se arriscaria e ficaria; arranjaria um jeito de sair dessa. Virou-se e foi até o lugar onde a machadinha estava na noite anterior, o lugar onde ele havia pegado a ferramenta para cortar a cabeça de Mary fora. Parou e fingiu estar procurando. Então endireitou-se.

"Não tá aqui agora... Eu... eu vi por aqui ontem", balbuciou.

"Bom, não importa", Britten disse. "Acho que eu consigo."

Bigger voltou para trás com cuidado, esperando, observando. Britten levantou o pé e deu um pontapé curto e forte na fechadura com o calcanhar do sapato, e a mala se abriu num estalo. Ele levantou a parte superior e olhou dentro da mala. Estava meio vazia, e as roupas estavam desarrumadas.

"Está vendo?", o sr. Dalton disse. "Ela não pegou todas as coisas dela."

"Sim. Na verdade, ela sequer precisava de uma mala, ao que parece", Britten respondeu.

"Bigger, a mala estava fechada quando ela pediu para você descê-la?", o sr. Dalton perguntou.

"Sim, senhor", Bigger disse, imaginando se essa era a resposta mais segura.

"Ela estava bêbada demais para saber o que estava fazendo, Bigger?"

"Bom, eles foram pro quarto", ele disse. "Eu fui depois deles. Daí ela me disse pra trazer a mala pra baixo. Isso foi tudo que aconteceu."

"Ela poderia ter colocado essas coisas numa mala pequena", Britten disse.

O fogo cantou nos ouvidos de Bigger e ele viu as sombras vermelhas dançando nas paredes. Deixa tentarem achar quem fez isso! Seus dentes se apertaram com intensidade, até doerem.

"Senta, Bigger", Britten disse.

Bigger olhou para Britten, fingindo surpresa.

"Senta na mala", Britten falou.

"Eu?"

"Sim. Senta."

Ele se sentou.

"Agora, não tenha pressa e pense bem. Quero te fazer algumas perguntas."

"Sim, senhor."

"Que horas você levou a srta. Dalton ontem?"

"Por volta de oito e meia, senhor."

Bigger sabia que era isso. Esse homem estava ali para descobrir tudo. Isso era uma averiguação. Ele teria que direcionar as respostas para bem longe dele em definitivo. Teria que contar sua história. Deixaria cada um dos fatos de sua história pender devagar, como se não percebesse o significado deles. Responderia somente o que fosse perguntado.

"Você a levou para a faculdade?"

Ele abaixou a cabeça e não respondeu.

"Vamos lá, garoto!"

"Bom, senhor, veja, eu só trabalho aqui…"

"O que quer dizer?"

O sr. Dalton se aproximou e olhou intensamente para ele.

"Responda as perguntas dele, Bigger."

"Sim, senhor."

"Você a levou para a faculdade?", Britten perguntou de novo. Ainda assim, ele não respondeu.

"Eu fiz uma pergunta, moleque!"

"Não, senhor. Eu não levei ela pra faculdade."

"Para onde você a levou?"

"Bom, senhor. Ela falou, depois que eu cheguei no parque, pra dar a volta e levar ela até o Loop."

"Ela não foi para a *faculdade*?", o sr. Dalton perguntou, surpreso e boquiaberto.

"Não, senhor."

"Por que você não me contou isso antes, Bigger?"

"Ela pediu pra não contar."

Silêncio. A fornalha zumbia. Enormes sombras vermelhas inundavam as paredes.

"Para onde você a levou então?", Britten perguntou.

"Pro Loop, senhor."

"Onde no Loop?"

"Pra Lake Street, senhor."

"Você lembra o número?"

"Acho que dezesseis, senhor."

"Lake Street, 16?"

"Sim, senhor."

"É o escritório da defensoria dos trabalhadores", o sr. Dalton disse, virando-se para Britten. "Esse Jan é um vermelho."

"Quanto tempo ela ficou lá?", Britten perguntou.

"Mais ou menos meia hora, acho, senhor."

"E o que aconteceu depois?"

"Bom, eu esperei no carro…"

"Ela ficou lá até *você* trazê-la para casa?"

"Não, senhor."

"Ela saiu..."

"*Eles* saíram..."

"Esse Jan estava com ela, então?"

"Sim, senhor. Ele tava com ela. Parece que ela foi lá buscar ele. Ela não disse nada; só entrou e ficou lá por um tempo e depois saiu com ele."

"Então você levou os dois..."

"*Ele* levou", Bigger disse.

"Não era *você* que estava dirigindo?"

"Sim, senhor. Mas ele quis dirigir e ela falou pra eu deixar."

Silêncio de novo. Queriam que ele desenhasse a cena e ele a desenharia do jeito que quisesse. Ele tremia de empolgação. No passado não tinham sido eles a pintar uma imagem para ele? Ele poderia lhes contar qualquer coisa que quisesse e o que eles poderiam fazer a respeito? Era a palavra dele contra a de Jan, e Jan era um vermelho.

"Você esperou por eles em algum lugar?", Britten perguntou; o tom de hostilidade seca havia de repente deixado sua voz.

"Não, senhor. Eu fiquei no carro..."

"E pra onde eles foram?"

Ele queria contar como o fizeram se sentar entre eles; mas pensou em contar isso mais para a frente, quando contasse como Jan e Mary o fizeram se sentir.

"Bom, o sr. Jan me perguntou onde tinha um lugar bom pra comer. O único lugar que eu conhecia onde os brancos", disse "os brancos" muito devagar, de modo que soubessem que ele tinha consciência do que isso significava, "comiam no South Side era o Ernie's Kitchen Shack."

"Você os levou para lá?"

"O seu Jan dirigiu até lá, senhor."

"Quanto tempo eles ficaram lá?"

"Bom, a gente deve ter ficado..."

"Você não estava esperando no carro?"

"Não, senhor. Veja, senhor, eu fiz o que me disseram. Eu só tava trabalhando pra eles..."

"Ah!", Britten disse. "Quer dizer que ele fez você *comer* com eles?"

"Eu não queria, senhor. Juro que não queria. Ele não parou de me atormentar até eu entrar."

Britten se afastou da mala, passando os dedos da mão esquerda nervosamente pelo cabelo. Voltou-se de novo para Bigger.

"Eles ficaram bêbados, hã?"

"Sim, senhor. Eles tavam bebendo."

"O que esse Jan falou pra você?"

"Ele falou dos comunistas..."

"Quanto eles beberam?"

"Pra mim pareceu bastante, senhor."

"Depois você os trouxe pra casa?"

"Eu levei eles pelo parque, senhor."

"*Depois* você os trouxe pra casa?"

"Sim, senhor. Era quase duas da manhã."

"Quão bêbada a srta. Dalton estava?"

"Bom, ela mal conseguia ficar de pé, senhor. Quando a gente chegou, ele teve que levar ela pela escada", Bigger disse com os olhos baixos.

"Está tudo bem, garoto. Você pode falar pra gente sobre isso", Britten disse. "Quão bêbada ela estava?"

"Ela desmaiou", Bigger respondeu.

Britten olhou para Dalton.

"Ela não pode ter saído de casa sozinha", Britten disse. "Se a sra. Dalton estiver certa, então ela *não* pode ter saído." Britten encarou Bigger, e Bigger sentiu que alguma questão mais profunda estava na cabeça de Britten.

"O que mais aconteceu?"

Ele ia atirar agora; ia deixá-los ter um pouco disso.

"Bom, eu falei pro senhor que a srta. Dalton me pediu pra descer a mala. Falei isso porque ela me disse pra não falar que eu levei ela até o Loop. Foi o seu Jan que me pediu pra descer a mala e não guardar o carro."

"*Ele* falou para você não guardar o carro e para pegar a mala?"

"Sim, senhor. É isso mesmo."

"Por que você não nos contou isso antes, Bigger?", o sr. Dalton perguntou.

"Ela falou pra eu não contar, senhor."

"Como esse Jan estava agindo?", Britten perguntou.

"Ele tava bêbado", Bigger disse, sentindo que agora era a hora de arrastar o nome de Jan para essa história em definitivo. "Foi o seu Jan que falou pra eu descer a mala e deixar o carro na neve. Eu falei pro senhor que a srta. Dalton me pediu isso, mas foi ele. Eu ia entregar a coisa toda se eu tivesse falado sobre o seu Jan."

Britten andou em direção à fornalha e voltou; a fornalha zuniu como antes. Bigger esperava que ninguém tentasse olhar dentro dela agora; sua garganta ficou seca. Então levou um susto e ficou nervoso quando Britten girou e apontou o dedo na sua cara.

"O que ele falou do partido?"

"Senhor?"

"Ah, vamos lá, moleque! Não me enrola! Me conta o que ele disse do partido!"

"Ele pediu pra eu sentar na mesa... ele fez eu sentar na mesa, trouxe frango e falou pra eu comer. Eu não queria, mas ele me obrigou e era meu trabalho."

Britten se aproximou de Bigger e estreitou os olhos cinzentos.

"De que unidade você é?"

"Senhor?"

"Vamos, *camarada*, me fala de que unidade você é!"

Bigger olhou para ele, sem palavras, alarmado.

"Quem é o seu líder?"

"Não sei do que o senhor tá falando", Bigger disse, com a voz trêmula.

"Você não lê o *Diário*?"

"Diário do quê?"

"Você não conhecia o Jan antes de vir trabalhar aqui?"

"Não, senhor. *Não*, senhor!"

"Eles não te mandaram pra Rússia?"

Bigger o olhou fixo e não respondeu. Agora sabia que Britten estava tentando descobrir se ele era comunista. Não era algo com que ele tinha contado, nem por um minuto. Ele se levantou, tremendo. Não havia pensado que essa poderia ser uma faca de dois gumes. Devagar, balançou a cabeça e recuou.

"Não, senhor. O senhor entendeu errado. Nunca fiz arruaça com esses caras. A srta. Dalton e o sr. Jan foram os primeiros comunistas que eu conheci, juro por Deus!"

Britten encurralou Bigger até a cabeça de Bigger encostar na parede. Bigger o olhou direto nos olhos. Britten, com um movimento tão rápido que Bigger não percebeu, agarrou-o pelo colarinho e bateu a cabeça dele com força contra a parede. Ele sentiu cheiro de comunista no ar.

"Você *é* um comunista, *seu* preto *maldito* filho da puta! E você vai me contar o que sabe sobre a srta. Dalton e o desgraçado do Jan!"

"*Não*, senhor! Eu não sou comunista! *Não*, senhor!"

"Bem, o que é *isso*?" Britten arrancou do bolso o pequeno pacote de panfletos que Bigger havia colocado na gaveta da cômoda e o segurou bem na cara dele. "Você sabe que tá mentindo! Vamos, fala!"

"Não, senhor! O senhor entendeu errado! O sr. Jan me deu essas coisas! Ele e a srta. Dalton me falaram pra eu ler..."

"Você não conhecia a srta. Dalton antes?"

"Não, senhor!"

"Espera, Britten!" O sr. Dalton apoiou a mão no braço de Britten. "Espera. O que ele diz faz sentido. Ela tentou conversar com ele sobre sindicatos quando o conheceu ontem. Se o Jan deu para ele esses panfletos, então ele não sabe nada a respeito."

"Tem certeza?"

"Tenho. A princípio, quando você me trouxe esses panfletos, pensei que ele devia saber de alguma coisa. Mas eu não acho que ele saiba. E não adianta culpá-lo por algo que ele não fez."

Britten soltou o colarinho de Bigger e encolheu os ombros. Bigger relaxou, ainda de pé, a cabeça apoiada na parede, doendo. Ele não tinha pensado que alguém ousaria considerar que ele, um Negro retinto, seria parceiro de Jan. Britten era seu inimigo. Sabia que a luz dura no olhar de Britten o considerava culpado porque ele era preto. Odiou Britten com tanta força e calor enquanto estava lá com olhos sonolentos e lábios entreabertos que teria, de muito bom grado, agarrado a pá de ferro do canto e partido o crânio dele em dois. Por uma fração de segundo, um barulho de rugido em seus ouvidos abafou o som. Lutou para se controlar; depois ouviu Britten falando.

"... tenho que pegar aquele Jan."

"Esse parece ser o próximo passo", o sr. Dalton disse, suspirando.

Bigger sentia que, se dissesse algo diretamente para o sr. Dalton, poderia deixar as coisas de novo a seu favor; mas não sabia como fazer isso.

"Acha que ela fugiu?", ouviu Britten perguntar.

"Não sei", o sr. Dalton respondeu.

Britten voltou-se para Bigger e olhou para ele; Bigger manteve os olhos baixos.

"Moleque, eu só quero saber: você está falando a verdade?"

"Sim, senhor. Eu tô falando a verdade. Comecei a trabalhar aqui ontem à noite. Eu não fiz nada. Fiz o que disseram pra eu fazer."

"Tem certeza de que está tudo certo com ele?", Britten perguntou para Dalton.

"Tudo certo."

"Se o senhor não quiser que eu trabalhe aqui, seu Dalton", Bigger disse, "eu vou pra casa. Eu não queria vir pra cá", continuou, sentindo que suas palavras despertariam no sr. Dalton um senso do motivo de ele estar ali, "mas me mandaram pra cá mesmo assim."

"É verdade", o sr. Dalton disse para Britten. "Ele foi indicado pela assistente social. Passou pelo reformatório e eu estou dando uma chance para ele..." O sr. Dalton voltou-se para Bigger. "Esqueça isso, Bigger. Nós precisávamos ter certeza. Fique e faça seu trabalho. Sinto muito por isso ter acontecido. Não se deixe abater."

"Sim, senhor."

"Certo", Britten disse. "Se você diz que está tudo bem com ele, então está tudo bem pra mim."

"Vá para o seu quarto, Bigger", o sr. Dalton falou.

"Sim, senhor."

De cabeça baixa, ele andou até a parte de trás da fornalha e subiu para o quarto. Puxou o trinco da porta e correu para o closet para ouvi-los. As vozes chegavam claramente. Britten e o sr. Dalton tinham entrado na cozinha.

"Nossa, mas como estava quente lá embaixo", o sr. Dalton comentou.

"Sim."

"... Me arrependo um pouco por você tê-lo incomodado. Ele está aqui para tentar ter uma nova direção na vida."

"Bom, você os vê de um jeito e eu vejo de outro. Pra mim, um preto é um preto."

"Mas ele é só um rapaz problemático. Ele não é mau de verdade."

"Você tem que ser duro com eles, Dalton. Viu como eu arranquei a informação dele? Ele não ia te contar."

"Mas eu não quero cometer um erro aqui. Não foi culpa dele. Ele estava fazendo o que a maluca da minha filha falou. Não quero fazer nada de que vá me arrepender. Afinal, esses meninos negros nunca têm uma chance..."

"Eles não precisam de uma chance, se quer minha opinião. Já se metem em confusão suficiente por conta própria."

"Bom, desde que façam o trabalho deles, vamos deixá-los em paz."

"Como quiser. Quer que eu continue investigando?"

"Claro. Precisamos ver esse Jan. Não consigo entender a Mary ir embora sem dizer nada."

"Eu posso mandar buscá-lo."

"Não, não! Não desse jeito. Aqueles vermelhos vão se aproveitar e fazer a maior chiadeira nos jornais."

"Bom, o que você quer que eu faça?"

"Vou tentar convencê-lo a vir aqui. Vou ligar no escritório e, se ele não estiver, eu vou ligar na casa dele."

Bigger ouviu os passos se dissiparem. Uma porta bateu e então tudo ficou em silêncio. Ele saiu do closet e olhou a gaveta da cômoda onde havia deixado os panfletos. Sim, Britten havia feito uma busca no seu quarto; as roupas estavam bagunçadas. Ele ia saber como lidar com Britten na próxima vez. Britten era familiar para ele; tinha conhecido mil Brittens ao longo da vida. Ele ficou no centro do quarto, pensando. Quando Britten interrogasse Jan, será que Jan negaria que esteve com Mary para protegê-la? Se sim, isso seria favorável para ele. Se Britten quisesse checar sua história sobre Mary não ir para a faculdade na noite anterior, ele poderia. Se Jan dissesse que não estiveram bebendo, seria desmentido pelas pessoas na lanchonete. Se Jan mentisse sobre uma coisa, acreditariam prontamente que ele mentiria sobre outras. Se Jan dissesse que não tinha vindo para a casa, quem acreditaria nele depois que vissem que tinha mentido sobre não ter bebido e sobre Mary ter ido para a faculdade? Se Jan tentasse proteger Mary, como ele achava que iria, só teria sucesso em criar provas contra si mesmo.

Bigger foi até a janela e olhou para a cortina branca de neve caindo. Pensou no bilhete de resgate. Deveria tentar conseguir dinheiro deles agora? Claro que sim! Aquele Britten desgraçado ia ver só! Ia trabalhar rápido. Mas ia esperar até Jan contar sua versão da história. Ele devia ver Bessie esta noite. E devia escolher o lápis e o papel que ia usar. E não podia esquecer de usar luvas quando escrevesse o bilhete para que suas digitais não ficassem no papel. Ele ia dar para aquele Britten algo com que se preocupar, pode deixar. Espere só.

Porque podia ir agora, meter o pé se quisesse e deixar tudo para trás, ele sentia um certo senso de poder, um poder nascido de uma capacidade latente de viver. Estava consciente desta casa silenciosa, quente, limpa e rica, deste quarto com esta cama tão macia, as pessoas brancas abastadas se movimentando em meio ao luxo por todos os lados dele, brancos vivendo com uma presunção, uma segurança, uma certeza que ele nunca tinha conhecido. O conhecimento de que havia matado uma menina branca que amavam e tinham como seu símbolo de beleza fazia com que ele se sentisse igual a eles, como um homem que tinha sido trapaceado de algum modo, mas que agora havia empatado o placar.

Quanto mais a percepção de Britten se infiltrava nele, mais ele sentia a necessidade de enfrentá-lo de novo e deixá-lo tentar arrancar algo dele. Na próxima vez, faria melhor; tinha deixado Britten apanhá-lo naquele negócio de comunismo. Devia ter ficado esperto com isso; mas a sorte era que sabia que Britten tinha gastado todos os seus truques de uma vez só, tinha disparado todas as suas flechas, jogado todas as suas cartas. Agora que a coisa estava escancarada, ele saberia como agir. E além do mais, Britten podia querer que ele testemunhasse contra Jan. Sorriu enquanto estava deitado na escuridão. Se isso acontecesse, seria seguro enviar o bilhete de resgate. Enviaria assim que ligassem o desaparecimento de Mary a Jan. Isso tornaria tudo confuso e faria com que quisessem responder e dar o dinheiro de imediato para salvar a garota.

O quarto quente embalou seu sangue e uma sensação mais profunda de fadiga o entorpeceu de sono. Ele se esticou por completo na cama, suspirou, virou de barriga para cima, engoliu em seco e fechou os olhos. Do silêncio e da escuridão que o rodeavam veio o som baixo do dobrar do sino de uma igreja distante, fino, fraco, mas nítido. O sino dobrava, suave, depois alto, depois ainda mais alto, tão alto que ele se perguntou onde estava. Soava, de repente, diretamente acima da sua cabeça e, quando ele olhou, viu que não estava lá, mas continuou dobrando e a cada minuto que passava ele sentia uma necessidade urgente de correr e se esconder como se o sino estivesse soando um aviso e ele estivesse numa esquina sob um brilho vermelho de luz como aquele que vinha da fornalha, e ele tinha um grande pacote nos braços, tão molhado, escorregadio e pesado que ele mal conseguia segurar e ele queria saber o que tinha no pacote e parou perto de um beco e desembrulhou e o papel caiu e ele viu — era a sua *própria* cabeça — sua própria cabeça deitada, com o rosto negro e olhos meio fechados e lábios entreabertos com dentes brancos à mostra e cabelo molhado de sangue e o brilho vermelho ficou mais intenso, como luz brilhando de uma lua vermelha e estrelas vermelhas numa noite quente de verão, e ele estava suando e sem fôlego de tanto correr e o sino bateu tão alto que ele podia ouvir a língua de ferro batendo contra as laterais de metal toda vez que balançava para a frente e para trás e ele corria sobre uma rua pavimentada com carvão preto e seus sapatos chutavam pequenos pedaços que chacoalhavam contra calhas de metal e ele sabia que muito em breve teria que encontrar algum lugar para se esconder mas não havia nenhum e na frente dele pessoas brancas se aproximavam para perguntar sobre a cabeça da qual os jornais tinham caído e que agora estava escorregadia de sangue nas suas mãos nuas e ele desistiu e ficou parado no meio da rua na escuridão vermelha e amaldiçoou o sino estrondoso e as pessoas brancas e sentiu que não dava a mínima para o que acontecesse com ele e quando as pessoas o encurralaram ele arremessou a cabeça ensanguentada com força bem na cara delas *dong-dong-dong...*

Abriu os olhos e olhou em volta no quarto escuro, ouvindo uma campainha tocar. Sentou-se. A campainha tocou de novo. Há quanto tempo estava tocando? Ele ficou de pé, desequilibrando-se, tentando se livrar do sono e daquele sonho horrível.

"Sim, senhor", murmurou.

A campainha tocou de novo, insistente. Ele tateou na escuridão em busca do interruptor e acendeu a luz. A agitação se acelerava dentro dele. Tinha acontecido alguma coisa? Era a polícia?

"Bigger!", uma voz abafada chamou.

"Sim, senhor."

Ele se preparou para o que quer que estivesse por vir e foi até a porta. Ao abrir, sentiu o empurrão de alguém que parecia determinado a entrar apressadamente. Bigger recuou, piscando.

"Nós queremos falar com você", Britten disse.

"Sim, senhor."

Não ouviu o que Britten disse depois disso, pois viu bem atrás dele um rosto que o fez prender a respiração. Não era medo que ele sentia, mas uma tensão, uma amálgama suprema de todas as forças do seu corpo para um confronto decisivo.

"Entre, sr. Erlone", o sr. Dalton falou.

Bigger viu Jan olhando-o com firmeza. Jan entrou no quarto e o sr. Dalton o acompanhou. Bigger estava parado com os lábios ligeiramente abertos, as mãos frouxas pendendo ao lado do corpo, os olhos atentos, mas velados.

"Sente-se, Erlone", Britten disse.

"Tudo bem", Jan respondeu. "Vou ficar de pé."

Bigger viu Britten tirar do bolso do casaco o pacote de panfletos e o segurou na frente de Jan. Os lábios de Jan se torceram num sorriso tênue.

"Bom", Jan disse.

"Você é um daqueles vermelhos durões, né?", Britten perguntou.

"Qual é. Vamos acabar com isso logo", Jan respondeu. "O que você quer?"

"Vai com calma", Britten disse. "Você tem bastante tempo. Eu conheço seu tipo. Vocês gostam de fazer as coisas correndo e do jeito de vocês."

Bigger viu o sr. Dalton parado de um lado, olhando ansiosamente de um para o outro. Várias vezes o sr. Dalton agiu como se fosse falar alguma coisa, depois se conteve, como se estivesse incerto.

"Bigger", Britten perguntou, "é esse o homem que a srta. Dalton trouxe aqui ontem à noite?"

Jan entreabriu os lábios. Encarou Britten, depois Bigger.

"Sim, senhor", Bigger sussurrou, lutando para controlar seus sentimentos, odiando Jan com violência porque sabia que estava prejudicando-o; querendo atacar Jan com alguma coisa porque os olhos arregalados e incrédulos dele o fizeram sentir uma culpa intensa em seu próprio âmago.

"Você não me trouxe aqui, Bigger!", Jan disse. "Por que você disse isso pra eles?"

Bigger não respondeu; decidiu falar apenas com Britten e o sr. Dalton. Fez-se silêncio. Jan encarava Bigger; Britten e o sr. Dalton observavam Jan. Jan fez um movimento na direção de Bigger, mas o braço de Britten o deteve.

"Fala, o que *é* isso?", Jan exigiu. "Por que vocês estão fazendo esse menino mentir?"

"Imagino que você vai dizer que você não estava bêbado ontem à noite, hein?", Britten perguntou.

"O que você tem a ver com isso?", Jan disparou.

"Onde está a srta. Dalton?", Britten perguntou.

Jan olhou ao redor do quarto, confuso.

"Ela está em Detroit", disse.

"Você sabe a sua versão de cor, né?", Britten falou.

"Fala, Bigger, o que eles estão fazendo com você? Não tenha medo. *Fala!*", Jan disse.

Bigger não respondeu; olhou petrificado para o chão.

"Aonde a srta. Dalton disse que ia?", Britten perguntou.

"Ela me disse que ia para Detroit."

"Você a viu ontem à noite?"

Jan hesitou.

"Não."

"Você não deu esses panfletos para esse menino ontem à noite?"

Jan deu de ombros, sorriu e disse:

"Tá bom. Eu a vi. E daí? Vocês sabem porque eu não admiti de primeira..."

"Não. Nós *não* sabemos", Britten respondeu.

"Bom, o sr. Dalton não gosta dos vermelhos, como vocês chamam, e eu não queria colocar a srta. Dalton em apuros."

"Então você a encontrou *mesmo* ontem à noite?"

"Sim."

"Onde ela está?"

"Se ela não está em Detroit, então não sei onde ela está."

"Você deu esses panfletos para esse menino?"

"Sim; dei."

"Você e a srta. Dalton estavam bêbados ontem à noite…"

"Ah, por favor! Nós não estávamos bêbados. Só bebemos um pouco…"

"Você a trouxe para casa por volta das duas?"

Bigger ficou tenso e esperou.

"Sim."

"Você falou para o garoto trazer a mala para o porão?"

Jan abriu a boca, mas não saiu nenhuma palavra. Ele olhou para Bigger, depois de volta para Britten.

"Escuta, o que é isso?"

"Onde está a minha filha, sr. Erlone?", o sr. Dalton perguntou.

"Eu já disse que não sei."

"Escuta, vamos ser francos, sr. Erlone", o sr. Dalton disse. "Nós sabemos que minha filha estava bêbada ontem à noite quando você a trouxe pra cá. Ela estava bêbada demais para sair daqui sozinha. Você sabe onde ela está?"

"Eu… eu não vim aqui ontem à noite", Jan gaguejou.

Bigger percebeu que Jan havia dito que viera para casa com Mary para fazer o sr. Dalton acreditar que ele não deixaria a filha dele sozinha num carro com um motorista estranho. E Bigger sentiu que, depois de Jan admitir que estiveram bebendo, ele era obrigado a dizer que trouxera a garota para casa. Inconscientemente, o desejo de Jan de proteger Mary o tinha ajudado. Ninguém acreditaria mais na negativa de Jan quanto a ter vindo para casa; isso faria com que o sr. Dalton e Britten pensassem que ele estava tentando encobrir algo mais grave.

"Você não veio para *casa* com ela?", o sr. Dalton perguntou.

"Não!"

"Você não falou para o menino descer a mala?"

"Claro que não! Quem disse isso? Eu saí do carro e peguei um bonde pra casa." Jan virou-se e encarou Bigger. "Bigger, o que você está dizendo pra essas pessoas?"

Bigger não respondeu.

"Ele apenas nos contou o que vocês fizeram ontem à noite", Britten disse.

"Onde está a Mary... Onde está a srta. Dalton?", Jan perguntou.

"Estamos esperando você contar pra gente", Britten falou.

"E-e-ela não foi pra Detroit?", Jan gaguejou.

"Não", o sr. Dalton disse.

"Eu liguei pra ela hoje de manhã e a Peggy me disse que ela tinha ido."

"Você ligou só pra ver se a família tinha dado pela falta dela, né?", Britten perguntou.

Jan andou até Bigger.

"Deixa ele em paz!", Britten disse.

"Bigger", Jan falou, "por que você falou para esses homens que eu vim aqui?"

"Você está dizendo que não veio aqui *em nenhum momento* ontem à noite?", o sr. Dalton perguntou de novo.

"Com certeza não. Bigger, *conta* pra eles quando eu desci do carro."

Bigger não disse nada.

"Vamos lá, Erlone. Não sei qual é a sua, mas sei que você está mentindo desde que chegou aqui. Você disse que não veio aqui ontem à noite e depois diz que veio. Você disse que não estava bêbado ontem à noite, depois diz que estava. Você disse que não viu a srta. Dalton ontem à noite, depois você diz que viu. Vamos lá, agora. Diga onde a srta. Dalton está. O pai e a mãe dela querem saber."

Bigger viu os olhos perplexos de Jan.

"Escuta, eu falei tudo que eu sei", Jan disse, tornando a pôr o chapéu. "A menos que você me conte o que essa palhaçada significa, vou voltar pra casa..."

"Espere um minuto", o sr. Dalton disse.

O sr. Dalton deu um passo adiante e ficou de frente para Jan.

"Você e eu não concordamos. Vamos esquecer isso. Quero saber onde a minha filha está..."

"Isso é uma brincadeira?", Jan perguntou.

"Não; não...", o sr. Dalton disse. "Quero saber. Estou preocupado..."

"Já falei, eu não sei!"

"Escute, sr. Erlone. Mary é a única filha que nós temos. Não quero que ela faça alguma coisa precipitada. Diga a ela para voltar. Ou a traga de volta."

"Sr. Dalton, estou dizendo a verdade..."

"Escute", o sr. Dalton disse. "Vou fazer tudo direitinho com você..."

O rosto de Jan ficou vermelho.

"O que você quer dizer?", perguntou.

"Vou fazer valer a pena, te recompensar..."

"Seu filho...", Jan parou. Andou até a porta.

"Deixa ele ir", Britten disse. "Ele não tem como escapar. Dou um telefonema e vão pegá-lo. Ele sabe mais do que está dizendo..."

Jan parou na porta e olhou para os três. Depois saiu. Bigger sentou-se na beirada da cama e ouviu os pés de Jan descerem a escada. A porta bateu; e então silêncio. Bigger viu o sr. Dalton lançar a ele um olhar estranho. Não gostou daquele olhar. Mas Britten estava anotando algo num bloco, o rosto pálido e duro sob o brilho amarelo da luz elétrica da lâmpada suspensa.

"Você está nos contando a verdade sobre tudo, não está, Bigger?", o sr. Dalton perguntou.

"Sim, senhor."

"Tudo certo com ele", Britten disse. "Vamos lá, preciso de um telefone. Vou mandar buscarem esse cara para interrogá-lo. É a única coisa a fazer. E vou mandar alguns homens examinarem o quarto da srta. Dalton. Nós vamos descobrir o que aconteceu. Aposto meu braço direito que aquele vermelho desgraçado está tramando alguma coisa!"

Britten saiu e o sr. Dalton o acompanhou, deixando Bigger imóvel na beirada da cama. Quando ouviu a porta bater, levantou-se, pegou o boné e desceu as escadas com cuidado até o porão. Ficou olhando por um momento através das rachaduras para o fogo que zumbia, agora tão vermelho que cegava; depois foi até a entrada da garagem em meio à neve que caía na rua. Tinha que ver Bessie imediatamente; o bilhete de resgate tinha que ser enviado agora; não havia tempo a perder. Se o sr. Dalton, Britten ou Peggy percebessem a ausência dele e perguntassem onde estivera, ia dizer que havia saído para comprar um maço de cigarros. Mas, com toda a agitação, era provável que ninguém pensasse nele. E estavam atrás de Jan agora; ele estava seguro.

"Bigger!"

Ele parou e girou, pondo a mão por dentro da camisa para pegar a arma. Viu Jan parado na porta de uma loja. Assim que Jan se aproximou, Bigger recuou. Jan parou.

"Pelo amor de Deus! Não tenha medo de mim. Eu não vou te machucar."

No brilho amarelo e pálido do poste de luz, eles se encararam; enormes flocos molhados de neve desciam devagar, formando uma delicada película entre os dois. Bigger estava com a mão dentro da camisa, segurando a arma. Jan ficou olhando para ele boquiaberto.

"O que está acontecendo, Bigger? Eu não te fiz nada, fiz? Onde está a Mary?"

Bigger se sentiu culpado; a presença de Jan o condenava. No entanto, não sabia de que jeito poderia expiar sua culpa; sentiu que tinha que agir como estava agindo.

"Eu não quero falar com você", murmurou.

"Mas o que eu fiz pra você?", Jan perguntou, desesperado.

Jan não tinha lhe feito nada, e era a inocência de Jan que fazia a raiva crescer dentro dele. Seus dedos apertaram a arma com força.

"Eu não quero falar com você", disse de novo.

Sentiu que se Jan continuasse ali, fazendo-o sentir essa culpa horrível, teria que atirar nele mesmo contra sua vontade. Começou a tremer, o corpo todo; os lábios se abriram e os olhos se arregalaram.

"Vai embora", Bigger disse.

"Escuta, Bigger, se essas pessoas estiverem te incomodando, é só me falar. Não tenha medo. Estou acostumado com esse tipo de coisa. Agora escuta. Vamos pra algum lugar tomar um café e conversar sobre isso."

Jan se aproximou de novo e Bigger sacou a arma. Jan parou; seu rosto empalideceu.

"Pelo amor de Deus, cara! O que você tá fazendo? Não atira... Eu não te incomodei... Não..."

"Me deixa em paz", Bigger disse, a voz tensa e histérica. "Me deixa em paz! Me deixa em paz!"

Jan se afastou dele.

"Me deixa em paz!", a voz de Bigger se elevou a um grito.

Jan recuou mais, depois virou-se e andou rápido para longe, olhando para trás. Quando chegou à esquina, correu pela neve e sumiu de vista. Bigger ficou imóvel, a arma na mão. Havia esquecido por completo onde estava; os olhos continuavam cravados naquele ponto do espaço onde ele vira a forma de Jan retroceder. Sua tensão suavizou e ele abaixou a arma até ela pender ao seu lado, solta nos dedos. Estava voltando ao controle de si mesmo; pois nos últimos três minutos pareceu que estivera sob o efeito de um estranho feitiço, possuído por uma força que ele odiava mas à qual tinha que obedecer. Assustou-se ao ouvir passos suaves na neve vindo em sua direção. Olhou e viu uma mulher branca. A mulher branca o viu e parou; virou-se abruptamente e correu pela rua. Bigger enfiou a arma no bolso e correu até a esquina. Olhou para trás; a mulher havia desaparecido na neve, na direção oposta.

Havia nele, enquanto caminhava, uma vontade fria e impetuosa. Ele iria adiante com isso; trabalharia rápido. Tinha encontrado em Jan uma determinação muito mais forte do que tinha pensado que encontraria. Se fosse enviar o bilhete de resgate, teria que fazê-lo antes que Jan conseguisse provar que era completamente inocente. Naquele momento, ele não se importava se fosse pego. Se apenas pudesse acovardar Jan e Britten de tanto espanto, de tanto medo dele, da sua pele preta e do seu jeito humilde!

Chegou a uma esquina e entrou numa farmácia. Um balconista branco se aproximou.

"Me dá um envelope, um papel e uma caneta", disse.

Pagou, pôs o pacote no bolso e foi até a esquina esperar um bonde. Apareceu um; ele entrou e foi para o leste, imaginando que tipo de bilhete escreveria. Deu sinal para o bonde parar, desceu e caminhou pelas quietas ruas de negros. De vez em quando passava por um prédio vazio, branco e silencioso à noite. Ele faria Bessie se esconder num desses prédios e esperar pelo carro do sr. Dalton. Mas os edifícios pelos quais ele passou eram muito velhos; se alguém entrasse neles, era possível que entrassem em colapso. Ele seguiu caminhando. Tinha que encontrar um prédio onde Bessie pudesse ficar numa janela e ver o pacote de dinheiro quando fosse arremessado do carro. Chegou à Langley Avenue e caminhou sentido oeste, para a Wabash Avenue. Havia ali muitos prédios vazios com janelas pretas, como olhos cegos, prédios como esqueletos em pé com neve sobre os ossos nos ventos de inverno. Mas nenhum deles ficava numa esquina. Por fim, na Michigan Avenue com a East Thirty-Sixth Place, ele viu o prédio que queria. Era alto, branco, silencioso, numa esquina bem iluminada. Ao olhar por qualquer janela da frente, Bessie seria capaz de ver as quatro direções. Ah! Ele precisava ter uma lanterna! Foi até uma farmácia e comprou uma por um dólar. Apalpou o bolso interno do casaco procurando as luvas. Agora, sim, estava pronto. Atravessou a rua e ficou esperando por um bonde. Os pés estavam frios, e ele carimbou a neve com eles, cercado de pessoas que também estavam esperando o bonde. Não olhou para elas; eram apenas pessoas cegas, cegas como sua mãe, seu irmão, sua irmã, Peggy, Britten, Jan, o sr. Dalton e a sra. Dalton desprovida de visão, e as casas silenciosas e vazias com suas janelas escancaradas.

Ele olhou ao redor da rua e viu uma placa num prédio: ESTA PROPRIEDADE É ADMINISTRADA PELA SOUTH SIDE REAL ESTATE COMPANY. Tinha ouvido falar que o sr. Dalton era o proprietário da South Side Real Estate Company, e a casa onde ele vivia era propriedade da empresa. Ele pagava oito dólares por semana por um cômodo infestado de ratos. Nunca tinha visto o sr. Dalton até ter ido trabalhar para ele; sua mãe sempre levava o aluguel ao escritório da imobiliária. O sr. Dalton estava em algum lugar afastado, elevado, distante, como um deus. Ele tinha propriedades em todo o Cinturão Negro, e também onde os brancos viviam. Mas Bigger não podia viver num prédio do outro lado da "linha". Mesmo que o sr. Dalton doasse milhões de dólares para a educação do negro, ele alugaria casas para negros somente nessa área prescrita, nessa esquina da cidade que ruía de podridão. De um jeito taciturno, Bigger estava consciente disso. Sim; enviaria o bilhete de resgate. Ia deixá-los fora de si.

Quando o bonde chegou, ele foi para o sul, desceu na rua 51 e caminhou até a casa de Bessie. Precisou tocar a campainha cinco vezes até ser atendido. Que desgraça, aposto que ela tá bêbada!, pensou. Subiu os degraus e a viu olhando para ele pela porta com os olhos vermelhos de sono e de álcool. Duvidar dela o deixou com medo e raiva.

"Bigger?", ela perguntou.
"Volta pro quarto", ele disse.
"O que foi?", ela perguntou, recuando, com a boca aberta.
"Me deixa entrar! Abre a porta!"
Ela escancarou a porta, quase tropeçando ao fazê-lo.
"Acende a luz."
"O que foi, Bigger?"
"Quantas vezes vou ter que pedir pra você acender a luz?"

Ela acendeu.

"Fecha a cortina."

Ela fechou. Ele ficou parado olhando para ela. Agora, não quero nenhum problema por causa dela. Foi até a cômoda, empurrou os potes, pentes e escovas para o lado, tirou o pacote do bolso e colocou-o no espaço agora vazio.

"Bigger?"

Ele se virou e olhou para ela.

"O quê?"

"Cê tá mesmo planejando fazer aquilo? Tem certeza?"

"O que você acha?"

"Bigger, não!"

Ele agarrou o braço dela e o apertou com uma firmeza de medo e ódio.

"Cê não vai me dar as costas agora! Não agora, sua desgraçada!"

Ela não disse nada. Ele tirou o boné e o casaco e jogou-os na cama.

"Eles tão molhados, Bigger!"

"E daí?"

"Eu não vou fazer isso", ela disse.

"Até parece que não!"

"Cê não pode me obrigar!"

"Cê já me ajudou a roubar o suficiente dos caras pra quem você trabalhava pra poder ir pra cadeia."

Ela não respondeu; ele lhe deu as costas, pegou uma cadeira e puxou-a até a cômoda. Desembrulhou o pacote, amassou o papel numa bola e a jogou num canto do quarto. Instintivamente, Bessie se abaixou para pegá-la. Bigger riu e ela se endireitou de repente. Sim; Bessie era cega. Ele estava prestes a escrever um bilhete de resgate e ela estava preocupada com a limpeza do quarto.

"O que foi?", ela perguntou.

"Nada."

Ele estava com um sorriso sombrio. Pegou o lápis; não estava apontado.

"Me dá uma faca."

"Cê não tem uma?"

"Porra, não tenho! Pega uma faca pra mim!"

"O que cê fez com o seu canivete?"

Ele a encarou, lembrando que ela sabia que ele tivera um canivete. Uma imagem do sangue brilhando na lâmina metálica sob o clarão da fornalha surgiu diante de seus olhos e seu medo aumentou com fervor.

"Cê quer que eu te dê um tapa?"

Ela foi para detrás da cortina. Ele se sentou, olhando para o papel e para o lápis. Ela voltou com uma faca de açougueiro.

"Bigger, por favor... Eu não quero fazer isso."

"Tem alguma bebida?"

"Sim..."

Ela ficou indecisa, então pegou a garrafa de baixo de um travesseiro e bebeu. Deitou-se na cama de bruços, com o rosto de lado para poder vê-lo. Ele a observava pelo espelho da cômoda. Apontou o lápis e esticou o pedaço de papel. Estava prestes a escrever quando lembrou que não estava usando luvas. Desgraça!

"Me dá minha luva."

"Hum?"

"Pega minha luva no bolso interno do meu casaco."

Ela se levantou cambaleando, pegou as luvas e ficou atrás da cadeira, segurando-as com as mãos frouxas.

"Me dá aqui."

"Bigger..."

"Me dá a luva e volta pra cama, pode ser?"

Arrancou as luvas da mão dela, deu-lhe um empurrão e se voltou para a cômoda.

"Bigger..."

"Eu não vou pedir pra você calar a boca de novo!", disse, tirando a faca do caminho para poder escrever.

Vestiu as luvas, pegou o lápis com a mão trêmula e o segurou parado sobre o papel. Devia disfarçar sua caligrafia. Trocou o lápis da mão direita para a esquerda. Não ia escrever; ia desenhar letra por letra. Engoliu em seco. Agora, qual seria o melhor tipo de bilhete? Pensou, eu quero que você deixe dez mil... Nem; isso não ia funcionar. Não "eu". Era melhor dizer "nós". *Nós estamos com a sua filha*, ele desenhou devagar, grandes letras garrafais. Assim era melhor. Devia dizer alguma coisa que levasse o sr. Dalton a pensar que Mary ainda estava viva. Escreveu: *Ela está segura*. Agora, fala pra ele não procurar a polícia. Não! Fala alguma coisa sobre a Mary primeiro! Ele se curvou e escreveu: *Ela quer voltar pra casa...* Agora, fala pra ele não procurar a polícia. *Não chame a polícia se quiser sua filha de volta em segurança*. Nem; isso não tava bom. Seu couro cabeludo formigava de agitação; parecia que podia sentir cada fio de cabelo na cabeça. Leu a frase e riscou "em segurança" e escreveu "viva". Ficou congelado por um momento, imóvel. Havia em seu estômago um lento, frio e vasto movimento ascendente, como se ele sustentasse no enlace de suas entranhas o movimento dos planetas no espaço. Estava atordoado. Voltou a si, concentrou sua atenção em voltar a escrever. Agora, sobre o dinheiro. Quanto? Sim; pedir dez mil. *Arranje dez mil em notas de cinco e dez e ponha numa caixa de sapato...* Assim está bom. Ele tinha lido isso em algum lugar... *e amanhã à noite ande de carro pra cima e pra baixo pela Michigan Avenue, da rua 35 até a rua 40*. Isso tornaria difícil para qualquer um saber onde a Bessie estaria escondida exatamente. Escreveu: *Pisque um pouco os faróis. Quando você ver uma luz piscar três vezes numa janela, joga a caixa na neve e vai embora. Faz o que esta carta diz*. Agora, ele ia assinar. Mas como? Deveria ser assinada de um jeito que tirasse ele e Bessie da reta. Ah, sim! Assine "Vermelho". Desenhou, *Vermelho*. Então, por alguma razão, achou que não era suficiente. Ah, sim! Ia fazer um daqueles símbolos, como o que tinha visto nos panfletos comunistas. Perguntou-se como eram feitos. Havia um martelo e um tipo de faca redonda. Desenhou um martelo, depois uma faca curva. Mas não parecia estar certo. Examinou a imagem e descobriu que tinha esquecido o cabo da faca. Desenhou o cabo. Agora estava completo. Leu tudo. Ah! Tinha esquecido uma coisa! Precisava colocar o horário que queria que eles trouxessem o dinheiro. Curvou-se e voltou a grafar: *P.S.: Traga o dinheiro à meia-noite.* Suspirou, ergueu os olhos e viu Bessie de pé atrás dele. Virou-se e olhou para ela.

"Bigger, cê vai mesmo fazer isso?", ela sussurrou horrorizada.

"Com certeza."

"*Onde* a garota tá?"

"Não sei."

"Cê sabe, *sim*. Cê não taria fazendo isso se não soubesse."

"Ah, que diferença faz?"

Ela o olhou diretamente nos olhos e sussurrou:

"Bigger, cê matou essa garota?"

Ele apertou a mandíbula e se levantou. Ela lhe deu as costas e se jogou na cama, soluçando. Ele começou a sentir frio; descobriu que seu corpo estava coberto de suor. Ouviu um farfalhar suave e olhou para sua mão; o bilhete de resgate balançava em seus dedos trêmulos. Mas eu não tô com medo, disse para si mesmo. Dobrou o papel, pôs num envelope, selou lambendo a aba e enfiou-o no bolso. Deitou-se na cama, ao lado de Bessie, e a tomou em seus braços. Tentou falar com ela, mas sentiu a garganta tão seca que nenhuma palavra saía.

"Qual é, garota", ele sussurrou, por fim.

"Bigger, o que aconteceu com você?"

"Não é nada. Você não tem que fazer muita coisa."

"Eu não *quero*."

"Não fica com medo."

"Você me disse que nunca ia matar ninguém."

"Eu não matei ninguém."

"Você *matou*! Eu vejo nos seus olhos. Vejo no seu corpo todo."

"Você não confia em mim, amor?"

"Onde a garota tá, Bigger?"

"Eu não sei."

"Como cê sabe que ela não vai aparecer?"

"Ela não vai."

"Você matou ela, *sim*."

"Ah, esquece a garota."

Ela se levantou.

"Se você matou *ela*, você vai *me* matar", ela disse. "Eu tô fora disso."

"Não seja tonta. Eu te amo."

"Você me disse que *nunca* ia matar."

"Tá bom. Eles são brancos. Eles mataram um monte dos nossos."

"Isso não justifica."

Começou a duvidar dela; nunca tinha ouvido esse tom na voz dela antes. Viu os olhos marejados de Bessie parados nele com medo evidente e lembrou que ninguém o tinha visto sair do seu próprio quarto. Parar Bessie, que agora sabia demais, seria fácil. Ele poderia pegar aquela faca de açougueiro e cortar a garganta dela. Tinha que estar certo a respeito dela, de um jeito ou de outro, antes de voltar para a casa dos Dalton. Inclinou-se rapidamente sobre ela, com os punhos cerrados. Sentia-se do mesmo jeito que havia se sentido quando ficou sobre a cama de Mary com o borrão branco se aproximando; um átimo a mais de medo o faria cair de novo no ímpeto de matar.

"Não quero saber de nenhum joguinho a partir de agora."

"Eu tô com medo, Bigger", ela choramingou.

Ela tentou se levantar; ele sabia que ela tinha visto a luz da loucura em seus olhos. O medo atiçou fogo nele. Suas palavras saíram num sussurro áspero.

"Fica quieta agora. Não tô brincando. Logo logo eles vão estar atrás de mim, talvez. E eu não vou deixar eles me pegarem, entendeu? Não vou! A primeira coisa que eles vão fazer quando forem me procurar é vir atrás de você. Vão te colocar na parede perguntando de mim e você, sua pinguça idiota, vai falar! Você vai falar se você não estiver envolvida também. Se você não estiver com o seu na reta, você vai falar."

"Não, Bigger!", ela choramingou, tensa. Naquele momento estava com medo demais até para chorar.

"Você vai fazer o que *eu* digo?"

Ela se desvencilhou dele, rolou na cama e se levantou do outro lado. Ele correu ao redor da cama e a encurralou num canto do quarto. Sua voz sibilava da garganta:

"Não vou deixar você pra trás pra me dedurar!"

"Não vou te dedurar! Eu *juro* que não vou."

Seu rosto ficou a poucos centímetros do dela. Tinha que prendê-la a ele.

"É; eu matei a garota", disse. "Agora você sabe. Você tem que me ajudar. Você tá tão metida nisso quanto eu! Você gastou parte do dinheiro…"

Ela afundou na cama de novo, soluçando, a respiração presa na garganta. Ele ficou olhando para ela, esperando que se acalmasse. Quando ela se controlou, ele a levantou e a colocou de pé. Enfiou a mão embaixo do travesseiro para pegar a garrafa, tirou a rolha, pôs o braço em volta dela e inclinou sua cabeça.

"Aqui; toma um gole."

"Não."

"*Bebe…*"

Ele levou a garrafa até seus lábios; ela tomou um pequeno gole. Quando ele tentou guardar a garrafa, ela a pegou de suas mãos.

"Chega agora. Você não vai querer ficar bêbada de cair."

Soltou-a e ela se deitou na cama, mole, choramingando. Ele se curvou sobre ela.

"Escuta, Bessie."

"Bigger, por favor! Não faz isso comigo! *Por favor!* Tudo que eu faço é trabalhar, trabalhar igual uma mula! De manhã até a noite. Eu não tenho felicidade nenhuma. Nunca tive. Eu não tenho nada e você faz isso comigo. Depois de eu ter sido tão boa pra você. Agora acaba com a minha vida inteira. Sei que fiz tudo por você e você faz isso comigo. *Por favor*, Bigger..." Ela virou o rosto e olhou para o chão. "Senhor, não deixa isso acontecer comigo! Não fiz nada pra isso acontecer comigo. Eu só trabalho! Não tenho felicidade nenhuma, nada. Eu só trabalho. Eu sou preta e trabalho e não incomodo ninguém..."

"Vai em frente", Bigger disse, balançando a cabeça afirmativamente; sabia a verdade de tudo que ela disse sem ela falar. "Vai em frente e vê aonde vai te levar."

"Mas eu não quero fazer isso, Bigger. Vão pegar a gente. Deus *sabe* que vão."

"Eu não vou te deixar aqui pra me dedurar."

"Eu não vou contar. Sério, não vou. Juro de coração e por Deus que não vou. Você pode fugir..."

"Eu não tenho dinheiro."

"Você *tem* dinheiro. Paguei o aluguel com o que você me deu e comprei uma bebida. Mas o resto tá aqui."

"Não é suficiente. Preciso ter grana pra valer."

Ela chorou de novo. Ele pegou a faca e ficou vigiando-a.

"Eu posso acabar com isso agora", ele disse.

Ela começou a abrir a boca para gritar.

"Se você gritar, eu vou *ter* que te matar. Juro por Deus!"

"Não; não! Bigger, não! *Não!*"

Devagar, seu braço relaxou e pendeu de lado; ela voltou a soluçar. Ele tinha medo de que precisasse matá-la antes que tudo acabasse. Ela não tinha como acompanhá-lo e ele não podia deixá-la para trás.

"Tudo bem", disse. "Mas é melhor você fazer a coisa certa."

Colocou a faca na cômoda, pegou a lanterna do bolso do casaco e depois ficou vigiando Bessie com o bilhete e a lanterna na mão.

"Vamos lá", disse. "Bota o casaco."

"Esta noite não, Bigger! Hoje não..."

"Não vai ser hoje. Mas tenho que te mostrar o que você vai fazer."

"Mas tá frio. Tá nevando..."

"Claro. E ninguém vai ver a gente. *Vamos!*"

Ela ficou de pé; ele a observou se esforçar para vestir o casaco. De vez em quando ela parava e o olhava, piscando para conter as lágrimas. Quando terminou de se vestir, ele pôs o casaco e o boné e a levou para a rua. O ar estava denso de neve. O vento soprava forte. Era uma nevasca. As luzes da rua eram tênues manchas amareladas. Eles caminharam até a esquina e esperaram por um bonde.

"Eu preferia fazer qualquer outra coisa", ela disse.

"Para agora. A gente tá dentro disso."

"Bigger, amor, eu fugiria com você. Eu trabalharia pra você, amor. A gente não tem que fazer isso. Não acredita que eu te amo?"

"Não vem com essa agora."

O bonde apareceu; ele a ajudou a entrar, sentou-se ao seu lado e ficou olhando além dela, para a neve silenciosa que voava, branca e selvagem, do lado de fora. Trouxe seu olhar de longe de volta para seu redor e olhou para ela, que o encarava com olhos inexpressivos, como uma mulher cega esperando por alguma palavra que dissesse para onde ela estava indo. Assim que começou a chorar, ele agarrou seus ombros com tanta força que ela parou, mais absorta na pressão dolorosa dos dedos de aço do que no destino que a aguardava. Desembarcaram perto da rua 36 e caminharam até a Michigan Avenue. Quando chegaram à esquina, Bigger parou e deteve Bessie segurando seu braço de novo. Estavam na frente do prédio alto e vazio com janelas pretas.

"Onde a gente tá indo?"

"Bem aqui."

"Bigger", ela choramingou.

"Para agora. Não começa!"

"Mas eu não *quero*."

"Você *precisa*."

Ele olhou a rua de cima a baixo, além das lâmpadas fantasmagóricas que derramavam uma série de cones levemente cintilantes de amarelo contra a noite nevada. Ele a levou até a entrada da frente, que dava acesso a uma grande piscina de silêncio denso. Acendeu a lanterna e focalizou o ponto redondo numa escada caindo aos pedaços que levava acima para uma escuridão ainda mais negra. As tábuas rangeram quando ele a conduziu pelos degraus. Vez ou outra ele sentiu os sapatos afundarem numa substância fofa e macia. Teias de aranha roçaram seu rosto. Tudo à sua volta cheirava a madeira podre e úmida. Ele parou abruptamente quando algo com pés secos e sussurrantes atravessou seu caminho esvoaçando e emitindo, à medida que a agitação de seu voo morria, um lamento fino e estridente de medo e solidão.

"Ooou!"

Bigger girou e colocou o foco de luz no rosto de Bessie. Os lábios dela estavam repuxados, sua boca aberta, e as mãos estavam a meio caminho dos olhos brancos da luz da lanterna.

"O que cê tá tentando fazer?", perguntou. "Anunciar pro mundo todo que a gente tá aqui?"

"Ah, Bigger!"

"Vem!"

Depois de alguns metros, ele parou e mexeu a lanterna. Viu paredes empoeiradas, paredes que eram quase como as da casa dos Dalton. As portas eram mais largas que a de qualquer casa em que ele já havia vivido. Gente rica morou aqui uma vez, pensou. Gente branca rica. A maioria das casas do South Side era assim: ornamentadas, velhas, fedorentas; casas que um dia pertenceram a gente branca rica agora eram habitadas por negros, ou permaneciam escuras e vazias com janelas pretas escancaradas. Ele lembrou que bombas haviam sido jogadas pelos brancos em casas como essas quando os negros se mudaram para o South Side. Ele movimentou o facho de luz amarela e caminhou com cautela por um corredor até um cômodo na frente da casa. Estava fracamente iluminado pelas luzes da rua; ele desligou a lanterna e olhou ao redor. O cômodo tinha seis janelas grandes. Ao ficar perto de qualquer uma delas, as ruas nas quatro direções ficavam visíveis.

"Olha, Bessie..."

Ele se virou para olhá-la e viu que ela não estava ali. Tenso, chamou:

"Bessie!"

Não houve resposta; ele deu um salto até a porta e ligou a lanterna. Ela estava encostada numa parede, soluçando. Foi até ela, agarrou seu braço e lhe deu um puxão de volta para o cômodo.

"Vem! Você tem que se sair melhor do que isso."

"Prefiro que você me mate agora", ela disse aos prantos.

"Não fala isso de novo!"

Ela ficou em silêncio. Ele levantou sua mão negra e, com ela aberta, num arco estreito e veloz, deu uma bofetada na cara dela.

"Quer que eu te deixe esperta?"

Ela se curvou sobre os joelhos; ele a agarrou pelo braço de novo e a arrastou até a janela. Falou como um homem que havia corrido e estava sem fôlego:

"Agora, presta atenção. Tudo que você tem que fazer é vir aqui amanhã de noite, entendeu? Não vai ter nada pra te aborrecer. Eu tô vendo tudo. Não se preocupa com nada. Só faz o que eu tô dizendo. Você vem aqui e fica de olho. Por volta da meia-noite vai aparecer um carro. Ele vai ficar piscando os faróis, entendeu? Quando ele chegar, você só levanta a lanterna e pisca três vezes com ela, entendeu? Assim. Não esquece. Depois fica de olho no carro. Vão jogar um pacote pra fora. Fica de olho no pacote porque o dinheiro vai tá nele. Ele vai cair na neve. Presta atenção e vê se não tem ninguém por perto. Se não tiver ninguém, você vai e pega o pacote e vai pra casa. Mas não vai direto pra casa. Presta atenção pra ter certeza que não tem ninguém te vigiando, ninguém te seguindo, entendeu? Pega três ou quatro bondes e faz a baldeação rápido. Desce cinco quarteirões antes de casa e olha pra trás quando estiver andando, entendeu? Agora olha. Você consegue ver a Michigan e a 36 de cima a baixo. Você consegue ver se tem alguém vigiando. Amanhã vou estar o dia inteiro na casa dos brancos. Se mandarem alguém vigiar, eu te aviso pra não vir."

"Bigger..."

"Vai, qual é."

"Me leva pra casa."

"Você vai fazer isso?"

Ela não respondeu.

"Você já tá dentro", ele disse. "Você tá com uma parte do dinheiro."

"Acho que isso não faz diferença", ela suspirou.

"Vai ser fácil."

"Não vai. Vão me pegar. Mas não faz diferença. Tô perdida de qualquer jeito. Eu já tava perdida quando fiquei com você. Tô perdida e não importa..."

"Qual é."

Levou-a de volta para a parada do bonde. Não disse nada enquanto esperavam na neve que rodopiava. Quando ouviu o bonde se aproximar, pegou a bolsa dela, abriu e guardou a lanterna. O bonde parou; ele a ajudou a entrar, colocou sete centavos em sua mão trêmula e ficou parado na neve observando o rosto negro dela através da janela coberta de gelo enquanto o bonde se afastava devagar pela noite.

Caminhou pela neve até a casa dos Dalton. Sua mão direita estava no bolso do casaco, os dedos em volta do bilhete de resgate. Quando chegou à entrada da garagem, olhou ao redor da rua com cautela. Não tinha ninguém. Olhou para a casa; era branca, enorme, silenciosa. Ele subiu os degraus e parou na frente da porta. Esperou por um momento para ver o que aconteceria. Tão profunda era sua consciência de estar violando um tabu perigoso que sentiu que o próprio ar ou o céu de repente falariam, mandando-o parar. Estava navegando rápido contra um vento frio que quase sugava sua respiração, mas ele gostava. Ao seu redor havia silêncio, noite e neve caindo, caindo como se tivesse caído desde os primórdios do tempo e fosse cair para sempre até o fim do mundo. Tirou o bilhete do bolso e enfiou-o por baixo da porta. Ao virar-se, desceu correndo os degraus e deu a volta na casa. Está feito! Está feito agora! Vão ver o bilhete hoje à noite ou de manhã... Foi até a porta do porão, abriu-a e olhou para dentro; não havia ninguém lá. Como uma besta enfurecida, a fornalha pulsava de calor, espalhando um brilho vermelho em tudo. Ele ficou na frente das rachaduras e observou as brasas inquietas. Será que Mary tinha queimado por completo? Ele queria cutucar os carvões para ver, mas não ousou fazê-lo; só de pensar, a ideia fez com que se encolhesse. Puxou a alavanca para abastecer a fornalha com mais carvão e então foi para o quarto.

Quando se esticou na cama no escuro, percebeu que todo o seu corpo tremia. Estava com frio e fome. Enquanto estava ali tremendo, um banho quente de medo, mais quente que seu sangue, o cobriu, fazendo-o levantar-se. Ficou parado no meio do quarto, enxergando vívidas imagens de suas luvas, lápis e papel. Como é que havia esquecido? Tinha que queimá-los. Faria isso agora mesmo. Acendeu a luz, foi até o casaco, pegou as luvas, o lápis e o papel e enfiou-os na camisa. Foi para a porta, parou para ver se ouvia algo e então seguiu pelo corredor e desceu as escadas rumo à fornalha. Ficou parado por um momento diante das rachaduras brilhantes. Às pressas, abriu a porta e despejou as luvas, o lápis e o papel; observou-os pegar fogo, ficar em chamas; fechou a porta e ouviu-os queimar numa corrente de ar furiosa.

Uma sensação estranha o envolveu. Algo formigava em seu estômago e no seu couro cabeludo. Seus joelhos vacilaram, cedendo. Ele cambaleou até a parede e se apoiou nela com fraqueza. Uma onda de dormência se espalhou em leque do estômago para o corpo inteiro, incluindo a cabeça e os olhos, deixando sua boca aberta. Sua força se esvaiu. Ele se ajoelhou e pressionou os dedos no chão para não cair. Uma sensação orgânica de pavor tomou conta dele. Seus dentes rangiam e sentiu o suor escorrer pelas costas e axilas. Ele gemia, mantendo-se tão parado quanto possível. Sua visão estava turva; mas, aos poucos, ficou nítida. Viu de novo a fornalha. Então percebeu que estava à beira de um colapso. Logo o brilho e o zumbido do fogo atingiram seus olhos e ouvidos. Ele fechou a boca e cerrou os dentes; o torpor peculiar e paralisante estava passando.

Quando se sentiu forte o suficiente para ficar em pé sem apoio, levantou-se e enxugou a testa com a manga da camisa. Tinha se exaurido ao passar tempo demais sem comer nem dormir; e a agitação estava minando sua energia. Deveria ir até a cozinha e pedir seu jantar. Com certeza não deveria passar fome assim. Subiu os degraus até a porta e bateu timidamente; não houve resposta. Girou a maçaneta, abriu a porta e viu a cozinha inundada de luz. Numa mesa estavam espalhados vários guardanapos brancos sob os quais havia o que pareciam ser pratos de comida. Ele olhou-os fixamente, depois foi até a mesa e levantou os guardanapos pela ponta. Havia pão fatiado, bife, batatas fritas, molho, vagem, espinafre e um pedaço enorme de bolo de chocolate. Sua boca se encheu de água. Tudo isso era para ele? Perguntou-se se Peggy estava por perto. Devia tentar encontrá-la? Mas não gostou da ideia de procurá-la; chamaria atenção para si, algo que odiava. Ficou na cozinha, pensando se deveria comer, mas com medo de fazê-lo. Apoiou seus dedos negros na borda da mesa branca e uma risada silenciosa explodiu de seus lábios entreabertos quando ele se viu, numa fração de segundo, sob uma luz objetiva sinistra: tinha matado uma garota branca rica, queimado o corpo dela depois de cortar sua cabeça fora, mentido para jogar a culpa em outra pessoa e escrito um bilhete de resgate exigindo dez mil dólares, mas estava ali, com medo de tocar a comida na mesa, comida que sem dúvida era dele.

"Bigger?"

"Hã?", respondeu antes de saber quem havia chamado.

"Onde você estava? Seu jantar está te esperando desde as cinco da tarde. Aqui tem uma cadeira. Coma..."

o tanto que você quiser... Ele parou de ouvir. Na mão de Peggy estava o envelope com o bilhete de resgate. *Vou esquentar seu café, pode começar a comer.* Ela tinha aberto? Sabia o que tinha nele? Não; o envelope ainda estava selado. Ela se aproximou da mesa e retirou os guardanapos. Os joelhos dele tremiam de agitação e o suor brotou em sua testa. Sua pele parecia estar enrugando com uma rajada de calor. *não quer que eu esquente o bife* a pergunta chegou a ele vinda de muito longe e ele balançou a cabeça sem saber na verdade o que ela quis dizer. *não está se sentindo bem*

"Tá bom assim", murmurou.

"Você não devia passar tanto tempo sem comer desse jeito."

"Eu não tava com fome."

"Você tá com mais fome do que pensa", ela disse.

Ela pôs uma xícara e um pires junto ao prato dele e depois deixou o envelope na beirada da mesa. Sua atenção ficou presa a ele como se o envelope fosse um imã e seus olhos fossem ferro. Ela pegou o bule de café e encheu a xícara. Sem dúvida tinha acabado de encontrar o envelope embaixo da porta e ainda não tivera tempo de entregá-lo ao sr. Dalton. Ela pôs uma pequena tigela de creme perto do prato e pegou o envelope de novo.

"Tenho que entregar isso para o sr. Dalton", disse. "Volto já."

"Sim, senhora", ele sussurrou.

Ela saiu. Ele parou de mastigar e olhou para a frente, com a boca seca. Mas *tinha* que comer. Não comer levantaria suspeitas. Empurrou a comida para dentro, mastigou cada garfada por um tempo e depois tomou grandes goles de café quente para ajudá-la a descer. Quando o café acabou, usou água fria. Apurou os ouvidos para captar sons. Mas não escutou nenhum. Então a porta se abriu silenciosamente e Peggy voltou. Ele não pôde ver nada em sua cara redonda avermelhada. Com o canto dos olhos, observou-a ir até o fogão e mexer panelas e frigideiras.

"Quer mais café?"

"Não, senhora."

"Você não está com medo de toda essa confusão que está rolando por aqui, está, Bigger?"

"Ah, não, senhora", ela disse, imaginando se algo do seu comportamento a levara a perguntar.

"Coitada da Mary!", Peggy suspirou. "Ela age que nem uma pateta. Pensa numa garota que deixa os pais doentes de preocupação o tempo todo. Mas os jovens de hoje são assim."

Ele se apressou em comer, sem dizer nada; queria sair da cozinha. A coisa tinha vindo à tona agora; não toda, mas parte dela. Ninguém sabia sobre Mary ainda. Em sua mente, viu a imagem da família Dalton perturbada e horrorizada ao descobrir que ela havia sido sequestrada. Isso os colocaria a uma certa distância dele. Pensariam que os homens brancos cometeram o crime; jamais pensariam que um tímido Negro retinto fez isso. Iriam atrás de Jan. Ter assinado "Vermelho" no bilhete e desenhado o martelo e a foice faria com que fossem atrás dos comunistas.

"Está satisfeito?"

"Sim, senhora."

"Melhor limpar as cinzas da fornalha pela manhã, Bigger."

"Sim, senhora."

"E esteja à disposição do sr. Dalton às oito."

"Sim, senhora."

"Tudo certo com seu quarto?"

"Sim, senhora."

A porta se abriu com violência. Bigger tomou um susto. O sr. Dalton entrou na cozinha, o rosto lívido. Olhou para Peggy, e Peggy, segurando um pano de prato, olhou para ele. Na mão do sr. Dalton estava o envelope, aberto.

"O que foi, sr. Dalton?"

"Quem... Onde... Quem te deu isso?"

"O quê?"

"Este envelope."

"Ué, ninguém. Eu peguei na porta."

"Quando?"

"Alguns minutos atrás. Tem algo errado?"

O sr. Dalton olhou ao redor de toda a cozinha, sem se deter em nada em particular, apenas ao redor das quatro paredes, com olhos arregalados e sem ver. Olhou de novo para Peggy; era como se ele tivesse se colocado à mercê dela; como se esperasse que ela dissesse alguma palavra que afastaria o horror.

"O-o que foi, sr. Dalton?", Peggy perguntou de novo.

Antes que o sr. Dalton pudesse responder, a sra. Dalton tateou até a cozinha, as mãos brancas erguidas no alto. Bigger viu seus dedos tremerem no ar até tocarem o ombro do sr. Dalton. Ela agarrou o casaco dele com força suficiente para arrancá-lo do corpo. Bigger, sem mover uma pálpebra, sentiu sua pele ficar quente e seus músculos endurecerem.

"Henry! Henry!", a sra. Dalton chamou. "O que foi?"

O sr. Dalton não a ouviu; ainda encarava Peggy.

"Você viu quem deixou esta carta?"

"Não, sr. Dalton."

"E você, Bigger?"

"Não, senhor", ele sussurrou, a boca cheia de comida seca.

"Henry, me diga! *Por favor*! Pelo amor de Deus!"

O sr. Dalton passou o braço pela cintura da sra. Dalton e a puxou para perto de si.

"É... é sobre a Mary... é... Ela..."

"O quê? Onde ela está?"

"Eles... eles a pegaram! Eles a sequestraram!"

"Henry! Não!", a sra. Dalton gritou.

"Ah, não!", Peggy choramingou, correndo até o sr. Dalton.

"Meu bebê", a sra. Dalton soluçava.

"Ela foi sequestrada", o sr. Dalton disse, como se tivesse que repetir as palavras para convencer a si mesmo.

Os olhos de Bigger estavam arregalados, observando os três com um constante olhar errante. A sra. Dalton continuou a soluçar e Peggy deixou-se cair numa cadeira, o rosto entre as mãos. Depois se levantou de supetão e correu para fora do cômodo, gritando:

"Senhor, não deixe que matem ela!"

A sra. Dalton cambaleou. O sr. Dalton a ergueu e vacilou ao tentar levá-la pela porta. Enquanto observava o sr. Dalton, irrompeu na mente de Bigger uma imagem rápida de como ele tinha carregado o corpo de Mary na noite anterior. Levantou-se, segurou a porta aberta para o sr. Dalton passar e o observou andar cambaleante pelo corredor escuro com a sra. Dalton nos braços.

Estava sozinho na cozinha agora. Mais uma vez lhe veio o pensamento de que tinha a oportunidade de sair dali e se livrar de tudo aquilo, e mais uma vez ele afastou a ideia. Estava tensamente ávido para ficar e ver como tudo terminaria, mesmo que o final o engolisse na escuridão. Sentia que estava vivendo num cume alto onde ventos revigorantes o chicoteavam. Um som abafado de soluços chegou aos seus ouvidos. Depois, de repente, silêncio. O que estava acontecendo? O sr. Dalton ligaria para a polícia agora? Ele se esforçou para ouvir, mas não havia som algum. Foi até a porta e deu alguns passos pelo corredor. Ainda não havia som algum. Olhou em volta para ter certeza de que ninguém o observava e então andou na ponta dos pés pelo corredor. Ouviu vozes. O sr. Dalton estava conversando com alguém. Esgueirou-se mais um pouco; sim, conseguia ouvir... *Quero falar com o Britten, por favor.* O sr. Dalton estava telefonando. *venha logo por favor sim imediatamente uma coisa horrível aconteceu eu não quero falar a respeito por telefone.* Isso significava que quando Britten voltasse ele seria questionado de novo. *sim agora mesmo estarei esperando*

Ele tinha que voltar para o quarto. Andou na ponta dos pés pelo corredor, atravessou a cozinha, desceu as escadas e entrou no porão. As rachaduras tórridas da fornalha brilhavam na escuridão carmim e ele ouviu o tom gutural da devoradora corrente de ar. Ela tinha sido queimada? Mas, mesmo que não tivesse, quem pensaria em procurá-la na fornalha? Ele foi até o quarto, entrou no closet, fechou a porta e tentou ouvir algo. Silêncio. Saiu, deixou a porta aberta e, para poder voltar ao closet rápido e sem fazer barulho, tirou os sapatos. Deitou-se na cama, sua mente rodopiando com imagens nascidas de uma multidão de impulsos. Ele poderia fugir; poderia ficar; poderia até mesmo descer e confessar o que havia feito. Apenas o pensamento de que essas vias de ação estavam abertas a ele fez com que se sentisse livre, dono de sua própria vida, com o seu futuro nas mãos. Mas nunca pensariam que tinha sido ele; não um dócil menino negro como ele.

Levantou-se da cama num pulo, apurando os ouvidos e pensando ter ouvido vozes. Tinha estado tão profundamente envolvido com seus próprios pensamentos que não sabia se tinha de fato ouvido alguma coisa ou apenas imaginado. Sim; ouviu passos fracos embaixo. Correu até o closet. Os passos cessaram. Um som suave de soluços chegou aos seus ouvidos. Era Peggy. Os soluços se aquietaram e depois começaram de novo, mais altos. Ele ficou ali por um bom tempo, ouvindo os soluços de Peggy e o longo gemido do vento que soprava na noite do lado de fora. O choro de Peggy cessou e seus passos soaram mais uma vez. Ela estava indo atender a campainha? O som de passos surgiu de novo; Peggy tinha ido para a entrada da casa por causa de alguma coisa e tinha voltado. Ouviu uma voz forte de homem. A princípio não conseguiu identificar; depois se deu conta de que era a voz de Britten.

"... e você encontrou o bilhete?"

"Sim."

"Há quanto tempo?"

"Cerca de uma hora."

"Tem certeza que não viu ninguém deixando isso?"

"Estava enfiado embaixo da porta."

"Pense bem. Você viu alguém perto da casa ou na entrada da garagem?"

"Não. Só eu e o menino estávamos por aqui."

"E onde está o menino agora?"

"Lá em cima, no quarto dele, acho."

"Você já viu essa caligrafia antes?"

"Não, sr. Britten."

"Você tem algum palpite, consegue pensar ou imaginar quem mandaria um bilhete assim?"

"Não. Não consigo pensar numa alma sequer no mundo todo, sr. Britten", Peggy choramingava.

A voz de Britten cessou. Em seguida ouviu outros passos pesados. Cadeiras arrastadas pelo chão. Havia mais pessoas na cozinha. Quem eram? Pelo som dos movimentos deviam ser homens. Então Bigger ouviu Britten falando de novo.

"Escuta, Peggy. Me diga, como é esse garoto?"

"O que o senhor quer dizer, sr. Britten?"

"Ele parece inteligente? Ele parece estar *fingindo*?"

"Não sei, sr. Britten. Ele é como todos os outros rapazes de cor."

"Ele diz 'sim, senhora' e 'não, senhora'?"

"Sim, sr. Britten. Ele é educado."

"Mas parece que ele tenta se mostrar mais ignorante do que *realmente é*?"

"Não sei, sr. Britten."

"Você sentiu falta de alguma coisa na casa desde que ele chegou?"

"Não; nada."

"Ele já te insultou alguma vez, ou algo do tipo?"

"Ah, não! Não!"

"Que tipo de garoto ele é?"

"Ele é só um rapaz de cor calado. É tudo que eu posso dizer..."

"Você já o viu lendo alguma coisa?"

"Não, sr. Britten."

"Ele fala de maneira mais inteligente algumas vezes?"

"Não, sr. Britten. Pra mim ele fala sempre do mesmo jeito."

"Ele já fez alguma coisa que faria você pensar que ele sabe de algo sobre este bilhete?"

"Não, sr. Britten."

"Quando você fala com ele, ele hesita antes de responder, como se estivesse pensando no que dizer?"

"Não, sr. Britten. Ele fala e age de forma natural."

"Quando fala, ele gesticula bastante, como se estivesse acostumado a conviver com judeus?"

"Nunca percebi, sr. Britten."

"Você já o ouviu chamar alguém de *camarada*?"

"Não, sr. Britten."

"Ele tira o chapéu quando entra em casa?"

"Nunca notei. Acho que sim, sr. Britten."

"Ele já se sentou na sua presença sem permissão, como se estivesse acostumado a estar com pessoas brancas?"

"Não, sr. Britten. Apenas quando falo para ele se sentar."

"Ele fala primeiro ou espera até alguém falar com ele?"

"Bom, sr. Britten... sempre pareceu que ele espera a gente falar com ele antes de dizer qualquer coisa."

"Agora, escuta, Peggy. Pense e tente lembrar se ele levanta a voz quando fala, como os judeus fazem quando falam. Sabe o que quero dizer? Veja, Peggy, estou tentando descobrir se ele já andou com comunistas..."

"Não, sr. Britten. Pra mim ele fala como todas as outras pessoas de cor."

"Onde você disse que ele está agora?"

"Lá em cima, no quarto dele."

Quando a voz de Britten cessou, Bigger estava sorrindo. Sim; Britten estava tentando armar para ele, tentando criar um caso contra ele; mas não conseguiu encontrar nada em que se basear. Britten estava vindo conversar com ele agora? O som de outras vozes chegou até ele.

"Existe uma chance muito grande de ela estar morta."

"Sim. Geralmente dão um fim na pessoa. Ficam com medo delas depois de sequestrá-las. Acham que podem identificá-los depois."

"O velho disse que vai pagar?"

"Claro. Ele quer a filha de volta."

"Vai é jogar dez mil reais fora, se quer saber."

"Mas ele quer a garota."

"Sério, aposto que esses comunistas tão tentando conseguir dinheiro."

"É!"

"Talvez seja assim que conseguem a grana deles. Dizem que

aquele cara, o Bruno Hauptmann, o que capturou o bebê Lindy, fez isso pelos nazistas. Eles precisavam de dinheiro."

"Eu queria atirar em cada um desses filhos da puta, vermelhos ou não."

Bigger ouviu o barulho de uma porta se abrindo e mais passos.

"Teve alguma sorte com o velho?"

"Ainda não", era a voz do Britten.

"Ele tá bem acabado, né?"

"É; e quem não estaria?"

"Ele não vai chamar a polícia?"

"Não; ele tá paralisado de medo."

"Pode parecer difícil pra família, mas se você deixar claro pros sequestradores que não vão conseguir arrancar dinheiro de você, eles param."

"Isso, Brit, tenta de novo."

"É; fala pra ele que não tem o que fazer agora além de chamar a polícia."

"Ah, não sei. Detesto deixar ele preocupado."

"Bom, afinal, é a filha *dele*. Deixa ele cuidar disso."

"Mas, escuta, Brit. Quando pegarem esse sujeito Erlone, ele vai contar pra polícia e os jornais vão ficar sabendo de qualquer jeito. Então liga pra polícia agora. Quanto mais cedo eles começarem, melhor."

"Não; vou esperar o velho para dar o sinal."

Bigger ficou sabendo que o sr. Dalton não quis notificar a polícia; isso era certo. Mas quanto tempo ia aguentar? A polícia saberia de tudo assim que Jan fosse pego, pois Jan falaria o suficiente para fazer a polícia e os jornais investigarem. Mas se Jan fosse confrontado com o fato do sequestro de Mary, o que aconteceria? Jan teria um álibi? Se tivesse, então a polícia começaria a procurar outro suspeito. Começariam a questioná-lo de novo; iam querer saber por que havia mentido sobre Jan ter estado na casa. Mas a palavra "Vermelho", com a qual havia assinado o bilhete de resgate, não serviria para deixá-los perdidos e pensar que Jan ou seus camaradas tinham cometido o crime? Por que alguém ia querer pensar que Bigger tinha sequestrado Mary? Bigger saiu do closet e enxugou o suor da testa com a manga da camisa. Tinha passado tanto tempo ajoelhado que seu sangue quase parou e agulhadas de dor dispararam da sola dos pés até as panturrilhas. Foi até a janela e olhou para a neve rodopiante. Podia ouvir o vento subindo; era mesmo uma nevasca. A neve não se movia em nenhuma direção específica, mas preenchia o mundo com uma vasta tempestade branca de pó flutuante. As correntes cortantes de vento podiam ser vistas em espirais de neve, retorcendo como tornados em miniatura.

A janela dava para um beco, à direita da rua 45. Testou a janela para ver se ela abria; ergueu-a alguns centímetros, depois até o fim, com um barulho alto e estridente. Será que alguém tinha escutado? Esperou; não aconteceu nada. Ótimo! Se o pior acontecesse, podia pular a janela, bem ali, e fugir. Havia dois andares até o chão e uma camada profunda de neve bem abaixo dele. Fechou a janela e se deitou na cama, esperando. Ouviu o som de passos firmes na escada. Sim; alguém estava subindo! Seu corpo ficou rígido. Bateram na porta.

"Sim, senhor!"

"Abre a porta!"

Ele acendeu a luz, abriu a porta e viu um rosto branco.

"Querem que você desça."

"Sim, senhor!"

O homem deu um passo para o lado e Bigger passou por ele pelo corredor e desceu até o porão, sentindo os olhos do homem branco nas suas costas, ouvindo, à medida que se aproximava da fornalha, a respiração abafada do fogo e vendo diante de seus olhos a cabeça ensanguentada de Mary com seu cabelo preto encaracolado, brilhando e molhado de sangue nos jornais amassados. Viu Britten em pé perto da fornalha com três homens brancos.

"Olá, Bigger."

"Sim, senhor", Bigger disse.

"Ficou sabendo do que aconteceu?"

"Sim, senhor."

"Escuta, moleque. Você tá falando só comigo e com meus parceiros aqui. Agora, me conta, você acha que o Jan tá metido nisso?"

Bigger abaixou os olhos. Não queria responder às pressas e não queria culpar Jan em definitivo, pois podia fazer com que o questionassem ainda mais. Ia apenas insinuar e apontar na direção de Jan.

"Eu não sei, senhor", disse.

"Só me diz o que você *acha*."

"Eu não sei, senhor", Bigger disse de novo.

"Você *realmente* o viu aqui ontem à noite, não viu?"

"Ah, sim, senhor."

"Você jura que ele pediu pra você descer a mala e deixar o carro fora na neve?"

"E-eu juro o que é verdade, senhor", Bigger respondeu.

"Ele agiu como se estivesse tramando alguma coisa?"

"Eu não sei, senhor."

"A que horas você foi embora?"

"Um pouco antes das duas, senhor."

Britten se virou para os outros homens, um deles estava perto da fornalha, com as costas voltadas para o fogo, esquentando as mãos atrás de si. As pernas do homem estavam bem abertas e um charuto brilhava no canto de sua boca.

"Deve ter sido aquele vermelho", Britten disse para ele.

"Sim", o homem junto à fornalha respondeu. "Por que ele pediria pro menino trazer a mala pra baixo e deixar o carro do lado de fora? Era pra despistar."

"Escuta, Bigger", Britten disse. "Você viu esse cara agir de algum jeito fora do habitual? Quero dizer, meio nervoso, sabe? Sobre o *que* ele falou?"

"Ele falou sobre comunistas..."

"Ele convidou você pra participar?"

"Ele me deu aquelas coisas pra ler."

"Vamos lá. Conta pra gente algumas coisas que ele disse."

Bigger sabia as coisas que os brancos odiavam ouvir os negros pedirem; e sabia que essas eram as mesmas coisas que os vermelhos estavam sempre pedindo. E sabia que gente branca não gostava de ouvir essas coisas sendo reivindicadas nem mesmo pelos brancos que lutavam pelos negros.

"Bom", Bigger falou, fingindo relutância, "ele me disse que um dia não ia ter ricos nem pobres..."

"É?"

"E disse que um homem negro ia ter oportunidades..."

"Continue."

"E que não ia mais ter linchamentos..."

"E o que a garota dizia?"

"Ela concordava com ele."

"Como você se sentiu com eles?"

"Eu não sei, senhor."

"Quero dizer, você gostou deles?"

Ele sabia que o homem branco médio não aprovaria que ele gostasse desse tipo de conversa.

"Era meu trabalho. Só fiz o que me disseram", murmurou.

"A garota agiu de um jeito assustado?"

Percebeu que tipo de caso estavam tentando construir contra Jan e lembrou que Mary tinha chorado na noite anterior quando ele tinha se recusado a entrar na lanchonete com ela.

"Bom, não sei, senhor. Ela chorou uma vez..."

"*Chorou?*"

Os homens ficaram ao redor de Bigger.

"Sim, senhor."

"Ele bateu nela?"

"Eu não vi."

"O que ele fez então?"

"Bom, ele pôs os braços em volta dela e ela parou."

Bigger tinha as costas contra a parede. O brilho carmesim do fogo reluzia no rosto dos homens brancos. O som do ar sendo sugado para cima através da fornalha se misturava nos ouvidos de Bigger com o fraco gemido do vento noturno lá fora. Ele estava cansado; fechou os olhos por um longo segundo e depois abriu, sabendo que precisava se manter alerta e responder as perguntas para se salvar.

"Esse sujeito Jan falou alguma coisa pra você sobre mulheres brancas?"

Bigger se alarmou e ficou tenso.

"Senhor?"

"Ele disse que deixaria você conhecer umas mulheres brancas se você se juntasse aos vermelhos?"

Ele sabia que relações sexuais entre negros e brancos eram repulsivas para a maioria dos homens brancos.

"Não, senhor", disse, fingindo constrangimento.

"Jan transou com a garota?"

"Eu não sei, senhor."

"Você os levou até um quarto ou hotel?"

"Não, senhor. Só até o parque."

"Eles estavam no banco de trás?"

"Sim, senhor."

"Quanto tempo vocês ficaram no parque?"

"Bom, umas duas horas, acho, senhor."

"Vamos lá agora, garoto. Ele transou com a garota?"

"Eu não sei, senhor. Eles estavam atrás se beijando e tal."

"Ela estava deitada?"

"Sim, senhor. Estava", Bigger disse, abaixando os olhos porque sentia que seria melhor fazer isso. Sabia que os brancos pensavam que todos os negros ansiavam por mulheres brancas, portanto, queria mostrar uma certa deferência temerosa mesmo quando o nome de uma delas era mencionado em sua presença.

"Eles estavam bêbados, não estavam?"

"Sim, senhor. Tinham bebido muito."

Ouviu o som de carros chegando na entrada da garagem. Era a polícia?

"Quem é?", Britten perguntou.

"Não sei", um dos homens respondeu.

"Melhor eu ver", Britten disse.

Bigger viu, depois de Britten ter aberto a porta, quatro carros estacionados na neve com os faróis acesos.

"Quem é?", Britten gritou.

"Imprensa!"

"Não tem nada aqui pra vocês", Britten gritou com voz desconfortável.

"Não enrola a gente!", uma voz respondeu. "Uma parte já está nos jornais. Você pode muito bem contar o resto."

"O que saiu nos jornais?", Britten perguntou enquanto os homens entravam no porão.

Um homem alto, de rosto vermelho, enfiou a mão no bolso, tirou um jornal e entregou-o para Britten.

"Os vermelhos tão dizendo que você acusou-os de sumirem com a filha do velho."

De onde estava, Bigger lançou um olhar para o jornal; ele leu: VERMELHO NO XADREZ E GAROTA DESAPARECIDA.

"Desgraça!", Britten disse.

"Puxa!", o homem alto de rosto avermelhado falou. "Que noite! Um vermelho preso. Tempestade de neve. E parece até que alguém foi assassinado aqui embaixo neste lugar."

"Qual é", Britten disse. "Você tá na casa do sr. Dalton agora."

"Ah, desculpe."

"Onde está o velho?"

"Lá em cima. Ele não quer ser incomodado."

"A garota tá mesmo desaparecida ou é só um truque?"

"Não posso te falar nada", Britten disse.

"Quem é esse garoto aqui?"

"Fica quieto, Bigger", Britten falou.

"É ele que o Erlone disse que o acusou?"

Bigger ficou encostado na parede e olhou vagamente ao redor.

"Vai querer se fazer de idiota pra gente agora?", um dos homens perguntou.

"Escuta", Britten disse. "Vão com calma. Vou ver se o velho quer ver vocês."

"Já não era sem tempo. Estamos esperando. A história está circulando por todas as linhas de telégrafo."

Britten subiu a escada e deixou Bigger em meio à multidão de homens.

"Seu nome é Bigger Thomas?", o homem de rosto vermelho perguntou.

"Fica quieto, Bigger", um dos homens de Britten disse.

Bigger não disse nada.

"Diga aí, o que é isso? O garoto pode falar se quiser."

"Isso tá me cheirando coisa grande", um dos homens disse.

Bigger nunca tinha visto esses homens antes; não sabia como agir ou o que esperar deles. Não eram ricos e distantes como o sr. Dalton, e eram mais duros do que Britten, mas de um jeito mais impessoal, um jeito que talvez fosse mais perigoso que o de Britten. Andavam de um lado para o outro no porão ao brilho da fornalha, com chapéus na cabeça e charutos e cigarros na boca. Bigger sentiu neles uma frieza que desprezava todo mundo. Pareciam homens determinados por esporte. Ficariam por ali por um longo tempo agora que Jan tinha sido preso e interrogado. O que será que pensaram do que ele havia contado sobre Jan? Havia algo de bom em Britten lhe dizer para não conversar com eles? Os olhos de Bigger observaram o jornal enrolado na mão enluvada de um homem branco. Se ele pudesse ler aquele jornal! Os homens estavam em silêncio, esperando Britten retornar. Então um deles encostou na parede, perto dele. Bigger o observou com o canto dos olhos e não disse nada. Viu o homem acender um cigarro.

"Você fuma, menino?"

"Não, senhor", ele murmurou.

Sentiu alguma coisa tocar o centro da sua palma. Fez um movimento para olhar, mas um sussurro o deteve.

"Fica parado. É pra você. Quero que você me entregue o ouro."

Os dedos de Bigger se fecharam sobre um fino maço de papel; soube de imediato que era dinheiro e que ele o devolveria. Segurou o dinheiro e esperou uma oportunidade. As coisas estavam acontecendo tão rápido que sentia que não estava fazendo justiça total a elas. Estava cansado. Ah, se pudesse ir dormir! Se todo esse negócio pudesse ser adiado por algumas horas até ele ter tido um pouco de descanso! Sentia que seria capaz de lidar com isso depois. Os acontecimentos eram como detalhes de um sonho tortuoso, ocorrendo sem motivo. Às vezes parecia que ele não conseguia se lembrar direito do que havia acontecido antes e o que esperava que acontecesse. No alto da escada, a porta se abriu e ele viu Britten. Enquanto os outros olhavam para cima, Bigger enfiou de volta o dinheiro na mão do homem. O homem o olhou, balançou a cabeça, jogou o cigarro longe e andou até o centro do porão.

"Sinto muito, rapazes", Britten disse. "Mas o velho não vai poder falar com vocês antes de terça-feira."

Bigger pensou rapidamente; isso queria dizer que o sr. Dalton ia pagar o resgate e não ia chamar a polícia.

"Terça-feira?"

"Ah, qual é!"

"Onde a garota *tá*?"

"Sinto muito", Britten disse.

"Você está nos obrigando a ter que publicar qualquer coisa que conseguirmos sobre esse caso", um dos homens respondeu.

"Todos vocês conhecem o sr. Dalton", Britten explicou. "Vocês não fariam isso. Pelo amor de Deus, deem uma chance ao homem. Não posso dizer o porquê agora, mas é importante. Ele vai retribuir a vocês em algum momento."

"A garota tá *desaparecida*?"

"Não sei."

"Ela tá *aqui* na casa?"

Britten hesitou.

"Não; acho que não está."

"Quando ela saiu?"

"Não sei."

"Quando ela vai voltar?"

"Não sei dizer."

"Esse tal de Erlone tá dizendo a verdade?", um dos homens perguntou. "Ele disse que o sr. Dalton tá tentando difamar o Partido Comunista ao prendê-lo. E disse que é uma tentativa de acabar com o relacionamento dele com a srta. Dalton."

"Não sei", Britten disse.

"Erlone foi detido e levado para a delegacia pra ser interrogado", o homem continuou. "Ele alega que esse garoto mentiu sobre ele ter estado na casa ontem à noite. *Isso* é verdade?"

"Eu realmente não posso falar nada sobre isso", Britten respondeu.

"O sr. Dalton proibiu Erlone de ver a srta. Dalton?"

"Não sei", Britten falou, sacando um lenço e enxugando a testa. "Por Deus, rapazes, eu não posso contar nada. Vocês vão ter que esperar o velho."

Todos os olhos se ergueram ao mesmo tempo. O sr. Dalton estava no topo da escada, na porta, com o rosto pálido e um pedaço de papel entre os dedos. Bigger soube de imediato que era o bilhete de resgate. O que ia acontecer agora? Todos os homens falaram ao mesmo tempo, fazendo perguntas aos gritos, pedindo para tirar fotos.

"Onde está a srta. Dalton?"

"O senhor solicitou um mandado de prisão para o Erlone?"

"Eles estavam noivos?"

"O senhor a proibiu de vê-lo?"

"O senhor é contra a política dele?"

"Não quer fazer uma declaração, sr. Dalton?"

Bigger viu o sr. Dalton erguer a mão para pedir silêncio, então descer a escada devagar e parar perto dos homens, a poucos metros acima deles. Eles se aproximaram, erguendo suas câmeras prateadas.

"O senhor gostaria de comentar o que Erlone disse a respeito do seu motorista?"

"O que ele disse?", o sr. Dalton perguntou.

"Disse que pagaram o motorista para mentir sobre ele."

"Isso não é verdade", o sr. Dalton respondeu com firmeza.

Bigger piscou quando os flashes dispararam perto de seus olhos. Viu os homens abaixarem as câmeras.

"Cavalheiros", o sr. Dalton disse. "Por favor! Me deem um momento. Quero, sim, fazer uma declaração." O sr. Dalton fez uma pausa, os lábios trêmulos. Bigger podia ver que ele estava muito nervoso. "Cavalheiros", o sr. Dalton falou de novo, "quero fazer uma declaração e quero que vocês a tomem com cuidado. O modo como vocês vão conduzir isso vai significar vida ou morte para alguém, para alguém próximo a esta família, a mim. Alguém..." A voz do sr. Dalton falhou. O porão se preencheu de murmúrios de impaciência. Bigger ouviu o bilhete de resgate estalar de leve nas mãos do sr. Dalton. O rosto do sr. Dalton tinha uma palidez de morte e seus olhos injetados de sangue estavam fundos, rodeados de olheiras escuras. O fogo na fornalha estava baixo e a corrente de ar era apenas um sussurro. Bigger viu os cabelos brancos do sr. Dalton reluzirem como prata derretida sob o brilho pálido do fogo.

Então, de repente, tão de repente que os homens se assustaram, a porta atrás do sr. Dalton foi tomada por uma presença branca e fluida. Era a sra. Dalton, seus olhos brancos arregalados e pedregosos, as mãos levantadas sensivelmente para cima, em direção aos lábios, os longos dedos brancos entreabertos. O porão foi iluminado com o flash branco de uma dúzia de câmeras fotográficas.

Fantasmagórica, a sra. Dalton desceu a escada sem fazer barulho até ficar ao lado do sr. Dalton, com o grande gato branco a acompanhando. Ela parou com uma mão tocando de leve o corrimão e a outra erguida no ar. O sr. Dalton não se mexeu nem olhou ao redor;

colocou uma de suas mãos sobre a dela no corrimão, cobrindo-a, e encarou os homens. Nesse meio-tempo, o grande gato branco desceu a escada e saltou com um só movimento sobre o ombro de Bigger e sentou-se ali. Bigger ficou imóvel, sentindo que o gato o havia entregado, o havia apontado como o assassino de Mary. Tentou tirar o gato, mas as garras dele se prenderam no seu casaco. O flash prateado relampejou em seus olhos e ele entendeu que os homens haviam tirado fotos suas com o gato equilibrado no ombro. Puxou o gato mais uma vez e conseguiu fazê-lo descer. O bicho aterrissou de pé com um longo miado e então começou a roçar nas pernas de Bigger. Desgraçado! Por que esse gato não me deixa em paz? Ele ouviu o sr. Dalton falar.

"Cavalheiros, vocês podem tirar fotos, mas esperem um momento. Eu telefonei para a polícia e pedi que o sr. Erlone seja solto imediatamente. Quero que saibam que não quero acusá-lo. É importante que isso seja compreendido. Espero que seus jornais publiquem o ocorrido."

Bigger se perguntou: isso significava que as suspeitas agora não recaíam mais sobre Jan? Perguntou-se o que aconteceria se tentasse sair da casa. Estariam vigiando-o?

"Além disso", o sr. Dalton prosseguiu, "quero anunciar publicamente que peço desculpas pela prisão dele e pelo inconveniente." O sr. Dalton fez uma pausa, molhou os lábios com a língua e olhou para baixo, para o pequeno aglomerado de homens cujas mãos estavam ocupadas em rabiscar palavras em seus blocos brancos de papel. "E, cavalheiros, quero anunciar que a srta. Dalton, nossa filha… a srta. Dalton…" A voz do sr. Dalton vacilou. Atrás dele, um pouco para o lado, estava a sra. Dalton; ela apoiou a mão branca sobre o ombro dele. Os homens ergueram as câmeras e de novo flashes relampejaram na escuridão vermelha do porão. "Eu… eu quero anunciar", o sr. Dalton disse com uma voz baixa que reverberou por todo o cômodo, embora não passasse de um sussurro tenso, "que a srta. Dalton foi sequestrada…"

"Sequestrada?"

"Ah!"

"Quando?"

"Achamos que foi ontem à noite", o sr. Dalton disse.

"O que eles estão pedindo?"

"Dez mil dólares."

"O senhor tem alguma ideia de quem seja?"

"Não sabemos de nada."

"Teve alguma notícia dela, sr. Dalton?"

"Não; não diretamente. Mas nós recebemos uma carta dos sequestradores..."

"É essa aí?"

"Sim. Esta é a carta."

"Quando o senhor a recebeu?"

"Esta noite."

"Pela caixa de correio?"

"Não; alguém a deixou embaixo da porta."

"O senhor vai pagar o resgate?"

"Sim", o sr. Dalton respondeu. "Vou pagar. Escutem, cavalheiros, vocês podem me ajudar e talvez salvar a vida da minha filha ao publicarem que eu vou pagar conforme fui instruído. E, também, o que é mais importante, digam aos sequestradores por meio dos seus jornais que eu não vou chamar a polícia. Digam que vou fazer tudo que eles pedem. Digam que devolvam a nossa filha. Digam, pelo amor de Deus, que não a matem, que eles vão conseguir o que querem..."

"Tem alguma ideia, sr. Dalton, de quem são eles?"

"Não tenho."

"Podemos ver a carta?"

"Sinto muito, mas não. As instruções para a entrega do dinheiro estão aqui, e fui alertado a não divulgá-las. Mas escrevam em seus jornais que as instruções serão seguidas."

"Quando a srta. Dalton foi vista pela última vez?"

"Domingo de manhã, por volta das duas horas."

"Quem a viu?"

"Meu motorista e minha esposa."

Bigger olhou fixo para a frente, sem permitir que seus olhos se movessem.

"Por favor, não façam perguntas a ele", o sr. Dalton disse. "Estou falando em nome de toda minha família. Não quero um monte de versões malucas dessa história circulando por aí. Queremos nossa filha de volta; é só o que importa agora. Digam a ela nos jornais que estamos fazendo tudo que é possível para tê-la de volta e que tudo será perdoado. Diga a ela que nós..." De novo sua voz falhou e ele não conseguiu continuar.

"Por favor, sr. Dalton", um dos homens implorou. "Só deixa a gente tirar uma foto desse bilhete..."

"Não; não... não posso fazer isso."

"Como ele foi assinado?"

O sr. Dalton olhou fixo para a frente. Bigger se perguntou se ele contaria. Viu os lábios do sr. Dalton se moverem em silêncio, debatendo alguma coisa.

"Certo; vou contar como está assinada", o velho disse, com as mãos trêmulas. O rosto da sra. Dalton se voltou ligeiramente para ele e seus dedos agarraram seu casaco. Bigger entendeu que a sra. Dalton estava perguntando em silêncio se não seria melhor ele manter a assinatura do bilhete fora dos jornais; e entendeu também que o sr. Dalton parecia ter razões próprias para querer contar. Talvez para que os vermelhos soubessem que ele tinha recebido o bilhete.

"Sim", o sr. Dalton disse. "Está assinado 'Vermelho'. Só isso."

"*Vermelho?*"

"Sim."

"O senhor conhece a identidade?"

"Não."

"Tem alguma suspeita?"

"Embaixo da assinatura há um emblema malfeito do Partido Comunista, o martelo e a foice", o sr. Dalton respondeu.

Os homens ficaram em silêncio. Bigger viu o espanto no rosto deles. Vários não esperaram para ouvir mais; saíram correndo do porão para transmitir suas versões por telefone.

"O senhor acha que os comunistas fizeram isso?"

"Não sei. Não estou acusando ninguém. Estou só divulgando essa informação para que o público e os sequestradores saibam que eu recebi o bilhete. Se devolverem minha filha, não vou perguntar nada a ninguém."

"Sua filha estava metida com essa gente, sr. Dalton?"

"Não sei nada sobre isso."

"O senhor não a proibiu de se associar a esse Erlone?"

"Espero que isso não tenha nada a ver com o sequestro."

"Acha que o Erlone está metido nisso?"

"Não sei."

"Por que o senhor mandou que ele fosse solto?"

"Pedi a prisão dele antes de receber o bilhete."

"O senhor acha que talvez ele devolva a garota se sair da prisão?"

"Não sei. Não sei se ele está com a nossa filha. Só sei que a sra. Dalton e eu queremos nossa filha de volta."

"Então por que o senhor mandou que o Erlone fosse solto?"

"Porque eu não tenho acusações contra ele", o sr. Dalton respondeu com teimosia.

"Sr. Dalton, segure a carta e estenda a mão, como se estivesse fazendo um apelo. Ótimo! Agora, estenda a mão também, sra. Dalton. Assim. Certo. *Segura!*"

Bigger observou os flashes dispararem de novo. O sr. e a sra. Dalton estavam em pé nos degraus: a sra. Dalton de branco e o sr. Dalton com a carta na mão e os olhos fixos voltados para a parede dos fundos do porão. Bigger ouviu o suave sussurro do fogo na fornalha e viu os homens ajustando as câmeras. Outros estavam em volta, ainda rabiscando nervosamente em seus blocos de notas. Os flashes dispararam de novo, e Bigger ficou surpreso ao ver que estavam apontados em sua direção. Ele queria abaixar a cabeça, ou cobrir o rosto com as mãos, mas era tarde demais. Já tinham fotos suficientes dele para reconhecê-

-lo de vista numa multidão. Mais alguns dos homens foram embora, e o sr. e a sra. Dalton se viraram, subiram a escada devagar e desapareceram pela porta da cozinha, o grande gato branco seguindo-os de perto. Bigger continuava encostado na parede, observando e tentando avaliar cada movimento em relação a si próprio e suas chances de conseguir o dinheiro.

"Acha que podemos usar o telefone do sr. Dalton?", um dos homens perguntou a Britten.

"Claro."

Britten conduziu um grupo deles pela escada até a cozinha. Os três homens que tinham vindo com Britten se sentaram nos degraus e olhavam melancólicos para o chão. Pouco depois os homens que haviam ido transmitir a história por telefone voltaram. Bigger sabia que queriam conversar com ele. Britten também voltou e sentou-se na escada.

"Escuta, você não pode entregar um pouco mais do ouro pra gente?", um dos repórteres perguntou para Britten.

"O sr. Dalton contou tudo", Britten disse.

"Essa é uma história grande", um dos homens comentou. "Me diz, como a sra. Dalton recebeu isso?"

"Ela desmaiou", Britten respondeu.

Por algum tempo ninguém disse nada. Então Bigger viu os homens, um por um, se virarem para encará-lo. Ele baixou os olhos; sabia que estavam ansiosos para lhe fazer perguntas e ele não queria isso. Seus olhos percorreram o cômodo e ele viu o exemplar amassado do jornal largado num canto. Queria muito ler o que estava escrito; pegaria o jornal na primeira oportunidade e descobriria o que exatamente Jan tinha dito. No momento, os homens começaram a andar para lá e para cá no porão, olhando os cantos, examinando a pá, o balde de lixo e a mala. Bigger observou um homem em pé diante da fornalha. A mão do homem foi até a portinhola e a abriu; um fraco brilho vermelho iluminou o rosto do homem quando ele se abaixou e olhou para a camada de brasas incandescentes. E se ele revirasse as brasas?

E se os ossos de Mary ficassem à vista? Bigger prendeu a respiração. Mas o homem não ia cutucar aquele braseiro; ninguém suspeitava dele. Ele era só um palhaço negro. Voltou a respirar quando o homem fechou a portinhola. Os músculos do rosto de Bigger estremeceram com violência, fazendo-o sentir que queria rir. Ele virou a cabeça para o lado e lutou para se controlar. Estava cheio de histeria.

"Escuta, que tal darmos uma olhada no quarto da garota?", um dos homens perguntou.

"Claro. Por que não?", Britten respondeu.

Todos os homens seguiram Britten escada acima e Bigger ficou sozinho. Imediatamente seus olhos se voltaram para o jornal; queria pegá-lo, mas estava com medo. Foi até a porta dos fundos e se certificou de que estava trancada; em seguida foi até o topo da escada e olhou rápido para dentro da cozinha; não viu ninguém. Desceu correndo os degraus e agarrou o jornal. Abriu-o e viu, em letras pretas garrafais, no topo da primeira página:

HERDEIRA DE HYDE PARK DESAPARECIDA DESDE SÁBADO. ACREDITA-SE QUE TENHA SE ESCONDIDO COM OS COMUNISTAS. POLÍCIA CAPTURA LÍDER VERMELHO LOCAL; INTERROGADO POR CAUSA DO RELACIONAMENTO COM MARY DALTON. AUTORIDADES AGEM COM BASE EM INDÍCIOS FORNECIDOS PELO PAI DA GAROTA.

E havia uma foto de Jan no centro da primeira página. Era mesmo ele. O próprio. Bigger se voltou para a reportagem e leu:

Teria o sonho tolo de resolver o problema da miséria e da pobreza da humanidade dividindo as propriedades de milhões de seu pai entre os humildes forçado Mary Dalton a deixar a mansão de Hyde Park, no Drexel Boulevard, 4605, onde moram seus pais, a sra. e o sr. Henry G. Dalton, e a assumir uma vida nova sob um nome falso com os amigos cabeludos do movimento comunista?

Esta foi a questão que a polícia buscou responder tarde da noite enquanto interrogava Jan Erlone, secretário-executivo da Defesa dos Trabalhadores, uma organização da "frente" comunista à qual se dizia que Mary Dalton era filiada, em desafio à vontade de seu pai.

A reportagem prosseguia dizendo que Jan estava detido pela investigação na delegacia de polícia da rua 11, e que Mary estava desaparecida de casa desde as oito horas da noite de sábado. Também mencionava que Mary tinha estado na "companhia de Erlone até as primeiras horas da manhã de domingo numa conhecida lanchonete do Cinturão Negro".

Era só isso. Ele havia esperado por mais. Procurou em outras páginas. Não, tinha mais uma coisa. Era uma foto de Mary. Era tão realista que o fez lembrar de como ela estava na primeira vez que a vira; ele piscou. Estava olhando de novo, suando de medo, para a cabeça dela deitada sobre os jornais pegajosos do sangue que escorria em direção às bordas. Acima da imagem havia uma legenda: EM APUROS COM O PAI. Bigger levantou a cabeça e olhou para a fornalha; parecia impossível que ela estivesse lá no fogo, queimando... A reportagem do jornal não tinha sido alarmante como havia pensado que seria. Mas assim que soubessem que Mary tinha sido sequestrada, o que aconteceria? Ele ouviu barulho de passos, jogou o jornal de volta no canto e ficou parado como estava antes, com as costas contra a parede, os olhos vagos e sonolentos. A porta se abriu e os homens desceram a escada, conversando baixo, em tom animado. De novo, Bigger percebeu que o observavam. Britten também retornou.

"Escuta, por que a gente não pode conversar com esse garoto?", um deles perguntou.

"Não tem nada que ele possa contar pra vocês", Britten disse.

"Mas ele pode contar o que viu. Afinal, estava dirigindo ontem à noite."

"Por mim tudo bem", Britten disse. "Mas o sr. Dalton já contou tudo pra vocês."

Um dos homens foi até Bigger.

"Escuta, Mike, você acha que esse tal de Erlone fez isso?"

"Meu nome não é Mike", Bigger respondeu, ressentido.

"Ah, não quis ofender", o homem disse. "Mas você acha que ele fez isso?"

"Responda às perguntas dele, Bigger", Britten falou.

Bigger lamentou ter se ofendido. Não podia se dar ao luxo de ficar com raiva agora. E não tinha necessidade alguma de ficar com raiva. Por que deveria estar com raiva de um bando de idiotas? Estavam procurando a garota e a garota estava a três metros deles, queimando. Ele a tinha matado e eles não sabiam. Deixaria que o chamassem de "Mike".

"Não sei, senhor", respondeu.

"Vamos lá; conte o que aconteceu."

"Eu só trabalho aqui, senhor", Bigger disse.

"Não tenha medo. Ninguém vai te fazer mal."

"O sr. Britten pode contar", Bigger respondeu.

Os homens balançaram a cabeça e se afastaram.

"Por Deus, Britten!", um dos homens exclamou. "Tudo que nós sabemos sobre esse sequestro é que uma carta foi encontrada, Erlone foi solto, a carta foi assinada por 'Vermelho' e tem um emblema da foice e do martelo. Não faz sentido. Nos dê mais detalhes."

"Escutem, rapazes", Britten falou. "Deem uma chance ao velho. Ele está tentando recuperar a filha dele com vida. Ele deu a vocês uma grande história; agora esperem."

"Conte para nós agora; quando a garota foi vista pela última vez?"

Bigger ouviu Britten contar a história toda de novo. Ouviu com cuidado cada palavra que Britten disse e o tom de voz em que os homens faziam perguntas, pois queria saber se alguém suspeitava dele. Mas não suspeitavam. Todas as perguntas apontavam para Jan.

"Mas, Britten", um dos homens perguntou, "por que o velho quis soltar esse tal de Erlone?"

"Descubra por conta própria", Britten respondeu.

"Então ele acha que o Erlone teve alguma coisa a ver com o rapto da filha e quis que ele fosse solto pra poder tê-la de volta?"

"Eu não sei", Britten disse.

"Ah, qual é, Britten…"

"Use a sua imaginação", Britten respondeu.

Dois homens abotoaram o casaco, puxaram o chapéu sobre os olhos e foram embora. Bigger sabia que iam passar mais informações para suas redações por telefone; iam escrever sobre Jan tentar convertê-lo ao comunismo, sobre a literatura comunista que dera a ele, a bebida, a mala utilizada pela metade sendo levada para a estação e, por último, o bilhete de resgate e a exigência de dez mil dólares. Os homens olharam ao redor do porão com lanternas. Bigger continuou encostado na parede. Britten sentou-se na escada. O fogo sussurrava na fornalha. Bigger sabia que em breve teria que limpar as cinzas, pois o fogo não estava intenso como deveria. Faria isso assim que a agitação passasse e todos os homens fossem embora.

"Tá bem feia a coisa, hein, Bigger?", Britten perguntou.

"Sim, senhor."

"Eu apostaria um milhão de dólares que foi tudo uma jogada de mestre do Jan."

Bigger não disse nada. Ele estava todo mole; continuava de pé contra a parede por meio de uma força que não era sua. Horas atrás havia desistido de tentar se esforçar mais; não conseguia mais convocar energia alguma. Então simplesmente esqueceu e deixou-se seguir o fluxo.

Estava ficando friozinho; o fogo estava apagando. A corrente de ar mal podia ser ouvida. Então a porta do porão se abriu de repente e um dos homens que tinha ido telefonar entrou, boquiaberto, com o rosto molhado e vermelho por causa da neve.

"Escutem!", gritou.

"Sim?"

"O que foi?"

"Meu editor local acabou de me contar que o tal do Erlone não vai sair da cadeia."

Por um momento, a estranheza da notícia fez todos se encararem em silêncio. Bigger se ergueu e tentou compreender o que aquilo queria dizer. Então alguém perguntou o que ele queria perguntar.

"Não vai sair? Como assim?"

"Bom, o Erlone se recusou a sair quando disseram pra ele que o sr. Dalton tinha solicitado a soltura. Parece que ficou sabendo do sequestro e disse que não queria sair de lá."

"Isso significa que ele é culpado!", Britten disse. "Ele não quer deixar a prisão porque sabe que vão segui-lo e descobrir onde a garota está, tá vendo? Ele tá *assustado*."

"Que mais?"

"Bom, esse tal de Erlone diz que tem uma dúzia de pessoas que podem jurar que ele não veio pra cá ontem à noite."

O corpo de Bigger enrijeceu e ele se inclinou de leve para a frente.

"Isso é mentira!", Britten exclamou. "Esse garoto aqui o viu."

"É verdade, garoto?"

Bigger hesitou. Ele suspeitava que fosse uma armadilha. Mas se Jan realmente tinha um álibi, então ele tinha que falar; tinha que tirar a atenção de si mesmo.

"Sim, senhor."

"Bom, alguém está mentindo. Esse Erlone diz que pode provar."

"Provar merda nenhuma!", Britten respondeu. "Ele só tem uns amigos vermelhos pra mentir por ele; é isso."

"Mas qual é a vantagem de ele não querer sair da cadeia?", um dos homens perguntou.

"Ele diz que, se continuar na prisão, não vão poder falar que ele tá metido nesse negócio de sequestro. Segundo ele, esse garoto tá mentindo. Ele alega que disseram para ele falar essas coisas pra difamar o nome e a reputação dele. Jura que a família sabe onde a garota tá e que essa coisa toda é uma farsa pra provocar protestos contra os vermelhos."

Os homens se reuniram em volta de Bigger.

"Fala, garoto, entrega o ouro agora. O cara estava mesmo aqui ontem à noite?"

"Sim, senhor; ele estava por aqui."

"Você o *viu*?"

"Sim, senhor."

"Onde?"

"Eu trouxe ele e a srta. Dalton de carro pra cá. Fomos até lá em cima juntos pra pegar a mala."

"E você o *deixou* aqui?"

"Sim, senhor."

O coração de Bigger estava disparado, mas ele tentou manter a expressão facial e a voz sob controle. Não queria parecer agitado em excesso com esses novos desdobramentos. Estava se perguntando se Jan poderia mesmo provar que não tinha estado ali na noite anterior e pensava na questão quando ouviu alguém perguntar:

"Quem esse Erlone tem pra provar que ele não estava aqui ontem à noite?"

"Ele diz que encontrou um amigo quando pegou o bonde ontem à noite. E disse que foi pra uma festa depois de deixar a srta. Dalton às duas e meia."

"Onde foi essa festa?"

"Em algum lugar do North Side."

"Escuta, se o que ele diz é verdade, então tem alguma coisa cheirando mal aqui."

"Não", Britten disse. "Aposto que ele foi atrás dos parceiros dele, os mesmos que planejaram isso tudo com ele. Certeza; por que eles seriam o álibi dele?"

"Então *você* acha mesmo que foi ele?"

"E como acho!", Britten respondeu. "Esses vermelhos são capazes de qualquer coisa e estão sempre juntos. Certeza; ele tem um álibi. Por que não haveria de ter? Ele tem parceiros o suficiente trabalhando para ele. Querer ficar na cadeia não passa de uma artimanha, mas ele não é tão esperto assim. Acha que esse truque vai funcionar e deixá-lo livre de suspeitas, mas não vai."

A conversa foi interrompida abruptamente quando a porta no topo da escada se abriu. A cabeça de Peggy apareceu.

"Os cavalheiros gostariam de tomar um café?", perguntou.

"Claro!"

"Ótimo, moça!"

"Vou trazer aqui embaixo num minuto", ela disse, fechando a porta.

"Quem é ela?"

"A cozinheira e empregada doméstica do sr. Dalton", Britten disse.

"Ela sabe de alguma coisa sobre tudo isso?"

"Não."

Mais uma vez os homens se voltaram para Bigger. Ele sentiu dessa vez que tinha que lhes dizer algo mais. Jan dizia que ele estava mentindo, e ele tinha que dissipar a dúvida da cabeça deles. Iam achar que ele sabia mais do que estava contando se não falasse. Afinal, a postura dos homens em relação a ele até o momento o fazia sentir que não o consideravam alguém metido no sequestro. Era só mais um preto ignorante para eles. A principal coisa a fazer era manter suas mentes voltadas para outra direção, a direção de Jan, ou a dos amigos de Jan.

"Fala", um dos homens perguntou, aproximando-se dele e colocando um pé na borda da mala. "Esse tal de Erlone conversou com você sobre comunismo?"

"Sim, senhor."

"Ah!", Britten exclamou.

"O quê?"

"Esqueci! Deixa eu mostrar para vocês as coisas que ele deu pro garoto ler."

Britten se levantou, o rosto corado de ansiedade. Enfiou a mão no bolso, puxou o maço de panfletos que Jan dera a Bigger e segurou-o para que todos vissem. Os homens pegaram de novo as câmeras e os flashes relampejaram para tirar fotos dos panfletos. Bigger podia ouvir a respiração pesada deles; sabia que estavam empolgados. Quando terminaram, voltaram-se para ele de novo.

"Escuta, garoto, o cara estava bêbado?"

"Sim, senhor."

"E a garota, também estava?"

"Sim, senhor."

"Ele levou a garota lá pra cima quando chegaram aqui?"

"Sim, senhor."

"Diz aí, garoto, o que você acha da propriedade pública? Você acha que o governo deveria construir casas pras pessoas morarem?"

Bigger piscou.

"Senhor?"

"Bom, o que você acha da propriedade privada?"

"Eu não tenho propriedade nenhuma. Não, senhor", Bigger respondeu.

"Ah, ele é um bronco. Não sabe de nada", um dos homens sussurrou em voz alta o suficiente para Bigger ouvir.

Silêncio. Bigger continuou apoiado na parede, esperando que suas respostas os satisfizessem por um tempo, pelo menos. Não se podia mais ouvir a corrente de ar na fornalha. A porta se abriu de novo e Peggy apareceu carregando um bule de café numa mão e uma mesa dobrável na outra. Um dos homens subiu a escada para ajudá-la, pegou a mesa, abriu-a e posicionou-a para ela. Ela colocou o bule sobre a mesa. Bigger viu uma fina nuvem de vapor saindo pelo bico do bule e sentiu o cheiro gostoso de café. Ele queria um pouco, mas sabia que não deveria pedir com homens brancos esperando para beber.

"Obrigada, senhores", Peggy murmurou, olhando humildemente para o rosto daqueles estranhos. "Vou pegar açúcar, creme e algumas xícaras."

"Diz aí, garoto", Britten disse. "Fala pra eles como o Jan fez você comer com ele."

"É; conta pra gente."

"É verdade?"

"Sim, senhor."

"Você não queria comer com ele, queria?"

"Não, senhor."

"Você já comeu com pessoas brancas antes?"

"Não, senhor."

"Esse tal de Erlone falou alguma coisa pra você sobre mulheres brancas?"

"Ah, não, senhor."

"Como você se sentiu, comendo com ele e a srta. Dalton?"

"Não sei, senhor. Era meu trabalho."

"Você não se sentiu bem, sentiu?"

"Bom, senhor. Eles me falaram pra comer e eu comi. Era meu trabalho."

"Em outras palavras, você sentiu que tinha que comer ou ia perder o emprego?"

"Sim, senhor", Bigger respondeu, sentindo que isso deveria situá-lo como um homem desamparado e perplexo.

"Por Deus!", um dos homens disse. "Que história! Estão vendo? Esses negros querem ficar em paz e esses vermelhos ficam forçando a barra pra viver com eles, tá vendo? Todos os canais de comunicação do país vão transmitir isso!"

"Isso é melhor que Loeb e Leopold", um deles disse.

"Escutem, estou inclinado a relacionar isso com o negro primitivo que não quer ser incomodado pela civilização branca."

"Ótima ideia!"

"Escuta, esse Erlone é mesmo um cidadão?"

"Essa é uma questão."

"Mencione o sobrenome dele, que soa estrangeiro."

"Ele é judeu?"

"Não sei."

"Já está bom do jeito que está. Não se pode ter tudo que se quer."

"É um clássico!"

"Nasceu pra isso!"

Então, antes que Bigger percebesse, os homens já estavam com as câmeras nas mãos de novo, apontando-as para ele. Ele abaixou a cabeça devagar, devagar a ponto de não os deixar perceber que estava tentando se esquivar.

"Espera um pouco, garoto!"

"Endireita o corpo!"

"Olha para esse lado. Agora, isso!"

Sim; a polícia com certeza teria uma quantidade suficiente de fotos dele. Pensou nisso com amargura, sorrindo de forma que não alcançava os lábios ou os olhos.

Peggy voltou com os braços cheios de xícaras, pires, colheres, um pote de creme e uma tigela de açúcar.

"Aqui está, senhores. Sirvam-se."

Ela se virou para Bigger.

"Não tem calor suficiente lá em cima. Melhor você limpar as cinzas e alimentar o fogo."

"Sim, senhora."

Limpar as cinzas! Meu Deus! Não agora, com esses homens em volta. Ele não saiu do lugar; observou Peggy voltar pela escada e fechar a porta atrás dela. Bom, tinha que fazer alguma coisa. Peggy tinha falado com ele na presença desses homens, e não obedecê-la pareceria estranho. E mesmo que não falassem nada, a própria Peggy voltaria logo e perguntaria sobre o fogo. Sim, tinha que fazer alguma coisa. Andou até a portinhola da fornalha e a abriu. A camada baixa de fogo estava em brasa, mas ele podia perceber pela rajada fraca de calor que recebia no rosto que a fornalha não estava tão quente quanto deveria, tão quente quanto estava quando empurrara Mary para dentro. Ele tentava fazer seu cérebro cansado trabalhar rápido. O que poderia fazer para evitar mexer nas cinzas agora? Abaixou-se e abriu a portinhola inferior; as cinzas, brancas e acinzentadas, estavam acumuladas quase até o nível da grade de baixo. Nenhum ar conseguia passar. Talvez ele pudesse peneirar mais as cinzas para baixo até os homens irem embora? Ia tentar. Pegou o cabo e o moveu para a frente e para trás, vendo as cinzas brancas e as brasas vermelhas caírem no fundo da fornalha. Atrás de si podia ouvir a conversa dos homens e o tilintar das colheres contra as xícaras. Pronto. Havia conseguido tirar algumas das cinzas da fornalha, mas agora estavam entupindo o compartimento inferior e o ar ainda não conseguia passar. Ia colocar um pouco de carvão. Fechou as portinholas da fornalha e puxou a alavanca; houve o mesmo chacoalhar alto de carvão batendo contra as paredes de estanho da calha. O interior da fornalha escureceu de carvão. Mas a corrente de ar não rugiu e o carvão não pegou fogo. Desgraça! Ele se levantou e olhou impotente para dentro da fornalha. Deveria tentar escapar dali e deixar toda essa idiotice agora? Não! Não adiantava nada ficar com medo; ele tinha a chance de conseguir o dinheiro. Coloque mais carvão; vai queimar depois de um tempo. Ele puxou a alavanca para que caísse ainda mais carvão. Dentro da fornalha, viu o carvão começar a esfumaçar; havia leves fiapos de fumaça branca no início, depois a fumaça foi ficando mais escura e começou a sair. Os olhos de Bigger arderam, lacrimejaram; ele tossiu.

A fumaça saía agora da fornalha em pesadas nuvens cinzentas que enchiam o porão. Bigger se afastou ao ficar com o pulmão cheio de fumaça. Inclinou-se para a frente, tossindo. Ouviu os homens tossindo. Tinha que fazer alguma coisa com aquelas cinzas, e rápido. Com as mãos estendidas à sua frente, ele tateou o canto em busca da pá, encontrou-a e abriu a portinhola inferior da fornalha. A fumaça subiu, espessa e acre. Desgraça!

"Melhor você dar um jeito nessas cinzas, moleque!", um dos homens gritou.

"O fogo não tá conseguindo pegar ar, Bigger!", era a voz de Britten.

"Sim, senhor", Bigger murmurou.

Mal conseguia enxergar. Ficou parado, com os olhos fechados e ardendo, os pulmões arfando, tentando expelir a fumaça. Agarrou-se à pá, querendo se mexer, fazer alguma coisa; mas não sabia o quê.

"Ei, você! Tira essas cinzas daí!"

"O que você tá tentando fazer, sufocar a gente?"

"Eu tô tirando", Bigger balbuciou, sem se mexer de onde estava.

Ouviu uma xícara se espatifar no chão e um homem xingar.

"Não consigo enxergar! Tem fumaça nos meus olhos!"

Bigger ouviu alguém perto dele; então alguém estava puxando a pá de suas mãos. Ele a segurou desesperado, sem querer soltá-la, sentindo que se o fizesse estaria entregando seu segredo, sua vida.

"Aqui! Me dá essa pá! Eu v-v-vou t-t-te aj-ajudar...", um homem tossiu.

"Não, senhor. E-e-eu c-consigo", Bigger disse.

"V-vamos. S-solta!"

Seus dedos se afrouxaram e ele soltou a pá.

"Sim, senhor", respondeu, sem saber o que mais dizer.

Através das nuvens de fumaça, ouviu o homem bater a pá dentro do depósito de cinzas da fornalha. Ele tossiu e recuou, os olhos queimando como se o fogo tivesse penetrado neles. Atrás dele, outros homens tossiam. Abriu os olhos e forçou a vista para ver o que estava acontecendo. Sentia que pairava acima da sua cabeça um peso enorme que logo menos despencaria e o esmagaria. Seu corpo, apesar da fumaça, da ardência dos olhos e do peito arfante, estava dobrado, rígido. Queria atacar o homem e arrancar a pá das mãos dele, dar-lhe uma pancada na cabeça com ela e correr para fora do porão. Mas ficou imóvel, ouvindo o murmúrio de vozes e o retinir da pá contra o ferro. Sabia que o homem estava cavando as cinzas freneticamente, tentando limpar o máximo possível para que o ar pudesse passar pelas grelhas, tubos e chaminé e saísse noite adentro. Ouviu o homem gritar:

"Abre a porta! Eu tô sem ar!"

Pés se arrastaram. Bigger sentiu a rajada de vento gelado da noite sobre si e descobriu que estava encharcado de suor. De algum modo, algo tinha acontecido, e as coisas saíram de seu controle. Estava nervosamente equilibrado, esperando para ver o que o novo fluxo de eventos traria. A fumaça deslizou por ele em direção à porta aberta. O ar do porão estava ficando limpo; a fumaça se reduziu a um manto cinza. Ouviu o homem grunhir e o viu curvado, cavando as cinzas do depósito. Queria ir até ele e pedir a pá de volta; queria dizer que cuidaria disso agora. Mas não se mexeu. Sentia que tinha deixado as coisas escaparem pelos vãos dos dedos de tal maneira que não conseguiria recuperá-las. Então ouviu a corrente de ar, dessa vez uma longa e baixa sucção de ar que crescia gradualmente até se tornar um zumbido, e depois um rugido. A passagem de ar estava limpa.

"Tinha cinzas pra caramba ali, moleque", o homem disse, ofegante. "Você não devia deixar ficar desse jeito."

"Sim, senhor", Bigger sussurrou.

A corrente de ar rugia alto agora; a passagem de ar estava livre por completo.

"Fecha a porta, moleque! Tá frio aqui", um dos homens gritou.

Ele queria ir até a porta, passar reto por ela e fechá-la atrás de si. Mas não se mexeu. Um dos homens a fechou e Bigger sentiu o ar frio desaparecer de seu corpo molhado. Olhou em volta; os homens ainda estavam de pé ao redor da mesa, com os olhos vermelhos, tomando café.

"Qual o problema, moleque?", um deles perguntou.

"Nada", Bigger respondeu.

O homem com a pá ficou na frente da fornalha e olhou para as cinzas espalhadas pelo chão. O que ele estava fazendo? Bigger se perguntou. Viu o homem se abaixar e mexer nas cinzas com a pá. *O que ele estava olhando?* Os músculos de Bigger se contraíram. Queria correr para perto do homem e ver o que ele estava olhando; tinha em sua mente uma imagem da cabeça de Mary estendida ali, ensanguentada e não queimada, diante dos olhos do homem. De repente, o homem se endireitou, apenas para se abaixar de novo, como se fosse incapaz de decidir se a evidência diante de seus olhos era verdadeira. Bigger se inclinou para a frente, os pulmões sem absorver ou soltar ar; ele mesmo agora era uma enorme fornalha pela qual ar algum conseguia passar; e o medo que irrompeu em seu estômago, enchendo-o, sufocando-o, era como as nuvens de fumaça que tinham sido arrotadas para fora do depósito de cinzas.

"Ei...", o homem gritou; sua voz soava incerta, dúbia.

"Que foi?", um dos homens à mesa perguntou.

"Vem cá! Olha!" A voz do homem estava baixa, agitada, tensa;

mas o que faltava em volume era compensado pelo modo ofegante com que falava. As palavras rolaram sem esforço pelos seus lábios.

Os homens largaram as xícaras e correram até o monte de cinzas. Bigger, em dúvida e incerto, parou enquanto os homens passaram correndo por ele.

"Que foi?"

"Qual o problema?"

Bigger andou na ponta dos pés e olhou por cima dos ombros dos homens; não sabia como teve força suficiente para ir olhar; apenas se viu andando e então espiando por cima dos ombros dos homens. Viu um monte de cinzas espalhadas, mais nada. Mas devia haver alguma coisa, pois, do contrário, por que estariam olhando?

"Que foi?"

"Veja! *Isso!*"

"O quê?"

"Olha! É…"

A voz do homem sumiu e ele se abaixou de novo e enfiou a pá mais fundo. Bigger viu subirem à superfície das cinzas e ficarem à vista vários pedaços pequenos de ossos brancos. No mesmo instante, seu corpo inteiro foi envolto por um manto de medo.

"É osso…"

"Ah", um dos homens disse. "É só algum lixo que eles estão queimando…"

"Não! Espera; *vejam* isso aqui!"

"Toorman, vem cá. Você já estudou medicina…"

O homem chamado Toorman estendeu o pé e chutou um osso oblongo para fora das cinzas; o osso deslizou alguns centímetros pelo piso de concreto.

"Meu Deus! É de um *corpo*…"

"E olhem! Aqui tem alguma coisa…"

Um deles se abaixou, pegou um pedaço de metal redondo e segurou-o perto da vista.

"É um brinco…"

Silêncio. Bigger tinha o olhar fixo, sem qualquer pensamento ou imagem na cabeça. Havia apenas a velha sensação, a sensação que tivera sua vida toda: ele era preto e tinha vacilado; homens brancos estavam olhando para algo com que em breve o acusariam. Era a velha sensação, dura e constante de novo agora, de querer agarrar alguma coisa e arremessar na cara de alguém. Ele sabia. Estavam olhando para os ossos de Mary. Sem construir uma imagem clara na mente, entendeu o que tinha acontecido. Alguns ossos não haviam queimado e caíram no compartimento inferior quando ele puxou o cabo para peneirar as cinzas. O homem branco tinha enfiado a pá ali para limpar a passagem de ar e os trazido para fora. E agora lá estavam eles, pedaços alongados de osso branco, acomodados sobre as cinzas. Ele não podia mais ficar ali agora. A qualquer momento começariam a suspeitar dele. Eles o segurariam; não o deixariam ir embora mesmo que não tivessem certeza de que tinha sido ele. E Jan continuava na cadeia, jurando que tinha um álibi. Saberiam que Mary estava morta; toparam com os ossos brancos de seu corpo. Procurariam o assassino. Os homens estavam em silêncio, curvados, cutucando o monte de cinzas. Bigger viu a lâmina do machado ficar à vista. Deus! O mundo inteiro estava desmoronando. Rapidamente, Bigger olhou para as costas curvadas dos homens; não o estavam vigiando. O brilho avermelhado do fogo iluminava os rostos e a corrente de ar da fornalha tamborilava. Sim; iria embora, já! Andou na ponta dos pés até a parte de trás da fornalha e parou para ouvir. Os homens estavam sussurrando em tons tensos de horror.

"É a garota!"

"Deus do céu!"

"Quem você acha que fez isso?"

Bigger subiu na ponta dos pés, um degrau por vez, esperando que o rugido da fornalha, as vozes dos homens e a pá raspando no chão abafassem os rangidos que seus pés faziam. Chegou ao topo da escada e respirou fundo, os pulmões doendo por terem segurado o ar por tanto tempo. Esgueirou-se até a porta do quarto, abriu, entrou e acendeu a luz. Virou-se para a janela, pôs as mãos na parte de baixo e a ergueu; sentiu a rajada de ar frio e enevoado. Ouviu gritos abafados no andar de baixo e o interior de seu estômago queimava. Correu até a porta, trancou-a e então apagou a luz. Tateou até a janela e subiu no peitoril, sentindo de novo a rajada de vento gélido. Com os pés no parapeito, as pernas dobradas, o corpo suado estremecido pelo frio, olhou para a neve e tentou enxergar o chão; mas não conseguiu. Então pulou, de cabeça, sentindo o corpo girar no ar gelado enquanto se lançava. Seus olhos estavam fechados, e as mãos, cerradas, enquanto o corpo girava, navegando pela neve. Ficou no ar por um momento; então aterrissou. Pareceu de início que aterrissou com suavidade, mas o choque percorreu todo o seu corpo, das costas à cabeça, e ele afundou numa pilha fria de neve, atordoado. Tinha neve na boca, olhos, orelhas; tinha neve escorrendo pelas costas. As mãos estavam molhadas e frias. Então sentiu todos os músculos do corpo se contraírem com violência, pegos num espasmo de ação reflexa, e ao mesmo tempo sentiu a virilha ficar molhada com água morna. Era sua urina. Não tinha sido capaz de controlar os músculos do corpo quente contra o impacto gelado da neve na pele. Levantou a cabeça, piscando, e olhou para cima. Espirrou. Havia voltado a si agora; lutou contra a neve, tirando-a de cima dele. Levantou-se, um pé de cada vez, e deu o fora dali. Andou, depois tentou correr; mas se sentia muito fraco. Desceu o Drexel Boulevard sem saber para onde ia, mas sabendo que tinha que sair daquele bairro branco. Evitou a linha do bonde, virou nas ruas escuras, caminhando mais rápido agora, com os olhos em frente, mas voltando-se de vez em quando para olhar para trás.

Sim, teria que avisar Bessie para não ir àquele edifício. Já era. Tinha que se salvar. Mas era familiar, essa fuga. Toda sua vida ele soubera que cedo ou tarde algo do tipo aconteceria com ele. E agora, aqui estava. Sempre se sentira fora desse mundo branco, e agora era verdade. Tornava as coisas mais simples. Apalpou a camisa. Sim; o revólver ainda estava lá. Talvez tenha que usá-lo. Atiraria antes de deixar que o pegassem; a morte estava dada de qualquer jeito, e ele morreria disparando todas as balas que tinha.

Chegou à Cottage Grove Avenue e andou para o sul. Não conseguia bolar qualquer plano antes de chegar à casa de Bessie e pegar o dinheiro. Tentou tirar da cabeça o medo de ser pego. Abaixou o rosto para se proteger da neve e perambulou pelas ruas geladas com os punhos cerrados. Apesar das mãos estarem quase congeladas, não queria colocá-las nos bolsos, pois faria com que ele sentisse que não estaria pronto para se defender caso a polícia aparecesse de repente. Passou por postes com as lâmpadas cobertas de camadas grossas de neve, brilhando como enormes luas foscas acima de sua cabeça. Seu rosto doía do frio abaixo de zero, e o vento cortava seu corpo úmido como uma faca longa e afiada apunhalando-o dolorosamente no coração.

Agora ele via a rua 47. Viu, através de uma cortina de neve semelhante a uma gaze, um menino parado sob um toldo vendendo jornais. Abaixou a aba do boné e se esgueirou até a entrada para esperar pelo bonde. Atrás do menino havia um fardo de jornais empilhados sobre a banca. Queria ver a manchete principal, mas a neve que caía não deixava. Os jornais deviam estar repletos de sua imagem agora. Não pareceu estranho que estivessem, pois toda a sua vida ele sentira que as coisas vinham acontecendo de um jeito que deveria levá-lo até eles. Mas só depois de ter agido a partir de sentimentos que tivera por anos os jornais enfim contariam a história, *sua* história. Sentia que não quiseram publicá-la enquanto tivesse permanecido enterrada e queimando dentro de seu próprio coração. Mas agora que ele a havia jogado para fora, a havia jogado na cara daqueles que o fizeram viver como eles queriam, os jornais iam publicá-la. Pescou três centavos dentro do bolso; foi até o menino desviando o rosto.

"*Tribune.*"

Pegou o jornal e foi até a entrada. Os olhos vasculharam a rua de cima a baixo; depois leu a manchete em letras pretas e garrafais:

HERDEIRA MILIONÁRIA SEQUESTRADA. SEQUESTRADORES EXIGEM

DEZ MIL DÓLARES EM UM BILHETE DE RESGATE. A FAMÍLIA DALTON SOLICITA A LIBERAÇÃO DO COMUNISTA SUSPEITO.

Sim; agora eles tinham isso. Logo teriam a história da morte dela, dos repórteres encontrando seus ossos na fornalha, da sua cabeça ter sido decepada, da fuga dele durante a agitação. Olhou para cima, ouvindo o bonde se aproximar. Quando chegou à vista, ele viu que estava quase vazio de passageiros. Ótimo! Correu para a rua e alcançou o bonde assim que o último homem embarcou. Pagou a passagem, observando se o motorista prestava atenção nele; então atravessou o veículo observando se algum rosto estava virado para ele. Ficou na plataforma da frente, de costas para o condutor. Se alguma coisa acontecesse, poderia cair fora rapidamente. O bonde voltou a andar e ele abriu o jornal de novo e leu:

A descoberta de uma empregada doméstica, ontem no início da noite, de um grosseiro bilhete de resgate escrito a lápis, exigindo dez mil dólares pelo retorno de Mary Dalton, a herdeira desaparecida de Chicago, e o pedido repentino da família Dalton da liberação de Jan Erlone, líder comunista detido por causa do desaparecimento da garota, foram os surpreendentes desdobramentos num caso que está confundindo a polícia municipal e estadual.

O bilhete, com a assinatura "Vermelho" e o famoso emblema da foice e do martelo do Partido Comunista, foi encontrado sob a porta de entrada por Peggy O'Flagherty, uma cozinheira e empregada doméstica na residência de Henry Dalton no Hyde Park.

Bigger leu um longo trecho de texto em que foram descritos o "interrogatório de um motorista negro", "a mala quase vazia", "os panfletos comunistas", "as orgias sexuais embriagadas", "os pais desesperados" e "a versão contraditória do radical". Os olhos de Bigger percorreram as palavras: "reuniões clandestinas ofereciam oportunidades para o sequestro", "pediram à polícia que não interfira no caso", "família ansiosa tenta entrar em contato com os sequestradores"; e:

Conjecturou-se que talvez a família tivesse informações no sentido de que Erlone soubesse o paradeiro da srta. Dalton, e certos oficiais da polícia atribuíram a isso o motivo por trás do pedido da família de que o radical fosse solto.

Reiterando que a polícia o incriminara como parte de uma investida para expulsar os comunistas de Chicago, Erlone exigiu que as acusações pelas quais fora preso de início fossem tornadas públicas. Sem conseguir obter uma resposta satisfatória, ele se recusou a deixar a prisão, sendo novamente conduzido à cela pela polícia sob acusação de conduta desordeira.

Bigger ergueu os olhos e olhou ao redor; ninguém o observava. Sua mão tremia de emoção. O bonde movia-se pesado pela neve, e ele viu que estava perto da rua 50. Foi até a porta e disse:

"Vai descer."

O bonde parou e ele pulou na neve. Estava quase na frente da casa de Bessie agora. Olhou para a janela dela; estava escura. A ideia de que ela podia não estar lá, mas fora, bebendo com amigos, o enfureceu. Foi até o vestíbulo. Uma luz fraca brilhava e seu corpo ficou agradecido pelo calor escasso. Poderia terminar de ler o jornal agora. Desdobrou-o; então, pela primeira vez, viu sua fotografia. Estava no canto inferior esquerdo da página dois. Acima dela, leu:

VERMELHOS TENTARAM ARMAR UMA CILADA PARA ELE.

Era uma foto pequena e seu nome estava embaixo dela; ele parecia solene e sombrio, seus olhos estavam fixos e o gato branco, empoleirado em seu ombro direito, os grandes olhos negros redondos, piscinas gêmeas de uma culpa secreta. E, ah! Havia uma foto do sr. e da sra. Dalton em pé na escada do porão. Aquela imagem do sr. e da sra. Dalton que ele tinha visto havia duas horas sendo vista de novo tão cedo o fez sentir que ele não era páreo para todo esse vago mundo branco que podia fazer as coisas rápido assim, que logo estaria em seu encalço e acertaria as contas com ele. O velho de cabelos brancos e a velha de cabelos brancos em pé na escada, com os braços suplicantes estendidos para a frente, eram um símbolo poderoso de sofrimento e desamparo e ia inflamar uma onda de ódio contra ele quando descobrissem que foi um negro que matou Mary.

Bigger apertou os lábios. Não tinha chance nenhuma de conseguir o dinheiro agora. Tinham encontrado Mary e nada ia pará-los até pegarem o assassino. Haveria milhares de policiais brancos no South Side procurando por ele ou qualquer homem negro que se parecesse com ele.

Tocou a campainha e esperou. Ela estava lá? Tocou de novo, pressionando o dedo com força até ouvir a porta ser aberta. Subiu os degraus correndo, respirando fundo com força cada vez que levantava os joelhos. Quando chegou ao segundo andar, estava tão ofegante que teve que parar, fechar os olhos e deixar seu peito se acalmar. Olhou para cima e viu Bessie encarando-o sonolenta pela porta entreaberta. Entrou e ficou por um momento na escuridão.

"Acende a luz", disse.

"Bigger! O que aconteceu?"

"Acende a luz!"

Ela não disse nada e não se mexeu. Ele tateou à frente, vasculhando o ar com a palma aberta em busca do interruptor; encontrou-o e acendeu a luz. Então se virou e olhou em volta, esperando ver alguém à espreita nos cantos do quarto.

"O que aconteceu?", ela se aproximou e tocou suas roupas. "Você tá molhado."

"Já era", ele disse.

"Eu não tenho mais que fazer aquilo?", ela perguntou ansiosa.

Sim; ela estava pensando só em si mesma agora. Ele estava sozinho.

"Bigger, me conta o que aconteceu."

"Eles sabem de tudo agora. Vão vir atrás de mim logo."

Os olhos dela estavam tomados demais pelo medo para chorar. Ele andava sem rumo e seus sapatos deixavam marcas redondas de água suja no chão de madeira.

"Me conta, Bigger! Por favor!"

Ela queria a palavra que ia libertá-la desse pesadelo; mas ele não a daria. Não; deixa que ela esteja com ele; deixa que alguém esteja com ele agora. Ela agarrou seu casaco e ele sentiu o corpo dela tremer.

"Vão vir atrás de mim também, Bigger? Eu não queria fazer isso!"

Sim; ele contaria a ela; contaria tudo a ela; mas de um jeito que a prenderia a ele, pelo menos por mais um tempo. Não queria ficar sozinho agora.

"Eles encontraram a garota", disse.

"O que a gente vai fazer, Bigger? Olha o que você fez comigo..."

Ela começou a chorar.

"Ah, qual é, menina..."

"Cê *realmente* matou ela?"

"Ela tá morta", ele respondeu. "Eles encontraram ela."

Ela correu até a cama, se jogou sobre ela e chorou de soluçar. Com a boca toda retorcida e os olhos lacrimejantes, ela perguntou, sem fôlego:

"V-v-você n-não mandou a c-carta?"

"Sim."

"Bigger", ela choramingou.

"Não adianta nada chorar agora."

"Ah, Senhor! Eles vão vir atrás de mim. Vão saber que foi você e vão até a sua casa falar com a sua mãe, com seu irmão, com todo mundo. Eles vão vir atrás de mim agora com certeza."

Era verdade. Não havia outra saída para ela a não ser ir com ele. Se continuasse ali, iriam até Bessie e ela simplesmente se deitaria na cama e contaria tudo aos prantos. Não ia conseguir evitar. E ela lhes contaria sobre ele, seus hábitos, sua vida, os ajudaria a encontrá-lo.

"Tá com o dinheiro?"

"Tá no bolso do meu vestido."

"Quanto tem?"

"Noventa dólares."

"Bom, o que você tá planejando fazer?", perguntou.

"Queria poder me matar."

"Não adianta nada falar assim."

"Não tem outro jeito de falar."

Era um tiro no escuro, mas ele decidiu tentar.

"Se você não colaborar, vou embora."

"Não; não... Bigger!" Ela chorou, levantando-se e correndo até ele.

"Bom, sai dessa então", ele disse, apoiando-se numa cadeira. Sentou-se e percebeu como estava cansado. Alguma força que ele não sabia que possuía havia permitido que ele fugisse, ficasse de pé ali e conversasse com ela; mas agora sentia que não teria força suficiente para correr mesmo que a polícia irrompesse de repente no quarto.

"Você se machucou?", ela perguntou, tocando seu ombro.

Ele se inclinou para a frente na cadeira e apoiou o rosto na palma das mãos.

"Bigger, o que foi?"

"Eu tô cansado e caindo de sono", ele suspirou.

"Deixa eu arranjar algo pra você comer."

"Eu preciso de uma bebida."

"Nem; nada de uísque. Você precisa de um leite quente."

Ele esperou, ouvindo-a se movimentar pelo quarto. Parecia que seu corpo havia se transformado num pedaço de chumbo frio, pesado, molhado e dolorido. Bessie ligou o fogão elétrico, esvaziou uma garrafa de leite numa panela e colocou-a sobre o círculo vermelho e brilhante. Ela voltou e apoiou as mãos nos ombros dele, os olhos úmidos de lágrimas frescas.

"Tô com medo, Bigger."

"Você não pode ter medo agora."

"Você não devia ter matado ela, amor."

"Não foi porque eu quis. Não deu pra evitar. Eu juro!"

"O que aconteceu? Você nunca me contou."

"Ah, caramba. Eu tava no quarto dela..."

"No quarto *dela*?"

"É. Ela tava bêbada. Desmaiou. Eu... eu levei ela até lá."

"O que ela fez?"

"Ela... Nada. Ela não fez nada. A mãe dela entrou. Ela é cega..."

"A garota?"

"Não; a mãe dela. Eu não queria que ela me encontrasse lá. Bom, a garota tava tentando falar alguma coisa e eu fiquei com medo. Só coloquei a beirada do travesseiro na boca dela e... Eu não queria matar ela. Só empurrei o travesseiro na cara dela e ela morreu. A mãe dela foi até o quarto e a garota tava tentando dizer alguma coisa e a mãe tava estendendo as mãos assim, sabe? Fiquei com medo dela tocar em mim. Eu meio que empurrei o travesseiro com força na cara da garota pra ela não gritar. A mãe dela não me tocou; eu saí da frente. Mas quando ela saiu, fui até a cama e a garota... Ela... ela tava morta... Foi isso. Ela tava morta... Eu não queria..."

"Você não planejou matar ela?"

"Não; juro que não. Mas do que adianta? Ninguém vai acreditar em mim."

"Amor, você não tá vendo?"

"O quê?"

"Eles vão dizer..."

Bessie chorou de novo. Ele segurou o rosto dela nas mãos. Estava preocupado; queria ver a coisa pelos olhos dela naquele momento.

"O quê?"

"Eles vão... eles vão dizer que você estuprou ela."

Bigger a encarou. Tinha esquecido por completo do momento em que havia carregado Mary pela escada. Empurrara tudo tão profundamente dentro de si que só agora o verdadeiro significado voltou. Diriam que ele a tinha estuprado e não haveria jeito de provar que não. Esse fato não tinha adquirido importância a seu ver até agora. Ele se levantou, seu maxilar se enrijecendo. Ele a tinha estuprado? Sim, a tinha estuprado. Toda vez que sentia como naquela noite, ele estuprava. Mas estupro não era o que se fazia com as mulheres. Estupro era aquilo que se sente quando se está contra a parede e é preciso se defender, querendo ou não, para impedir que o bando o mate. Ele cometia estupro toda vez que olhava para um rosto branco. Ele era um longo e teso pedaço de borracha que milhares de mãos brancas haviam esticado até romper, e quando se rompeu foi estupro. Mas era estupro quando ele gritava de ódio, um ódio profundo em seu coração enquanto sentia a tensão de viver dia após dia. Isso também era estupro.

"Eles acharam ela?", Bessie perguntou.

"Hum?"

"Eles acharam ela?"

"Sim. Os ossos…"

"*Ossos?*"

"Ah, Bessie. Eu não sabia o que fazer. Eu coloquei ela na fornalha."

Bessie afundou o rosto no casaco molhado e gemeu com violência.

"Bigger!"

"Hum?"

"O que a gente vai fazer?"

"Eu não sei."

"Eles vão vir atrás da gente."

"Eles têm fotos minha."

"Onde a gente pode se esconder?"

"A gente pode ficar num daqueles prédios velhos por um tempo."

"Mas podem achar a gente lá."

"Tem um monte deles. Vai ser como se esconder numa selva."

O leite ferveu no fogão. Bessie se levantou, os lábios ainda contorcidos com soluços, e apagou a chama. Despejou o leite num copo e levou-o até ele. Bigger bebeu devagar, depois deixou o copo de lado e se inclinou de novo. Ficaram em silêncio. Bessie lhe deu mais um copo de novo, ele o entornou e depois tomou mais um. Ele se levantou, sentindo as pernas e o corpo inteiro pesados e sonolentos.

"Bota uma roupa. E pega cobertas e colchas. A gente tem que dar o fora daqui."

Ela foi até a cama e enrolou as cobertas junto com os travesseiros; enquanto fazia isso, Bigger se aproximou e pôs as mãos nos ombros dela.

"Onde tá a garrafa?"

Ela tirou a garrafa da bolsa e a entregou para ele; ele tomou um longo gole e ela a guardou de volta.

"Vai logo", ele disse.

Ela soluçava baixinho enquanto trabalhava, pausando de vez em quando para enxugar as lágrimas dos olhos. Bigger ficou parado no meio do quarto, pensativo. Talvez estejam fazendo uma busca na minha casa agora; talvez estejam falando com a mãe, Vera e Buddy. Atravessou o quarto, afastou as cortinas e olhou para fora. As ruas estavam brancas e vazias. Virou-se e viu Bessie curvada, impassível, sobre a pilha de roupa de cama.

"Vamos; temos que dar o fora daqui."

"Não me importo com o que vai acontecer."

"Vamos. Você não pode agir desse jeito."

O que poderia fazer com ela? Ela seria um fardo perigoso. Seria impossível levá-la se ela fosse agir desse jeito, e ainda assim ele não podia deixá-la ali. Friamente, sabia que tinha de levá-la consigo e depois, em algum momento futuro, acertar as coisas com ela, acertá-las de modo que não o deixassem em perigo. Pensou nisso com calma, como se a decisão lhe tivesse sido entregue por uma lógica que não era sua, sobre a qual não tinha controle, mas que tinha que obedecer.

"Você quer que eu te deixe aqui?"

"Não; não... *Bigger!*"

"Bom, vamos. Pega seu chapéu e o casaco."

Ela o encarou, depois afundou-se de joelhos.

"Ah, Senhor", ela gemeu. "De que adianta fugir? Vão pegar a gente em qualquer lugar. Eu devia saber que isso ia acontecer." Ela apertou as mãos à sua frente e ficou se balançando para a frente e para trás com os olhos fechados jorrando lágrimas. "Toda a minha vida foi cheia de dificuldade. Se eu não tava com fome, eu tava doente. E se eu não tava doente, eu tava em alguma enrascada. Nunca incomodei ninguém. Só trabalhei duro todos os dias desde que me conheço por gente, até cair de cansaço; aí eu tinha que ficar bêbada pra esquecer.

Tinha que ficar bêbada pra dormir. Isso foi tudo que fiz. E agora tô metida nisso. Tão me procurando, e quando me acharem vão me matar." Bessie abaixou a cabeça até o chão. "Só Deus sabe por que deixei você me tratar desse jeito. Queria pedir a Deus pra nunca ter te conhecido. Queria que um de nós tivesse morrido antes de nascer. Deus sabe como! Você só me meteu em confusão, em confusão de preto. A única coisa que você fez desde que a gente se conheceu foi me deixar bêbada pra poder me pegar. Só isso! Eu percebo agora. Não tô bêbada agora. Eu vejo tudo que você fez comigo. Eu não queria ver antes. Tava ocupada demais pensando em como eu me sentia bem quando tava contigo. Achava que eu tava feliz, mas lá no fundo sabia que não tava. Mas você me meteu nesse assassinato e eu percebo tudo agora. Eu fui uma idiota, uma idiota preta, trouxa, cega e bêbada. Agora tenho que fugir e sei que no fundo do seu coração você não se importa de verdade."

Parou de falar, engasgada. Ele não tinha escutado o que ela dissera. As palavras despertaram em sua consciência milhares de detalhes da vida dela que ele conhecia havia muito tempo e o fizeram ver que ela não estava em condições de acompanhá-lo e, ao mesmo tempo, não estava em condições de ser deixada para trás. Não foi com raiva ou arrependimento que ele pensou nisso, mas como um homem que enxerga o que deve fazer para salvar a si mesmo e está decidido a fazê-lo.

"Vamos, Bessie. A gente não pode ficar aqui desse jeito."

Curvou-se e com uma mão segurou o braço dela e com a outra levantou o monte de roupas de cama. Arrastou-a pela soleira e fechou a porta atrás de si. Desceu as escadas; ela o seguiu trôpega, choramingando. Quando chegou ao vestíbulo, ele tirou a arma de baixo da camisa e a guardou no bolso do casaco. Poderia ter que usá-la a qualquer momento agora. Assim que pusesse os pés para fora daquela porta estaria com sua vida nas próprias mãos. O que quer que acontecesse agora dependia dele; e quando se sentiu assim, parte do medo foi embora; tudo ficou simples de novo. Abriu a porta e uma rajada de vento gelado atingiu seu rosto. Ele recuou e se virou para Bessie.

"Cadê a garrafa?"

Ela a tirou da bolsa; ele pegou a garrafa e tomou um grande gole.

"Aqui", ele disse. "Melhor você tomar um."

Ela bebeu e guardou a garrafa de volta na bolsa. Os dois pisaram na neve, sobre as ruas gélidas, em meio a um vento arrebatador. Ela parou por um momento e começou a chorar. Ele agarrou seu braço.

"Cala a boca! Vamos!"

Pararam em frente a um prédio alto e coberto de neve cujas muitas janelas estavam escuras e abertas, como as órbitas de crânios vazios. Ele pegou a bolsa dela e tirou a lanterna. Apertou seu braço e a puxou escada acima até a porta da frente. Estava entreaberta. Com o ombro, ele deu um empurrão forte; a porta se abriu a contragosto. Estava escuro dentro do prédio e o fraco brilho da lanterna não ajudava muito. Um cheiro forte de podridão flutuou até ele, que ouviu o farfalhar de patas rápidas e ásperas pelo assoalho. Bessie prendeu a respiração, prestes a gritar; mas Bigger apertou seu braço com tanta força que ela se contorceu e gemeu. À medida que ele subia os degraus, chegava com frequência a seus ouvidos um rangido, como de uma árvore curvando-se ao vento. Com uma mão ele segurava o pulso dela, o monte de roupas de cama embaixo do braço; com a outra ele abria caminho, tirando as teias de aranha espessas penduradas que encostavam em seus lábios e olhos. Andou até o terceiro andar, em um cômodo que tinha uma janela que abria para uma estreita saída de ventilação. Fedia a madeira velha. Circundou o local com a lanterna; o chão era acarpetado com sujeira preta e ele viu dois tijolos num canto. Olhou para Bessie; as mãos cobriam seu rosto, e ele pôde ver a umidade das lágrimas em seus dedos negros. Largou o monte de roupa de cama no chão.

"Desenrola e arruma a cama."

Ela obedeceu. Ele pôs os dois travesseiros perto da janela, de modo que, quando se deitasse, a janela estaria bem acima da sua cabeça. Estava com tanto frio que seus dentes batiam. Bessie ficou em pé junto a uma parede, encostada, chorando.

"Se acalma", ele disse.

Levantou a janela e olhou para a saída de ventilação; a neve voava acima do telhado da casa. Olhou para baixo e não viu nada além de uma escuridão negra na qual vez ou outra alguns flocos brancos flutuavam, caindo devagar do céu sob o fraco facho de luz da lanterna. Abaixou a janela e virou-se de novo para Bessie; ela não havia se mexido. Atravessou o cômodo, tirou a bolsa dela, pegou a garrafa, já pela metade, e a esvaziou. Era bom. Queimava seu estômago e tirava da sua cabeça o frio e o som do vento lá fora. Sentou-se na beirada da cama improvisada e acendeu um cigarro. Era o primeiro que fumava em muito tempo; sugou a fumaça quente fundo nos pulmões e a soltou devagar. O uísque o esquentou todo, fazendo sua cabeça rodar. Bessie chorava baixinho, piedosamente.

"Vem cá deitar", ele disse.

Tirou a arma do bolso do casaco e a deixou ao seu alcance.

"Vem, Bessie. Você vai congelar se ficar parada aí desse jeito."

Ele se levantou, tirou o casaco e o esticou sobre as cobertas como uma camada adicional; depois desligou a lanterna. O uísque o embalou, entorpeceu seus sentidos. O choramingo suave de Bessie chegava até ele através do frio. Deu uma longa e última tragada no cigarro e o esmagou. Os sapatos de Bessie rangiam pelo chão. Ele se deitou em silêncio, sentindo a quentura do álcool se espalhar pelo corpo. Estava tenso por dentro; era como se tivesse sido compelido a sustentar certa postura desajeitada por um longo período e agora que tinha a chance de relaxar, não conseguia. Estava com tesão, mas enquanto soubesse que Bessie estava ali parada, afastaria isso da cabeça. Bessie estava preocupada, e sua mente não deveria voltar-se a ela agora dessa maneira. Mas aquela parte sua que sempre o tornava pelo menos externamente ajustado ao que esperavam dele o fez manter o que seu corpo desejava fora da plena consciência. Ouviu o roçar das roupas de Bessie na escuridão e sabia que ela estava tirando o casaco. Logo estaria deitada ao lado dele. Esperou por ela. Depois de alguns instantes sentiu os dedos dela passando com delicadeza pelo seu rosto; ela estava procurando a cama. Ele estendeu a mão, tateando, e encontrou o braço dela.

"Aqui; deita."

Levantou a coberta para ela; ela se deitou ao seu lado e se esticou. Agora que ela estava perto, o uísque fez sua cabeça rodar mais e a tensão do seu corpo aumentou. Uma rajada de vento sacudiu a vidraça e fez o prédio velho ranger. Ele se sentiu confortável e quente, mesmo sabendo que estava em perigo. O prédio poderia desmoronar sobre ele enquanto dormia, mas a polícia poderia pegá-lo se estivesse em qualquer outro lugar. Ele tocou os ombros de Bessie; devagar, sentiu a rigidez abandonar o corpo dela e, conforme ia embora, a tensão em seu próprio corpo crescia e seu sangue ia ficando mais quente.

"Tá com frio?", perguntou num suave sussurro.

"Sim", ela sussurrou.

"Chega mais perto."

"Nunca achei que eu ficaria assim."

"Não vai ser assim pra sempre."

"Eu só queria morrer logo."

"Não fala isso."

"Eu tô inteira com frio. Parece que eu nunca vou me aquecer."

Ele a puxou para mais perto, até sentir a respiração dela em seu rosto. O vento bateu contra a vidraça e o prédio, assobiando e depois sussurrando até ficar em silêncio. Ele se virou e se deitou de frente para ela, de lado. Beijou-a; os lábios dela estavam frios. Continuou beijando-a até os lábios dela ficarem aquecidos e suaves. Um enorme e quente polo de desejo cresceu dentro dele, insistente e exigente; ele deixou a mão escorregar dos ombros dela para os seios, sentindo um, depois o outro; deslizou o outro braço para trás da cabeça dela, beijando-a de novo, com mais força e por mais tempo.

"Por favor, Bigger..."

Ela tentou dar as costas para ele, mas o braço dele a segurava firme; ela ficou imóvel, choramingando. Ele a ouviu suspirar, um suspiro que conhecia, pois tinha ouvido muitas vezes antes; mas desta vez ouviu um suspiro profundamente abaixo do que aquele que lhe era familiar, um suspiro de resignação, de desistência, de quem se rende a algo maior que seu corpo. A cabeça dela estava mole sobre seu braço e a mão dele alcançou a barra do vestido, segurou-a e levantou-a devagar. Seus dedos frios tocaram a carne quente dela e procuraram por uma carne ainda mais quente e macia. Bessie estava imóvel, sem resistir, sem responder. Os dedos gelados dele tocaram dentro dela e de imediato ela soltou, não uma palavra, mas um som que emitia um sentido de horror aceito. Sua respiração saía do peito em longos e suaves suspiros que se transformaram num sussurro suplicante.

"Bigger... *Não!*"

Sua voz chegava aos ouvidos dele vinda de um silêncio profundo e distante e ele não lhe deu a mínima. A alta demanda da tensão do seu próprio corpo era uma voz que abafava a dela. Na escuridão fria do prédio parecia que ele estava em alguma roda vasta que girava e o fazia querer girar cada vez mais rápido; girando mais rápido, ele conseguiria se aquecer, dormir e se livrar da sua tensa fadiga. Não estava consciente de nada além dela e do que ele desejava. Sem perceber, jogou a coberta para trás, ignorando o frio. As mãos de Bessie estavam no seu peito, os dedos se abrindo em protesto, tentando empurrá-lo para longe. Ele a ouviu soltar um gemido suave que parecia não terminar mesmo quando ela inspirava e expirava; um gemido que ele ouviu, também, à distância e sem dar a mínima. Ele precisava agora. Sim. Bessie. Seu desejo estava nu e pegando fogo em suas mãos e seus dedos a tocavam. Sim. Bessie. Agora. Tinha que fazer agora. *não Bigger não* Ele lamentava, mas tinha que. Ele. Ele não conseguia parar. Parar. Desculpa. Parar. Desculpa. Parar. Desculpa. Parar agora. Ela devia. Olha! Ela devia devia devia olhar. Olha como ele estava. Ele. Ele estava. Ele se sentia mal sobre como ela se sentiria, mas não conseguia parar agora. Sentindo. *Bessie*. Agora. Tudo. Ele a ouviu respirar mais pesado e ouviu sua própria respiração ficando mais pesada. *Bigger*. Agora. Tudo. Tudo. Agora. Tudo. *Bigger...*

Ele ficou parado, sentindo-se livre daquela fome e tensão e ouvindo o lamento do vento noturno por cima da respiração dela e da sua própria. Virou-se e ficou de novo de barriga para cima, com as pernas esticadas bem afastadas. Sentiu a tensão se esvair de seu corpo gradualmente. Sua respiração ficou cada vez menos pesada e rápida até ele não conseguir mais ouvi-la, então ficou tão lenta e constante que a consciência da respiração o deixou por completo. Ele não sentia sono algum e ficou deitado, sentindo Bessie ao seu lado. Virou a cabeça na escuridão em direção a ela. A respiração dela chegava devagar até ele. Perguntou-se se ela estava dormindo; em seu âmago ele sabia que estava ali deitado esperando que ela dormisse. Não havia lugar para Bessie no que ele tinha diante de si. Lembrou de ter visto dois tijolos no canto quando entraram. Tentou se lembrar do lugar exato onde estavam, mas não conseguiu. Mas estava certo de que estavam lá em algum lugar; teria que encontrá-los, ao menos um deles. Teria sido muito melhor se não tivesse dito nada para Bessie sobre o assassinato. Bom, era culpa dela. Ela o aborrecera tanto que tivera que contar. E como é que ele ia saber que encontrariam os ossos de Mary na fornalha assim tão rápido? Não sentia arrependimento algum à medida que a imagem da fumaça da fornalha e dos pedaços brancos de ossos voltava à sua mente. Tinha olhado diretamente para aqueles ossos por quase um minuto inteiro e não tinha conseguido perceber que eram os ossos do corpo de Mary. Havia pensado que eles poderiam descobrir de algum outro jeito e confrontá-lo de repente com as provas. Nunca imaginou que poderia estar diante das provas, olhar para elas e não perceber.

Seus pensamentos voltaram para onde estava. E Bessie? Ouviu a respiração dela. Não podia levá-la consigo e não podia deixá-la ali. Sim. Ela estava dormindo. Ele reconstruiu na mente os detalhes do quarto como os tinha visto por meio da luz da lanterna quando entrara. A janela estava bem atrás dele, acima de sua cabeça. A lanterna estava ao seu lado; a arma ao lado da lanterna, com o cabo voltado para ele, de maneira que poderia pegá-la com rapidez e ficar em posição de usá-la. Mas não poderia usar a arma; faria barulho demais.

Teria que usar um tijolo. Lembrou-se de levantar a janela; não era pesada. Sim, era isso que poderia fazer; jogar pela janela, naquela saída estreita de ventilação, onde ninguém encontraria até, talvez, ter começado a cheirar mal.

Não podia deixá-la ali e não podia levá-la consigo. Se a levasse, ela ficaria chorando o tempo todo; culpando-o por tudo que aconteceu; querendo uísque para ajudá-la a esquecer, e haveria momentos em que ele não conseguiria bebida para ela. O ambiente estava sombrio, escuro e silencioso; a cidade não existia. Ele se sentou devagar, prendendo a respiração, ouvindo. A respiração de Bessie era profunda, regular. Não podia levá-la e não podia deixá-la. Esticou a mão e pegou a lanterna. Ouviu de novo; a respiração dela era a de uma pessoa cansada dormindo. Ele estava tirando a coberta dela ao sentar-se daquela maneira e não queria que ela sentisse frio e acordasse. Cobriu-a de novo; Bessie continuou dormindo. Seus dedos pressionaram o botão da lanterna e um facho fraco de luz amarelada ganhou vida na parede oposta. Com rapidez, ele voltou a luz para o chão, com medo de que pudesse incomodá-la; e ao fazê-lo avistou numa fração de segundo um dos tijolos que havia visto quando entrara no quarto.

Ele endureceu; Bessie se mexeu, inquieta. Sua respiração profunda, regular, tinha cessado. Ele parou para ouvir, mas não conseguia escutá-la. Viu a respiração dela como um fio branco esticado sobre um vasto precipício negro e sentiu que estava agarrado a ele e esperava para ver se a desintegração do fio branco que havia começado continuaria e o deixaria despencar nas rochas lá embaixo. Então ouviu-a respirar de novo, inspirar e expirar; inspirar e expirar. Ele, também, respirou de novo, lutando agora contra a própria respiração para controlá-la, para evitar que soasse tão alto em sua garganta de modo que a acordaria. O medo que tomara conta dele quando ela se mexeu o fez perceber que teria que ser rápido e certeiro. Suavemente, tirou as pernas de baixo do cobertor e esperou. A respiração de Bessie era lenta, demorada, pesada, regular. Ele ergueu os braços, e a coberta caiu. Ficou de pé e seus músculos ergueram o corpo em câmera lenta. Lá fora, na noite fria, o vento gemia e se dissipava, como um idiota num fosso preto e gelado. Virando-se, ele apontou a luz da lanterna para onde achava que o rosto de Bessie devia estar. Sim. Ela dormia. Seu rosto negro, com nódoas de lágrimas, estava calmo. Ele desligou a luz, virou-se em direção à parede e seus dedos tatearam o chão frio em busca do tijolo. Encontrou-o, agarrou-o e foi na ponta dos pés até a cama improvisada. A respiração dela o guiava na escuridão; parou onde achou que sua cabeça devia estar. Não podia levá-la e não podia deixá-la lá; então teria que matá-la. Era a vida dele contra a dela. Rápido, para ter certeza de onde tinha que acertar, acendeu a lanterna, temendo que isso pudesse acordá-la; em seguida a desligou, retendo como uma imagem diante de seus olhos o calmo rosto negro dela num sono profundo.

Endireitou o corpo e levantou o tijolo, mas naquele momento a realidade de tudo escapou dele. O coração disparou, tentando sair à força do peito. Não! Isso não! Sua respiração inchou os pulmões profundamente e ele flexionou os músculos, tentando impor sua vontade ao seu corpo. Ele tinha que se sair melhor. Depois, tão de repente quanto surgira, o pânico desapareceu. Mas ele tinha que ficar ali até que aquela imagem voltasse, aquele motivo, aquele desejo impetuoso de escapar da lei. Sim. *Tinha* que ser desse jeito. A sensação do borrão branco pairando perto dele, da Mary queimando, do Britten, da lei no seu encalço, voltou. De novo, ele estava pronto. O tijolo estava na sua mão. Em sua mente, sua mão traçou um rápido arco invisível em meio ao ar frio do ambiente; bem acima da sua cabeça, sua mão parava e fantasiosa e imaginariamente descia rápido até onde ele pensava que a cabeça dela estava. Ele estava rígido, sem se mexer. Era desse jeito que *tinha* que ser. Então respirou fundo e sua mão agarrou o tijolo, ergueu-o, deteve-se por um segundo e em seguida fez o movimento de lançá-lo com força para baixo através da escuridão, acompanhado de um grunhido profundo e curto saído do seu peito e finalizado com um baque surdo. *Sim!* Houve um suspiro abafado de surpresa, depois um gemido. Não, não podia ser! Levantou o tijolo de novo e de novo, até, ao cair, atingir uma massa encharcada que cedia suavemente, mas com firmeza, a cada golpe. Em pouco tempo parecia que golpeava um chumaço de algodão molhado, de alguma substância úmida cuja única vida era o impacto brutal do tijolo. Parou, ouvindo sua própria respiração entrar e sair do peito. Estava todo molhado, e frio. Quantas vezes havia levantado o tijolo e golpeado, não sabia. Tudo que sabia era que o quarto estava silencioso e frio e que o trabalho havia sido feito.

Na mão esquerda, ele ainda segurava a lanterna, agarrando-a como se sua vida dependesse dela. Queria ligá-la e ver se tinha mesmo feito aquilo, mas não conseguia. Seus joelhos estavam ligeiramente dobrados, como um atleta pronto para a largada da corrida. O medo o tomava de novo; ele aguçou os ouvidos. Ouviu-a respirar? Curvou-se e parou para escutar. Era sua própria respiração que ele ouvia; estava respirando tão alto que tinha sido incapaz de dizer se Bessie ainda estava respirando ou não.

Seus dedos no tijolo começaram a doer; tinha o segurado por alguns minutos com toda força do seu corpo. Tinha consciência de algo quente e pegajoso em suas mãos e essa percepção se apossou dele; lançou um brilho quente que envolveu a superfície da sua pele. Queria largar o tijolo no chão, queria ficar livre desse sangue quente que se esgueirou e que ficava mais poderoso a cada instante que passava. Então um pensamento terrível o deixou incapaz de agir. E se Bessie não estivesse do jeito que havia soado quando o tijolo a acertou? E se ele ligar a lanterna e a vir deitada olhando para ele com aqueles grandes e redondos olhos negros, a droga da boca aberta de espanto e surpresa, dor e acusação? Um arrepio, mais frio que o ar do quarto, envolveu seus ombros como um xale cujos fios eram tecidos com gelo. Tornou--se insuportável e algo dentro dele gritou em silenciosa agonia; ele se inclinou até que o tijolo tocasse o chão, afrouxou os dedos, levando a mão até a altura do estômago, onde a limpou e secou no casaco. Aos poucos sua respiração se acalmou até ele não conseguir mais ouvi-la, e aí teve certeza de que Bessie não estava respirando. O prédio estava preenchido de quietude e frio e morte e sangue e do gemido profundo do vento noturno.

Mas ele tinha que olhar. Ergueu a lanterna até onde pensou que a cabeça dela devia estar e a ligou. O facho de luz amarelado se expandiu e iluminou uma parte vazia do chão; ele o moveu sobre um círculo de roupas de cama amassadas. Ali! Sangue, lábios, cabelos e rosto virado para um lado, e sangue escorrendo devagar. Ela parecia mole; ele podia agir agora. Desligou a lanterna. Poderia deixar ela ali? Não. Alguém podia encontrá-la.

Evitando-a, ele deu um passo para o outro lado da cama improvisada e então se virou na escuridão. Apontou a luz da lanterna para onde pensou que a janela deveria estar. Caminhou até lá e parou, esperando ouvir alguém que desafiasse seu direito de fazer o que estava fazendo. Nada aconteceu. Segurou a janela, empurrou-a para cima devagar e o vento fustigou seu rosto. Voltou-se para Bessie de novo e iluminou seu rosto de morte e sangue. Guardou a lanterna no bolso e andou com cautela na escuridão até onde ela estava. Teria que carregá-la nos braços; os braços dele pendiam e não se mexiam; ele só ficou parado. Mas tinha que tirá-la de lá. Tinha que levá-la até a janela. Abaixou-se e deslizou as mãos embaixo do corpo dela, esperando tocar sangue, mas sem tocá-lo. Então a levantou, sentindo o vento gritar em protesto contra ele. Andou até a janela e a ergueu até o peitoril; trabalhava mais rápido agora que tinha começado. Esticou os braços o máximo que pôde para fora da janela e então a largou. O corpo bateu e colidiu contra as laterais da saída de ventilação enquanto caía na escuridão. Ele escutou o estrondo contra o chão.

Acendeu a lanterna sobre a cama improvisada, meio que esperando ainda vê-la ali; mas havia apenas uma poça de sangue quente, um fraco véu de vapor pairando no ar. Havia sangue nos travesseiros também. Pegou-os e jogou-os pela janela, na saída de ventilação. Estava acabado.

Ele fechou a janela. Levaria a cama para outro cômodo; desejava poder deixar tudo ali, mas estava frio e ele precisava dela. Enrolou as colchas e cobertas numa trouxa e foi para o corredor. Então parou abruptamente, boquiaberto. *Deus do céu!* Puta merda, sim, estava no bolso do vestido dela! Agora ele estava ferrado. Tinha jogado Bessie pela saída de ventilação e o dinheiro estava no bolso do vestido dela! O que podia fazer a respeito? Devia descer lá e pegar? A angústia tomou conta dele. *Nem!* Não queria vê-la de novo. Sentia que se alguma vez visse o rosto dela mais uma vez, seria dominado por um sentimento de culpa tão profundo a ponto de ser insuportável. Que idiotice, pensou. Jogá-la pela janela com todo aquele dinheiro no bolso. Suspirou, seguiu pelo corredor e entrou em outro cômodo. Bom, teria que se virar sem dinheiro; era isso. Esticou as colchas e cobertas sobre o chão e se enrolou nelas. Tinha sete centavos entre ele e a fome, a lei e os longos dias pela frente.

Fechou os olhos, ansiando por um sono que não vinha. Nos últimos dois dias e noites ele havia vivido com tanta intensidade que era preciso um esforço para manter o senso de realidade em mente. O perigo e a morte estiveram tão próximos que ele não conseguia acreditar que havia passado por tudo aquilo. E, ainda assim, além e acima de tudo que havia acontecido, impalpável mas real, permanecia nele um estranho senso de poder. *Ele* tinha feito isso. *Ele* tinha causado tudo isso. Em toda a sua vida os dois assassinatos foram as coisas mais significativas que já lhe aconteceram. Estava vivendo, verdadeira e profundamente, não importa o que os outros pudessem pensar, ao olharem para ele com seus olhos cegos. Jamais tivera a chance de viver as consequências de suas ações; nunca sua vontade foi tão livre como nesses dias e noites de medo, assassinato e fuga.

Havia matado duas vezes, mas em um sentido verdadeiro não foi a primeira vez que havia matado. Tinha matado muitas vezes antes, mas apenas durante os últimos dois dias esse impulso assumiu de fato a forma de um assassinato. A raiva cega vinha com frequência, e ou ele se escondia atrás de uma cortina ou parede, ou brigava e lutava. Entretanto, fosse fugindo ou lutando, tinha sentido a necessidade da pura satisfação de enfrentar essa coisa em toda a sua plenitude, de combatê-la ao vento e ao sol, na frente daqueles cujo ódio por ele era tão insondável e profundo que, depois de o terem largado num canto da cidade para apodrecer e morrer, poderiam se virar para ele, como Mary fizera naquela noite, e dizer: "Eu queria saber como o seu povo vive".

Mas o que é que ele buscava? O que queria? O que amava e o que odiava? Ele não sabia. Havia algo que ele *sabia* e algo que ele *sentia*; algo que o *mundo* lhe deu e algo que ele *mesmo* tinha; algo que se desenrolava *diante* dele e algo que se desenrolava *atrás*; e nunca em toda a sua vida, com essa sua pele preta, os dois mundos, pensamento e sentimento, vontade e mente, aspiração e satisfação, haviam se juntado; nunca conhecera uma sensação de completude. Às vezes, em seu quarto ou na calçada, o mundo lhe parecia um estranho labirinto mesmo quando as ruas eram retas e as paredes quadradas; um caos que o fazia sentir que algo nele deveria ser capaz de entender, dividi-lo, focalizá-lo. Mas era apenas sob o estresse do ódio que o conflito era resolvido. Havia sido tão condicionado num ambiente apertado que só palavras duras ou chutes o levavam para a frente e o tornavam capaz de ação — ação que era fútil porque o mundo era demais para ele. Era nesses momentos que ele fechava os olhos e golpeava cegamente, atingindo o que ou quem pudesse, sem olhar ou se importar com o que ou quem revidasse.

E, sob tudo isso, e essa parte era difícil para ele, Bigger não queria fazer de conta que estava resolvido, fazer de conta que ele estava feliz quando não estava. Odiava a mãe por fazer isso de um jeito parecido com o da Bessie. O que sua mãe tinha era o uísque da Bessie, e o uísque da Bessie era a religião da mãe. Ele não queria sentar-se num banco e cantar, ou deitar-se num canto e dormir. Era quando lia os jornais ou revistas, ia ao cinema ou caminhava pelas ruas cheias de gente que ele sentia o que queria: fundir-se aos outros e ser uma parte desse mundo, perder-se nele para poder encontrar a si mesmo, ter a chance de viver como os outros, mesmo sendo preto.

Ele se virou inquieto na cama dura improvisada e gemeu. Fora tomado por um turbilhão de pensamentos e sentimentos que o arrastavam para a frente, e quando abriu os olhos viu a luz do dia pela janela suja bem acima da sua cabeça. Levantou-se num pulo e olhou para fora. A neve tinha parado de cair e a cidade, branca, imóvel, era uma vasta extensão de telhados e céu. Ficara pensando por horas no escuro e agora ali estava, tudo estava branco, parado. Mas o que ele havia pensado fora tornado real com uma realidade que não existia agora à luz do dia. Quando deitado no escuro, pensando a respeito, parecia que alguma coisa ia embora quando se olhava para ela. Por que esse mundo branco frio não deveria se erguer como um lindo sonho onde ele poderia andar e se sentir em casa, no qual seria fácil saber dizer o que fazer e o que não fazer? Se ao menos alguém tivesse vivido ou sofrido ou morrido antes — de modo que pudesse ser compreendido! Era muito desolador, não redentor, não se tornar real com a realidade que era o sangue quente da vida. Ele sentia que faltava algo, alguma estrada que, se tivesse encontrado, o teria levado para um conhecimento seguro e silencioso. Mas por que pensar nisso agora? A chance para isso se foi para sempre. Ele tinha cometido assassinato duas vezes e criado um mundo novo para si mesmo.

Ele deixou o quarto, foi até uma janela no primeiro andar e olhou para fora. A rua estava silenciosa e nenhum bonde passava. Os trilhos estavam enterrados sob a neve. Sem dúvida a nevasca havia paralisado o tráfego por toda a cidade.

Viu uma garotinha abrir caminho na neve e parar numa banca na esquina; um homem saiu às pressas de uma farmácia e vendeu um jornal à garota. Será que ele conseguiria surrupiar um jornal enquanto o homem estivesse lá dentro? A neve estava tão macia e funda que ele podia ser pego ao tentar fugir. Conseguiria encontrar um prédio vazio em que se esconder depois de pegar o jornal? Sim; era justamente isso. Olhou a rua com cuidado, de cima a baixo; não havia ninguém à vista. Passou pela porta e o vento era como um ferro em brasa no rosto. O sol saiu de repente, tão forte e pleno que o fez se esquivar como se fosse um golpe; um milhão de pequenos brilhos fizeram seus olhos doer. Ele foi até a banca de jornal e viu a manchete com letras grandes e pretas. CAÇA AO NEGRO NO CASO DA MORTE DA GAROTA. Sim; já tinham a história. Continuou andando e procurou um lugar para se esconder depois que surrupiasse o jornal. Na esquina de um beco ele viu um prédio vazio com uma janela escancarada no primeiro andar. Sim; era um bom lugar. Traçou um cuidadoso plano de ação; não queria que fosse falado que ele havia feito todas aquelas coisas e então fora pego por roubar um jornal de três centavos.

Foi até a farmácia e viu o homem lá dentro, apoiado na parede, fumando. Sim! Assim! Esticou o braço, pegou o jornal e, ao pegá-lo, virou-se e olhou para o homem, que também olhava para ele, com um cigarro branco inclinado sobre o queixo negro. Antes mesmo que o homem fizesse qualquer movimento, ele correu; sentiu suas pernas girarem, começarem a correr e depois escorregarem na neve. Desgraça! O mundo branco pareceu se inclinar num ângulo agudo e o vento gelado bateu em seu rosto. Ele caiu de frente e fragmentos de neve comeram friamente seus dedos. Levantou-se, apoiando-se num joelho, depois nos dois; quando ficou de pé, virou-se na direção da farmácia, ainda agarrando o jornal, espantado e bravo consigo mesmo por ter sido tão atrapalhado. A porta da farmácia se abriu. Ele correu.

"Ei!"

Ao se abaixar rapidamente no beco, viu o homem parado na neve o olhando e entendeu que ele não o seguiria.

"Ei, você!"

Correu até a janela, jogou o jornal lá dentro, agarrou-se ao parapeito, ergueu-se sobre ele e entrou no prédio. Caiu em pé e ficou espiando o beco pela janela; tudo estava branco e silencioso. Pegou o jornal e andou pelo corredor até as escadas, depois subiu até o terceiro andar, usando a lanterna e ouvindo seus passos ecoarem vagamente no prédio vazio. Parou, apalpou o bolso em pânico enquanto sua boca se escancarava. Sim; estava com ele. Pensou que havia deixado a arma cair quando escorregou na neve, mas ela continuava lá. Sentou-se no degrau mais alto da escada e abriu o jornal, mas por um bom tempo não leu nada. Ficou escutando os rangidos do prédio causados pelo vento que varria a cidade. Sim; estava sozinho; olhou para baixo e leu:

REPÓRTERES ENCONTRAM OSSOS DA GAROTA DALTON NA FORNALHA. MOTORISTA NEGRO DESAPARECE. CINCO MIL POLICIAIS CERCAM O CINTURÃO NEGRO. AUTORIDADES SUGEREM CRIME SEXUAL. LÍDER COMUNISTA PROVA ÁLIBI. A MÃE DA GAROTA ENTRA EM COLAPSO.

Ele parou e releu o trecho:

AUTORIDADES SUGEREM CRIME SEXUAL.

Essas palavras o excluíam absolutamente do mundo. Insinuar que ele havia cometido um crime sexual era pronunciar uma sentença de morte; significava um aniquilamento de sua vida antes mesmo de ser capturado; significava morte antes da morte chegar, pois os homens brancos que lessem aquelas palavras o matariam de imediato em seus corações.

O caso do sequestro de Mary Dalton foi dramaticamente revelado quando um grupo de jornalistas locais por acaso descobriu vários ossos, que mais tarde confirmou-se serem da herdeira desaparecida, na fornalha da residência dos Dalton na noite de hoje. [...]

A busca na casa do negro, na Indiana Avenue, 3721, no coração do South Side, fracassou em revelar seu paradeiro. A polícia acredita que a srta. Dalton morreu nas mãos do negro, talvez num crime sexual, e que o corpo da garota foi queimado para destruir evidências.

Bigger olhou para cima. Sua mão direita se contraía. Queria ter uma arma naquela mão. Pegou o revólver no bolso e o segurou. Voltou a ler:

Imediatamente um cordão de cinco mil policiais, ampliado por mais três mil voluntários, cercou o Cinturão Negro. O chefe da polícia, Glenman, disse esta manhã que acredita que o negro ainda esteja na cidade, uma vez que todas as estradas de entrada e saída de Chicago estão bloqueadas por uma precipitação de neve sem precedentes.

Indignação inflamou os ânimos ontem à noite quando a notícia do estupro e assassinato da herdeira desaparecida cometidos pelo negro se espalharam pela cidade.

A polícia informa que muitas janelas no bairro negro foram quebradas.

Todos os bondes, ônibus, trens e automóveis que saem de South Side estão sendo parados e revistados. Policiais e vigilantes, armados com rifles, gás lacrimogêneo, lanternas e fotos do assassino começaram a patrulha na rua 18 esta manhã e estão vasculhando todas as casas de negros sob um mandado geral de busca e apreensão emitido pelo prefeito. Estão fazendo uma busca cuidadosa em todos os prédios abandonados, que dizem ser esconderijos de negros criminosos.

Sustentando que temem pela vida de seus filhos, uma delegação de pais brancos recorreu ao superintendente da educação municipal, Horace Milton, e implorou para que todas as escolas fossem fechadas até que o negro estuprador e assassino seja capturado.

As últimas notícias são de que muitos homens negros foram espancados em vários bairros do North e do West Side.

Nos distritos de Hyde Park e Englewood, homens organizaram grupos de vigilância e enviaram mensagem ao chefe da polícia, Glenman, oferecendo ajuda.

Glenman disse esta manhã que o auxílio de grupos como esse seria aceito. Ele afirmou que uma força policial lamentavelmente mal provida e as recorrentes ondas de crimes cometidos por negros tornava tal procedimento necessário.

Centenas de negros que se assemelham a Bigger Thomas foram capturados nos "pontos quentes" do South Side; estão detidos devido à investigação.

Em pronunciamento no rádio na noite passada, o prefeito Ditz alertou para possíveis turbas de violência nas ruas e exortou a população a manter a ordem. "Todo esforço está sendo feito para capturar esse demônio", disse.

Foi informado que centenas de empregados negros por toda a ci-

dade foram demitidos de seus empregos. Uma conhecida esposa de um banqueiro ligou para este jornal para dizer que demitira sua cozinheira negra, "pois estava com medo de que ela pudesse envenenar seus filhos".

Os olhos de Bigger se arregalaram e seus lábios ficaram entreabertos; ele vasculhou a reportagem rapidamente: "especialistas em caligrafia estão trabalhando", "não foram encontradas impressões digitais de Erlone na residência dos Dalton", "o radical continua sob custódia"; e então uma frase que saltou sobre Bigger, como uma pancada:

A polícia ainda não está satisfeita com a versão que Erlone deu a respeito de si mesmo e está convencida de que ele possa estar ligado ao negro como um cúmplice; eles acreditam que o plano de assassinar e sequestrar foi elaborado demais para ter sido concebido pela mente de um negro.

Naquele momento ele quis sair para a rua e ir até um policial e dizer: "Não! O Jan não me ajudou! Ele não tem merda nenhuma a ver com isso! Eu... eu fiz tudo!". Seus lábios se torceram num sorriso que era meio malicioso, meio desafiador.

Segurando o jornal com dedos tensos, ele leu as frases: "O negro recebeu ordens para limpar as cinzas... relutante em responder... temendo ser descoberto... a fumaça tomou conta do porão... tragédia do comunismo e da mistura racial... possibilidade de que o bilhete de resgate tenha sido obra dos vermelhos...".

Bigger olhou para cima. O edifício estava silencioso exceto pelo rangido contínuo causado pelo vento. Ele não podia ficar ali. Não havia como saber quando viriam para esse bairro. Não podia sair de Chicago; todas as estradas estavam bloqueadas e todos os trens, ônibus e automóveis estavam sendo parados e revistados. Teria sido muito melhor se ele tivesse tentado deixar a cidade de imediato. Deveria ter ido para outro lugar, talvez Gary, Indiana ou Evanston. Olhou para o jornal e viu um mapa do South Side em preto e branco, em volta das bordas do bairro havia uma parte sombreada de alguns centímetros. Sob o mapa havia uma legenda escrita em letras pequenas:

A parte sombreada mostra a área já coberta pela polícia e pelos vigilantes em busca do negro estuprador e assassino. A porção branca sinaliza a área que ainda será investigada.

Ele estava encurralado. Teria que sair desse prédio. Mas para onde poderia ir? Edifícios vazios serviriam apenas enquanto ele ficasse na porção branca do mapa, e a porção branca estava encolhendo rápido. Ele lembrou que o jornal tinha sido impresso na noite anterior. Isso significava que a porção branca era agora muito menor do que a indicada ali. Fechou os olhos, calculando: ele estava na rua 53 e a caçada havia começado na noite anterior na rua 18. Se foram da rua 18 para a rua 28 na noite anterior, então teriam ido da rua 28 para a rua 38 desde então. E por volta da meia-noite estariam na rua 48 ou bem ali.

Começou a pensar nos apartamentos vazios. O jornal não os havia mencionado. E se encontrasse uma quitinete pequena e vazia num prédio onde muitas pessoas moravam? Era de longe a coisa mais segura.

Ele foi até o final do corredor, iluminou com a lanterna um teto sujo e viu uma escada de madeira que levava ao telhado. Subiu os degraus e atravessou uma passagem estreita, no final da qual havia uma porta. Chutou a porta várias vezes; cada chute a fez ceder um pouco até que ele viu neve, luz do sol e uma longa faixa de céu. O vento fustigou seu rosto e ele se lembrou de como estava fraco e com frio. Por quanto tempo ainda conseguiria continuar? Espremeu-se pela porta e ficou em pé na neve do telhado. Diante dele havia um labirinto de telhados brancos e ensolarados.

Ele se agachou atrás de uma chaminé e olhou para baixo, para a rua. Na esquina viu a banca de onde havia roubado o jornal; o homem que tinha gritado com ele estava parado bem ao lado. Dois homens negros pararam na banca, compraram um jornal e depois andaram em direção a uma porta. Um deles se inclinava ansioso sobre o ombro do outro. Seus lábios se mexiam, e eles apontavam os dedos negros para o jornal e balançavam a cabeça enquanto falavam. Mais dois homens se juntaram a eles e logo havia um pequeno grupo em pé junto à porta, conversando e apontando para o jornal. Separaram-se abruptamente e foram embora. Sim; estavam falando sobre ele. Talvez todos os homens e mulheres negros estivessem falando sobre ele esta manhã; talvez o odiassem por ter provocado esse ataque contra eles.

Passou tanto tempo agachado na neve que quando tentou se mexer percebeu que suas pernas estavam completamente dormentes. Um medo de que estivesse congelando tomou conta dele. Deu chutes no ar para recuperar a circulação, depois rastejou para o outro lado do telhado. Bem abaixo dele, a um andar de distância, através de uma janela sem venezianas, ele viu um quarto onde havia duas camas de ferro com lençóis sujos e amassados. Numa das camas estavam três crianças negras nuas sentadas olhando na direção da outra cama, onde estavam deitados um homem e uma mulher, ambos nus e negros à luz do sol. Havia movimentos rápidos e bruscos na cama onde estavam, e as três crianças assistiam. Aquilo era familiar; tinha visto coisas assim quando era um garotinho e cinco dormiam num único quarto. Em muitas manhãs ele havia acordado e observado seu pai e sua mãe. Virou-se, pensando: cinco deles dormindo num quarto e aqui um grande prédio vazio só comigo nele. Rastejou de volta para a chaminé, com a imagem diante de seus olhos do quarto com cinco pessoas, todas negras e nuas sob a forte luz do sol, vistas através de uma vidraça suada: o homem e a mulher se mexendo bruscamente num abraço apertado, e as três crianças assistindo.

A fome chegou ao seu estômago; uma mão gelada desceu por sua garganta, agarrou seus intestinos e deu um nó tão frio e apertado que doía. A lembrança da garrafa de leite que Bessie aquecera para ele na noite anterior voltou com tanta força que ele quase conseguia sentir o gosto. Se tivesse uma garrafa de leite agora faria uma fogueira com o jornal e a seguraria sobre as chamas até que ela ficasse quente. Viu-se tirando a tampa da garrafa, com um pouco do leite quente derramando sobre seus dedos negros e em seguida levando a bebida até a boca, inclinando a cabeça para beber. Seu estômago se revirou devagar e ele o ouviu roncar. Sentia em sua fome um profundo senso de dever, tão poderoso quanto a urgência de respirar, tão íntimo quanto a batida de seu coração. Sentia vontade de cair de joelhos, olhar para o céu e dizer: "Eu tô com fome!". Queria tirar as roupas e rolar na neve até que alguma coisa nutritiva penetrasse em seu corpo pelos poros de sua pele. Queria agarrar algo em suas mãos com tanta força que se transformasse em comida. Mas sua fome logo foi embora; logo ele começou a se acalmar; logo sua mente se livrou do chamado desesperado de seu corpo e se preocupou com o perigo que o espreitava. Ele sentiu alguma coisa dura nos cantos dos lábios e a tocou com os dedos; era saliva congelada.

Rastejou de volta pela porta para a passagem estreita e desceu os frágeis degraus de madeira até o corredor. Foi até o primeiro andar e ficou em pé junto à janela pela qual havia entrado. Tinha que encontrar um apartamento vazio em algum prédio onde pudesse se aquecer; sentia que, se não se aquecesse logo, simplesmente se deitaria e fecharia os olhos. Então teve uma ideia; perguntou-se por que não tinha pensado nisso antes. Riscou um fósforo e pôs fogo no jornal; enquanto o papel queimava, pôs uma das mãos sobre as chamas, depois a outra. O calor chegava à sua pele como vindo de longe. Quando o jornal tinha queimado tão perto dos dedos que não dava mais para segurar, jogou-o no chão e apagou o fogo com os sapatos. Pelo menos podia sentir as mãos agora; pelo menos elas doíam e o deixavam saber que eram dele.

Pulou a janela e caminhou pela rua em direção ao norte, juntando-se às pessoas que passavam. Ninguém o reconheceu. Procurou algum prédio com uma placa de "Aluga-se". Andou dois quarteirões e não viu nenhum. Sabia que havia uma escassez de apartamentos vazios no Cinturão Negro; sempre que sua mãe queria se mudar, tinha que começar a procurar muitos meses antes. Lembrou que uma vez sua mãe o fez vagar pelas ruas por dois meses inteiros em busca de um lugar para morar. As imobiliárias disseram que não havia casas o suficiente para os negros morarem, que a cidade estava condenando as casas onde os negros viviam como sendo velhas demais e perigosas demais para serem habitadas. E se lembrou de quando a polícia tinha aparecido e o retirado, com a mãe, o irmão e a irmã, de um apartamento de um prédio que havia desmoronado dois dias depois de terem se mudado. E tinha ouvido falar que as pessoas negras, mesmo que não conseguissem bons empregos, pagavam o dobro do valor que os brancos pagavam pelo mesmo tipo de apartamento. Ele caminhou por mais cinco quarteirões e não viu nenhuma placa de "Aluga-se". Desgraça! Será que ia congelar tentando encontrar um lugar onde se aquecer? Como seria fácil se esconder se tivesse a possibilidade de se movimentar pela cidade toda! Deixam a gente enjaulado aqui como animais selvagens, pensou. Sabia que as pessoas negras não podiam alugar um apartamento fora do Cinturão Negro; tinham que viver no seu lado da "linha". Nenhum proprietário branco alugaria um apartamento para um homem negro a não ser que fosse nas seções onde decidiram que o povo negro podia morar.

Seus punhos cerraram. Do que adiantava fugir? Devia parar bem ali no meio da calçada e gritar aos quatro ventos o que era aquilo. Era tão errado que com certeza todas as pessoas negras ao seu redor iam fazer alguma coisa a respeito; era tão errado que todas as pessoas brancas iam parar e ouvir. Mas ele sabia que iam simplesmente agarrá-lo e dizer que ele era louco. Ele continuou palmilhando as ruas, seus olhos injetados de sangue procurando um lugar em que se esconder. Parou numa esquina e viu um grande rato negro saltando sobre a neve. O animal passou correndo por ele e entrou numa porta, onde sumiu de vista por um buraco. Olhou com melancolia para o buraco negro por onde o rato disparou em segurança.

Passou por uma padaria e quis entrar e comprar alguns pãezinhos com os sete centavos que tinha. Mas a padaria estava vazia de clientes e ele ficou com medo de que o proprietário branco o reconhecesse. Iria esperar até encontrar um estabelecimento negro, mas sabia que não havia muitos desse tipo. Quase todos os negócios no Cinturão Negro eram de propriedade de judeus, italianos e gregos.

A maioria dos estabelecimentos negros eram casas funerárias; agentes funerários brancos se recusavam a se preocupar com corpos negros mortos. Ele chegou a um supermercado. Pão era vendido aqui a cinco centavos por unidade, mas do outro lado da "linha", onde gente branca morava, era vendido a quatro. E agora, sobretudo agora, ele não podia cruzar a "linha". Ficou olhando através do vidro para as pessoas lá dentro. Será que devia entrar? Tinha que entrar. Estava morrendo de fome. A gente não pode nem respirar em paz que eles pegam a gente!, pensou. Arrancam nossos olhos fora! Abriu a porta e foi até o balcão. O ar quente o deixou tonto; apoiou-se no balcão à sua frente e se reequilibrou. Sua visão ficou turva, e diante dele flutuou uma vasta gama de latas vermelhas, azuis, verdes e amarelas empilhadas no alto das prateleiras. Ao seu redor ouvia vozes suaves de homens e mulheres.

"Foi atendido, senhor?"

"Um pão", ele sussurrou.

"Algo mais, senhor?"

"Não."

O rosto do homem desapareceu e depois voltou; ele ouviu o farfalhar de papel.

"Tá frio lá fora, né?"

"Hum? Ah, sim, senhor."

Ele deixou a moeda no balcão; viu o pão borrado ser entregue a ele.

"Obrigado. Volte sempre."

Cambaleou até a porta com o pão embaixo do braço. Ah, Senhor! Se pelo menos conseguisse chegar até a rua! Na porta viu pessoas entrando; ficou de lado para deixá-las passar, depois saiu no vento frio, à procura de um apartamento vazio. A qualquer momento esperava ouvir alguém gritar seu nome; esperava ser agarrado pelos braços. Andou cinco quarteirões antes de ver um prédio de dois andares com uma placa de "Aluga-se" na janela. Fumaça saía das chaminés e ele sabia que lá dentro estava quente. Foi até a porta da frente e leu o pequeno aviso colado no vidro e viu que o apartamento ficava nos fundos. Entrou no beco para acessar a escada dos fundos e subiu até o segundo andar. Tentou uma janela, que se abriu com facilidade. Estava com sorte. Pulou para dentro e caiu num cômodo quente, uma cozinha. Ficou tenso de repente, procurando ouvir algo. Escutou vozes; pareciam vir do cômodo na frente dele. Tinha cometido um erro? Não. A cozinha não estava mobiliada; ninguém morava ali, ao que parecia. Foi na ponta dos pés até o cômodo seguinte e o encontrou vazio; mas agora escutou as vozes ainda mais nítidas. Viu que havia outro cômodo mais adiante; foi até lá na ponta dos pés e olhou. Aquele cômodo também estava vazio, mas as vozes estavam tão altas que ele conseguia entender as palavras. Uma discussão estava acontecendo no apartamento da frente. Ele ficou parado com o pão nas mãos, as pernas abertas, ouvindo.

"Jack, cê quer dizê que cê ficou lá e disse que ia entregar aquele preto pros brancos?"

"Pode crer que eu ia!"

"Mas, Jack, e se ele não tiver culpa?"

"Por que é que ele deu no pé então?"

"Pode ser que ele achou que iam jogar a culpa do assassinato nas costas *dele*."

"Escuta, Jim. Se o cara não era culpado, então ele tinha mais era que ficar lá e enfrentar. Se eu soubesse onde esse preto tá, eu ia entregar ele e me livrar desses brancos."

"Mas, Jack, *todo* preto parece culpado pros brancos quando alguém comete um crime."

"É; é assim porque tem tantos da gente que agem igual esse Bigger Thomas; é isso. Quando cê age igual esse Bigger Thomas, cê cria encrenca."

"Mas, Jack, quem é que tá criando encrenca agora? Os jornais tão dizendo que tão batendo na gente na cidade toda. Não tão nem aí pra saber quem é o homem preto que eles tão batendo. A gente é tudo cachorro na visão deles! Cê tem que se levantar e lutar contra esses caras."

"E acabar morto? Porra nenhuma! Tenho família. Tenho mulher e um bebê. Não vou começar nenhuma luta idiota. Cê não consegue justiça nenhuma protegendo homem que mata..."

"A gente é *tudo* assassino então, é isso!"

"Escuta, Jim. Eu trabalho duro. Conserto a rua com pá e picareta todo santo dia, sempre que posso. Mas meu chefe me disse que não é pra eu ficar na rua com esse espírito de linchamento entre os brancos... Diz que eu vou acabar morto. Aí ele me manda embora. Tá vendo, esse preto desgraçado do Bigger Thomas me fez perder o emprego... Ele fez os brancos acharem que a gente é *tudo* igual ele!"

"Mas, Jack, tô falando, eles já pensam isso da gente. Cê é um homem bom, mas isso não vai impedir eles de entrar na sua casa, vai? Não vai! A gente é preto e tem atitude de preto, cê não entende?"

"Ah, Jim, tudo bem ficar com raiva, mas cê tem que olhar as coisas direito. Esse cara me fez perder o emprego. Não é justo! Como é que eu vou comer? Se eu soubesse onde tá esse negro filho da puta eu ia chamar a polícia e entregar ele!"

"Eu não. Eu não ia. Prefiro morrer primeiro!"

"Cara, cê é maluco! Cê não quer ter uma casa, esposa e filhos? O que cê vai ganhar lutando? Tem mais deles do que da gente. Eles podiam matar a gente tudo. Cê tem que aprender a viver e se dar bem com as pessoas."

"Não quero me dar bem com gente que me odeia."

"Mas a gente tem que *comer*! A gente tem que *viver*!"

"Eu não ligo! Prefiro morrer primeiro!"

"Ah, inferno! Tu é maluco!"

"Não ligo pro que cê diz. Prefiro morrer do que deixar eles me apavorar pra entregar o cara. Tô falando, prefiro morrer primeiro!"

Ele voltou na ponta dos pés para a cozinha e pegou a arma. Ficaria ali e, se sua própria gente o incomodasse, ia usá-la. Abriu a torneira da pia, colocou a boca embaixo e a água explodiu em seu estômago. Ele se ajoelhou e rolou no chão em agonia. Logo a dor passou e ele bebeu de novo. Então, devagar, para que o papel não fizesse barulho, desembrulhou o pão e mordeu um pedaço. O gosto era bom, como bolo, com um sabor adocicado e suave que nunca pensou que um pão podia ter. Enquanto comia, sua fome voltou com força total e ele se sentou no chão, um punhado de pão em cada mão, as bochechas cheias, os maxilares trabalhando e o pomo de adão subindo e descendo a cada vez que engolia. Não conseguiu parar até sua boca ficar seca a ponto de o pão ficar preso na língua; ele o deixou lá, ficou saboreando-o.

Esticou-se no chão e suspirou. Estava sonolento, mas quando estava prestes a dormir sacudiu-se abruptamente e entrou num estado de vigília maçante. Por fim adormeceu, depois sentou-se, meio desperto, seguindo um impulso inconsciente de medo. Ele gemeu e suas mãos se agitaram no ar afastando um perigo invisível. Pôs-se de pé e deu alguns passos com as mãos esticadas, então deitou-se num local a quase três metros de onde havia dormido antes. Havia dois Biggers: um que estava determinado a descansar e dormir a qualquer custo; e outro que se encolhia diante de imagens carregadas de terror. Passou um grande intervalo de tempo em que ele não se mexeu; ficou deitado de barriga para cima, as mãos cruzadas sobre o peito, a boca e os olhos abertos. Seu peito subia e descia tão devagar e com tanta suavidade que parecia, nos intervalos em que não se mexia, que ele nunca mais respiraria de novo. Um sol pálido iluminou seu rosto, fazendo sua pele preta brilhar como metal; o sol foi embora e o cômodo silencioso foi preenchido de sombras profundas.

Enquanto dormia, esgueirou-se para sua consciência uma palpitação perturbadora e rítmica que ele tentou combater para não acordar. Sua mente, protegendo-o, teceu o palpitar em padrões de imagens inocentes. Ele pensou que estava no Paris Grill ouvindo a vitrola automática tocar; mas isso não era satisfatório. Em seguida, sua mente lhe disse que ele estava em casa, na cama, e sua mãe cantava e sacudia o colchão, querendo que ele se levantasse. Mas essa imagem, assim como as outras, fracassaram em acalmá-lo. A palpitação continuou, insistente, e ele viu centenas de homens negros e mulheres negras tocando tambores com os dedos. Mas isso, também, não respondia à questão. Ele se agitou inquieto no chão, depois ficou de pé num pulo, o coração batendo forte, os ouvidos cheios do som de cantos e gritos.

Foi até a janela e olhou para fora; à sua frente, alguns metros abaixo, através de uma janela, havia uma igreja mal iluminada. Nela, uma multidão de homens e mulheres negros estavam em pé entre longas fileiras de bancos de madeira, cantando, batendo palmas e balançando a cabeça. Ah, essa gente vai pra igreja todo dia, ele pensou. Molhou os lábios e bebeu mais um pouco de água. Quão perto a polícia estaria agora? Que horas eram? Olhou para o relógio e viu que não estava funcionando; ele havia esquecido de dar corda. A cantoria da igreja vibrava dentro dele, inundando-o com um estado de tristeza sensível. Tentou não escutar, mas aquele canto infiltrava seus sentimentos, confidenciando outro jeito de viver e morrer, persuadindo-o a deitar-se e dormir e deixar que o capturassem, instando-o a acreditar que toda vida era uma tristeza que tinha que ser aceita. Ele balançou a cabeça, tentando se livrar da música. Por quanto tempo teria dormido? O que será que os jornais diziam agora? Ele ainda tinha dois centavos; compraria um *Times*. Pegou o que restava do pão e a música falava de rendição, resignação. *Saia escondido, saia escondido, saia escondido e vá até Jesus...* Ele enfiou o pão no bolso; iria comê-lo mais tarde. Certificou-se de que a arma estava ainda intacta, ouvindo *Saia escondido, saia escondido, eu não tenho muito tempo pra ficar aqui...* Era perigoso ficar ali, mas também era perigoso sair. O cântico enchia seus ouvidos; era completo, autocontido e zombava de seu medo e solidão, seu profundo anseio por uma sensação de completude. A plenitude do hino contrastava tão nitidamente com sua fome, sua riqueza com o vazio dele, que ele recuava ao mesmo tempo que tentava respondê-lo. Não teria sido melhor para ele ter vivido no mundo de que a canção falava? Teria sido fácil ter vivido nele, pois era o mundo de sua mãe, humilde, penitente, crente. Possuía um centro, um eixo, um coração de que ele precisava, mas que nunca poderia ter a menos que colocasse sua cabeça num travesseiro de humildade e abrisse mão de sua esperança de viver no mundo. E isso ele nunca faria.

Ouviu um bonde passando na rua; estavam circulando de novo. Um pensamento indomável irrompeu dentro dele. E se a polícia já tivesse feito buscas nesta área e não o encontraram? Mas o bom senso lhe dizia que era impossível. Deu um tapinha no bolso para ter certeza de que a arma estava lá, depois subiu pela janela. Vento frio atingiu seu rosto. Devia estar abaixo de zero, pensou. Nas duas extremidades do beco os postes brilhavam através do ar turvo, refratados em gigantescas bolas de luz. O céu estava azul-escuro e distante. Ele caminhou até o fim do beco e virou na calçada, juntando-se ao fluxo de pedestres. Esperou que alguém desafiasse seu direito de andar por ali, mas ninguém fez nada.

Ao final do quarteirão viu uma multidão e o medo apertou com força seu estômago. O que estavam fazendo? Diminuiu o passo e viu que estavam em volta de uma banca. Eram pessoas negras e compravam o jornal para ler sobre como os brancos estavam no encalço dele em todos os cantos. Abaixou a cabeça, seguiu em frente e enfiou-se no meio da multidão. As pessoas conversavam animadas. Com cautela, estendeu dois centavos com seus dedos frios. Quando estava perto o suficiente, viu a primeira página; sua foto estava no centro dela. Abaixou ainda mais a cabeça, esperando que ninguém o visse de perto o bastante para ver que ele era o homem da fotografia.

"Times", disse.

Enfiou o jornal embaixo do braço, saiu do meio da multidão e caminhou na direção sul, procurando um apartamento vazio. Na esquina seguinte viu uma placa de "Aluga-se" num prédio que sabia que era dividido em pequenas quitinetes. Era o que ele queria. Foi até a porta e leu a placa; havia um apartamento vazio no quarto andar. Caminhou até o beco e começou a subir as escadas externas nos fundos; seus pés esmagavam a neve suavemente. Ouviu uma porta abrir; parou, pegou a arma e esperou, ajoelhado na neve.

"Quem é?"
Era a voz de uma mulher. Depois ouviu a voz de um homem.
"Que foi, Ellen?"
"Achei que eu tinha ouvido alguém aqui na varanda."
"Ah, você só tá nervosa. Tá assustada com tudo isso que anda lendo nos jornais."
"Mas tenho certeza que ouvi alguém."
"Ah, esvazia a lixeira e fecha a porta. Tá frio."
Bigger se espremeu contra o prédio, no escuro. Viu uma mulher sair pela porta, parar, olhar em volta; ela foi para o outro lado da varanda, despejou algo num balde de lixo e depois voltou para dentro. Eu ia ter que matar os dois se ela me visse, pensou. Foi na ponta dos pés até o quarto andar e encontrou duas janelas, ambas escuras. Tentou levantar a tela de uma delas, mas estava congelada. Com cuidado, sacudiu-a para a frente e para atrás até que ela se soltasse; então levantou-a e a colocou-a sobre a neve da varanda. Centímetro por centímetro, levantou a janela, respirando tão alto que pensou que com certeza as pessoas, mesmo na rua, conseguiriam ouvi-lo. Entrou num cômodo escuro e acendeu um fósforo. Havia uma lâmpada do outro lado do aposento e ele foi até lá e a acendeu. Colocou seu boné sobre a lâmpada para que a luz não vazasse para fora e então abriu o jornal. Sim; havia uma grande foto dele. No topo da imagem estava escrita uma manchete em letras pretas:

BUSCA DE 24H FALHA EM DESCOBRIR O PARADEIRO DO ESTUPRADOR

Em outra coluna, ele leu:

BATIDAS EM MAIS DE MIL CASAS DE NEGROS. TUMULTO INCIPIENTE É REPRIMIDO NA RUA 47 COM A HALSTED

Havia outro mapa do South Side. Dessa vez a área sombreada tinha se aprofundado tanto no norte quanto no sul, deixando um pequeno quadrado branco no meio do longo Cinturão Negro. Ele ficou olhando para aquele pequeno quadrado branco como se olhasse para o cano de um revólver. Ele estava lá naquele mapa, naquele ponto branco, parado num quarto, esperando eles chegarem. Determinados, seus olhos encaravam o topo do jornal. Não havia mais nada a fazer além de atirar. Examinou o mapa de novo; a polícia tinha vindo do norte na direção sul até a rua 40; e vieram do sul na direção norte até a rua 50. Isso significava que ele estava em algum lugar no meio e que eles estavam a minutos de distância. Leu:

Hoje e ontem à noite oito mil homens armados vasculharam porões, prédios antigos e mais de mil casas de negros no Cinturão Negro, num esforço vão de prender Bigger Thomas, o negro de vinte anos que estuprou e assassinou Mary Dalton, cujos ossos foram encontrados no último domingo à noite numa fornalha.

Os olhos de Bigger desceram a página, agarrando-se ao que ele achava mais importante: "espalhou-se a notícia de que o matador fora capturado, mas foi imediatamente negado", "antes do anoitecer, a polícia e os vigilantes já terão vasculhado todo o Cinturão Negro"; "fazendo batidas em inúmeras sedes comunistas por toda a cidade", "a prisão de centenas de vermelhos fracassou, no entanto, em oferecer quaisquer pistas", "a população foi alertada pelo prefeito a tomar cuidado com infiltrados [...]". Então:

Uma pequena curiosidade foi revelada hoje, quando se tornou sabido que o apartamento onde o negro assassino morava é de propriedade e administração de uma empresa ligada à Dalton Real Estate Company.

Ele abaixou o jornal; não podia ler mais. O único fato a ser lembrado era o de que oito mil homens, homens brancos, com armas e gás, estavam lá fora na noite à procura dele. De acordo com o jornal, estavam a poucos quarteirões de distância. Será que ele conseguiria chegar ao telhado desse prédio? Se sim, talvez pudesse ficar agachado lá até passarem por aqui. Pensou em se enterrar na neve do telhado, mas sabia que era impossível. Desligou a luz e o quarto mergulhou na escuridão de novo. Usando a lanterna, foi até a porta, abriu-a e olhou o corredor. Estava vazio e uma luz fraca brilhava na outra extremidade. Desligou a lanterna e andou na ponta dos pés, olhando para o teto, procurando um alçapão que o levasse ao telhado. Por fim, viu um par de degraus de madeira que levavam para cima. De repente, seus músculos se enrijeceram como se um arame passando por dentro do seu corpo tivesse dado um puxão. O som agudo de uma sirene ecoou no corredor. E imediatamente ouviu vozes, agitadas, baixas, tensas. De algum lugar lá embaixo ouviu um homem gritar:

"Eles tão vindo!"

Não havia nada a fazer agora a não ser ir para cima; agarrou-se à escada de madeira e subiu, querendo desaparecer de vista antes que alguém chegasse ao corredor. Alcançou o alçapão e o empurrou com a cabeça; ele se abriu. Agarrou alguma coisa sólida na escuridão acima dele, e ergueu o corpo, na esperança de que a coisa o segurasse e não o deixasse se estatelar no chão do corredor. Ele descansou de joelhos, o peito arfando. Em seguida fechou o alçapão, espiando bem a tempo de ver uma porta se abrir no corredor. Foi por pouco! A sirene soou de novo; vinha de fora, da rua. Parecia soar um aviso de que ninguém poderia se esconder dela; que tentar escapar era inútil; que logo os homens com armas e gás chegariam e penetrariam onde o som da sirene tinha penetrado.

Ele ficou ouvindo; havia ruído de motores; berros que subiam das ruas; gritos de mulheres e xingamentos de homens. Ouviu passos na escada. A sirene parou de tocar e começou de novo, numa nota alta e estridente dessa vez. Fazia-o querer apertar sua garganta; enquanto ela soava, parecia que ele não conseguia respirar. Ele tinha que chegar ao telhado! Ligou a lanterna e rastejou por um sótão estreito até chegar a uma abertura. Empurrou-a com o ombro e ela cedeu; tão subitamente e com tanta facilidade que ele recuou de medo. Achou que alguém a havia aberto pelo outro lado e no mesmo instante em que a abriu viu uma extensão de neve branca brilhante contra a mancha escura da noite e uma faixa de céu luminoso. Uma mistura de sons de colisão chegou até ele; mais alto do que ele pensara ser possível: buzinas, sirenes, gritos. Havia fome nesses sons à medida que eles colidiam contra os telhados e chaminés; mas, sob eles, baixas e distintas, ele ouvia vozes de medo: xingamentos de homens e choro de crianças.

Sim; estavam procurando por ele em todos os prédios e todos os andares e todos os quartos. Eles o queriam. Seus olhos voltaram-se rápido para cima quando um enorme e preciso facho de luz amarela atingiu o céu. Outro veio, atravessando-o como uma faca. Então outro. Logo o céu estava cheio deles. Eles circulavam devagar, cercando-o; barras de luz formando uma prisão, um muro entre ele e o resto do mundo; barras tecendo uma parede móvel de luz onde ele não ousava entrar. Estava no meio daquilo agora; era disso que ele vinha fugindo desde aquela noite em que a sra. Dalton tinha entrado no quarto e o deixado com tanto medo que ele agarrou o travesseiro com dedos de aço e cortou o ar dos pulmões de Mary.

Abaixo dele houve uma batida forte e alta, como um estrondo distante de trovão. Ele tinha que chegar ao telhado; esforçou-se para subir, depois se estendeu na neve funda e macia, os olhos cravados num homem branco que estava num telhado do outro lado da rua. Bigger observou o homem vasculhar o telhado com a lanterna. Será que ele olharia em sua direção? Será que o facho da lanterna poderia deixá-lo visível de onde o homem estava? Viu o homem andar um pouco e depois desaparecer.

Rápido, ele se levantou e fechou o alçapão. Deixá-lo aberto criaria suspeita. Depois se estendeu de novo, procurando ouvir. Escutou o som de muitos pés correndo abaixo dele. Parecia haver um exército trovejando escada acima. Agora não havia mais para onde ele pudesse correr; ou o pegariam ou não. O trovejar ficou mais alto e ele sabia que os homens estavam se aproximando do último andar. Ergueu a cabeça e olhou em todas as direções, observando os telhados à esquerda e à direita. Não queria ser surpreendido por alguém que se esgueirasse vindo por trás. Viu que o telhado à direita não estava unido ao telhado em que estava deitado; isso significava que ninguém poderia se aproximar vindo daquela direção. O telhado à esquerda estava unido ao telhado do prédio onde estava deitado, formando uma longa e gelada pista de fuga. Ele levantou a cabeça e olhou; havia outros telhados unidos também. Poderia correr por aqueles telhados, por cima da neve e em volta daquelas chaminés, até chegar ao prédio que dava para o chão. Então seria isso. Ele ia pular e se matar? Não sabia. Tinha uma sensação quase mística de que se fosse encurralado algo nele o levaria a agir do jeito certo, e o jeito certo era o que o possibilitaria morrer sem vergonha.

Ouviu um barulho mais próximo; olhou em volta bem a tempo de ver um rosto branco, uma cabeça e depois ombros ficarem à vista no telhado à direita. Um homem se levantou e atravessou os feixes de luzes amarelas que continuavam a se mover. Ele observou o homem rodopiar um lápis de luz sobre a neve. Bigger levantou a arma, apontou para o homem e esperou; se a luz o alcançasse, ia atirar. O que faria depois? Não sabia. Mas a mancha amarela nunca o alcançou. Ele viu o homem desaparecer, primeiro os pés, depois os ombros e a cabeça; tinha ido embora.

Relaxou um pouco; pelo menos o telhado à direita estava seguro agora. Esperou para ouvir sons que anunciassem que alguém estava subindo pelo alçapão. A barulheira abaixo aumentava de volume com o passar dos segundos, mas ele não conseguia dizer se os homens estavam se aproximando ou se afastando. Esperou e empunhou a arma. Acima de sua cabeça, o céu se estendia numa oval azul-escura fria, encobrindo a cidade como uma palma de ferro coberta de seda. O vento soprava, forte, gelado, incessante. Parecia-lhe que ele já havia congelado, que pedaços dele poderiam ser quebrados, como se cortam pedaços de um bolo de gelo. Para saber que ainda tinha a arma na mão ele teve que olhar para ela, pois já não a sentia mais.

Então ele endureceu de medo. Havia ruídos de passos embaixo dele. Estavam no último andar agora. Será que ele devia correr para o telhado à esquerda? Mas não tinha visto ninguém vasculhando aquele lugar; se corresse para lá poderia ficar frente a frente com alguém saindo de outro alçapão. Olhou ao redor, pensando que talvez alguém estivesse se aproximando de fininho; mas não havia ninguém.

O som de pés se tornou mais alto. Ele encostou o ouvido no gelo nu e ficou escutando. Sim; estavam andando no corredor; havia vários deles diretamente abaixo, perto do alçapão. Olhou de novo para o telhado à esquerda, querendo correr para lá e se esconder; mas estava com medo. Estariam subindo? Ficou ouvindo; mas havia tantas vozes que ele não conseguia distinguir as palavras. Não queria que eles o surpreendessem. O que quer que acontecesse, ele queria cair olhando na cara daqueles que o matariam. Por fim, sob a canção de terror da sirene, as vozes chegaram tão perto que ele pôde ouvir as palavras com clareza.

"Deus, como eu tô cansado!"

"Eu tô com frio!"

"Acho que a gente só tá perdendo tempo."

"Escuta, Jerry! Você vai subir no telhado dessa vez?"

"Sim; vou."

"Aquele preto pode estar em Nova York a essa altura."

"É. Mas é melhor a gente olhar."

"Escuta, você viu aquela morena lá embaixo?"

"Aquela que estava quase sem roupa?"

"É."

"Cara, ela é um chuchuzinho, não é?"

"É; fico pensando por que é que um preto quer matar uma mulher branca quando tem tanta mulher bonita na própria raça..."

"Cara, se ela me deixasse ficar aqui, eu largava mão dessa busca de merda."

"Vamos lá. Me ajuda aqui. Melhor você segurar essa escada. Parece frágil."

"Tá bom."

"Vai logo. O capitão tá chegando."

Bigger estava a postos. Depois não estava mais. Agarrou-se a uma chaminé que ficava a trinta centímetros do alçapão. Deveria ficar deitado ou em pé? Levantou-se, espremendo-se contra a chaminé, tentando fundir-se a ela. Empunhou a arma e esperou. O homem estava subindo? Olhou para o telhado à esquerda; continuava vazio. Mas se corresse para lá poderia encontrar alguém. Ouviu passos na passagem do sótão. Sim; o homem estava subindo. Esperou o alçapão se abrir. Segurava a arma com força; se perguntou se não estava segurando com tanta, mas tanta força que poderia disparar antes da hora. Seus dedos estavam tão frios que ele não conseguia dizer quanta pressão estava colocando no gatilho. Então, como uma estrela cadente riscando o céu negro, um pensamento assustador lhe ocorreu: o de que talvez seus dedos estivessem tão congelados que ele não conseguiria puxar o gatilho. Rápido, pôs a mão esquerda sobre a direita para senti-la; mas mesmo isso não lhe revelou nada. Sua mão direita estava tão fria que só sentiu um pedaço frio de carne tocando outro. Tinha que esperar e ver. Tinha que ter fé. Tinha que confiar em si mesmo; era isso.

O alçapão se abriu; um pouco, de início, então totalmente. Ele observou, boquiaberto, através de um borrão de lágrimas depois de ter sido açoitado pelo vento frio. A porta foi levantada, cortando sua visão por um momento, até cair suavemente sobre a neve. Ele viu a cabeça exposta de um homem branco — a parte de trás da cabeça — enquadrada pela abertura estreita, recortada contra o brilho amarelo das barras inquietas de luz. Depois a cabeça virou um pouco e Bigger viu o lado de um rosto branco. Ele observou o homem, que se movia como um personagem em close-up e em câmera lenta, sair do buraco e ficar de costas para ele, lanterna na mão. A ideia tomou conta rapidamente. Bate nele. Bate nele! Na cabeça. Se ajudaria ou não, ele não sabia e não importava. Tinha que acertar esse homem antes que virasse aquele feixe amarelo de luz nele e então gritasse para os outros. Na fração de segundo em que viu a cabeça do homem, pareceu que uma hora havia se passado, uma hora cheia de dor, dúvida, angústia e suspense, cheia da pulsão aguda da vida vivida no fio da navalha. Ele levantou a mão esquerda, pegou a arma que segurava na mão direita, virou-a nos dedos da mão esquerda, pegou-a de novo com a mão direita e a segurou pelo cano: tudo isso num único movimento, rápido e silencioso; feito num fôlego só e sem piscar. *Bate nele!* Ergueu a arma, bem alto, pelo cano. Sim. *Bate nele!* Seus lábios formaram as palavras enquanto golpeou com um grunhido que era uma mistura de xingamento, oração e lamento.

Sentiu o impacto do golpe por toda a extensão de seu braço, sacudindo de leve sua carne. Sua mão parou no ar, no ponto em que o metal da arma encontrara o osso do crânio; parou, congelada, imóvel, como se estivesse prestes a subir e descer de novo. Quase no mesmo instante em que o golpe foi desferido, o homem branco emitiu algo como uma tosse suave; sua lanterna caiu na neve, um rápido lampejo evanescente de luz. O homem caiu longe de Bigger, de cara, estatelado na camada macia de neve, como um homem caindo sem som num sonho profundo. Bigger estava ciente do clique do metal batendo contra o osso do crânio; o som permaneceu em seus ouvidos, fraco, mas distinto, como um ponto nítido, brilhante e persistente na frente dos olhos quando uma luz se apaga de repente e a escuridão toma conta de tudo — assim o clique da coronhada na cabeça do homem continuou em seus ouvidos. Ele não havia saído do lugar; sua mão direita continuava estendida para cima, no ar; ele a abaixou, olhando para o homem, o som do metal contra o osso se dissipando de seus ouvidos como um sussurro que se esvai.

O som da sirene havia parado em algum momento do qual ele não se lembrava; então recomeçou, e o intervalo no qual ele não a tinha ouvido lhe pareceu reservar algum perigo preciosamente oculto, como se por um momento terrível ele tivesse dormido em seu posto com o inimigo ao lado. Olhou através dos raios rodopiantes de luz e viu um alçapão aberto no telhado à esquerda. Ficou rígido, segurando a arma, observando, esperando. Se pelo menos o homem não o visse quando saísse! Uma cabeça apareceu; um homem branco saiu do alçapão e ficou em pé na neve.

Ele se encolheu; alguém estava rastejando no sótão embaixo dele. Ia ser encurralado? Uma voz, um pouco amedrontada, gritou pelo alçapão aberto de onde o homem que ele havia acertado tinha saído.

"Jerry!"

A voz soou clara apesar da sirene e do estrondo do carro de bombeiros.

"Jerry!"

A voz estava um pouco mais alta agora. Era o colega do homem. Bigger olhou de novo para o telhado à esquerda; o homem continuava lá em pé, vasculhando com a lanterna. Se pelo menos fosse embora! Ele tinha que ir para longe daquele alçapão. Se aquele homem subisse para procurar seu parceiro e o encontrasse ali esparramado na neve, ia gritar antes que Bigger tivesse a chance de golpeá-lo. Ele se apertou contra a chaminé, olhando para o homem no telhado à esquerda, prendendo a respiração. O homem se virou, andou em direção ao alçapão e desceu. Ele esperou ouvir a porta fechar; fechou. Agora o telhado estava livre! Respirou uma oração silenciosa.

"Jeeerry!"

Com a arma na mão, Bigger rastejou pelo telhado. Chegou a um pequeno monte de tijolos, onde a beirada protuberante do topo do prédio se juntava ao outro. Ele parou e olhou para trás. O buraco continuava vazio. Se tentasse subir o muro, será que o homem sairia do alçapão bem a tempo de vê-lo? Tinha que arriscar. Agarrou a beirada, levantou o corpo e se deitou em cima do gelo por um momento, então deslizou para o outro lado, rolando. Sentiu a neve no rosto e nos olhos; o peito arfava. Arrastou-se até a outra chaminé e esperou; estava tão frio que tinha um desejo louco de se fundir aos tijolos gelados da chaminé e acabar com tudo. Ouviu a voz de novo, dessa vez alta, insistente:

"Jerry!"

Ele olhou por trás da chaminé. O buraco continuava vazio. Mas quando ouviu a voz de novo soube que o homem estava saindo do alçapão, pois podia sentir o tremor da voz, como se estivesse ao seu lado.

"Jerry!"

Então viu o rosto do homem aparecer; estava para fora como um pedaço de papelão branco saindo do topo de um buraco, e quando a voz do homem ressoou de novo, Bigger soube que ele tinha visto o parceiro na neve.

"Jerry! *Caramba!*"

Bigger empunhou a arma e esperou.

"Jerry..."

O homem saiu do buraco e se inclinou sobre o parceiro, depois voltou para dentro, gritando:

"Gente! Gente!"

Sim; o homem ia contar para todo mundo. Ele devia correrr? E se descesse pelo alçapão de outro telhado? Não! Haveria pessoas nos corredores e elas estariam assustadas; gritariam ao vê-lo e ele seria pego. Ficariam felizes em entregá-lo e pôr um fim nesse terror. Seria melhor correr para longe sobre os telhados. Ele se levantou; então, bem quando estava prestes a correr, viu uma cabeça balançar na portinhola. Outro homem saiu e parou junto ao Jerry. Era alto e se inclinou sobre o Jerry, colocando a mão em seu rosto. Então mais outro apareceu. Um dos homens apontou a lanterna para o corpo de Jerry, e Bigger viu um deles abaixar-se e rolar o corpo. O facho de luz iluminou o rosto de Jerry. Um dos homens correu para a beira do telhado, com vista para a rua; sua mão foi até a boca e Bigger ouviu o som agudo e penetrante de um assobio. A barulheira na rua cessou; a sirene parou; mas os círculos amarelados de luz continuaram. Na paz e quietude da calma repentina, o homem gritou:

"Cerquem o quarteirão!"

Bigger ouviu alguém gritar em resposta.

"Você viu ele?"

"Acho que ele está por aqui!"

Uma gritaria selvagem subiu pelos ares. Sim, sentiam que estavam perto dele agora. Ele ouviu de novo o assobio estridente do homem. Tudo ficou quieto de novo, mas não tão quieto como antes. Gritos de alegria selvagem flutuavam para cima.

"Manda uma maca e um destacamento de homens!"

"Tá bom!"

O homem virou e voltou-se para Jerry, estirado na neve. Bigger ouviu fragmentos de conversa.

"... como você acha que aconteceu?"

"Parece que ele foi atingido..."

"... talvez ele esteja por perto..."

"Rápido! Deem uma olhada no telhado!"

Ele viu um dos homens se erguer e acender a lanterna. Os fachos de luz circulavam e iluminavam o telhado com uma claridade de luz do dia e ele pôde ver que um dos homens segurava um revólver. Ele teria que atravessar para os outros telhados antes que esse homem ou outros chegassem até ele. Estavam desconfiados e vasculhariam cada centímetro do topo desses prédios. Arrastando-se de quatro, Bigger alcançou a beirada seguinte e então se virou e olhou para trás; o homem ainda estava de pé, varrendo a neve com o facho amarelo da lanterna. Bigger se agarrou ao beiral gelado, ergueu-se e escorregou para o outro lado. Não pensou agora em quanta força era necessária para escalar e correr; o medo da captura o fez esquecer até do frio, esquecer até que ele não tinha mais forças. De algum lugar dentro dele, das profundezas da carne, do sangue e dos ossos, ele convocou energia para correr e se safar num único impulso: tinha que enganar esses homens. Estava rastejando para outro beiral, ainda de quatro, quando ouviu o homem gritar:

"Lá está ele!"

As três palavras o fizeram parar; tinha esperado ouvi-las a noite toda e quando enfim chegaram ele pareceu sentir o céu desmoronar sem som sobre ele. Do que adiantava fugir? Não seria melhor parar, se levantar e pôr as mãos para o alto e se render? De jeito nenhum! Ele continuou rastejando.

"*Você* aí, pare!"

Um tiro foi disparado, passando perto da sua cabeça. Ele se levantou, correu para o beiral e pulou-o; correu para o beiral seguinte, pulou-o. Correu por entre as chaminés para que ninguém pudesse vê-lo por tempo suficiente para atirar. Olhou para a frente e viu algo enorme, redondo e branco erguendo-se no escuro: uma coisa imensa que se elevava na neve do telhado e se avolumava na noite, brilhando no clarão das penetrantes facas de luz. Em instantes ele não seria capaz de ir mais longe, pois chegaria àquele ponto onde o telhado terminava e descia para a rua lá embaixo. Correu por entre as chaminés, seus pés escorregando e deslizando sobre a neve, tendo em mente aquela coisa avultante e branca que havia vislumbrado à sua frente. Seria algo que poderia ajudá-lo? Seria possível subir nela, ou ficar atrás dela, e despistá-los? Esperou ouvir mais tiros enquanto fugia, mas não escutou nada.

Ele parou junto a um beiral e olhou para trás; viu no brilho lúgubre das lanças cortantes de luz um homem tropeçando na neve. Devia parar e atirar? Não! Mais homens viriam a qualquer momento e ele apenas perderia tempo. Tinha que encontrar algum lugar em que se esconder, alguma tocaia de onde pudesse lutar. Correu para outro beiral, passando pela massa branca que agora se elevava diretamente acima dele, depois parou, piscando: bem lá embaixo havia um mar de rostos brancos e ele se viu caindo, girando direto para aquele oceano que borbulhava de ódio. Agarrou o beiral gelado, pensando que se estivesse correndo mais rápido teria caído do telhado e despencado de quatro andares.

Zonzo, recuou. Era o fim. Não havia mais telhados para onde pudesse correr e escapar. Olhou; o homem continuava vindo. Bigger se levantou. A sirene soava mais alto do que antes e havia mais gritos e berros. Sim; aquelas pessoas nas ruas sabiam agora que a polícia e os vigilantes o tinham cercado no telhado. Lembrou-se do rápido vislumbre que teve de uma massa branca avultante; olhou para cima. Bem acima dele, branca de neve, havia uma caixa-d'água cujo topo era uma superfície redonda e horizontal. Havia uma escada de ferro cujos degraus escorregadios estavam cobertos de gelo que brilhava como neon nas lâminas circulares de luz amarela. Ele se agarrou à escada e subiu. Não sabia para onde estava indo; sabia apenas que tinha que se esconder.

Alcançou o topo da caixa-d'água e três tiros passaram perto da sua cabeça. Deitou-se de bruços na neve. Estava bem acima dos telhados e das chaminés agora e tinha uma visão ampla. Um homem estava escalando um beiral próximo, e atrás dele havia um pequeno grupo de homens, os rostos iluminados em uma brancura distinta pelas luzes oscilantes. Homens estavam saindo do alçapão à sua frente ao longe e se movendo na sua direção, protegendo-se atrás das chaminés. Ele ergueu a arma, aprumou-a, mirou e atirou; os homens pararam, mas ninguém caiu. Ele tinha errado. Atirou de novo. Ninguém caiu. O grupo de homens se separou, e eles desapareceram atrás de beirais e chaminés. O barulho na rua aumentou em uma onda de estranha alegria. Sem dúvida o som dos tiros os fez pensar que ele fora baleado, capturado ou morto.

Ele viu o homem correndo em direção à caixa-d'água no espaço aberto; atirou de novo. O homem desviou para trás de uma chaminé. Ele tinha errado. Será que suas mãos estavam frias demais para atirar direito? Talvez ele devesse esperar que chegassem mais perto? Virou a cabeça bem a tempo de ver um homem escalando a beira do telhado, vindo do lado da rua. O homem estava subindo uma escada que havia sido colocada na lateral do edifício a partir do chão. Apontou a arma para atirar, mas o homem foi mais rápido e saiu do seu campo de visão, desaparecendo embaixo da caixa-d'água.

Por que ele não conseguia atirar direito e rápido o suficiente? Olhou à sua frente e viu dois homens correndo para baixo da caixa-d'água. Havia agora três homens embaixo dela. Cercavam-no, mas não podiam chegar até ele sem se exporem.

Um pequeno objeto preto caiu na neve, perto de sua cabeça, sibilando, disparando um vapor branco, como uma pluma soprada, que foi levado para longe dele pelo vento. Gás lacrimogêneo! Com um movimento da mão, ele jogou a bomba para fora da caixa-d'água. Outra veio e ele a jogou para longe. Mais duas vieram e ele as empurrou para longe. O vento soprava forte, vindo do lago, afastando o gás dos seus olhos e nariz. Ele ouviu um homem gritar:

"Parem! O vento está dissipando! Ele está jogando elas de volta!"

A balbúrdia na rua ficou mais forte; mais homens passaram pelos alçapões e chegaram ao telhado. Ele queria atirar, mas lembrou que não tinha mais que três balas. Atiraria quando estivessem mais perto e guardaria uma bala para si mesmo. Não o pegariam vivo.

"Desce daí, moleque!"

Ele não se mexeu; ficou deitado com o revólver na mão, esperando. Então, bem embaixo de seus olhos, quatro dedos brancos agarraram a borda gelada da caixa-d'água. Ele apertou os dentes e bateu nos dedos brancos com o punho do revólver. Eles desapareceram e ele ouviu um baque surdo de um corpo caindo no telhado coberto de neve. Ficou esperando novas tentativas de subirem ali, mas não houve nenhuma.

"Não adianta resistir, moleque! A gente já pegou você! Desce daí!"

Ele sabia que estavam com medo, e que ainda assim logo tudo estaria acabado, de um jeito ou de outro: ou iriam capturá-lo ou iriam matá-lo. Estava surpreso por não estar com medo. Em meio a tudo isso, alguma parte de sua mente estava começando a se desligar; ele estava indo para detrás de sua cortina, sua parede, encarando tudo aquilo com um olhar taciturno de desprezo. Estava fora de si agora, assistindo; deitado sob um céu invernal iluminado por brilhos intensos de luzes rodopiantes, ouvindo gritos sedentos e berros famintos, desafiador, destemido.

"Fala pra andarem logo com a mangueira! O preto tá armado!"

O que isso queria dizer? Seus olhos percorreram todos os lados, procurando algum objeto móvel em que atirar; mas não apareceu nenhum. Ele não tinha consciência de seu próprio corpo agora; não conseguia mais sentir a si mesmo. Sabia apenas que estava deitado com uma arma na mão, cercado por homens que queriam matá-lo. Então ouviu um barulho rítmico martelando por perto; olhou. Atrás da beirada de uma chaminé ele viu um alçapão aberto.

"Muito bem, moleque!", uma voz rouca gritou. "Vamos te dar uma última chance. Desce daí!"

Ele ficou imóvel. O que ia acontecer? Sabia que não iam atirar, pois não conseguiam vê-lo. Então o quê? E enquanto se perguntava, soube: um sibilo furioso de água, cintilando como prata sob as luzes brilhantes, jorrou acima da sua cabeça com uma força tremenda, passando bem acima dele e atingindo o telhado mais além com um ronco retumbante. Tinham ligado a mangueira de água; os bombeiros tinham feito isso. Estavam tentando forçá-lo a sair de seu esconderijo. O fluxo de água vinha de trás da chaminé onde a porta do alçapão havia sido aberta, mas até então a água não o tinha atingido. Acima dele a corrente impetuosa sacudia para lá e para cá; estavam tentando acertá-lo com ela. E então a água o atingiu, de lado; foi como o golpe de um trator. Ele perdeu o ar e sentiu uma dor surda no lado atingido que se espalhou, engolindo-o. A água estava tentando empurrá-lo para fora da caixa-d'água; ele agarrou a borda com força, sentindo sua força se esvair. Seu peito arfava, e ele sabia, pela dor que latejava dentro dele, que não seria capaz de resistir por muito tempo com a água batendo em seu corpo assim. Sentia frio, congelando; parecia que seu sangue tinha se transformado em gelo. Engasgou-se, a boca aberta. Então o revólver ficou solto em seus dedos; tentou agarrá-lo de novo e percebeu que não conseguia. A água parou de jorrar; ele ficou deitado, ofegante, esgotado.

"Joga a arma, moleque!"

Ele cerrou os dentes. A água gelada recaiu de novo contra seu corpo como uma mão gigante; a frieza dela o esmagava como as espirais de uma jiboia monstruosa. Os braços doíam. Ele estava atrás de sua cortina agora, olhando com desdém para si mesmo congelando sob o impacto da água em ventos abaixo de zero. Depois o jato d'água desviou do seu corpo.

"Joga a arma, moleque!"

Ele começou a sacudir todo; abandonou a arma completamente. Bom, era isso. Por que não subiam para pegá-lo? Agarrou a borda da caixa-d'água de novo, afundando os dedos na neve e no gelo. Sua força se foi. Desistiu. Virou-se de barriga para cima e olhou, fraco, para o céu através das grades moventes de luz. Era isso. Podiam atirar nele agora. Por que não atiravam? Por que não vinham pegá-lo?

"Joga a arma, moleque!"

Queriam o revólver. Não estava com ele. Ele não estava mais com medo. Não tinha mais força suficiente para estar.

"Joga a arma, moleque!"

Sim; pegar a arma e atirar neles, até ficar sem balas. Devagar, esticou a mão e tentou pegar a arma, mas seus dedos estavam duros demais. Alguma coisa ria dentro dele, um riso frio e insensível; estava rindo de si mesmo. Por que não vinham pegá-lo? Estavam com medo. Revirou os olhos, olhando com anseio para a arma. Então, enquanto olhava para ela, a corrente prateada e sibilante a atingiu e ela rolou para fora da caixa-d'água, para fora de vista...

"Aí está!"

"Desce daí, moleque! Você já era!"

"Não subam lá! Ele pode ter outra arma!"

"Desce daí, moleque!"

Ele estava fora de tudo aquilo agora. Fraco demais e com frio demais para continuar agarrado à borda da caixa-d'água; ficou simplesmente deitado no topo dela, a boca e os olhos abertos, ouvindo o jato de água zunir acima dele. Então a água o atingiu mais uma vez, de lado; sentiu seu corpo deslizar sobre a superfície escorregadia de gelo e neve. Queria se segurar, mas não conseguia. Seu corpo balançava na borda; as pernas pendiam no ar. Então estava caindo. Aterrissou no telhado, de cara, na neve, atordoado.

Abriu os olhos e viu uma roda de rostos brancos, mas ele estava ausente; estava atrás da sua cortina, sua parede, observando. Ouviu homens falando e as vozes chegavam aos seus ouvidos vindas de muito longe.

"É ele mesmo!"

"Leva ele pra rua!"

"A água derrubou ele!"

"Ele parece meio congelado!"

"Certo, levem ele pra rua!"

Ele sentiu seu corpo ser arrastado pela neve do telhado. Depois o levantaram e o enfiaram, primeiro pelos pés, no alçapão.

"Pegou ele?"

"Sim! Pode soltar!"

"Tá bom!"

Foi largado em mãos rudes dentro do sótão escuro. Estavam arrastando-o pelos pés. Fechou os olhos e sua cabeça deslizou por tábuas ásperas. Com esforço, passaram seu corpo pelo último alçapão e ele soube que estava dentro do prédio, pois sentia ar quente no rosto. Pegaram-no pelas pernas de novo e o arrastaram pelo corredor, sobre um suave carpete.

Houve uma pequena pausa, depois começaram a descer as escadas com ele, sua cabeça batendo nos degraus. Ele dobrou os braços molhados em volta da cabeça para se proteger, mas logo seus cotovelos e braços começaram a bater tão fortemente nos degraus que toda a sua força se esvaiu. Relaxou, sentindo a cabeça colidir dolorosamente contra a escada. Fechou os olhos e tentou perder a consciência. Mas ainda a sentia, batendo como um martelo no seu cérebro. Então parou. Estava próximo da rua; podia ouvir os berros e gritos chegando até ele como o rugido da água. Estava na rua agora, sendo arrastado pela neve. Seus pés estavam suspensos no ar, agarrados por mãos fortes.

"Matem ele!"

"Linchem ele!"

"Esse preto filho da puta!"

Soltaram seus pés; ele estava na neve, estendido de barriga para cima. À sua volta surgiu um mar de barulho. Ele abriu um pouco os olhos e viu uma série de rostos, brancos e assombrosos.

"Matem esse macaco preto!"

Dois homens esticaram seus braços, como se estivessem prestes a crucificá-lo; colocaram um pé em cada um de seus pulsos, fazendo-os afundar na neve. Seus olhos se fecharam, devagar, e ele foi engolido pela escuridão.

LIVRO TRÊS
Destino

Não havia dia nem noite para ele agora; havia apenas um longo intervalo de tempo, um longo intervalo de tempo que era muito curto; e então — o fim. Não havia ninguém no mundo de quem ele sentisse medo agora, pois sabia que o medo era inútil; e não havia ninguém no mundo de quem ele sentisse ódio, pois sabia que o ódio não o ajudaria.

Embora o carregassem de uma delegacia a outra, embora o ameaçassem, o persuadissem, o intimidassem e o infernizassem, ele se recusou terminantemente a falar. Na maior parte do tempo ficava sentado com a cabeça baixa, olhando para o chão; ou ficava deitado de bruços, o rosto enterrado na dobra do braço, como estava deitado agora numa cama com uma pálida luz amarela do sol de um céu de fevereiro recaindo sobre ele através das barras frias de aço da delegacia de polícia da rua 11.

A comida lhe era trazida em bandejas e uma hora depois era levada de volta, intocada. Davam-lhe maços de cigarro, que ficavam no chão, fechados. Nem sequer bebia água. Simplesmente ficava deitado ou sentado, sem dizer nada, sem perceber quando alguém entrava ou saía da cela. Quando queriam que ele fosse de um lugar para outro, pegavam-no pelo pulso e o levavam; ele ia sem oferecer resistência, andando sempre arrastando os pés, cabisbaixo. Mesmo quando o agarravam pelo colarinho, seu corpo fraco se deixava ser maltratado com facilidade, ele olhava sem esperança ou ressentimento, seus olhos como duas poças de tinta preta em seu rosto flácido. Ninguém o tinha visto, exceto os policiais, e ele não havia pedido para ver ninguém. Nem uma só vez durante os três dias que se seguiram à sua captura uma imagem do que ele havia feito lhe viera à mente. Ele havia empurrado a coisa toda para trás de si, e lá ela ficou, monstruosa e horrível. Não era bem em letargia que ele estava, mas nas garras de uma profunda resolução psicológica de não reagir a nada.

Tendo sido atirado por um assassinato acidental numa posição em que percebera uma possível ordem e significado para suas relações com as pessoas ao seu redor; tendo aceitado a culpa moral e a responsabilidade pelo assassinato porque isso o fizera sentir-se livre pela primeira vez na vida; tendo sentido em seu coração uma necessidade obscura de estar em casa com pessoas e tendo exigido dinheiro de resgate para poder fazê-lo — tendo feito tudo isso e fracassado, ele escolheu não lutar mais. Com um ato supremo de vontade brotando da essência do seu ser, ele se afastou de sua vida e da longa sequência de consequências desastrosas que dela decorreram e olhou melancólico para o rosto escuro de águas antigas sobre as quais algum espírito havia respirado e o criado, a face escura das águas onde ele fora feito primeiro à imagem de um homem com uma necessidade e urgência obscuras de homem; sentindo que queria afundar de volta naquelas águas e descansar eternamente.

E ainda assim seu desejo de esmagar toda fé que nele havia era, em si mesmo, baseado num senso de fé. As sensações de seu corpo concluíram que, se não era possível haver uma fusão com os homens e mulheres à sua volta, deveria haver uma fusão com alguma outra parte do mundo natural onde ele vivia. Do estado de renúncia brotava nele novamente a vontade de matar. Mas dessa vez não estava direcionada para fora, para as pessoas, mas para ele próprio. Por que não matar esse anseio rebelde dentro dele que o levara a esse fim? Ele tinha se voltado para fora e matado e não resolvera nada, então por que não se voltar para dentro e matar aquilo que o enganara? Esse sentimento brotava sozinho, orgânica e automaticamente; como a casca apodrecida de uma semente formando o solo em que deveria crescer de novo.

E, abaixo e acima de tudo, havia o medo da morte, diante da qual ele estava nu e indefeso; tinha que seguir adiante e encontrar seu fim como qualquer outro ser vivo sobre a face da Terra. E regulando sua atitude em relação à morte estava o fato de que ele era preto, inferior e desprezado. Passivamente, ele ansiava por outra órbita entre dois polos que o deixaria viver de novo; por um novo modo de vida que o pegaria com a tensão do ódio e do amor. Haveria de pairar sobre ele, como as estrelas num céu cheio, uma vasta configuração de imagens e símbolos cuja magia e poder poderiam levantá-lo e fazê-lo viver com tanta intensidade que o temor de ser preto e inferior seria esquecido; que mesmo a morte não importaria, isso seria uma vitória. Teria que acontecer antes que ele pudesse encará-los de novo: um novo orgulho e uma nova humildade teriam que nascer dentro dele, uma humildade que brotasse de uma nova identificação com alguma parte do mundo em que ele vivia, e essa identificação formando a base para uma nova esperança que funcionaria nele como orgulho e dignidade.

Mas talvez isso nunca acontecesse; talvez não existisse nada assim para ele; talvez tivesse que enfrentar seu fim como ele era, burro, impetuoso, com a sombra do vazio nos olhos. Talvez isso fosse tudo. Talvez as sugestões confusas, a excitação, o formigamento, a euforia — talvez fossem falsas luzes que não levavam a lugar nenhum. Talvez estivessem certos quando diziam que a pele preta era ruim, a cobertura de um animal tipo macaco. Talvez ele só fosse azarado, um homem predestinado a ruir na escuridão, uma piada obscena feita em meio a um alarido colossal de gritos de sirenes e rostos brancos e fachos de luz circulando sob um céu frio e sedoso. Mas não podia sentir isso por muito tempo; assim que seus sentimentos chegaram a essa conclusão, a convicção de que havia alguma saída retornou, forte e poderosa e, no seu atual estado, condenadora e paralisante.

E então uma manhã um grupo de homens apareceu, pegou-o pelos pulsos e o levou até uma grande sala do necrotério do Condado de Cook, onde havia muitas pessoas. Ele piscou por causa das luzes brilhantes e ouviu pessoas falando alto e animadamente. O arranjo compacto de rostos brancos e os constantes flashes das câmeras fotográficas o fizeram olhar com espanto crescente. Seu escudo de indiferença não podia mais protegê-lo. De início, pensou que era o começo do julgamento, e estava preparado para mergulhar de volta em seu sonho de insignificância. Mas não era um tribunal. Era informal demais para isso. Ele percebeu, atravessando seus sentimentos, uma sensação similar à que havia tido quando os repórteres apareceram no porão do sr. Dalton com seus chapéus na cabeça, fumando cigarros e charutos, fazendo perguntas; só que agora essa sensação era muito mais forte. Havia no ar uma zombaria silenciosa que o desafiava. Não era o ódio deles que ele sentia; era algo mais profundo. Percebeu na postura deles em relação a ele que tinham ido além do ódio. Ouviu no som de suas vozes uma certeza paciente; viu seus olhos passarem por ele com uma calma convicção. Embora não pudesse colocar em palavras, sentiu que não apenas tinham resolvido matá-lo, mas também que estavam determinados a fazer sua morte significar mais do que uma mera punição; que o consideravam uma invenção daquele mundo negro que temiam e ansiavam por manter em controle. A atmosfera da multidão lhe dizia que iam usar a morte dele como um símbolo sangrento de medo a tremular diante dos olhos do mundo negro. E ao sentir isso, a revolta cresceu nele. Havia descido ao fundo do poço da morte, mas, quando sentiu sua vida ameaçada de novo de um jeito que significava que iria descer a estrada escura de um espetáculo impotente para o divertimento dos outros, voltou à ação, vivo, combativo.

Tentou mexer as mãos e descobriu que estavam presas por fortes e frias algemas de aço aos pulsos brancos de policiais sentados um de cada lado. Olhou ao seu redor; um policial estava parado na frente dele e havia outro atrás. Ouviu um clique agudo e metálico e suas mãos ficaram livres. Houve um crescente murmúrio de vozes, e ele percebeu que o burburinho era causado por seus movimentos. Então seus olhos se fixaram num rosto branco ligeiramente inclinado para cima. A pele tinha uma qualidade de tensa ansiedade e em volta do rosto branco oval havia uma moldura de cabelo ainda mais branco. Era a sra. Dalton, sentada em silêncio, as mãos frágeis e de cera dobradas no colo. Bigger lembrou-se, ao olhar para ela, daquele momento de absoluto terror quando tinha ficado ao lado da cama no quarto escuro e azul ouvindo seu coração bater contra suas costelas, com seus dedos pressionando o travesseiro no rosto de Mary para impedi-la de resmungar.

Sentado ao lado da sra. Dalton estava o sr. Dalton, com os olhos fixos à frente e bem abertos, sem piscar. O sr. Dalton se virou devagar e olhou para Bigger, e Bigger olhou para baixo.

Ele viu Jan: cabelo loiro; olhos azuis; um rosto gentil e vigoroso olhando para ele. O calor da vergonha o inundou assim que a cena do carro voltou; sentiu de novo a pressão dos dedos de Jan em sua mão. E então a vergonha foi substituída por uma raiva culpada quando lembrou de Jan confrontando-o na calçada coberta de neve.

Estava ficando cansado; quanto mais voltava a si, mais a sensação de fadiga se infiltrava nele. Olhou para suas roupas; estavam úmidas e amassadas e as mangas do casaco estavam arregaçadas. Sua camisa estava aberta, e ele conseguia ver a pele preta do seu peito. De repente, sentiu os dedos da mão direita latejarem de dor. Duas unhas tinham sido arrancadas. Ele não conseguia lembrar como isso tinha acontecido. Tentou mover a língua e notou que estava inchada. Seus lábios estavam secos, rachados e sedentos por água. Sentiu tontura. As luzes e os rostos giravam devagar, como um carrossel. Estava caindo rapidamente pelo espaço...

Quando abriu os olhos, estava estendido sobre um catre. Um rosto branco pairava sobre ele. Tentou se levantar e foi empurrado para trás.

"Vai com calma, garoto. Aqui; beba isso."

Um copo tocou seus lábios. Deveria beber? Mas que diferença fazia? Bebeu alguma coisa quente; era leite. Quando o copo ficou vazio, ele se deitou de costas e olhou para o teto branco; a memória de Bessie e do leite que ela tinha esquentado para ele voltou com força. Então a imagem da morte dela surgiu e ele fechou os olhos, tentando esquecer. Seu estômago roncou; estava se sentindo melhor. Ouviu um zumbido baixo de vozes. Agarrou a beirada do catre e sentou-se.

"Ei! Como você está se sentindo, garoto?"

"Hum?", ele resmungou. Era a primeira vez que havia falado desde que fora capturado.

"Como você está se sentindo?"

Ele fechou os olhos e virou o rosto, percebendo que eles eram brancos e ele era preto; que eles eram os captores e ele o cativo.

"Ele tá voltando a si."

"É. A multidão deve ter assustado ele."

"Fala, garoto! Quer comer alguma coisa?"

Ele não respondeu.

"Vai buscar alguma coisa pra ele. Ele não sabe o que quer."

"É melhor você deitar, garoto. Você vai ter que voltar pro inquérito hoje à tarde."

Sentiu as mãos deles empurrando-o de volta para o catre. A porta foi fechada; ele olhou ao redor. Estava sozinho. O quarto estava quieto. Tinha voltado ao mundo de novo. Não tinha tentado; apenas acontecera. Estava sendo jogado para lá e para cá por uma onda de forças estranhas que não conseguiria entender. Não era para salvar sua vida que ele tinha voltado; não se importava com o que fizessem com ele. Podiam colocá-lo na cadeira elétrica agora mesmo, pouco lhe importava. Era para salvar seu orgulho que ele tinha voltado. Não queria que se divertissem às suas custas. Se o tivessem matado naquela noite, quando o arrastaram escada abaixo, teria sido um feito nascido da força deles sobre a sua. Mas sentia que eles não tinham o direito de sentar-se e observá-lo, de usá-lo como bem quisessem.

A porta se abriu e um policial trouxe uma bandeja de comida, deixou-a numa cadeira próxima e depois saiu. Havia um bife, batatas fritas e café. Com cuidado, ele cortou um pedaço do bife e pôs na boca. O gosto era tão bom que tentou engolir antes de mastigar. Sentou-se na beirada do catre e puxou a cadeira para perto de modo a poder alcançar a comida. Comeu tão rápido que seus maxilares doíam. Parou e reteve a comida na boca, sentindo a saliva fluir ao redor dela. Quando terminou, acendeu um cigarro, esticou-se no catre e fechou os olhos. Adormeceu e caiu num sono agitado.

Então sentou-se de repente. Não lia um jornal fazia bastante tempo. O que estariam dizendo agora? Levantou-se; desequilibrou-se e a sala girou. Ainda estava fraco e tonto. Encostou na parede e andou devagar até a porta. Com cautela, virou a maçaneta. A porta se abriu e ele deu de cara com um policial.

"Qual o problema, moleque?"

Ele viu uma arma pesada pendurada no quadril do homem. O policial o pegou pelo pulso e o levou de volta até o catre.

"Aqui; vai com calma."

"Eu quero um jornal", ele disse.

"Hum? Um jornal?"

"Eu quero ler o jornal."

"Espera um pouco. Vou ver."

O policial saiu e retornou com uma braçada de jornais.

"Aqui está, moleque. Você tá em todos eles."

Ele não olhou para os jornais até que o homem tivesse saído da sala. Então abriu o *Tribune* e leu:

NEGRO ESTUPRADOR DESMAIA DURANTE O INQUÉRITO

Ele entendia agora; era o inquérito para o qual tinha sido levado. Tinha desmaiado e o trouxeram para cá. Leu em seguida:

Dominado pela visão de seus acusadores, Bigger Thomas, o negro maníaco sexual e assassino, desmaiou dramaticamente hoje de manhã no inquérito de Mary Dalton, a herdeira milionária de Chicago.

Saindo pela primeira vez da letargia em que se encontrava desde sua captura na noite da última segunda-feira, o negro assassino ficou acovardado e temeroso quando centenas de pessoas tentaram ter um vislumbre dele.

"Ele parece direitinho com um macaco!", exclamou uma jovem branca aterrorizada, que viu o negro assassino sendo carregado numa maca depois de ter desmaiado.

Embora o corpo do negro matador não pareça compacto, ele passa a impressão de possuir uma força física anormal. Tem cerca de 1,80m de altura e sua pele é extremamente preta. O maxilar inferior projeta-se para a frente de um jeito detestável, lembrando o queixo de uma besta selvagem.

Os braços são longos e, ao lado do corpo, chegam à altura dos joelhos. É fácil imaginar como esse homem, nas garras de uma paixão sexual entorpecente, dominou a pequena Mary Dalton, estuprou-a, assassinou-a, decapitou-a e então enfiou seu corpo numa fornalha que bramia para destruir a evidência do crime.

Os ombros são enormes, musculosos, e ele os mantém curvados, como se estivesse prestes a saltar sobre você a qualquer momento. Ele observa o mundo com um olhar estranho, taciturno e fixo, como se desafiasse todos os esforços de compaixão.

No geral, ele parece uma besta completamente intocada pelas influências atenuantes da civilização moderna. No seu jeito de falar e no seu comportamento, falta o charme do mediano, inofensivo, jovial e sorridente sulista preto tão amado pelo povo americano.

Assim que o assassino apareceu no inquérito, houve gritos de "Linchem ele! Matem ele!".

Mas o negro bruto parecia indiferente ao seu destino, como se inquéritos, julgamentos e até mesmo a certeza iminente da cadeira elétrica não lhe causassem terror algum. Ele agiu como um antigo elo perdido da espécie humana. Parecia fora de lugar no mundo civilizado do homem branco.

Um capitão de polícia irlandês ressaltou com profunda convicção: "Estou convencido de que a morte é a única cura para gente como ele".

Durante três dias o negro recusou qualquer tipo de alimento. A polícia acredita que ou ele está tentando morrer de fome e escapar da cadeira, ou está tentando angariar simpatia para si mesmo.

De Jackson, Mississippi, chegou um relatório ontem de Edward Robertson, editor do Jackson Daily Star, *sobre a infância de Bigger Thomas lá. O editor escreveu:*

"Thomas vem de uma família preta pobre de uma variedade indolente e imoral. Foi criado aqui e é conhecido pelos moradores como um ladrão incorrigível e mentiroso. Não conseguimos mandá-lo para a cadeia, para trabalhar forçado e acorrentado em grupo, por causa de sua pouca idade.

"Nossa experiência aqui em Dixie com esse tipo de negros depravados mostrou que só a pena de morte, infligida publicamente e de maneira dramática, tem alguma influência em sua mentalidade peculiar. Se o preto Thomas tivesse morado no Mississippi e cometido esse crime aqui, poder algum sob o céu poderia salvá-lo da morte nas mãos de cidadãos indignados.

"Penso ser apropriado informar que em muitos lugares acredita-se que Thomas, apesar de sua tez escura, tenha uma pequena porção de sangue branco nas veias, uma mistura que geralmente produz uma natureza criminosa e intratável.

"Aqui em Dixie somos firmes ao manter os negros em seus devidos lugares e nos certificamos de que saibam que se eles sequer tocarem numa mulher branca, boa ou má, não poderão viver.

"Quando negros ficam ressentidos por causa de injustiças imaginadas, nada os faz caírem em si tão rápido quanto cidadãos que executam a lei com as próprias mãos, fazendo de um negro encrenqueiro e perturbador da ordem um exemplo.

"Crimes como os assassinatos cometidos por Bigger Thomas poderiam ser diminuídos segregando negros nos parques, praças, cafés, teatros e bondes. A segregação residencial é imperativa. Tais medidas tendem a mantê-los o máximo possível fora do contato direto com mulheres brancas, reduzindo seus ataques contra elas.

"Nós, do Sul, acreditamos que o Norte encoraja os negros a obterem mais educação do que eles são organicamente capazes de absorver, com o resultado de que os negros do Norte são, em geral, mais infelizes e inquietos do que os do Sul. Se as escolas segregadas fossem mantidas, seria bastante fácil limitar a educação dos negros ao regular a destinação das verbas por meio dos órgãos legislativos da cidade, do condado e do estado.

"Mais uma intimidação psicológica pode ser alcançada ao se condicionar os negros a prestarem deferência a qualquer pessoa branca com quem tiverem contato. Isso é feito pela regulação de seus discursos e ações. Nós descobrimos que a injeção de um elemento de medo constante tem nos ajudado enormemente no manejo desse problema."

Ele abaixou o jornal; não conseguia mais ler. Sim, é claro; iam matá-lo; mas iam se divertir com ele antes disso. Manteve-se imóvel; estava tentando tomar uma decisão; não pensando, mas sentindo. Devia voltar para detrás de sua parede? *Podia* voltar agora? Sentia que não. Mas qualquer esforço que fizesse agora não acabaria como os outros? Por que ir em frente e encontrar mais ódio? Ficou deitado no catre, sentindo-se como havia se sentido na noite em que seus dedos agarraram as bordas geladas da caixa-d'água sob os oscilantes fachos de luz, sabendo que havia homens à espreita abaixo dele com armas e bombas de gás lacrimogêneo, ouvindo o som estridente das sirenes e os crescentes berros sedentos de dez mil gargantas...

Vencido pela sonolência, ele fechou os olhos; então os abriu abruptamente. A porta foi aberta e ele viu um rosto negro. Quem era? Um homem negro alto e bem-vestido se aproximou e parou. Bigger ergueu o torso, apoiando-se nos cotovelos. O homem foi até o catre e estendeu uma palma encardida, tocando a mão de Bigger.

"Meu pobre menino! Que o bom Deus tenha misericórdia de você."

Ele olhou para o terno preto do homem e lembrou quem era: reverendo Hammond, o pastor da igreja de sua mãe. E de imediato ficou na defensiva em relação ao homem. Fechou o coração e tentou sufocar todos os sentimentos dentro de si. Temia que o pastor o fizesse sentir remorso. Queria falar para ele ir embora; mas em sua mente o homem estava associado tão próximo à mãe e ao que ela acreditava que ele não conseguiu falar. Em seus sentimentos, ele não conseguia diferenciar o que esse homem evocava nele do que ele tinha lido nos jornais; o amor de seus próprios pares e o ódio dos outros faziam agora com que se sentisse igualmente culpado.

"Como você tá, filho?", o homem perguntou; ele não respondeu, e a voz do homem prosseguiu: "Sua mãe pediu pra eu vir aqui falar com você. Ela quer vir também".

O pastor se ajoelhou no chão e fechou os olhos. Bigger cerrou os dentes e tensionou os músculos; sabia o que estava por vir.

"Jesus, vira seus olhos e olha no coração desse pobre pecador! O Senhor disse que sempre teria misericórdia e, se a gente pedisse de joelhos, o Senhor entraria em nossos corações, com a abundância da sua graça! Nós imploramos por sua misericórdia agora, Senhor! Conceda a misericórdia a esse pobre menino pecador que precisa tanto! E se os pecados dele são sangrentos, Senhor, lava e deixa-os branco como neve! Perdoa ele por tudo que ele fez, Senhor! Deixa a luz do seu amor guiar ele nesses dias sombrios! Ajuda quem tá tentando ajudar ele, Senhor! Entra no coração deles e sopra compaixão em seu espírito! A gente roga isso em nome do seu filho Jesus que morreu na cruz e nos deu a misericórdia do seu amor! Amém..."

Bigger olhava sem piscar para a parede branca à sua frente enquanto as palavras do pastor se registravam em sua consciência. Sabia sem ouvir o que elas significavam; era a conhecida voz de sua mãe falando de sofrimento, de esperança, de amor além deste mundo. E ele não suportava isso porque o fazia sentir tão condenado e culpado quanto a voz daqueles que o odiavam.

"Filho..."

Bigger olhou de relance para o pastor e depois desviou o olhar.

"Esqueça tudo menos da sua alma, filho. Esqueça de tudo, menos da vida eterna. Esqueça o que os jornais dizem. Esqueça que você é preto. Deus não olha pra sua pele, Deus olha dentro do seu coração, filho. Ele olha pra única parte sua que é *Dele*. Ele te quer e ele te ama. Se entrega pra ele, filho. Escuta, deixa eu te dizer por que você tá aqui, deixa eu te contar uma história que vai alegrar seu coração..."

Bigger ficou muito quieto, ouvindo sem escutar. Se depois alguém tivesse lhe pedido para repetir as palavras do pastor, ele não seria capaz. Mas sentia e intuía seu significado. À medida que o pastor falava, aparecia diante dele um vasto vazio negro silencioso e as imagens do pastor nadavam nesse vazio, tornavam-se grandes e poderosas; imagens familiares que sua mãe tinha lhe dado quando ele era uma criança em seu colo; imagens que, por sua vez, despertavam impulsos havia muito adormecidos, impulsos que tinha suprimido e procurava desviar de sua vida. Eram imagens que antes lhe haviam dado uma razão para viver, haviam explicado o mundo. Agora se espalhavam diante de seus olhos e se apoderavam de suas emoções numa magia de admiração e surpresa.

... um alcance infinito de águas profundas e murmurantes em cuja face havia escuridão e não havia forma nem moldura nem sol nem estrelas nem terra e uma voz saiu da escuridão e as águas se moveram para obedecer e delas emergiu devagar uma enorme esfera giratória e a voz disse *faça-se a luz* e fez-se luz e era boa luz e a voz disse *faça-se um firmamento* e as águas se dividiram e fez-se um vasto espaço acima das águas que se formou em nuvens que se estendiam sobre as águas e como um eco a voz veio de longe dizendo *que a terra seca apareça* e com um farfalhar fulminante as águas se esvaíram e os picos de montanhas apareceram e formaram-se os vales e rios e a voz chamou a área seca de *terra* e as águas de *mar* e na terra cresceram grama e árvores e flores que deram sementes que caíram na terra e crescerem de novo e a terra foi iluminada pela luz de milhões de estrelas e para o dia havia o sol e para a noite havia a lua e havia dias e semanas e meses e anos e a voz chamou o crepúsculo e as criaturas moventes emergiram das grandes águas como baleias e todos os tipos de coisas vivas rastejantes e na terra havia bestas e gado e a voz disse *façamos o homem à nossa própria imagem* e da terra empoeirada ergueu-se um homem que se agigantou diante do dia e do sol e depois dele ergueu-se uma mulher que se agigantou diante da noite e da lua e eles viveram como uma só carne e não havia Dor nem Anseio nem Tempo nem Morte e a Vida era como flores que desabrochavam ao resto deles no jardim da terra e das nuvens vinha uma voz que dizia *não comas o fruto da árvore no meio do jardim, nem a toque, para que não morras...*

As palavras sussurradas do pastor pararam. Bigger olhou para ele de canto de olho. O rosto do pastor era negro, triste e sério e o fez sentir uma culpa mais profunda do que aquela que o assassinato de Mary o fizera sentir. Ele tinha matado dentro de si a imagem assombrosa da vida do pastor, antes mesmo de ter matado Mary; esse tinha sido seu primeiro assassinato. E agora o pastor a fazia desfilar diante de seus olhos como um fantasma na noite, criando nele um senso de exclusão que era frio como um bloco de gelo. Por que essa coisa deveria surgir agora para atormentá-lo depois de ele ter pressionado um travesseiro de medo e ódio sobre sua face para sufocá-la até a morte? Para aqueles que queriam matá-lo ele não era humano, não estava incluído naquela representação da criação; e era por isso que ele a tinha matado. Para viver, tinha criado um mundo novo para si, e por isso ia morrer.

Novamente as palavras do pastor penetraram em seus sentimentos: "Filho, você sabe que árvore era aquela? Era a árvore do conhecimento. Não era suficiente pro homem ser como Deus, ele queria saber *por quê*. E Deus só queria que ele florescesse como as flores do campo, vivesse como as crianças. O homem queria saber por que e caiu da luz pra escuridão, do amor pra danação, da bênção pra vergonha. Deus expulsou eles do jardim e disse pro homem que ele tinha que conseguir o pão de cada dia com o suor da sua testa e disse pra mulher que ela ia dar à luz as crianças com dor e sofrimento. O mundo se virou contra eles e eles tiveram que lutar pela vida..."

... o homem e a mulher andavam temerosos entre as árvores as mãos cobrindo sua nudez e atrás deles bem no alto no crepúsculo contra as nuvens um anjo acenou uma espada flamejante que os tirou do jardim e os lançou na noite selvagem de ventos frios e lágrimas e dor e morte e o homem e a mulher pegaram seu alimento e o queimaram para enviar fumaça para o céu implorando por perdão...

"Filho, por milhares de anos a gente tem rezado pra Deus tirar essa maldição de nós. Deus ouviu nossa oração e disse que ia mostrar pra nós o caminho de volta pra Ele. Seu filho Jesus veio pra terra, vestiu a carne humana e viveu e morreu pra mostrar o caminho pra gente. Jesus deixou os homens crucificarem Ele; mas Sua morte foi uma vitória. Ele mostrou pra gente que pra viver nesse mundo era ser crucificado por ele. Esse mundo não é nosso lar. A vida é uma crucificação todo dia. Não tem outro caminho, filho, além do caminho de Jesus, o caminho do amor e do perdão. Seja que nem Jesus. Não resista. Agradeça a Deus por Ele ter escolhido esse caminho pra você voltar pra Ele. É o amor que vai te salvar, filho. Você tem que acreditar que Deus concede vida eterna através do amor de Jesus. Filho, olha pra mim..."

O rosto negro de Bigger se apoiava nas suas mãos e ele não se mexeu.

"Filho, promete que você vai parar de odiar pra que o amor de Deus entre no seu coração."

Bigger não disse nada.

"Não vai prometer, filho?"

Bigger cobriu os olhos com as mãos.

"Só diz que você vai *tentar*, filho."

Bigger sentia que se o pastor continuasse perguntando ele iria partir para cima e atacá-lo. Como poderia acreditar naquilo que tinha matado? Ele era culpado. O pastor se levantou, suspirou e tirou do bolso uma pequena cruz de madeira presa a uma corrente.

"Olha, filho. Tô segurando nas mãos uma cruz de madeira feita de uma árvore. Uma árvore é o mundo, filho. E pregado nessa árvore tá um homem sofredor. É isso que vida é, filho. Sofrimento. Como você pode deixar de acreditar na palavra de Deus quando tô segurando bem diante dos seus olhos a única coisa que dá significado pra sua vida? Toma, deixa eu colocar ela no seu pescoço. Quando você ficar sozinho, olha pra essa cruz, filho, e acredita..."

Silêncio. A cruz de madeira pendia junto à pele do peito de Bigger. Ele sentia as palavras do pastor, sentindo que a vida era carne pregada no mundo, um espírito ansioso aprisionado nos seus dias terrenos.

Olhou para cima ao ouvir a maçaneta girar. A porta se abriu e Jan apareceu, hesitante. Bigger ficou em pé num salto, eletrizado pelo medo. O pastor também ficou em pé, deu um passo para trás, curvou-se e disse:

"Bom dia, senhor."

Bigger se perguntou o que Jan poderia querer dele agora. Não estava preso e pronto para ser julgado? Jan não ia conseguir sua vingança? Bigger ficou tenso enquanto Jan andava para o meio da cela e parava para encará-lo. Então de repente ocorreu a Bigger que ele não precisava ficar em pé, que não havia razão para temer que Jan o agredisse na cadeia. Sentou-se e abaixou a cabeça; a cela estava silenciosa, tão silenciosa que Bigger ouvia a respiração do pastor e de Jan. O homem branco a quem tentara incriminar estava à sua frente e ele ficou sentado esperando ouvir palavras raivosas. Bom, por que ele não falava? Ele ergueu os olhos; Jan olhava diretamente para ele, e ele desviou o olhar. Mas o rosto de Jan não estava com raiva. Se não estava com raiva, então o que ele queria? Olhou de novo e viu os lábios de Jan se mexerem para falar, mas nenhuma palavra saiu. E quando Jan enfim falou sua voz era baixa e havia longas pausas entre as palavras; parecia, para Bigger, que estava ouvindo um homem falar consigo mesmo.

"Bigger, talvez eu não tenha palavras para dizer o que eu quero dizer, mas vou tentar... Essa coisa me atingiu como uma bomba. Levei... a semana toda para me recompor. Eles me prenderam e eu não conseguia nem sequer começar a imaginar o que estava acontecendo... E-eu não quero te preocupar, Bigger. Sei que você está encrencado agora. Mas tem uma coisa que eu queria dizer... Você não precisa falar comigo se não quiser, Bigger. Eu acho que sei um pouco o que você está sentindo agora. Eu não sou burro, Bigger; eu consigo entender, mesmo que tenha parecido que eu não entendi naquela noite..." Jan parou, engoliu em seco e acendeu um cigarro. "Bom, você me deixou desconcertado... Eu vejo agora. Eu estava meio cego. E-eu só queria vir aqui e te falar que não estou com raiva... não estou com raiva e quero que você me deixe te ajudar. Não te odeio por tentar jogar a culpa disso em mim... Talvez você tivesse bons motivos... Não sei. E talvez, em certo sentido, eu seja o único verdadeiro culpado..." Jan parou de novo e deu uma tragada longa e forte do cigarro, soprou a fumaça devagar e mordeu os lábios de nervoso. "Bigger, eu nunca fiz nada contra você e contra o seu povo em toda a minha vida. Mas sou um homem branco e seria pedir demais pra você não me odiar, quando todo homem branco que você vê te odeia. E-eu sei que meu... meu rosto se parece com o deles, mesmo que eu não me sinta como eles. Mas não sabia que estávamos tão distantes um do outro até aquela noite... Eu consigo entender agora por que você apontou a arma para mim quando te esperei do lado de fora da casa para conversar com você. Era a única coisa que você poderia ter feito; mas eu não sabia que minha cara branca estava te fazendo se sentir culpado, te condenando..." Os lábios de Jan ficaram abertos, mas não saíam mais palavras; seus olhos percorriam os cantos da cela.

Bigger ficou sentado em silêncio, perplexo, sentindo que estava numa grande roda cega sendo girada por rajadas de vento. O pastor se aproximou.

"O senhor é o sr. Erlone?"

"Sim", Jan disse, virando-se.

"É uma coisa muito boa o que o senhor acabou de dizer. Se tem alguém que precisa de ajuda é esse pobre garoto. Eu sou o reverendo Hammond."

Bigger viu Jan e o pastor apertarem as mãos.

"Apesar de me machucar, eu tirei algo dessa coisa toda", Jan falou, sentando-se e virando para Bigger. "Me fez ver os homens de maneira mais profunda. Me fez ver coisas que eu sabia, mas tinha esquecido. E-eu perdi algo, mas também ganhei algo..." Jan repuxava sua gravata e a cela estava em silêncio, esperando-o falar. "Me ensinou que é seu direito me odiar, Bigger. Eu vejo agora que você não podia fazer nada além disso; era tudo que você tinha. Mas, Bigger, se eu digo que você tem o direito de me odiar, então isso deve tornar as coisas um pouco diferentes, não? Desde que saí da prisão tenho pensado sem parar nessa coisa toda e eu sinto que sou eu quem deveria estar preso por assassinato em vez de você. Mas não pode ser assim, Bigger. Não posso tomar para mim a culpa pelo que milhões de pessoas fizeram." Jan se inclinou para a frente e encarou o chão. "Não estou tentando te agradar, Bigger. Não vim aqui para dizer que sinto muito por você. Não acho que você seja tão pior do que o resto de nós que está enroscado nesse mundo. Estou aqui porque estou tentando agir de acordo com o que penso. E não é fácil, Bigger. E-eu amava a garota que você matou. E-eu amava..." A voz dele falhou e Bigger viu seus lábios tremerem. "Eu estava na cadeia, de luto pela Mary, e então pensei em todos os homens negros que foram assassinados, nos homens negros que tiveram que se lamentar quando seu povo foi arrancado deles para a escravidão e desde a escravidão. Pensei que se eles conseguiram suportar isso, então eu também deveria." Jan amassou o cigarro com o sapato. "Primeiro achei que o velho Dalton estava tentando me incriminar, e eu quis matá-lo. E quando fiquei sabendo que foi você quem fez isso, eu quis te matar. E aí comecei a pensar. Percebi que se eu matasse, essa coisa ia continuar e não ia acabar nunca. Eu disse: 'Vou ajudar esse cara, se ele deixar'."

"Que Deus te abençoe, senhor", o pastor disse.

Jan acendeu outro cigarro e ofereceu um para Bigger; mas Bigger recusou mantendo as mãos cruzadas à sua frente e olhando inerte para o chão. As palavras de Jan eram estranhas; nunca tinha ouvido esse tipo de conversa antes. O significado do que Jan tinha acabado de dizer era tão novo que ele não conseguia reagir; simplesmente ficou sentado, encarando, imaginando, com medo até mesmo de olhar para Jan.

"Me deixa ficar do seu lado, Bigger", Jan disse. "Posso lutar contra isso com você, assim como você começou essa luta. Posso me separar de todas essas pessoas brancas e me posicionar aqui com você. Escuta, eu tenho um amigo, um advogado. O nome dele é Max. Ele entende essa coisa e quer te ajudar. Você conversaria com ele?"

Bigger compreendeu que Jan não o considerava culpado pelo que havia feito. Era uma armadilha? Olhou para Jan e viu um rosto branco, mas um rosto honesto. Esse homem branco acreditava nele, e assim que ele sentiu essa crença, a culpa voltou; mas agora num sentido diferente. De repente, esse homem branco havia ido até ele, afastado sua cortina e entrado no quarto da vida dele. Jan fizera uma declaração de amizade que faria outros homens brancos odiá-lo: uma partícula de rocha branca se desprendera da montanha gigantesca de ódio branco e tinha rolado ladeira abaixo, parando aos seus pés. A palavra tinha se tornado carne. Pela primeira vez na vida um homem branco se tornou um humano para ele; e a realidade da humanidade de Jan veio com uma pontada de remorso: ele havia matado o que esse homem amava e o machucara. Viu Jan como se alguém tivesse realizado uma operação nos seus olhos, ou como se alguém tivesse arrancado uma máscara deformadora do rosto de Jan.

Bigger se sobressaltou, nervoso; a mão do pastor tocou seu ombro.

"Não quero me intrometer no que não é da minha conta, senhor", o pastor disse, num tom que era militante, mas dissuasivo. "Mas não adianta nada botar comunismo nessa coisa, senhor. Respeito muito seus sentimentos, senhor, mas o que o senhor tá dizendo só vai gerar mais ódio. O que esse pobre menino precisa é de compreensão..."

"Mas ele tem que lutar por ela", Jan disse.

"Tô com o senhor sobre querer mudar o coração dos homens", o pastor disse. "Mas não posso apoiar o senhor querer gerar mais ódio..."

Bigger ficou olhando de um para o outro, perplexo.

"Como é que o senhor vai mudar o coração dos homens quando os jornais estão injetando ódio neles todos os dias?", Jan perguntou.

"Deus pode mudar eles!", o pastor falou com fervor.

"Você não vai deixar meu amigo te ajudar, Bigger?"

Bigger olhou ao redor da sala, como se procurasse um jeito de escapar. O que poderia dizer? Ele era culpado.

"Me esquece", murmurou.

"Não posso", Jan disse.

"Já era pra mim", Bigger disse.

"Você não acredita em si mesmo?"

"Não", Bigger sussurrou, tenso.

"Você acreditou o suficiente pra matar. Achou que estava resolvendo alguma coisa, ou não teria matado", Jan disse.

Bigger o encarou e não respondeu. Esse homem acreditava tanto *assim* nele?

"Quero que você converse com o Max", Jan falou.

Jan foi até a porta. Um policial a abriu pelo lado de fora. Bigger continuou sentado, boquiaberto, tentando sentir para onde tudo isso o estava levando. Viu a cabeça de um homem aparecer na porta, uma cabeça estranha e branca, com cabelo grisalho e um rosto branco e magro que ele nunca tinha visto antes.

"Entre", Jan disse.

"Obrigado."

A voz era baixa, firme, mas gentil; havia nos lábios finos do homem um leve sorriso que parecia sempre ter estado lá. O homem entrou; era alto.

"Como você está, Bigger?"

Bigger não respondeu. Estava incerto de novo. Aquilo era algum tipo de armadilha?

"Este é o reverendo Hammond, Max", Jan disse.

Max apertou a mão do pastor e então se virou para Bigger.

"Quero conversar com você", Max falou. "Sou da Defesa dos Trabalhadores. Quero te ajudar."

"Não tenho dinheiro", Bigger respondeu.

"Eu sei. Escuta, Bigger, não tenha medo de mim. E não tenha medo do Jan. Nós não estamos com raiva de você. Quero representar você no tribunal. Você já conversou com algum outro advogado?"

Bigger olhou para Jan e para Max de novo. Eles pareciam legais. Mas como é que poderiam ajudá-lo? Ele queria ajuda, mas não ousava pensar que alguém ia querer fazer qualquer coisa por ele agora.

"Não, senhor", sussurrou.

"Como eles te trataram? Eles te bateram?"

"Eu tava doente", Bigger respondeu, sabendo que tinha que explicar por que não havia falado nem comido durante três dias. "Eu tava doente e não sei."

"Você está disposto a nos deixar cuidar do seu caso?"

"Eu não tenho dinheiro."

"Esquece isso. Escuta, eles vão te levar de volta para o inquérito agora à tarde. Mas você não tem que responder nenhuma pergunta, entende? Apenas sente e não fale nada. Estarei lá e você não precisa ter medo. Depois do inquérito eles vão te levar de volta para a prisão do Condado de Cook e eu vou estar por lá para conversar com você."

"Sim, senhor."

"Aqui; fica com esses cigarros."

"Obrigado, senhor."

A porta se abriu e um homem alto, de rosto grande com olhos cinzentos, entrou às pressas. Max, Jan e o pastor ficaram em um lado da sala. Bigger encarou o rosto do homem; aquele rosto o provocava. Então lembrou: era Buckley, o homem cuja face ele tinha visto no outdoor que alguns trabalhadores estavam colando alguns dias atrás. Bigger ouviu os homens conversarem, sentindo no tom de suas vozes uma profunda hostilidade mútua.

"Então você está se intrometendo de novo, hein, Max?"

"Esse garoto é meu cliente e não vai assinar confissão nenhuma", Max disse.

"Pra que eu ia querer a confissão dele?", Buckley perguntou. "A gente tem provas suficientes para colocá-lo numa dúzia de cadeiras elétricas."

"Vou garantir que os direitos dele sejam protegidos", Max disse.

"Que inferno, cara! Você não tem como fazer nada por ele."

Max se virou para Bigger.

"Não deixe essas pessoas te assustarem, Bigger."

Bigger ouviu, mas não respondeu.

"O que é que vocês, vermelhos, conseguem se preocupando com uma coisa preta dessas, só Deus sabe", Buckley falou, esfregando os olhos com as mãos.

"Você está com receio de não conseguir matar esse garoto antes das eleições de abril se assumirmos o caso, não é, Buckley?", Jan perguntou.

Buckley girou.

"Por que, em nome de Deus, vocês não podem escolher alguém decente para defender às vezes? Alguém que vai dar valor. Por que vocês, vermelhos, ficam amigos de escória como essa?"

"Você e suas táticas nos forçaram a defender esse garoto", Max disse.

"O que você quer dizer?", Buckley indagou.

"Se você não tivesse arrastado o nome do Partido Comunista para esse assassinato, eu não estaria aqui", Max respondeu.

"Que diabo, esse garoto assinou o bilhete de sequestro com o nome do Partido Comunista…"

"Eu sei disso", Max disse. "O garoto tirou a ideia dos jornais. Estou defendendo esse menino porque estou convencido de que homens como você o fizeram ser assim. Tentar culpar os comunistas pelo crime foi uma reação natural para ele. Ele tinha ouvido homens como você contarem tantas mentiras sobre os comunistas que acreditou nelas. Se eu puder fazer as pessoas desse país entenderem por que esse garoto fez o que fez, estarei fazendo mais do que defendê-lo."

Buckley riu, mordeu a ponta de um charuto novo, acendeu-o e ficou ali fumando. Andou até o centro da cela, inclinou a cabeça para um lado, tirou o charuto da boca e apertou os olhos para Bigger.

"Moleque, alguma vez você pensou que seria um homem tão importante como é agora?"

Bigger estivera à beira de aceitar a amizade de Jan e Max, e agora esse homem estava na frente dele. O que a reles amizade de Jan e Max significava face a um milhão de homens como Buckley?

"Eu sou o promotor do Estado", Buckley disse, indo de um lado da cela para o outro. Seu chapéu estava atrás da cabeça. Um lenço branco de seda despontava do bolso de cima do seu casaco preto. Ele parou ao lado do catre, olhando Bigger do alto. Quanto tempo vão demorar para matá-lo, Bigger se perguntava. O sopro caloroso de esperança que Jan e Max tinham soprado tão suavemente sobre ele se transformou em gelo sob o olhar frio de Buckley.

"Moleque, eu gostaria de te dar um bom conselho. Vou ser honesto com você e te avisar que você não tem que falar comigo se você não quiser e que qualquer coisa que você me falar pode ser usada contra você no tribunal, entendeu? Mas, moleque, você tá *perdido*! Essa é a primeira coisa que você quer entender. A gente sabe o que você fez. A gente tem provas. Então é melhor você falar."

"Ele vai decidir isso comigo", Max disse.

Buckley e Max se encararam.

"Escuta, Max. Você tá perdendo tempo. Você nunca vai conseguir tirar o moleque dessa, nem em um milhão de anos. Ninguém pode cometer um crime contra uma família como os Dalton e se livrar. Os pobres pais da moça vão estar no tribunal pra garantir que o garoto *queime*! Esse moleque matou a *única* coisa que eles tinham. Se você quer salvar sua pele, você e seu amigo podem ir embora agora e os jornais não vão saber que vocês estiveram aqui..."

"Eu me reservo o direito de decidir se devo defendê-lo ou não", Max disse.

"Escuta, Max. Você acha que tô tentando te ludibriar, né?", Buckley perguntou, virando e indo até a porta. "Deixa eu te mostrar uma coisa."

Um policial abriu a porta e Buckley disse:

"Fala para eles entrarem."

"Certo."

A sala ficou em silêncio. Bigger continuou sentado no catre, olhando para o chão. Odiava isso; se alguma coisa pudesse ser feita a seu favor, ele mesmo queria fazê-la; não os outros. Quanto mais via os outros se esforçando, mais vazio se sentia. Viu o policial escancarar a porta. O sr. e a sra. Dalton entraram devagar e pararam; o sr. Dalton olhava para ele, seu rosto branco. Bigger quase se levantou, apavorado, depois sentou-se de novo, os olhos abertos, mas sem enxergar. Ele afundou de volta no catre.

Rápido, Buckley cruzou a sala e cumprimentou o sr. Dalton, depois virou-se para a sra. Dalton e disse:

"Sinto muitíssimo, madame."

Bigger viu o sr. Dalton olhar para ele e depois para Buckley.

"Ele disse com quem ele tramou essa coisa toda?", o sr. Dalton perguntou.

"Ele acabou de recuperar os sentidos", Buckley disse. "E tem um advogado agora."

"Estou encarregado da defesa dele", Max falou.

Bigger viu o sr. Dalton olhar brevemente para Jan.

"Bigger, você é um garoto tolo se não contar quem estava com você nesse negócio", o sr. Dalton disse.

Bigger ficou tenso e não respondeu. Max andou até Bigger e pôs a mão em seu ombro.

"Eu vou conversar com ele, sr. Dalton", Max respondeu.

"Não estou aqui para intimidar o garoto", o sr. Dalton disse. "Mas vou pegar leve se ele contar tudo que sabe."

Fez-se silêncio. O pastor se aproximou devagar, com o chapéu nas mãos, e parou na frente do sr. Dalton.

"Sou um pregador do evangelho, senhor", disse. "Sinto muito pelo que aconteceu com sua filha. Eu sei do bom trabalho que o senhor faz. E coisas assim não deveriam acontecer com o senhor."

O sr. Dalton suspirou e disse, cansado:

"Obrigado."

"A melhor coisa que você pode fazer é nos ajudar", Buckley disse, virando-se para Max. "Uma injustiça grave foi cometida contra duas pessoas que têm ajudado os negros mais do que qualquer outro que eu conheça."

"Eu me solidarizo com o senhor, sr. Dalton", Max disse. "Mas matar esse garoto não vai ajudar o senhor, nem ajudar qualquer um de nós."

"Eu tentei ajudá-lo", o sr. Dalton respondeu.

"Queríamos mandá-lo para a escola", a sra. Dalton disse com voz fraca.

"Eu sei", Max falou. "Mas essas coisas não tocam o problema fundamental envolvido aqui. Esse garoto vem de um povo oprimido. Mesmo que ele tenha agido errado, devemos levar isso em consideração."

"Quero que você saiba que não tenho amargura no meu coração", o sr. Dalton respondeu. "O que esse garoto fez não vai influenciar minha relação com os negros. Ora, hoje mesmo mandei uma dúzia de mesas de pingue-pongue para o South Side Boy's Club..."

"Sr. Dalton!", Max exclamou, aproximando-se de repente. "Meu Deus, homem! O pingue-pongue vai evitar que esses homens cometam crimes? Não consegue *ver*? Mesmo depois de perder sua filha o senhor continua indo na *mesma* direção? O senhor não concede a outros homens tanto sentimento pela vida quanto o senhor tem? O pingue-pongue poderia tê-lo impedido de ganhar seus milhões? Esse garoto e milhões como ele querem uma vida significativa, não pingue-pongue..."

"O que você quer que eu faça?", o sr. Dalton perguntou com frieza. "Quer que eu morra e repare um sofrimento que eu nunca causei? Não sou responsável pela condição deste mundo. Estou fazendo tudo que um homem pode fazer. Imagino que você queira que eu pegue meu dinheiro e saia jogando-o para os milhões que não têm nada?"

"Não; não; não... Isso não", Max disse. "Se o senhor sentisse que milhões de outras pessoas experienciam a vida com tanta profundidade quanto o senhor, mas de um jeito diferente, o senhor entenderia que suas ações não ajudam. Algo de natureza mais fundamental..."

"Comunismo!", Buckley explodiu, torcendo os cantos dos lábios para baixo. "Cavalheiros, não sejamos infantis! Esse garoto será julgado pela sua vida! Meu trabalho é fazer as leis deste estado serem cumpridas..."

A voz de Buckley parou assim que a porta se abriu e o policial olhou para dentro.

"Que foi?", Buckley perguntou.

"O pessoal do rapaz está aqui."

Bigger se encolheu. Isso não! Não aqui; não *agora*! Não queria que sua mãe entrasse agora, com essas pessoas em volta. Olhou ao redor com uma expressão selvagem e suplicante. Buckley o observou e então se virou para o policial.

"Eles têm direito de vê-lo", Buckley disse. "Deixe entrar."

Embora estivesse sentado, Bigger sentia as pernas tremerem. Estava tão tenso no corpo e na mente que quando a porta se abriu ele saltou e ficou parado no meio da sala. Viu o rosto da mãe; queria correr até ela e empurrá-la de volta pela porta. Ela estava parada, imóvel, uma mão na maçaneta; a outra segurava uma carteira puída, que ela deixou cair e correu em direção a ele, jogando os braços ao seu redor, chorando...

"Meu filho..."

O corpo de Bigger ficou rígido de pavor e indecisão. Ele sentiu os braços da mãe o apertando, olhou por cima do ombro dela e viu Vera e Buddy entrarem devagar, pararem e olharem em volta com timidez. Atrás deles viu Gus, G.H. e Jack, boquiabertos de espanto e medo. Os lábios de Vera estavam trêmulos e as mãos de Buddy cerradas. Buckley, o pastor, Jan, Max, o sr. e a sra. Dalton ficaram junto à parede, atrás dele, olhando em silêncio. Bigger queria girar e fazê-los sumirem de vista. As palavras gentis de Jan e Max foram esquecidas agora. Sentia que todas as pessoas brancas na sala estavam medindo cada centímetro de sua fraqueza. Ele se identificou com sua família e sentiu a vergonha nua deles sob os olhos dos brancos. Enquanto olhava para o irmão e para a irmã e sentia os braços da mãe em volta dele; enquanto sabia que Jack, G.H. e Gus estavam parados sem jeito na porta, encarando-o com uma incredulidade curiosa — enquanto estava consciente de tudo isso, Bigger sentiu uma convicção selvagem e bizarra irromper nele: *Eles deviam estar contentes!* Era um sentimento estranho, mas forte, brotando das profundezas de sua vida. Já não tinha assumido por completo o crime de ser negro? Já não tinha feito a coisa que eles temiam mais do que todas as outras? Então não deviam estar ali com dó dele, chorando por ele; deviam olhar para ele e ir para casa, contentes, sentindo que sua vergonha havia sido lavada.

"Ah, Bigger, filho!", a mãe chorava. "A gente ficou tão preocupado... A gente não dormiu uma noite sequer! A polícia tá lá o tempo todo... Eles ficam do lado de fora... Eles vigiam e seguem a gente em todo canto! Filho, filho..."

Bigger ouvia os soluços da mãe; mas o que ele podia fazer? Ela não devia ter ido lá. Buddy se aproximou dele, revirando o chapéu nas mãos.

"Escuta, Bigger, se você não fez isso, só me fala que eu dou um jeito neles. Eu arrumo uma arma e mato quatro ou cinco deles..."

Todos na sala ficaram sem ar. Bigger virou rápido a cabeça e viu que as caras brancas junto à parede estavam chocadas e assustadas.

"Não fala assim, Buddy!", a mãe soluçou. "Quer me matar agora? Não aguento mais nada disso. Você não devia falar desse jeito... A gente já tá encrencado o suficiente..."

"Não deixa eles te tratarem mal, Bigger", Buddy disse com firmeza.

Bigger queria confortá-los na presença dos brancos, mas não sabia como. Desesperado, procurou algo para dizer. Ódio e vergonha fervilhavam em seu interior contra as pessoas que estavam atrás dele; tentou pensar em palavras que os desafiariam, palavras que lhes deixassem claro que ele tinha um mundo e uma vida própria a despeito deles. E ao mesmo tempo queria que essas palavras interrompessem as lágrimas da mãe e da irmã, que acalmassem e apaziguassem a raiva do irmão; ansiava parar as lágrimas e a raiva porque sabia que eram fúteis, que as pessoas que estavam ali junto à parede tinham o seu destino e o destino de sua família nas mãos.

"Ah, mãe, não fica preocupada, não", disse, surpreso com suas próprias palavras; foi possuído por uma energia estranha, imperativa e nervosa. "Eu vou sair dessa logo."

A mãe lhe deu um olhar incrédulo. Bigger virou a cabeça de novo e olhou, febril e desafiadoramente, para as caras brancas junto à parede. Elas o encaravam com surpresa. Os lábios de Buckley estavam torcidos num leve sorriso. Jan e Max pareciam consternados. A sra. Dalton, branca como a parede atrás dela, ouvia boquiaberta. O pastor e o sr. Dalton balançavam a cabeça com tristeza. Bigger sabia que ninguém na cela, exceto Buddy, acreditava nele. A mãe virou o rosto e chorou. Vera se ajoelhou no chão e cobriu o rosto com as mãos.

"Bigger", a voz da mãe era baixa e suave; ela segurava o rosto dele entres as mãos trêmulas. "Bigger", ela disse, "me fala. Tem alguma coisa, *qualquer* coisa, que a gente pode fazer?"

Ele sabia que a pergunta da mãe havia sido motivada por ele ter lhe dito que ia se livrar de tudo aquilo. Sabia que eles não tinham nada; eram tão pobres que dependiam da caridade pública para comer. Estava com vergonha do que tinha feito; deveria ter sido honesto com eles. Foi um impulso indomável e tolo que o fizera tentar parecer forte e inocente diante deles. Talvez lembrassem dele apenas por essas palavras tolas depois que fosse morto. Os olhos da mãe estavam tristes, céticos; mas bondosos, pacientes, à espera de uma resposta. Sim; tinha que eliminar aquela mentira, não só para que soubessem a verdade, mas também para se redimir aos olhos daquelas caras brancas atrás dele, ao longo da parede. Estava perdido, mas não se encolheria; não iria mentir, não na presença daquela montanha branca que se agigantava atrás dele.

"Não tem nada, mãe. Mas eu tô bem", murmurou.

Silêncio. Buddy baixou os olhos. Vera soluçava mais alto. Parecia tão pequena e indefesa. Não deveria ter ido lá. Sua tristeza o acusava.

Se ele pudesse fazê-la ir para casa. Foi justamente para não sentir esse ódio, vergonha e desespero que sempre tinha sido durão e firme com eles; e agora estava sem defesa. Seus olhos percorreram a sala, vendo Gus, G.H. e Jack. Os três perceberam que ele os olhava e se aproximaram.

"Sinto muito, Bigger", Jack disse, olhando para o chão.

"Eles pegaram a gente também", G.H. disse, como se tentasse confortar Bigger com o fato. "Mas o sr. Erlone e o sr. Max soltaram a gente. Eles tentaram fazer a gente confessar um monte de coisas que a gente não fez, mas não falamos nada."

"Tem alguma coisa que a gente possa fazer, Bigger?", Gus perguntou.

"Eu tô bem", Bigger disse. "Aí, quando vocês forem embora, vocês levam a mãe pra casa?"

"Claro; claro", disseram.

Fez-se silêncio de novo e os nervos tensos de Bigger ansiaram por quebrá-lo.

"Você tá go-gostando das aulas de costura, Vera?", ele perguntou.

Vera apertou as mãos sobre o rosto.

"Bigger", a mãe soluçou, tentando falar através das lágrimas. "Bigger, querido, ela não vai mais pras aulas. Diz que as outras meninas olham pra ela e fazem ela sentir vergonha…"

Ele tinha vivido e agido assumindo que estava sozinho e agora via que não estava. O que havia cometido fazia outras pessoas sofrerem. Não importava o quanto ansiasse para que o esquecessem, eles não seriam capazes. Sua família era parte dele, não apenas no sangue, mas também no espírito. Ele se sentou no catre e a mãe se ajoelhou aos seus pés. Seu rosto estava voltado para o dele; seus olhos estavam vazios, olhos que olhavam para cima quando a última esperança na Terra já tinha fracassado.

"Eu tô orando por você, filho. É só isso que eu posso fazer agora", ela disse. "Deus sabe que fiz tudo que pude por você, pela sua irmã e pelo seu irmão. Esfreguei chão, lavei e passei roupa do raiar do dia até a noite, dia após dia, enquanto meu corpo velho ainda tinha forças. Fiz tudo que eu sabia, filho, e se eu deixei alguma coisa por fazer é porque eu não sabia. É só porque sua pobre e velha mãe não conseguiu ver, filho. Quando ouvi as notícias sobre o que aconteceu, eu me ajoelhei, voltei meus olhos pra Deus e perguntei se eu te criei errado. Peço pra Ele me deixar carregar seu fardo se eu tiver errado com você. Querido, sua pobre e velha mãe não pode fazer nada agora. Eu tô velha e isso é demais pra mim. Eu tô no meu limite. Escuta, filho, sua pobre e velha mãe quer que você prometa uma coisa... Querido, quando não tiver ninguém por perto, quando você estiver sozinho, se ajoelha e conta tudo pra Deus. Peça pra Ele te guiar. É só isso que você pode fazer agora. Filho, *promete* que você vai falar com Ele."

"Amém!", o pastor entoou com fervor.

"Me esquece, mãe", Bigger disse.

"Filho, não consigo te esquecer. Você é meu menino. Eu trouxe você pra esse mundo."

"Me esquece, mãe."

"Filho, eu tô preocupada com você. Não tem como. Você tem sua própria alma pra salvar. Não vou conseguir descansar em paz enquanto eu estiver nessa terra se eu pensar que você foi pra longe da gente sem pedir a ajuda de Deus. Bigger, a gente deu duro nesse mundo, mas por tudo que a gente passou, a gente sempre esteve juntos, não?"

"Sim, senhora", ele sussurrou.

"Filho, tem um lugar onde a gente pode ficar juntos de novo no último adeus. Deus deu um jeito pra que a gente possa. Ele já arranjou um lugar pra gente se encontrar, um lugar onde a gente pode viver sem medo. Não importa o que aconteça com a gente aqui, a gente pode ficar juntos no céu de Deus. Bigger, sua velha mãe está implorando pra você prometer pra ela que vai orar."

"Está certo o que ela está falando pra você, filho", o pastor disse.

"Me esquece, mãe", Bigger respondeu.

"Você não quer ver sua velha mãe de novo, filho?"

Devagar, ele se levantou e ergueu as mãos, tentou tocar o rosto da mãe e dizer que sim; e ao fazê-lo algo gritou fundo dentro dele que era mentira, que nunca poderia vê-la depois que o matassem. Mas sua mãe acreditava; era a última esperança dela; era o que a fizera seguir em frente todos esses anos. E agora ela acreditava com ainda mais fervor por causa dos problemas que ele tinha trazido para ela. Suas mãos finalmente tocaram o rosto dela e ele disse com um suspiro (sabendo que jamais aconteceria, sabendo que seu coração não acreditava, sabendo que quando morresse tudo estaria acabado, para sempre):

"Eu vou rezar, mãe."

Vera correu em sua direção e o abraçou. Buddy parecia agradecido. Sua mãe estava tão feliz que a única coisa que conseguiu fazer foi chorar. Jack, G.H. e Gus sorriram. Então a mãe levantou e o envolveu nos braços.

"Vem cá, Vera", ela choramingou.

Vera foi.

"Vem cá, Buddy."

Buddy foi.

"Agora abracem seu irmão", disse.

Eles ficaram no meio da sala, chorando, com os braços em torno do corpo de Bigger. Bigger manteve seu rosto rígido, odiando-os e a si mesmo, sentindo as pessoas brancas junto à parede assistindo a tudo. A mãe murmurou uma oração, à qual o pregador se juntou.

"Senhor, a gente tá aqui, talvez pela última vez. O Senhor me deu esses filhos e disse pra eu criar eles. Se eu falhei, Senhor, foi fazendo o melhor que eu podia. (*Amém!*) Essas pobres crianças estão comigo há muito tempo e são tudo que eu tenho. Senhor, por favor, deixa eu ver eles de novo depois da tristeza e do sofrimento desse mundo! (*Escuta ela, Senhor!*) Senhor, por favor, deixa eu ver eles onde posso amar eles em paz. Deixa eu ver eles de novo no além-túmulo! (*Tenha misericórdia, Jesus!*) O Senhor disse que ia ouvir as preces, Senhor, e eu tô pedindo isso em nome do Seu filho."

"Amém, e que Deus te abençoe, irmã Thomas", o pastor disse.

Eles tiraram os braços do corpo de Bigger, em silêncio, devagar; então viraram o rosto, como se a fraqueza deles os deixasse envergonhados na presença de poderes maiores do que eles.

"A gente tá deixando você com Deus agora, Bigger", a mãe disse. "Confia e reza, filho."

Eles o beijaram.

Buckley se aproximou.

"A senhora precisa ir agora, sra. Thomas", disse. Ele se virou para o sr. e a sra. Dalton. "Sinto muito, sra. Dalton. Não era minha intenção deixar a senhora aqui por tanto tempo. Mas a senhora vê como são as coisas…"

Bigger viu sua mãe se endireitar de repente e olhar para a mulher branca cega.

"A senhora é a sra. Dalton?", perguntou.

A sra. Dalton se moveu nervosa, ergueu as mãos finas e inclinou a cabeça. Sua boca abriu e o sr. Dalton colocou o braço ao seu redor.

"Sim", a sra. Dalton sussurrou.

"Ah, sra. Dalton, venha por aqui", Buckley disse, às pressas.

"Não, por favor", a sra. Dalton disse. "O que foi, sra. Thomas?"

A mãe de Bigger correu e se ajoelhou aos pés da sra. Thomas.

"Por favor, senhora!", ela gemeu. "Por favor, não deixa eles matarem meu menino! A senhora sabe como uma mãe se sente! Por favor, senhora… a gente mora na sua casa… já pediram pra gente se mudar… a gente não tem nada…"

Bigger ficou paralisado de vergonha; sentia-se violado.

"*Mãe!*", gritou, mais de vergonha do que de raiva.

Max e Jan correram em direção à mulher negra e tentaram levantá-la.

"Está tudo bem, sra. Thomas", Max disse. "Venha comigo."

"Espere", a sra. Dalton pediu.

"Por favor, senhora! Não deixa eles matarem meu menino! Ele nunca teve chance nenhuma! É só um pobre menino! Não deixa matarem ele! Eu vou trabalhar pra senhora pelo resto da minha vida! Vou fazer qualquer coisa que a senhora disser!", soluçou a mãe.

A sra. Dalton se inclinou devagar, as mãos tremendo no ar. Ela tocou a cabeça da mãe de Bigger.

"Não há nada que eu possa fazer agora", a sra. Dalton disse com calma. "Não está nas minhas mãos. Fiz tudo que eu pude, quando quis dar ao seu menino uma chance na vida. A senhora não tem culpa. A senhora precisa ser corajosa. Talvez seja melhor..."

"Se a senhora falar com eles, eles vão te ouvir, senhora", a mãe soluçou. "Fala pra terem misericórdia do meu menino..."

"Sra. Thomas, é tarde demais para que eu possa fazer qualquer coisa agora", a sra. Dalton disse. "A senhora não deve ficar assim. A senhora tem outros filhos para cuidar..."

"Eu sei que a senhora odeia a gente! A senhora perdeu a filha..."

"Não; não... eu não odeio vocês", a sra. Dalton respondeu.

A mãe rastejou da sra. Dalton para o sr. Dalton.

"O senhor é rico e poderoso", ela soluçou. "Salve meu menino..."

Max agarrou a mulher negra e a colocou de pé. A vergonha que Bigger sentia da mãe tinha se tornado ódio. Ele ficou parado com o punho fechado, os olhos queimando. Sentia que, em outro momento, teria saltado em cima dela.

"Está tudo bem, sra. Thomas", Max disse.

O sr. Dalton se aproximou.

"Sra. Thomas, não há nada que possamos fazer", ele disse. "Essa coisa não está nas nossas mãos. Até certo ponto podemos ajudar, mas além disso... As pessoas precisam se proteger. Mas a senhora não vai ter que se mudar. Vou falar para não fazerem vocês se mudarem."

A mulher negra soluçava. Por fim, ela se acalmou o suficiente para falar.

"Obrigada, senhor. Deus sabe o quanto eu agradeço..."

Ela se virou de novo para Bigger, mas Max a levou para fora da sala. Jan pegou Vera pelo braço e a levou também, depois parou na porta, olhando para Jack, G.H. e Gus.

"Vocês, rapazes, estão indo para o South Side?"

"Sim, senhor", eles disseram.

"Vamos. Estou de carro. Eu levo vocês."

"Sim, senhor."

Buddy ficou mais um pouco, olhando melancólico para Bigger.

"Tchau, Bigger", ele disse.

"Tchau, Buddy", Bigger murmurou.

O pastor passou por Bigger e apertou seu braço.

"Deus te abençoe, filho."

Todos saíram, exceto Buckley. Bigger sentou-se de novo no catre, fraco e exausto. Buckley ficou de pé, olhando-o de cima.

"Agora, Bigger, tá vendo toda a confusão que você causou? Eu gostaria de tirar esse caso da frente o mais rápido possível. Quanto mais tempo você ficar na cadeia, mais agitação vai ter por e contra você. E isso não te ajuda em nada, não importa quem diga o contrário. Rapaz, não tem nada que você possa fazer além de uma coisa, que é contar tudo. Eu sei que esses vermelhos, o Max e o Erlone, te falaram um monte de coisas que vão fazer por você. Mas não acredite neles. Eles só estão atrás dos holofotes, garoto; só querem crescer às suas custas, sabe? Eles não podem fazer *merda* nenhuma por você! Você está lidando com a *lei* agora! E se você deixar esses vermelhos encherem sua cabeça de bobagem, então você estará arriscando sua própria vida."

Buckley parou e reacendeu o charuto. Inclinou a cabeça para o lado, escutando algo.

"Tá ouvindo isso?", perguntou suavemente.

Bigger olhou para ele, intrigado. Prestou atenção, escutando um leve ruído.

"Vem cá, garoto. Quero te mostrar uma coisa", ele disse, levantando-se e agarrando o braço de Bigger.

Bigger relutou em segui-lo.

"Vem. Ninguém vai te machucar."

Bigger o seguiu para fora da sala; havia vários policiais de guarda no corredor. Buckley levou Bigger até uma janela, através da qual viu as ruas cheias de gente em todas as direções.

"Tá vendo, moleque? Essas pessoas gostariam de te linchar. É por isso que estou te pedindo para confiar em mim e falar comigo. Quanto mais rápido a gente acabar com essa coisa toda, melhor para você. Vamos tentar impedir que essas pessoas te incomodem. Mas você consegue entender que, quanto mais tempo você ficar por aqui, mais difícil será para nós lidarmos com elas?"

Buckley soltou o braço de Bigger e levantou a janela; um vento frio entrou e Bigger ouviu um rugido de vozes. Involuntariamente, deu um passo para trás. Será que invadiriam a cadeia? Buckley fechou a janela e o levou de volta à sala. Ele se sentou no catre e Buckley sentou-se do lado oposto.

"Você parece um garoto inteligente. Sabe em que se meteu. Me conta sobre esse negócio. Não deixa esses vermelhos te fazerem de bobo dizendo que você não tem culpa. Estou sendo tão direto com você quanto seria com um filho meu. Assine uma confissão e acabe logo com isso."

Bigger não disse nada; estava sentado olhando para o chão.

"Jan estava metido nisso?"

Bigger ouvia o som fraco e agitado da multidão de vozes que chegava através das paredes de concreto do prédio.

"Ele provou seu álibi e está livre. Me diga, ele jogou tudo nas suas costas?"

Bigger ouviu o barulho distante de um bonde.

"Se ele te obrigou a fazer isso, então assine uma queixa contra ele."

Bigger viu o bico brilhante dos sapatos pretos do homem; os vincos finos de sua calça listrada; o brilho claro e gélido dos óculos sobre seu nariz alto e longo.

"Moleque", Buckley disse, numa voz tão alta que fez Bigger se encolher, "onde a Bessie está?"

Os olhos de Bigger se arregalaram. Não tinha pensado em Bessie uma vez sequer desde que fora capturado. Sua morte era desimportante comparada à de Mary; sabia que, quando o executassem, seria por causa da morte de Mary, não de Bessie.

"Bem, moleque, nós a encontramos. Você bateu nela com um tijolo, mas ela não morreu na hora..."

Os músculos de Bigger o impulsionaram a ficar de pé. Bessie *viva*! Mas a voz monótona continuou e ele se sentou.

"Ela tentou sair daquele poço de ventilação, mas não conseguiu. Morreu congelada. Encontramos o tijolo que você usou para bater nela. Encontramos o cobertor, a colcha e os travesseiros que você pegou do quarto dela. Encontramos uma carta na bolsa dela que ela tinha escrito para você e não tinha enviado, uma carta em que ela diz que não queria se envolver na tentativa de pegar o dinheiro do resgate. Tá vendo, moleque, já pegamos você. Agora vamos, me conta tudo."

Bigger não disse nada. Enterrou o rosto nas mãos.

"Você a estuprou, né? Bom, se você não vai falar sobre a Bessie, então fala sobre a mulher que você estuprou e sufocou até a morte na University Avenue no outono passado."

Esse homem estava tentando assustá-lo ou realmente achava que ele tinha matado outras pessoas?

"Moleque, é melhor você me contar. Temos um registro de tudo que você já fez. E a garota que você atacou no Jackson Park no verão passado? Escuta, moleque, quando você estava na sua cela dormindo, sem falar com ninguém, nós trouxemos mulheres para te identificarem. Duas mulheres prestaram queixa contra você. Uma era a irmã da mulher que você matou no outono passado, a sra. Clinton. A outra mulher, a srta. Ashton, diz que você a atacou no verão subindo pela janela do quarto dela."

"Não perturbei mulher nenhuma nem no verão nem no outono passado", Bigger disse.

"A srta. Ashton te reconheceu. Ela jura que é você."

"Não sei de nada disso."

"Mas a sra. Clinton, a irmã da mulher que você matou no outono, foi até a sua cela e disse que foi você. Quem vai acreditar em você quando você disser que não fez nada disso? Você matou e estuprou duas mulheres em dois dias; quem vai acreditar quando você falar que não estuprou ou matou as outras? Vamos lá, moleque. Você não tem chance de sobreviver."

"Eu não sei nada sobre as outras mulheres", Bigger repetiu, teimoso.

Bigger se perguntou quanto aquele homem de fato sabia. Estaria mentindo sobre as outras mulheres para forçá-lo a falar sobre Mary e Bessie? Ou estava mesmo tentando enquadrá-lo por outros crimes?

"Moleque, quando os jornais souberem de tudo que a gente tem contra você, você vai estar lascado. Não sou eu quem está fazendo isso. O Departamento de Polícia está desenterrando a sujeira e trazendo para mim. Por que você não fala? Você matou essas outras mulheres? Ou alguém te forçou a fazer isso? O Jan estava envolvido nesse negócio? Os vermelhos estavam te ajudando? Você é um idiota se o Jan estiver metido nisso e você não falar."

Bigger mexeu os pés e ouviu o distante ruído de outro bonde passando. O homem se inclinou para a frente, agarrou o braço de Bigger e falou enquanto o sacudia.

"Você não está prejudicando ninguém além de si mesmo desse jeito, moleque! Me fala, Mary, Bessie, a irmã da sra. Clinton e a srta. Ashton são as únicas mulheres que você estuprou e matou?"

As palavras explodiram dos lábios de Bigger:

"Eu sei lá quem é srta. Clinton ou srta. Ashton!"

"Você não atacou uma garota no Jackson Park no verão passado?"

"Não!"

"Você não estrangulou e estuprou uma mulher na University Avenue no outono?"

"Não!"

"Você não escalou uma janela em Englewood no outono e estuprou uma mulher?"

"Não; não! Não fiz nada disso!"

"Você não está falando a verdade, moleque. Mentir não vai te levar a lugar nenhum."

"Eu *estou* falando a verdade!"

"Quem teve a ideia do bilhete de resgate? Jan?"

"Ele não teve nada a ver com isso", Bigger disse, sentindo o desejo ardente do homem de que ele implicasse Jan na história.

"De que adianta resistir, moleque? Facilita as coisas pra você."

Por que não falar e acabar com isso logo? Sabiam que ele era culpado. Podiam provar. Se ele não falasse, então diriam que ele tinha cometido todos os crimes que lhes dessem na telha.

"Moleque, por que você e seus parceiros não roubaram a loja do Blum como tinham planejado no sábado passado?"

Bigger olhou para ele surpreso. Tinham descoberto isso também!

"Não achou que eu sabia disso, né? Eu sei muito mais, moleque. Também sei daquele truque sujo que você e seu amigo Jack aprontaram no Regal Theatre. Quer saber como? O gerente nos contou quando estávamos investigando. Eu sei o que moleques como você fazem, Bigger. Agora, vamos. Você que escreveu aquele bilhete de resgate, não foi?"

"É", ele suspirou. "Eu que escrevi."

"Quem te ajudou?"

"Ninguém."

"Quem ia te ajudar a pegar o dinheiro do resgate?"

"Bessie."

"Ah, qual é! Era o Jan?"

"Não."

"Bessie?"

"É."

"Então por que você a matou?"

Nervosos, os dedos de Bigger remexeram o maço de cigarros e pegaram um. O homem acendeu um fósforo e o ofereceu a ele, mas ele riscou seu próprio fósforo e ignorou a chama oferecida.

"Quando vi que eu não ia conseguir o dinheiro, matei ela pra ela não falar nada", ele disse.

"E você matou a Mary também?"

"Eu não queria matar ela, mas não importa agora", respondeu.

"Você transou com ela?"

"Não."

"Você transou com a Bessie antes de matá-la. Os médicos disseram. E agora você espera que eu acredite que você não transou com a Mary!"

"Eu *não* transei!"

"E o Jan?"

"Não."

"Jan não transou primeiro com ela e depois você?..."

"Não; não..."

"Mas foi o Jan que escreveu o bilhete de resgate, não?"

"Nunca vi o Jan antes daquela noite."

"Mas não foi ele que escreveu o bilhete?"

"Não; já falei que não foi ele."

"*Você* escreveu o bilhete?"

"Sim."

"O Jan mandou você escrever?"

"Não."

"Por que você matou a Mary?"

Ele não respondeu.

"Olha aqui, moleque. O que você diz não faz sentido. Você nunca esteve na casa dos Dalton antes de sábado à noite. E ainda assim, numa noite uma garota foi estuprada, assassinada, queimada, e na noite seguinte um bilhete de resgate foi enviado. Qual é. Me conta tudo que aconteceu e quem te ajudou."

"Não tinha ninguém além de mim. Não ligo pro que vai acontecer comigo, mas você não pode me obrigar a falar coisas sobre outras pessoas."

"Mas você falou para o sr. Dalton que o Jan estava envolvido nesse negócio também."

"Eu tava tentando jogar a culpa nele."

"Bom, vamos. Me conta tudo que aconteceu."

Bigger se levantou e foi até a janela. Suas mãos seguraram com firmeza as frias barras de aço. Enquanto estava ali, entendeu que nunca poderia contar por que tinha matado. Não porque não quisesse realmente contar, mas porque contar envolveria uma explicação sobre toda sua vida. Os assassinatos de fato de Mary e Bessie não eram o que mais o preocupava; era saber e sentir que jamais conseguiria fazer alguém saber o que o levara a cometê-los. Seus crimes eram conhecidos, mas o que ele havia sentido antes de cometê-los nunca seria conhecido. Ele teria admitido sua culpa com prazer se tivesse pensado que, ao fazê-lo, poderia dar junto um vislumbre do ódio profundo e asfixiante que havia marcado sua vida, um ódio que ele não queria ter, mas não conseguia evitar. Como poderia? O impulso de tentar contar era tão profundo quanto o ímpeto de matar.

Ele sentiu uma mão tocar seu ombro; não se virou; olhou para baixo e viu os sapatos reluzentes do homem.

"Eu sei como você se sente, moleque. Você é negro e sente que a vida não foi justa com você, né?", a voz do homem era baixa e suave; e Bigger, ao ouvi-lo, odiou-o por dizer o que ele sabia que era verdade. Apoiou a cabeça cansada nas barras de aço e se perguntou como era possível esse homem saber tanto a respeito dele e ainda assim ser contra ele de maneira tão amarga. "Talvez você esteja cismado com essa questão de cor há um bom tempo, hein, garoto?", a voz do homem continuava baixa e suave. "Talvez você ache que eu não entendo? Mas eu entendo. Sei como é andar pelas ruas como as outras pessoas, vestido como elas, conversando como elas e ainda assim ser excluído por nenhuma outra razão além do fato de ser preto. Eu conheço sua gente. É por isso que votam em mim no South Side em todas as eleições. Uma vez falei com um garoto negro que estuprou e matou uma mulher, assim como você estuprou e matou a irmã da sra. Clinton…"

"Eu não fiz isso!", Bigger gritou.

"Por que continua dizendo isso? Se você falar, talvez o juiz te ajude. Confesse tudo e acabe com isso logo. Você vai se sentir melhor. Escuta, se você me contar tudo, vou dar um jeito de te levarem para um hospital para ser examinado, tá bom? Se disserem que você não é responsável, então pode ser que você não tenha que morrer..."

A raiva de Bigger aumentou. Ele não era louco e não queria ser chamado de louco.

"Não quero ir pra hospital nenhum."

"É uma saída pra você, moleque."

"Não quero saída nenhuma."

"Escuta, vamos começar pelo começo. Quem foi a primeira mulher que você matou?"

Ele não disse nada. Queria falar, mas não gostava do tom de intensa ansiedade na voz do homem. Ouviu a porta se abrir atrás dele; virou-se bem a tempo de ver outro homem branco olhar para ele com ar de interrogação.

"Pensei que você me quisesse aqui", o homem disse.

"Sim, pode entrar", Buckley disse.

O homem entrou e sentou-se, apoiando uma caneta e um papel nos joelhos.

"Aqui, Bigger", Buckley disse, pegando Bigger pelo braço. "Senta aqui e me conta tudo. *Acaba* com isso logo."

Bigger queria contar como tinha se sentido quando Jan apertara sua mão; como Mary o fizera sentir quando perguntou sobre como os negros viviam; a tremenda agitação que se apossara dele durante o dia e a noite em que tinha estado na casa dos Dalton — mas não havia palavras para ele.

"Você foi até a casa do sr. Dalton às cinco e meia naquele sábado, não foi?"

"Sim, senhor", ele murmurou.

Apático, ele falou. Traçou todas as suas ações. Parou a cada pergunta que Buckley fazia, perguntando-se como ele poderia ligar as simples ações ao que havia sentido; mas as palavras saíam monótonas e maçantes. Homens brancos olhavam para ele, à espera de suas palavras, e todos os sentidos do seu corpo sumiram, assim como acontecera quando ele estava no carro entre Jan e Mary. Quando chegou ao fim, sentiu-se mais perdido e acabado do que quando havia sido capturado. Buckley ficou em pé; o outro homem branco levantou e segurou os papéis para ele assinar. Bigger pegou a caneta. Bom, por que não deveria assinar? Era culpado. Estava perdido. Iam matá-lo. Ninguém poderia ajudá-lo. Eles estavam parados na sua frente, inclinados sobre ele, olhando para ele, esperando. Sua mão tremia. Assinou.

Buckley dobrou os papéis devagar e colocou-os no bolso. Bigger olhou para os dois homens, impotente, perguntando-se o que aconteceria. Buckley olhou para o outro homem branco e sorriu.

"Não foi tão difícil quanto achei que seria", Buckley disse.

"Foi melhor do que a encomenda", o outro homem disse.

Buckley olhou de cima para Bigger e disse:

"Não passa de um moleque negro assustado vindo do Mississippi."

Houve um breve silêncio. Bigger sentia que já haviam se esquecido dele. Então os ouviu falando.

"Algo mais, chefe?"

"Não. Estarei no meu clube. Depois me conta como foi o inquérito."

"Tá bom, chefe."

"Até logo."

"Até mais, chefe."

Bigger se sentiu tão vazio e derrotado que deslizou até o chão. Ouviu o som suave dos passos dos homens se afastando. A porta se abriu e fechou. Ele estava só, profunda e inescapavelmente. Rolou no chão e soluçou, perguntando-se o que havia se apossado dele, por que estava ali.

Ele estava deitado no chão frio, soluçando; mas na verdade estava fortemente em pé, com o coração arrependido, segurando a vida nas mãos, olhando-a com uma questão curiosa. Estava deitado no chão frio, soluçando; mas na verdade fazia força para seguir adiante com sua força insignificante contra um mundo grande e forte demais para ele. Estava deitado no chão frio, soluçando; mas na verdade estava tateando o caminho à sua frente com um zelo feroz num turbilhão de circunstâncias que parecia conter uma água de misericórdia para a sede de seu coração e cérebro.

Chorava porque tinha de novo confiado em seus sentimentos e eles o traíram. Por que deveria ter sentido a necessidade de tentar mostrar seus sentimentos? E por que não ouviu os ecos retumbantes de seus sentimentos nos corações alheios? Houve momentos em que chegou a ouvir ecos, mas sempre reverberavam em tons que, vivendo como um negro, ele não poderia responder ou aceitar sem ser humilhado pelo mundo que fora o primeiro a evocar nele a canção da masculinidade. Ele temia e odiava o pastor por ter lhe dito para abaixar a cabeça e pedir por uma misericórdia que sabia que ele precisava; mas seu orgulho jamais o deixaria fazer isso, não deste lado da sepultura, não enquanto o sol brilhasse. E Jan? E Max? Eles lhe diziam para acreditar em si mesmo. Antes tinha aceitado por completo o que sua vida lhe fizera sentir, até mesmo o assassinato. Havia esvaziado o recipiente que a vida enchera para ele e descobriu que esvaziá-lo era insignificante. E ainda assim o recipiente estava cheio de novo, esperando ser entornado. Mas não! Não às cegas dessa vez! Sentiu que não poderia se mexer de novo a menos que se desvencilhasse da base de seus próprios sentimentos; sentiu que teria que ter alguma luz para poder agir agora.

Gradualmente, mais por uma diminuição das forças do que por paz de espírito, seus soluços cessaram e ele ficou deitado de barriga para cima, olhando para o teto. Havia confessado e a morte com certeza se assomava num futuro público. Como poderia caminhar para a morte com rostos brancos olhando para ele e dizendo que só a morte o curaria por ter jogado na cara deles seus sentimentos de ser preto? Como a morte poderia ser uma vitória agora?

Ele suspirou, levantou-se do chão e deitou-se no catre, meio acordado, meio dormindo. A porta foi aberta e quatro policiais entraram e se puseram ao seu lado. Um deles tocou seu ombro.

"Vem, garoto."

Ele se levantou e olhou para eles com ar questionador.

"Hora de voltar para o inquérito."

Algemaram-no e o levaram pelo corredor até o elevador, que os aguardava. As portas se fecharam e ele caiu pelo espaço, em pé ali entre quatro homens altos e silenciosos vestidos de azul. O elevador parou; as portas se abriram e ele viu uma multidão inquieta e escutou uma confusão de vozes. Conduziram-no por um corredor estreito.

"Esse filho da *puta*!"

"Nossa, como ele é *preto*!"

"Matem ele!"

Um duro golpe atingiu sua têmpora e ele tombou no chão. Os rostos e vozes o deixaram. A dor latejava em sua cabeça e o lado direito do seu rosto ficou dormente. Ele ergueu o cotovelo para se proteger; eles o puxaram para colocá-lo de pé. Quando sua visão clareou, ele viu policiais lutando com um homem branco esguio. Gritos irromperam num rugido poderoso. À sua frente, um homem branco batia com uma espécie de martelo de madeira sobre uma mesa.

"Silêncio! Ou vou exigir que todos se retirem da sala, exceto as testemunhas!"

O clamor cessou. Os policiais empurraram Bigger para uma cadeira. Ao longo das quatro paredes da sala havia uma sólida camada de rostos brancos. Em pé com as costas bem erguidas, policiais se posicionavam ao redor, com cassetetes nas mãos, distintivos prateados no peito, rostos avermelhados e severos, olhos cinzentos e azuis em alerta. À direita do homem à mesa, em fileiras de três, seis homens estavam sentados em silêncio, seus chapéus e sobretudos apoiados nos joelhos. Bigger olhou em volta e viu uma pilha de ossos brancos em cima de uma mesa; ao lado estava o bilhete de resgate, preso sob um tinteiro. No centro da mesa havia folhas brancas de papel presas por um clipe; era sua confissão assinada. E ali estava o sr. Dalton, rosto e cabelo brancos; e ao lado dele estava a sra. Dalton, imóvel e ereta, seu rosto, como sempre, ligeiramente erguido e inclinado para um lado. Então ele viu a mala na qual havia enfiado o corpo de Mary, a mala que havia arrastado escada abaixo e levado até a estação. E sim, ali estava a lâmina enegrecida do machadinho e uma pequena peça arredondada de metal. Bigger sentiu uma batidinha no ombro e olhou ao redor; Max sorria para ele.

"Fique calmo, Bigger. Você não vai precisar dizer nada aqui. Não vai demorar."

O homem na mesa à frente bateu o martelo de novo.

"Há algum familiar da falecida aqui, alguém que possa nos dar a versão da família?"

Um murmúrio percorreu a sala. Uma mulher se levantou às pressas, foi até a cega sra. Dalton, tomou-a pelo braço e a conduziu para um assento na extremidade direita ao lado do homem à mesa, de frente para os seis homens nas fileiras de cadeiras. Deve ser a srta. Patterson, Bigger pensou, lembrando da mulher que Peggy havia mencionado como empregada da sra. Dalton.

"A senhora pode levantar a mão direita, por favor?"

A mão frágil e de cera da sra. Dalton se ergueu timidamente. O homem perguntou se a sra. Dalton declarava que o depoimento que estava prestes a dar era a verdade, somente a verdade e nada mais que a verdade, em nome de Deus, e a sra. Dalton respondeu:

"Sim, senhor; declaro."

Bigger ficou sentado inexpressivo, tentando não deixar que a multidão detectasse qualquer traço de medo nele. Seus nervos estavam dolorosamente tensos enquanto ele esperava as palavras da velha. Em resposta ao interrogatório do homem, a sra. Dalton disse que sua idade era cinquenta e três anos, que ela morava no Drexel Boulevard, número 4605, que era uma professora escolar aposentada, que era a mãe de Mary Dalton e esposa of Henry Dalton. Quando o homem começou a fazer perguntas sobre Mary, a multidão se inclinou para a frente em seus assentos. A sra. Dalton disse que Mary tinha vinte e três anos, solteira; que tinha uma apólice de seguro no valor de trinta mil dólares e possuía imóveis no valor aproximado de duzentos e cinquenta mil dólares, e que ela fora ativa até o dia de sua morte. A voz da sra. Dalton saía tensa e fraca e Bigger se perguntou por quanto tempo ainda ele seria capaz de aguentar. Não teria sido muito melhor ter ficado em pé no meio de todos aqueles fachos de luz e deixado que o fuzilassem? Teria tirado a chance deles de criar esse espetáculo, essa caça, esse divertimento.

"Sra. Dalton", o homem disse. "Eu sou o investigador legista e é com considerável ansiedade que faço essas perguntas à senhora. Mas é necessário que eu a incomode de modo a estabelecer a identidade da falecida…"

"Sim, senhor", a sra. Dalton murmurou.

O investigador ergueu da mesa ao seu lado um pequeno pedaço enegrecido de metal; ele se virou, ficou de frente para a sra. Dalton e depois parou. A sala estava tão quieta que Bigger conseguia ouvir os passos do investigador no chão de madeira à medida que andava em direção à sra. Dalton. Com delicadeza, ele pegou a mão dela e disse:

"Estou colocando na sua mão um objeto de metal que a polícia recuperou das cinzas da fornalha no porão da sua casa. Sra. Dalton, quero que a senhora toque esse metal com cuidado e me diga se lembra de tê-lo manuseado antes."

Bigger queria desviar os olhos, mas não conseguia. Observou o rosto da sra. Dalton; viu a mão tremer, a que segurava o metal enegrecido. Bigger virou a cabeça. Uma mulher começou a chorar de soluçar, descontrolada. Uma onda de murmúrios inundou a sala. O investigador deu um rápido passo de volta à mesa e bateu forte nela com os nós dos dedos. A sala ficou em silêncio na mesma hora, com exceção da mulher chorosa. Bigger olhou de novo para a sra. Dalton. As duas mãos dela reviravam agora nervosas o pedaço de metal; então seus ombros tremeram. Ela chorava.

"A senhora o reconhece?"

"S-s-sim..."
"O que é isso?"
"U-u-um brinco..."
"Quando a senhora teve contato com ele pela primeira vez?"
A sra. Dalton se recompôs e, com lágrimas nas bochechas, respondeu:
"Quando eu era menina, anos atrás..."
"A senhora lembra exatamente quando?"
"Trinta e cinco anos atrás."
"Ele já foi da senhora?"
"Sim; formava um par."
"Sim, sra. Dalton. Sem dúvida o outro brinco foi destruído pelo fogo. Esse caiu pela grade e ficou no depósito de cinzas da fornalha. Agora, sra. Dalton, por quanto tempo a senhora teve esse par de brincos?"
"Por trinta e três anos."
"Como a senhora o obteve?"
"Bom, minha mãe me deu quando eu cresci. Minha avó deu para minha mãe quando ela cresceu, e eu por minha vez dei para a minha filha quando ela cresceu..."
"O que a senhora quer dizer com cresceu?"
"Ao fazer dezoito anos."
"E quando a senhora deu os brincos para sua filha?"
"Por volta de cinco anos atrás."
"Ela os usava o tempo todo?"
"Sim."
"A senhora está certa de que é o mesmo brinco?"
"Sim. Não tem como eu estar errada. Eles eram uma relíquia de família. Não há outro brinco como esse. Minha avó mandou-os fazer por encomenda."
"Sra. Dalton, quando foi que a senhora esteve pela última vez em companhia da falecida?"
"No último sábado à noite, ou melhor, na madrugada de domingo."
"Que horas?"

"Por volta das duas horas, acho."

"Onde ela estava?"

"No quarto dela, na cama."

"A senhora tinha o hábito de ver, quero dizer, o hábito de encontrar sua filha assim tão tarde?"

"Não. Eu sabia que ela planejava ir para Detroit no domingo de manhã. Quando vi que ela tinha chegado quis saber por que ela havia ficado fora até tão tarde…"

"A senhora falou com ela?"

"Não. Eu a chamei várias vezes, mas ela não respondeu."

"A senhora tocou nela?"

"Sim; de leve."

"Mas ela não falou com a senhora?"

"Bom, eu ouvi alguns murmúrios…"

"A senhora sabia quem era?"

"Não."

"Sra. Dalton, sua filha poderia, de alguma forma, em sua opinião, estar morta naquele momento e a senhora não ter percebido ou suspeitado?"

"Não sei."

"A senhora sabe se sua filha estava viva quando falou com ela?"

"Não sei. Assumi que sim."

"Havia mais alguém no quarto naquela hora?"

"Não sei. Mas eu me senti estranha ali."

"Estranha? O que a senhora quer dizer com estranha?"

"E-eu não sei. Não fiquei satisfeita, por alguma razão. Parecia que havia alguma coisa que eu deveria ter feito ou dito. Mas repeti para mim mesma 'Ela está dormindo, só isso'."

"Se a senhora ficou tão insatisfeita, por que saiu do quarto sem tentar acordá-la?"

A sra. Dalton fez uma pausa antes de responder; sua boca fina estava bem aberta e o rosto bem inclinado para o lado.

"Senti cheiro de álcool no quarto", ela sussurrou.

"Sim?"

"Achei que a Mary estava alcoolizada."

"A senhora já havia encontrado sua filha alcoolizada antes?"

"Sim; e é por isso que achei que ela estava alcoolizada então. Era o mesmo cheiro."

"Sra. Dalton, se alguém tivesse possuído sexualmente sua filha enquanto ela estivesse deitada na cama, a senhora poderia de algum modo ter detectado?"

Houve um zum-zum na sala. O investigador bateu o martelo, pedindo ordem.

"Não sei", ela sussurrou.

"Só mais algumas perguntas, por favor, sra. Dalton. O que levantou suas suspeitas de que algo tinha acontecido com sua filha?"

"Quando entrei no quarto dela de manhã, toquei a cama e percebi que ela não tinha dormido lá. Depois toquei suas roupas no cabideiro e vi que ela não tinha levado nenhuma das roupas novas que tinha comprado."

"Sra. Dalton, a senhora e seu marido têm doado grandes somas de dinheiro a instituições educacionais para negros, não têm?"

"Sim."

"A senhora poderia nos dizer mais ou menos quanto?"

"Mais de cinco milhões de dólares."

"A senhora não guarda nenhuma animosidade em relação aos negros?"

"Não; nenhuma."

"Sra. Dalton, por favor, nos diga qual foi a última coisa que a senhora fez quando esteve junto à cama da sua filha no domingo de manhã?"

"E-eu..." Ela parou, abaixou a cabeça e enxugou os olhos. "Eu me ajoelhei ao lado da cama e orei...", ela disse, as palavras saindo num nítido suspiro de desespero.

"É só. Obrigado, sra. Dalton."

A sala soltou um suspiro. Bigger viu a mulher levar a sra. Dalton de volta para seu lugar. Muitos olhos na sala estavam colados em Bigger agora, olhos frios cinzentos e azuis, olhos cujo ódio tenso era pior do que um grito ou um insulto. Para se livrar daqueles olhares concentrados, ele parou de ver, mesmo que seus olhos continuassem abertos.

O investigador legista se virou para os homens sentados nas fileiras à sua direita e disse:

"Senhores jurados, algum de vocês conhece a falecida ou é membro da família?"

Um dos homens levantou e disse:

"Não, senhor."

"Haveria algum motivo pelo qual vocês não poderiam oferecer um veredito justo e imparcial nesse caso?"

"Não, senhor."

"Há alguma objeção quanto ao serviço desses homens como jurados nesse caso?", o investigador perguntou a todos os presentes.

Ninguém respondeu.

"Em nome do investigador, solicito aos jurados que se levantem, passem por esta mesa e vejam os restos mortais da falecida, Mary Dalton."

Em silêncio, os seis homens se levantaram e passaram em fila pela mesa, cada um observando a pilha de ossos brancos. Quando estavam sentados novamente, o investigador declarou:

"Vamos agora ouvir o sr. Jan Erlone!"

Jan se levantou, aproximou-se, enérgico, e foi solicitado a jurar dizer a verdade, toda a verdade e nada além da verdade em nome de Deus. Bigger se perguntou se Jan se voltaria contra ele agora. Perguntou-se se poderia realmente confiar num homem branco, mesmo esse homem branco que tinha ido até ele e oferecido sua amizade. Inclinou-se para a frente para ouvir. Perguntaram várias vezes se Jan era estrangeiro e ele disse que não. O investigador se aproximou da cadeira de Jan, inclinou a parte superior do tronco à frente e perguntou em voz alta:

"O senhor acredita em igualdade social para os negros?"

A sala se alvoroçou.

"Eu acredito que todas as raças são iguais...", Jan começou.

"Responda *sim* ou *não*, sr. Erlone! O senhor não está num palanque! O senhor acredita em igualdade social para os negros?"

"Sim."

"O senhor é membro do Partido Comunista?"

"Sim."

"Em que condições estava a srta. Dalton quando o senhor a deixou na madrugada de domingo?"

"Como assim?"

"Ela estava bêbada?"

"Eu não diria bêbada. Ela tinha bebido um pouco."

"A que horas o senhor a deixou?"

"Por volta de uma e meia, acho."

"Ela estava no banco da frente do carro?"

"Sim; ela estava no banco da frente."

"Ela esteve no banco da frente o tempo todo?"

"Não."

"Ela estava no banco da frente quando vocês saíram da lanchonete?"

"Não."

"Você a colocou no banco da frente quando saiu do carro?"

"Não; ela disse que queria sentar na frente."

"O senhor não *pediu* que ela sentasse lá?"

"Não."

"Quando o senhor a deixou, ela era capaz de sair do carro sozinha?"

"Acho que sim."

"O senhor teve alguma relação com ela no banco de trás que poderia tê-la deixado, digamos, atordoada, fraca demais, a ponto de não conseguir sair sozinha?"

"Não!"

"Não é verdade, sr. Erlone, que a srta. Dalton não estava em condições de se proteger e o senhor a colocou no banco da frente?"

"Não! Eu não a coloquei no banco da frente!"

A voz de Jan ressoou por toda a sala. Houve um rápido zum-zum de pessoas conversando.

"Por que o senhor deixou uma garota branca e desprotegida sozinha num carro com um negro bêbado?"

"Eu não sabia que Bigger estava bêbado e não considerei que Mary estivesse desprotegida."

"Em algum momento no passado o senhor deixara a srta. Dalton sozinha na companhia de negros?"

"Não."

"O senhor nunca havia usado a srta. Dalton como isca antes, havia?"

Bigger se assustou com um barulho atrás dele. Virou a cabeça; Max estava de pé.

"Sr. investigador, sei que isto não é um julgamento. Mas as perguntas que estão sendo feitas agora não têm nenhuma relação concreta com a causa e as circunstâncias da morte da falecida."

"Sr. Max, estamos permitindo uma ampla abrangência aqui. O grande júri determinará se o testemunho oferecido aqui tem relação ou não."

"Mas perguntas dessa natureza inflamam a opinião pública…"

"Agora escute, sr. Max. Nenhuma pergunta feita nesta sala vai inflamar a opinião pública mais do que a morte da srta. Mary Dalton, e o senhor sabe. O senhor tem o direito de interrogar qualquer uma das testemunhas, mas não vou tolerar nenhuma tentativa de publicidade para sua laia aqui!"

"Mas o sr. Erlone não está sendo julgado aqui, sr. investigador!"

"Ele é suspeito de estar envolvido nesse assassinato! E estamos atrás de quem matou essa garota e por que razões! Se o senhor acha que as perguntas são formuladas de forma errada, o senhor pode questionar a testemunha quando terminarmos. Mas o senhor não pode controlar as perguntas feitas aqui!"

Max sentou-se. A sala ficou em silêncio. O investigador andou de lá para cá por alguns segundos antes de falar de novo; seu rosto estava vermelho e os lábios, apertados.

"Sr. Erlone, o senhor não deu àquele negro um material relacionado ao Partido Comunista?"

"Sim."

"Qual era a natureza do material?"

"Eu lhe dei alguns panfletos sobre a questão negra."

"Material defendendo a igualdade entre brancos e negros?"

"Era um material que explicava..."

"O material continha um apelo à 'união de brancos e negros'?"

"Sem dúvida."

"O senhor, em sua agitação desse negro bêbado, disse-lhe que tudo bem ele ter relações sexuais com mulheres brancas?"

"Não!"

"O senhor aconselhou a srta. Dalton a ter relações sexuais com ele?"

"Não!"

"O senhor *apertou a mão* desse negro?"

"Sim."

"O senhor *tomou* a iniciativa de apertar a mão dele?"

"Sim. É o que qualquer pessoa decente..."

"Limite-se a responder às perguntas, por favor, sr. Erlone. Não queremos nenhuma das suas explicações comunistas aqui. Diga, o senhor *comeu* com esse negro?"

"Claro."

"O senhor o *convidou* para comer?"

"Sim."

"A srta. Dalton estava na mesa quando o senhor o *convidou* para se sentar?"

"Sim."

"Quantas vezes o senhor já havia *comido* com negros antes?"

"Não sei. Muitas vezes."

"O senhor *gosta* de negros?"

"Eu não faço distinção..."

"O senhor *gosta* de negros, sr. Erlone?"

"Objeção!", Max gritou. "Em que mundo isso tem a ver com o caso?"

"O senhor não pode controlar as perguntas!", o investigador berrou. "Eu já lhe disse isso! Uma mulher foi assassinada de maneira hedionda. Essa testemunha colocou a falecida em contato com a última pessoa que a viu viva. Temos o direito de determinar qual foi a atitude da testemunha em relação à garota e àquele negro!" O investigador se virou de novo para Jan. "Agora, sr. Erlone, o senhor não pediu para aquele negro se sentar no banco da frente, *entre* o senhor e a srta. Dalton?"

"Não; ele já estava no banco da frente."

"Mas o senhor *não* pediu para ele se sentar no banco *de trás*, pediu?"

"Não."

"Por que *não*?"

"Meu Deus! O homem é gente! Por que o senhor não me pergunta...?"

"Sou eu que faço as perguntas aqui, o senhor responde. Agora, me diga, sr. Erlone, o senhor teria convidado esse negro para dormir com você?"

"Me recuso a responder essa pergunta!"

"Mas o senhor não recusou a esse negro bebum o direito de dormir com a garota, recusou?"

"O direito dele de se associar a ela ou a qualquer outra pessoa não estava em questão..."

"O senhor tentou manter esse negro *longe* da srta. Dalton?"

"Eu não..."

"Responda sim ou não!"

"Não!"
"O senhor tem uma irmã?"
"Ora, tenho."
"Onde ela está?"
"Em Nova York."
"Ela é casada?"
"Não."
"O senhor consentiria que ela se casasse com um negro?"
"Eu não tenho nada a ver com quem ela se casa."
"O senhor não disse a esse negro bebum para chamá-lo de Jan em vez de sr. Erlone?"
"Sim; mas..."
"Limite-se a responder as perguntas!"
"Mas, sr. investigador, o senhor insinua..."
"Estou tentando estabelecer um motivo para o assassinato dessa garota inocente!"
"Não; não está! O senhor está tentando acusar uma raça de pessoas e um partido político!"
"Não queremos discursos! Diga, a srta. Dalton estava em condições de se despedir quando o senhor a deixou no carro com o negro bebum?"
"Sim. Ela se despediu."
"Diga, quanta bebida o senhor deu à srta. Dalton aquela noite?"
"Não sei."
"Que tipo de bebida era?"
"Rum."
"Por que o senhor preferiu rum?"
"Não sei. Apenas resolvi comprar rum."
"Foi com o objetivo de excitar o corpo ao máximo?"
"Não."
"Quanto o senhor comprou?"
"Uma garrafa."
"Quem pagou?"

"Eu paguei."
"O dinheiro veio do caixa do Partido Comunista?"
"Não!"
"Eles não lhe concedem um orçamento para despesas de recrutamento?"
"Não!"
"Quanto vocês já tinham bebido antes de o senhor comprar o rum?"
"Algumas cervejas."
"Quantas?"
"Não sei."
"O senhor não se lembra muito do que aconteceu naquela noite, não é?"
"Estou contando tudo que eu lembro."
"*Tudo* que o senhor lembra?"
"Sim."
"É possível que o senhor não lembre de algumas coisas?"
"Estou contando tudo que eu lembro."
"O senhor estava bêbado demais para se lembrar de tudo que aconteceu?"
"Não."
"O senhor sabia o que estava fazendo?"
"Sim."
"O senhor deixou deliberadamente a garota naquelas condições?"
"Ela não estava em *condição* nenhuma!"
"Quão bêbada ela estava depois das cervejas e do rum?"
"Ela parecia saber o que estava fazendo."
"O senhor sentiu algum temor quanto a ela não ser capaz de se defender?"
"Não."
"O senhor se importou com ela?"
"Claro que sim."

"O senhor achou que o que quer que acontecesse estaria tudo bem?"

"Eu achei que ela estava bem."

"Apenas me diga, sr. Erlone, quão bêbada a srta. Dalton estava?"

"Bom, ela estava um pouco alta, se o senhor entende o que quero dizer."

"Ela estava alegre?"

"Sim; pode-se dizer que sim."

"Receptiva?"

"Eu não sei o que o senhor quer dizer."

"O senhor estava satisfeito quando a deixou?"

"O que o senhor quer dizer?"

"O senhor desfrutou da companhia dela?"

"Ora, sim."

"E depois de desfrutar de uma mulher desse jeito, não há um certo relaxamento?"

"Não sei o que o senhor quer dizer."

"Estava tarde, não, sr. Erlone? O senhor queria ir para casa?"

"Sim."

"O senhor não queria ficar mais tempo com ela?"

"Não; eu estava cansado."

"Então o senhor a deixou para o negro?"

"Eu a deixei no carro. Eu não a deixei para ninguém."

"Mas o negro estava no carro?"

"Sim."

"E ela se sentou no banco da frente com ele?"

"Sim."

"E o senhor não tentou impedi-la?"

"Não."

"E vocês três tinham bebido?"

"Sim."

"E o senhor estava satisfeito em deixá-la assim, com um negro bebum?"

"O que o senhor quer *dizer*?"

"O senhor não sentiu medo por ela?"

"Ora, não."

"O senhor sentiu que ela, estando bêbada, ficaria satisfeita com qualquer outra pessoa como ela esteve com o senhor?"

"Não; não... Isso não. O senhor está conduzindo..."

"Apenas responda as perguntas. A srta. Dalton, que o senhor saiba, já tivera relações sexuais com um negro antes?"

"Não."

"O senhor acha que aquela seria uma boa ocasião para ela saber como é?"

"Não; não..."

"O senhor não prometeu entrar em contato com o negro para saber se ele se sentia grato o suficiente para se afiliar ao Partido Comunista?"

"Eu não disse que entraria em contato com ele."

"O senhor não disse a ele que entraria em contato em dois ou três dias?"

"Não."

"Sr. Erlone, o senhor tem certeza que não falou isso?"

"Ah, sim! Mas não com a intenção que o senhor está sugerindo..."

"Sr. Erlone, o senhor ficou surpreso quando soube da morte da srta. Dalton?"

"Sim. Num primeiro momento fiquei atordoado demais para acreditar. Pensei que com certeza havia algum engano."

"O senhor não tinha esperado que esse negro bebum fosse tão longe, não é?"

"Eu não tinha esperado nada."

"Mas o senhor disse ao negro para ler os panfletos comunistas, não disse?"

"Eu dei os panfletos para ele."

"O senhor disse para ele *ler*?"

"Sim."

"Mas o senhor não esperava que ele chegasse ao ponto de estuprar e matar a garota?"

"Eu não esperava absolutamente nada nesse sentido."

"Por hoje é só, sr. Erlone."

Bigger viu Jan voltar para o seu lugar. Sabia como Jan se sentia. Sabia o que o homem estava tentando fazer com aquelas perguntas. Ele não era o único objeto de ódio ali. O que os vermelhos queriam que fazia com que o investigador odiasse tanto o Jan?

"Sr. Henry Dalton, o senhor pode vir à frente, por favor?", o investigador pediu.

Bigger ouviu o sr. Dalton contar como a família Dalton sempre contratou garotos negros como motoristas particulares, sobretudo quando esses garotos negros sofriam com a desvantagem da pobreza, falta de educação, desgraça ou ferimentos físicos. O sr. Dalton dizia que era uma forma de dar-lhes uma chance de sustentar suas famílias e frequentarem a escola. Contou como Bigger tinha chegado à sua casa, como havia se mostrado tímido e assustado e como a família ficou comovida e tocada por ele. Disse que não havia pensado que Bigger tivesse tido qualquer coisa a ver com o desaparecimento de Mary, e contou como tinha falado para Britten não o interrogar. Então contou sobre quando recebeu o bilhete de resgate e como ficara chocado ao ser informado de que Bigger havia fugido da casa, indicando assim sua culpa.

Quando o interrogatório do investigador acabou, Bigger ouviu Max perguntar:

"Posso fazer algumas perguntas?"

"Certamente. Prossiga", o investigador disse.

Max foi à frente e parou bem diante do sr. Dalton.

"O senhor é o presidente da Dalton Real Estate Company, não é?"

"Sim."

"A sua companhia é dona do prédio em que a família Thomas tem morado nos últimos três anos, não?"

"Bom, não. Minha companhia possui ações de uma empresa que é a proprietária do edifício."

"Entendo. Qual é o nome *dessa* empresa?"

"South Side Real Estate Company."

"Agora, sr. Dalton, a família Thomas pagava ao senhor..."

"Não para *mim*! Eles pagam o aluguel para a South Side Real Estate Company."

"O senhor tem o controle das ações da Dalton Real Estate Company, não tem?"

"Ora, sim."

"E essa companhia, por sua vez, é dona das ações que controlam a South Side Real Estate Company, não?"

"Ora, sim."

"Acho que posso dizer que a família Thomas paga o aluguel para o *senhor*?"

"Indiretamente, sim."

"Quem formula as políticas dessas duas empresas?"

"Ora, eu."

"Por que o senhor cobra um aluguel mais alto da família Thomas e outras famílias negras do que o de famílias brancas pelo mesmo tipo de moradia?"

"Não sou eu quem estabelece as tabelas de aluguéis", o sr. Dalton disse.

"Quem estabelece?"

"Ora, a lei da oferta e demanda regula o preço da moradia."

"Agora, sr. Dalton, foi dito que o senhor doa milhões de dólares para educar os negros. Por que é que o senhor cobra o aluguel exorbitante de oito dólares por semana da família Thomas por uma quitinete sem ventilação, infestada de ratos, onde quatro pessoas comem e dormem?"

O investigador pôs-se de pé num salto.

"Não vou tolerar que o senhor coloque essa testemunha contra a parede! O senhor não tem senso de decência? Esse homem é um dos mais respeitados da cidade! E suas perguntas não têm relevância alguma..."

"Elas *têm* relevância!", Max gritou. "O senhor disse que poderíamos fazer perguntas abrangentes aqui. Também estou tentando encontrar a pessoa culpada! Jan Erlone não é o único homem que influenciou Bigger Thomas! Houve muito outros *antes* dele. Tenho tanto direito de determinar que efeito as atitudes dessas pessoas tiveram na conduta dele quanto o senhor teve de determinar a influência que Jan Erlone teve!"

"Estou disposto a responder as perguntas se for ajudar a esclarecer as coisas", o sr. Dalton respondeu com calma.

"Obrigado, sr. Dalton. Agora, me diga, por que o senhor cobrava oito dólares por semana da família Thomas por uma quitinete num cortiço?"

"Bom, há um déficit habitacional."

"Em toda Chicago?"

"Não. Apenas aqui no South Side."

"O senhor tem propriedades em outras áreas da cidade?"

"Sim."

"Então por que o senhor não aluga essas casas para negros?"

"Bom... hã... E-e-eu não acho que eles gostariam de morar em qualquer outro lugar."

"Quem disse isso ao senhor?"

"Ninguém."

"O senhor chegou a essa conclusão sozinho?"

"Ora, sim."

"Não é verdade que o senhor se *recusa* a alugar casas para os negros se elas ficarem em outras áreas da cidade?"

"Ora, sim."

"Por quê?"

"Bom, é um costume antigo."

"O senhor acha que esse costume é certo?"

"Eu não criei esse costume", o sr. Dalton disse.

"O senhor acha que esse costume é certo?", Max perguntou de novo.

"Bom, acho que os negros são mais felizes quando estão juntos."

"Quem disse *isso* ao senhor?"

"Ninguém, ora."

"Eles não são mais lucrativos quando estão juntos?"

"Não sei o que o senhor quer dizer."

"Sr. Dalton, a política da sua empresa não tende a manter os negros no South Side, numa área?"

"Bom, funciona assim. Mas eu não criei…"

"Sr. Dalton, o senhor doa milhões para ajudar os negros. Posso perguntar por que o senhor não reduz o valor do aluguel de casas com risco de incêndio e desconta do seu orçamento para obras de caridade?"

"Bom, diminuir o valor dos aluguéis seria antiético."

"*Antiético!*"

"Sim, ora. Eu estaria alugando abaixo dos meus concorrentes."

"Há um acordo entre os corretores em relação a quanto deve ser cobrado dos negros pelo aluguel?"

"Não. Mas há um código de ética nos negócios."

"Então o lucro que o senhor obtém dos aluguéis da família Thomas o senhor devolve para eles para aliviar o sofrimento de suas vidas extorquidas e para mitigar a dor da sua própria consciência?"

"O senhor está distorcendo os fatos!"

"Sr. Dalton, por que o senhor doa dinheiro para a educação dos negros?"

"Quero que eles tenham uma oportunidade."

"O senhor já empregou algum dos negros que ajudou a educar?"

"Não, ora."

"Sr. Dalton, o senhor acha que as condições terríveis em que a família Thomas vive numa de suas casas pode de alguma maneira estar relacionada à morte da sua filha?"

"Não sei o que o senhor quer dizer."

"É só", Max disse.

Depois que o sr. Dalton voltou para o seu lugar, foi a vez de Peggy, depois de Britten, um grande número de médicos, repórteres e muitos policiais.

"Chamamos agora Bigger Thomas!", o investigador anunciou.

Uma onda de vozes agitadas varreu a sala. Os dedos de Bigger agarraram os braços da cadeira. A mão de Max tocou seu ombro. Bigger se virou e Max sussurrou:

"Fique sentado."

Max se levantou.

"Sr. investigador?"

"Sim?"

"Na condição de advogado de Bigger Thomas, eu gostaria de declarar que ele não deseja depor aqui."

"O depoimento dele ajudaria a esclarecer qualquer dúvida quanto à causa da morte da falecida", o investigador disse.

"Meu cliente já está sob custódia da polícia e tem o direito de recusar..."

"Certo, certo", o investigador disse.

Max se sentou.

"Fique no seu lugar. Está tudo bem", Max sussurrou para Bigger.

Bigger relaxou e sentiu o coração bater forte. Ele ansiava por algo que fizesse com que os rostos brancos parassem de encará-lo. Por fim, os rostos se viraram. O investigador andou até a mesa e ergueu o bilhete de resgate com um gesto lento, demorado, delicado e deliberado.

"Cavalheiros", disse, de frente para os seis homens sentados nas fileiras, "os senhores ouviram os depoimentos das testemunhas. Acredito, entretanto, que os senhores deveriam ter a oportunidade de examinar as provas reunidas pelo Departamento de Polícia."

O investigador entregou o bilhete de resgate para um dos jurados, que leu e passou-o para os demais. Todos os jurados examinaram a bolsa, o canivete manchado de sangue, a lâmina enegrecida da machadinha, os panfletos comunistas, a garrafa de rum, a mala e a confissão assinada.

"Em função da natureza peculiar desse crime e do fato de o corpo da falecida ter sido completamente destruído, considero indispensável que os senhores examinem uma prova adicional. Ela ajudará a lançar luz sobre a real maneira pela qual a morte da falecida aconteceu", o investigador disse.

Ele se virou e acenou na direção de dois homens vestidos com jalecos brancos que estavam junto à porta dos fundos. A sala estava em silêncio. Bigger se perguntou quanto tempo isso ainda duraria; sentia que não conseguiria aguentar muito mais. De vez em quando a sala ficava turva e uma leve vertigem tomava conta dele; mas seus músculos se enrijeciam e passava. O zumbido de vozes cresceu de repente, e o investigador bateu o martelo na mesa pedindo ordem. Então irrompeu uma comoção. Bigger ouviu a voz de um homem dizer:

"Abram caminho, por favor!"

Ele olhou e viu os dois homens de jaleco branco empurrando uma maca comprida, coberta com um lençol, por entre a multidão para o corredor central da sala. O que é isso?, Bigger se perguntou. Ele sentiu a mão de Max tocar seu ombro.

"Fique calmo, Bigger. Já vai acabar."

"O que é que eles tão fazendo?", Bigger perguntou num sussurro tenso.

Por um longo momento, Max não respondeu. Então disse, incerto:

"Não sei."

A maca comprida foi levada para a frente da sala. O investigador falou com voz profunda e lenta, carregada de paixão:

"Como investigador legista, decidi, em nome da justiça, oferecer como evidência o corpo violentado e mutilado de Bessie Mears, e o depoimento de policiais e médicos sobre a causa e maneira de sua morte..."

A voz do investigador foi abafada. Um alvoroço tomou conta da sala. Por dois minutos a polícia precisou bater os cassetetes contra a parede para restaurar o silêncio. Bigger ficou imóvel como uma pedra enquanto Max passou correndo por ele e parou a poucos metros da maca coberta por um lençol.

"Sr. investigador", Max disse. "Isso é ultrajante! A exposição indecente do corpo dessa garota morta não serve a outro propósito que não incitar o linchamento..."

"Isso permitirá que o júri determine a maneira exata pela qual se deu a morte de Mary Dalton, que foi assassinada pelo homem que assassinou Bessie Mears!", respondeu o investigador num grito composto de raiva e desejo de vingança.

"A confissão de Bigger Thomas cobre todas as evidências necessárias para este júri!", Max disse. "O senhor está apelando de maneira criminosa para a comoção popular..."

"Cabe ao grande júri determinar isso!", o investigador respondeu. "E o senhor não pode mais interromper os procedimentos! Se o senhor persistir nessa atitude, será retirado da sala! Eu tenho o direito legal de determinar que evidência é necessária..."

Devagar, Max se virou e andou de volta para o seu lugar, os lábios contraídos, o rosto branco, a cabeça baixa.

Bigger estava arrasado, indefeso. Seus lábios se abriram, muito afastados. Sentiu-se congelado, entorpecido. Tinha esquecido completamente de Bessie durante o inquérito sobre Mary. Entendeu o que estava sendo feito. Oferecer o cadáver de Bessie como evidência e prova de que ele tinha assassinado Mary faria com que ele parecesse um monstro; serviria para incitar mais ódio contra ele. A morte de Bessie não havia sido mencionada durante o inquérito e todos os rostos brancos na sala ficaram extremamente surpresos. Não era porque ele havia pensado menos em Bessie que a tinha esquecido, mas a morte de Mary lhe causara mais medo; não a morte dela em si, mas o que ela significava para ele como um negro. Estavam trazendo o corpo de Bessie agora para fazer com que homens brancos e mulheres brancas sentissem que nada menos do que a rápida aniquilação da vida dele tornaria a cidade segura de novo. Estavam usando o fato de ele ter matado Bessie para matá-lo por ter matado Mary, para colocá-lo sob uma luz que sancionaria qualquer ação tomada para destruí-lo. Embora tivesse matado uma garota negra e uma garota branca, sabia que seria pela morte da garota branca que o puniriam. A garota negra era uma mera "evidência". E sob tudo isso ele sabia que as pessoas brancas não se importavam de verdade com Bessie ter sido morta. Gente branca nunca ia atrás de negros que mataram outros negros. Ele tinha até ouvido dizer que os brancos achavam bom quando um negro matava outro; significava um negro a menos com quem lidar. Crime para um negro era só quando se prejudicava brancos, tirava vidas brancas ou danificava propriedades de brancos. Com o passar do tempo, ele não pôde evitar olhar e ouvir o que acontecia na sala. Seus olhos pousaram melancólicos na forma drapeada e imóvel embaixo do lençol branco na maca, e ele sentiu uma simpatia mais profunda por Bessie do que em qualquer momento de quando estava viva. Sabia que Bessie, embora morta, embora assassinada por ele, também se ressentiria por seu corpo ser usado dessa maneira. A raiva se acelerou nele: uma sensação antiga que Bessie tinha lhe descrito muitas vezes depois de longas horas com a barriga no fogão na cozinha dos brancos, uma sensação de ser para sempre tão comandada pelos outros que pensar e sentir por conta própria era impossível. Ele não só tinha morado onde disseram que deveria morar, não só fez o que lhe disseram para fazer, não só fez essas coisas até ter matado para se livrar deles; mas mesmo depois de obedecer, depois de matar, ainda o dominavam. Ele era propriedade deles, coração e alma, corpo e sangue; o que eles faziam reivindicava cada átomo de seu ser, dormindo e acordado; coloria a vida e ditava os termos da morte.

O investigador bateu o martelo para exigir ordem, então se levantou, foi até a maca e com um movimento do braço puxou o lençol que cobria o corpo de Bessie. Aquela visão, sangrenta e negra, fez Bigger recuar involuntariamente e cobrir os olhos com as mãos e, no mesmo instante, viu os flashes cegantes dos fotógrafos piscando no ar. Seus olhos se voltaram com doloroso esforço para o fundo da sala, pois ele sentia que se visse Bessie de novo levantaria da cadeira e agitaria o braço na tentativa de fazer a sala e aquelas pessoas sumirem completamente. Cada nervo de seu corpo o ajudou a olhar sem ver e a ficar sentado em meio ao barulho sem escutar.

Uma dor surgiu na sua cabeça, bem acima dos olhos. À medida que os minutos se arrastavam devagar, seu corpo ia ficando encharcado de um suor frio. O sangue pulsava nas orelhas; os lábios estavam ressecados; queria molhá-los com a língua, mas não conseguia. O esforço tenso de manter fora da consciência a visão terrível de Bessie e o zumbido de vozes não o deixavam mexer um músculo sequer. Ele ficou parado, cercado por um molde invisível de concreto. Então não conseguiu mais aguentar. Inclinou-se para a frente e enterrou o rosto nas mãos. Ouviu uma voz distante falando de uma grande altura...

"O júri vai se retirar agora para a sala ao lado."

Bigger ergueu a cabeça e viu os seis homens se levantarem e saírem pela porta dos fundos. O lençol havia sido puxado sobre o corpo de Bessi, e ele não podia vê-la. As vozes na sala ficaram mais altas e o investigador pediu ordem. Os seis homens voltaram devagar aos seus lugares. Um deles entregou ao investigador um pedaço de papel. O investigador se levantou, fez um gesto para pedir silêncio e leu uma longa sequência de palavras que Bigger não conseguia entender. Mas pegou algumas frases:

"... a referida Mary Dalton veio a óbito no quarto de sua casa, localizada no Drexel Boulevard, 4605, em decorrência de asfixia e estrangulamento causados por violência externa, a referida violência recebida quando a falecida foi estrangulada pelas mãos de Bigger Thomas, durante o crime de estupro..."

"... nós, o Júri, acreditamos que a referida ocorrência foi um assassinato e recomendamos que o referido Bigger Thomas continue preso e seja levado ao Grande Júri sob a acusação de homicídio, até ser solto pelo devido processo legal..."

A voz monótona continuou, mas Bigger não escutava. Isso significava que ele seria mandado para a cadeia e lá ficaria até ser julgado e executado. Por fim, a voz do investigador parou. A sala estava cheia de barulho. Bigger ouviu homens e mulheres passarem por ele. Olhou em volta como um homem acordando de um sono profundo. Max segurou seu braço.

"Bigger?"

Ele virou um pouco a cabeça.

"Te vejo hoje à noite. Eles vão te levar para a prisão do Condado de Cook. Eu vou para lá e vamos discutir tudo isso. Vamos ver o que pode ser feito. Enquanto isso, fique calmo. Assim que puder, deite e durma um pouco, viu?"

Max foi embora. Bigger viu dois policiais empurrando o corpo de Bessie de volta pela porta. Os dois policiais que estavam sentados ao seu lado pegaram seus braços e algemaram seus pulsos aos deles. Outros dois policiais ficaram à sua frente e mais dois atrás.

"Vamos, garoto."

Dois policiais andaram à frente, abrindo caminho para ele em meio a uma densa multidão. Enquanto passava por homens e mulheres brancos, eles ficavam em silêncio, mas assim que estava a alguns metros de distância, ouviu as vozes se elevarem. Levaram-no dali pela porta da frente, que dava para o saguão. Ele pensou que iam levá-lo de volta para o andar de cima e fez um movimento em direção ao elevador, mas o puxaram com brusquidão.

"Por aqui!"

Conduziram-no pela porta da frente do prédio, para a rua. Um sol amarelado banhava as calçadas e edifícios. Uma enorme multidão tomava a calçada. O vento soprava forte. Do barulho estridente de berros e gritos, ele conseguiu captar algumas palavras:

"... solta ele..."

"... faz com ele o que ele fez com a garota..."

"... deixa a gente cuidar dele..."

"... queimem esse macaco preto..."

Um corredor estreito foi aberto ao longo da calçada até o carro que o esperava. Até onde ele conseguia enxergar, havia homens brancos de uniforme azul com estrelas prateadas brilhando no peito. Empurraram-no com firmeza no banco de trás, entre os dois policiais aos quais estava algemado. O motor roncava. À frente, ele viu um carro sair do meio-fio com a sirene ligada e seguir pela rua à luz do sol. Outro o seguiu. Então mais quatro. Por fim, o carro em que ele estava entrou atrás da fila. Atrás, ele ouviu outros carros saindo do meio-fio, com motores roncando e sirenes estridentes. Olhou para os prédios que passavam pela janela lateral, mas não reconhecia nada que lhe fosse familiar. Dos dois lados havia rostos brancos que o espreitavam boquiabertos. Não demorou muito, entretanto, para perceber que estava indo para o sul da cidade. As sirenes gritavam tão alto que ele sentiu que estava sendo levado por uma onda de som. Os carros entraram na State Street. Na rua 35, o bairro ficou familiar. Na rua 37 ele sabia que estava a duas quadras à sua esquerda de sua casa. O que a mãe, o irmão e a irmã estariam fazendo agora? E onde estariam Jack, G.H. e Gus? Os pneus de borracha cantavam sobre o asfalto plano. Havia um policial em cada esquina, acenando para os carros. Para onde o estavam levando? Iam prendê-lo numa cadeia no South Side? Será que o estavam levando para a delegacia de polícia de Hyde Park? Alcançaram a rua 47 e seguiram para o lado leste, em direção à Cottage Grove Avenue. Chegaram ao Drexel Boulevard e viraram para o norte de novo. Ele ficou tenso e se inclinou para a frente. O sr. Dalton morava nessa rua. O que é que iam fazer com ele? Os carros desaceleraram e pararam na frente do portão dos Dalton. Por que o trouxeram para cá? Ele olhou para a grande casa de alvenaria, banhada pela luz do sol, imóvel, silenciosa. Olhou para o rosto dos dois policiais, que estavam um de cada lado; eles olhavam para a frente em silêncio. Nas calçadas, à frente e atrás, havia longas filas de policiais com armas em punho. Rostos brancos tomavam as janelas dos apartamentos em toda sua volta. Pessoas saíam pelas portas, correndo em direção à casa dos Dalton. Um policial com uma estrela dourada no peito veio até a porta do carro, abriu-a, deu uma rápida olhada nele, então se dirigiu ao motorista.

"Certo, rapazes; tirem ele."

Levaram-no até o meio-fio. Uma multidão sólida já abarrotava toda a calçada, as ruas, os jardins e o espaço atrás das filas de policiais. Ouviu um menino branco gritar:

"Esse é o preto que matou a srta. Mary!"

Conduziram-no pelo portão, pelo caminho até os degraus; ele encarou por um segundo a porta de entrada da residência dos Dalton, a mesma porta onde havia estado tão humilde com seu boné nas mãos pouco menos de uma semana antes. A porta se abriu e ele foi conduzido pelo corredor até a escada dos fundos e para o segundo andar, para o quarto de Mary. Parecia que ele não conseguia respirar. Para que o trouxeram aqui? Seu corpo mais uma vez estava molhado de suor. Quanto tempo ele ia aguentar sem desmaiar de novo? Fizeram-no entrar no quarto. Estava repleto de policiais armados e repórteres com câmeras a postos. Olhou em volta; o quarto estava do mesmo jeito que o tinha visto *naquela* noite. Ali estava a cama em que havia sufocado Mary. O relógio com o mostrador brilhante estava na cômoda pequena. As mesmas cortinas estavam nas janelas e as venezianas continuavam totalmente abertas, tão abertas como estiveram naquela noite quando ele havia ficado perto delas e visto a sra. Dalton numa forma branca esvoaçante tateando na escuridão azulada do quarto com as mãos levantadas. Sentiu os olhos dos homens sobre ele, e seu corpo ficou duro, fervendo de vergonha e raiva. O homem com a estrela dourada no peito se aproximou e falou em voz baixa.

"Agora, Bigger, seja um bom garoto. Apenas relaxe e fique calmo. Queremos que você tome seu tempo e mostre para a gente o que aconteceu naquela noite, entendeu? E não ligue para os rapazes tirando fotos. Só faça exatamente o que você fez naquela noite..."

Bigger fez cara feia; seu corpo todo estava duro e ele sentia que ia crescer mais meio metro de altura.

"Vamos", o homem disse. "Ninguém vai te machucar. Não tenha medo."

A revolta fervia dentro de Bigger.

"Vamos. Mostra o que você fez."

Ele não se moveu. O homem agarrou seu braço e tentou levá-lo até a cama. Bigger puxou o braço de volta violentamente, os músculos tensos. Uma faixa incandescente envolvia sua garganta. Seus dentes estavam cerrados com tanta força que ele não conseguiria falar mesmo que tentasse. Recuou até a parede, os olhos baixos numa carranca sinistra.

"Que foi, garoto?"

Os lábios de Bigger se abriram, mostrando os dentes brancos. Depois ele piscou; os flashes das câmeras dispararam e ele soube no mesmo instante que o tinham fotografado de costas para a parede, com os dentes à mostra num rosnado.

"Tá com medo, moleque? Você não estava com medo naquela noite quando estava aqui com a garota, né?"

Bigger queria encher os pulmões com ar suficiente para gritar: "É! Eu tava com medo!". Mas quem ia acreditar nele? Ele caminharia para a morte sem nem tentar contar para homens como esses o que ele tinha sentido naquela noite. Quando o homem falou de novo, seu tom havia mudado.

"Agora vamos, moleque. A gente te tratou muito bem, mas podemos pegar pesado se for necessário, entendeu? É com *você*! Vai logo até a cama e mostra pra gente como você estuprou e matou a garota!"

"Eu não estuprei ela", Bigger disse pelos lábios rígidos.

"Ah, qual é? O que você tem a perder agora? Mostra o que você fez."

"Não quero."

"Você *tem* que mostrar!"

"*Não* tenho."

"Bom, a gente vai te *obrigar*!"

"Vocês não podem me obrigar a fazer nada além de morrer!"

E quando disse isso, desejou que atirassem nele para que pudesse ficar livre deles, para sempre. Outro homem branco com uma estrela dourada no peito se aproximou.

"Deixa. Já temos o necessário."

"Acha melhor?"

"Claro. De que adianta?"

"Certo, rapazes. Levem ele de volta pro carro."

Fecharam as algemas de aço em seus pulsos e o conduziram de volta pelo corredor. Antes mesmo que a porta da frente fosse aberta, ele ouviu o fraco rugido de vozes. Até onde conseguia ver pelos vidros da porta, por todos os lados da rua havia gente branca em pé no vento frio e no sol. Conduziram-no pela porta e o rugido aumentou; assim que ele ficou visível, o rugido atingiu uma altura ensurdecedora e aumentou a cada segundo. Cercado por policiais, ele foi meio arrastado e meio carregado ao longo do estreito corredor de pessoas, pelo portão, em direção ao carro à espera.

"Seu macaco preto!"

"Matem esse filho da puta!"

Ele sentiu um cuspe quente bater no rosto. Alguém tentou pular em cima dele, mas foi pego pelos policiais e impedido. Enquanto ele cambaleava, um objeto comprido e brilhante chamou sua atenção; ele olhou para cima. No topo de um edifício do outro lado da rua, acima da cabeça das pessoas, erguia-se uma cruz em chamas. De imediato ele percebeu que tinha algo a ver com ele. Mas por que queimar uma cruz? À medida que olhava, lembrava do rosto suado do pastor negro em sua cela naquela manhã, falando com intensidade e solenidade sobre Jesus, sobre existir uma cruz para ele, uma cruz para todo mundo, e sobre como Jesus havia carregado a cruz com humildade, abrindo caminho, ensinando como morrer, como amar e alcançar a vida eterna. Mas ele nunca tinha visto uma cruz pegando fogo daquele jeito em cima de um telhado. Os brancos queriam que ele amasse Jesus também? Ouviu o vento chicotear as chamas. Não! Isso não estava certo; não deviam pôr fogo numa cruz. Ele ficou parado na frente do carro, esperando que o empurrassem para dentro, seus olhos arregalados de espanto, seus impulsos bloqueados, tentando se lembrar de algo.

"Ele tá olhando pra ela!"

"Ele tá vendo ela!"

Os olhos e rostos à sua volta não eram em nada como os do pastor negro quando ele havia pregado sobre Jesus e Seu amor, Sua morte na cruz. A cruz da qual o pastor tinha falado era sangrenta, não flamejante; mansa, não militante. Aquela cruz o fizera sentir espanto e admiração, não medo e pânico. Ela lhe fizera ter vontade de se ajoelhar e chorar, mas esta cruz o fazia querer xingar e matar. Então ele tomou consciência da cruz que o pastor havia pendurado em seu pescoço; sentiu-a aninhada contra a pele de seu peito, uma imagem da mesma cruz que ardia diante de seus olhos do alto do telhado contra o frio céu azul, suas velozes línguas de fogo sendo levadas a um assobio furioso pelo vento gelado.

"Queimem ele!"

"Matem ele!"

Então se deu conta: aquela cruz não era a de Cristo, mas sim a da Ku Klux Klan. Ele tinha uma cruz da salvação no pescoço e eles estavam pondo fogo em uma para mostrar o quanto o odiavam! Não! Ele não queria isso! O pastor tinha armado para ele? Sentiu-se traído. Queria arrancar a cruz do pescoço e atirá-la longe. Empurraram-no para dentro do carro que o esperava e ele se sentou entre os dois policiais, ainda olhando temeroso para a cruz ardente. As sirenes gritavam, os carros seguiam devagar pelas ruas aglomeradas e ele sentia a cruz que tocava seu peito como uma faca apontada para o coração. Seus dedos ansiavam por arrancá-la; era um amuleto maligno e negro que com certeza lhe traria a morte agora.

Os carros roncaram pela State Street, depois em direção oeste, para a rua 26, um atrás do outro. As pessoas permaneciam nas calçadas para olhar. Dez minutos depois pararam na frente de um enorme edifício branco; ele foi levado escada acima, por corredores e então parado abruptamente diante da porta de uma cela. Foi empurrado para dentro; as algemas foram retiradas e a porta bateu com força. Os homens permaneceram por ali, olhando-o com curiosidade.

Com nervosismo, ele abriu de uma vez a camisa, sem se importar com quem visse. Agarrou a cruz e a arrancou do pescoço. Jogou-a longe, rogando uma praga que era quase um grito.

"Não quero isso!"

Os homens ficaram sem ar e olharam para ele, espantados.

"Não joga isso fora, garoto. Essa é a sua *cruz*!"

"Posso morrer sem uma cruz!"

"Só Deus pode te ajudar agora, garoto. É melhor cuidar da sua alma!"

"Eu não tenho alma!"

Um dos homens pegou a cruz e tentou devolvê-la.

"Aqui, garoto; guarda. Essa é a cruz de *Deus*!"

"Não tô nem aí!"

"Ah, deixa ele!", um dos homens disse.

Eles saíram, deixando a cruz bem junto à porta da cela. Ele a pegou e arremessou para longe de novo. Apoiou-se nas grades, fraco, esgotado. O que estavam tentando fazer com ele? Levantou a cabeça ao ouvir passos. Viu um homem branco vindo em sua direção, depois um homem negro. Endireitou-se e ficou tenso. Era o velho pastor que tinha rezado por ele de manhã. O homem branco começou a destrancar a cela.

"Eu não quero o senhor aqui!", Bigger berrou.

"Filho!", o pastor repreendeu.

"Eu não quero o senhor aqui!"

"Que foi, filho?"

"Pega seu Jesus e vai embora!"

"Mas, filho! Você não sabe o que tá falando! Deixa eu rezar por você!"

"Reza por você!"

O guarda branco pegou o pastor pelo braço e, apontando para a cruz no chão, disse:

"Veja, Reverendo, ele jogou a cruz fora."

O pastor olhou e disse:

"Filho, não cospe no rosto de Deus!"

"Eu vou cuspir na sua cara se não me deixar em paz!", Bigger respondeu.

"Os vermelhos têm conversado com ele", o guarda disse, tocando a testa, o peito, o ombro esquerdo e depois o direito com os dedos; fazendo o sinal da cruz com devoção.

"Isso é mentira!", Bigger berrou. Seu corpo parecia uma cruz em chamas à medida que as palavras ferviam histericamente para fora dele. "Falei que não quero o senhor aqui! Se o senhor entrar, eu vou te matar! Me deixa em paz!"

Quieto, o velho pastor negro parou e pegou a cruz. O guarda enfiou a chave na fechadura e a porta se abriu. Bigger correu até ela, agarrou as barras de aço com as duas mãos e empurrou a porta com força para a frente, fechando-a de vez. Ela bateu bem no rosto do velho pastor negro, fazendo-o cair de costas no chão de concreto. O eco do aço batendo ressoou pelo longo e silencioso corredor, onda após onda, esvaindo-se em algum lugar distante.

"É melhor o senhor deixar ele sozinho agora", o guarda disse. "Parece que ele tá fora de si."

O pastor se levantou devagar e pegou seu chapéu, a Bíblia e a cruz do chão. Parou por um momento passando a mão no rosto machucado.

"Muito bem, filho. Fica com Deus", suspirou, soltando a cruz no chão da cela.

O pastor se afastou. O guarda o seguiu. Bigger ficou sozinho. Suas emoções eram tão intensas que ele realmente não viu nem ouviu nada. Por fim, seu corpo quente e tenso relaxou. Ele viu a cruz, apanhou-a e segurou-a por um longo momento entre dedos de aço.

Depois a atirou para longe de novo por entre as barras da cela. Ela bateu na parede à frente com um ruído solitário.

Nunca mais ele queria sentir algo que fosse parecido com esperança. Era isso que estava errado; tinha deixado o pastor falar até que uma parte dentro dele tinha começado a sentir que algo poderia acontecer. Bom, algo *tinha* acontecido: a cruz que o pastor pendurara em seu pescoço havia sido queimada bem diante de seus olhos.

Quando a histeria havia passado, ele se levantou do chão. Com a vista embaçada, ele viu homens espiando-o pelas grades de outras celas. Ouviu um murmúrio baixo de vozes e no mesmo instante sua consciência registrou sem amargura — como um homem que sai para trabalhar e nota que o sol está brilhando — o fato de que até mesmo na cadeia do Condado de Cook negros e brancos eram segregados em diferentes blocos. Deitou-se no catre com os olhos fechados e a escuridão o acalmou um pouco. De vez em quando seus músculos se contraíam por causa da dura tempestade de paixões que se apoderara dele. Uma pequena parte dura dele resolveu nunca mais confiar em nada nem ninguém. Nem mesmo em Jan. Ou Max. Talvez fossem pessoas boas; mas o quer que ele pensasse ou fizesse de agora em diante teria que partir dele e apenas dele, ou nada feito. Não queria mais cruzes que pudessem pegar fogo enquanto ainda estivessem penduradas em seu peito.

Seus ânimos inflamados esfriaram devagar. Ele abriu os olhos. Ouviu uma batidinha suave na parede ao lado, depois um sussurro agudo:

"Fala aí, cê que acabou de chegar!"

Bigger sentou-se, imaginando o que eles queriam.

"Cê não é o cara que pegaram por causa do trabalho nos Dalton?"

Seus punhos cerraram. Ele se deitou de novo. Não queria conversar com eles. Não eram dos seus. Sentia que não estavam ali por crimes como o dele. Não queria conversar com os brancos porque eram brancos, e não queria conversar com os negros porque estava envergonhado. Os de sua própria espécie também ficariam curiosos demais a respeito dele. Ficou deitado por um bom tempo, com a mente vazia, então ouviu a porta de aço se abrir. Olhou e viu um homem branco com uma bandeja de comida. Ele se sentou e o homem levou a bandeja até o catre, deixando-a ao seu lado.

"Seu advogado te mandou isso, menino. Você tem um bom advogado", o homem disse.

"Escuta, posso dar uma olhada num jornal?", Bigger perguntou.

"Bom, agora", o homem disse, coçando a cabeça. "Ah, dane-se. Sim; claro. Aqui, pega o meu. Já terminei de ler. Ah, outra coisa, seu advogado tá trazendo algumas roupas pra você. Me pediu pra te avisar."

Bigger não o ouviu; ignorou a bandeja de comida e abriu o jornal. Parou, esperando ouvir a porta se fechar. Quando ela bateu, ele se curvou para ler, depois parou de novo, pensando no homem que tinha acabado de sair, espantado por ele ter sido tão amigável. Por um momento fugaz, enquanto o homem esteve na cela, ele não se sentira apreensivo, encurralado. O homem fora direto e prático. Era algo que ele não conseguia entender. Ergueu o jornal para perto e leu:

O ASSASSINO NEGRO ASSINA CONFISSÃO DE DOIS ASSASSINATOS. APAVORA-SE DURANTE O INQUÉRITO AO SER CONFRONTADO COM O CADÁVER DA MOÇA ASSASSINADA. SERÁ ACUSADO AMANHÃ. VERMELHOS ASSUMEM A DEFESA DO ASSASSINO. É PROVÁVEL QUE ALEGUEM INOCÊNCIA.

Seus olhos correram pelo jornal, procurando alguma pista que contasse algo sobre seu destino.

... o assassino sem dúvida deve pegar pena máxima por seus crimes... não há dúvida alguma sobre sua culpa... restam dúvidas sobre quantos outros crimes ele já cometeu... assassino atacado durante o inquérito...

Depois:

Opinando sobre os comunistas defenderem o negro estuprador e assassino, o sr. David A. Buckley, promotor do Estado, disse: "O que mais se pode esperar de uma gangue como essa? Sou a favor de jogar todo esse bando na cadeia. Tenho a convicção de que, se investigarmos a fundo as atividades dos vermelhos neste país, encontraremos a raiz de muitos crimes não solucionados".

Quando questionado sobre que efeito o julgamento de Thomas pode ter nas próximas eleições de abril, na qual ele é um candidato forte, o sr. Buckley pegou o cravo cor-de-rosa da lapela de seu casaco e dispensou os repórteres com uma risada.

Um longo gritou soou e Bigger largou o jornal no chão, pôs-se de pé num pulo e correu até as grades da cela para ver o que estava acontecendo. No corredor, viu seis homens brancos lutando com um negro de pele clara. Eles o arrastaram no chão pelos pés e pararam bem na frente da cela de Bigger. Assim que a porta se abriu, Bigger recuou até o catre, com a boca aberta de espanto. O homem se debatia e se sacudia nas mãos dos homens brancos, tentando desesperadamente se libertar.

"Me solta! Me solta!", o homem gritou repetidas vezes.

Os homens o levantaram e o jogaram dentro da cela, trancaram a porta e foram embora. O homem ficou deitado no chão por um momento, depois se levantou e correu até a porta.

"Me dá meus papéis!", gritou.

Bigger viu que os olhos do homem estavam vermelhos; os cantos dos lábios, brancos de espuma. O suor brilhava em sua pele amorenada. Ele agarrou as grades em tal frenesi que quando gritava seu corpo inteiro vibrava. Parecia tão agoniado que Bigger se perguntou por que os homens não lhe devolveram seus pertences. Emocionalmente, Bigger ficou do lado do homem.

"Vocês não vão se livrar disso!", o homem berrou.

Bigger foi até ele e pôs a mão em seu ombro.

"Fala, o que eles pegaram de você?", perguntou.

O homem o ignorou, gritando.

"Eu vou contar tudo pro presidente, ouviram? Devolvam meus papéis e me deixem sair daqui, seus brancos filhos da puta! Vocês querem acabar com todas as minhas provas! Vocês não têm como esconder seus crimes! Vou publicar tudo pro mundo inteiro saber! Eu sei por que vocês estão me botando na cadeia! O professor pediu pra vocês fazerem isso! Mas ele também não vai se livrar..."

Bigger observava, fascinado, temeroso. Tinha a sensação de que o homem estava também muito agitado emocionalmente por causa do que quer que fosse que havia perdido. No entanto, as emoções do homem pareciam reais; elas o afetaram, despertavam compaixão.

"Volta aqui!", o homem gritou. "Me devolve meus papéis ou vou contar pro presidente e fazer vocês perderem o emprego..."

Que papéis pegaram dele?, Bigger se perguntou. Quem era o presidente sobre quem o homem gritava? E quem era o professor? Por cima dos gritos do homem, Bigger ouviu uma voz chamar da outra cela.

"Ei, novato!"

Bigger evitou o homem transtornado e foi até a porta.

"Esse cara é doido!", um homem branco disse. "Faz eles tirarem ele da cela. Ele vai te matar. Ele ficou ruim das ideias de tanto estudar na universidade. Ele tava escrevendo um livro sobre como as pessoas de cor vivem e diz que alguém roubou todas as provas que ele tinha encontrado. Ele diz que foi a fundo no porquê gente de cor é tratada tão mal e que vai contar pro presidente e fazer as coisas mudarem, entendeu? Ele é *doido*! Ele jura que um professor da universidade mandou prender ele. Os policiais pegaram ele hoje de manhã só de cueca; ele tava no saguão do prédio dos Correios, esperando pra falar com o presidente..."

Bigger correu da porta até o catre. Todo o seu medo da morte, todo o seu ódio e sua vergonha desapareceram diante do pavor de que esse homem insano de repente se voltasse contra ele. O homem continuava agarrado às grades, gritando. Ele tinha mais ou menos o seu tamanho. Bigger teve a estranha sensação de que sua própria exaustão formava uma linha tênue em que seus sentimentos se equilibravam, e que o frenesi impetuoso do homem o sugaria para dentro de um turbilhão quente. Ele se deitou no catre e cruzou os braços em torno da cabeça, atravessado por uma ansiedade sem nome, ouvindo os gritos do homem a despeito da necessidade de escapar deles.

"Vocês estão com medo de mim!", o homem berrou. "É por isso que me botaram aqui! Mas vou contar pro presidente de qualquer jeito! Vou contar pra ele que vocês fazem a gente viver em lugares tão abarrotados no South Side que um em cada dez de nós é insano! Vou contar que vocês descartam comida velha no Cinturão Negro e vendem mais caro do que em qualquer outro lugar! Vou contar que vocês cobram impostos da gente, mas não constroem hospitais! Vou contar que as escolas estão tão lotadas que estão formando pervertidos! Vou contar que vocês contratam a gente por último e demitem primeiro! Eu vou contar pro presidente e pra Liga das Nações..."

Os homens nas outras celas começaram a gritar.

"Fecha o bico, seu doido!"

"Tira ele daqui!"

"Bota ele pra fora!"

"Vai pro inferno!"

"Vocês não me assustam", o homem berrou. "Eu conheço vocês! Botaram vocês aqui pra ficar me vigiando!"

Os homens começaram a fazer tumulto. Mas logo um grupo de homens vestidos de branco entrou correndo com uma maca. Destrancaram a cela e agarraram o homem que gritava, amarraram-no numa camisa de força, jogaram-no na maca e o tiraram dali. Bigger sentou-se e ficou encarando o espaço à sua frente, sem esperança. Ouviu vozes vindas de outras celas.

"Escuta, o que é que tiraram dele?"

"Nada! Ele é doido!"

Por fim, as coisas se aquietaram. Pela primeira vez desde sua captura, Bigger sentiu que queria alguém perto dele, alguma coisa física em que se agarrar. Ficou contente quando ouviu a porta da cela se abrir. Sentou-se; um guarda se avultou sobre ele.

"Vamos, moleque. Seu advogado está aqui."

Ele foi algemado e conduzido pelo corredor até uma sala pequena, onde Max estava. Tiraram as algemas de metal dos seus pulsos e o empurraram para dentro; ele ouviu a porta bater atrás de si.

"Senta, Bigger. Me diz, como você está?"

Bigger sentou-se na beirada da cadeira e não respondeu. A sala era pequena. Uma única lâmpada amarela saía do teto. Havia uma janela com grades. Tudo ao redor deles era silêncio profundo. Max sentou-se de frente para Bigger e os olhos de Bigger encontraram os dele e se abaixaram. Bigger sentiu que estava sentado segurando, impotente, sua vida nas mãos, esperando que Max falasse o que fazer com ela; e isso o levava a odiar a si mesmo. Um desejo orgânico de deixar de existir, de parar de viver, apoderou-se dele. Ou ele era fraco demais, ou o mundo era forte demais; ele não sabia distinguir. Várias e várias vezes tinha tentado criar um mundo para viver, e várias e várias vezes fracassara. Agora, mais uma vez, estava esperando que alguém lhe dissesse alguma coisa; mais uma vez estava se equilibrando à beira de tomar uma atitude e se comprometer. Estava se expondo a mais ódio e medo? O que Max podia fazer por ele agora? Mesmo que Max desse duro com honestidade, não havia milhares de mãos brancas para impedi-lo? Por que não o mandar para casa? Seus lábios tremeram para falar, para pedir a Max que fosse embora; mas nenhuma palavra saiu. Ele sentiu que mesmo ao falar desse jeito estaria indicando quão desesperado se sentia, despindo assim sua alma e sentindo-se exposto a mais vergonha.

"Eu comprei algumas roupas pra você", Max disse. "Quando eles te entregarem amanhã de manhã, coloque elas. Você tem que estar bem apresentável quando for para o julgamento."

Bigger estava em silêncio; olhou rápido para Max de novo, depois desviou o olhar.

"O que você está pensando, Bigger?"

"Nada", ele murmurou.

"Agora, escuta, Bigger. Quero que me conte tudo sobre você..."

"Sr. Max, não adianta nada o senhor querer me ajudar!", Bigger falou de uma vez.

Max o encarou fixamente.

"Você acha mesmo isso, Bigger?"

"Não tem como não achar."

"Quero conversar honestamente com você, Bigger. Não vejo outra saída a não ser assumir a culpa. Podemos entrar com um pedido de remissão de culpa, de prisão perpétua…"

"Prefiro morrer!"

"Bobagem. Você quer viver."

"Pra quê?"

"Não quer lutar contra essa coisa?"

"O que é que eu posso fazer? Eles me pegaram."

"Você não vai querer morrer desse jeito, Bigger."

"Tanto faz como eu vou morrer", ele disse; mas sua voz ficou entrecortada.

"Escuta, Bigger, você está enfrentando um mar de ódio agora que não é diferente do que você enfrentou toda a sua vida. E, justamente por isso, você *tem* que lutar. Se eles conseguirem acabar com você, vão conseguir acabar com outros também."

"É", Bigger balbuciou, descansando as mãos nos joelhos e olhando para o chão escuro. "Mas eu não posso vencer."

"Antes de mais nada, Bigger, você confia em mim?"

Bigger se enfureceu.

"O senhor não pode me ajudar, sr. Max", disse, olhando direto nos olhos de Max.

"Mas você confia em mim, Bigger?", Max perguntou de novo.

Bigger virou a cara. Sentia que Max estava dificultando bastante que ele lhe pedisse que fosse embora.

"Não sei, sr. Max."

"Bigger, eu sei que minha cara é branca", Max falou. "E eu sei que quase toda cara branca que você encontrou na sua vida estava pronta para te prejudicar, mesmo quando a cara branca não sabia disso. Todo homem branco acha que é seu dever fazer o homem negro manter-se à distância. Na maioria das vezes não sabe por quê, mas faz assim. É assim que as coisas são, Bigger. Mas quero que você saiba que pode confiar em mim."

"Não adianta nada, sr. Max."

"Você quer que eu cuide do seu caso?"

"O senhor não pode me ajudar de jeito nenhum. Eles me pegaram."

Bigger sabia que Max estava tentando fazer com que ele sentisse que aceitava seu modo de ver as coisas, e isso o deixou tão desconfortável como quando Jan apertara sua mão aquela noite no carro. O fez viver de novo aquela consciência dura e aguda de sua cor e sentir a vergonha e o medo que a acompanhavam, e ao mesmo tempo o fez odiar a si mesmo por sentir essas coisas. Ele confiava em Max. Max não estava assumindo uma coisa que ia fazer outros brancos o odiarem? Mas ele tinha dúvidas se Max poderia fazê-lo enxergar as coisas de um jeito que o permitiria seguir para a morte. Tinha dúvidas de que o próprio Deus pudesse lhe dar um vislumbre disso agora. No momento presente, teriam que arrastá-lo para a cadeira elétrica do mesmo modo como o tinham arrastado escada abaixo na noite em que o capturaram. Não queria que seus sentimentos fossem adulterados; temia a possibilidade de cair em outra armadilha. Se demonstrasse que acreditava em Max, se agisse a partir dessa crença, não terminaria como todos os outros compromissos de fé? Ele queria acreditar; mas estava com medo. Sentia que deveria ser capaz de chegar a um meio-termo com Max; mas, como sempre, quando um homem branco falava com ele, ele era pego na Terra de Ninguém. Afundou na cadeira com a cabeça baixa e olhou para Max apenas quando os olhos dele não o observavam.

"'Toma; pega um cigarro, Bigger." Max acendeu o cigarro de Bigger e depois o seu; eles fumaram por um tempo. "Bigger, eu sou seu advogado. Quero conversar com você com honestidade. O que você disser será estritamente confidencial…"

Bigger encarou Max. Sentiu pena do homem branco. Viu que Max estava com medo de que ele não fosse falar nada. E ele não tinha desejo algum de prejudicar Max. O advogado se inclinou para a frente com determinação. Bom, conta para ele. Conversa. Acaba com isso e deixa o Max ir embora.

"Ah, eu não me importo com o que eu falo ou faço agora…"

"Ah, você se importa, *sim*!", Max disse rápido.

Num segundo fugaz um impulso de rir cresceu em Bigger, depois passou. Max estava ansioso para ajudá-lo e ele tinha que morrer.

"Talvez eu me importe, sim", Bigger falou devagar.

"Se você não se importa com o que diz ou faz, então por que não ajudou a reconstituir a cena do crime na casa dos Dalton hoje?"

"Não vou fazer coisa nenhuma pra *eles*."

"Por quê?"

"Eles odeiam pretos", disse.

"*Por quê*, Bigger?"

"Não sei, sr. Max."

"Bigger, você não sabe que eles odeiam outras pessoas também?"

"Quem eles odeiam?"

"Eles odeiam sindicatos. Odeiam gente que tenta se organizar. Eles odeiam o Jan."

"Mas eles têm mais ódio por preto do que por sindicatos", Bigger falou. "Eles não tratam os sindicatos igual me tratam."

"Ah, tratam, sim! Você acha que por causa da sua cor é mais fácil pra eles apontarem o dedo pra você, te segregar, te explorar. Mas eles fazem isso com outras pessoas também. Eles me odeiam porque estou tentando te ajudar. Me mandam cartas, me chamando de 'judeu imundo'."

"Só sei que eles me odeiam", Bigger disse sombriamente.

"Bigger, o promotor do Estado me entregou uma cópia da sua confissão. Agora, me diga, você contou a verdade pra ele?"

"Contei. Não tinha outra coisa a fazer."

"Agora me diz uma coisa, Bigger. Por que você fez isso?"

Bigger suspirou, encolheu os ombros e tragou o cigarro, enchendo os pulmões de fumaça.

"Não sei", respondeu; um redemoinho de fumaça saiu devagar pelas suas narinas.

"Você planejou?"

"Não."

"Alguém te ajudou?"

"Não."

"Você andava pensando em fazer algo assim por um bom tempo?"

"Não."

"Como aconteceu?"

"Só aconteceu, sr. Max."

"Você se arrepende?"

"Do que adianta me arrepender? Não vai me ajudar em nada."

"Você não consegue pensar em nenhum motivo que tenha te levado a fazer isso?"

Bigger olhava fixo bem à sua frente, os olhos bem abertos e reluzentes. Sua conversa com Max tinha evocado nele aquele ímpeto de falar, contar, tentar fazer com que seus sentimentos fossem conhecidos. Uma onda de agitação o inundou. Tinha a sensação de que deveria ser capaz de tomar a iniciativa com suas mãos despidas, e esculpir na nudez do espaço as razões sólidas, concretas pelas quais ele havia cometido o assassinato. Sentia isso com força. Se conseguisse fazê-lo, então descansaria; sentaria e esperaria até que lhe dissessem para ir até a cadeira; e ele iria.

"Sr. Max, eu não sei. Eu tava todo confuso. Sentindo um monte de coisas de uma vez."

"Você a estuprou, Bigger?"

"Não, sr. Max. Não estuprei. Mas ninguém vai acreditar em mim."

"Você tinha planejado fazer isso antes da sra. Dalton aparecer no quarto?"

Bigger fez que não com a cabeça e esfregou os olhos com nervosismo. Em certo sentido, tinha esquecido que Max estava na sala. Estava tentando sentir a textura dos próprios sentimentos, tentando entender o que eles significavam.

"Ah, não sei. Eu tava meio que a fim. É, acho que eu tava mesmo. Eu tava bêbado e ela tava bêbada e eu tava meio a fim."

"Mas você a estuprou?"

"Não. Mas todo mundo vai falar que sim. Do que adianta? Eu sou preto. As pessoas falam que homem preto faz isso. Então não importa se eu fiz ou não."

"Há quanto tempo você a conhecia?"

"Algumas horas."

"Você gostava dela?"

"*Gostava* dela?"

A voz de Bigger explodiu tão de repente na garganta que Max teve um sobressalto. Bigger ficou em pé num pulo; seus olhos se arregalaram e as mãos se ergueram em direção ao rosto, tremendo.

"Não! Não! Bigger...", Max disse.

"*Gostava* dela? Eu *odiava* ela! Pelo amor de Deus, eu odiava ela!", ele gritou.

"Senta, Bigger."

"Eu odeio ela agora, mesmo morta! Deus sabe como eu odeio ela agora..."

Max o agarrou e o empurrou de volta para a cadeira.

"Não fique nervoso assim, Bigger. Se acalme!"

Bigger se aquietou, mas seus olhos percorreram toda a sala. Por fim, ele abaixou a cabeça e entrelaçou as mãos. Seus lábios estavam entreabertos.

"Você disse que a odiava?"

"Sim; e eu não tô arrependido da morte dela."

"Mas o que ela tinha feito pra você? Você disse que tinha acabado de conhecê-la."

"Não sei. Ela não fez nada pra mim." Ele parou e passou a mão pela testa com nervosismo. "Ela... é que... Caramba, não sei. Ela me perguntou um monte de coisa. Ela agia e falava de um jeito que me dava ódio dela. Ela fez eu me sentir igual um cachorro. Eu fiquei tão puto que queria chorar..." Sua voz falhou num choro lamurioso. Ele molhou os lábios. Foi pego numa rede de memórias vagas e associativas: viu uma imagem de sua irmãzinha, Vera, sentada na beira de uma cadeira chorando porque ele a envergonhara ao ficar "olhando" para ela; viu-a se levantar e atirar o sapato nele. Balançou a cabeça, confuso. "Ah, sr. Max, ela queria que eu contasse como os negros vivem. Ela sentou no banco da frente do carro, onde eu tava..."

"Mas, Bigger, você não odeia alguém por isso. Ela estava sendo gentil com você..."

"Gentil porra nenhuma! Ela não tava sendo gentil comigo!"

"Como assim? Ela te aceitou como outro ser humano."

"Sr. Max, é aí que a gente se divide. O que o senhor diz que é gentileza não é gentileza nenhuma. Eu não sabia nada daquela mulher. Tudo que eu sabia era que matam a gente por causa de mulheres igual ela. A gente vive separado. E aí ela vem e age daquele jeito comigo."

"Bigger, você devia ter tentado entender. Ela só te tratou do jeito que ela sabia."

Bigger olhou com raiva em volta da pequena sala, procurando uma resposta. Sabia que suas atitudes não pareciam lógicas e desistiu de tentar explicá-las de maneira lógica. Retornou aos seus sentimentos como um guia ao responder a Max.

"Bom, eu também só tratei ela do jeito que eu sabia. Ela era rica. Ela e o pessoal dela são os donos do mundo. Ela e o pessoal dela dizem que pretos são cachorros. Não deixam você fazer nada, só o que eles querem..."

"Mas, Bigger, *essa* mulher estava tentando te ajudar!"

"Não parecia."

"Como ela *deveria* ter agido então?"

"Ah, não sei, seu Max. Brancos e pretos são estranhos um pro outro. A gente não sabe o que o outro tá pensando. Pode ser que ela estivesse tentando ser gentil; mas não parecia. Pra mim ela parecia e agia igual todos os brancos..."

"Mas isso não é culpa dela, Bigger."

"Ela é da mesma cor que todos os outros", ele respondeu, defensivo.

"Eu não entendo, Bigger. Você diz que a odiava, e ainda assim diz que teve vontade de transar com ela quando entrou no quarto e ela estava bêbada e você também..."

"É", Bigger disse, balançando a cabeça e enxugando a boca com as costas da mão. "É; é engraçado, né?" Deu uma tragada no cigarro. "É; acho que foi porque eu sabia que não devia querer. Eu acho que foi porque falam que a gente, homens pretos, faz isso de qualquer jeito. Seu Max, o senhor sabe o que alguns homens brancos falam que os homens pretos fazem? Falam que a gente estupra mulheres brancas quando a gente pega gonorreia, isso porque a gente acredita que estuprar uma mulher branca faz a gente se livrar da gonorreia. É isso que alguns brancos *falam*. Eles *acreditam* nisso. Meu Deus, seu Max, quando os caras dizem coisas assim sobre você, você tá ferrado antes mesmo de nascer. Do que adianta? É; acho que era assim que eu tava me sentindo quando tava no quarto com ela. Eles falam que a gente faz essas coisas e falam isso pra matar a gente. Eles criam uma linha e falam que é pra você não sair do seu lado dela. Não tão nem aí se não tem pão no seu lado. Não tão nem aí se você morre. E aí falam essas coisas sobre você e quando você tenta passar pro outro lado da linha eles te matam. Aí acham que têm o direito de te matar. Aí todo mundo quer te matar. É; acho que eu tava me sentindo assim e pode ser que fosse por causa dessas coisas que eles falam. Pode ser essa a razão."

"Você quer dizer que queria desafiá-los? Queria mostrar pra eles que você ousava, que não se importava?"

"Não sei, seu Max. Mas com o que é que eu vou me importar? Eu sabia que mais cedo ou mais tarde iam me pegar por alguma coisa. Eu sou preto. Não preciso fazer nada pra me pegarem. Basta um apontar o dedo branco pra mim e já era, entende?"

"Mas, Bigger, quando a sra. Dalton entrou no quarto, por que você não parou ali mesmo e contou pra ela o que tinha de errado? Você não estaria em toda essa confusão..."

"Seu Max, pelo amor de Deus, eu não consegui fazer nada quando me virei e vi aquela mulher chegando perto da cama. Juro por Deus, eu não sabia o que eu tava fazendo..."

"Você quer dizer que te deu um branco?"

"Não, não... Eu sabia o que eu tava fazendo, sim. Mas eu não conseguia parar. É isso que eu quero dizer. Era como se outro homem tivesse entrado dentro da minha pele e começado a agir por mim..."

"Bigger, me diga, você sentia mais atração pela Mary do que pelas mulheres da sua própria raça?"

"Não. Mas eles falam isso. Não é verdade. Eu odiava ela e eu odeio ela agora."

"Mas por que você matou a Bessie?"

"Pra não deixar ela falar. Seu Max, depois de matar aquela mulher branca, não foi difícil matar outra pessoa. Eu não tive que pensar muito pra matar a Bessie. Eu sabia que tinha que matar ela e matei. Tinha que fugir..."

"Você odiava a Bessie?"

"Não."

"Você a amava?"

"Não. Eu só tava assustado. Não tava apaixonado pela Bessie. Ela era só a minha garota. Acho que nunca me apaixonei por ninguém. Eu matei a Bessie pra me salvar. Você tem que ter uma garota, daí eu tinha a Bessie. E eu matei ela."

"Bigger, me diz, quando foi que você começou a odiar a Mary?"

"Eu odiei ela assim que ela abriu a boca pra falar comigo, assim que eu vi ela, acho que já odiava antes mesmo de ver..."

"Mas *por quê*?"

"Já falei. O que é que o tipo dela deixa a gente fazer?"

"O que exatamente você queria fazer, Bigger?"

Bigger suspirou e tragou o cigarro.

"Nada, acho. Nada. Mas acho que eu queria fazer o que as outras pessoas fazem."

"E porque você não podia, você a odiava?"

De novo Bigger sentiu que suas atitudes não eram lógicas, e de novo recorreu aos seus sentimentos como um guia para responder as perguntas de Max.

"Seu Max, chega uma hora que um cara cansa de ter que ouvir as pessoas dizendo o que ele pode e não pode fazer. Você consegue um bico aqui, outro bico ali. Você engraxa sapatos, varre as ruas; qualquer coisa... E o dinheiro que você ganha não dá pra viver. Você não sabe quando vai ser mandado embora. Daí rapidinho te mandam e você não tem mais esperança pra nada. Você só segue em frente o tempo todo, fazendo o que os outros dizem. Você não é mais um homem. Você só trabalha dia sim, dia não, pro mundo continuar girando e as pessoas poderem viver. Sabe, seu Max, eu sempre acho que os brancos..."

Ele fez uma pausa. Max se inclinou para a frente e tocou-o.

"Continue, Bigger."

"Bom, eles são donos de tudo. Acabam com você e te varrem da terra. Eles são tipo Deus..." Ele engoliu em seco, fechou os olhos e suspirou. "Eles nem te deixam sentir o que você quer sentir. Ficam atrás de você de um jeito tão intenso e duro que você só consegue sentir o que eles estão fazendo contigo. Eles te matam antes de você morrer."

"Mas, Bigger, eu perguntei o que é que você queria tanto fazer a ponto de odiá-los."

"Nada. Acho que eu não queria fazer nada."

"Mas você disse que pessoas como a Mary e o tipo dela nunca deixam você fazer nada."

"Por que é que eu devia querer fazer alguma coisa? Eu não tenho chance. Eu não sei nada. Eu sou só um preto e eles é que fazem as leis."

"O que você gostaria de ter sido?"

Bigger ficou quieto por um longo tempo. Então riu sem som, sem mexer os lábios; apenas três curtas expulsões de ar do peito arfante pelas narinas.

"Eu quis ser piloto de avião uma vez. Mas não iam deixar eu ir pra uma escola onde deveria aprender isso. Construíram uma escola grandona e botaram uma linha ao redor dela dizendo que ninguém podia entrar ali, só quem vivia dentro da linha. Deixaram todos os meninos negros de fora."

"E que mais?"

"Bom, já quis ser do exército uma vez.."

"Por que você não se alistou?"

"Porra, é um exército segregado. Tudo que eles querem é um preto pra ficar cavando valas. E na marinha a única coisa que eu posso fazer é lavar louça e esfregar o chão."

"E tinha alguma outra coisa que você queria fazer?"

"Ah, não sei. Do que adianta agora? Já era, tô lascado. Eles me pegaram. Eu vou morrer."

"Me fale sobre as coisas que você *achou* que gostaria de fazer?"

"Eu queria ter um negócio. Mas que chance que um cara preto tem nos negócios? A gente não tem dinheiro. A gente não tem minas, ferrovias, nada. Eles não querem que a gente tenha. Fazem a gente ficar num quadradinho…"

"E você não queria ficar nele?"

Bigger olhou para cima; os lábios apertados. Havia um orgulho febril nos seus olhos injetados de sangue.

"*Não*", disse.

Max o encarou e suspirou.

"Olha, Bigger. Você me contou as coisas que você não podia fazer. Mas você fez uma coisa. Você cometeu esses crimes. Você matou duas mulheres. Que diabos você achou que ia conseguir com isso?"

Bigger levantou e enfiou as mãos no bolso. Encostou-se na parede, olhando a esmo. Mais uma vez esqueceu que Max estava na sala.

"Não sei. Pode ser que pareça loucura. Pode ser que me queimem na cadeira elétrica por eu me sentir assim. Mas não dou a mínima pras mulheres que eu matei. Por algum tempo eu fiquei livre. Eu tava fazendo alguma coisa. Era errado, mas eu tava me sentindo bem. Pode ser que Deus me castigue por isso. Se Ele castigar, tudo bem. Mas eu não dou a mínima. Eu matei elas porque eu tava puto e com medo. Mas eu passei minha vida inteira puto e com medo, e depois que eu matei a primeira, eu não tive mais medo por algum tempo."

"Do que é que você tinha medo?"

"Tudo", ele respirou fundo e enterrou o rosto nas mãos.

"Você já teve esperança por alguma coisa, Bigger?"

"Pra quê? Eu não podia ter. Eu sou preto", ele murmurou.

"Você nunca quis ser feliz?"

"É; acho que sim", ele disse, endireitando o corpo.

"Como você acha que poderia ser feliz?"

"Não sei. Eu queria fazer coisas. Mas tudo que eu queria fazer eu não podia. Queria fazer o que os meninos brancos da escola fizeram. Alguns foram pra faculdade. Alguns foram pro exército. Mas eu não podia ir."

"Mas, ainda assim, você queria ser feliz?"

"É; claro. Todo mundo quer ser feliz, eu acho."

"Você achava que seria um dia?"

"Não sei. Só sei que eu ia pra cama toda noite e acordava de manhã. Só ia vivendo dia após dia. Achava que talvez um dia eu seria."

"Como?"

"Não sei", ele respondeu numa voz que era quase um lamento.

"Como você achava que a felicidade seria?"

"Não sei. Não seria desse jeito."

"Você devia ter alguma ideia do que você queria, Bigger."

"Bom, seu Max, se eu fosse feliz eu não ia tá sempre querendo fazer alguma coisa que eu sei que não posso."

"E por que você estava sempre querendo?"

"Eu não conseguia evitar. Todo mundo se sente assim, acho. Eu também. Talvez eu ficasse bem se tivesse conseguido fazer alguma coisa que eu queria. Aí eu não ia ter medo. Ou não ia ficar puto, talvez. Não ia ter esse ódio das pessoas sempre; e talvez eu me sentisse um pouco em casa."

"Você já foi no South Side Boys' Club, o lugar para onde o sr. Dalton enviou aquelas mesas de pingue-pongue?"

"Já; mas o que é que um cara vai fazer com pingue-pongue?"

"Você acha que esse clube te deixou longe de encrenca?"

Bigger inclinou a cabeça de lado.

"Me deixou longe de encrenca?", ele repetiu as palavras de Max. "Não; era lá que a gente planejava a maioria das nossas paradas."

"Você já foi pra igreja, Bigger?"

"Fui; quando eu era pequeno. Mas faz muito tempo isso."

"A sua família é religiosa?"

"São; eles vão pra igreja o tempo todo."

"Por que você parou de ir?"

"Eu não gostava. Não tinha nada lá. Ah, a única coisa que eles faziam era ficar cantando e gritando e rezando o tempo inteiro. E eles não conseguiam nada com isso. Todo negro faz isso, mas não dá em nada. Os brancos é que conseguem tudo."

"Você já se sentiu feliz na igreja?"

"Não. Eu não queria. Só pobre fica feliz na igreja."

"Mas você é pobre, Bigger."

De novo os olhos de Bigger se iluminaram com um orgulho amargo e febril.

"Não sou tão pobre assim", ele disse.

"Mas, Bigger, você disse que se você estivesse onde as pessoas não te odiavam e onde você não odiava as pessoas, você poderia ser feliz. Ninguém te odeia na igreja. Você não conseguia se sentir em casa lá?"

"Eu queria ser feliz nesse mundo, não fora dele. Não queria esse tipo de felicidade. Os brancos gostam que a gente seja religioso, porque aí eles podem fazer o que quiserem com a gente."

"Minutos atrás você falou de Deus te castigar por ter matado essas mulheres. Isso significa que você acredita Nele?"

"Não sei."

"Você não tem medo do que vai acontecer com você depois de morrer?"

"Não. Mas eu não quero morrer."

"Você não sabia que a pena por matar aquela mulher branca seria a morte?"

"Sim; eu sabia. Mas senti como se ela estivesse me matando, então não me importei."

"Se você pudesse ser feliz na religião agora, você gostaria?"

"Não. Já já vou estar morto. Se eu fosse religioso, ia estar morto agora."

"Mas a igreja não promete vida eterna?"

"Isso é pra gente sofrida."

"Você sente que não teve uma chance, não é?"

"É; mas eu não tô pedindo pra ninguém sentir pena de mim. Não; não tô mesmo pedindo isso. Eu sou preto. Eles não dão chance pra gente preta, então eu me arrisquei e perdi. Mas não ligo pra nada disso agora. Eles me pegaram e já era."

"Você sente, Bigger, que de alguma forma, em algum lugar ou em algum momento você vai ter a chance de compensar o que você não conseguiu aqui na Terra?"

"Não mesmo! Quando me amarrarem naquela cadeira e ligarem a corrente, já era pra mim, pra sempre."

"Bigger, eu quero te perguntar uma coisa sobre sua raça. Você ama o seu povo?"

"Não sei, seu Max. A gente é tudo preto e os brancos tratam a gente do mesmo jeito."

"Mas, Bigger, sua raça está fazendo coisas por você. Há negros liderando seu povo."

"É; eu sei. Ouvi falar deles. Eles parecem legais, acho."

"Você conhece algum deles?"

"Não."

"Bigger, há muitos meninos negros como você?"

"Acho que sim. Todos eles sabem que não têm onde cair morto e não vão pra lugar nenhum."

"Por que você não procurou alguns dos líderes da sua raça e falou pra eles como você e outros meninos se sentem?"

"Ah, caramba, seu Max. Eles não iam me ouvir. Eles são ricos, mesmo que os brancos tratem eles quase do mesmo jeito que eu. Eles são quase iguais aos brancos, quando o assunto é caras como eu. Eles falam que gente igual a mim dificulta pra eles se darem bem com os brancos."

"Você já chegou a ouvir algum dos seus líderes fazendo discursos?"

"Claro. Nas eleições."

"O que você achou deles?"

"Ah, não sei. Pra mim são todos iguais. Eles queriam ser eleitos. Queriam dinheiro, como todo mundo. Seu Max, é um jogo e eles tão jogando."

"Por que você não jogou também?"

"Porra, o que é que eu sei? Eu não tenho nada. Ninguém vai prestar atenção em mim. Eu não passo de um preto sem nada. Eu só fui pra escola primária. E a política tá cheia de figurões, gente de faculdade."

"Você não confiava neles?"

"Não acho que eles querem que alguém confie neles. Eles só querem ganhar as eleições. Te pagam pra você votar."

"Você já votou?"

"Já; votei duas vezes. Eu ainda não tinha idade pra votar, daí eu menti pra poder votar e ganhar cinco dólares."

"Você não se importou em vender seu voto?"

"Não; por que eu deveria?"

"Você não achou que a política poderia te dar alguma coisa?"

"Me deu cinco dólares num dia de eleição."

"Bigger, alguma pessoa branca já conversou com você sobre sindicatos?"

"Não; só o Jan e a Mary. Mas ela não devia ter feito isso... eu não tive como evitar o que eu fiz. E o Jan. Acho que eu prejudiquei ele ao assinar 'Vermelho' naquele bilhete de resgate."

"Você acredita que ele é seu amigo agora?"

"Bom, ele não tá contra mim. Ele não se virou contra mim hoje quando questionaram ele. Eu não acho que ele me odeia igual os outros. Mas acho que ele tá meio magoado por causa da srta. Dalton."

"Bigger, você pensou que chegaria a essa situação?"

"Bom, pra falar a verdade, seu Max, parece meio natural, eu aqui prestes a ir pra cadeira elétrica. Agora pensando bem, parece que algo assim ia acontecer mesmo."

Eles ficaram em silêncio. Max se levantou e suspirou. Bigger observou para saber o que Max estava pensando, mas o rosto dele estava branco e inexpressivo.

"Bom, Bigger", Max disse. "Vamos entrar com uma alegação de inocência na defesa da acusação amanhã. Mas, quando o julgamento chegar, vamos mudá-la para uma confissão de culpa e pedir clemência. Eles estão apressando o julgamento; deve ser daqui dois ou três dias. Vou falar para o juiz tudo que eu puder sobre como você se sente e por quê. Vou tentar convencê-lo a mudar a sentença para prisão perpétua. É a única saída que vejo nessas circunstâncias. Não preciso dizer como eles se sentem em relação a você, Bigger. Você é um negro; você sabe. Não espere demais. Há um oceano de ódio fervendo lá fora contra você e vou tentar conter uma parte disso. Eles querem sua vida; querem vingança. Achavam que tinham te cercado de modo que você não poderia fazer o que fez. Agora estão furiosos porque no fundo acreditam que foram eles que fizeram você fazer isso. Quando as pessoas se sentem assim, não tem como argumentar com elas. Então também depende muito do juiz que vamos ter. Qualquer grupo de homens brancos deste estado já vai te condenar; não podemos confiar num júri. Bom, Bigger, vou fazer o melhor que eu puder."

Ficaram em silêncio. Max lhe deu mais um cigarro e pegou outro para si. Bigger ficou observando os cabelos brancos de Max, seu rosto comprido, os olhos cinzentos, suaves e tristes. Sentiu que Max era uma pessoa boa e sentiu pena dele.

"Seu Max, se eu fosse o senhor não me importava. Se todo mundo fosse igual o senhor, então pode ser que eu não estivesse aqui. Mas o senhor não tem como mudar isso agora. Eles vão te odiar por tentar me ajudar. Acabou pra mim. Eles me pegaram."

"Ah, vão me odiar, sim", Max disse. "Mas eu posso aguentar. Essa é a diferença. Eu sou judeu e eles me odeiam, mas eu sei por que e posso lutar. Mas às vezes você não pode ganhar, não importa como lute; isto é, você não tem como ganhar se não tiver tempo. E agora estão pressionando a gente. Mas você não precisa se preocupar por eles me odiarem por eu te defender. O medo do ódio faz com que muitos brancos deixem de tentar ajudar você e o seu povo. Antes de poder entrar na sua batalha, tenho que enfrentar uma batalha com eles também." Max esmagou o cigarro. "Tenho que ir agora", Max disse. Virou-se e olhou para Bigger. "Como você está?"

"Não sei. Só tô aqui esperando eles chegarem e me mandarem pra cadeira. E não sei se vou conseguir andar ou não."

Max desviou o olhar e abriu a porta. Um guarda veio e pegou Bigger pelo pulso.

"Vejo você amanhã de manhã, Bigger", Max despediu-se.

De volta à cela, Bigger parou no meio do espaço, sem se mexer. Não estava com os ombros caídos agora, nem com os músculos tensos. Respirava suavemente, pensando no sopro fresco de paz que pairava em seu corpo. Era como se estivesse tentando ouvir as batidas do próprio coração. Tudo à volta dele era escuridão e não havia som algum. Ele não conseguia lembrar quando fora a última vez que se sentiu relaxado assim. Não tinha pensado a respeito ou sentido isso enquanto Max falava com ele; foi só depois que Max fora embora que ele se deu conta que havia falado com Max como nunca havia falado com nenhuma outra pessoa em sua vida; nem consigo mesmo. E conversar tinha aliviado um fardo pesado dos seus ombros. Então de repente e violentamente ele ficou irado. Max o tinha enganado! Mas não. Max não o obrigara a falar; ele tinha falado por livre e espontânea vontade, incitado pela agitação, por uma curiosidade sobre seus próprios sentimentos. Max apenas tinha sentado e ouvido, apenas tinha feito perguntas. A ira passou e o medo tomou seu lugar. Se ele ficasse confuso desse jeito quando sua hora chegasse, realmente *teriam* que arrastá-lo até a cadeira. Ele tinha que tomar uma decisão: para andar até a cadeira, ele tinha que tecer seus sentimentos num escudo duro de esperança ou ódio. Ficar entre essas duas opções significaria viver e morrer numa névoa de medo.

Estava equilibrado sobre um fio agora, mas não havia ninguém que o empurrasse para a frente ou para trás, ninguém que o fizesse sentir que tinha algum valor ou mérito — ninguém além de si mesmo. Esfregou os olhos, na esperança de desembaraçar as sensações que perpassavam seu corpo. Vivia num núcleo fino e duro de consciência; sentia o tempo escorregar pelos dedos; a escuridão ao seu redor vivia, respirava. E ele estava no meio dela, desejando de novo deixar seu corpo provar aquela breve pausa de descanso que havia sentido depois de conversar com Max. Sentou-se no catre; precisava entender essa coisa.

Por que Max tinha feito todas aquelas perguntas? Sabia que Max buscava fatos para apresentar ao juiz; mas no ato de Max de fazer todas aquelas perguntas, ele sentira um reconhecimento de sua vida, de seus sentimentos, de sua pessoa que nunca havia encontrado antes. O que era isso? Tinha feito algo de errado? Havia se exposto a outra traição? Sentiu-se como se tivesse sido pego de surpresa. Mas essa, essa... confiança? Ele não tinha direito de estar orgulhoso; porém havia falado com Max como um homem que *tinha* alguma coisa. Contara a Max que ele não quis religião, que não ficara em seu lugar. Ele não tinha direito de se sentir assim, não tinha direito de esquecer que ia morrer, que era preto, um assassino; ele não tinha direito de esquecer essas coisas, nem por um segundo. Ainda assim tinha esquecido.

Ele se perguntou se seria possível que, afinal, todo mundo se sentisse assim. Será que as pessoas que o odiavam tinham a mesma coisa que Max vira nele, a coisa que levara Max a fazer aquelas perguntas? E que motivos Max teria para querer ajudar? Por que Max se arriscaria naquela maré branca de ódio para ajudá-lo? Pela primeira vez na vida ele havia chegado ao ápice de um sentimento em que podia se colocar e enxergar relações vagas que nunca tinha sonhado antes. Se aquela enorme montanha branca de ódio não era uma montanha afinal, mas pessoas, pessoas como ele e como Jan — então ele estava diante de uma grande esperança, do tipo que ele nunca havia imaginado, e um desespero cujas profundezas sabia que não conseguiria aguentar sentir. Uma forte emoção contrária cresceu dentro dele, impelindo-o, alertando-o a abandonar essa coisa recém-vista e recém-sentida, que ela só o levaria a outro beco sem saída, a ódio e vergonha ainda mais profundos.

E ainda assim ele viu e sentiu apenas uma vida, e essa única vida era mais do que um sono, um sonho; a vida era tudo que a vida tinha. Ele sabia que não acordaria um tempo depois da morte e daria um suspiro ao ver como seu sonho tinha sido simples e tolo. A vida que ele viu era curta e a percepção dela o estimulava. Foi tomado por um anseio nervoso. Ficou em pé no meio da cela e tentou ver a si próprio em relação a outros homens, algo que ele sempre tivera medo de tentar, de tão profundamente maculada estava sua própria mente com o ódio dos outros por ele. Com essa nova percepção do próprio valor obtido da conversa com Max, uma percepção fugaz e obscura, ele tentou sentir que, se Max havia sido capaz de enxergar o homem que existia dentro dele por trás das ações cruéis, ações de medo e ódio e assassinato e fuga e desespero, então ele *também* podia odiar, se *ele* fosse *eles*, como agora *ele* odiava *eles* e *eles* odiavam *ele*. Pela primeira vez na vida sentiu um chão firme sob seus pés e queria que permanecesse ali.

Sentia-se cansado, com sono e febril, mas não queria deitar-se com essa guerra interna agitando-se nele. Impulsos cegos brotaram em seu corpo, e sua inteligência buscou torná-los claros à sua compreensão oferecendo imagens que poderiam explicá-los. Por que todo esse ódio e medo? Em pé, tremendo na cela, ele viu uma imagem escura, imensa e fluida se elevar e flutuar; viu uma prisão preta que se expandia cheia de minúsculas celas negras em que pessoas viviam; cada cela tinha sua jarra de pedra com água e uma crosta de pão e ninguém podia ir de uma cela a outra e havia gritos e xingamentos e berros de sofrimento e ninguém os ouvia, pois as paredes eram grossas e a escuridão estava por toda parte. Por que havia tantas celas no mundo? Mas isso era real? Ele queria acreditar, mas estava com medo. Ousaria lisonjear-se tanto assim? Seria trucidado se ele se colocasse como igual aos outros, mesmo em fantasia?

Estava fraco demais para continuar em pé. Sentou-se de novo na beira do catre. Como poderia saber se esse sentimento de si próprio era verdade, se outros também o tinham? Como alguém poderia descobrir sobre a vida quando está prestes a morrer? Devagar, ele levantou as mãos na escuridão e manteve-as suspensas no ar, os dedos ligeiramente abertos. Se estendesse as mãos, e se suas mãos fossem cabos elétricos, e se seu coração fosse uma bateria dando vida e fogo àquelas mãos, e se ele estendesse as mãos e tocasse outras pessoas, avançasse através das paredes de pedra e sentisse outras mãos conectadas a outros corações — se fizesse isso, teria uma resposta, um choque? Não que quisesse que aqueles corações voltassem seu calor para ele; não queria tudo isso. Mas era só para saber que estavam ali e tinham calor! Só isso, nada além; e teria sido suficiente, mais do que suficiente. E nesse toque, resposta de reconhecimento, haveria união, identidade; haveria uma unidade de apoio, uma totalidade que lhe havia sido negada a vida inteira.

Outro impulso brotou dentro dele, nascido de uma necessidade desesperada, e sua mente o vestiu com uma imagem de um sol forte e ofuscante enviando raios quentes para baixo e ele estava de pé em meio a uma multidão de homens, homens brancos e homens pretos, todos os homens, e os raios do sol fundiam as muitas diferenças, as cores, as roupas, e atraía o que era comum e bom para cima, em direção ao sol...

Ele se estendeu no catre e grunhiu. Estava sendo um tolo por sentir isso? Foram o medo e a fraqueza que lhe trouxeram esse desejo agora que a morte se aproximava? Como uma noção que foi tão fundo e capturou tanto dele num só golpe de emoção podia estar errada?

Será que podia confiar num sentimento tão nu e cru assim? Mas tinha que confiar; toda sua vida ele havia odiado a partir da sensação crua. Por que não deveria aceitar essa? Havia matado Mary e Bessie e causado tristeza à mãe e ao irmão e à irmã e se colocado à sombra da cadeira elétrica só para descobrir isso? Havia estado cego esse tempo todo? Mas não havia como saber agora. Era tarde demais...

Ele não se importaria de morrer agora se pudesse apenas descobrir o significado disso, o que ele era em relação a todos os outros seres viventes, e à terra em que tinha permanecido. Existia alguma batalha que todo mundo estava lutando e ele não tinha percebido? E se ele não tinha percebido, a culpa não era dos brancos? Não são eles os únicos a odiar mesmo agora? Pode ser. Mas ele não estava interessado em odiá-los agora. Ele tinha que morrer. Era mais importante para ele descobrir o que esse novo formigamento, essa nova euforia, esse novo entusiasmo significavam.

Ele sentiu que queria viver agora — não escapar da pena por seus crimes —, mas viver para descobrir, para ver se era verdade e para sentir isso mais profundamente; e, se tivesse que morrer, morrer imerso nesse sentimento. Sentiu que perderia tudo se morresse sem sentir isso por completo, sem saber com certeza. Mas não tinha mais jeito agora. Era tarde demais...

Levou as mãos ao rosto e tocou os lábios trêmulos. Não... Não... Correu até a porta e agarrou as grades frias de aço com as mãos quentes e as apertou com força, mantendo o corpo ereto. Seu rosto descansou entre as barras e ele sentiu lágrimas rolarem pelas bochechas. Seus lábios molhados sentiram gosto de sal. Ele caiu de joelhos e soluçou: "Não quero morrer... não quero morrer...".

Tendo sido submetido ao grande júri e indiciado por ele, tendo sido acusado e se declarado inocente perante a acusação de assassinato, e tendo sido designado a ser julgado no tribunal — tudo em menos de uma semana, Bigger estava deitado em seu catre numa manhã cinzenta e sem sol, com o olhar vago sobre as grades pretas de aço da prisão do Condado de Cook.

Dentro de uma hora seria levado ao julgamento, onde lhe diriam se ele ia viver ou morrer, e quando. E com poucos minutos entre ele e o início do julgamento, o anseio obscuro de possuir a coisa que Max tinha vagamente evocado nele ainda era uma questão. Ele sentiu que *tinha* que possuí-la agora. Como poderia encarar um tribunal de homens brancos sem algo que o mantivesse de pé? Desde a noite em que ficara sozinho na cela, sentindo a grande magia que a conversa com Max lhe dera, ele estava mais do que nunca nu diante do calor das explosões de ódio.

Houve momentos em que quis, com amargura, não ter sentido essas possibilidades, quando desejava poder voltar para detrás de sua cortina. Mas era impossível. Ele tinha sido atraído a sair do esconderijo e caiu fora capturado, duas vezes capturado; por estar na cadeia por homicídio e, de novo, por estar despido de recursos emocionais para enfrentar a morte.

Num esforço de recapitular aquele momento importante, ele havia tentado conversar com Max, mas Max estava preocupado, ocupado em preparar o apelo à corte para salvar sua vida. Mas Bigger queria salvar sua *própria* vida. E ainda assim sabia que no instante em que tentasse colocar seus sentimentos em palavras, sua língua não se moveria. Muitas vezes, quando ficava sozinho depois de Max ir embora, ele se perguntava, melancólico, se não haveria um conjunto de palavras que ele tivesse em comum com os outros, palavras que evocassem nos outros uma sensação do fogo lento que ardia dentro dele.

Ele olhou o mundo e as pessoas ao seu redor com uma visão dupla; uma visão imaginava a morte, uma imagem dele, sozinho, amarrado à cadeira elétrica e à espera da descarga que percorreria todo o seu corpo; e a outra visão imaginava a vida, uma imagem de si mesmo em meio a multidões de homens, perdido no rebuliço de suas vidas com a esperança de emergir de novo, diferente, destemido. Mas até então só a certeza da morte era dele; só o ódio inabalável de rostos brancos podia ser visto; só a mesma cela escura, as longas horas solitárias, só as grades frias permaneceram.

Será que sua vontade de acreditar num novo retrato do mundo o fez agir como um idiota e empilhar horror atrás de horror sem pensar a respeito? Seu velho ódio não era uma defesa melhor do que essa incerteza agonizante? Não era uma esperança impossível que o traía para esse fim? Em quantas frentes um homem podia lutar ao mesmo tempo? Ele podia travar uma batalha tanto interna quanto externa? Ainda assim sentia que não podia batalhar pela sua vida sem antes vencer a batalha que se agitava dentro dele.

Sua mãe, Vera e Buddy foram visitá-lo e de novo ele mentira para eles, dizendo-lhes que estava rezando, que estava em paz com o mundo e os homens. Mas a mentira só o fizera sentir mais vergonha de si mesmo e mais ódio deles; ela o machucara porque ele realmente ansiava por aquela certeza da qual sua mãe falava e rezava, mas ele não conseguia tê-la nos termos que precisava. Depois que sua família foi embora, ele pediu a Max que não os deixasse mais visitá-lo.

Momentos antes do julgamento, um guarda foi até sua cela e deixou um jornal.

"Seu advogado te mandou", disse e saiu.

Ele desdobrou o *Tribune* e seus olhos captaram uma manchete:

TROPAS PROTEGEM JULGAMENTO DO NEGRO ASSASSINO

Tropas? Ele se inclinou para a frente e leu:

ESTUPRADOR PROTEGIDO CONTRA A MULTIDÃO IRADA

Continuou lendo a coluna:

Temendo surtos de violência da multidão, o governador H. M. O'Dorsey ordenou que dois regimentos da Guarda Nacional de Illinois mantenham a ordem pública durante o julgamento de Bigger Thomas, o negro estuprador e assassino, segundo foi anunciado da capital, Springfield, esta manhã.

Seus olhos captaram frases: "sentimento contra o assassino ainda cresce", "a opinião pública exige pena de morte", "medo cresce nos bairros negros" e "cidade tensa".

Bigger suspirou e olhou para o espaço. Sua boca estava aberta e ele balançou a cabeça devagar. Não foi um idiota só por ouvir Max falar sobre salvar sua vida? Não estava ampliando o horror de seu próprio fim ao agarrar-se a um fio de esperança? Essa voz de ódio já não vinha soando muito antes de ele nascer; e não continuaria soando por muito após sua morte?

Ele voltou a ler, pegando frases como: "o preto assassino está plenamente consciente do risco de ir para a cadeira elétrica", "passa a maior parte do tempo lendo matérias de jornais sobre os crimes que cometeu e comendo refeições luxuosas enviadas pelos amigos comunistas", "o assassino não é sociável ou comunicativo", "o prefeito louva a polícia pela bravura" e "uma grande massa de provas reunidas contra o assassino".

Então:

Em relação à condição mental do negro, dr. Calvin H. Robson, um psiquiatra vinculado ao departamento de polícia, declarou: "Não há dúvida de que Thomas é mais alerta mentalmente e mais cauteloso do que suspeitávamos. Sua tentativa de culpar os comunistas pelo assassinato, o bilhete de resgate e sua firme negação do estupro da garota branca indicam que ele pode estar escondendo muitos outros crimes".

Psicólogos profissionais da Universidade de Chicago apontaram esta manhã que mulheres brancas exercem um fascínio anormal sobre os homens negros. "Eles acham", disse um dos docentes, que pediu que seu nome não fosse mencionado em conexão com o caso, "que mulheres brancas são mais atraentes que as mulheres de sua própria raça. Eles não conseguem se controlar."

Segundo informações, Boris A. Max, o advogado comunista do negro, vai entrar com uma alegação de inocência e tentar libertar seu cliente por meio de um julgamento quase interminável.

Bigger deixou o jornal cair, esticou-se no catre e fechou os olhos. Era sempre a mesma coisa. Do que adiantava ler aquilo?

"Bigger!"

Max estava do lado de fora da cela. O guarda abriu a porta e Max entrou.

"Bom, Bigger, como você está?"

"Bem, eu acho", ele murmurou.

"Estamos a caminho do julgamento."

Bigger se levantou e olhou vagamente em volta da cela.

"Você está pronto?"

"Tô", Bigger suspirou. "Acho que tô."

"Escuta, filho. Não fique nervoso. Tenha calma."

"Eu vou sentar perto do senhor?"

"Claro. Vamos ficar na mesma mesa. Estarei ali durante todo o julgamento. Então não precisa ter medo."

Um guarda o levou para fora da cela. O corredor estava ladeado de policiais. Estava silencioso. Ele foi posicionado entre dois policiais e teve seus pulsos algemados aos deles. Rostos negros e brancos o espreitavam por trás de grades de aço. Ele andou tenso entre os dois policiais; à sua frente havia mais seis; e ele ouviu os passos de muitos outros atrás. Conduziram-no até o elevador que levava a uma passagem subterrânea. Andaram por uma longa extensão de um túnel estreito; o som dos pés deles ecoava alto na quietude. Chegaram a outro elevador, subiram e andaram por um corredor lotado de pessoas agitadas e policiais. Passaram por uma janela e Bigger viu de relance uma vasta multidão de pessoas atrás do cordão de isolamento formado por tropas de soldados vestidos de cáqui. Sim, essas eram as tropas e a multidão enfurecida das quais o jornal havia falado.

Ele foi levado para uma sala. Max o conduziu até uma mesa. Depois que tiraram as algemas, Bigger sentou-se, cercado por policiais. Com delicadeza, Max colocou a mão direita no joelho de Bigger.

"Só temos alguns minutos", Max disse.

"Sim", Bigger murmurou. Seus olhos estavam semicerrados; a cabeça ligeiramente inclinada para um lado e os olhos voltados para algum ponto no espaço além de Max.

"Aqui", Max falou. "Arrume sua gravata."

Bigger ajeitou o nó da gravata com apatia.

"Agora, talvez você tenha que falar alguma coisa, pelo menos uma vez, sabe..."

"O senhor quer dizer na sala de audiência?"

"Sim; mas eu..."

Os olhos de Bigger se arregalaram de medo.

"Não!"

"Agora, filho, escuta..."

"Mas eu não quero falar nada."

"Estou tentando salvar sua vida..."

Os nervos de Bigger cederam e ele falou, histérico:

"Eles vão me *matar*! O senhor *sabe* que eles vão me matar..."

"Mas você vai *ter* que falar, Bigger. Agora, escuta..."

"O senhor não pode dar um jeito pra que eu não tenha que falar nada?"

"É só uma palavra ou duas. Quando o juiz perguntar se você é culpado ou inocente, diga culpado."

"Eu vou ter que levantar?"

"Vai."

"Eu não quero."

"Você não percebe que estou tentando salvar sua vida? Me ajuda só um pouco..."

"Acho que eu não me importo. Acho que o senhor não pode me salvar."

"Você não deve se sentir assim..."

"Não tem como."

"Outra coisa. O tribunal vai estar cheio, entendeu? Apenas entre e sente. Você vai ficar bem do meu lado. E deixe que o juiz veja que você percebe o que está acontecendo."

"Espero que minha mãe não esteja lá."

"Eu pedi para ela vir. Quero que o juiz a veja", Max disse.

"Ela vai ficar mal."

"Tudo isso é por você, Bigger."

"Acho que não vale a pena."

"Bom, essa coisa é maior do que você, filho. Em certo sentido, todos os negros dos Estados Unidos estão sendo julgados aqui hoje."

"Vão me matar de qualquer jeito."

"Não se a gente lutar. Não se a gente contar para eles a vida que você teve que ter."

Um policial se aproximou de Max, bateu de leve em seu ombro e disse:

"O juiz está esperando."

"Certo", Max disse. "Vamos lá, Bigger. Vamos. Mantenha a cabeça erguida."

Eles se levantaram e foram cercados por policiais. Bigger andou ao lado de Max por um corredor e depois por uma porta. Viu uma sala enorme lotada de homens e mulheres. Então viu um pequeno grupo de rostos negros, num dos lados da sala, atrás de uma grade. Um zumbido profundo de vozes chegou até ele. Dois policiais empurraram as pessoas para um lado, abrindo caminho para Max e Bigger. Bigger seguiu devagar, sentindo a mão de Max puxar a manga do seu paletó. Eles chegaram à frente da sala.

"Sente-se", Max sussurrou.

Quando Bigger se sentou, sentiu o lampejo dos flashes no rosto; estavam tirando mais fotos dele. Ele estava tão tenso em sua mente e corpo que seus lábios tremiam. Não sabia o que fazer com as mãos; queria enfiá-las nos bolsos do paletó, mas isso exigiria muito esforço e chamaria atenção. Deixou as mãos sobre os joelhos, as palmas para cima. Houve uma longa e dolorosa espera. As vozes atrás dele ainda zumbiam. Pálidos raios de sol passavam no alto através das janelas e cortavam o ar.

Ele olhou em volta. Sim; ali estavam sua mãe, o irmão e a irmã; estavam com os olhos fixos nele. Havia muitos de seus colegas da época da escola. Ali estava seu professor, dois deles. E ali estavam G.H. e Jack e Gus e Doc. Bigger baixou os olhos. Essas eram as pessoas para quem ele antes havia se vangloriado e se feito de durão; pessoas que ele tinha desafiado. Agora elas estavam observando-o ali sentado. Sentiriam que estavam certas e ele errado. A velha sensação sufocante do estômago e da garganta queimando voltou. Por que não atiravam nele e acabavam logo com aquilo? Iam matá-lo de qualquer jeito, então por que fazê-lo passar por tudo isso? Ele se assustou com o som de uma voz profunda e oca ressoando e de um martelo batendo na mesa de madeira.

"Todos de pé, por favor..."

Todos se levantaram. Bigger sentiu a mão de Max tocando seu braço e ele se levantou e ficou em pé junto a Max. Um homem, envolto numa longa toga negra e com um rosto branco cadavérico, entrou por uma porta lateral e sentou-se atrás de um corrimão que parecia um púlpito. Esse é o juiz, pensou Bigger, recostando-se na cadeira.

"Ouçam todos, ouçam todos..." Bigger ouviu a voz oca ressoar de novo. Pegou partes de frases: "... este honorável ramo da Corte Criminal do Condado de Cook... declara aberta a sessão... nos termos do adiamento... sob a presidência do meritíssimo Chefe da Justiça, Alvin C. Hanley...".

Bigger viu o juiz olhar para Buckley e depois para ele e Max. Buckley se levantou e foi até a base da grade; Max se levantou e fez o mesmo. Eles conversaram baixinho com o juiz por um momento e depois cada um voltou para o seu lugar. Um homem sentado logo abaixo do juiz ficou em pé e começou a ler um longo papel com uma voz tão grossa e baixa que Bigger só conseguiu ouvir algumas das palavras.

"... processo número 666-983... o povo do estado de Illinois contra Bigger Thomas... Os senhores jurados escolhidos, selecionados e empossados pelo referido Condado de Cook, declaram que Bigger Thomas de fato estuprou e cometeu agressão sexual contra o corpo... estrangulamento pelas mãos... sufocamento até a morte e depois o cadáver queimado na fornalha... com uma faca e uma machadinha decepou... mencionados atos cometidos contra Mary Dalton, contrariando os estatutos legais que promovem a paz e a dignidade do povo do estado de Illinois..."

O homem pronunciou o nome de Bigger várias vezes e Bigger sentiu que estava enredado numa máquina vasta, mas delicada, cujas rodas girariam independentemente do que tentasse impedi-la. Repetidas vezes o homem disse que ele tinha matado Mary e Bessie; que ele tinha decapitado Mary; que ele tinha batido em Bessie com um tijolo; que ele tinha estuprado Mary e Bessie; que ele tinha enfiado Mary na fornalha; que ele tinha jogado Bessie na saída de ventilação e deixou-a morrer congelada; e que ele tinha ficado na casa dos Dalton enquanto o corpo de Mary queimava e enviado um bilhete de resgate. Quando o homem terminou, um suspiro de espanto percorreu a sala de audiência e Bigger viu rostos se virarem e olharem em sua direção. O juiz bateu o martelo pedindo ordem e perguntou:

"O réu está pronto para responder à acusação?"

Max se levantou.

"Sim, meritíssimo. O réu, Bigger Thomas, se declara culpado."

Imediatamente, Bigger ouviu uma grande comoção. Ele virou a cabeça e viu vários homens tentando abrir caminho por entre a multidão em direção à porta. Ele sabia que eram os homens dos jornais. O juiz bateu o martelo de novo pedindo ordem. Max tentou continuar, mas o juiz o interrompeu.

"Um minuto, sr. Max. Precisamos de ordem no recinto!"

A sala ficou em silêncio.

"Meritíssimo", Max disse, "depois de uma longa e honesta deliberação, decidi apresentar uma moção a esse tribunal para retirar nossa declaração de inocência e entrar com uma declaração de culpa.

"As leis deste estado permitem que provas sejam oferecidas para que a pena seja abrandada, e solicitarei, no momento que a Corte considerar adequado, que me seja dada a oportunidade de oferecer provas das condições emocionais e mentais deste rapaz, para mostrar o grau de responsabilidade que ele teve nesses crimes. Além disso, quero apresentar evidências quanto à juventude deste rapaz. Mais adiante, quero ainda persuadir esta Corte a considerar a declaração de culpa deste rapaz como uma evidência para abrandar a pena..."

"Meritíssimo!", Buckley gritou.

"Permita que eu termine", Max disse.

Buckley foi para a frente, o rosto vermelho.

"O senhor não pode declarar que este rapaz é culpado e insano ao mesmo tempo", Buckley disse. "Se o senhor declarar que Bigger Thomas é insano, o Estado vai exigir um julgamento por júri..."

"Meritíssimo", Max falou. "Não estou afirmando que este rapaz seja legalmente insano. Vou me esforçar para mostrar, através do exame de evidências, a condição mental e emocional deste garoto e o grau de responsabilidade que ele teve nesses crimes."

"Isso é uma defesa de insanidade!", Buckley gritou.

"Não estou fazendo tal defesa", Max disse.

"Ou se é são ou insano", Buckley respondeu.

"Há graus de insanidade", Max falou. "As leis deste estado permitem que sejam examinadas evidências que determinem o grau de responsabilidade. E, além disso, a lei permite que sejam apresentadas evidências com o objetivo de abrandar a pena."

"O Estado apresentará testemunhas e provas para que seja estabelecida a sanidade legal do réu", Buckley respondeu.

Seguiu-se uma longa discussão que Bigger não entendeu. O juiz chamou os dois advogados para junto da grade e eles conversaram por mais de uma hora. Por fim, voltaram para seus respectivos lugares e o juiz olhou para Bigger e disse:

"Bigger Thomas, queira se levantar."

Seu corpo ferveu. Do mesmo jeito que se sentira quando estivera inclinado sobre a cama com o borrão branco pairando em sua direção; como se sentira quando ficara sentado no carro entre Jan e Mary; como se sentira quando havia visto Gus aparecer pela porta no salão de bilhar do Doc — foi assim que ele se sentiu agora: comprimido, tenso, sob as garras de um medo poderoso e opressor. Naquele momento parecia que qualquer ação no mundo teria sido preferível do que se levantar. Ele queria pular da cadeira, sacudir alguma arma pesada e dar um fim àquela luta desigual. Max segurou seu braço.

"Levanta, Bigger."

Ele se levantou, segurando-se na beirada da mesa, os joelhos tremendo tanto que pensou que iriam ceder sob o corpo. O juiz olhou para ele por um longo tempo antes de falar. Atrás de si, Bigger ouviu o zum-zum de vozes permear o recinto. O juiz bateu o martelo pedindo ordem.

"Até que ano você estudou?", o juiz perguntou.

"Até o oitavo ano", Bigger sussurrou, surpreso com a pergunta.

"Se você se declarar culpado, e se sua declaração for inserida nos autos", o juiz disse e fez uma pausa, "o tribunal poderá condená-lo à morte", o juiz disse e fez outra pausa, "ou o tribunal poderá condená-lo à prisão perpétua", o juiz falou, e fez mais uma pausa, "ou o tribunal poderá sentenciá-lo à prisão por um período de não menos que catorze anos.

"Você entendeu o que eu disse?"

Bigger olhou para Max; Max assentiu com a cabeça.

"Responda", o juiz disse. "Se você não tiver entendido o que acabei de dizer, diga."

"S-s-sim, senhor; eu entendi", ele sussurrou.

"Então, avaliando as consequências da sua declaração, você ainda se declara culpado?"

"S-s-sim, senhor", ele sussurrou de novo; sentindo que era tudo um sonho selvagem e intenso que logo acabaria, de alguma forma.

"É só. Pode sentar-se", o juiz disse.

Ele se sentou.

"O Estado está preparado para apresentar suas provas e testemunhas?", o juiz perguntou.

"Estamos, meritíssimo", Buckley respondeu, levantando-se e encarando um pouco o juiz, um pouco a multidão.

"Meritíssimo, minha declaração neste momento será muito breve. Não há necessidade de que eu reconstitua para esse tribunal os detalhes horríveis desses crimes hediondos. As testemunhas arroladas pelo Estado, a confissão feita e assinada pelo próprio réu e as provas concretas irão revelar o aspecto anormal dessa ofensa vil contra Deus e o homem com mais eloquência do que eu poderia ousar ter. Por mais de uma razão, sou grato por ser este o caso, pois alguns dos fatos desse crime perverso são tão fantásticos e inacreditáveis, tão completamente demoníacos e alheios a todo nosso conceito de vida, que eu me sinto incapaz de comunicá-los a este tribunal.

"Nunca, em toda minha longa carreira como defensor do povo, estive colocado numa posição em que me senti certo do meu dever de maneira tão irredutível. Não há lugar aqui para interpretações evasivas, teóricas ou fantasiosas da lei." Buckley parou, examinou a sala de audiência, depois foi até a mesa e ergueu a faca que Bigger havia utilizado para cortar a cabeça de Mary. "Este caso é tão contundente quanto a faca do assassino, a faca que esquartejou uma garota inocente!", Buckley gritou. Ele parou de novo e ergueu da mesa o tijolo com o qual Bigger havia batido em Bessie no prédio abandonado. "Meritíssimo, este caso é sólido como este tijolo, o tijolo que arrancou os miolos de uma garota pobre!" Buckley olhou de novo para a multidão na sala de audiência. "Não é sempre", Buckley continuou, "que um representante do povo encontra a massa de cidadãos que o elegeu literalmente apoiando-o, esperando que ele garanta o cumprimento da lei…"

A sala ficou silenciosa como uma tumba. Buckley andou até a janela e com um rápido movimento a abriu. O murmúrio estrondoso da vasta multidão entrou de uma vez. A sala de audiência se agitou.

"Matem ele agora!"

"Linchem ele!"

O juiz bateu o martelo pedindo ordem.

"Se não pararem, vou determinar que a sala seja esvaziada", o juiz disse.

Max ficou de pé.

"Objeção!", Max falou. "Isso é completamente irregular. Na verdade, é uma tentativa de intimidar este tribunal."

"Objeção aceita", o juiz respondeu. "Proceda de modo mais condizente com a dignidade de seu cargo e deste tribunal, sr. promotor."

"Sinto muito, meritíssimo", Buckley falou, indo em direção ao corrimão e enxugando o rosto com um lenço. "Eu me deixei levar pela emoção. Eu só queria mostrar para o tribunal a urgência desta situação..."

"O tribunal está esperando para ouvir sua declaração", o juiz disse.

"Sim; é claro, meritíssimo", Buckley respondeu. "Agora, o que está em jogo aqui? A acusação reafirma por completo os crimes dos quais o réu se considerou culpado. O advogado de defesa alega, e quer que o tribunal acredite, que o simples ato de se declarar culpado dos crimes deve ser aceito como evidência para abrandar a pena.

"Em nome das famílias em luto de Mary Dalton e Bessie Mears, e do povo do estado de Illinois, do qual milhares estão amontoados lá fora, atrás daquela janela, esperando o cumprimento da lei, afirmo que nenhum tipo de subterfúgio, de trapaça, irá corromper este tribunal e burlar a lei!

"Um homem comete dois dos mais horríveis assassinatos na história da civilização norte-americana; ele confessa; e seu advogado quer que acreditemos que, por ele se declarar culpado depois de driblar a lei, depois de tentar matar agentes da justiça, sua declaração deve ser vista como evidência para abrandar a pena!

"Declaro, meritíssimo, que isso é um insulto ao tribunal e à inteligência das pessoas deste estado! Se tais crimes admitirem esse tipo de defesa, se a vida desse demônio for poupada por causa de tal defesa, irei renunciar ao meu cargo e dizer às pessoas que estão lá fora nas ruas que não posso mais proteger suas vidas e suas propriedades! Vou dizer a elas que nossos tribunais, tomados de sentimentalismo piegas, não são mais instrumentos adequados para salvaguardar a paz pública! Vou falar que nós abandonamos a luta pela civilização!

"Depois de apresentar tal alegação, o advogado de defesa indica que irá pedir a este tribunal que acredite que a condição mental e emocional do réu é tal que ele não pode ser plenamente responsabilizado por esses estupros e assassinatos covardes. Ele pede ao tribunal que imagine uma lendária Terra de Ninguém do pensamento e sentimento humanos. Ele diz que um homem é são o suficiente para cometer um crime, mas não é são o suficiente para ser julgado por ele! Nunca na minha vida ouvi tal puro cinismo jurídico, tal tentativa fria e calculista de perturbar e escapar da lei! Eu declaro que isso *não* vai acontecer!

"O Estado irá insistir para que esse homem seja julgado por um júri, caso a defesa continue dizendo que ele é insano. Se ele apenas se declara culpado, então o Estado exige a pena de morte por esses crimes sombrios.

"No momento que o tribunal indicar, irei oferecer evidências e chamarei testemunhas que mostrarão que o réu é são e responsável por esses crimes sangrentos..."

"Meritíssimo", Max protestou.

"O senhor terá tempo para defender seu cliente!", Buckley gritou. "Me deixe terminar!"

"O senhor tem alguma objeção?", o juiz perguntou, virando-se para Max.

"Tenho!", Max disse. "Hesitei em interromper o promotor público, mas a impressão que ele tenta passar é a de que estou afirmando que este rapaz é insano. Isso *não* é verdade. Meritíssimo, permita-me mais uma vez afirmar que este pobre rapaz, Bigger, apresentou uma declaração de culpa..."

"Objeção", Buckley gritou. "Eu contesto que o advogado se refira ao réu perante esse tribunal por qualquer outro nome que não seja o que está escrito na acusação. Chamá-lo de 'Bigger' e 'este pobre rapaz' é uma maneira de angariar simpatia..."

"Objeção aceita", o juiz declarou. "O réu deve ser designado pelo nome que aparece na acusação que foi lavrada. Sr. Max, acredito que o senhor deveria deixar o promotor público continuar."

"Não tenho mais nada a dizer, meritíssimo", Buckley disse. "Se o tribunal estiver de acordo, estou pronto para chamar minhas testemunhas."

"Quantas testemunhas o senhor tem?", Max perguntou.

"Sessenta", Buckley respondeu.

"Meritíssimo", Max disse. "Bigger Thomas já apresentou uma declaração de culpa. Me parece que não são necessárias sessenta testemunhas."

"Pretendo provar que o réu é são e é responsável por esses crimes pavorosos", Buckley disse.

"O tribunal irá ouvi-las", o juiz declarou.

"Meritíssimo", Max disse. "Permita que eu faça um esclarecimento. Como o senhor sabe, o tempo que me foi concedido para preparar a defesa de Bigger Thomas foi lamentavelmente curto, tão curto que não há precedentes. Esta audiência foi agendada às pressas de modo que este garoto pudesse ser julgado enquanto os ânimos do povo ainda estão exaltados.

"Uma mudança de local do julgamento agora não tem utilidade alguma. Essa mesma condição de histeria existe em todo o estado. Essas circunstâncias me colocaram numa posição de não fazer o que julgo mais sábio, mas de fazer o que devo. Se não fosse um rapaz negro sendo acusado de assassinato, o promotor público não teria apressado o julgamento deste caso e demandado pena de morte.

"O Estado está procurando criar a impressão de que vou dizer que este rapaz é insano. Isso *não* é verdade. Não vou chamar nenhuma testemunha. *Eu* mesmo vou depor a favor de Bigger Thomas. Irei apresentar argumentos que mostram que sua extrema juventude, sua condição mental e emocional, e a razão pela qual declarou-se culpado devem e precisam abrandar sua pena.

"O promotor buscou despertar a crença de que eu estou tentando aparecer com alguma surpresa para esse tribunal ao fazer meu cliente apresentar uma declaração de culpa; ele buscou fomentar a noção de que há algum truque jurídico envolvido no oferecimento de evidências para abrandar a pena deste rapaz. Mas nós tivemos muitos,

muitos casos como este nos tribunais de Illinois. O caso de Loeb e Leopold, por exemplo. Este é um procedimento regular previsto pelas leis esclarecidas e progressistas do nosso estado. Devemos negar a este garoto, por ele ser pobre e negro, a mesma proteção, a mesma chance de ser ouvido e compreendido que tão prontamente concedemos a outras pessoas?

"Meritíssimo, não sou covarde, mas eu não poderia pedir que este garoto fosse posto em liberdade e a ele fosse dada uma chance de viver quando aquela multidão enfurecida ladra lá fora. Eu peço o que *devo* pedir. Peço, mais alto que os gritos estridentes da multidão, que o senhor poupe a vida dele!

"A lei de Illinois, no que diz respeito à declaração de culpa por um assassinato diante de um tribunal, diz o seguinte: o tribunal pode impor pena de morte, prisão perpétua ou por um período de não menos que catorze anos. De acordo com essa lei, o tribunal pode acolher evidências que agravem ou atenuem a pena do réu. O objetivo dessa lei é advertir o tribunal a procurar descobrir o *porquê* de um homem ter matado alguém e a permitir que esse *porquê* seja a medida do abrandamento da pena.

"Percebi que o promotor público não se deteve nos motivos que levaram Bigger Thomas a assassinar essas duas mulheres. Há uma multidão esperando, diz ele, então vamos matar logo. Sua única alegação é a de que se nós não matarmos, então a multidão vai.

"Ele não discutiu a motivação do crime de Bigger Thomas porque ele não *poderia* fazê-lo. É vantajoso para ele agir rápido, antes que os homens tenham tido tempo para pensar, antes dos fatos serem revelados por completo. Pois ele sabe que se todos os fatos vierem à tona, se os homens tiverem tempo para refletir, ele não poderia ficar aqui gritando a favor da pena de morte!

"O que motivou Bigger Thomas a agir assim? Não houve motivação da maneira como motivação é entendida pelas leis atuais, meritíssimo. Irei me aprofundar nesse ponto quando estiver concluindo. É por causa da natureza quase instintiva desses crimes que digo que a condição mental e emocional deste garoto é importante na decisão de sua pena. Mas, enquanto o promotor quer aguçar cada vez mais a sede de vingança da multidão chamando testemunha atrás de testemunha perante este tribunal, enquanto o promotor inflama ainda mais a opinião pública com os detalhes hediondos dos crimes deste garoto, eu gostaria de ouvir o senhor promotor público contar a este tribunal *por que* Bigger Thomas matou.

"Este garoto é jovem, não apenas em idade, mas em sua atitude diante da vida. Ele não tem idade para votar. Morando no Cinturão Negro, ele é mais jovem do que a maioria dos garotos da sua idade, pois não teve contato com a grande variedade e profundidade da vida. Até hoje ele teve apenas duas válvulas de escape para suas emoções: trabalho e sexo — que ele conheceu em suas formas mais violentas e degradantes.

"Irei pedir a este tribunal que poupe a vida deste garoto e tenho fé suficiente neste tribunal para acreditar que meu pedido será consentido."

Max sentou-se. A sala de audiência foi preenchida de murmúrios.

"O tribunal vai suspender a sessão por uma hora e voltará às treze horas", o juiz disse.

Ladeado por policiais, Bigger foi levado de volta ao corredor lotado. Passou de novo por uma janela e viu a multidão se espalhando e sendo contida pelas tropas. Foi conduzido para uma sala onde havia uma bandeja de comida em cima da mesa. Max estava lá, a sua espera.

"Vem aqui e senta, Bigger. Come alguma coisa."

"Eu não quero nada."

"Vamos. Você tem que comer pra ficar de pé."

"Tô sem fome."

"Toma; pega um cigarro."

"Não."

"Você quer água?"

"Não."

Bigger sentou-se numa cadeira, inclinou-se para a frente, apoiou os braços na mesa e afundou o rosto nas dobras do cotovelo. Estava cansado. Agora que tinha saído da sala de audiência, sentiu toda a tensão terrível sob a qual esteve enquanto os homens discutiam sobre a sua vida. Todos os pensamentos vagos e a agitação de descobrir um jeito de viver e morrer estavam distantes dele agora. Medo e pavor eram os únicos sentimentos possíveis naquela sala de audiência. Quando o tempo acabou, ele foi levado de volta para o tribunal. Levantou-se junto com os demais quando o juiz entrou e depois sentou-se de novo.

"O promotor pode chamar suas testemunhas", o juiz disse.

"Sim, meritíssimo", Buckley respondeu.

A primeira testemunha era uma mulher velha que Bigger nunca tinha visto antes. Durante o interrogatório, ele ouviu Buckley chamá-la de sra. Rawlson. Então ouviu a velha dizer que era a mãe da sra. Dalton. Bigger viu Buckley entregar a ela o brinco que ele tinha visto no inquérito, e a velha contou como aquele par de brincos tinha sido passado de mãe para filha ao longo dos anos. Quando a sra. Rawlson terminou, Max disse que não tinha interesse de interrogá-la nem a nenhuma das testemunhas do promotor. A sra. Dalton foi chamada para depor e contou a mesma história que havia contado no inquérito. O sr. Dalton explicou mais uma vez por que havia contratado Bigger e se referiu a ele como "o garoto negro que foi trabalhar na minha casa". Peggy também se referiu a ele assim, dizendo entre soluços: "Sim; ele é o garoto". Todos eles disseram que ele tinha se mostrado um garoto muito quieto e são.

Britten contou sobre como havia suspeitado que Bigger soubesse de algo sobre o sumiço de Mary; e disse que "esse moleque negro é tão são quanto eu". Um repórter explicou como a fumaça da fornalha levara à descoberta dos ossos de Mary. Bigger ouviu Max levantar-se quando o repórter tinha acabado.

"Meritíssimo", Max disse. "Gostaria de saber quantos repórteres ainda serão chamados para depor."

"Só mais catorze", Buckley respondeu.

"Meritíssimo", Max falou. "Isso é totalmente desnecessário. Há uma declaração de culpa aqui..."

"Vou provar que esse assassino é são!", Buckley gritou.

"O tribunal vai ouvir as testemunhas", o juiz disse. "Continue, sr. Buckley."

Mais catorze repórteres falaram da fumaça e dos ossos e disseram que Bigger agiu apenas "como todos os outros garotos negros". O tribunal entrou em recesso às cinco e uma bandeja de comida foi trazida para Bigger numa sala pequena, com seis policiais de guarda. Ele sentia um aperto tão grande no estômago que só foi capaz de tomar um café. Às seis voltou para o tribunal. A sala começou a ficar escura e as luzes foram acesas. O desfile de testemunhas deixou de ser real para Bigger. Cinco homens brancos foram chamados para depor e disseram que a caligrafia no bilhete de resgate era dele; que era a mesma caligrafia que haviam encontrado em "lições de casa retiradas dos arquivos da escola onde estudou". Outro homem branco disse que as impressões digitais de Bigger Thomas foram encontradas na porta do "quarto da srta. Dalton". Depois seis médicos disseram que Bessie tinha sido estuprada. Quatro garçonetes negras do Ernie's Kitchen Shack o reconheceram como o "garoto negro que estava na mesa com o homem branco e a mulher branca naquela noite". Disseram que ele tinha agido de um jeito "quieto e são". Em seguida foram chamadas duas mulheres brancas, professoras primárias, que disseram que Bigger era "um garoto apático, mas perfeitamente são". Uma testemunha se fundia à outra. Bigger parou de se importar. Encarava com apatia. Às vezes podia ouvir o som fraco do vento de inverno soprando lá fora. Estava cansado demais para ficar aliviado ao final da sessão. Antes de ser levado de volta para a cela, ele perguntou a Max:

"Quanto tempo isso ainda vai durar?"

"Não sei, Bigger. Você vai ter que ter coragem e aguentar firme."

"Queria que acabasse logo."

"É a sua vida, Bigger. Você tem que lutar."

"Não tô nem aí com o que vão fazer comigo. Só queria que acabasse logo."

Na manhã seguinte o acordaram, alimentaram-no e o conduziram de volta ao tribunal. Jan foi chamado a depor e disse o que havia falado no inquérito. Buckley não fez qualquer tentativa de ligar Jan ao assassinato de Mary. G.H., Gus e Jack falaram de como eles costumavam furtar lojas e bancas de jornal, da briga que tiveram na manhã em que planejaram roubar a loja do Blum. Doc contou sobre como Bigger tinha cortado o tecido de sua mesa de bilhar e disse que Bigger era "maldoso e ruim, mas são". Dezesseis policiais o reconheceram como "o homem que nós capturamos, Bigger Thomas". Disseram que um homem que conseguia driblar a lei com tanta habilidade quanto Bigger era "são e responsável por seus atos". Um homem que Bigger reconheceu como o gerente do Regal Theatre contou sobre como Bigger e garotos como ele se masturbavam no cinema, e sobre como ele tinha receio de falar com eles a respeito por medo de que pudessem começar uma briga e esfaqueá-lo. Um homem do juizado de menores disse que Bigger havia passado três meses num reformatório por roubar pneus.

Foi feito um recesso e, durante a tarde, cinco médicos disseram que acreditavam que Bigger era "sadio, mas carrancudo e do contra". Buckley expôs a faca e a bolsa que Bigger tinha escondido na lata de lixo e informou o tribunal que o lixão da cidade havia sido vasculhado por quatro dias para esses objetos serem encontrados. O tijolo que ele tinha usado para atingir Bessie foi exibido; depois a lanterna, os panfletos comunistas, a arma, o brinco enegrecido, a lâmina da machadinha, a confissão assinada, o bilhete de sequestro, a roupa ensanguentada de Bessie, os travesseiros e colchas manchados, a mala e a garrafa vazia de rum que tinha sido encontrada na neve, perto do meio-fio. Os ossos de Mary foram trazidos e as mulheres presentes começaram a soluçar. Depois um grupo de doze trabalhadores trouxeram a fornalha, pedaço por pedaço, do porão dos Dalton e a montaram sobre uma plataforma gigante de madeira. As pessoas se levantaram para olhar e o juiz ordenou a todos que se sentassem.

Buckley fez uma garota branca, do tamanho de Mary, rastejar para dentro da fornalha "para provar, sem deixar dúvidas, que era e foi possível nela colocar e queimar o corpo violentado da inocente Mary Dalton; e para mostrar que, como a cabeça da pobre garota não caberia, o negro sádico a cortou fora". Utilizando uma pá de ferro do porão dos Dalton, Buckley mostrou como os ossos tinham sido retirados; explicou como Bigger tinha "astutamente subido as escadas furtivamente durante a agitação e fugido". Enxugando o suor do rosto, Buckley disse:

"A promotoria não tem mais nada a dizer, meritíssimo!"

"Sr. Max", o juiz disse. "O senhor pode chamar suas testemunhas."

"A defesa não contesta as provas aqui apresentadas", Max declarou. "Eu, portanto, renuncio ao direito de apresentar testemunhas. Como afirmei antes, no momento adequado, eu mesmo vou depor a favor de Bigger Thomas."

O juiz informou Buckley que ele poderia fazer sua declaração final. Por uma hora, Buckley fez comentários sobre os depoimentos das testemunhas e interpretou as provas, concluindo com as seguintes palavras:

"As faculdades intelectuais e morais da humanidade também podem ser declaradas impotentes se as provas e depoimentos aqui apresentados pelo Estado não forem suficientes para convencer este tribunal a impor a pena de morte a Bigger Thomas, esse aproveitador de mulheres!"

"Sr. Max, o senhor estará preparado para apresentar sua defesa amanhã?", o juiz perguntou.

"Estarei, meritíssimo."

De volta à cela, Bigger se deixou cair sem vida na cama. Logo tudo ia acabar, pensou. Amanhã pode ser o último dia; esperava que fosse. Sua noção de tempo se foi; noite e dia se fundiam agora.

Na manhã seguinte, ele estava acordado na cela quando Max

chegou. A caminho do tribunal, ele se perguntava o que Max diria sobre ele. Será que Max podia mesmo salvar sua vida? Ao surgir esse pensamento, ele o empurrou para fora da mente. Se continuasse deixando a esperança longe, então o que quer que acontecesse pareceria natural. Enquanto era levado pelo corredor, passando pelas janelas, viu a multidão e as tropas ainda cercando o tribunal. O edifício ainda estava lotado de pessoas murmurando. Os policiais tiveram que abrir caminho para ele em meio à aglomeração.

Uma pontada de medo o atravessou quando ele viu que tinha sido o primeiro a chegar à mesa. Max estava em algum lugar atrás dele, perdido no meio das tantas pessoas. Foi quando ele sentiu mais profundamente do que nunca o que Max tinha passado a significar para ele. Estava indefeso agora. O que havia ali para impedir essas pessoas de passarem pelas grades e arrastá-lo para as ruas, agora que Max não estava ali? Ele se sentou, sem ousar olhar em volta, consciente de que todos os olhos estavam em cima dele. A presença de Max durante o julgamento fizera com que ele sentisse que em algum lugar naquela multidão que o encarava com tanta firmeza e ressentimento havia algo em que poderia se agarrar se ao menos conseguisse chegar a ele. Ardia nele a esperança que Max o tinha levado a sentir na primeira longa conversa que tiveram. Mas ele não queria correr o risco de tentar atiçar a chama dessa esperança agora, não com esse julgamento e as palavras de ódio de Buckley. Mas também não a apagou; cuidou dela, guardou-a como seu último refúgio.

Quando Max chegou, Bigger viu que seu rosto estava pálido e acabado. Havia olheiras embaixo de seus olhos. Max colocou a mão no joelho de Bigger e sussurrou:

"Vou fazer tudo que eu puder, filho."

A sessão foi iniciada e o juiz disse:

"O senhor está pronto, sr. Max?"

"Estou, meritíssimo."

Max se levantou, passou a mão pelos cabelos brancos e foi para a frente da sala. Ele se virou e encarou um pouco o juiz e Buckley, olhando para a multidão que estava atrás de Bigger. Limpou a garganta.

"Meritíssimo, nunca em toda minha vida subi num tribunal para fazer uma defesa com uma convicção tão firme em meu coração. Sei que o que tenho a dizer aqui toca o destino de toda uma nação. Minha defesa de mais do que um homem ou um povo. Talvez seja de certa maneira auspicioso que o réu tenha cometido um dos crimes mais sombrios na nossa história; pois se pudermos abarcar a vida desse homem e descobrir o que aconteceu com ele, se pudermos entender como sua vida e seu destino estão ligados às nossas vidas e destinos com tanta sutileza e, ao mesmo tempo, força — se pudermos fazer isso, talvez encontremos a chave para o nosso futuro, esse raro ponto de vista em que cada homem e mulher desta nação pode colocar-se e ver o quão inextricavelmente nossas esperanças e temores de hoje criam o júbilo e a danação de amanhã.

"Meritíssimo, não é minha intenção ser desrespeitoso com este tribunal, mas preciso ser honesto. A vida de um homem está em jogo. E não só este homem é um criminoso, mas é um criminoso negro. E, como tal, ele chega a este tribunal em desvantagem, apesar das nossas pretensões de que somos todos iguais perante a lei.

"Este homem é *diferente*, mesmo que seus crimes sejam diferentes de outros crimes semelhantes apenas em grau. As forças complexas da sociedade isolaram aqui para nós um símbolo, um símbolo de teste. Os preconceitos dos homens mancharam esse símbolo, como um germe manchado para ser examinado sob um microscópio. O ódio incessante dos homens nos deu uma distância psicológica que nos permitirá ver esse pequeno símbolo social em relação a todo nosso organismo social doente.

"Declaro, meritíssimo, que a simples ação de compreender Bigger Thomas irá quebrar impulsos congelados, arrastar as formas de pavor espalhadas para fora da escuridão do medo e trazê-las à luz da razão, desvelar o ritual inconsciente da morte em que nós, como sonâmbulos, participamos de forma tão onírica e irrefletida.

"Mas não farei afirmações exageradas aqui, meritíssimo. Eu não faço mágica. Não estou dizendo que se compreendermos a vida desse homem vamos resolver todos os nossos problemas, ou que quando tivermos todos os fatos ao nosso dispor saberemos automaticamente o que fazer. A vida não é simples assim. Mas digo que, se depois que eu tiver terminado os senhores jurados sentirem que a morte é necessária, então os senhores estão fazendo uma escolha consciente. O que quero fazer é injetar na consciência deste tribunal, por meio da discussão das evidências, os dois cursos de ação possíveis abertos a nós e as inevitáveis consequências de cada um deles. E, depois, se escolhermos a morte, que a sustentemos; se escolhermos a vida, que a sustentemos também; mas independente do que dissermos, que saibamos o terreno em que pisamos e quais são as consequências para nós e para aqueles que julgamos.

"Meritíssimo, gostaria que o senhor acreditasse que eu não sou insensível ao profundo fardo de responsabilidade que estou jogando sobre seus ombros pela maneira como insisto em conduzir a defesa da vida desse garoto e pela minha decisão de colocar diante do senhor toda a culpa dele para julgamento. Mas, nessas circunstâncias, o que mais eu poderia ter feito? Noite após noite, deitei-me sem dormir, tentando pensar num jeito de mostrar para o senhor e para o mundo as causas e as razões pelas quais esse garoto negro está sentado aqui como um assassino confesso. Mas toda vez que eu pensava ter encontrado uma prova vital que influenciaria o destino dele, eu ouvia na minha cabeça os murmúrios baixos e raivosos da multidão que as tropas estaduais estão contendo lá fora.

"Como posso, perguntei a mim mesmo, fazer minha voz ser de fato ouvida mais alto do que o latido faminto de cães numa caçada? Como posso, eu me perguntei, criar uma imagem que retrate de maneira clara e poderosa o que aconteceu com esse garoto sobre uma tela de razão sóbria, quando mil artistas de jornais e revistas já o pintaram com tinta lúgubre em um milhão de folhas impressas? Ousaria, mesmo profundamente atento à história e à raça desse menino, colocar seu destino nas mãos de um júri (não de seus pares, mas de uma raça estranha e hostil!) cujas mentes já estão condicionadas pela imprensa da nação; uma imprensa que já chegou a uma decisão a respeito da culpa dele, e que em incontáveis editoriais sugeriu as medidas a serem tomadas para sua pena?

"Não! Não poderia! Seria melhor que não tivéssemos nenhum tribunal do que ver a justiça ser aplicada nessas condições! Um linchamento instantâneo seria mais honesto do que um 'julgamento de fachada'! Seria preferível que os tribunais fossem abolidos e cada homem comprasse armas e se protegesse sozinho ou entrasse em guerra pelo que acredita que é seu por direito do que um homem ser julgado por homens que já decidiram que ele é culpado. Eu não poderia ter colocado para o júri uma evidência tão geral e ao mesmo tempo tão confusamente específica, tão impalpável e ao mesmo tempo tão desastrosa em suas terríveis consequências — consequências que afetaram meu cliente e explicam por que ele está aqui hoje num julgamento, com sua vida em risco —, eu não podia fazer isso e ser honesto comigo e com esse garoto.

"Então venho hoje me colocar diante deste tribunal, rejeitando um julgamento via júri, apresentando voluntariamente uma declaração de culpa, pedindo, à luz das leis deste estado, que a vida desse garoto seja poupada por razões que, acredito, afetam as bases da nossa civilização.

"A coisa mais habitual para este tribunal é assumir a posição que enfrenta menos resistência, seguir a sugestão do promotor público e declarar 'Morte!'. E assim acabaria o processo. Mas esse não seria o fim desse crime! É por isso que o tribunal deve agir diferente.

"Há momentos, meritíssimo, em que a realidade é carregada de características que impelem tamanha complexidade moral, que é impossível continuar agindo por conveniência. Há momentos em que os limites da vida estão tão desfeitos, que a razão e o bom senso clamam para que paremos e os juntemos de novo antes de seguir adiante.

"Que atmosfera cerca este julgamento? Será que a intenção sóbria dos cidadãos é de que a lei seja aplicada? Que a pena aplicada seja proporcional ao crime? Que o culpado e apenas o culpado seja pego e punido?

"Não! Todos os preconceitos possíveis e imagináveis foram arrastados para esse processo! As autoridades da cidade e do estado deliberadamente inflamaram os ânimos do público ao ponto de não conseguirem manter a ordem sem as forças armadas. Responsáveis por nada além de sua própria consciência corrupta, os jornais e a promotoria pública lançaram a ridícula alegação de que o Partido Comunista estava de algum modo ligado a esses dois assassinatos. Apenas aqui no tribunal, ontem pela manhã, o promotor público parou de insinuar que Bigger Thomas era culpado de outros crimes, crimes que ele não pôde provar. E, porque eu, um judeu, ousei defender esse garoto negro, há dias minha caixa de correio vem sendo inundada de ameaças contra minha vida. A maneira como Bigger Thomas foi capturado, as centenas de casas de negros inocentes que foram invadidas, a quantidade de negros agredidos nas ruas, as dúzias que foram mandados embora de seus trabalhos, a enxurrada de mentiras saídas de todas as fontes contra um povo indefeso — tudo isso foi algo inédito em terras democráticas.

"A caçada a Bigger Thomas serviu como desculpa para aterrorizar toda a população negra, prender centenas de comunistas, invadir sedes de sindicatos e organizações trabalhistas. De fato, o tom da imprensa, o silêncio da igreja, a postura da promotoria pública e os ânimos inflamados do povo são de tal natureza que indicam que buscam *mais* do que vingança contra um homem que cometeu um crime.

"Qual é a razão de toda essa emoção e agitação? É o crime cometido por Bigger Thomas? Os negros eram amados ontem e hoje são odiados por causa do que ele fez? Os sindicatos e organizações dos trabalhadores foram invadidos só porque um negro cometeu um crime? Foram os ossos brancos em cima da mesa que evocaram o horror que tomou conta da nação? O sentimento contra judeus nesta cidade cresceu só porque um advogado judeu está defendendo um garoto negro?

"Meritíssimo, o senhor sabe que *não* é esse o caso! Todos os fatores que vemos nessa histeria atual já existiam antes de sabermos quem é Bigger Thomas. Negros, trabalhadores e sindicatos eram odiados ontem assim como são odiados hoje.

"Crimes mais brutais e horrorosos foram cometidos nesta cidade. Gângsteres mataram e ficaram livres para matar de novo. Mas nada disso despertou uma indignação como esta.

"Meritíssimo, aquela multidão lá fora não veio aqui por livre e espontânea vontade! Ela foi *incitada*! Até uma semana atrás essas pessoas viviam suas vidas normalmente.

"Quem, então, estimulou esse ódio latente para transformá-lo em fúria? Aos interesses de quem essa multidão desvairada e mal orientada está servindo? Por que todas as agências de comunicação desta cidade de repente vomitaram mentiras, falando para nossos cidadãos que tinham que proteger suas propriedades contra Bigger Thomas e homens como ele? Quem provocou essa histeria para poder lucrar com ela?

"O promotor público sabe, pois ele prometeu aos banqueiros do Loop que, se for reeleito, as passeatas por auxílio social vão acabar! O governador do estado sabe, pois ele prometeu à Associação das Indústrias que usaria as tropas contra os trabalhadores que entrassem em greve! O prefeito sabe, pois ele disse aos comerciantes da cidade que o orçamento seria reduzido, que não seriam cobrados novos impostos para satisfazer o clamor das massas de necessitados!

"Existe culpa na raiva que demanda que a vida desse homem seja aniquilada rápido! Existe medo no ódio e na impaciência que impelem a ação da multidão reunida lá fora nas ruas! Cada um deles — a multidão e os incitadores; os infiltrados e os amedrontados; os líderes e seus vassalos de estimação — sabe e sente que suas vidas foram construídas em cima de um ato histórico de injustiça contra muitas pessoas, pessoas cujas vidas foram esvaídas em sangue pelo lazer e luxo deles! O sentimento de culpa deles é tão profundo quanto o desse garoto aqui sentado hoje no tribunal. Medo, ódio e culpa são os pontos principais desse drama!

"Meritíssimo, em nome desse garoto e em meu próprio, gostaria de poder apresentar a esse tribunal provas de uma natureza moralmente mais valiosa. Gostaria de poder dizer que amor, ambição, inveja, a busca de aventura ou qualquer outro sentimento romântico estavam por trás desses dois assassinatos. Se eu pudesse honestamente investir o infeliz ator desse drama fatídico com sentimentos mais elevados, minha tarefa seria mais fácil e eu me sentiria confiante do desfecho. Minhas chances seriam melhores, pois eu estaria apelando a homens que partilham de ideais comuns para julgar com piedade e compreensão um de seus irmãos que errou e caiu em dificuldades. Mas não tenho escolha nesse quesito. A vida cortou esse enredo; não eu.

"Nós devemos lidar aqui com a matéria bruta da vida, emoções, impulsos e atitudes ainda não condicionados pelos esforços da ciência e da civilização. Devemos lidar aqui com uma primeira injustiça que, quando cometida por nós, era compreensível e inevitável; e então temos que lidar com as longas pegadas de um sentimento negro de culpa decorrente dessa injustiça, um sentimento de culpa que o interesse próprio e o medo não nos permitiriam reparar. E temos ainda que lidar com as explosões fervorosas de ódio produzidas nos outros por essa primeira injustiça, e então com os crimes monstruosos e horríveis que derivam desse ódio, um ódio que penetrou nos corações e moldou as mais profundas e delicadas sensibilidades de multidões.

"Devemos tratar aqui de uma desarticulação da vida que envolve milhões de pessoas, uma desarticulação tão vasta que atordoa a imaginação; tão carregada de consequências trágicas que preferimos não olhar ou pensar a respeito; tão antiga que preferiríamos tentar vê-la como uma ordem natural e nos esforçarmos com a consciência inquieta e um falso fervor moral para mantê-la assim.

"Devemos lidar aqui, nos dois lados da cerca, entre brancos e negros, entre trabalhadores e patrões, com homens e mulheres em cujas mentes o bem e o mal têm tamanha altura e peso que assumem proporções de aspecto e construção anormais. Quando situações como essas surgem, em vez de os homens sentirem que estão enfrentando outros homens, eles sentem que estão diante de montanhas, enchentes, mares; forças da natureza cujo tamanho e força concentram as mentes e emoções em um grau de tensão incomum na rotina tranquila da vida na cidade. Entretanto, essa tensão existe dentro dos limites da vida urbana, minando-a e sustentando-a no mesmo gesto de ser.

"Permita-me, meritíssimo, antes que eu continue a lançar culpa e pedir clemência, enfatizar que *não* estou afirmando que esse garoto é uma vítima de injustiça, nem estou pedindo que este tribunal tenha compaixão por ele. Não é meu objetivo ao abraçar seu caráter e seus motivos. Não é para falar apenas de sofrimento que estou aqui hoje, embora ocorram linchamentos e espancamentos de negros com frequência em todo o país. Se o senhor se ativer somente a essa parte do que eu disse, então o senhor também foi capturado, assim como ele, no lamaçal de emoção cega, e esse círculo vicioso vai continuar rolando, como um rio ensanguentado em direção a um mar de sangue. Vamos banir das nossas mentes o pensamento de que estamos diante de uma infeliz vítima de injustiça. O próprio conceito de injustiça repousa na premissa do direito igualitário à reivindicação, e esse garoto aqui não está fazendo nenhuma reivindicação ao senhor. Se o senhor pensar ou sentir que ele está, então o senhor também está cego por um sentimento tão terrível quanto aquele que o senhor condena nele, e sem tanta justificativa. O sentimento de culpa que causou todo esse medo e histeria na multidão é a contrapartida do próprio ódio dele.

"Em vez disso, peço ao senhor que enxergue o modo de *vida* em nosso meio, um modo de vida atrofiado e distorcido, mas que possui suas próprias leis e reivindicações, uma existência de homens crescendo no solo preparado pela vontade coletiva, mas cega, de cem milhões de pessoas. Eu imploro ao senhor que reconheça a vida humana envolta numa forma e num disfarce estranhos a nós, mas brotando de um solo arado e semeado por todas as nossas mãos. Peço ao senhor que reconheça as leis e processos que derivam de tal condição, que os compreenda, que procure transformá-los. Se não fizermos nada disso, então não deveríamos fingir horror ou surpresa quando uma vida frustrada se expressa em medo, ódio e crime.

"Isso é vida, nova e estranha; estranha porque a temermos; nova porque mantivemos nossos olhos afastados dela. Isso é vida vivida em limites estreitos e se expressando não em termos de bom ou mau, mas em termos de sua própria realização. Homens são homens e vida é vida, e nós temos que lidar com eles como são; e se quisermos mudá-los, devemos lidar com eles do jeito que existem e têm seu ser.

"Meritíssimo, devo ainda falar em termos gerais porque a história desse garoto precisa ser revelada, uma história que influiu de modo poderoso e importante em sua conduta. Nossos antepassados chegaram a esta terra e enfrentaram um país severo e selvagem. Eles vieram para cá com um sonho sufocado no coração, de terras onde suas singularidades haviam sido negadas, como nós temos negado a singularidade desse garoto. Eles vieram de cidades do velho mundo onde os meios de subsistência eram difíceis de se conseguir ou possuir. Eles eram colonos e se viram diante de uma escolha difícil: ou subjugar esta terra selvagem ou ser subjugado por ela. Basta olharmos para o alcance imponente das ruas, fábricas e edifícios para ver como eles conquistaram essa terra por completo. Mas, ao conquistarem-na, eles *usaram* outras pessoas, usaram suas vidas. Como um mineiro usando uma picareta ou um carpinteiro usando uma serra, eles fizeram os outros submeterem sua vontade à deles. As vidas para eles eram ferramentas e armas a serem empunhadas contra uma terra e um clima hostis.

"Não digo isso em termos de condenação moral. Não digo isso para despertar a piedade do senhor pelos homens negros que foram escravos por dois séculos e meio. Seria tolice agora olhar para trás à luz da injustiça. Não sejamos ingênuos: homens fazem o que devem fazer, mesmo quando sentem que estão sendo guiados por Deus, mesmo quando sentem que estão realizando a vontade de Deus. Esses homens estavam engajados numa luta pela vida e não tinham mesmo muita escolha. Foi o sonho imperial de uma era feudal que fez homens escravizarem outras pessoas. Exaltados pela vontade de governar, não teriam conseguido construir nações numa escala tão vasta se não tivessem fechado os olhos para a humanidade de outros homens, homens cujas vidas eram necessárias para a sua edificação. Mas a invenção e o uso generalizado de máquinas tornaram economicamente inviável a escravização direta dos homens e assim a escravidão acabou.

"Permita, meritíssimo, que eu me demore um pouco no perigo de olhar para esse garoto à luz da injustiça. Se eu dissesse que ele é uma vítima de injustiça, então eu estaria implicitamente pedindo compaixão; e se alguém insistir em olhar para esse garoto como uma vítima de injustiça, ele será inundado por um sentimento de culpa tão forte que será indistinguível do ódio.

"Acima de todas as coisas, homens não gostam de sentir que são culpados de terem cometido injustiça, e se você fizer com que se sintam culpados, irão tentar desesperadamente justificá-la com base em qualquer motivo; mas, ao não conseguir fazê-lo, e ao não ver uma solução imediata que conserte as coisas sem um custo muito alto para suas vidas e propriedades, eles vão matar aquilo que evocou neles o sentimento condenatório de culpa.

"E isso é verdade para todos os homens, sejam eles brancos ou negros; é uma necessidade peculiar e poderosa, mas comum. Meritíssimo, permita-me dar um exemplo. Quando esse pobre garoto negro, Bigger Thomas, estava tentando jogar a culpa pelo crime nas costas de uma das testemunhas, Jan Erlone, um comunista, que enfrentou este tribunal ontem — e esse garoto achou que seria capaz de incriminar impunemente os comunistas porque os jornais o convenceram de que os comunistas são criminosos —, temos um exemplo desse medo-culpa. Jan Erlone confrontou Bigger Thomas numa esquina e procurou se resolver com ele, exigindo saber por que Bigger tentava jogar a culpa nele. Jan Erlone me disse que Bigger Thomas agiu com tanta histeria quanto essas pessoas estão agindo neste momento na multidão lá fora. Bigger Thomas sacou uma arma e mandou Jan Erlone deixá-lo em paz. Bigger Thomas era quase um estranho para Jan Erlone e Jan Erlone era quase um estranho para ele; no entanto, eles se odiavam.

"Hoje Bigger Thomas e a multidão são estranhos e, no entanto, odeiam. Eles odeiam porque têm medo, e eles têm medo porque sentem que os sentimentos mais profundos de suas vidas estão sendo agredidos e ultrajados. E não sabem por quê; são peões sem poder num jogo cego de forças sociais.

"Essa culpa-medo é o tom básico da acusação e das pessoas neste processo. Em seus corações elas sentem que uma injustiça foi cometida, e quando um negro comete um crime contra elas, essas mesmas pessoas fantasiam que estão vendo as evidências medonhas dessa injustiça. Então homens ricos e donos de propriedades, as vítimas do ataque que estão ansiosas para proteger seus lucros, dizem aos seus mercenários culpados: 'Acabem com esses fantasmas!'. Ou, como o sr. Dalton, dizem: 'Vamos fazer algo por esse homem para que ele não se sinta assim'. Mas é tarde demais.

"Digo tudo isso para que o senhor acredite que esse garoto não tem culpa? Não. O próprio sentimento de ódio de Bigger Thomas alimenta o sentimento de culpa nos outros. Encurralado, limitado, confinado, ele não vê e percebe nenhuma outra saída a não ser odiar e matar o que ele acha que está esmagando sua vida.

"Meritíssimo, estou tentando acabar com esse círculo de sangue, tentando cortá-lo na raiz, sob o ódio, o medo, a culpa e a vingança, e mostrar que impulsos estão distorcidos.

"Se apenas dez ou vinte negros tivessem sido escravizados, poderíamos chamar isso de injustiça, mas foram centenas de milhares deles em todo o país. Se esse estado de coisas tivesse durado dois ou três anos, poderíamos dizer que foi injusto; mas durou mais de duzentos anos. Injustiça que perdura por três séculos e que existe entre milhões de pessoas ao longo de milhares de quilômetros de território não é mais injustiça; é um fato consumado da vida. Homens se ajustaram à sua terra; criaram suas próprias leis; suas próprias noções de certo e errado. Uma maneira comum de ganhar a vida lhes dá uma atitude comum em relação à vida. Até o discurso deles é colorido e moldado pelo que devem aguentar. Meritíssimo, a injustiça ceifa uma forma de vida, mas outra forma cresce no lugar com seus próprios direitos, necessidades e aspirações. O que está acontecendo aqui hoje não é injustiça, mas *opressão*, uma tentativa de estrangular ou aniquilar uma nova forma de vida. E é essa nova forma de vida que cresceu aqui em nosso meio que nos intriga, que se expressa, como uma erva daninha crescendo embaixo de uma pedra, nos termos que chamamos de crime. A menos que compreendamos esse problema à luz dessa nova realidade, não podemos fazer mais do que aliviar nossos próprios sentimentos de culpa e raiva com mais assassinato quando um homem, vivendo nessas condições, comete um ato que chamamos de crime.

"Esse garoto representa um aspecto minúsculo de um problema cuja realidade se espalha por um terço desta nação. Matem ele! Queimem ele numa fogueira! E ainda assim quando a maquinaria delicada e inconsciente das relações raciais comete um deslize, outro assassinato vai acontecer. Como a lei pode contradizer a vida de milhões de pessoas e esperar que seja aplicada com êxito? Nós acreditamos em mágica? O senhor acredita que, ao queimar uma cruz, pode assustar uma multidão, paralisar suas vontades e impulsos? O senhor acha que as filhas brancas nos lares dos Estados Unidos estarão mais seguras se o senhor matar esse garoto? Não! Eu digo com toda a solenidade que elas não estarão! O modo mais certo de garantir que mais assassinatos como esses aconteçam é matando esse garoto. Com sua raiva e culpa, faça milhares de homens negros e mulheres negras sentirem que as barreiras estão mais apertadas e mais altas! Mate-o e aumente a maré de lava reprimida que um dia transbordará, não de uma só vez, num crime impensado, acidental e individual, mas numa catarata de emoções que não terá como ser controlada. A coisa mais importante que este tribunal deve ter em mente ao decidir o destino desse garoto é que, apesar de seu crime ter sido acidental, as emoções que foram extravasadas *já* estavam lá; o que deve ser lembrado é que o modo de vida desse garoto era um modo de culpa; que seu crime existiu muito antes do assassinato de Mary Dalton; que a natureza acidental de seu crime assumiu a forma de um rasgo súbito e violento no véu atrás do qual ele vivia, um rasgo que permitiu que seus sentimentos de ressentimento e alienação aflorassem e encontrassem uma expressão objetiva e concreta.

"Obcecados pela culpa, fechamos os olhos para um cadáver que está na nossa frente. Marcamos um pequeno lugar no solo e o enterramos. Dizemos às nossas almas na calada da noite que o cadáver está morto e que não temos motivo para ter medo ou sentir desconforto.

"Mas o cadáver retorna e invade nossas casas! Encontramos nossas filhas mortas e queimadas! E dizemos 'Matem! Matem!'.

"Mas, meritíssimo, eu digo: 'Parem! Vamos olhar para o que estamos fazendo!'. Pois o cadáver não está morto! Ele ainda vive! Ele fez morada na floresta selvagem das nossas grandes cidades, em meio à vegetação fétida e sufocante dos guetos! Ele esqueceu nossa língua! Para viver ele afiou as garras! Ficou duro e calejado! Desenvolveu uma capacidade para o ódio e a fúria que não conseguimos entender! Seus movimentos são imprevisíveis! À noite ele sai de seu covil e caminha furtivo em direção aos assentamentos da civilização! E à vista de um rosto gentil ele não fica de barriga para cima com espírito brincalhão e espera ser afagado. Não; ele salta para matar!

"Sim, Mary Dalton, uma garota branca bem-intencionada, com um sorriso no rosto, se aproximou de Bigger Thomas para ajudá-lo. O sr. Dalton, sentindo vagamente que existia uma injustiça social, quis empregá-lo para que ele pudesse colocar comida dentro de casa e sua irmã e seu irmão pudessem estudar. A sra. Dalton, tateando para chegar a um senso de decência, queria que ele estudasse e aprendesse uma profissão. Mas, quando estenderam as mãos, a morte atacou! Hoje eles estão de luto e esperam por vingança. A roda de sangue continua a girar!

"Só tenho compaixão por aqueles pais grisalhos de bom coração. Mas ao sr. Dalton, que é proprietário de imobiliárias, digo: 'O senhor aluga casas para negros no Cinturão Negro e se recusa a alugar casas para eles em outros lugares. O senhor manteve Bigger Thomas nessa floresta. O senhor manteve o homem que matou sua filha como um estranho para ela e o senhor manteve sua filha como uma estranha para ele'.

"O relacionamento entre a família Thomas e a família Dalton era de inquilino e locatário, cliente e comerciante, empregado e empregador. A família Thomas ficou pobre e a família Dalton ficou rica. E o sr. Dalton, um homem decente, tentou aliviar sua consciência dando dinheiro. Mas, meu amigo, ouro não foi suficiente! Cadáveres não podem ser subornados! Diga a si mesmo, sr. Dalton: 'Eu ofereci minha filha queimada em sacrifício e não foi suficiente para empurrar de volta para a cova essa coisa que me assombra'.

"E à sra. Dalton, eu digo: 'Sua filantropia foi tão tragicamente cega quanto seus olhos sem visão!'.

"E à srta. Dalton, se ela puder me ouvir, digo: 'Estou aqui hoje tentando fazer com que sua morte *signifique* algo!'.

"Permita-me, meritíssimo, continuar a explicar o significado da vida de Bigger Thomas. Nele e em homens como ele há o que existia em nossos antepassados quando eles chegaram a esta terra estrangeira centenas de anos atrás. Nós tivemos sorte. Eles não têm. Nós descobrimos uma terra cujas tarefas exigiam o que tínhamos de mais profundo e melhor; e nós construímos uma nação, poderosa e temida. Demos nossa alma e continuamos a dar nossa alma por ela. Mas nós lhes dissemos: 'Este é um país de homens brancos!'. Eles ainda estão em busca de uma terra cujas tarefas exijam o melhor e o mais profundo deles mesmos.

"Isso não é algo que precisa nos ser dito. Nós sabemos. E em alguns de nós, como no sr. Dalton, o sentimento de culpa, decorrente de nosso passado moral, é tão forte que tentamos desfazer essa coisa de maneira tão ingênua como jogar uma moeda no copo de um cego.

Mas, meritíssimo, a vida não pode ser tratada desse modo. Ela corre seu curso fatídico, zombando dos nossos sentimentos delicados. Esperaremos que este tribunal ao menos indique uma linha de ação que não seja infantil!

"Considere, meritíssimo, a posição peculiar desse garoto. Ele vem de um povo que viveu sob condições de vida incomuns, condições impostas fora do curso normal de nossa civilização. Mas, mesmo vivendo fora de nossas vidas, ele não teve uma vida plena que fosse sua. Nós fizemos isso acontecer. Era conveniente mantê-lo por perto; era bom e barato. Nós lhe dissemos o que fazer; onde morar; quanta escolaridade ele poderia ter; onde poderia comer; onde e que tipo de trabalho poderia fazer. Marcamos a terra e dissemos: 'Fique aí!'. Mas a vida não é estática.

"Ele frequentou a escola, onde aprendeu o que toda criança branca aprendia; mas assim que ele foi da porta da escola para a vida, ele sabia que o garoto branco foi numa direção e ele noutra. A escola estimulou e desenvolveu nele esses impulsos que todos nós temos, e então ele foi levado a perceber que não poderia usá-los. Pode a mente humana inventar uma armadilha mais hábil? Este tribunal não deveria pôr-se a determinar uma pena para esse garoto; deveria pôr-se a ponderar por que não existem mais garotos como ele! E existem, meritíssimo. Se não fossem a estagnação da religião, os jogos de azar e o sexo a drenar a energia deles para canais que lhes são prejudiciais e lucrativos para nós, mais garotos estariam aqui hoje. Esteja certo disso!

"Meritíssimo, considere o mero aspecto físico da nossa civilização. Como é sedutor, como é deslumbrante! Como toca os nossos sentidos! Como parece balançar ao alcance fácil de todos a realização da felicidade! Com que constância e intensidade os anúncios, rádios, jornais e filmes jogam conosco! Mas, ao pensar neles, lembre-se de que para muitos eles não passam de símbolos de zombaria. Essas cores brilhantes podem encher nossos corações de júbilo, mas para muitos eles são insultos diários. Imagine um homem andando em meio a tal cena, uma parte dela, e ainda assim sabendo que isso *não* é para ele!

"Nós planejamos o assassinato de Mary Dalton, e hoje nos reunimos neste tribunal e falamos: 'Não tivemos nada a ver com isso!'. Mas todo professor de escola sabe que não é verdade, pois todo professor conhece as restrições que foram impostas à educação dos negros! As autoridades sabem que não é verdade, pois deixaram claro em todas suas ações que pretendem manter Bigger Thomas e seu povo dentro de limites rígidos. Todos os corretores do mercado imobiliário sabem que não é verdade, pois concordaram entre si em manter os negros nos guetos das cidades. Meritíssimo, nós que estamos sentados aqui hoje neste tribunal somos testemunhas. Nós conhecemos as provas, uma vez que ajudamos a criá-las.

"Não é meu dever aqui, hoje, dizer como esse grande problema pode ser resolvido. Meu trabalho é mostrar como é absurdo buscar vingança contra esse garoto sob o pretexto de que estamos realizando uma grande luta por justiça. Se fizermos isso, estaremos apenas hipnotizando a nós mesmos e em nosso próprio desfavor.

"Mas alguém pode perguntar: 'Se esse garoto pensou que de algum modo foi injustiçado, por que ele não foi a um tribunal de justiça e buscou reparação de suas queixas? Por que ele deveria fazer justiça com as próprias mãos?'. Meritíssimo, esse garoto não tinha noção alguma antes de matar, e não tem nenhuma agora, de ter sido injustiçado por indivíduos específicos. E, para ser honesto com o senhor, a própria vida que ele vinha levando criou nele um estado de espírito que o faz esperar muito menos deste tribunal do que o senhor saberá um dia.

"É de fato lamentável que Mary Dalton tenha sido a mulher que se aproximou dele naquela noite; e é lamentável que Jan Erlone tenha sido o homem que procurou ajudá-lo. Ele matou uma e tentou culpar o outro por assassinato. Mas Jan e Mary não eram seres humanos para Bigger Thomas. Os costumes da sociedade o empurraram para tão longe deles que eles não eram reais para ele.

"O que um garoto, livre das influências distorcidas que pesaram tanto sobre Bigger Thomas, teria feito naquela noite quando se viu sozinho com aquela garota alcoolizada? Ele teria procurado o sr. ou a sra. Dalton e lhes diria que sua filha estava bêbada. E a coisa acabaria aí. Não teria havido assassinato. Mas o jeito como tratamos esse garoto o forçou a fazer *exatamente* a coisa que não queríamos.

"Ou estou errado? Talvez *quiséssemos* que ele fizesse isso! Talvez não tivéssemos oportunidade ou justificativa para pôr em cena ataques contra centenas de milhares de pessoas se ele tivesse agido de maneira sã e normal! Talvez tivéssemos tido que perder muito tempo inventando teorias para justificar nossos ataques se o tivéssemos tratado de maneira justa!

"O crime desse garoto não foi um ato de retaliação de um homem ferido contra uma pessoa que ele achou que o havia ferido. Se fosse, então este caso seria mesmo simples. Este é o caso de um homem que confundiu toda uma raça de homens como parte da estrutura natural do universo e que agiu de acordo em relação a eles. Ele assassinou Mary Dalton acidentalmente, sem pensar, sem planejar, sem um motivo consciente. Mas, depois de matar, ele aceitou o crime. E é isso que importa. Foi o primeiro ato completo de sua vida; foi a coisa mais significativa, emocionante e comovente que já havia acontecido com ele. Ele aceitou o crime porque o libertou, deu-lhe a possibilidade de escolha, de ação, a oportunidade de agir e sentir que suas ações tinham peso.

"Estamos lidando aqui com um impulso que vem das profundezas. Estamos lidando aqui não com o modo como o homem age com outro homem, mas como um homem age quando sente que precisa se defender ou se adaptar ao todo do mundo natural em que vive. O fato central a ser compreendido aqui não é quem cometeu uma injustiça contra esse garoto, mas que tipo de visão do mundo ele de fato tinha diante de si, e de onde ele tirou essa visão que o fez, sem premeditar, arrancar a vida de outra pessoa tão rápido e instintivamente que, mesmo havendo elementos que apontam para um acidente, ele estava disposto depois do crime a dizer: 'Sim; matei. Tive que matar'.

"Sei que está na moda hoje em dia um réu dizer: 'Deu um branco na minha mente'. Mas esse garoto não diz isso. Ele diz o contrário.

Ele diz que sabia o que estava fazendo e sentia que *tinha* que fazê-lo. E diz que não se arrepende de ter feito o que fez.

"Os homens se arrependem quando matam na guerra? A personalidade de um soldado vindo em sua direção por cima de uma trincheira importa?

"Não! Você mata para não ser morto! E depois de uma guerra vitoriosa você retorna para um país livre, assim como esse garoto, com as mãos manchadas do sangue da Mary Dalton, sentindo-se livre pela primeira vez na vida.

"Meritíssimo, o aspecto mais comovente deste caso é que uma jovem branca, uma estudante universitária, ignorante e imprudente, apesar de educada, tentou desfazer individualmente um erro gigantesco cometido por uma nação ao longo de trezentos anos e foi mal entendida, e agora está morta por causa desse mal-entendido. Foi dito que a prova do coração corrupto e vil desse garoto é que ele matou uma mulher que estava tentando ser gentil com ele. Diante dessa afirmação, eu pergunto: há prova maior de que seu coração não é corrupto e vil do que ele matar uma mulher que estava tentando ser gentil? Ah, sim; ele odiava a garota. E por que não? Ela agia em relação a ele de maneira como nenhum rosto branco age em relação a um negro, e como um rosto branco só age quando está prestes a destituir o negro de algo. Ele não a compreendeu. Ela o confundiu. As atitudes dela fizeram com que ele sentisse que o universo inteiro estava ruindo sobre sua cabeça. O que qualquer homem neste tribunal faria se o sol de repente ficasse verde?

"Veja, meritíssimo, com grande e elaborado cuidado, nós condicionamos Mary Dalton de modo que ela considerasse Bigger Thomas como um tipo de monstro. E, sob a pena de morte, ordenamos que Bigger Thomas evite Mary Dalton. Circunstâncias fatídicas os aproximaram. É surpreendente que um deles esteja morto e o outro esteja sendo julgado sob risco de pena de morte?

"Veja, meritíssimo. Mesmo neste tribunal, mesmo aqui hoje, negros e brancos estão separados. Está vendo aqueles negros sentados juntos, atrás daquela grade? Ninguém falou para se sentarem ali. Eles se sentaram ali porque sabiam que não queríamos que ficassem no mesmo banco que nós.

"Multiplique Bigger Thomas doze milhões de vezes, considerando variações ambientais e temperamentais e aqueles negros que estão sob completa influência da igreja, e então o senhor terá a psicologia do povo negro. Mas uma vez que o senhor os vê como um todo, uma vez que seus olhos deixam o indivíduo e passam a englobar a massa, uma nova qualidade entra em cena. Tomados como coletivo, eles não são simplesmente doze milhões de pessoas; na realidade constituem uma nação separada, atrofiada, destituída e mantida em cativeiro *dentro* desta nação, desprovida de direitos políticos, sociais, econômicos e de propriedade.

"O senhor acha que pode matar um deles — mesmo que o senhor mate um a cada dia do ano — e fazer com que os demais fiquem com medo de matar? Não! Essa política tola nunca funcionou e nunca vai funcionar. Quanto mais se mata, quanto mais se rejeita e separa, mais eles vão buscar outra forma e outro modo de vida, não importa quão cega e inconscientemente. E a partir de que eles podem tecer uma vida diferente, a partir de que podem moldar uma nova existência, vivendo organicamente nas mesmas cidades e metrópoles, nos mesmos bairros que nós? Eu pergunto, a partir de quê — que não seja o que nós *somos* e *possuímos*? Nós não lhes permitimos nada. Nós não permitimos nada a Bigger Thomas. Ele buscou por outra vida e sem querer encontrou uma, às custas de tudo que estimamos e temos apreço. Homens antes oprimiram nossos antepassados na medida em que viam outros homens como material a partir do qual podiam construir uma nação; nós, por nossa vez, oprimimos outros a tal nível que eles, tateando até agora, tentam construir vidas significativas a partir de *nós*! O canibalismo ainda está vivo!

"Meritíssimo, há quatro vezes mais negros nos Estados Unidos hoje do que havia nas Treze Colônias originais quando eles batalharam pela liberdade. Esses doze milhões de negros, amplamente condicionados por nossas próprias noções como nós fomos pelas noções europeias quando chegamos aqui, estão lutando contra limites inacreditavelmente estreitos para conseguirem ter a sensação de estar em casa, pela qual antes nós nos empenhamos com tanto ardor. E, comparado a nossa própria luta, eles estão se esforçando em condições muito mais difíceis. Se é possível, com certeza devemos ser capazes de entender o que essas pessoas procuram. Esse vasto fluxo de vida, represado e enlameado, está tentando correr em direção àquela realização que todos nós perseguimos com tanto afeto, mas achamos tão impossível de colocar em palavras. Quando dissemos que os homens são 'dotados de certos direitos inalienáveis, entre eles a vida, a liberdade e a busca pela felicidade', não paramos para definir 'felicidade'. Essa é a qualidade não expressa em nossa busca, e nunca tentamos traduzi-la em palavras. É por isso que dizemos: 'Que cada homem sirva a Deus à sua própria maneira'.

"Mas há algumas características gerais do tipo de felicidade que buscamos que são conhecidas. Sabemos que a felicidade chega aos homens quando estão envolvidos e absortos numa tarefa significativa ou num dever a ser cumprido, uma tarefa ou dever que provê justificativa e sanção aos seus humildes serviços. Sabemos que ela pode assumir muitas formas; na religião, é a história da criação do homem, de sua queda e de sua redenção; obrigando os homens a ordenarem suas vidas de determinadas maneiras, todas projetadas em termos de imagens cósmicas e símbolos que engolem a alma em plenitude e totalidade. Na arte, na ciência, na indústria, na política e nas ações sociais, ela pode assumir outras formas. Mas esses doze milhões de negros não têm acesso a nenhum desses modos de expressão altamente cristalizados, exceto a religião. E muitos deles conhecem a religião apenas na sua forma mais primitiva. O ambiente de tensão dos centros urbanos tem servido apenas para paralisar o impulso pela religião como modo de vida para eles hoje em dia, assim como para nós.

"Sentindo a capacidade de ser, viver, agir, dar vazão ao espírito de suas almas numa forma concreta e objetiva com um grande fervor nascido de suas características raciais, eles deslizam através de nossa complexa civilização como fantasmas uivantes; eles rodopiam como planetas de fogo fora de órbita; eles murcham e morrem como árvores arrancadas do solo nativo.

"Meritíssimo, lembre que os homens podem morrer de fome por falta de autorrealização assim como podem morrer por falta de pão! E podem *matar* por causa disso também! Não construímos uma nação, não entramos em guerra e conquistamos em nome de um sonho para realizarmos nossas personalidades e assegurar essa realização?

"Achamos que as leis da natureza humana pararam de funcionar depois que passamos a andar nos nossos trilhos? Já tivemos que lutar tanto pelo nosso direito à felicidade que quase destruímos as condições sob as quais nós e outras pessoas podem ainda ser felizes? Esse garoto negro, Bigger Thomas, é parte de uma chama furiosa de energia líquida de vida que uma vez ardeu em chamas e continua incendiando nossa terra. Ele é um jato quente de vida que respingou futilmente contra um muro frio.

"Mas será que Bigger Thomas realmente *matou*? Correndo o risco de ofender a sensibilidade deste tribunal, eu faço a pergunta à luz dos ideais pelos quais *nós* vivemos! Olhando de fora, talvez seja um assassinato. Mas para ele *não* foi um assassinato. Se foi assassinato, então qual foi o motivo? A promotoria gritou, tumultuou e ameaçou, mas não disse *por que* Bigger Thomas matou! Não disse porque não sabe. A verdade, meritíssimo, é que não há motivo como o senhor e eu entendemos motivos com base no escopo de nossas leis atuais. A verdade é que esse garoto *não* matou! Ah, sim; Mary Dalton está morta. Bigger Thomas a sufocou até a morte. Bessie Mears está morta. Bigger Thomas a espancou com um tijolo num prédio abandonado. Mas ele assassinou? Ele matou? Escute: o que Bigger Thomas fez naquela manhã de domingo na casa dos Dalton e o que ele fez na noite de domingo no prédio vazio não é nada além de um minúsculo aspecto do que ele vinha fazendo durante toda sua vida! Ele estava *vivendo*, só que da maneira como ele sabia, e como nós o forçamos a viver. As ações que resultaram na morte dessas duas mulheres foram tão instintivas e inevitáveis quanto respirar e piscar. Foi um ato de *criação*!

"Permita que eu fale mais a respeito. Antes deste julgamento, os jornais e a promotoria disseram que esse garoto havia cometido outros crimes. É verdade. Ele é culpado de vários crimes. Mas procure até o dia do julgamento e você não vai encontrar uma única prova desses crimes. Ele assassinou muitas vezes, mas não há cadáveres. Deixe-me explicar. Toda a postura desse garoto negro diante da vida é um *crime*! O ódio e o medo que inspiramos nele, tecidos por nossa civilização na própria estrutura de sua consciência, em seu sangue e ossos, no funcionamento regular de sua personalidade, se tornaram a justificativa de sua existência.

"Toda vez que ele entra em contato conosco, ele mata! É uma reação fisiológica e psicológica, embutida em seu ser. Todo pensamento que lhe vem à cabeça é um assassinato em potencial. Excluído de nossa sociedade e não assimilado por ela, e ainda assim ansiando satisfazer impulsos semelhantes aos nossos, mas sem acesso aos objetos e canais que evoluíram por longos séculos para sua expressão socializada, cada nascer e pôr do sol o torna culpado de ações subversivas. Cada movimento de seu corpo é um protesto inconsciente. Cada desejo, cada sonho, não importa quão íntimo ou pessoal, é uma trama ou uma conspiração. Cada esperança é um plano de insurreição. Cada olhar de relance é uma ameaça. *Sua própria existência é um crime contra o Estado!*

"Acontece que naquela noite uma garota branca estava na cama e um garoto negro estava em pé ao seu lado, fascinado, com medo, odiando-a; uma mulher cega entrou no quarto e o garoto negro matou a garota para evitar ser descoberto numa posição em que ele sabia que *nós* reclamaríamos a pena de morte. Mas esse é apenas *um* lado da história! Ele foi impelido a matar tanto pela sede de emoção, entusiasmo e elação quanto pelo medo! Era seu jeito de *viver*!

"Meritíssimo, em nossa cegueira, nós planejamos e comandamos tanto a vida dos homens que as mariposas em seus corações batem asas em direção a chamas macabras e incompreensíveis!

"Eu não expliquei o relacionamento de Bessie Mears com esse garoto. Não me esqueci dela. Omiti qualquer menção a ela até agora porque ela foi largamente omitida da consciência de Bigger Thomas. Seu relacionamento com essa pobre garota negra também revela seu relacionamento com o mundo. Mas Bigger Thomas não está aqui sendo julgado por ter assassinado Bessie Mears. E ele sabe disso. O que isso significa? A vida de uma garota negra não vale tanto, aos olhos da lei, quanto a de uma garota branca? Sim; talvez, em teoria. Mas sob o estresse do medo e da fuga, Bigger Thomas não pensou em Bessie. Ele não podia. A atitude dos Estados Unidos em relação a esse garoto regulou suas relações mais íntimas com sua própria espécie. Depois de ter matado Mary Dalton, ele matou Bessie Mears para silenciá-la, para se salvar. Depois de ter matado Mary Dalton, o medo de ter matado uma mulher branca tomou conta dele a ponto de excluir qualquer outra coisa. Ele não podia reagir à morte de Bessie; sua consciência estava determinada pelo medo que pairava sobre ele.

"Mas alguém pode perguntar: ele não amava a Bessie? Ela não era sua namorada? Sim; era sua namorada. Ele tinha que ter uma garota, então ele tinha a Bessie. Mas não a amava. O amor é possível na vida de um homem como o que descrevi para este tribunal? Vejamos. Amor não se baseia apenas em sexo, e isso era a única coisa que ele tinha com Bessie. Ele queria mais, mas as circunstâncias de sua vida e da vida dela não permitiam. E o temperamento de Bigger e Bessie mantinha isso fora de questão. O amor se desenvolve a partir de relacionamentos estáveis, experiências compartilhadas, lealdade, devoção, confiança. Nem Bigger nem Bessie tinham nenhuma dessas coisas. O que podiam esperar? Não havia uma visão comum unindo seus corações; não havia uma esperança comum que levasse seus pés a trilhar um caminho juntos. Mesmo que estivessem juntos na intimidade, estavam confusamente sozinhos. Eram fisicamente dependentes um do outro e odiavam essa dependência. Seus breves momentos juntos eram apenas para fins sexuais. Eles se amavam tanto quanto se odiavam; talvez tivessem mais ódio do que amor um pelo outro. O sexo aquece as raízes profundas da vida; é o solo do qual a árvore do amor cresce. Mas essas eram árvores sem raízes, árvores que viviam da luz do sol e da chuva ocasional que caía no solo pedregoso. Podem espíritos desencarnados amar? Havia entre eles episódios irregulares de êxtase físico; só isso.

"Com astúcia calculada para afrontar a moral e os bons costumes, a promotoria trouxe para este tribunal um homem, um gerente de um cinema, que nos contou que Bigger Thomas e garotos como ele frequentavam o cinema e cometiam atos de masturbação sentados no escuro. Um suspiro de horror percorreu esta sala. Mas o que tem de tão estranho nisso? O relacionamento de Bigger com sua namorada não era também masturbatório? Seu relacionamento com o mundo todo não estava no mesmo plano?

"Toda sua existência foi uma grande ânsia por satisfação, com os objetos de satisfação negados; e nós regulamos cada parte do mundo que ele tocou. Por meio do instrumento do medo, nós determinamos o modo e a qualidade de sua consciência.

"Meritíssimo, seria esse garoto o único a se sentir privado e atordoado? Seria ele uma exceção? Ou haveria outros? Há outros, meritíssimo, milhões de outros, negros e brancos, e é isso que faz nosso futuro parecer uma imagem assombrosa de violência. A sensação de ressentimento e o anseio frustrado por algum tipo de realização e entusiasmo — em graus mais ou menos intensos e em ações mais ou menos conscientes — espreitam dia a dia esta terra. A consciência de Bigger Thomas, e de milhões de outros mais ou menos como ele, negros e brancos, de acordo com o tamanho da pressão que colocamos sobre eles, formam as areias movediças sobre as quais repousam os alicerces da nossa civilização. Quem sabe quando algum ligeiro choque, perturbando o delicado equilíbrio entre ordem social e aspiração sedenta, irá pôr abaixo os arranha-céus de nossas cidades? Isso soa fantástico? Garanto ao senhor que não é mais fantástico do que as tropas e aquela multidão cuja presença e raiva culpada são um presságio de algo que sequer ousamos *pensar*!

"Meritíssimo, Bigger Thomas estava disposto a votar e a seguir qualquer homem que o tivesse tirado de seu pântano de dor, ódio e medo. Se aquela multidão lá fora está com medo de *um* homem, o que ela sentirá se *milhões* se levantarem? Quanto tempo vai levar para que alguém diga a palavra que os milhões de ressentidos entenderão: a palavra para ser, agir, viver? Este tribunal é tão ingênuo a ponto de pensar que eles não vão correr um risco que é menor do que o que Bigger Thomas correu? Deixemos de nos preocupar com a parte da confissão de Bigger Thomas em que ele diz que assassinou por acidente, que ele não estuprou a garota. De fato não importa. O que importa mesmo é que ele era culpado *antes* de matar! Essa foi a razão pela qual sua vida inteira foi tão rápida e naturalmente organizada, direcionada, carregada com um novo sentido quando essa coisa aconteceu. Quem pode saber quando outro 'acidente' envolvendo milhões de homens acontecerá, um 'acidente' que será o terrível dia de nossa ruína?

"Alojada no coração deste momento está a questão do poder que só o tempo vai revelar!

"Meritíssimo, outra guerra civil nestes estados não é impossível; e se o equívoco em torno do que a vida desse garoto significa for um indício de como homens ricos e donos de propriedade interpretam mal a consciência de milhões de submersos hoje, uma guerra com certeza pode acontecer.

"Escute, eu conversei com esse garoto. Ele não tem educação. Ele é pobre. Ele é preto. E o senhor sabe o que nós fizemos essas coisas significarem em nosso país. Ele é jovem e ainda não tem muita experiência de vida. Ele não é casado e desconhece a influência estável do amor de uma mulher, ou o que um amor como esse pode significar para ele. Digo que conversei com ele. Encontrei ambição? Sim. Mas turva e nebulosa; sem noção de onde encontrar uma saída. Ele sabia que não tinha chance; ele *acreditou* nisso. Sua ambição foi acorrentada, retida; uma poça de água estagnada. Digo que conversei com ele. Ele tinha esperança de uma vida melhor? Sim. Mas ele a mantinha escondida, sob rígido controle. Ele passou por nossas ruas movimentadas, dirigiu nossos carros para nós, serviu nossas mesas, conduziu nossos elevadores, segurando essa coisa com firmeza bem no fundo. Em cada cidade e metrópole o senhor o vê, rindo porque nós pagamos e esperamos que ele ria. O que aconteceria se ele quisesse conseguir o que a própria atmosfera do nosso tempo lhe ensinou, assim como a nós, que todo homem deve ter se for fisicamente apto, de inteligência mediana e são? O senhor sabe tão bem quanto eu. Haveria levantes!

"Meritíssimo, se alguma vez houve o imprevisível em nosso meio, é esse!

"Não proponho que tentemos solucionar todo o problema nesta sala hoje. Isso não está no âmbito do nosso dever, nem mesmo, penso eu, no escopo de nossa capacidade. Mas nossa decisão sobre se esse garoto negro deve viver ou morrer pode ser feita de acordo com o que de fato existe. Isso pelo menos indicará que nós *vemos* e *sabemos*! E nosso ver e saber irá formar uma consciência do quanto a vida desse homem vai nos confrontar de maneira inescapável dez milhões de vezes nos dias que virão.

"Peço ao senhor que poupe a vida desse garoto; mande-o para a prisão perpétua. Peço, não porque quero, mas porque sinto que devo. Falo sob a ameaça da maioria opressora e não desejo intensificar o ódio que já existe.

"O que a prisão significaria para Bigger Thomas? Ela guarda vantagens para ele que uma vida em liberdade nunca teve. Mandá-lo para a prisão seria mais do que um ato de clemência. O senhor estaria pela primeira vez conferindo *vida* a ele. Ele seria trazido pela primeira vez para a órbita de nossa civilização. Ele teria uma identidade, ainda que seja apenas um número. Ele teria pela primeira vez um relacionamento abertamente designado com o mundo. O próprio prédio em que ele passaria o resto da vida seria o melhor que ele já conheceu. Mandá-lo para a prisão seria o primeiro reconhecimento de sua personalidade que ele já teve. Os longos anos sombrios e vazios à sua frente constituiriam para sua mente e seus sentimentos o único objeto certo e durável em torno do qual poderia construir um sentido para sua vida. Os outros presos seriam os primeiros homens com quem ele poderia associar-se em igualdade de condições. Barras de aço entre ele e a sociedade que ele agrediu forneceriam um refúgio do ódio e do medo.

"O senhor não pode matar esse homem, meritíssimo, pois nós deixamos claro que não reconhecemos que ele vive! Então eu digo: 'Dê vida a ele!'.

"Isso não resolverá o problema que esse crime exemplifica. Isso permanece, talvez, para o futuro. Mas se dissermos que devemos matá-lo, que tenhamos então a coragem e a honestidade de dizer: 'Matemos todos eles. Eles não são humanos. Não há lugar para eles'. E que façamos isso.

"Não podemos, ao lhe conceder vida na prisão, ajudar os outros. Não pedimos que este tribunal sequer tente. Mas podemos lembrar que, quer esse garoto viva ou morra, os guetos segregados onde esse garoto viveu continuarão existindo. A maré cada vez maior de ódio de um lado, e culpa, de outro, um produzindo medo e outro produzindo culpa e raiva, continuarão crescendo. Mas pelo menos essa decisão, a de mandar o garoto para a prisão, pelas considerações que fiz, será o primeiro reconhecimento do que está envolvido aqui.

"Digo, meritíssimo, dê vida ao garoto. E ao fazer essa concessão nós defendemos dois conceitos fundamentais de nossa civilização, dois conceitos básicos sobre os quais construímos a nação mais poderosa da história — personalidade e segurança —, a convicção de que a pessoa é inviolável assim como o que a sustenta.

"Não esqueçamos que a magnitude de nossa vida moderna, nossas ferrovias, usinas de energia, transatlânticos, aviões e moinhos de aço floresceram desses dois conceitos, cresceram do nosso sonho de criar uma base invulnerável sobre a qual o homem e sua alma podem ficar em segurança.

"Meritíssimo, este tribunal e aquelas tropas não são as verdadeiras agências que mantêm a paz pública. A mera presença delas é a prova de que estamos deixando a paz escapar pelos dedos. A paz pública é o ato de confiança pública; é a fé de que *todos* estamos seguros e *permaneceremos* seguros.

"Quando homens de posses incitam o uso e a demonstração de força, morte rápida, vingança veloz, é para proteger um pequeno pedaço de sua segurança privada contra milhões de ressentidos de quem eles a roubaram, os milhões de ressentidos em cujos corações militantes o sonho e a esperança de segurança ainda vivem.

"Meritíssimo, peço, em nome de tudo que somos e acreditamos, que o senhor poupe a vida desse garoto! Com cada átomo do meu ser, imploro não apenas para que esse garoto negro viva, mas para que nós mesmos não morramos!"

Bigger ouviu as últimas palavras de Max ressoarem na sala de audiência. Quando Max se sentou, viu que os olhos dele estavam cansados e fundos. Conseguia ouvir sua respiração, o ar entrando e saindo pesadamente. Ele não tinha entendido o discurso, mas tinha sentido o significado de parte dele pelo tom da voz de Max. De repente, sentiu que sua vida não valia o esforço que Max fizera para salvá-la. O juiz bateu o martelo e anunciou o recesso. O tribunal estava barulhento quando Bigger se levantou. Os policiais o conduziram até uma pequena sala e ficaram esperando, de guarda. Max chegou e sentou-se ao lado dele, em silêncio, com a cabeça baixa. Um policial trouxe uma bandeja de comida e a deixou na mesa.

"Coma, meu filho", Max disse.

"Não tô com fome."

"Fiz o melhor que eu pude", Max disse.

"Eu tô bem", Bigger falou.

Bigger não estava naquele momento realmente preocupado se o discurso de Max tinha salvado sua vida ou não. Estava abraçando o pensamento orgulhoso de que Max havia feito o discurso todo para ele, para salvar sua vida. Não era o significado do discurso que lhe dava orgulho, mas sua mera existência. Aquilo em si era algo. A comida na bandeja esfriou. Através de uma janela entreaberta, Bigger ouviu a voz estrondosa da multidão. Logo estaria de volta à sala de audiência para ouvir o que Buckley diria. Então tudo estaria acabado, exceto pelo que o juiz falaria. E quando o juiz falasse, ele saberia se iria viver ou morrer. Apoiou a cabeça nas mãos e fechou os olhos. Ouviu Max levantar-se, riscar um fósforo e acender um cigarro.

"Aqui; toma um cigarro, Bigger."

Ele pegou e Max o acendeu; ele tragou a fumaça fundo nos pulmões e descobriu que não queria fumar. Segurou o cigarro entre os dedos e a fumaça subiu até seus olhos injetados. Virou rápido a cabeça quando a porta se abriu; um policial olhou para dentro.

"A audiência voltará em dois minutos!"

"Certo", Max disse.

Ladeado de novo por policiais, Bigger voltou para a sala de audiência. Ele se levantou quando o juiz entrou e depois sentou-se de novo.

"O tribunal vai ouvir o promotor", o juiz disse.

Bigger virou a cabeça e viu Buckley levantar-se. Estava vestido com um terno preto e havia uma pequena flor cor-de-rosa na lapela do casaco. A própria aparência e porte do homem, tão sombrio e seguro, fez Bigger sentir que já estava perdido. Que chance tinha contra um homem como aquele? Buckley lambeu os lábios e olhou para o público; depois se virou para o juiz.

"Meritíssimo, todos nós vivemos numa terra onde impera a lei. A lei representa a vontade do povo. Como agente e servo da lei, como representante da vontade organizada do povo, estou aqui para fazer com que a vontade do povo seja executada com firmeza e sem atraso. Pretendo ficar aqui e fazer com que isso seja feito, e se não for, então será apenas acima de meu mais solene e empático protesto.

"Na condição de promotor do estado de Illinois, venho diante deste honorável tribunal solicitar o pleno cumprimento da lei, que seja permitido que a pena de morte — a única pena temida por assassinos! — siga seu curso neste caso da maior importância.

"Faço essa solicitação pela proteção de nossa sociedade, nossos lares e nossos entes queridos. Faço essa solicitação no desempenho de meu dever de fazer com que, na medida em que sou humanamente capaz, a aplicação da lei seja justa, que a segurança e a sacralidade da vida humana sejam mantidas, que a ordem social seja mantida intacta e que o crime seja prevenido e punido. Não tenho qualquer interesse ou sentimento por este processo que vá além do desempenho do meu dever.

"Eu represento as famílias de Mary Dalton e Bessie Mears e cem milhões de homens e mulheres cumpridores da lei deste país que estão trabalhando no comércio ou na indústria. Eu represento as forças que permitem que as artes e ciências floresçam em liberdade e paz, desse modo enriquecendo a vida de todos nós.

"Não diminuirei a dignidade deste tribunal nem a retidão da causa do povo tentando responder as ideias tolas, alheias, comunistas e perigosas promovidas pela defesa. E não conheço melhor maneira de desencorajar esse pensamento do que a imposição da pena de morte a esse demônio humano miserável, Bigger Thomas!

"Minha voz pode soar dura quando digo: *imponha a pena de morte e deixe que a lei siga seu curso a despeito do capcioso apelo por compaixão*! Mas sou de fato misericordioso e compassivo, porque o cumprimento da lei em sua forma mais drástica permitirá que milhões de homens e mulheres honestos durmam em paz esta noite, sabendo que o amanhã não trará a sombra preta da morte sobre suas casas e vidas!

"Minha voz pode soar vingativa quando digo: *faça com que o réu cumpra a pena mais alta por seus crimes*! Mas o que estou de fato dizendo é que a lei é doce quando aplicada e protege um milhão de carreiras dignas, quando ampara a criança, o idoso, o indefeso, o cego e os sensíveis da violação de homens que não conhecem nenhuma lei, não têm autocontrole nem senso de raciocínio!

"Minha voz pode soar cruel quando digo: *o réu merece a pena de morte por seus crimes confessos*! Mas o que eu de fato estou dizendo é que a lei é forte e benevolente o suficiente para permitir que todos nós nos sentemos aqui neste tribunal para julgar esse caso com interesse desapaixonado, e não tremer de medo de que neste exato momento um macaco preto semi-humano esteja escalando as janelas de nossas casas para estuprar, matar e queimar nossas filhas!

"Meritíssimo, eu digo que a lei é sagrada; que é a base de todos os nossos estimados valores. Ela nos permite tomar como dado o senso de valor das pessoas e voltar nossas energias para fins mais altos e nobres.

"O homem saiu do reino da besta assim que sentiu que poderia pensar e se sentir em segurança, sabendo que a lei sagrada tinha tomado o lugar da arma e da faca.

"Digo que a lei é sagrada porque ela nos torna humanos! E ai dos homens — e da civilização desses homens! — que, com compaixão equivocada ou medo, enfraqueçam a estrutura robusta da lei que assegura o trabalho harmonioso de nossas vidas nesta terra.

"Meritíssimo, lamento que a defesa tenha levantado a venenosa questão de raça e classe neste tribunal. Eu me compadeço daqueles cujos corações foram feridos, como o meu foi, quando o sr. Max atacou com tanto cinismo nossos costumes sagrados. Tenho pena da mente iludida e doente desse homem. É um dia triste para a civilização dos Estados Unidos quando um homem branco tenta impedir que a mão da justiça recaia sobre uma monstruosidade bestial que violou e derrubou uma das flores mais finas e delicadas da nossa feminilidade.

"Todo homem branco decente nos Estados Unidos deveria esbanjar alegria pela oportunidade de pisar sobre a cabeça crespa desse lagarto preto, de impedir que ele fuja arrastando sua barriga para mais longe e continue a cuspir seu veneno de morte!

"Meritíssimo, eu literalmente me encolho apenas à menção desse crime ignóbil. Não posso falar a respeito sem me sentir de algum modo contaminado pelo mero ato de contá-lo. Um crime sanguinário tem esse poder! É aquele contágio impregnado e tingido de repulsa!

"Um homem branco rico e bondoso, morador de Chicago há

mais de quarenta anos, solicita à agência de assistência social um garoto negro para trabalhar como motorista de sua família. O homem especifica em sua solicitação que deseja um garoto que esteja em desvantagem por raça, pobreza ou responsabilidade familiar. As autoridades da assistência social vasculham seus registros e selecionam uma família negra que julgam merecedora dessa ajuda: essa família foi a família Thomas, que então morava na Indiana Avenue, número 3721. Uma assistente social visita a família e informa a mãe que sua família deixará de receber assistência e que seu filho será empregado numa residência particular. A mãe, uma mulher cristã trabalhadora, consente. Em pouco tempo, as autoridades enviam uma notificação ao filho mais velho da família, Bigger Thomas, esse cão preto raivoso que está sentado aqui hoje, dizendo que ele deve se apresentar em seu novo emprego.

"Qual foi a reação desse bandido espertalhão quando viu que tinha uma oportunidade de sustentar a si mesmo, a mãe, a irmã e o irmão? Ficou grato? Ficou feliz por oferecerem-lhe algo pelo qual dez milhões de homens nos Estados Unidos teriam caído de joelhos e agradecido a Deus?

"Não! Ele insultou a mãe! Falou que não queria trabalhar! Queria vadiar pelas ruas, furtar bancas de jornal, roubar lojas, meter-se com mulheres, frequentar casas noturnas, assistir a filmes baratos e caçar prostitutas! Essa foi a reação desse assassino sub-humano quando foi confrontado com a bondade cristã de um homem que ele nunca tinha visto!

"Sua mãe o convenceu, implorou; mas o infortúnio de sua mãe, desgastada por uma vida de trabalho duro, não surtiu efeito nessa coisa preta endurecida. O futuro de sua irmã, uma estudante adolescente, não significou nada para ele. O fato de que o emprego teria permitido que seu irmão voltasse a estudar não estimulou Bigger Thomas.

"Mas, de repente, depois de três dias de persuasão por parte da mãe, ele concordou. Teria algum de seus argumentos finalmente o atingido? Teria ele começado a sentir que esse era seu dever consigo mesmo e com a família? Não! Essas não foram as considerações que fizeram essa besta voraz sair da toca! Ele consentiu apenas quando a mãe o informou que a assistência social cortaria a provisão de alimentos da família se ele não aceitasse. Concordou em trabalhar, mas proibiu a mãe de falar com ele dentro de casa, tamanha a raiva que ele sentia de ter que ganhar o pão de cada dia com o suor da testa. Foi a fome que o fez sair de casa, taciturno e bravo, ansiando continuar pelas ruas e roubar como havia feito antes, pelo qual fora parar num reformatório.

"O advogado do réu, com a característica astúcia comunista, vangloriou-se de que eu não poderia apresentar uma razão para os crimes dessa besta. Bom, meritíssimo, irei desapontá-lo, pois vou divulgar o motivo.

"No mesmo dia em que Bigger Thomas deveria se apresentar à casa dos Dalton para trabalhar, ele viu um cinejornal num cinema. Esse cinejornal mostrava Mary Dalton de maiô numa praia da Flórida. Jack Harding, um amigo de Bigger Thomas, sob interrogatório persistente, admitiu que Bigger Thomas estava encantado com a ideia de conduzir uma garota como aquela pela cidade. Sejamos francos, sem maquiar as palavras. Este tribunal já ouviu as odiosas perversões sexuais praticadas por esses garotos nas salas escuras de cinema. Mesmo que Jack Harding não admitisse de imediato, tínhamos informações suficientes para saber que, quando a sombra de Mary Dalton se movia na tela, esses garotos se entregaram a esses atos! Foi *então* que a ideia de estupro, assassinato e sequestro entrou na mente desse idiota! Aí estão seu motivo e as circunstâncias vis em que o crime foi concebido!

"Depois de ver aquele cinejornal, ele foi para a casa dos Dalton. Foi recebido lá com generosa gentileza. Foi-lhe dado um quarto; foi-lhe dito que ele ganharia um dinheiro extra, além de seu salário semanal. Foi alimentado. Perguntaram se gostaria de voltar a estudar e aprender um ofício. Mas ele recusou. Sua mente e coração — se é possível dizer que essa besta tem uma mente e um coração! — não estavam voltados para tais objetivos.

"Menos de uma hora depois de ter entrado naquela casa, ele conheceu Mary Dalton, que perguntou se ele queria se filiar a um sindicato. O sr. Max, cujo coração sangra pelos trabalhadores, não nos contou por que seu cliente teria se ressentido dessa pergunta.

"Que pensamentos sombrios passaram pelo cérebro ardiloso desse negro nos primeiros instantes após ter visto aquela garota branca bem-intencionada diante dele? Não temos como saber, e talvez esse pedaço de escória humana, sentado aqui hoje implorando por clemência, seja sábio em não nos dizer. Mas podemos usar nossa imaginação; podemos olhar para o que ele fez em seguida e supor.

"Duas horas depois ele estava conduzindo a srta. Dalton para o Loop. Aqui ocorre o primeiro mal-entendido desse caso. A visão geral é de que a srta. Dalton, ao pedir a esse negro que a levasse até o Loop em vez da faculdade, estava cometendo um ato de desobediência contra sua família. Mas isso não nos cabe julgar. Isso é entre Mary Dalton e Deus. A família admitiu que ela contrariou um desejo deles, mas Mary Dalton era maior de idade e ia para onde queria.

"Esse negro levou a srta. Dalton ao Loop, onde a ela juntou-se um jovem branco, seu amigo. De lá eles foram para uma lanchonete no South Side, onde beberam e comeram. Estando num bairro negro, convidaram esse negro para comer com eles. Quando conversaram, o incluíram na conversa. Quando pediram bebida, compraram uma quantidade para que ele também pudesse beber.

"Depois ele levou o casal até o Washington Park e lá ficaram por cerca de duas horas. Por volta das duas da manhã, esse amigo da srta. Dalton saiu do carro e foi visitar alguns amigos. Mary Dalton foi deixada sozinha no carro com esse negro, que dela só tinha recebido gentileza. Desse momento em diante, não temos conhecimento exato do que de fato aconteceu, pois temos apenas as palavras vazias desse vira-lata negro, e estou convencido de que ele não nos contou tudo.

"Não sabemos quando Mary Dalton foi assassinada. Mas sabemos o seguinte: sua cabeça foi completamente decepada! Sabemos que tanto a cabeça quanto o corpo foram enfiados numa fornalha e queimados!

"Meu Deus, que cenas sangrentas devem ter ocorrido! Quão rápido e inesperado deve ter sido aquele ataque lascivo e assassino! Como a pobrezinha deve ter lutado para escapar desse macaco enlouquecido! Como deve ter implorado de joelhos, com lágrimas nos olhos, para ser poupada do vil toque dessa pessoa horrível! Meritíssimo, não teria esse monstro infernal queimado o corpo dela para destruir provas de crimes *piores* do que estupro? Essa besta traiçoeira devia saber que, se as marcas de seus dentes fossem encontradas na carne branca inocente dos seios da srta. Mary, não lhe teria sido concedida a grande honra de sentar-se aqui neste tribunal! Ó Jesus Cristo, não há palavras que expressem um ato tão sombrio e horrendo!

"E a defesa quer que acreditemos que este foi um ato de *criação*! É espantoso que Deus não tenha abafado sua voz mentirosa com um estrondoso 'NÃO!'. É suficiente para fazer o sangue parar de correr nas veias ouvir um homem perdoar um crime bestial e covarde com o argumento de que foi 'instintivo'!

"Na manhã seguinte, Bigger Thomas levou a mala da srta. Dalton, meio vazia, para a estação da La Salle Street e se preparou para despachá-la como se nada tivesse acontecido, como se a srta. Dalton ainda estivesse viva. Mas os ossos do corpo da srta. Dalton foram encontrados na fornalha naquela noite.

"A incineração do corpo e a ação de levar a mala meio vazia para a estação significam apenas uma coisa, meritíssimo. Mostram que o estupro e o assassinato foram *planejados*, que houve uma tentativa de destruir as provas para que o crime pudesse chegar ao ponto do resgate. Se a srta. Dalton foi assassinada por acidente, como esse negro, de forma tão patética, tentou nos fazer acreditar quando 'confessou', então por que ele queimou o corpo dela? Por que levou a mala para a estação quando sabia que ela estava morta?

"Existe apenas uma resposta! Ele planejou estuprar, matar, ganhar dinheiro! Queimou o corpo para se livrar da prova de *estupro*!

Levou a mala até a estação para ganhar tempo enquanto o corpo queimava e preparar o bilhete de resgate. Ele a matou porque a *estuprou*! Veja, meritíssimo, o crime principal aqui é o *estupro*! Todas as ações apontam para isso!

"Sabendo que a família tinha chamado investigadores particulares, o negro tentou jogar a suspeita em outro lugar. Em outras palavras, ele não se importava de ver um homem inocente morrer por causa de seu crime. Quando não podia mais matar, fez a melhor coisa que podia. Ele mentiu! Procurou culpar um dos amigos da srta. Dalton pelo crime, cujas crenças políticas, pensou, o condenariam. Ele contou mentiras brutais sobre ter levado os dois, a srta. Dalton e seu amigo, para o quarto dela. Ele contou que lhe disseram para ir para casa e deixar o carro na neve, na entrada da garagem, a noite toda. Sabendo que suas mentiras seriam desmascaradas, ele tentou outro esquema. Tentou ganhar dinheiro!

"Ele fugiu do local quando os investigadores estavam trabalhando? Não! Com frieza, sem sentimento, ele ficou na casa dos Dalton, comeu, dormiu, deliciando-se com a bondade equivocada do sr. Dalton, que não permitiu que ele fosse questionado sob a teoria de que ele era um pobre garoto que precisava de *proteção*!

"Ele precisava de tanta proteção quanto o senhor daria a uma cascavel enrolada!

"Enquanto a família revirava céu e terra à procura da filha, esse demônio escreveu um bilhete de resgate exigindo dez mil dólares pelo *retorno seguro* da srta. Dalton! Mas a descoberta dos ossos na fornalha pôs um fim nesse jogo sujo!

"E a defesa quer que acreditemos que esse homem agiu assim por medo! Por acaso o medo, desde o início dos tempos, levou homens a tais atitudes calculistas?

"De novo, não temos nada além da palavra vazia desse macaco inútil para prosseguir. Ele fugiu da cena do crime e foi para a casa de uma garota, Bessie Mears, com quem teve uma longa relação íntima. Lá ocorreu algo que só uma besta astuciosa poderia ter feito. Ele tinha aterrorizado a garota para ajudá-lo a coletar o dinheiro do resgate e deixado sob sua guarda o dinheiro que havia roubado do cadáver de Mary Dalton. Ele assassinou a pobre garota, e mesmo agora me choca pensar como um plano de assassinato como esse pode ter sido arquitetado por um cérebro humano. Ele persuadiu a garota, que o amava profundamente — apesar das declarações do sr. Max, esse comunista sem Deus no coração que tentou convencê-lo do contrário! —, como eu disse, ele persuadiu a garota que o amava profundamente a fugir com ele. Eles se esconderam num prédio abandonado. E lá, enquanto caía uma furiosa nevasca do lado de fora, num frio abaixo de zero e na escuridão, ele matou e estuprou de novo, *duas* vezes em vinte e quatro horas!

"Repito, meritíssimo, não consigo entender! Já lidei com muitos assassinatos em meus longos anos de serviço público, mas nunca encontrei nada parecido com isso. Esse demente selvagem estava tão ansioso para estuprar e matar que esqueceu a única coisa que poderia tê-lo ajudado a escapar; isto é, o dinheiro que ele tinha roubado do corpo morto de Mary Dalton, que estava no bolso do vestido de Bessie Mears. Ele pegou o corpo violado daquela pobre garota trabalhadora — o dinheiro estava em seu vestido, como eu disse — e o jogou quatro andares abaixo pela saída de ventilação. Os médicos disseram que a garota não estava morta quando atingiu o chão; ela morreu congelada depois, tentando sair!

"Meritíssimo, irei poupá-lo dos detalhes sórdidos desses assassinatos. As testemunhas já falaram tudo.

"Mas eu exijo, em nome do povo deste estado, que esse homem pague com a vida por esses crimes!

"Faço essa exigência para que outros possam ser dissuadidos de crimes similares, de maneira que as pessoas pacíficas e trabalhadoras possam ficar em segurança. Meritíssimo, milhões estão à espera de sua decisão! Estão esperando que o senhor lhes diga que a lei da selva não prevalece nesta cidade! Querem que o senhor diga que não precisam afiar suas facas e carregar suas armas para se protegerem. Estão esperando, meritíssimo, atrás daquela janela! Dê a eles sua palavra para que possam, com o coração tranquilo, planejar o futuro! Acabe com o dragão da dúvida que fez com que um milhão de corações parassem esta noite, um milhão de mãos que tremem enquanto trancam suas portas!

"Quando homens estão seguindo normalmente seus deveres e um crime sombrio e sangrento como esse é cometido, eles ficam paralisados. Quanto mais horrível o crime, mais chocada, atordoada e consternada fica a tranquila cidade em que ele ocorre; mais desamparados ficam os cidadãos diante dele.

"Recupere a confiança para aqueles de nós que ainda sobrevivem para que possamos continuar e colher as ricas safras da vida. Meritíssimo, em nome de Deus Todo-Poderoso, imploro ao senhor que seja misericordioso conosco!"

A voz de Buckley ressoou nos ouvidos de Bigger e ele entendeu que a comoção ruidosa significava que o discurso acabara. No fundo da sala de audiência, vários repórteres se penduravam na porta. O juiz pediu ordem e disse:

"A sessão retornará em uma hora."

Max ficou em pé.

"Meritíssimo, o senhor não pode fazer isso... É sua intenção... É preciso mais tempo... O senhor..."

"O tribunal informará sua decisão então", o juiz disse.

Houve gritos. Bigger viu os lábios de Max se mexerem, mas não conseguiu entender o que ele dizia. Devagar, a sala ficou em silêncio. Bigger percebeu que as expressões no rosto dos homens e mulheres estavam diferentes agora. Sentiu que a coisa havia sido decidida. Sabia que iria morrer.

"Meritíssimo", Max disse, a voz falhando por causa da intensidade da emoção. "Parece-me que, para uma consideração cuidadosa das provas e da discussão aqui realizada, mais tempo é..."

"O tribunal se reserva o direito de determinar quanto tempo é necessário, sr. Max", o juiz respondeu.

Bigger sabia que estava perdido. Era questão de tempo, de formalidade.

Ele não sabia como voltou para a salinha; mas, quando foi levado para dentro, viu que a bandeja de comida continuava lá, intocada. Sentou-se e olhou para os seis policiais que estavam de pé em silêncio. As armas penduradas nas cinturas. Devia tentar apanhar uma delas e atirar em si mesmo? Mas ele não tinha energia suficiente para responder positivamente à ideia de autodestruição. Estava paralisado de medo.

Max entrou, sentou-se e acendeu um cigarro.

"Bom, meu filho. Vamos ter que esperar. Temos uma hora."

Houve uma batida na porta.

"Não deixe nenhum desses repórteres entrar aqui", Max falou para um dos policiais.

"Tá bom."

Minutos se passaram. A cabeça de Bigger começou a doer com o suspense. Ele sabia que Max não tinha nada a dizer para ele e ele não tinha nada a dizer para Max. Tinha que esperar; era isso; esperar por algo que ele sabia que estava por vir. Sua garganta apertou. Sentia-se enganado. Por que tiveram que ter um julgamento se tinha que terminar desse jeito?

"Bom, eu acho que já era pra mim agora", Bigger suspirou, falando tanto para si mesmo quanto para Max.

"Eu não sei", Max disse.

"Eu sei", Bigger respondeu.

"Bom, vamos esperar."

"Eles tão tomando a decisão rápido demais. Eu sei que vou morrer."

"Sinto muito, Bigger. Escuta, por que você não come?"

"Não tô com fome."

"A coisa ainda não acabou. Posso apelar para o governador…"

"Não adianta. Eles me pegaram."

"Você não sabe."

"Eu sei."

Max não disse nada. Bigger apoiou a cabeça na mesa e fechou os olhos. Queria que Max fosse embora agora. Max tinha feito tudo que pôde. Deveria ir para casa e esquecer dele.

A porta se abriu.

"O juiz estará pronto em cinco minutos!"

Max se levantou. Bigger olhou para seu rosto cansado.

"Muito bem, filho. Vamos lá."

Andando entre os policiais, Bigger seguiu Max de volta para a sala de audiência. Não teve tempo de sentar-se antes de o juiz aparecer. Permaneceu em pé até o juiz ter sentado, depois deslizou com fraqueza para sua cadeira. Max se levantou para falar, mas o juiz ergueu a mão pedindo silêncio.

"Bigger Thomas, fique em pé diante do tribunal."

O tribunal se encheu de barulho e o juiz bateu o martelo para que todos se aquietassem. Com as pernas tremendo, Bigger se levantou, sentindo-se nas garras de um pesadelo.

"Há alguma declaração que você gostaria de fazer antes da sentença ser proferida?"

Ele tentou abrir a boca para responder, mas não conseguiu. Mesmo que tivesse tido o poder da fala, não sabia o que poderia ter dito. Balançou a cabeça, a vista ficando embaçada. A sala de audiência estava profundamente quieta agora. O juiz molhou os lábios com a língua e levantou um pedaço de papel que farfalhou alto no silêncio.

"Tendo em vista a perturbação sem precedentes da opinião pública, está claro o dever deste tribunal", o juiz disse e parou.

Bigger tateou a borda da mesa e se agarrou nela.

"Segundo os autos do processo de número 666-983, acusação de homicídio, a sentença deste tribunal é de que você, Bigger Thomas, deverá morrer até a meia-noite de sexta-feira, dia 3 de março, da forma prevista pelas leis deste estado.

"O tribunal considera que você tem vinte anos.

"O xerife pode retirar o prisioneiro."

Bigger entendeu cada palavra; e pareceu não reagir às palavras, mas ao rosto do juiz. Não se mexeu; ficou em pé olhando para o rosto branco do juiz, sem piscar. Então sentiu uma mão em sua manga; Max o puxava de volta para a cadeira. A sala de audiência ficou alvoraçada. O juiz bateu com o martelo pedindo ordem. Max pôs-se de pé, tentando dizer alguma coisa; havia muito barulho e Bigger não conseguia dizer o que era. As algemas foram colocadas nele, e ele foi conduzido pela passagem subterrânea de volta para a cela. Deitou-se no catre e alguma coisa bem no fundo dele disse, agora acabou... Está tudo acabado...

Algum tempo depois a porta se abriu e Max entrou, sentando-se com delicadeza ao lado dele no catre. Bigger virou o rosto para a parede.

"Eu vou conversar com o governador. Isso ainda não acabou..."

"Vai embora", Bigger sussurrou.

"Você tem que..."

"Não. Vai embora..."

Ele sentiu a mão de Max em seu braço; depois não mais. Ouviu a porta de aço se fechar e percebeu que estava sozinho. Não se mexeu; continuou parado, sentindo que ficando imóvel poderia evitar sentir e pensar, e era o que ele queria acima de tudo agora. Devagar, seu corpo relaxou. Na escuridão e no silêncio, ele se virou de barriga para cima e cruzou as mãos sobre o peito. Seus lábios se mexeram num gemido de desespero.

Em autodefesa, ele bloqueou a noite e o dia da sua mente, pois se tivesse pensado no nascer e no pôr do sol, na lua ou nas estrelas, nas nuvens ou na chuva, teria morrido mil mortes antes de o levarem para a cadeira elétrica. Para acostumar sua mente com a morte o máximo possível, ele tornou todo o mundo além de sua cela uma vasta terra cinza onde não havia noite nem dia, povoado por homens e mulheres estranhos que ele não conseguia entender, mas com vidas às quais ele ansiava se misturar uma vez antes de partir.

Ele não comia agora; apenas forçava comida goela abaixo sem

sentir o sabor para afastar a dor lancinante da fome, para não sentir tontura. E ele não dormia; a intervalos, fechava os olhos um pouco, não importava a hora, então os abria algum tempo depois para retomar sua meditação melancólica. Queria ficar livre de tudo que estava entre ele e seu fim, entre ele e a plena e terrível percepção de que a vida tinha terminado sem nenhum sentido, sem nada sendo determinado, sem impulsos conflituosos sendo solucionados.

A mãe, o irmão e a irmã tinham ido vê-lo, e ele lhes disse para irem para casa, não irem de novo, para esquecê-lo. O pastor negro que tinha lhe dado a cruz também fora e ele o expulsara. Um padre branco tentou persuadi-lo a orar e ele jogara um copo de café quente em seu rosto. O padre havia voltado para ver outros prisioneiros desde então, mas não parara mais para conversar com ele. Isso evocara em Bigger um senso de seu valor quase tão aguçado quanto o que Max havia despertado nele durante a longa conversa que tiveram naquela noite. Ele sentia que fazer com que o padre ficasse longe e imaginando os motivos pelos quais ele se recusava a aceitar o consolo da religião era um tipo de reconhecimento de sua personalidade num plano diferente daquele que o padre estava normalmente disposto a fazer.

Max tinha lhe dito que veria o governador, mas ele não tivera mais notícias dele. Não esperava mais nada; ele se referia a isso em seus pensamentos e sentimentos como algo que acontecia fora de sua vida, que não poderia de modo algum alterar ou influenciar o curso dela.

Mas queria ver Max e conversar com ele de novo. Rememorou o discurso que ele havia feito no tribunal e lembrou com gratidão do tom gentil e apaixonado. Mas o significado das palavras lhe escapava. Acreditava que Max sabia como ele se sentia, e pelo menos uma vez mais antes de morrer gostaria de conversar com ele e sentir com todo o entusiasmo possível o que sua vida e sua morte significavam. Esta era toda a esperança que ele tinha agora. Se houvesse qualquer conhecimento certo e firme para ele, teria que vir dele mesmo.

Ele tinha permissão para escrever três cartas por semana, mas não escreveu para ninguém. Não havia ninguém a quem ele tivesse algo a dizer, pois nunca tinha se entregado de coração aberto a qualquer pessoa ou qualquer coisa, exceto para o assassinato. O que poderia dizer para a mãe, o irmão e a irmã? Dos velhos parceiros, somente Jack tinha sido seu amigo, e nunca fora tão próximo de Jack como gostaria de ter sido. E Bessie estava morta; ele a tinha matado.

Quando cansado de ruminar seus sentimentos, dizia para si mesmo que ele é quem estava errado, que ele não tinha nada de bom. Se tivesse realmente conseguido fazer a si mesmo acreditar nisso, essa teria sido uma solução. Mas ele não se convencia. Seus sentimentos clamavam por uma resposta que sua mente não podia dar.

Durante toda sua vida ele estivera mais vivo, mais ele mesmo, quando sentira coisas com força suficiente para lutar por elas; e agora aqui nessa cela ele sentia mais do que nunca o núcleo duro do que tinha vivido. Como a montanha branca que antes havia pairado ameaçadora sobre ele, agora a parede negra da morte se aproximava mais a cada hora fugaz. Mas ele não podia atacar às cegas agora; a morte era um adversário diferente e maior.

Embora estivesse deitado no catre, suas mãos tateavam desajeitadamente a cidade dos homens em busca de algo que combinasse com os sentimentos latentes nele; seu tatear era uma ânsia de saber. Frenética, sua mente buscava fundir seus sentimentos com o mundo ao seu redor, mas ele não estava mais perto de saber agora do que antes. Só seu corpo negro jazia no catre, molhado do suor da agonia.

Se ele era um nada, se era só isso, então por que não conseguia morrer sem hesitação? Quem e o que era ele para sentir a agonia de um espanto com tanta intensidade que chegava ao medo? Por que esse estranho impulso sempre latejava nele quando não havia nada fora dele para encontrá-lo e explicá-lo? Quem ou o que tinha traçado esse inquieto desígnio nele? Por que essa eterna busca por algo que não estava lá? Por que esse abismo negro entre ele e o mundo: sangue vermelho quente aqui e céu azul frio lá, e nunca uma totalidade, uma unidade, um encontro dos dois?

Era *isso*? Era só febre, sentir sem saber, procurar sem encontrar?

Era isso o todo, o significado, o fim? Com esses sentimentos e questionamentos os minutos passavam. Ele emagreceu e os olhos continham o sangue vermelho de seu corpo.

A véspera do seu último dia chegou. Ele ansiava conversar com Max mais do que nunca. Mas o que poderia dizer a ele? Sim; essa era a piada da situação. Ele não poderia falar sobre essa coisa, de tão elusiva que era; e ainda assim ele agia sobre ela a cada segundo vivo.

No dia seguinte ao meio-dia um guarda veio até a cela e enfiou um telegrama entre as grades. Ele se sentou e o abriu.

TENHA CORAGEM NÃO DEU CERTO COM O GOVERNADOR FIZ TUDO QUE PUDE

VOU VÊ-LO EM BREVE

MAX

Ele amassou o telegrama numa bolinha e o atirou num canto da cela.

Tinha apenas até meia-noite. Havia ouvido dizer que seis horas antes de sua hora chegar lhe dariam mais algumas roupas, o levariam ao barbeiro e depois para a cela da morte. Um dos guardas lhe dissera para não se preocupar, que "oito segundos depois de te tirarem da cela e colocarem o capuz preto na sua cabeça, você vai estar morto, moleque". Bom, ele poderia suportar isso. Tinha um plano em mente: iria tensionar os músculos e fechar os olhos e prender a respiração e pensar em absolutamente nada enquanto o manuseavam. E quando a corrente o atingisse, estaria tudo acabado.

Deitou-se de novo no catre, de barriga para cima, e ficou olhando para a pequena lâmpada amarela brilhando no teto acima de sua cabeça. Ela continha o fogo da morte. Se aquelas minúsculas espirais de calor dentro daquele globo de vidro pudessem se enrolar em volta dele agora — se alguém pudesse ligar os fios elétricos à sua cama de ferro enquanto ele adormecia —, se pudessem matá-lo quando estivesse num sonho profundo...

Ele estava num sono agitado quando ouviu a voz de um guarda. "Thomas! Seu advogado está aqui!"

Ele virou os pés para o chão e sentou-se. Max estava parado junto às grades. O guarda destrancou a porta e Max entrou. Bigger teve um impulso de se levantar, mas permaneceu sentado. Max foi para o centro da cela e parou. Eles se olharam por um momento.

"Oi, Bigger."

Em silêncio, Bigger apertou sua mão. Max estava diante dele, quieto, branco, sólido, real. Sua presença tangível parecia desmentir todos os pensamentos e esperanças vagas que Bigger havia tecido à sua volta em suas ruminações. Estava feliz por Max ter ido, mas também muito confuso.

"Como você está?"

Como resposta, Bigger deu um suspiro pesado.

"Você recebeu meu telegrama?", Max perguntou, sentando-se no catre.

Bigger assentiu com a cabeça.

"Sinto muito, filho."

A cela ficou em silêncio. Max estava ao seu lado. O homem que o tinha seduzido numa busca por uma esperança tênue estava lá. Bom, por que ele não falava agora? Era sua chance, sua última chance. Ergueu os olhos, tímido, para Max; Max estava olhando para ele. Bigger desviou o olhar. O que ele desejava dizer era mais forte nele quando estava sozinho; e mesmo que imputasse a Max os sentimentos que queria agarrar, não conseguiria falar deles com Max até que se esquecesse da presença dele. Então o medo de que não fosse capaz de falar sobre essa febre que o consumia o fez entrar em pânico. Lutou para ter autocontrole; não queria perder esse ímpeto; era tudo que tinha. E no segundo seguinte sentiu que tudo era tolo, inútil, vão. Parou de tentar, e no momento em que parou, ouviu a si mesmo falar com a garganta apertada, com sussurros tensos e involuntários; ele confiava no som de sua voz e não no sentido das palavras para transmitir seu significado.

"Eu tô bem, seu Max. O senhor não tem culpa pelo que tá acontecendo comigo… Eu sei que o senhor fez tudo que podia…" Sob a pressão de um sentimento de futilidade, sua voz falhou. Depois de um breve silêncio, deixou escapar: "Eu só a-a-acho que i-i-isso ia acontecer". Ficou de pé, completamente, querendo falar. Os lábios se mexiam, mas nenhuma palavra saía.

"Há algo que eu possa fazer por você, Bigger?", Max perguntou com delicadeza.

Bigger olhou para os olhos cinzentos de Max. Como poderia transmitir para aquele homem uma noção do que ele queria? Se pudesse contar a ele! Antes de se dar conta do que estava fazendo, correu até a porta e agarrou as grades frias de aço.

"E-eu..."

"Sim, Bigger?"

Devagar, Bigger se virou e voltou para o catre. Ele ficou em pé diante de Max de novo, prestes a falar, a mão direita levantada. Então se sentou e abaixou a cabeça.

"O que foi, Bigger? Tem alguma coisa que você quer que eu faça do lado de fora? Alguma mensagem que você queira mandar?"

"Não", suspirou.

"O que está passando pela sua cabeça?"

"Não sei."

Ele não conseguia falar. Max estendeu a mão e a apoiou no ombro dele, e Bigger pôde dizer pelo toque que Max não sabia, não suspeitava o que ele queria, o que estava tentando dizer. Max estava em outro planeta, muito remoto no espaço. Havia algum jeito de derrubar essa parede de isolamento? Distraído, ele passou os olhos ao redor da cela, tentando lembrar onde ele tinha ouvido palavras que o ajudariam. Não conseguia lembrar de nenhuma. Tinha vivido fora da vida dos homens. Seus modos de comunicação, seus símbolos e imagens, lhes foram negados. Ainda assim Max dera a ele a fé de que no fundo todos os homens viviam como ele vivia e sentiam como ele sentia. E de todos os homens que ele havia encontrado, Max certamente sabia o que ele estava tentando dizer. Será que Max o tinha deixado? Será que Max, sabendo que ele ia morrer, o afastou de seus pensamentos e sentimentos, alocando-o no túmulo? Ele já era parte da contagem de mortos? Seus lábios tremeram e os olhos ficaram enevoados. Sim; Max o tinha deixado. Max não era um amigo. A raiva brotou nele. Mas ele sabia que a raiva era inútil.

Max se levantou e foi até uma pequena janela; uma faixa pálida de luz do sol caiu sobre sua cabeça branca. E Bigger, olhando para ele, viu aquela luz do sol pela primeira vez em muitos dias; e enquanto olhava para ela, a cela inteira, com suas quatro paredes próximas, se tornou esmagadoramente real. Olhou para si mesmo; o raio de sol amarelo cortava seu peito com tanto peso como um feixe feito de chumbo.

Com um suspiro convulsivo, ele curvou o corpo e fechou os olhos. Não era uma montanha branca que se agigantava sobre ele agora; Gus não estava assobiando "The Merry-Go-Round Broke Down" enquanto entrava no salão de bilhar do Doc para convencê-lo a ir roubar a loja do Blum; ele não estava em pé ao lado da cama de Mary com o borrão branco pairando por perto; — esse novo adversário não o deixava tenso; ele minava sua força e o deixava fraco. Ele convocou suas energias, ergueu a cabeça e reagiu desesperado, determinado a se levantar do túmulo, resolvido a forçar sobre Max a realidade de sua vida.

"Que bom que conheci o senhor antes de ir embora!", ele disse quase num grito; depois ficou em silêncio, pois não era isso que queria ter dito.

Max se virou e olhou para ele; era um olhar casual, desprovido da consciência mais profunda que Bigger buscou com tanta avidez.

"Que bom que conheci você também, Bigger. Sinto muito que a gente tenha que se despedir dessa maneira. Mas eu tô velho, filho. Logo eu também estarei indo embora..."

"Eu lembrei de todas as perguntas que o senhor me fez..."

"Que perguntas?", Max indagou, aproximando-se e sentando-se de novo no catre.

"Aquela noite..."

"Que noite, meu filho?"

Max sequer *sabia*! Bigger sentiu que tinha levado uma bofetada.

Ah, que idiota ele tinha sido por criar esperanças sobre uma areia movediça dessa! Mas precisava *fazer* ele saber!

"Aquela noite que o senhor me pediu pra falar de mim", ele choramingou desesperado.

"Ah."

Ele viu Max olhar para o chão e franzir a testa. Sabia que Max estava confuso.

"O senhor perguntou coisas que ninguém nunca me perguntou antes. O senhor sabia que eu tinha assassinado duas vezes, mas o senhor me tratou como um homem..."

Max olhou para ele com cuidado e se levantou do catre. Ficou parado de frente para Bigger por um momento e Bigger estava à beira de acreditar que Max sabia, entendia; mas as palavras seguintes de Max lhe mostraram que o homem branco ainda tentava confortá-lo em face da morte.

"Você é humano, Bigger", Max disse, cansado. "É um inferno falar de coisas assim para alguém prestes a morrer..." Max parou; Bigger sabia que ele procurava palavras que o acalentassem, e ele não as queria. "Bigger", Max disse, "no trabalho que eu faço, vejo o mundo de um jeito que não há brancos e negros, civilizados e selvagens... Quando homens tentam transformar a vida humana na Terra, essas pequenas coisas não importam. Você não as percebe. Elas simplesmente não estão ali. Você esquece delas. A razão pela qual eu falei com você do jeito que falei, Bigger, é porque você me fez sentir o quanto os homens querem viver..."

"Mas às vezes eu queria que o senhor não tivesse feito aquelas perguntas", Bigger disse com uma voz que continha um tom de reprovação tanto para Max quanto para si próprio.

"O que você quer dizer, Bigger?"

"Elas me fizeram pensar e pensar me deixa com um pouco de medo..."

Max segurou os ombros de Bigger com um aperto forte; depois afrouxou os dedos e afundou de volta no catre; mas seus olhos ainda estavam fixos no rosto de Bigger. Sim; Max sabia agora. À sombra da morte, ele queria que Max falasse sobre a vida.

"Seu Max, como que eu posso morrer!", Bigger perguntou; sabendo à medida que as palavras explodiam de seus lábios que um conhecimento de como viver era um conhecimento de como morrer.

Max virou o rosto e murmurou:

"Os homens morrem sozinhos, Bigger."

Mas Bigger não o escutou. Havia nele de novo, imperiosamente, o desejo de falar, de contar; suas mãos estavam erguidas a meia altura, e quando ele falou tentou carregar no tom de suas palavras o que *ele mesmo* queria ouvir, o que *ele* precisava.

"Seu Max, eu meio que vi eu mesmo depois daquela noite. E eu meio que vi outras pessoas também." A voz de Bigger sumiu; ele ouvia os ecos de suas palavras em sua própria mente. Viu surpresa e horror no rosto de Max. Bigger sabia que Max preferiria não escutá-lo falar desse jeito; mas ele não tinha como evitar. Ele tinha que morrer e tinha que falar. "Bom, é meio engraçado, seu Max. Não tô tentando escapar do que tá pra acontecer." Bigger estava ficando histérico. "Eu sei que não vou escapar. Eu vou morrer. Bom, tudo bem agora. Mas eu na verdade nunca quis machucar ninguém. Essa é a verdade, seu Max. Eu machuquei pessoas porque eu sentia que era o que eu tinha que fazer, é isso. Eles tavam me cercando perto demais; eles não me davam espaço nenhum. Muitas vezes tentei esquecer eles, mas não consegui. Eles não deixavam…" Os olhos de Bigger estavam arregalados e sem ver; sua voz se apressou: "Seu Max, eu não tive intenção de fazer o que fiz. Eu tava tentando fazer outra coisa. Mas parece que eu nunca podia. Eu tava sempre querendo algo e sentindo que ninguém ia me deixar ter. Então eu lutei contra eles. Achava que eles eram durões e aí eu fui durão". Ele parou, depois confessou choramingando: "Mas eu não sou durão, seu Max. Não sou nem um tiquinho durão…". Ficou de pé. "Mas… e-eu não vou chorar quando me levarem pra cadeira. Mas eu d-d-dentro de mim vou sentir como se eu tivesse chorando… Vou sentir e pensar que eles não me enxergaram e eu não enxerguei eles…" Ele correu até a porta de aço, agarrou as grades e sacudiu-as, como se tentasse romper o aço de suas amarras de concreto. Max foi até ele e segurou seus ombros.

"Bigger", Max disse, impotente.

Bigger ficou imóvel e se apoiou fragilmente contra a porta.

"Seu Max, eu sei que o pessoal que me mandou pra cá pra morrer me odiava; eu sei. M-m-mas o senhor acha que e-eles são que nem e-eu, tentando c-conseguir alguma coisa que nem eu, e quando eu morrer e não tiver mais aqui eles vão dizer como eu tô dizendo agora que eles não tinham intenção de machucar ninguém... q-que eles tavam t-tentando conseguir alguma coisa também...?"

Max não respondeu. Bigger viu um olhar de indecisão e espanto surgir nos olhos do velho.

"Fala, seu Max. O senhor acha isso?"

"Bigger", Max implorou.

"*Fala*, seu Max!"

Max balançou a cabeça e murmurou:

"Você está me pedindo para falar coisas que eu não quero..."

"Mas eu quero *saber*!"

"Você vai morrer, Bigger..."

A voz de Max desvaneceu. Bigger sabia que o velho não queria ter dito aquilo; tinha dito porque ele o tinha forçado, o fizera dizer. Ficaram em silêncio por um tempo maior, então Bigger sussurrou:

"É por isso que eu quero saber... Acho que é porque eu sei que vou morrer que quero saber..."

O rosto de Max estava pálido. Bigger temia que ele fosse embora. Através de um abismo de silêncio, eles se olharam. Max suspirou.

"Vem cá, Bigger", disse.

Ele acompanhou Max até a janela e viu à distância os topos ensolarados dos edifícios no Loop.

"Tá vendo todos aqueles prédios, Bigger?", Max perguntou, colocando um braço nos ombros de Bigger. Ele falava rápido, como se estivesse tentando moldar uma substância que era quente e maleável, mas que podia esfriar logo.

"Sim. Tô vendo..."

"Você morou num deles uma vez, Bigger. Eles são feitos de aço e pedra. Mas o aço e a pedra não os mantêm de pé. Você sabe o que sustenta esses prédios, Bigger? Sabe o que os mantém no lugar, o que impede que eles desmoronem?"

Bigger olhou para ele, perplexo.

"É a crença dos homens. Se os homens parassem de acreditar, parassem de ter fé, eles desmoronariam. Esses prédios brotaram do coração dos homens, Bigger. Homens como você. Homens continuaram famintos, continuaram precisando, e esses prédios continuaram crescendo e se multiplicando. Você me disse uma vez que queria fazer um monte de coisas. Bom, esse é o sentimento que mantém esses prédios em seus lugares..."

"O senhor quer dizer... O senhor tá falando sobre o que eu disse naquela noite quando falei que eu queria fazer um monte de coisas?", a voz de Bigger soou baixa, infantil em seu tom de faminta admiração.

"Sim. O que você sentiu, o que você queria, é o que mantém esses prédios ali. Quando milhões de homens têm desejos e anseios, esses prédios crescem e se multiplicam. Mas, Bigger, esses prédios não crescem mais. Alguns homens estão espremendo esses prédios com força. Esses prédios não podem se multiplicar, não podem alimentar os sonhos que os homens têm, homens como você... Os homens no interior desses prédios começaram a ter dúvidas, assim como você. Eles não acreditam mais. Não sentem que esse mundo é deles. São incansáveis, como você, Bigger. Eles não têm nada. Não há nada que possa ajudá-los a crescer e se multiplicar. Eles vão para as ruas e ficam do lado de fora desses prédios e olham e admiram..."

"M-m-mas por que eles me odeiam?", Bigger perguntou.

"Os homens que são donos desses prédios têm medo. Querem manter o que eles possuem, mesmo às custas do sofrimento alheio. Para manter o que têm, eles empurram homens na lama e dizem que eles são monstros. Mas homens, homens como você, ficam com raiva e lutam para entrar de novo nesses prédios, para viver de novo. Bigger, você matou. Isso foi um erro. Esse não é o caminho. Agora é tarde demais para você... trabalhar com... outras pessoas que estão t-t-tentando... acreditar e fazer o mundo viver de novo... Mas não é tarde demais para acreditar no que você sentiu, para entender o que você sentiu..."

Bigger olhava na direção dos prédios, mas não os via. Estava tentando reagir à imagem que Max estava desenhando, tentando comparar essa imagem com o que tinha sentido durante toda sua vida.

"Eu sempre quis fazer alguma coisa", murmurou.

Eles ficaram em silêncio e Max não falou de novo até Bigger olhar para ele. Max fechou os olhos.

"Bigger, você vai morrer. E se você morrer, morra livre. Você está tentando acreditar em si mesmo. E toda vez que você tenta encontrar um jeito de viver, sua própria mente fica no caminho. Sabe por que isso acontece? É porque os outros disseram que você era mau e fizeram você viver em condições ruins. Quando um homem escuta isso o tempo todo e olha à sua volta e vê que sua vida *é* ruim, ele começa a duvidar da própria mente. Seus sentimentos o arrastam para a frente e a mente, cheia do que os outros dizem sobre ele, fala para ele voltar para trás. O trabalho de conseguir pessoas para lutar e ter fé está em fazê-las acreditar no que a vida as fez sentir, em fazê-las perceber que seus sentimentos são tão bons quanto os dos outros.

"Bigger, as pessoas que te odeiam se sentem como você se sente, só que estão do outro lado da cerca. Você é preto, mas essa é só uma parte disso. Você ser preto, como eu disse antes, torna mais fácil para eles mirarem em você. Por que fazem isso? Eles querem as coisas da vida, assim como você queria, e não ligam para a maneira como as conseguem. Contratam pessoas e não pagam o suficiente; tomam o que é dos outros e aumentam seu poder. Dominam e controlam a vida. Arranjam as coisas de determinado jeito para que possam fazer essas coisas e as pessoas não possam revidar. Fazem isso com os negros mais do que com outros porque dizem que os negros são inferiores. Mas, Bigger, eles dizem que *todas* as pessoas que trabalham são inferiores. E os ricos não querem mudar as coisas; eles perderiam muito. Mas no fundo se sentem como você se sente, Bigger, e para manter o que têm, eles se convencem de que homens que trabalham não são totalmente humanos. Fazem como você fez, Bigger, quando se recusou a se arrepender pelo que aconteceu com a Mary. Mas nos dois lados homens querem viver, homens estão lutando pela vida. Quem vai vencer? Bom, o lado que sente mais a vida, o lado com mais humanidade e com mais homens. É por isso que... v-você tem que a-acreditar em si mesmo, Bigger..."

Max ergueu a cabeça surpreso quando Bigger riu.

"Ah, acho que eu acredito em mim... Não tenho mais nada... Vou morrer..."

Ele deu uns passos para perto de Max. Max estava apoiado na janela.

"Seu Max, vai pra casa. Eu tô bem... Parece engraçado, seu Max, mas quando eu penso no que o senhor disse eu meio que sinto o que eu queria. Me faz sentir que eu tava meio certo..." Max abriu a boca para dizer alguma coisa e Bigger abafou a voz dele. "Não tô tentando perdoar ninguém e não tô pedindo pra ninguém me perdoar. Não vou chorar. Eles não iam me deixar viver e eu matei. Pode ser que não seja justo matar, e acho que eu realmente não queria matar. Mas quando penso no porquê de todas essas mortes, eu começo a sentir o que eu queria, o que eu sou..."

Bigger viu Max se afastar dele com os lábios apertados. Mas sentiu que precisava fazer Max entender como ele via as coisas agora.

"Eu não quis matar!", Bigger gritou. "Mas o motivo pelo qual eu matei *sou* eu! Devia estar muito fundo dentro de mim pra me fazer matar! Devo ter achado que era terrivelmente difícil matar..."

Max ergueu a mão para tocar Bigger, mas não o tocou.

"Não; não; não... Bigger, isso não...", Max implorou, desesperado.

"O motivo pelo qual eu matei deve ter sido bom!" A voz de Bigger estava cheia de uma angústia febril. "Deve ter sido bom! Quando um homem mata, é por algo... Eu não sabia que eu tava realmente vivo nesse mundo até sentir as coisas com força suficiente para matar por elas... É a verdade, seu Max. Posso dizer isso agora, pois vou morrer.

Eu sei muito bem o que tô dizendo e sei como soa. Mas eu tô bem. Me sinto bem quando vejo as coisas dessa forma..."

Os olhos de Max estavam tomados de terror. Várias vezes seu corpo se mexeu com nervosismo, como se ele estivesse prestes a ir até Bigger, mas continuou imóvel.

"Eu tô bem, seu Max. Pode ir e fala pra mãe que eu tava bem e pra não se preocupar, tá bom? Fala pra ela que eu tava bem e que eu não tava chorando..."

Os olhos de Max estavam úmidos. Devagar, ele estendeu a mão. Bigger a apertou.

"Adeus, Bigger", ele disse em voz baixa.

"Adeus, seu Max."

Max procurou seu chapéu como um cego; encontrou-o e enfiou-o na cabeça. Tateou à procura da porta, desviando o olhar. Passou o braço pelas grades e acenou para o guarda. Quando saiu, deteve-se por um momento, com as costas viradas para a porta de aço. Bigger agarrou as grades com as duas mãos.

"Seu Max..."

"Sim, Bigger." Ele não se virou.

"Eu tô bem. De verdade, eu tô."

"Adeus, Bigger."

"Adeus, seu Max."

Max caminhou pelo corredor.

"Seu Max!"

Max parou, mas não olhou.

"Fala... fala pro seu... fala pro Jan que mandei um oi..."

"Tá bom, Bigger."

"Adeus!"

"Adeus!"

Ele continuou agarrado às grades. Então sorriu um sorriso fraco, sarcástico, amargo. Ouviu o ruído de aço contra aço quando uma porta distante se fechou com estrondo.

Posfácio

Notas sobre um filho nativo, prisioneiro do absurdo racista

Mário Augusto Medeiros da Silva

É curioso o destino das obras literárias. A viagem que *Filho nativo* (1940), de Richard Wright, fez dos Estados Unidos para o Brasil passou por um caminho comercialmente acertado, mas historicamente insólito: o responsável pela primeira edição brasileira do livro foi ninguém menos do que José Bento R. Monteiro Lobato (1882-1948), conhecido pelo seu arrojo à frente dos negócios editoriais. Ele não apenas comprou os direitos da obra da Harper & Brothers para sua editora, a Companhia Editora Nacional, como também ele mesmo a traduziu em primeira mão, ainda em 1941 — ano seguinte ao da publicação original —, com o chamativo subtítulo "A tragédia de um negro americano". Ao apostar num autor que fazia sucesso, Lobato demonstrou não apenas quão sintonizado estava com parte do debate sobre relações raciais nos Estados Unidos, como, sobretudo, quão interessado estava em promover um olhar comparativo com o Brasil.

É oportuno pensar as razões para isso. Desde o início dos anos 2000, a relação de Monteiro Lobato com o movimento eugenista e os debates entre historiadores e críticos literários a respeito desse cenário têm sido retomados. Ele manteve correspondência com a So-

ciedade Eugênica de São Paulo entre 1918 e 1946, particularmente com seu presidente, Renato Kehl; via com entusiasmo a organização racista Ku Klux Klan, segundo estudo da historiadora Paula Habib; tem tido passagens racistas apontadas em suas obras do *Sítio do Picapau Amarelo* (especialmente na construção de personagens como Tia Nastácia e Tio Barnabé) e em seu romance *O presidente negro*.*
Se é dessa figura que falamos, é de causar espanto que justamente suas palavras, por uma ironia do destino, tenham dado corpo a um dos livros mais emblemáticos e importantes para se refletir sobre "ser negro" no século XX.

Em 1944, ainda pela Companhia Editora Nacional, foi feita uma reedição. As duas publicações integraram, como sexto volume, a coleção Biblioteca do Espírito Moderno. Segundo Laurence Hallewell, aquela biblioteca foi "[...] iniciada em 1938: vendeu meio milhão de exemplares em seus primeiros quatro anos". Dividida entre seções de filosofia, ciência, história e literatura, traduziu autores como Bertrand Russell, John Stuart Mill, Albert Einstein, Ernest Hemingway, John Steinbeck, Antoine de Saint-Exupéry, H.G. Wells, André Maurois, entre outros.** No caso de *Filho nativo*, em ambas as edições, é reproduzida a mesma introdução, cuja autoria é de Dorothy Canfield Fisher (1879-1958), educadora estadunidense e então renomada ativista branca pelos direitos das mulheres e pela igualdade racial.

Em sua breve apresentação há argumentos estranhos. Fisher inicia

---

* Para acompanhar parte desses debates e seus desdobramentos, ver: Jorge Coli, "Viva Lobato!", *Folha de S.Paulo*, Ilustríssima, 3 fev. 2019, p. 3; Lucilene e Reginaldo, "'Negro também é gente, sinhá'", *Folha de S.Paulo*, Ilustríssima, 10 fev. 2019, p. 3; Edson Veiga, "A frustrada tentativa de Monteiro Lobato em ganhar mercado nos Estados Unidos com livro considerado racista", *BBC News Brasil*, 28 jun. 2020; Paula Habib, *Eis o mundo encantado que Monteiro Lobato criou: raça, eugenia e nação*. Campinas: IFCH-Unicamp, 2003. Dissertação de mestrado. Disponível em: <https://repositorio.unicamp.br/acervo/detalhe/276003>.
** Laurence Hallewell, *O livro no Brasil: sua história*. 2. ed. São Paulo: Edusp, 2005. p. 377.

seu raciocínio tratando do que chama, à época, de "método muito comum de produzir neuroses e perturbações psicopáticas em animais" como carneiros e ratos, visando estressá-los até o limite e fazê-los ter comportamentos distintos de sua normalidade. Em seguida, faz uma relação entre esse experimento e o que a National Youth Commission dos Estados Unidos analisava, naquele momento, as condições da mocidade negra diante das oportunidades abertas pela sociedade estadunidense. A comparação flerta com o racismo — palavra não utilizada na tradução — mas é conduzida, pela autora, à seguinte conclusão:

> Este livro é o primeiro documento que aparece no campo da ficção sobre o estado d'alma dum negro submetido a tais handicaps. Não admira, pois, que mergulhe em profundidades psicológicas só atingidas por Dostoiévski [...] o inferno duma alma humana vítima de doença moral. [...] Mr. Wright não nos prova, com um incidente realístico atrás de outro, tomados da infância e da mocidade do herói, que as válvulas de escapamento abertas aos rapazes brancos estavam fechadas para Bigger. A sua intuição fá-lo admitir que nenhum leitor americano pede instrução a esse respeito. E está certo.

Em outra parte do texto, Fisher analisa as personagens da mãe e da irmã de Bigger Thomas, sugerindo que, dentro daquele teste de produção de neuroses e psicopatias, elas seriam carneiros e ratos dóceis — nesses termos da tradução —, resultado pertinente aos experimentos de laboratório, equivalendo aos seres humanos bondosos, pacientes, de "cabeça baixa, submissos a tudo, religiosos, entoadores de hinos — padrão muito ao sabor dos brancos que querem a perpetuação dos 'instrumentos de trabalho barato'". A leitura de Fisher no prefácio ao livro de Wright é conservadora, pois não aborda o racismo como cerne do romance. E tal conservadorismo leva a pensar as questões contemporâneas que associam a trajetória de Fisher ao movimento eugênico nos Estados Unidos, em Vermont,* motivo pelo qual seu nome foi retirado de prêmio de livros infantis no país. Apesar disso, há comprovação também de que Fisher e Wright se correspondiam, e parte dessas cartas estão na Universidade Yale, na Beinecke Rare Book & Manuscript Library — "Richard Wright Papers".

Quero voltar, porém, à ideia do trágico, pela qual as primeiras edições brasileiras, publicadas em 1941, 1944 e 1966, chamaram a atenção. Há nisso um acerto e dois erros. De fato, o romance apresenta um universo ficcional em que os personagens estão envolvos, por caminhos inescapáveis, em soluções drásticas, enredo próprio das tragédias. Embora apelativo, acertou. No entanto, o primeiro erro da formulação está na sugestão de que se trata de algo que concerne apenas a *um* negro, a um negro *americano*, de Chicago ou daquela sociedade, como se o circunscrevesse somente àquele negro e àquele país. O que não é o caso, bem o sabemos. O segundo erro consiste na ideia de tragédia como algo inexorável, na qual o destino dos humanos já está traçado por algo que lhes é exterior, divino, não estando em suas mãos, portanto, a possibilidade da mudança. Isso está longe de ser verdade em se tratando de racismo.

---

* Desde 1957, o prêmio para livros infantis era designado como Dorothy Canfield Fisher Children's Book Award. A partir de 2020, foi denominado como Vermont Golden Dome Book Award, em razão de pesquisas sobre a ligação da autora com o movimento eugenista daquele estado americano nos anos 1920 e 1930. Conferir Molly Walsh, "Dorothy Canfield Fisher Book Award to be renamed". *Seven Days*, 3 maio 2019. Disponível em: <https://www.sevendaysvt.com/OffMessage/archives/2019/05/03/dorothy-canfield-fisher-book-award-to-be-renamed>; "Vermont Golden Dome Book Award". Disponível em: <https://en.wikipedia.org/wiki/Vermont_Golden_Dome_Book_Award>; "Dorothy Canfield Fisher". Disponível em: <https://en.wikipedia.org/wiki/Dorothy_Canfield_Fisher>.

Richard Wright (1908-1960) nasceu no Sul dos Estados Unidos, no Mississippi, e ali passou por uma série de infortúnios familiares, até alcançar o Tennessee, por volta dos dezoito anos, onde pôde dar vazão aos seus interesses literários, burlando leis segregacionistas para ter acesso à biblioteca e a publicações importantes. Será com essa mesma idade, em 1926, que ele e sua família decidirão ir para Chicago, acompanhando um movimento migratório — conhecido historicamente como A Grande Migração — de pessoas negras dos estados rurais do Sul para os do Norte dos Estados Unidos, a fim de alcançar melhores oportunidades de trabalho e escapar das restrições brutais da exclusão racial. Nessa cidade, Wright se tornará funcionário dos correios, escritor e também simpatizante — posteriormente membro — do Partido Comunista dos Estados Unidos, além de manter contato com organizações negras locais.

A temporada em Chicago foi marcada pelo seu ativismo em associações negras vinculadas ao partido, por relações turbulentas com o comunismo e pelo aprimoramento de sua escrita, levando-o ao reconhecimento nacional por *Uncle Tom's Children* (1938), um conjunto de contos ambientados na violência dos linchamentos do Sul. Em 1940, contexto de produção de *Filho nativo*, Wright se mudou para o Harlem, em Nova York, e começou a escrever o que viria a ser seu primeiro romance. Durante os anos da Segunda Guerra Mundial, ele se empenhou para que a obra fosse adaptada para uma peça na Broadway e dirigida por Orson Welles (1941) no St. James Theatre. Deixou o Partido Comunista, em 1942, por desacordo com políticas de Stálin; escreveu parte de suas memórias, da infância até os dezenove anos, no livro *Black Boy*, de 1945, e, após uma viagem à França, a partir de 1946, tornou-se um expatriado para nunca mais retornar aos Estados Unidos. Em Paris, se aproximou de Simone de Beauvoir, Jean-Paul Sartre e Albert Camus, bem como de outros escritores expatriados negros que eram seus contemporâneos, como Chester Himes (1909-84) e James Baldwin (1924-87).

Foi *Filho nativo* que proporcionou muito dessa circulação entre ideias e pessoas tão variadas. É um livro perturbador desde 1940, com uma construção de enredo sufocante. Logo no início ficamos espremidos pelas paredes do apartamento malcuidado a que somos apresentados, habitado pela família Thomas, composta da Mãe (que não tem nome) e de seus três filhos: Bigger, o mais velho e protagonista do livro; Buddy, o irmão do meio; e Vera, a caçula. Nessa residência minúscula, de um único cômodo, passam por diversas das experiências domésticas a que ficam submetidas as pessoas obrigadas a viver sem direito à privacidade. O romance abre, inclusive, com uma cena brutal e cômica, a caçada de um rato no espaço diminuto da habitação, que mistura medo, prazer, alegria, desprezo e sadismo. Junto a essa passagem, há também o vestir-se diante dos outros, aliando os sentimentos de vergonha e curiosidade pelos corpos alheios; a explícita pobreza — as paredes, as vestes, os diálogos e a comida à mesa não os deixam esquecer a condição de classe a qual pertencem.

Pouco a pouco, saímos do apartamento e vemos que, assim como em outros prédios ao redor, paulatinamente e em replicação, a vida da família Thomas se reproduz. Vê-se que são condições de vida circunscritas ao Cinturão Negro de Chicago, à época. Insisto na ideia do olhar, porque, embora na maior parte do tempo seja um narrador onisciente e em terceira pessoa a conduzir a história, é, muitas vezes, pelos olhos e pelos pensamentos de Bigger Thomas, o jovem negro de vinte anos, que somos guiados na trama. A atmosfera asfixiante e humilhante do cômodo extrapola as paredes e encontra o prédio e a rua, onde, pelas experiências do protagonista, descobrimos qual é sua percepção do horizonte de possibilidades da vida negra naquele tempo indefinido do final dos anos 1930 e início dos anos 1940.

Na verdade, sabemos muito pouco da vida de Bigger, de sua família, amigos e a garota que ele chama de sua, Bessie. Nada sabemos da(s) figura(s) paterna(s), da família Thomas, por exemplo. Tampouco o nome da Mãe. Aqui e acolá são dadas pistas sobre a instrução dos membros da família e dos amigos, companheiros de pequenos golpes, grandes goles, cigarros e jogadas de sinuca de Bigger. É como se uma lente muito afunilada tivesse sido lançada sobre eles, tão estreita quanto são descritos seus sonhos e aspirações.

Se Bigger Thomas realmente nunca teve uma chance na vida, como é fortemente sugerido ao longo do romance, seus amigos, afetos e moradores do Cinturão Negro também não. São pessoas negras, trabalhadoras e trabalhadores desde muito cedo. As mulheres negras que aparecem na trama oscilam entre o emprego doméstico na casa dos brancos ou em seus lares alugados; os homens, com um pouco mais de mobilidade pública, exercem tarefas variadas, desde empregos braçais a pequenos golpes e furtos — ao menos planejados. Quando em posição de proprietários ou de liderança no romance, dentro do Cinturão, são donos de funerárias, de lanchonetes e bares, de salões de sinuca ou, ainda, pastores de igrejas negras. Negócios de que os brancos abrem mão de contato com os negros.

Há, sem dúvida, um certo naturalismo com o qual Wright pinta o quadro da vida negra naquele espaço delimitado por um conjunto de ruas que se quebram em ângulos retos, prédios de apartamentos caindo aos pedaços e comércios específicos. As fronteiras são permeadas pelo transporte público, por bondes elétricos e por gente imigrante, como proprietários judeus e italianos, que não se negam a tratar com os negros aquilo que, no romance, possuem de humanidade em comum: o trabalho — a ser explorado ou para compartilhar a exploração — e o dinheiro — que circula de mão em mão e atravessa as cercas da segregação.

A circulação do dinheiro é outro elemento muito interessante no livro. Ele certamente tem cor. Há o dinheiro negro, que se desloca dentro do cinturão, que foi conquistado à custa de muito trabalho honesto ou pelos golpes mais baixos. Por ele, seus trocados e míseros centavos, se vive e se morre. Há o dinheiro branco, que aparece sempre extraído do mundo negro e a ele acaba se voltando em formas violentas e numa aparente benevolência. Esse dinheiro branco está concretizado, por exemplo, nos prédios do Cinturão Negro, dos quais são proprietários sujeitos que vivem no lado oposto da cidade, cobrando aluguéis diferenciados e escorchantes, considerando as condições indignas nas quais as famílias negras pobres são retratadas. Assim surge a figura dos Dalton, a família com quem Bigger Thomas terá um contato humilhante logo na primeira parte do romance.

O sr. e a sra. Dalton são ricos proprietários que moram no lado branco da cidade, onde os negros não podem habitar, pois, como diz o próprio patriarca daquela família, é "uma questão de costume antigo". Esssa "questão de costume" que também permite que eles sejam donos de prédios ou incorporadoras e atravessadoras de negócios imobiliários, e responsáveis pelos edifícios e pelas cobranças dos aluguéis mais caros do lado negro. Outra forma de circulação do dinheiro branco se dá por aquilo que, vez ou outra, é nomeado como filantropia ou alívio de consciência, materializado em ações dos Dalton como doações de somas de dinheiro para caridade e criação de centros de recreação para a juventude.

Confrontado sobre seu posicionamento, na teatralidade da cena de tribunal, pelo velho advogado de defesa judeu de Bigger, Max, o sr. Dalton se defende da precariedade dos atos. Afirma que não poderia fazer mais do que tem feito por uma "questão de costume", e não poderia ser apenas o único a cobrar aluguéis mais baixos dos inquilinos negros, melhorar seus prédios etc. Iria contra as leis de oferta e procura, as regras do "acordo" do mercado. Tampouco poderia dividir sua fortuna, já que não era comunista. Doutra parte, Bigger zomba magistralmente dos centros de recreação, dos quais Dalton era apoiador e mentor: era ali que Bigger e seus amigos planejavam *assaltos aos céus* dos brancos. O fluxo do dinheiro se dava ainda pelo espaço do mercado privado e dos serviços públicos, sendo a privatização e o Estado agentes repressivos materializados nos transportes segregados, nos mandatários brancos, na força policial e no palco dos tribunais, sempre em antagonismo ao mundo negro. Wright compõe, assim, uma espécie de bestiário humano da vida negra e branca em Chicago.

Os personagens descritos evidenciam situações complexas que têm amplo sentido numa sociedade segregada, alicerçada na escravidão negra e na violência aos povos originários, enraizada no sistema de hierarquização social, em que os privilégios e as desvantagens baseiam-se na marca de origem e no sangue, materializados em matizes na cor da pele. A palavra "racismo" e suas variações não aparecem no romance. Não precisa ser dito porque a realidade — ficcional e social — já era eloquente. Ou seria porque ela não podia ser pronunciada? Ou ainda, como num bestiário moderno, o que lemos e o que nos é contado tornam-se críveis porque neste espaço, imaginário e real, ele faz sentido, molda o mundo e as criaturas operam de acordo com tais pensamentos.

Porém, há imprevistos. Nem todos seguem a cartilha. A imagem que empreguei antes, de *assalto aos céus*, é válida porque remete a uma *possibilidade revolucionária* no sentido mais essencial do termo: mudança de corpos físicos no espaço. Corpos que se movem podem colidir. Entrar em choque e explodir. E dessa explosão, talvez possa surgir algo novo, eventualmente fagulhas, destroços, mas certamente uma mudança. No limite, um materializar de revoluções produzidas pelo entrelaçar desses corpos que se movem entre os espaços brancos e negros. Os personagens que se movem nesse sentido são Bigger Thomas, Jan Erlone e, mais ainda, Mary Dalton.

Iniciando por essa última: vemos uma herdeira de família rica, proprietária de vários prédios — e, portanto, de vidas negras, inclusive dos Thomas —, que tem momentos de rebeldia para com aqueles "costumes" sociais da sua classe e cor. Uma rebeldia limitada, é verdade, mas o suficiente para colocá-la sob suspeita em um mundo regrado por padrões patriarcais e racistas, além de cindido por profundas desigualdades sociais, de relações de gênero, raça e classe. Mary Dalton se move questionando pontualmente as expectativas de seus pais, rompendo algumas normas de gênero (em especial a bebida) e algo sobre sua sexualidade e educação formal.

Neste ponto, sexo e política se misturam e surge Jan Erlone, o jovem namorado de Mary, do qual sabemos quase nada a não ser o seu perigo de contaminação essencial. Ele é um comunista, membro do Partido Comunista, líder de uma célula comunista, onde se reúne com outros comunistas, muito jovens ou muito velhos, que estão em sindicatos, faculdades, grupos artísticos comunistas. Repito o adjetivo excessivamente para dar a noção do pânico vigente do que ser comunista provoca no romance. O contexto da Segunda Guerra Mundial — principalmente, o papel importante da União Soviética — é pouco ou nada mencionado na trama. O macarthismo também não havia ainda se constituído como fenômeno político. Mas a "ameaça vermelha" — historicamente conhecida nos Estados Unidos como *red scare* — já existia ao menos desde a Revolução Russa de 1917.

Jan, além de, por vezes, desviar Mary de certas expectativas impostas às mulheres brancas de sua classe, representa também o perigo da traição de classe, a ameaça vermelha. Os comunistas são tolerados no romance por serem ineficazes em seus planos de dissolução da ordem capitalista. Até fazem discursos deselegantes, distribuem panfletos, "corrompem" alguns jovens, brancos e negros, que estão presentes em seus sindicatos, mas são mormente brancos. Não há um comunista negro em toda a narrativa, tampouco um em posição de liderança. Isso é muito sintomático: eles falam sobre e fazem coisas perigosas, como tratar os negros em pé de igualdade e de seus direitos, romper com o "costume antigo", apertar as mãos dos negros, considerá-los humanos. Tudo isso para a estupefação de brancos e negros. São, inclusive, curiosos, como Jan, ao querer ver como vivem, o que comem, onde moram e o que pensam os negros como Bigger Thomas. Chegam a corromper os costumes de gente como Mary Dalton, que poderia estar a um fio de entrar no Partido. Contudo, não produzem lideranças negras nem dialogam com as associações negras, no romance. Seria mera questão de tempo ou um impasse?

Há ainda um outro sentido político e revolucionário acerca do *assalto aos céus*, e ele se dá logo na primeira parte do romance, "Medo". E se concretiza no ato de Bigger Thomas. Descrito como alguém que poderia ser só mais um moleque assustado do Mississippi que veio parar em Chicago — a infantilização é uma forma historicamente racista de descrever homens negros —, Bigger Thomas é alguém cujos pensamentos ribombam permanentemente na obra literária. Ouvimos sua raiva e ironia, seus desejos inconfessos e sua angústia, seus medos e sua coragem contra brancos e negros. Se formos sensíveis para ouvi-lo, ou eventualmente vestirmos sua pele nos momentos cruciais da trama, talvez ouçamos um homem revoltado, que a todo instante diz, de múltiplas formas, "não".

Aos brancos ricos como os Dalton ou aos brancos pobres como seus empregados e outros comerciantes; aos negros, como seus amigos de infortúnios, à sua mãe, que vive da caridade; à sua namorada, que não faz outras coisas senão beber, trabalhar para patrões brancos e viver para ele — e isso o enerva —; à filantropia humilhante; ao deus entoado em seus ouvidos por pastores negros etc., Bigger Thomas diz constantemente *não*, direta ou indiretamente. Inclusive a si mesmo, ora reduzindo-se a algo menos que um homem, uma besta de trabalho e vícios de origem; ora alimentando dúvidas de que possa ser mais que um *homem negro*, para além das condições que os brancos o impuseram.

Um homem que diz "não" e se recusa essencialmente às caracterizações às quais é associado, mesmo quando se submete externamente a elas, se torna um homem aparentemente acuado. O ato revolucionário de Bigger Thomas, de matar uma mulher branca, é teatralmente baseado no terror e no absurdo da situação criada no quarto de Mary Dalton, em todas as conjecturas e consequências da presença dele naquele quarto, e em todas as violações de "costumes" ali materializadas. Mas, acima de tudo, no acidental ato mecânico de Bigger, que não tinha a intenção de cometê-lo, mas somente de se ver livre de uma situação que nem mesmo ele criou. Em mais um estado de recusa de sua parte — ao ser pego ali, mesmo que fosse inocente —, ele se afirma como um Homem diante do Absurdo dos "costumes antigos".

Dois anos depois da publicação deste *Filho nativo*, em *O estrangeiro* (1942), de Albert Camus, o personagem Meursault afirmaria, diante de um tribunal, que havia matado um árabe na praia por conta da refração do sol. Das cenas mais importantes da novela existencialista, a explicação para a morte banal era um instante efêmero e o absurdo da existência humana. Meursault, no entanto, não seria julgado em verdade pela morte do árabe na praia, mas por seu comportamento, anunciado no início da novela nas primeiras frases, ainda mais impactantes que seu ato: "Hoje mamãe morreu. Ou talvez ontem, não sei bem".

Se for possível pensar em termos existencialistas, para Richard Wright — e isso não seria extemporâneo, dado que sua expatriação em Paris o aproximou desse círculo de intelectuais franceses —, o Absurdo inominado, dois anos antes, em 1940 nos Estados Unidos, é o racismo e as relações raciais entre brancos e negros, que produzem um mundo de terror. O mero toque entre uma pele negra e uma branca, o aparente gesto de cuidado para com uma mulher branca em situação vulnerável que pudesse ser surpreendido por uma personagem cega como a sra. Dalton — tal qual Bigger faz, a contragosto, com Mary — o levam a uma mais nova condenação vital. Mesmo sem ter feito nada, ser encontrado no quarto de uma mulher branca em uma circunstância vulnerável o coloca em um contexto de perigo extremo e, por fim, o impulsiona — absolutamente contra sua vontade — a cometer um crime brutal. A pergunta que não cala ao longo das próximas duas partes do livro, "Voo" e "Destino", é: por que Bigger matou Mary? Aqui, o sol não foi a resposta. Mas, como diz um poema dos Racionais e Jocenir: "Mas quem vai acreditar no meu depoimento?". Bigger é um detento do absurdo racista.

O existencialismo negro inverte, em muito, proposições acerca da condenação à existência, da responsabilidade de um homem por todos os homens e da busca pela liberdade, tal qual haviam sido discutidas no ensaio de Sartre, "O existencialismo é um humanismo" (1946), seis anos depois de *Filho nativo*. Quando o terror da discriminação racial é intrínseco à condição existencial humana, o queimar da pele sob o sol e a refração da luz nos olhos possuem outros sentidos. Bigger Thomas matou e não soube responder por sua ação, tanto quanto Meursault não o saberia, depois, explicar por que o fez. Mas, no fundo, Thomas sabe. E aqui não estamos falando sobre sua recusa às conveniências do absurdo da existência humana apenas. Trata-se da recusa ao racismo e a todo absurdo ao qual um sistema discriminatório é capaz de condenar. De maneira mais profunda, a condição humana. Não se trata, portanto, de justificar um crime, o que seria demasiadamente trivial, mas de condenar o sistema que produziu uma longa sequência de iniquidades.

Ao matar do modo que o fez, ao ocultar o cadáver da maneira como tentou, ao fugir e executar os planos que bolou, com todas as consequências vis e, por vezes, ingênuas que pudessem surgir, Bigger Thomas foi o Homem que disse "não" e fez valer os direitos básicos dos herdeiros diretos da Revolução Francesa, prometidos no lar dos bravos e na terra dos livres, negados justamente a negros escravizados, mulheres e operários. Liberdade, igualdade, solidariedade: que significados adquirem quando vestem a pele negra? De certa maneira, essa é a defesa que o velho advogado comunista e judeu, Max, faz de Bigger diante do tribunal e das provas materiais apresentadas pela acusação do promotor público. Se Thomas não tinha chance naquele julgamento, a sociedade que admitia as iniquidades que todos ali viviam tampouco teria.

Afirmei, anteriormente, que Bigger Thomas sente muita raiva ao longo do romance, mas dizer isso ainda não é algo exatamente autoexplicativo. *Um homem que diz "não" é um homem revoltado*, escreveu muitos anos depois Albert Camus (1951). E, numa extrapolação da diáspora, em franco diálogo com o intelectual existencialista argelino, Abdias do Nascimento, em 1968, publicou o livro *O negro revoltado*, a fim de refletir sobre os impasses de negros e brancos intelectuais diante do racismo brasileiro. Thomas é um homem revoltado que se reconhece como Homem no momento em que é capaz de afirmar seus direitos por negação. Nunca tivera uma chance, desde o nascedouro. Naquela sociedade racista, os brancos sempre disseram o que negros como ele e sua família deveriam fazer; alguns negros, como sua mãe e o pastor de sua igreja negra, entre outrem, aceitavam isso; outros, como ele e seus amigos, não sabiam como canalizar a angústia que sentiam por uma espécie de morte em vida à qual eram condenados, livres apenas para comerem da banda podre da sociedade e serem condenados a viver dentro de espaços geográficos e sociais delimitados e racistas.

Ele realiza, portanto, a negação da negação. Recusa o que lhe é interditado e o sobrepuja. No "Voo", vai se demonstrando, paulatinamente, a consciência do personagem diante das situações. Em "Destino", já capturado, passando mal e tremendo em suas bases, vêm à tona mais e mais explosões de consciência do que ele foi capaz de realizar: por alguns instantes e pouco menos de uma semana, na verdade, ser um Homem, que afirmou seus direitos diante da modernidade racista do mundo ao dizer "não", praticar dois crimes hediondos e indefensáveis, bolar planos de fuga e não se arrepender, renegar o deus cristão, criticar a razão, servir de exemplo para outras possíveis fagulhas de revolta — basta ver como Buddy, seu irmão, se porta ao visitá-lo na cadeia —, aparecer nos jornais — símbolo da modernidade capitalista — e perturbar corações e mentes de negros e brancos. Tudo isso em uma semana.

Há ao menos uma infâmia existencial: sendo responsável pela existência e liberdade dos outros, condenou Bessie, racionalmente, à sua própria existência. Bigger quis ser livre e avaliou a jovem como mais um impasse à sua liberdade. Não teve dúvidas, tampouco se arrependeu pelo que fez. Tanto as mulheres brancas quanto as negras não têm bons destinos em *Filho nativo*. Porém, os infortúnios não se equivalem. A Mãe de Bigger não tem nome, chora, implora e se humilha, presa no Cinturão Negro e na história que o racismo a obriga a repetir. A sra. Dalton, mãe de Mary, vive numa gaiola dourada de riqueza da qual é a verdadeira herdeira, submissa ao marido e à cegueira. Mary e Bessie são ambas vítimas da violência, mas somente a primeira tem notoriedade e direito à memória. Bessie, devotada ao amor e em busca de fuga também do próprio destino, à sua revelia, é levada a ser cúmplice de algo que não fez e não concorda, a fugir pelo que não acredita, e a encontrar seu fim de modo muito diferente do que poderia imaginar.

* * *

E assim, depois de vinte anos, em apenas sete dias, Bigger Thomas se sentiu alguém.

Foi suficiente? A revolta individual produziu sementes? Eis uma complicação.

Essas perguntas vêm sendo feitas desde que *Filho nativo* veio ao mundo. Elas apontam para a relação entre os sentidos literários e sociais da obra e os potenciais significados desse romance para variados leitores. Trata-se de um romance com algo didático sobre as condições espúrias da vida negra numa grande cidade, como a de Chicago, após a Abolição, a Guerra de Secessão, sob os impactos das leis de segregação e da Grande Migração.

Em seu prefácio problemático, a própria Dorothy Fisher chama a atenção para o fato de que Wright não demonstrou que os meios de escape possíveis aos rapazes brancos não eram oferecidos aos negros. É estranha essa afirmação, pois a ideia do romance é, justamente, diferenciar esses meios de interdição. Contudo, isso faz pensar quais seriam as potenciais interpretações deste romance para um leitor branco e um leitor negro. E não é necessário fazer grandes conjecturas a respeito disso, uma vez que esse debate já foi travado e está, em partes, bem documentado, em alguns momentos. Ele se concentra no período em que Wright esteve expatriado em Paris, recém-chegado e em intenso contato com intelectuais franceses. Destaco dois interlocutores: o músico e escritor Boris Vian, fascinado pelo jazz e pela literatura estadunidense negra, e, em particular, James Baldwin, seu colega negro com quem teve embates em início de carreira e recém-fugido de Nova York.

James Campbell, historiador que se especializou em escrever sobre o período pós-guerra de Paris como capital dos apátridas, sugere que escritores brancos e judeus, como Vian, enxergaram no tema e na forma do romance de Wright uma possibilidade de fazer uma paródia apaixonada do romance de Wright. Um exemplo disso seria a narrativa *J'irai cracher sur vos tombes* [*Vou cuspir no seu túmulo*, na tradução brasileira] que Vian publicou em 1947 sob o pseudônimo de Vernon Sullivan. Campbell explica que o livro "registra as aventuras eróticas de um negro de pele clara, Lee Anderson, depois de se empregar como gerente de uma livraria na pequena cidade sulista de Buckton. [...] Segundo o tradutor, a pele clara de Sullivan o teria habilitado a viver entre os brancos, como seu protagonista, mas ele preferiu 'les noirs'".

Boris Vian havia traduzido o conto "Bright and Morning Star", de Richard Wright, para a publicação franco-americana *Présence Africaine* que veio à luz no mesmo mês que *Vou cuspir no seu túmulo*. Difícil não notar, diz Campbell, que o tema do romance de Vian "é quase idêntico ao de *Filho nativo*, no qual um jovem negro mata uma moça branca, meio acidentalmente, mas também com sentimentos de vingança triunfante [...] pela morte lenta que sofreu durante a vida inteira".*

Vou cuspir no seu túmulo tem duas marcas distintivas. Em primeiro lugar, é obsceno, repleto de descrições de atos sexuais. Além disso, é extremamente violento, e a violência aqui é de um negro contra brancos. Por essa razão, a obra, bem como sua editora, Les Éditions du Scorpion, se tornou alvo do Cartel d'Action Sociale et Morale: ambos foram multados em cem mil francos e declarados culpados de cometer ofensa contra os bons princípios morais. Segundo Campbell, isso alavancou as vendas do livro que, inicialmente, não teria chamado a atenção de muita gente fora do circuito existencialista, do qual Vian fazia parte. Resta destacar — embora Campbell não o afirme — que a verve obscena e violenta do livro acabou sendo vinculada a um discurso politicamente engajado e reflexivo acerca da situação racial e de uma estereotipia de Vian sobre o que seria um negro e o Sul dos Estados Unidos.

Há um perigo histórico no consumo dessa violência estereotipada. Dito de outra forma, essa interpretação de *Filho nativo* feita por parte de seus leitores brancos — aliás, mais ou menos bem-intencionados — acaba trafegando de uma culpabilidade da consciência branca para a

---

* Esta e a citação anterior: James Campbell, À *margem esquerda*. Rio de Janeiro: Record, 1999. pp. 30-1.

mercantilização da exposição das angústias e dores negras, para serem consumidas. Seja pela imitação mais sofisticada — no caso de Vian — ou pela mais barata; pela interpretação imediatista de que o romance de Wright seria "um documento" de um perigo não ignorado pelo leitor branco estadunidense, segundo Fisher; ou, por fim, pela circulação inicial no Brasil com o subtítulo "A tragédia de um negro americano" (Lobato), como se ela se circunscrevesse somente àquele país e àquele negro. Ao fim e como resposta, tudo isso não produz muito mais do que inação acerca do problema do racismo.

É nesse ponto que James Baldwin entra na discussão com Wright. Baldwin chega a Paris em 1948, com o endereço de Wright no bolso. Eles se conheciam desde os Estados Unidos, e, segundo Campbell, o escritor de *Filho nativo* tinha apoiado Baldwin na escrita de seu primeiro romance e o tratava como um protegido desde 1943. Isso, no entanto, não impediu que o escritor mais jovem fizesse observações severas sobre o trabalho do veterano. Essas críticas foram publicadas em ao menos dois artigos em revistas francesas e, posteriormente, reunidas no livro *Notas de um filho nativo*. Campbell relata a tensão entre ambos de maneira a debater sobre os alcances e limites da ideia de um *romance de protesto*, em particular o de um de autoria negra, em meados do século XX.

No ensaio "O romance de protesto de todos", a ideia de fundo é que livros como *Filho nativo* "reforçam os princípios que ativam a opressão que eles atacam", ou seja, tornam-se um tiro no pé na luta por emancipação das pessoas negras. Nas palavras de Baldwin, "[...] a tragédia de Bigger não é ser frio ou ser negro ou estar faminto, nem mesmo ser um negro americano, e sim o fato de que ele aceitou uma teologia que lhe nega a vida, de que ele admite a possibilidade de ser sub-humano e se sente impelido, portanto, a lutar por sua humanidade segundo os critérios brutais que herdou ao nascer. Mas nossa humanidade é nosso fardo, nossa vida; não precisamos lutar por ela; basta fazer o que é infinitamente mais difícil — isto é, aceitá-la".*

---

* James Baldwin, *Notas de um filho nativo*. São Paulo: Companhia das Letras, 2020. p. 49.

Outro ensaio do então jovem aspirante a escritor, "Muitos milhares de mortos", também trataria do livro de Wright num tom igualmente crítico. O debate entre Richard Wright e James Baldwin continuou tanto por textos quanto por encontros nas cafeterias de Paris, em que as condições de negros escritores expatriados, fartos da discriminação em seu país natal, participantes da vida cultural da capital francesa pós-guerra os equivalia. Numa dessas ocasiões, a discussão alcançou um ponto alto para uma história da vida literária negra na diáspora, bem como os problemas e armadilhas das formas de escrita: "Toda literatura é protesto!", lhe provocara Wright na Brasserie Lipp. "Toda literatura pode ser protesto", respondeu o pupilo que tinha aprendido tanto que poderia superar seu mestre, "mas nem todo protesto é literatura".* No fim, para Baldwin, a própria ideia de "romance de protesto era um gueto; Baldwin gostaria de eliminá-lo — e, por extensão, junto com ele, seus arquitetos"**

Não é preciso rotular essa fala como ataque ao seu par mais velho, mas, quem sabe, pensar nas críticas de Baldwin como uma defesa de toda uma geração de escritores negros, na qual ele mesmo se incluía, e que, ladeados a Wright, estavam buscando alargar os limites da experiência negra ao narrar as formas do viver dentro do real e insólito mundo racista. Esse projeto estava sendo levado a cabo por nomes como Ralph Ellison (1914-94) em seu *Homem invisível* (1952), Ann Petry em *A rua* (1946) e Chester Himes — também um expatriado em Paris — em sua série de romances policiais (1957-83), ambientados no Harlem, com protagonistas negros como Coveiro Jones e Ed Caixão. Ou, ainda, pelo próprio Baldwin em seu segundo romance, que o tornaria internacionalmente famoso, *O quarto de Giovanni* (1956). Aceitar o fardo da existência humana está no cerne de todas essas obras e, no que diz respeito à autoria negra, encenam uma ampliaçãoe nosso horizonte de possibilidades para além das expecta-

---

* Campbell, op. cit., p. 46.
** Ibid., pp. 44-5.

tivas. *Filho nativo* é um excelente plano de voo para isso, bem como todos os debates que ele promoveu.

Talvez existam exageros de parte a parte, acreditando no que Campbell levantou. *Filho nativo* pode ser um romance de protesto, mas de que tipo? Eu argumento no sentido da revolta e na afirmação da vida negra, que encontram sua resposta num ato brutal, aos olhos imediatos. Se Bigger Thomas teria saído melhor disso, modificado em outra direção, jamais saberemos, considerando a maneira como sua história termina no universo ficcional. Porém, acompanhando seu percurso de medo e terror, de inseguranças e combate, por ao menos uma semana ele pôde ser senhor de suas próprias ações (ou ter a ilusão de sê-lo) — e isso não é pouco. O "assustado moleque de cor do Mississippi", na visão do promotor Buckley, havia se tornado um negro insurgente, quiçá inspirador de outros. Brincou "de branco", como é mostrado em outro ponto do livro. E, portanto, não poderia mais viver.

É realmente curioso o caminho das obras. Após anos de lutas por direitos civis nos Estados Unidos, a luta antirracista no país tem discussões que trafegam pelo fortalecimento de uma classe média e sujeitos milionários negros e por uma realidade de ter havido um presidente negro (Barack Obama, de 2009 a 2017) — realidades de que Bigger e seus amigos tirariam sarro, como algo impossível de acontecer um dia. Ao passo que ainda permanece latente a contínua vivência do racismo em seus índices mais letais no país, junto a diferentes protestos e surgimento de organizações negras, como o Black Lives Matter, fundado em 2013, e um caso global recente que provocou discussões internacionais sobre o racismo e a violência, o chamado Efeito George Floyd, após o assassinato desse cidadão em 2020. Nesse meio-tempo, *Filho nativo* foi adaptado ao cinema, em 2019, pelo diretor Rashid Johnson, atualizando o romance de Wright para questões do tempo presente.

O livro retorna agora em nova edição brasileira, num cenário intenso das lutas antirracistas no Brasil. Após anos do mais conservador dos governos desde, pelo menos, a redemocratização, o véu da "democracia racial" não se sustenta em qualquer paramento. Índices oficiais acerca das violências físicas e simbólicas contra pessoas negras no Brasil, de diferentes regiões, gerações e condições de classe, são escandalosos. Mais especificamente, a maioria dos homicídios e feminicídios no país têm cor e são negros. Ainda assim, a vida negra resiste em múltiplas formas: desde uma Coalizão Negra por Direitos (união de mais de 230 organizações negras nacionais) à pauta do debate cultural contemporâneo, expressa pelo mercado editorial. Não saberá o leitor ou a leitora, por experiência própria, aspectos das dimensões trágicas do racismo, vivendo-o na pele ou praticando-o com desfaçatez, nos dias que vivemos, num país como o Brasil?

Filho nativo é um romance que há mais de oitenta anos nos incomoda com as respostas que devemos dar a questões como essas, a perguntas que ele provoca em qualquer lugar do mundo em que seja traduzido. Eis aí a grandeza de um livro.